大宋帝国 之 中原乱

丁牧◎著

中国出版集团　现代出版社

图书在版编目（CIP）数据

中原乱／丁牧著．—北京：现代出版社，2017.1
ISBN 978-7-5143-5393-8

Ⅰ.①中…　Ⅱ.①丁…　Ⅲ.①长篇历史小说-中国-当代
Ⅳ.①I247.5

中国版本图书馆 CIP 数据核字（2016）第 262891 号

中原乱

作　　者：丁牧
责任编辑：袁子茵
出版发行：现代出版社
通信地址：北京市安定门外安华里 504 号
邮政编码：100011
电　　话：010-64267325　64245264（传真）
网　　址：www.1980xd.com
电子邮箱：xiandai@vip.sina.com
印　　刷：三河市南阳印刷有限公司

开　　本：710mm×1000mm　1/16　印　张：30.75
版　　次：2017 年 1 月第 1 版　　印　次：2017 年 1 月第 1 次印刷
书　　号：ISBN 978-7-5143-5393-8
定　　价：65.00 元

序　言

　　《中原乱》描述的中国北宋王朝，是当时世界上首屈一指的大国。其政治、经济、文化的发展水平，都全面领先于世界。然而这样一个空前鼎盛的大国，在随后的数十年中却出人意料地急剧衰败了下去，乃至覆亡。何以至此？这里面的确有许多教训值得我们深思反省，其中的兴亡之鉴可谓意味深长。不同于对皇帝歌功颂德的小说，《中原乱》直指北宋王朝衰亡那一特定历史时期，其警世作用更为显著。

　　无论何朝何代，要想持续国富民强、保持社会生活的和谐发展是一个必需的前提条件。而在北宋末年，社会生活已是严重的不和谐，贫富不均导致内乱连年不断，城乡百姓民不聊生，国力持续衰败，这自然就为野心勃勃的敌国提供了可乘之机。

　　导致社会生活不和谐的一个重要原因是腐败。朝廷腐败，下面的官僚也纷纷效仿。皇帝搞花石纲，蔡京之流也弄出什么生辰纲。不仅贪官腐败，清官也不免俗。据梅毅著《宋辽金西夏的另类历史》讲，北宋历史上以正直著称的名臣，也都是铺张浪费、贪图享受的主儿。寇准在家，天天在庭院燃巨烛，耀如白昼。这些世人眼中有德有功的大臣，尚且如此，可以想见这个王朝的腐败是多么的严重。一个如此腐败的王朝，其执政威望和执政能力如何，那也是不难想见的。

　　国策乃治国之纲，北宋在建国初期以及后来的历次改革中，也曾推出过不少利国利民之举。但随着形势的变化，由于不能适时的清醒的与时俱进，有些当初起过进步作用的国策，反倒蜕变成了使国家积贫积弱的根源。是什么原因使得他们的国策不能紧随时代发展的步伐呢？

读过此书，会发现可以引起人们联想和深思的问题，还远远不止这些。而对于这些关乎国家兴亡的严肃问题，每一个有社会责任心的中国人，恐怕都会不由得掩卷深思。因为，毋庸讳言，在我们的现实生活中，有些问题已日益变得令人触目惊心。这就更使我们意识到党中央在新的历史时期提出的一系列治国方略的重要性和必要性。

当前，我们正努力实现科学发展，社会和谐。要达此目的，必须大力提高领导干部的执政能力。而提高领导干部的执政能力，便不能不注重读书学习。《中原乱》恰恰就是从历史教训中提炼出来的一部具有显著警世作用的生动教材，相信大家读后会从中受益。

再简要地谈谈这部小说的艺术特点。

《中原乱》采用传统现实主义的创作方法，描写了北宋王朝覆亡的过程，是一曲发人深省的悲歌。作品以丰富的历史事实和逼真的细节，艺术地再现了北宋的历史风貌和社会概况。它有情节上的想象和虚构，有适当的艺术夸张和必要的集中，但在大的史实方面并没有杜撰和篡改。作者立足于现实去观照历史，而又按照历史的本来面貌去描写细节，由此而艺术地再现了北宋时期社会生活的方方面面，从中揭示了历史发展的必然趋势。

这部小说的迷人之处还在于它塑造了众多鲜活的历史人物形象，如李纲、赵佶、赵桓、种师道、李邦彦、童贯、张邦昌等。作者描写人物，善于抓住人物的基本特征，突出某个方面，使其个性鲜明。可以说，书中的主要人物，皆堪称形象生动的艺术典型。相信读者阅过此书，会为作者的精湛功力所折服。

总之，《中原乱》这部小说不仅具有重要的历史借鉴意义，而且，还具有很高的艺术成就，值得阅读。

中央党校党史教研部副主任、教授

谢春涛

第一章

　　赵佶突然决定禅位的旨意，像从斜刺里抡出来的一只老拳，把太子赵桓打了个蒙头转向。赵桓乍一听到这个突如其来的消息，首先一个感觉就是他这位父皇纯粹是脑子有毛病。这么重大的一件事，竟决定得如此草率仓促，连最起码的章法都不讲，这岂不是天大的笑话。莫说是一个堂堂大国的国君，就是一个微不足道的正九品知县，撂挑子也没这么个撂法的吧？

一

冬晨，寒风砭骨，薄雾未消。多数店铺尚未开门，街头巷尾一片冷寂。就在这畏寒的人们还懒得出窝的时辰，一队人马从太原知府衙门驰出。马蹄急促地敲击着冰冷的石板路面，顺着府前大道一路向西奔去。

奔驰在这队人马最前面的，是太原知府兼都总管张孝纯。宋朝重文抑武，州府的军事主官往往委授文职官员兼任。策马其后者是太原府副都总管王禀，他就是个名副其实的军事将领。王禀身后是随父效力于军中的其子王荀。再后面，是十余骑禁军士兵。这些人一个个皆色凝似铁。尤其是打头的张孝纯，从他那张紧绷着的面孔上流露出来的，除了异常的沉重，还有掩饰不住的焦灼。由此一望可知，乃是出了大事。

的确是出了大事。崛起于白山黑水间的女真金邦，在以摧枯拉朽之势扫灭了雄踞塞北二百余年的辽朝后，挥师南下，把战火燃烧到了宋朝的家门口。如果金军再向前推进一步，辽阔中原便要全面地被占领。这事于国于民，不啻石破天惊。

说起来，异族的入侵，对大宋王朝原本倒算不得什么稀罕事，因为在宋朝自公元九六〇年开国至今的一百六十多年里，外患就从未消除过。宋太祖夺取后周，平定后蜀南汉南唐诸国，宋太宗继之拿下北汉，虽是结束了五代分裂局面，基本奠定了国朝版图，但在其南北西三方，仍有不少异邦对中原和江南这一大片富庶之地鱼米之乡垂涎三尺虎视眈眈，逮着机会就想伸手捞上一把。

当年对宋朝威胁最大的，当属北方的辽国与西北方的西夏。辽国又称契丹，其祖为鲜卑族的一支，再上溯其脉，是汉代的匈奴。西夏国则为党项人所建，党项人的祖先，乃是起源于今青海一带的羌人。契丹人与党项人皆以游牧狩猎为生，俱是彪悍之辈，都有对外掠夺扩张的野心。与其相邻为国，欲求和平共处相敬如宾，是根本不可能的。况且赵宋朝廷也不是没有继续扩大疆域的欲望。这就导致了在这百十年里，宋朝与辽夏的战事此起彼伏，始终不息。

在这些频繁的战事中，曾产生过许多重大历史事件和历史名人。其中最著名的历史事件，是宋辽于景德元年缔结澶渊之盟；而最具知名度的人物，则为与辽寇奋勇作战壮烈殉国的宋将杨继业。以杨老令公为首的杨家将的故事，后来被艺术家们演绎得丰富多彩妇孺皆知，已在中华大地上传颂千年之久，在戏台上造就出了一代代的红伶名优。

宋朝与辽夏的交战历年来互有胜负，但总体来看是胜少负多。尤其是在几次重大战役上，如宋辽于太平兴国四年的高梁河之战，于雍熙三年的岐沟关、陈家谷之战，宋夏于宝元年间的三川口、好水川、定川砦之战，于元丰四年的灵州、永乐城之战等，俱是惨败得一塌糊涂。堂堂大宋雄师，想当初平定中州扫荡江南锐不可当，为何后来面对化外夷蛮，反而变得弱不禁风了呢？个中缘由涉及政治经济军事天时地利人和等多方面因素，细论起来话长，这里且不多赘言。待读者阅完本书，对此也就不言自明了。

总之，一个很明显的事实是自宋朝开国以来，虽然军费逐年递增，但军力每况愈下，在与异族邻邦的交战中，基本上占不到上风。

然而这样一个严重问题，却并未引起宋朝的高度重视。因为，历年来辽夏两国的进犯，除了景德元年辽圣宗与承天太后亲率二十万大军出征的那次南侵，亦即导致宋辽缔结澶渊之盟的那次战事，辽锋逼近汴京，形势比较险恶外，余者皆仅属"犯边"，也就是说战事区域基本上是处于边关一带。以辽夏当时之实力，只能有限度地掠夺一些财富和领土。宋军战败，朝廷顶多采取些割地赔款之类的手段便可了事。所以宋朝对于频发这种性质的战争虽然也深感头疼，但因其毕竟动摇不了国朝根基，而始终未树立起真正的危机意识。战事一来君臣一通手忙脚乱，战事一去朝野复又歌舞升平。仿佛那不时燃起的边塞烽火，不过是无须多虑的癣疥之疾。

但是这一次的情况却与以往大不相同。刚刚推翻了曾经称霸塞北的大辽朝的女真金国，居然倾其精锐再接再厉，发出分别以金太祖之子完颜斡离不和国论移赍勃极烈完颜粘罕为统帅的东西两路大军，反戈杀向了与其订有联合灭辽盟约的大宋。金东路军自其南京取燕山，西路军则出其西京攻太原。两路大军的最终目标，皆为宋都汴京。这就不似通常的"犯边"，而俨然是怀有扫灭大宋之意了。因而宋朝这次面临的危机，显然远非历史上任何一次外寇入侵。

金军出手不凡，在其东路军破澶州下蓟州直逼燕京的同时，西路军亦连下朔、武、代、忻数州，转眼之间兵锋直指太原。太原乃宋朝北方重镇，其地一旦失守，金西路军即可全师南下。因此在这里坚决顶住和拖住金军，对于整个战局的发展，对于大宋王朝的存亡，都具有至为重要的战略意义。

太原的主要军政长官张孝纯、王禀对这一点看得非常清楚，深感局势严峻而责任重大。探马一日数报军情，搅得他们心急火燎，此时宋朝的最高军事统帅童贯，正以领枢密院事兼两河宣抚使的身份坐镇太原。张孝纯和王禀便将军情急报童贯，期望童贯迅速做出部署，紧急调集和指挥军队迎敌。岂料接连几日的军情报上去后，童贯那边却毫无回音。眼看着金军就要兵临城下，张、王二人不敢再坐等。所以这一日早上，两人在府衙简单地碰了个头，便带上卫兵径赴宣抚司，去找童贯当面请示并敦促其赶快制定御敌大计。

辽国是长期欺压女真的霸主，也是宋朝的宿敌。新兴的金国起兵反辽，宋朝曾主动与其结为盟友，两国本是同一条战壕里的战友。为什么辽朝甫灭，金邦铁骑随即就掉转马头杀向了大宋呢？从根本上说，当然是因为金人贪心不足，恃武逞威，侵略野心没有止境。但一对盟友倏尔翻脸，总还有点具体原因。其中具体原因，主要便是燕云十六州的归属之争以及张觉事件。

燕云十六州的归属，是导致宋金争端的一个大问题。所谓燕云十六州，是指现今的北京市、北京密云、北京顺义、北京延庆、山西大同、山西应县、山西朔州、山西朔州东、河北蓟县、河北河间、河北任丘、河北涿州、河北怀来、河北涿鹿、河北宣化及河北蔚县诸地，当时的地名称谓是幽、檀、顺、儒、云、应、朔、寰、蓟、瀛、莫、涿、妫、新、武、蔚。从地图上看去一目了然，这些州县均分布于长城沿线，是中原防御北寇入侵的重要屏障。

这一地区原属后唐。公元九三六年，后唐河东节度使石敬瑭在晋阳发动叛乱，企图自立为帝，为取得辽太宗的支持，将其割让给了辽朝。宋朝开国后，曾数次欲夺回此地，却始终未能如愿。著名的高梁河之战和岐沟关之战，就是宋朝为夺回这片土地而引发的大战，结果宋军皆是一败涂地。澶渊之盟划定宋辽疆界时，除莫瀛两州划给了宋朝，其余诸州仍归辽朝所有。

金邦起兵反辽，宋朝感到有机可乘，即向金朝表示"欲与通好，共同伐辽"，并遣使与金朝缔约，约定由金国取辽中京，宋朝取燕京一带，事成之后燕京归宋。这就是史书所称的"海上之盟"。然而由于宋徽宗赵佶疏于朝政，不谙地理，在御书中只提到了"燕京"，而未明确说明这个"燕京"的含义乃是包括燕云十六州在内，就给金人留下了破辽之后只肯交割燕京所辖州县，而拒不交出其余诸州的借口。宋朝对这个结果当然很不满意，多次派人赴金交涉。而金朝因在征辽战场上连连获胜，态度日趋蛮横，不但对宋朝的要求嗤之以鼻，反而变本加厉地提出，宋朝须向其缴纳巨额岁贡方可交割燕京。两国关系因之急剧恶化。

张觉事件就是在这个时候发生的。

张觉原为驻守平州的辽将，金军攻下燕京后暂时将其留用，意欲日后伺机剪除。宣和五年八月，金太宗即位，下令将辽朝降臣及燕京居民远徙东北。张觉抗命，改投宋朝。时有臣属劝赵佶不可接纳张觉，以免贻金人以挑衅借口。赵佶未从其言。金人兴兵讨张，张觉逃入了燕山郭药师军中，但其母其妻均被金人俘去。其弟因此降金，并交出了赵佶赐予张觉的手诏。

金朝掌握了宋朝招降纳叛的证据，向宋朝移牒索人。燕山府安抚使王安中杀了一个貌似张觉者糊弄金人，被金人识破。金人大怒，声称要发兵自取张觉。赵佶为金朝压力所迫，只得下密诏将张觉及其二子处决，以水银函其首送与了金人。

这个事件令原已十分紧张的宋金关系雪上加霜，并且为正想找碴儿进击中原的金朝提供了口实。所以尽管宋朝再三示以歉意，金朝仍以宋朝背盟为由，出兵攻占了蔚应两州，并指使西夏出兵夹攻武朔。宣和七年十月间，野心勃勃的金军备战完毕，金太宗便正式下诏发兵，悍然拉开了伐宋战争的序幕。

可笑的是，直到金军已纵马出师，宋朝对金人的野心尚浑然不觉，尚在幻想以谈判的方式索要金朝不肯交割的州县。童贯驻守太原，就是来与金人交涉蔚应两州的归属问题。这当然无异于痴人说梦。现在总算到了梦醒时分，然而熊熊狼烟却已燃至眉睫。

对于上述历史渊源，张孝纯和王禀皆知大略。所以现在充斥在他们胸间的，除了对金军侵略行径的义愤，亦不乏对朝廷屡屡在外交和军事行动上失策的恼火，以及对那些昏庸误国的文武大员的痛恨。不过作为官阶不高背景不硬的地方军政官员，他们对后者都不愿去多想。想那么多也没用，任你牢骚再盛，又能奈何了谁？因此他们现在的想法很简单，就是希望尽快地在童贯的统一指挥下行动起来，在这国难当头之际，履行好自己所应承担的那份职责，千万莫让失地辱国的事情发生在自己身上。

太原城的城区不大，取捷径由一条小巷穿插过去，再拐过两个街口，就来到了宣抚司所在的大街。这条街上这时也正冷清，而宣抚司门前却立着一队人马，其中还有若干辆马车，有人正往马车上装着箱子，宛如搬家。

张孝纯和王禀远远看到这情景，有点诧异地对视了一下。宣抚司要迁址吗？现在给童贯童大人提供的这处办公及居住场所，已经是太原城里最好的房子了，他还想搬到哪儿去？说话间已驰近宣抚司，张孝纯令马队止步，让卫兵下马候立道旁，他和王禀将马鞭递给王荀，两人便迈步向宣抚司门前走去。

童贯的随行参议宇文虚中正在指挥士兵们往马车上装载箱包，见张孝纯和王禀到来，回身迎了两步，向二人揖道："二位大人早。"张孝纯、王禀拱手对宇文虚中还过礼，张孝纯扫视一下身边的车队，问道："宇文大人，你们这是——"宇文虚中尴尬地刚刚支吾了一声"这个……这个……"就听得一阵脚步声传来，是身裹裘袍的童贯在若干文武随员及侍卫亲兵的簇拥下，走出了宣抚司大门。

这童贯是个宦官，由于极善逢迎拍马，深得赵佶宠信。他曾以监军身份率师讨伐河湟吐蕃和西夏党项，亦曾亲掌帅印"征剿"过方腊，前不久还"收复"了金人暂时放弃的燕京。在他指挥的历次战役中败绩甚多，损失巨大，往往是在付出极不相称的代价后，才换取到某些空头战果。但因其善于掩饰真相虚报战功，竟被赵佶视之为杰出师才，数度委领枢密院事。今年六月，他又被封为广阳郡王，其受宠之势不言而喻。此前朝廷与金朝在归还燕云十六州问题上发生争端，赵佶撤掉了办事不力的谭稹，特令童贯兼任两河宣抚使，前来太原与金人斡旋。然而他也没什么超人奇能，他的前任没达成的协议，他也同样没达成。非但没达成，他谈来谈去，还把对方的金戈铁马谈过来了。

张孝纯、王禀一见童贯，忙撇开宇文虚中，双双上前施礼："下官张孝纯、王禀参见童大人。"童贯看到他两个，稍稍一愣，然后慢吞吞地哼道："你们两个来此何事?"张孝纯再揖道："金寇悍然犯境，军情万分吃紧，下官想请童大人——"童贯没等他们说完，便摆摆手打断："前几日送过来的驿报我都看过，这些不必再说了。"王禀紧接着跟上一句："那么当如何调度兵马御敌，还望童大人速为示下。"童贯顿了顿，拖着长腔道："这个嘛，事关重大，待本官回朝奏明圣上再做定夺吧。"

"什么?"张孝纯和王禀霍地一惊，"童大人要回汴京?"

"正是。此地的局势如此严重，一举一动关乎我大宋全局，本官焉能不速速赴阙面奏?"关于这些天金军入境的情况，童贯的确是一直都在密切关注。他也看出了这一次外寇入侵的架势非同以往，掂量着如果留此指挥作战，恐是必败无疑。因为一来他情知宋军不是气焰正盛的金军的对手，二来他也明白自己根本就没有什么运筹帷幄决胜千里的军事才能。虽然对外他可以恬不知耻地吹嘘自己胸中自有百万兵，但在内心里，这点自知之明还是有的。所以他一看形势不妙，就决定赶快离开这块是非之地。这样万一将来太原失守，责任也追究不到他的头上。

张孝纯一听童贯居然要在这个时候离开太原，心腾的一下急了。什么赴阙面奏，分明是以此为借口临阵逃脱。你一拍屁股跑了，我们怎么办? 太原怎么办?

两河的百姓怎么办？他不由得提高声音道："童大人，下官以为童大人此时不宜离开太原。目下金寇迫近，大战在即，正需童大人坐镇调度，统驭各路兵马协力抗敌。"

童贯对自己匆忙逃离太原的举动原本就心虚，听张孝纯这么一说，恰似变戏法地被人当场觑出破绽，心中一阵着恼，面色就沉下来："本官怎么就不宜离开太原？边关事变甚剧，本官赴阙面奏其详，此乃头等大事。"

"童大人，末将以为，大家同心协力守住太原，才是当前的头等大事。"这是王禀那浑厚的声音。

"放肆！"童贯被王禀堵得气噎丹田，忍不住勃然作色，"本官行止自有方寸，难道还需要你来训导吗？守卫太原是你等的职责，你等自去把守便是，到本官这里来聒噪什么？"若在平时，对于胆敢如此顶撞他的武夫，童贯至少要扯着嗓子来一番痛骂。但是现在他不想多啰唆，他知道与张孝纯、王禀越纠缠于己越不利，于是傲然地将手一挥，"本官事急，无暇多言。你等不是要本官下令嘛，本官现在就下令，命你等速速调兵布防，通力坚守太原。如若太原有失，唯你二人是问"！

说罢，童贯便绕过张孝纯、王禀，径自走向属下为他准备好的一匹高头战马。后面的随员们忙亦步亦趋地紧跟上去，无人再去理睬张王二人。只有宇文虚中经过他们身边时，同情地向他们揖揖手，小声地奉送了一句："二位大人好自为之吧。"

童贯跨上战马，率先扬鞭起步。从随后跟进的车马辎重上可以看出，童贯此番来太原，虽然在外交上一无所获，其个人收获却是颇丰。至于他收获了些什么财宝，是怎样收获而来的，没人搞得清楚。人们只知每逢外出办差，童贯从不空返。不多会儿工夫，童贯一行便浩浩荡荡地拐过街头，消失得无影无踪。

王禀面对着空旷的街道，忍不住破口大骂："他奶奶的，这等混账阉竖也配领兵！"

张孝纯苦涩地一笑："是啊，越是这样的人，倒越是能见信于朝廷，岂非咄咄怪事。"他抬头望望因大雪将临而变得越来越显阴暗的天空，沉默有顷，吐出一口粗重的闷气，猛地回头断喝："速回府衙，召集众将议事。"

这一天，是宣和七年十二月八日。

二

汴京乃五代时期的梁晋汉周四朝旧都。宋太祖赵匡胤夺取政权再次定都于此后，命有司按照洛阳宫殿制式，重新修建了大内。后经历代皇帝不断地整修扩建，至徽宗时，已将皇城拓展得相当宏大壮丽。只说皇城的城门，便有乾元、左掖、右掖、东华、西华、拱宸、大庆、左右升龙、左右长庆、左右银台、左右承天等十数个之多。皇城内则殿阁无数，比较著名的有大庆殿、紫宸殿、垂拱殿、皇仪殿、集英殿、崇政殿、景富殿、延和殿、延庆殿、福宁殿、宣和殿等。一百多年来，为修建这座皇城花费了多少银子，没有确切记载，也没人能够统计得出来。可惜这些耗尽了天下脂膏的宏伟建筑，后来皆毁于战火，后人再也无缘目睹其神工鬼斧气象万千的雄姿。

大内诸殿的用途各异。比如垂拱殿、崇政殿，是为皇帝的视朝阅事之所，紫宸殿是皇帝上朝前的准备殿，而集英殿则是专门用来举行酒会的宴殿。皇室后妃的居所，亦深藏于这些殿群之中。那些名目繁多大小不一的便殿，乃是供皇帝处理日常事务、召见大臣谈话，或者修心养性解乏消遣之用的场所。每个皇帝在视朝之外所经常使用的宫殿也不尽相同，徽宗赵佶召见大臣议事，多数是在宣和殿，大约这是与其当下所使用的年号有关。

此刻，赵佶就正在宣和殿里独自徘徊。

宣和殿是座面积不大的便殿，但由于只有赵佶一个人形单影只地在里面晃来晃去，就显得有些深幽。宫殿的夹墙里修有暖道，将殿室里的温度调节得恰到好处。然而赵佶却像打了摆子，一会儿觉得身上凛凛发冷，一会儿又觉得燥热难当。这是因为，他正在思考着一个前所未有且极不寻常的问题，而且必须尽快地对此做出决断。这个问题的重要性无与伦比，关系到他赵佶以及整个大宋江山未来的命运。这个要命问题就是，他赵佶还要不要继续当这个皇帝。

直言不讳地提出这个问题，并请求赵佶尽快做出决断的，是太常寺少卿李纲。赵佶根据给事中吴敏的推荐，刚刚在这座便殿里单独召见过李纲。此刻，李纲劝谏他禅位之言犹在耳侧，李纲刺血写就的奏章就握在他的手中。居然敢用如此直率的态度劝朕禅位，赵佶暗想，这个李纲固然忠心可嘉，胆子却也着实不小。

李纲，字伯纪，时年四十三岁，福建邵武人，自祖辈起迁居无锡。因无锡有个叫梁溪的地方比较有名，后人又称其为"梁溪先生"。他于政和二年三十岁时登进士第，曾历任尚书考功员外郎、监察御史兼权殿中侍御史等职。因言论忤逆了朝中权贵，被降职为隶属于刑部的比部员外郎。宣和元年京东发大水，他上疏要求追究造成水灾有关官员的行政责任，再次得罪权贵，被贬为监南剑州沙县税务，至宣和七年春才被重新调回汴京，任用为太常寺少卿。

太常寺少卿不过是个掌管礼仪祭祀之类事务的从五品闲职，并无参与军政之责。何况李纲方从南方不毛之地回京，又与朝廷大员们素无交往，没有几个人的眼睛能够看得见他。按说就是局势再紧张再严峻，也还轮不到他站出来说话。可他就是义无反顾地站出来了，而且还胆大包天地提出了请皇帝禅位的主张。之所以然，是与他这个人的秉性和抱负分不开的。

李纲这个人的秉性，最突出的一点就是敢于仗义执言，不善奉承巴结。他的几次遭贬，都与这个耿直的秉性有关。他不是不知道这是个倒霉的源头，但一个人的秉性是天生的，想改也难。即使勉强装出另一副嘴脸，是装不像也装不长的，一到关键时刻，还得露出原形。他自幼立下的抱负，则是建功立业青史垂名。他是饱读诗书的，一生中写下过不少文赋诗词，但他的主要兴趣不在这方面，文采也难入一流之列。他的兴趣主要就在于研究治国方略，即使身居卑位，也对国家大事至为关注，时时思考一些关乎国计民生的政治主张。要实现自己的政治主张，欲参与朝政大计的讨论制定，是非把官做到相当一级的高位不可的，所以他对仕途的升迁，自然也就比较重视。

像李纲这样的人，说起来是既适合从政，又不适合从政。说他适合从政，是因为他确有忧国忧民的品质及相当的行政能力；说他不适合从政，则是因为他太不擅长玩官场游戏。在任何一个朝代，从政者如果仅有出众的才干，而没有纯熟的马屁技巧，以及与上下左右狼狈为奸的关系和手段，总是难以官运亨通。而这些恰恰是李纲的弱项。所以说，李纲的秉性与他的抱负，是既相辅相成，又相互矛盾。其结果便是既成就了他一生中的片刻辉煌，也注定了他终难尽遂夙愿。

塞北鼙鼓动地来，惊破霓裳羽衣曲。面对这百年未遇的严重危机，汴京城里的每个人都大为惶然，都不能不考虑自己应当如何应对。许多百姓已经纷纷拉家带口投奔他乡，一些官员也在做着随时逃离京城的准备。有的官员甚至不待上司批准，就已带着家眷擅自弃官而去。

李纲这些天来也考虑了许多，不过他考虑的并不是如何全身自保，如何寻找借口离开汴京。他的家眷不在汴京，随便找个什么理由脱身而去是比较方便的，但他压根没动这个念头。他这个人在内心里是多少有点自负的，越是在众人惶然之时，他越是产生出了一种舍我其谁的责任感。在这种责任感的支配下，他的思考便只集中到了一个焦点上，那便是应当采取什么措施，来挽狂澜于既倒。

综合分析了各方面的情况后，李纲逐渐理出了一条思路，产生了劝谏赵佶禅位的构想。

这个构想最初闪现出来时，李纲自己也吓了一跳。我如何能做此大逆不道罪可诛族之想？但当他继续考虑下去，却越想越觉得，无论从对内凝聚民心的角度，还是从对外破除金军进兵借口的角度，这个措施都是解决问题的起点。如其不然，便有一系列的问题卡在那里无法解决。由是，他渐渐坚定了劝谏赵佶禅位之念。

李纲心情一冲动，就要提笔写奏章。但当他研好墨铺开纸后，又犹豫起来。请求皇帝禅位，这事毕竟太大，此举妥当与否，最好还是先找个人商议一下。找谁商议呢？他在官场中的交际圈子不大，能谈得来的朋友屈指可数。而在这为数不多的友人中，给事中吴敏算是与其关系较近的一个，平日里两个人的政见也较为相投。于是在这天夜里，李纲便悄悄地造访了吴宅。

吴敏一看李纲那神情，便知这位老兄是无事不登三宝殿，即将其请进书房，屏退用人，开门见山地问道，伯纪兄是为时局而来吧？李纲肃然点头道正是。然后也不多绕圈子，就坦率地将其所思和盘托出。

果然不出所料，吴敏也认为，目下赵佶已民心尽失，不再具有四方威服的号召力，指望以其之天威唤起国民的抗金斗志是不可能的。而且在金人的战书伐表中，赵佶失德也是一条很重要的进兵理由。因此就目前形势而言，赵佶禅位已是势在必行。吴敏告诉李纲，其实在前几日的一次单独奏对中，他已经以解梦的方式，向皇上暗示了这一点。

"噢？那么皇上的意思呢？"李纲关注地问。

"皇上倒也不无此意。皇上明白，局势发展到这一步，这个朝廷他再勉强支撑下去也难。昨日皇上诏命太子出任开封牧，并赐予太子排方玉带，就表明皇上已有这个意思。但是——"吴敏呷了一口茶，用手指轻弹了两下桌面，"皇上能不能真正下这个决心，还不好说。皇位可不像一个什么寻常物件，说送人就送人了。欲使皇上快刀斩乱麻，恐怕是还得有大臣促上一促。"

"有大臣提出此议吗？"

"你看那些人当中，谁有这个胆子？此言一出，皇上接受便罢。若是不接受，那可就轻则丢官，重则连脑袋都保不住了。我也是只能暗示一下，点到为止。再深一点的话，也是不便讲的。"

"都如此明哲保身，国将危矣。"李纲不由得拍了一下桌子。看到吴敏露出一丝尴尬神情，他忙补了一句，"哦，吴大人能暗示于皇上，已实属不易了。那么——进一步的话，由我来说如何？"

吴敏迟疑地看看李纲："此事后果难料，伯纪兄可要慎思。"

这时李纲的心情，已被一种沧海横流方显英雄本色之感鼓荡起来，他稍稍一顿，毅然说道："大臣们若敢开口，还没有我李纲发言的份儿。他们如此畏缩，倒给了我一个说话的机会。我李纲有话此时不说，更待何时？只求吴大人为我帮个忙。"

"请讲，只要是我吴敏做得到。"

"此等奏折不便交有司转呈。但以我太常寺少卿职位，没有面呈皇上的机会。吴大人可否向皇上举荐一下，请皇上召李纲单独奏对？"

"伯纪兄可要想好，若是皇上允了面对，你再想打退堂鼓都打不成了。"

"我想好了。君子一言，快马一鞭，是福是祸听天由命。"

吴敏看着李纲决然的神色，略作沉吟，点头应下："好吧，伯纪兄既有报国之心，吴某自当鼎力成全，引荐之事包在我身上。"这吴敏历任秘书省校书郎及中书舍人等职，官阶曾几度沉浮，现在他所担任的给事中这个职务，论品阶虽只是个正五品，其职能却是皇帝的政事顾问，能够随时与皇上说上话，并且这一阵赵佶又对他比较信任。所以，他答应将李纲引荐给赵佶，在心里是有把握的。

吴敏的想法与李纲不谋而合，而且敢于将其意暗示与皇上，说明了认为非如此不能扭转政局者非止一人。这给予了李纲很大的精神支持，也增加了李纲向皇上劝禅的勇气。赵佶自元符三年登基，二十五年来把煌煌大宋治理成了这样一个不可收拾的烂摊子，将其请下龙椅，实乃大势所趋人心所向。这种顺应天意民心的事情，两府的宰执们居然没人去做，那就休怪我李伯纪当仁不让了。

李纲决意去做这个出头的椽子，究其思想根源，主要的自然是基于其自幼所受的国家兴亡匹夫有责的道德教育，却也不能排除他是看准了这是一个难得的参政机会。如果不碰上这样的机会，他李伯纪欲想在国家大事上插上一嘴，还不知要等到哪年哪月，甚至是一辈子都无此可能。

这算是投机吗？李纲自忖，或许是有那么点意思。可是反过来说，将此机会拱手送给你们三省六部二十四司的任何一位大臣，你们愿意接过去吗？我李纲此举纵然算是投机，那也是为国家社稷而投，而非是为追逐一己之私利，所以此机正大光明，大可一投。如此想来，李纲便越觉其行为是理直气壮问心无愧的。

当然，机会往往是与风险并存，这个机会风险很大。自古以来欲成大事者，没有不承担风险的。舍不得孩子套不着狼，这就不能多作顾虑了。

回到宅中，李纲坐在那里静默一晌，构思好腹稿，就要执笔书写奏章。但他甫一提笔又停下来。他觉得仅仅如此写来，态度还不够诚恳，尚不足以打动皇上的心弦。略微思量了一下，他将起衣袖，拿起刀在自己的左臂上用力一划，划出了一道长长的伤口。然后翻转手臂，将鲜血滴入砚盘。继而蘸着那鲜血奋笔疾书，一气呵成地写下了洋洋千言。这就是后来被冠名为"召赴文字库祗候引对札子"的那篇著名奏章。

吴敏在与李纲夜谈后的第二天，也就是十二月二十二日，便将李纲请求面对的意思奏与了赵佶，并大力举荐道：李纲其人颇有见地，其言其策大可一听。赵佶当即应允，传旨于当日下午在文字外库召见李纲。李纲遵旨前往，将奏章交由太监呈入后，便在库外候召。却因当日赵佶与宰执们议事甚繁，搞得十分疲惫，便将召见李纲的时间改到了次日上午，地点则改至宣和殿。

十二月二十三日上午，李纲终于蒙召入禁。他的奏章赵佶已于昨夜详阅。赵佶没想到，一个区区太常寺少卿，竟敢如此坦率地提出请他禅位的要求，而且还将其中的理由阐述得相当中肯。奏章里的那些毫无矫饰的诤言谏语，是从那班惯于阿谀奉承的宰执们那里绝对听不到的。这倒让赵佶增添了与李纲面谈的兴趣。由于读过奏章后赵佶在龙榻上辗转反侧了许久，此时他不免身带倦意，但见到李纲在贴身太监张迪的引领下走进大殿时，他还是努力振作起了精神，一丝不苟地正襟危坐在那里，摆出了皇帝应有的威仪。

挥退张迪和侍立在侧的其他太监，大殿里只剩下了赵佶和李纲两个人。君臣一坐一立隔案相对，就开始了一番时间不长却意义重大的谈话。谈话是以赵佶发问李纲作答的形式进行的。赵佶所问的问题，其实都可以从李纲的奏章里找到答案，然而赵佶还是想听李纲再当面说一说。由此不难看出在是否决定禅位这件事上，赵佶内心里的犹豫和矛盾程度。

赵佶以威严的口气劈头提出的第一个问题，就是诘问李纲，你刺血上书请求朕禅位于太子，想没想到过这样做的后果，朕指的是对你个人可能产生的后果。李纲从容回答说想到过，但微臣世受国恩，考虑得更多的是尽忠报国，故不敢因苟且于一己得失，坐视社稷濒危而缄口无言。如果皇上以为微臣言之不当，微臣甘领严惩，绝无寸怨。

赵佶紧接着逼问，照你的意思说，朕这个皇帝，是当得不够格啦？

岂止是不够格，简直就是一塌糊涂。一个称职的君主，焉能使国家腐朽到一触即溃的地步？李纲心里这么想，嘴上当然不能这么说。他对这个问题早有准备，胸有成竹地应对道，微臣不是这个意思。皇上自登基以来，宵衣旰食，励精图治，种种功绩日月可鉴，无须微臣拙嘴笨腮一一列举。只因某些奸佞欺君罔上败坏朝纲，方使我大宋弊政丛生天怒人怨。如今金寇将此罪责统统强加于皇上一身，正所谓欲加之罪何患无辞。微臣窃思，皇上昼夜操劳听政日久龙神大损，目下又无端受此指责，委实是不堪其负。所以微臣才斗胆奉劝皇上，莫若审时度势急流勇退。这样，一者可使皇上保重龙体颐养天年，二者可令国朝万象更新重振雄风，三者可以破除金军的进兵借口，诚可谓是一举三得之事，何乐而不为哉？

这番话说得迂回婉转，基本上保全了赵佶的面子，赵佶听了，觉得还比较受用。他缓和了面色，又问，姑且算你说得有理，朕且委派太子监国如何？

李纲道，关于这一点，微臣在奏章里说得很清楚。若在平时，以太子监国作为其继承大宝之过渡，自然是顺理成章。但如今事急，若不直接付与太子玉玺，便难以树其威望，太子亦难负起全责，于号令天下共御强虏大为不利。皇上若果有禅位之意，何不就索性一步到位呢？

赵佶不置可否地哼了哼说，朕若让太子于此时即位，你认为太子有能力扭转局势吗？李纲回答，臣观太子天纵英明，且蒙皇上谆谆教诲，颇具龙驭天下潜质。太子即位后，如能广开言路，任用贤良，尽我大宋济济之才，全力抵御北漠虏寇，驱敌于国门之外，应当是不成问题。

赵佶听罢，微微点了点头，沉思片刻，忽又开口问，你说的这些，包括奏章上所写的那些话，与谁商量过？李纲道，微臣未与任何人商量，凡此种种，皆是微臣个人所思。赵佶盯着李纲道，这些言语，诸宰执尚且未曾说过半句，倒是你在朕的面前滔滔不绝。难道你一个太常寺少卿，倒比宰执们更聪明吗？

李纲与赵佶的目光对视了一下，垂首答道，微臣不敢自命不凡，但微臣的确是一心一意为皇上和社稷着想，方敢不避斧钺冒死进言。在出于公心这一点上，微臣自忖，较之宰执们或许有过之而无不及。

赵佶"嗯"了一声，身子仰靠在椅背上闭目沉思了一会儿，抬起眼皮对李纲道："好了，你的意思朕都听明白了。你且退下，容朕再思。"

"微臣恳请皇上早作决断，金人留给我们的时间已经不多了。"李纲最后说完这句话，躬身再拜，退出了宣和殿。经殿外的冷风一吹，他才发觉朝服里面的内衣已经全被汗水湿透。看来虽说是下了豁出去的决心，事到临头的紧张还是避免不了。无论到了何时，皇上到底是皇上。

大殿里只剩下了赵佶寡人一个。他缓缓地从龙椅上立起，开始在殿堂里徘徊。李纲已经将利害说得很明了，何去何从，他必须当机立断。

禅位，这话说来简单，可这皇帝的宝座，交出去就是永远地交出去了，不会再有收回来的那一天。自己现在才四十四岁，正值年富力强的时候，这把拥有无上权力的龙椅说不坐就不坐了，真是不甘心哪，非常不甘心！

可是，如果不禅位，就不可能把拯救国民于水火的职责推脱掉。即便是让太子监国，最终的责任仍会落到他赵佶头上。那么朕有能力、魄力、精力和号召力承担起这个责任来吗？赵佶沮丧地承认，他没有，根本没有。降罪己诏，减裁掖庭用度，归还百姓土地，废应奉局花石纲，罢大晟府教乐所，令天下官庶直言献策，等等，凡是他能想到做到的措施，他都已经做过了，但是对挽救危局丝毫未见成效。让他再拿出个别的什么高招来，那是打死他也没有了。这一点不仅赵佶明白，李纲明白，满朝文武虽然嘴上不说，心里也都有数。就连金人，对此也是洞若观火，否则他们也不会在讨宋檄文中，猖狂到指着鼻子辱骂赵佶"越自藩邸，包藏祸心，假黄门之力，贼其家嗣，盗为元首"的份儿上。

在这种情况下，自己就是硬赖在龙椅上不挪窝，恐怕也是坐不长久的。想到这里，赵佶意识到，他其实压根就别无选择。看来李纲也正是瞅准了这一点，才敢冒杀头之险，毅然刺血上书请他禅位的。

"金人留给我们的时间已经不多了，"李纲离开大殿前留下的那句警告，又在赵佶耳畔响起。是的，以金军的凌厉攻势估测，如果他们在两河地区遭遇不到有效抵抗的话，打到汴京城下已用不了几天的时间。真要到了那个关头，可是想禅位都禅不成了。

罢罢罢！赵佶来回疾踱了几步，骤然停住，下了决心。禅位就禅位，辛辛苦苦当了半天皇帝，倒落了个千夫所指，真是何苦来哉！好吧，这个皇帝老子不当了，老子当够了！本来老子的兴趣爱好，也不在临朝理政上。这些年来，天天一睁眼便议国事批奏章的枯燥日子，老子早过腻歪了。从此之后老子要做个逍遥闲人，徜徉于花前月下，沉醉于诗画之中，春宵泛舟秋夕垂钓，晨诵经卷夜赏丝竹，抛却一切凡尘俗物，岂不活得潇洒如仙哉！

此念一定，赵佶顿觉像卸掉了一个沉重的包袱，身上一阵轻松。

但随之又有一种紧迫感向他袭来。既然决定了禅位，赵佶便觉得这个皇帝简直是再当一天一时一刻都多余。于是他迫不及待地唤进张迪，命张迪速传给事中吴敏前来起草退位诏书，并马上通知白时中、李邦彦等宰执进宫议事。这件事他要说办就办，不想拖过今天。也就是说，就在当日下午，他便要将皇位交与太子赵桓。在赵佶近二十六年的皇帝生涯中，这大约是他处理得最为雷厉风行的一件国事了。

看着张迪带着一脸的惊愕一溜小跑着退出大殿，赵佶疲乏地回身倚坐到镂空金漆龙椅上，忽然感到像被抽去了筋骨似的，全身瘫软得没有了一点力气。

三

赵佶突然决定禅位的旨意，像从斜刺里抡出来的一只老拳，把太子赵桓打了个蒙头转向。赵桓乍一听到这个突如其来的消息，首先一个感觉就是他这位父皇纯粹是脑子有毛病。这么重大的一件事，竟决定得如此草率仓促，连最起码的章法都不讲，这岂不是天大的笑话。莫说是一个堂堂大国的国君，就是一个微不足道的正九品知县，撂挑子也没这么个撂法的吧？

赵桓乃王皇后所生，是赵佶的长子，时年二十六岁。政和五年他十六岁时被立为皇太子，次年娶恩平郡王朱伯材之女为妃，这朱妃便是后来的朱后。

这位皇太子，总的说起来，生性尚属宽厚。其父那些风流倜傥的基因，基本上没有遗传到他身上。所以他既未在哪一方面显示出有什么过人的才华，也没有什么不良的嗜好。虽然备居东宫十载，却从未参与过朝政。日常读讲之余唯一的兴趣，是观赏皿中之鱼。有时他能默不作声地在黑漆鱼缸前一坐便是一两个时辰，似乎若有所思，却不知是在想些什么，令人颇觉高深莫测。其实他什么都没想，只不过是陶醉在了观鱼的乐趣中而已。

由于上述种种，他基本上不会树敌，因此在上下人等中的口碑都还不错。但是他有一个根深蒂固的弱点，就是遇事没有主见，此亦一是非，彼亦一是非。这个弱点，在他执政之前倒无所谓，反而显得性情随和。然其一旦当了皇帝，便十分致命了。到头来终是因此毁了大宋朝，也毁了他自己。

赵桓当然是乐意日后登临大宝，不过对此并不心切。反正法律已经规定了他肯定是皇位的继承人，那把龙椅早晚归他就是了。父皇赵佶才四十多岁，来日方长，现在还且轮不到由他来取而代之，所以他根本就没有在这几年便当皇帝的心理准备。前几日赵佶委任他为开封牧，并赐予了他排方玉带，使得他有了父皇欲传位与他的预感。但他以为事情总得有个程序，有个过程。尤其是正值国事紧急，这般大事更须处理得慎重。却没想到赵佶竟然连一句招呼都没打，突然便决定将那个皇位像扔破袜子似的扔给他了。这一下可真是弄了他个措手不及狼狈不堪。

赵桓随着传旨太监来到福宁殿的时辰，是下午申时末。冬日昼短，此时已是暮气昏蒙。太宰白时中、少宰李邦彦等一干宰执大臣正在福宁殿西庑门前候着。一见赵桓到来，白时中即上前施礼道，文武百官已奉圣谕在垂拱殿等候多时，恭请皇太子稍事歇息，就去垂拱殿登基，接受百官朝贺。

原来，当日赵佶用过午膳后，也没进行惯常的午休，便强支着疲乏的身体，与匆匆奉召进宫的宰执们以及吴敏等人商讨了禅位事宜。除了吴敏外，众人对赵佶如此迫切地决定禅位俱感惊异。但因皆知此乃大势所趋，又见赵佶态度坚决，也无人出面劝解。于是众人便依照赵佶的旨意，分工协作忙碌起来。吴敏的任务是执笔草拟赵佶的退位诏书，诸宰执则遵循赵佶之意，议定了其退位后的安置和称号等问题，如赵佶出居龙德宫、皇后出居撷景西园、尊赵佶为教主道君太上皇帝，等等。然后，又派人紧急召集满朝文武会聚垂拱殿，等候举行禅位仪式。如此纷纭的事务，居然能在短短的两三个时辰内搞定，这在大宋朝廷的办公效率史上，恐怕也算是创了纪录。

经过大家一番忙活，禅位之事至此已算万事俱备，只等赵桓莅临垂拱殿，与赵佶共同来参加过删繁就简的交接仪式，便可大功告成了。不料就在这最后一步上，事情卡了壳。

卡壳的原因，是太子赵桓别扭上了。

方才赵桓在奉旨赶往福宁殿的路上，就越想越别扭。有这么逼着人当皇帝的吗？眼看着金军大兵压境国势颓唐，就把这个烂摊子随手一甩扔到我头上了，这算什么事？难怪朝野上下对你谤声不已，看来你这个父皇真是在人品上大有问题。赵桓越想越气，甚至于怒火中烧，就觉得他现在进宫来，不像是要来当皇帝，倒像是遭到了歹徒的绑架似的。所以听了白时中请他速去垂拱殿接受百官朝拜的话，他连看也没看白时中一眼，就冷冷地道："垂拱殿不忙去，我要先去看看父皇。"

众宰执不敢违拗，只得引赵桓先赴宣和殿。

赵佶这一日劳神得很，此刻已是筋疲力尽，正倚在宣和殿东阁内的御榻上休息。闻报太子叩见，还以为赵桓是前来请他一同去出席禅位仪式。岂料赵桓进得殿来伏拜问安后，表达的却是"儿臣年资稚嫩，欠乏历练，不敢贸领皇位"之意。

赵佶一听，心里顿时就像是吃了个苍蝇似的那么腻歪。老子好不容易下决心将这皇位早早地割爱与你了，你倒拿捏着不接。你凭什么不接？你是什么人？是皇太子，是储君。储君是干什么的？就是要准备着随时接替皇位的。现在老子不想干了，这个烫手的山芋你不赶紧接下来，让我扔到哪里去？

这时候赵佶与赵桓的关系，就像集市上买卖双方的关系似的，赶着不卖赶着不买。赵桓越是不想即位，赵佶越是觉着自己果断禅位这步棋是走对了。于是赵佶板起面孔道："禅位之事朕与诸宰执已议决，无可更改，皇儿不必谦辞。望皇儿速整仪容，出席大典。"赵桓却仍是伏地叩首不已，声称万万不敢行此不孝之事。赵佶不禁火起来，厉声喝道："你若不从朕命，便为天大的不孝！"就命宰执们将赵桓带出，快点儿去举行仪式。

赵桓被宰执们强行拥出宣和殿，还是满脸的宁死不屈。让他带着这种情绪去见百官，非把事情搞砸不可。诸宰执只好暂将其再送回福宁殿，轮番对他进行劝谏。李邦彦还派人请来了与赵桓关系密切的宝文阁直学士耿南仲帮忙，却是一概无效。

眼看着天色已晚。百官在垂拱殿傻等了良久，早已是议论纷纷躁状百出，让他们再这样干等下去也不是个事。白时中便请示赵佶，是否且让百官退朝。赵佶心里窝火，但也只好允准。同时他向众宰执下了死命令，务必劝通赵桓，否则提头来见。

大臣们诚惶诚恐，回头再去劝说赵桓，并且将朱妃也搬了来说项，赵桓却依然油盐不进。众宰执黔驴技穷，一个个像热锅上的蚂蚁似的在福宁殿内外来回转磨，心里说休矣休矣，这回大宋的天是要塌下来了。

吴敏急中生智，忽然想到李纲，忙向宰执们推荐道，李少卿乃劝禅之始作俑者，想必其对太子亦可有些说辞。众宰执一听，如同捞到救命稻草，一迭声地齐道，那就快快有请李少卿。

对于赵佶最终会决定禅位，李纲心里有个八成把握，但他没料到赵佶会决定得如此迅雷不及掩耳，更没料到赵桓会坚决拒绝即位。禅位仪式卡了壳，他从皇城退回住所后，正忐忑不安，听说宰执差人来唤，情知此中的麻烦大了，遂不敢稍加怠慢，立刻动身赶到了禁中。

看到禁中群龙无首一派混乱的情形，李纲马上敏感地向白时中、李邦彦问道："敢问二位宰相，今夜宫禁的防卫，是如何安排的？"一语点醒梦中人，白时中、李邦彦都被自己的疏忽吓出了一身冷汗。他们连忙奏请赵佶批准，急调时任步军都虞候的老将何灌火速带兵入卫，扼守皇城内外诸门。

李纲的提醒堪称及时。何灌刚刚将诸门的守卫部署完毕，便在内东门碰上了欲带着随从进宫的郓王赵楷。

徽宗赵佶龙根伟健，性喜房事，恩泽诸宫，子女众多，有子三十一人，有女三十三个。除去因病夭折的，现今已被封为这王那王的子嗣，就有二十五六个之多。而在众皇子中，除了太子赵桓，名望最高的一个人，便属这个皇三子赵楷了。

赵楷曾于政和八年廷策中唱名进士第一，先后被实授过十余处节度使职差，从能力上讲，无论文武，均不在赵桓之下。而他现任的皇城提举司使一职，其职能乃是掌管守卫皇城的禁军。因此他于此时带人进宫，不管理由如何正当，也不免令人警觉。

李纲对宰执们的含蓄提醒，正是为了防范郓王赵楷。因为李纲深知，万一赵楷洞悉赵佶禅位不成与赵桓形成了僵持状态，从而心生异志，势必引起宫廷大乱。那么用不着等到金军杀来，朝廷自己就先陷入灭顶之灾了。好在何灌的动作抢先一步，恰巧把赵楷堵在了宫门口处。

赵楷果然是因为听说赵佶禅位卡壳，赶到宫里来窥探风声的。消息是少宰王黼乘乱悄悄地透漏出去的。王黼心下明白，赵佶这个皇帝是决意不当了，而倘若赵桓坚决不接皇位，解决的方式只能是另择一位皇子来继承大统。那么最有希望顶替赵桓的，他揣度着就是赵楷。在此关键时刻献上一份殷勤，一旦赵楷即位，他自然就会成为新君之心腹。

大凡一个人的期望，总是建立在具有实现它的某种可能性的基础上。赵楷此前从未觊觎过皇位，但现在听说出现了这种情况，却不免心中一动，便按捺不住地意欲亲自进宫探个究竟。皇城是他的防区，平时他出入禁中是畅行无阻的。在内东门处受到卫兵阻拦，顿时使他大为不快，于是他就理直气壮地喝令他们闪开。

身披甲胄的何灌见状忙上前挡住了赵楷的去路，抱拳施礼道："请郓王海涵，末将今夜奉命把守禁中，任何人未得诏谕皆不得擅入。"赵楷双眉一立斥道："难道何将军不知道本王领皇城司职事吗？守卫皇城乃本王职责所在，你等岂能禁止本王通行。"

何灌寸步不让，口气谦和但态度强硬地道："末将是受皇上之命前来把守皇城，没有皇上的旨意，不敢擅放一人入宫，恳望殿下不要让末将为难。"

赵楷本无夺宫预谋，不过是出于对禅位事态的关注，想及时去观望一下动静。面对眼前的情形，他感到不宜再坚持进宫。他已经看出来，如果他欲硬闯，何灌真敢动手。仅凭他带来的这几个人，要闯也闯不进去，弄不好还会落个夺宫谋反的罪名。

想到这一点，赵楷猛然醒悟，父皇对他这个统领皇城卫队的主将连一声招呼都不打，便突然调来何灌，全面撤换了城防，这举动不就是针对他而来的嘛。自己恰在此时企图进宫，岂不正好加重或者验证了皇上的戒心吗？

赵楷头顶上登时嗖地冒出一层冷汗，直悔自己头脑简单，事情做得孟浪了。于是他立时改变了口气，和缓地对何灌道："既是如此，本王就回去了。请何将军转奏父皇，儿臣赵楷谨祝父皇安康，并在宫外随时候召。"何灌躬身作答："末将记下了，一定原话转奏。"

赵楷退去后，何灌即将此事禀报了白时中、李邦彦。白李二相又立即将赵楷进宫未遂之事奏与赵佶，并请赵佶即刻采取措施以防不测。赵佶当即颁旨，罢免赵楷皇城提举司使职务，以赵桓之表兄禁军统制王宗楚代之。

赵楷探宫之事总算是有惊无险，众人都舒了一口气。大家的关注焦点，复又回到劝说赵桓即位上面。

方才李纲听吴敏介绍过赵桓强烈抵触赵佶匆忙禅位行为的情况，亦觉这事非常棘手。该说的话宰执们都已说了千百遍，李纲也想不出还能有点什么新鲜说辞。正挠头作难间，发生了赵楷探宫事件，倒是对李纲有所启发。这时宰执们都急不可耐地催促李纲快去向赵桓进言，李纲略略梳理一下思绪，便跟随白时中、李邦彦走进了福宁殿。

赵桓已被那些宰执大臣轮番折腾得头昏脑涨又困又乏，没得到赵佶的允准又不能回东宫去睡觉，正坐在一张紫檀木椅上倚案假寐。闻听耳边响起"微臣李纲拜见太子"的声音，他连眼皮也懒得抬："你无非是来劝我承接宝器，那些话聒噪得我耳朵眼儿里都起了茧子，你不说也罢。"

李纲温和而恭谨地道："是，是，方才诸卿所言，李纲不再重复。只是微臣还想到两点，与太子的荣辱安危有关，不敢不向太子禀明。"

"哦？"赵桓听到这话，觉得新鲜，睁眼看看李纲，稍稍转过来一点身子，

"那么你且说来，要简洁，休得啰唆。"

"是，微臣遵命。"李纲清了清嗓子，徐徐说道，"微臣想到的第一点是，国难当头，皇上决定禅位与太子，是对太子莫大的信任和器重。太子如能慷慨受命，英明决策，临危退敌，其功绩断不亚于我大宋开国皇帝，可一举而威震四海，必将为臣民世代称颂。此机实乃可遇而不可求。而太子若心怀犹疑拒不即位，一旦社稷有失，后人将如何评价太子，微臣不敢言也。"

"嗯……第二点呢？"

"第二点，君无戏言，皇上既已下诏禅位，绝不可能再收回成命。太子不即位，皇上必会另择皇子即位。意欲问鼎宝器者，那可是不乏其人。方才郓王欲进宫之事，太子已经听说了吧？倘另有皇子即位，将会如何安置您这位已居东宫十年之久的太子？换言之，假如您是另外一位皇子，登基之后能对身边这个曾为太子的兄弟不心存顾忌吗？此言原不当由微臣来讲，但兹事体大，微臣不敢不斗胆直言，恳望太子恕罪。"

"念你出自公心，本王恕你无罪。"

"谢太子开恩。总而言之，微臣所言之一，关乎太子一生荣辱，微臣所言之二，关乎太子身家安危，皆不可等闲视之。切望太子三思，微臣再无多言。"

"嗯。"赵桓微微颔首，举目看看李纲，又环视了一下其他在场的大臣，"你等都且退下，让本王想想。"于是除了朱妃以外，其余诸人都暂且退出了大殿。

赵桓像雕塑般坐在那里纹丝未动，脑子里面却刮起了飓风。李纲说得不多，但是相当到位。尤其是他说的第二点，确实是一针见血。如果这个皇帝自己不当，而让别的皇子当了，自己的境遇如何，那是不难想象的。我怎么就没想到这一点呢？赵桓不由得暗自打了个寒噤。

朱妃轻步走到赵桓身边，伸玉臂舒纤指抚着他肩头悄声道："李少卿之言甚是有理，难得他肯如此披肝沥胆。"赵桓按住朱妃的手背，无声地抚摸了一会儿，点点头叹息一声："看来是天命难违了。"

俄尔，内侍黄金国被唤进殿内，旋即出殿传话，太子赵桓同意即位。大臣们闻讯心中一块巨石落地，纷纷以手加额弹冠相庆。李纲亦是全身一松，如释重负。

次日，即宣和七年十二月二十四日上午，皇太子赵桓登基于崇政殿，是为宋钦宗。太宰兼门下侍郎白时中率百官入贺，一场匆忙慌乱的禅位闹剧，在一片山呼万岁的声浪中终算尘埃落定。

经过连夜准备的登基仪式，举行得还称得上是按部就班庄严隆重。然而端坐于丹墀之上的新任皇帝赵桓，眼望着下面如奴似犬匍匐满地的群臣，眼神里并没有一丝一毫雄睨天下指点江山的喜悦和豪迈，反而充满了忐忑和迷惘。确实，对于在此非常时期应当怎么来当这个皇帝，他的心里一点儿底也没有。

不过，有一件事，历代皇帝都无师自通，那便是改元。赵桓于即位六日之后的次年正月初一更改了年号。为祈天下太平安宁，赵桓将新年号定为"靖康"。而除此之外还应着手做些什么，他一时却是毫无主张。

可是仅凭一个吉祥年号，就能保佑得了大宋王朝国泰民安吗？

第二章

　　对太原告急给予了足够重视的，只有李纲等少数大臣。李纲很清楚西线战事与汴京安危的密切关系，可一时也无救急良策。正当他为此殚精竭虑之时，在东线又发生了更严重的情况：梁方平和何灌的部队没有顶住金东路军，宋朝的黄河防线于一夜之间土崩瓦解。

一

宣和七年岁末徽宗赵佶禅位，不仅是北宋历史上的一个重大事件，也是李纲政治生涯中的一个重大转折。鉴于李纲在赵佶禅位前后所表现出来的忠心和才干，赵桓于登基的次日，便擢升其为兵部侍郎。此职之官阶为从三品。这样，李纲便由一个无足轻重的五品闲差，一跃进入了可以参议军国大略的要员序列，从而才得以书写下了其人生历程中最为辉煌的一页。

不管赵桓心里有无主张，他既已即位，就得主政。在群臣的建议下，除了下诏让天下臣民直言朝政得失，力求造成一种痛革旧弊万象更新的政治气氛外，他上台后首先办理的一件公务，便是派遣由陕西转运判官迁任给事中的李邺使金，向金人通报赵佶禅位的消息。你们金邦不就是打着因赵佶失德而吊民伐罪的旗号，前来进犯我大宋的吗？现在那个失德的皇帝已经自动下台了，你们就应该偃旗息鼓了吧？采取这个外交措施，应当说是不无必要，但它能起多大作用，那就另当别论了。

李邺这个人，基本上就是个丧门神。边寨烽火初起时，他奉赵佶之命，携黄金万两使金求和，就没带回来什么好结果，反而给朝野带来了一派恐慌。当时徒劳往返的李邺回朝奏报，极尽渲染金军强悍之能事，称曰"金军人如虎，马如龙，登城如猿，入水如獭，其势如泰山，中国如累卵"，给本来便畏敌的宋朝君臣心头，又增添上了一层不可名状的恐惧。他的这些话传到民间，百姓便送了他一个"六如给事"的鄙称。此次使金他一如既往，带回来的还是丧音。

不过平心而论，这事的主要责任也不能放到他身上。弱国无外交，没有强大的国势做后盾，他李邺就算是在金人面前能做到气节如虹宁折不弯血溅五步，亦是于事无补。泱泱华夏地大物博人口众多，历史悠久积淀深厚，如何就屡屡在落后的游牧部落或区区弹丸之邦的侵略面前，变成了可以任人宰割的羔羊，这可真是个相当费解之题。

李邺这次使金，并不需要跋涉到金国的上京，只需将国书递交给逼近汴京的金军东路军主帅斡离不即可。金人往往另有一个汉名，斡离不的汉名唤作宗望，金西路军统帅粘罕的汉名，则称为宗翰。金东路军建枢密院于燕山，金西路军建枢密院于云中，人称其为东朝廷西朝廷。二者在决策与行动上，均各自拥有极大的自主权。这与宋朝将领远在边陲的任何一个行动，都必须听从于千里之外的圣谕遥控的僵化制度，形成了鲜明的对比。因此且不谈战斗力的强弱，单说战略战术的机动灵活随机应变，宋军便先输一着。作为东路军的主帅，宗望完全有权决定其师之进退，所以李邺不必舍近求远。

李邺向宗望递交国书的地点是河北信德府。当时信德府刚刚被金军攻下，城里是满目焦土遍地狼烟。宋朝百姓涂满鲜血的尸体，金兵横冲直撞烧杀抢掠的身影，在街头巷尾随处可见，看得李邺是心惊肉跳。宗望的临时帅府就设在原信德府衙，李邺及其随从风尘仆仆一路寻来，经过金军士兵的严格盘问，好不容易才见到了宗望。

宗望阅过赵桓御笔，命将李邺一行带到一旁的房屋等候，便召集了挞懒、斜也、阇母等大将以及宋朝降将郭药师等人商讨对策。众金将听到赵佶禅位这个新情况，一致想先听听熟知宋朝内情的郭药师的看法。

那郭药师本为辽将，曾被辽朝倚为重臣统掌劲旅，却在辽国势危时见风使舵密结童贯反戈降宋。背叛辽朝后，他将涿易两州拱手献与宋朝，从而大得赵佶的欢心，被委以检校少保同知府事，统领重兵镇守燕京。有大臣多次提醒赵佶，郭药师品性恶劣，有奶便是娘，实系反复无常之人，不仅不堪大用，而且不可不做防范。燕山知府蔡靖甚至先后上密奏一百七十余章，请求朝廷密切注意其动向，但都没引起赵佶的重视。

张觉事件发生后，郭药师兔死狐悲，怨恨宋朝薄情寡义，业已反心萌动，开始与金人暗通款曲。宋金战端一开，他很快看出宋朝绝不是金邦的对手，遂断然劫持了燕山知府蔡靖以及转运使吕颐浩、副使吕与权、提举官沈琯等人，公开降金，并向金军提供了有关宋朝虚实的大量情报，成了金人的得力鹰犬。

叛徒比敌寇更可恨，因为叛徒了解本国底细，更清楚应当采取什么手段对付本国人。郭药师现在就起到了这个作用。他见众金将看重自己，未免有些得意，便忠心耿耿地倾囊献计道，宋朝军队的精锐，主要有两部分。一部分是镇守在燕山一带的常胜军，现已由末将率领弃暗投明归顺大金。另一部分由童贯统领，驻守在河东，现正受到宗翰大帅的牵制，无暇东顾。如今河朔地区十分空虚，若我东路军一鼓作气乘胜南下，不日便可直捣汴京。此乃天赐良机，不可坐而失之。赵佶禅位是宋朝的缓兵之计，若我军因此稍有迟疑，待其将部署调整过来，再图进取便没这么方便了。

挞懒等金将皆是好战之徒，听郭药师如此一分析，自然是斗志旺盛，纷纷叫嚷道管他赵佶禅不禅位，既然夺取汴京如探囊取物，那就甭管三七二十一先荡平了汴京再说。于是宗望便将李邺传唤过来，压根不谈议和条件，只对他三言两语地说道，你的使命已经完成，现在可以走了，就冷冷地命令手下打发李邺一行滚蛋。李邺从宗望那狂傲的态度上不难看出，求和的希望完全是等于零。他也不敢再多放一个屁，连夜便带着随员如丧考妣地打马而返。

赵桓得到李邺的回奏心下慌乱，急召宰执们商议。众宰执闻知此况，一个个除了捋着胡须愁眉苦脸长吁短叹，提不出半点顶用的主张，弄得毫无主政经验的赵桓更加心焦如焚，昼夜难安。

朱后见赵桓夜不能寐六神无主，在为他披衣添茶的时候款声进言，劝他不要只向宰执们讨主意，遇有疑难之事，不妨多找李纲谈谈。这朱后性情温柔平和，行为循规蹈矩，平日言语不多，但遇事却比赵桓沉得住气。李纲在皇位交替过程中的表现，给她留下了很深刻的印象，使她认定了这是个可以托付大事之人。赵桓亦对李纲印象不错，听了朱后的提醒，觉得有理。次日用过早膳，他便命内侍黄金国速召李纲入对。

与在太常寺供职时的清闲无聊日子大不相同，李纲现在可谓是席不暇暖日理万机了。由太常寺少卿不次擢升为兵部侍郎，对李纲来说，它的意义不仅是官品和俸禄的提高，更重要的是使他的一腔政治热忱有了用武之地。因此连日来李纲情绪高涨精神抖擞干劲十足。他一头扎进了兵部衙门，夜以继日地调阅案卷找人谈话熟悉情况，力图尽快地进入角色，发挥出被压抑多年而无从施展的才干，以回报皇上的知遇之恩，也让那些素来对他不屑一顾的朝廷大员们看看，他李伯纪原本不是个等闲之辈。

常言道不在其位不谋其政，往日里李纲虽然也感受到了一些朝政弊端，但因身处政界外围，终是知之不深。现在进入了要害部门，介入了具体的军政事务，所知所感便远较过去要深广得多了。尤其是对国朝特别是汴京的军事守备状况，才算是得到了一个比较全面确切的了解。

这一全面确切的了解，却在李纲心头压上了一块千斤巨石。李纲这才知道，宋军的军事部署和战备情况，比他原来想象的要糟糕得多。许多早应建立和完善起来的御敌措施，根本就没实行。可以说整个大宋的国防建设，多年来就是个彻头彻尾的豆腐渣工程。赵佶这个皇帝是干什么吃的？李纲暗想，如此一个误国误民的昏君，也真是早该下台了。

着急抱怨都无济于事，况且对于前任皇帝现在的太上皇，李纲也不敢吐露怨言。那么他现在所能做的，只能是赶紧亡羊补牢。所以这几天他几乎无时无刻不在思索应急策略，常常因思考得入神，错过了吃饭时间尚腹无饥感。

这一日，刚刚奉调回京充任给事中职务的许翰前来兵部拜访李纲。李纲过去与许翰不熟，但闻其是个较为正派的官员，料其此时来访，必有建策之意，忙放下手头公务，亲迎许翰入衙，打算好好听取一下他对时局的高见。但两人寒暄了数语，方在书案边坐定，李纲便接到了赵桓召自己入对的口谕。李纲只得即随黄金国入宫，约许翰改日再叙。

进入延和殿，李纲向赵桓行了叩拜大礼，赵桓命给李纲赐座。这个特殊礼遇令李纲诚惶诚恐，也让他分明地感觉到了皇上对他的重视。待李纲正襟坐好，赵桓先说了几句朕闻卿就任以来勤勉尽职夙夜操劳甚感欣慰之类的套话，便将话头一转切入正题，询问李纲对金军的继续推进有何对策。

由于李纲一直在考虑这个问题，已经有了一些想法，回答起来便比较流利："启禀皇上，臣下以为，我大宋将前皇上已禅位之事及时通报与金邦，这件事做得有理有节，是为要求金人退兵之基础。从道义上讲，实乃先声夺人也。"

"但金军却并无退意，且更步步进逼，如之奈何？"

金军绝不会由于赵佶的禅位便欣然退兵，这是在李纲的意料之中的："金军犯境，必有所图。上皇已禅位而其不退兵，盖因其所图尚且未足之故。只有弄清了这一点，方可水来土屯。"

"说得是。那么你看，他们到底想要什么？"

"以臣下视之，金人之所图者，主要有五条。其一，要求上尊号；其二，要求归还以往投奔我朝的金人；其三，意欲我朝增奉岁币；其四，欲索取犒军之物，说白了就是想敲诈我大宋一笔财富；其五，企图割占我大宋的疆土。"

"嗯，朕看也无非如此。依卿之意，当如何应对呢？"

"微臣质陋资浅，思之不周，且姑妄言之罢。关于上尊号，臣思金邦是欲仿当年契丹故事，让我朝称其为兄，这不过是个形式问题，可予允准。滞留于幽燕一带的金人，亦可尽数遣还。对增加岁币一事，我朝当告之以金邦旧约。旧约中说得很明白，若燕山云中归还我朝，岁币可多于辽国两倍，而今金邦背约，岁币理应减少。不过我朝可本着和睦邦交的意愿，仍按原数交付。至于犒军之物，则当量力而行。"说到这里，李纲顿了顿，提高了声音，"只有割让疆土这一条，坚决不可允准。我大宋江山是祖辈用生命和鲜血换来的，我们作为子孙，应当誓死捍卫，不可以寸土让人！"

"好，说得好，卿言甚合朕意。"赵桓赞同地拍了一下龙椅的扶手，"彼之所欲有五，我朝可遂其四，难道还不够吗？卿可代朕拟诏，让有司就依此去办吧。"

"微臣遵旨。"李纲起身躬拜，"但微臣还有一议。"

"但讲不妨。"

"常言道贪心不足蛇吞象。若我朝只思和谈不思战守，在战场上挡不住金军，金人必会得寸进尺得陇望蜀。所以我朝虽有意和谈，然必须立足于战。能战则和可成，不能战则和必废。"

"嗯，这倒也是。那么依卿之见当如何战法？"

"目下金东路军宗望部已逼近黄河，一旦金军渡河，汴京以北便再也无险可守。所以当务之急，是速调兵马陈于黄河沿岸，坚决阻止金军渡河。"

"使得使得，就依卿奏。"赵桓听了点头照准，当时便下诏命宦官梁方平率骑兵七千守御黎阳津北岸，命老将何灌统兵两万北上滑州扼守黄河南岸，并命李纲全权督办以上所议诸事。李纲领旨，再拜而退。

望着李纲从容步出大殿的身影，赵桓踏实下来，连日来积郁心头的焦虑不知不觉消除了大半。一阵倦意袭来，他觉得应该去好好睡上一觉了。走在通向寝宫的回廊上，赵桓哈欠连天地想，对李纲这样一个人才，上皇居然熟视无睹，端的是好生奇怪。

李纲却是无暇休息，回到兵部，他立即召集有司官员开会，传达了赵桓的旨意。殿中所议之事，说起来简单，落实起来就不简单了。单说犒军一事罢，应当奉交金军多少财物为宜？国库能否支付得出？如果支付不出，又从何处筹措？类似的问题一个接着一个，个个令人大费周章。按说这其中的许多事务并非是兵部的职责，但皇上既然让他去办，也就分不得分内分外了。

当日李纲一直忙到深夜。次日早上，他想到这是御敌大军紧急出征的日子，想亲自去看看部队状况，并当面向领兵的将领们强调一下此次出征的重要性，便带着亲兵甘云，奔赴了驻扎城外的何灌兵营。官职做到兵部侍郎这一级，自然是可以配备一定数量的护卫亲兵的了。不过李纲不喜铺张，不习惯动辄前呼后拥地跟着一大帮随从，所以他出行时，一般就只带甘云一人。甘云是从京畿禁军中抽调出来的，这小伙子年方二十出头，高挑身材浓眉大眼，手脚十分麻利勤快，李纲一见就很喜欢，便点名让他做了贴身护卫。

何灌闻报李纲莅临，亲至营前迎接，态度十分热情，但其间却似乎掺杂着几分不自然。李纲察觉到了这一点，暗忖这里面必有原因。及至由何灌陪同着到各营一走，这个哑谜便不问自解了。

原来此时军营里的状况，简直是糟糕透顶。不仅是兵不成伍队不成列一派混乱，而且许多士兵连武器都没有，正在等候着军械官发放刀枪。再看那已经发下去的刀枪，竟多半是锈迹斑斑的残次品。手持这样的兵刃，莫说上战场杀敌，便是杀鸡只恐也杀不利落。连观数营如出一辙，李纲的眉心拧了起来："昔闻何将军之名，如雷贯耳，不承想何将军之部伍，竟然是这般模样。"

"何灌惭愧，在李大人面前献丑了。"何灌汗颜答道，"不过李大人过去不曾掌兵，尚不知禁军详情，请容何灌解释一二。"

原来，这宋朝的禁军，虽然在开国之初以及王安石变法时，也曾有过几度兵强马壮的时期，但伴随着吏治的不断腐败，亦不免日渐衰弱下去。尤其是到了徽宗时，赵佶将兵权放手交与童贯、高俅等私欲熏心的权奸，国防建设便更为废弛。兵员严重缺额、甲器以次充好、将领冒吃空饷、部伍疏于操练等种种积弊愈演愈烈，已是到了司空见惯无以复加的地步。童贯等军政大员对此却置若罔闻，只顾将克扣下来的大量军费，明目张胆地搂入个人的腰包。

再者，因朝廷为防将领拥兵自重，采取兵将分离的所谓"更戍法"，形成了兵无常师将无常师的局面，任何将领都不可能拥有属于自己固定指挥和训练的部队，因此也就难以保证部队具有稳定的战斗力。由于将帅之间缺乏沟通，在军事行动中，主帅的军令无法得到顺利执行是常有的事。

何灌此次奉旨出征，其所统本部兵马，只有韩综和雷彦兴两部数千人，余者皆为从他处勾调而来。而勾调过来的大部分部队，又皆兵额缺口甚大。为了凑足两万之数，何灌便不得不紧急就地招募乡勇乃至普通百姓入伍。从接到出征圣谕到现在不过一天光景，能弄到这么多人，把门面支撑起来，已经相当不易，要求他们立即便训练有素，那简直是天方夜谭。

听了何灌的解释，李纲的眉心拧得更紧。愣了好半晌，他才又问道："带着这样一支队伍上去，你看能打仗吗？"

"那有什么办法，"何灌无奈地双手一摊，"能打得打，不能打也得打。好歹剜到篮子里就是菜罢了。"

"全国禁军的状况都差不多，调哪支部队来都一样。"甘云是从禁军里出来的，对此情形深有感触，忍不住小声插了一句。

"这位兄弟说得是。"何灌道，"调去防守北岸的梁方平那支骑兵，号称铁骑七千，其实里边有一半士兵连马都没有，他们也正在紧急征购民马充数呢。金人的骑兵，却是一个人有两匹甚至三匹真正的战马，还有专门为他们侍弄战马的阿里喜。这个战斗力，咱们和人家怎么比？"

"部队的状况糟到如此地步，你们这些带兵的人，为何不早向朝廷禀报？"

"怎么没禀报过？光我何某上的奏章，怕是就有上百件了。上了也白上，根本没人理你。"说到这里何灌不禁气从中来，声音也变粗了。

听了何灌这话，李纲想起，在兵部衙门堆存的案卷里，他确实看到过不少呼吁整治军备的呈文，却不知为什么都像废纸一样被压了下来，没人给予任何批复。这事将来一定要认真追究一下，李纲愤愤地想。可是现在不是追究的时候。当务之急，是赶快将部队拉上黄河沿岸，挡住汹汹而来的金军。眼前这支部队虽然很不理想，很难令人放心，可是你不使用它，又能使用谁呢？目前莫说觅遍全国能否找到一支真正能征善战的军队，就算是找得到，也是远水解不了近渴。恐怕还不等将其调集过来，金人已经大摇大摆地渡过黄河了。

李纲暗自叹了一声，举目看看面前这位已年过六十银须飘飘的老将军，殷切地说："情况既是如此，李纲深谙何将军之苦衷。但是无论如何，黄河防线必须守住。唯望何将军恪尽职守，精心运筹，于此危难之际，建立不朽奇功。"

何灌微露一丝苍凉的苦笑，郑重答道："此中干系，何灌明白。老夫我……尽力而为吧。"

离开军营返回城里，李纲一路上默默无语。赵桓欣然采纳他的建议而给他带来的舒畅心情，这时已是荡然无存。如果说此前李纲所感受到的，主要是表面上的形势严峻，那么现在，他已经透过表象看到了隐藏在这场危机后面的一些东西。他感到，这场危机其实是一种病入膏肓的重症的总暴发，只靠一两剂解表药物，恐怕是很难药到病除。

李纲忧心忡忡地想，看来必须对局势的进一步恶化做出更加充分的估计和准备了，不知皇上和宰执们对此将会做何考虑。

二

局势恶化的程度果然超乎人们的想象。在金东路军以降将郭药师部为先导，向宋境节节推进直下相州的同时，西线的战局亦日益吃紧。

童贯于十二月八日匆匆逃离后不久，金西路军便挟连下朔武代忻之雄威，乘胜挺进直逼太原。当时驻扎于宋朝西部的禁军悉归童贯统辖，童贯不在，许多部队就调遣不动，因此张孝纯只能在其有限的太原知府权限范围内部署迎敌。

经与王禀商议，张孝纯决定委派大将冀景去扼守要冲石岭关。冀景惧敌，以本部兵力薄弱为由百般推诿，王禀恼火起来，便欲率部亲往。张孝纯考虑到镇守太原不可离了王禀，没有同意。后来又增派一名副将耿守忠率兵八千归属冀景指挥，冀景方勉强接下军令，即以耿守忠那八千人马为前部先锋。

石岭关地势险要，宋军凭险据隘，本来是与金军大可一战。岂料由于耿守忠对冀景贪生怕死畏缩不前，让他去打头阵的做法十分反感，竟憋着一口恶气一矢不发地降了宗翰。宗翰得了便宜，顺势挥师大进。冀景本无斗志，仓促间哪里扛得住金军拐子马的冲击，甫一交战便一败涂地，全军皆作鸟兽散。冀景本人亦是丢盔卸甲，不知逃往何方。

张孝纯得到败报，连忙向左右郡州传檄求援。但是肯发兵救援者很少，只有陕西方面的府州守将折可求、晋宁守将罗称及延安守将刘光世等数部有所动作。这么一点援军，还不够金军填塞牙缝。加之由于缺乏统一指挥，各路人马无法有效地配合作战，遂被宗翰各个击破。此后再无一兵一卒来援。于是乎宗翰部乃得以顺利扫清外围，于十二月二十八日兵临城下，将太原围了个水泄不通。

一连串的胜利令宗翰视宋军犹如草芥，所以起初他没把攻打太原太当回事。他以为，太原城里那帮脓包，一见我金军之赫赫天威，没准儿不出一个时辰，便会高举着官印出城就降了呢。可是这一把算盘他打错了。太原军民非但没有被他吓破胆，反而在张孝纯、王禀的带领下，进行了极其顽强的抵抗，使得太原城在相当长的一段时间里，成了横亘在金军面前的一块吞不下啃不动的硬骨头。

张孝纯、王禀能够在几乎是毫无外援的情况下坚守住太原，是非常不容易的。

太原昔称晋阳，为唐朝之北都，由横跨汾河的东西中三城相连而成，当时周长一万五千余步，其规模之巨不亚于现在的汴京新城，城内面积广阔粮草充足，城池也修建得高大坚固。如果彼太原仍是此太原，守城的条件相对而言要优越得多。但可惜如今的太原，虽然名称依旧，却是其址已易其势已失。

当年宋太祖赵匡胤推翻后周建立大宋后，曾两度攻打太原，均未攻克。太平兴国四年，宋太宗赵炅又兵围太原，鏖战了五个月方将其拿下。赵炅一怒之下命将太原全城焚毁。因而这座已有五百年历史的名城，便被夷为了平地。后来宋朝在汾河东岸的唐明镇另建了一座小城，名曰阳曲县。战乱过后，当地的工商业逐渐发展，阳曲县的人口也日益增多。至嘉祐四年，朝廷便又将阳曲县恢复了太原府旧称，这就是张孝纯、王禀现在要据守的这座太原城。

这座劫后重生的太原城，无论从辖区面积，还是从城防设施和物资储备等各个方面，都与往昔那座城坚楼固兵精粮足的雄伟古城不可同日而语了。因此当时宗翰对于一举拿下这座毫不起眼的城池，并不觉着是个问题。

战斗在金西路军围住太原城的第二天，也就是十二月二十九日上午打响。金军分成数路，从不同方向同时发起了攻击。霎时间太原城下尘土蔽日杀声震天，潮水般涌来的金兵，铺设板桥越过护城河，搭起云梯便争先恐后地向城墙上奋勇攀登。

金军的战场纪律相当严酷，不仅对临阵畏缩者立斩，而且还定有"同命队法"，即如果伍长战死，其属下士兵皆斩；什长战死，则其属下伍长皆斩。金军的战斗力极强，与他们的这种酷令有密切关系。既然进退都是死，何不舍命往前冲。因此只要是一上战场，金军将士个顶个全是拼命三郎。宋军与金军交战，往往就是面对着敌人这种有进无退视死如归的气势，在精神上先自垮了下来。金军在屡战屡胜的过程中，也看透了宋军的这个弱点。所以两军交锋先摆出一副勇不可挡的吓人架势，便成了他们屡试不爽的一个制胜法宝。

这个法宝这回在太原这地方有点失灵。由于张孝纯、王禀做了充分的战前动员，比较周到地配备了防卫力量，除张孝纯坐镇知府衙门居中调度外，副都总管王禀、通判方笈、转运使韩揆等文武官员都分头登上了城楼，亲临第一线指挥作战，因此太原守军的军心十分稳固，没有出现一见金军饿虎扑食似的杀来便被唬得魂飞魄散的情况。他们沉着地等到金兵临近，突然万箭齐发，顷刻间便将冲在前面的金兵射倒了一大片。

后面的金兵似乎丝毫没看到死神的威胁，一个个踏着阵亡者的尸体前仆后继，攻势不减。大批金兵就像蚂蚁一般，密匝匝地抓住云梯就向城上攀缘。这时宋军便不再放箭。待金兵们爬至半空，他们突然将大量的石块、石灰水、辣椒汁甚至滚烫的油汁倾下，城墙下顿时就此起彼伏地响起了一阵阵鬼哭狼嚎声。

如此苦战一日，除了在城外丢下了上千条尸体外，金军未占到半点便宜。

次日再战，金军动用了洞子车鹅形车等多种攻城器械，战果却亦如昨日。

二十一日晨，骄横的宗翰亲至前沿指挥，撤下了由奚人、契丹人、渤海人等组成的杂牌军，抽调上来一支纯粹由金人组成的精锐部队，集中一点猛攻，将太原城防撕开了一个缺口。

当时王禀正在附近的一座城橹上督战，闻报金兵攻上了城头，急带其子王荀和亲兵队赶过去，与爬上城来的金兵展开了肉搏。拼杀中王禀、王荀皆身背数创而坚持不下火线。王禀挥舞长剑左冲右突，力斩金军百夫长五十夫长各一名。张孝纯闻知战况，亦亲率一支预备队前往增援，令守城部队士气大振。一场血战之后，攻上城头的金军半个猛安兵将全数被歼。后续的金兵再战乏力，只得权且罢攻。

连日攻城三战三负，还损失了数千士兵及数十名中下级军官，一向自诩天下无敌的宗翰才不得不承认，他在这里确实是碰上了非同一般的对手。

太原守军艰苦奋战守住了城池，打破了金军不可战胜的神话，也赢得了百姓的极大拥戴。市民们纷纷箪食壶浆，登上城楼慰问守军救护伤员，与将士们共庆胜利。官军将士何曾被百姓这么衷心地爱戴过，目睹此状激动不已，便皆豪情满怀地指天为誓，我们誓要与脚下这座太原城共存亡，有我们大宋禁军在，就有太原在。金军胆敢越雷池一步，这太原城便是他们的葬身坟场！于是一片慷慨激昂的欢呼声，响彻了太原的上空。

后来的事实证明，太原保卫战对整个战局的走向具有重要战略意义。正是由于太原守军顽强地拖住了金西路军的后腿，迟滞了金西路军推进的步伐，方使此次金邦两路大军合围汴京、预定作战计划终归泡影。

但张孝纯、王禀这对文武搭档的头脑是清醒的。他们知道，眼前所取得的胜利，只不过是暂时性的。客观地看，由于守城宋军与金军之强弱众寡对比悬殊，且太原城地窄物薄，粮草药品以及各种军用物资的储备都十分有限，如果久困不解，这座孤城沦陷敌手是迟早的事。至于到底能够坚持多久，他们心里也没数。于是他们一面继续鼓舞士气积极迎战，一面便不断地派遣信使突围，频频向朝廷告急。

倘若此时宋朝能够出动劲旅包抄金军后路，与太原军民共同形成对宗翰的腹背夹击，战局可望很快改观。可惜这时正值赵佶禅位新旧交替之时，朝廷内部一片混乱，谁还有心思去管什么太原。后来虽说是新朝已立，可赵桓和白时中、李邦彦等根本就不具备高瞻远瞩统观全局的眼光胸怀，莫说手头上没有机动部队可调，就是有，他们首先想到的，也只会是赶紧将其拉过来拱卫京师，而不会令其去增援太原。至于太原一旦失守，将产生何等后果，这个问题目前尚不在他们的考虑之列。

对太原告急给予了足够重视的，只有李纲等少数大臣。李纲很清楚西线战事与汴京安危的密切关系，可一时也无救急良策。正当他为此殚精竭虑之时，在东线又发生了更严重的情况：梁方平和何灌的部队没有顶住金东路军，宋朝的黄河防线于一夜之间土崩瓦解。

说梁方平和何灌的部队没有"顶住"金军，还算是高抬了他们。确切地说，他们根本是连顶也没顶，甚至是与金军连个照面都没打，便抱头鼠窜全线崩溃了。

铸成此祸的罪魁，是宦官将领梁方平。

宋朝建立初期，有鉴于汉唐宦祸的教训，对宦官的任职和权限曾有过严格的限制，明令严禁宦官干政。但是这条律令没能坚持贯彻下来。从太宗起，即陆续有宦官被委以军国重任。不过，在北宋的早期和中期，被委以重任的那些宦官里，相当一部分人是确有真才实学的。比如窦神宝、王继恩、刘承规、阎承翰、秦翰等，皆具有过人的军政才干，且基本上皆忠谨勤勉，都曾为朝廷排忧解难立下过大功。然而到了徽宗年间，情况就大不相同了。赵佶喜谄，打理朝政务虚重于务实，因此宦官受到重用，凭借的便不再是实的能力，而变成了溜须拍马的功夫。童贯能够扶摇直上，靠的就是这种本事。其他宦官窥得可乘之隙，纷纷仿而效之，于是在诸多重要岗位上，便出现了一些不男不女、成事不足败事有余的废物点心。

梁方平就是这样一个废物点心。他对军事一窍不通，从未指挥过部队作战，处心积虑谋上个武职官缺，不过是为了更方便地鱼肉百姓罢了。在这个时候调他去防守黄河沿岸，他是一万个不情愿。这不明摆着让我梁爷去送死吗？但是圣意难违，他在接旨时不但不敢流露出半点勉强之态，还装出了一副浑身是胆雄赳赳的模样。可在心里他却打定了主意，到了前线见机行事，可打就虚张声势地比画两下，不可打就来他个三十六计走为上，而后编造个我军浴血奋战重创金军，但终因寡不敌众被迫放弃阵地之类的战报禀报上去也就是了。反正战败失守的将领多如牛毛，皇上还能单拿我梁方平是问不成？

怀揣着这等念头，梁方平率部驻防黄河北岸后，主要做了两件事，一件事是派出哨探密切监视金军的动向，另一件事就是在大帐里饮酒作乐。

梁方平有两大嗜好，一为善饮，二为好色。他虽为去势之人，却是淫欲尚存，饮酒时必要红袖添香。每至酒酣邪火升腾时，便用尖细的手指代替那物件发泄兽欲，常常折磨得侍女死去活来痛不欲生。他率部到达黎阳时，已经临近年关。他揣度着金军长途征战人困马乏，怎么着也得放上两天假，等过了年再跨征鞍了，乃将布防事务草草部署了几句了事，连地形都没亲自去看，便踅回大帐命亲兵弄酒弄女人去了。主帅如此敷衍，下面的将士自是松懈得一塌糊涂。

谁知金军却根本没什么过年不过年的概念。宗望大军拿下相州后，人不卸甲马不停蹄，一刻未停地便向黄河岸边杀来。

正月初一这天，梁方平在帐中从中午一直喝到黄昏。亲兵们为他找来了两个唱小曲的民间少女在旁助兴。梁方平一面畅饮着琼浆美酒，一面听赏着风味浓郁的河北小调，优哉游哉地忘记了今夕何夕。到了掌灯时分，梁方平已有八分醉意，便挥退了亲兵，拉过一个唱曲的少女，搂在怀里欲行那禽兽之事。那少女吓得浑身筛糠连连告饶，却更惹得梁方平欲火勃发，粗暴地撩起裙裾便将一只白森森的魔爪探进了少女的要害。

正在这时，帐门突然被推开，一名副将未经通报便直闯而入，神色紧张地禀报说金军杀过来了。梁方平霍然一惊醉意全消，忙丢开怀里的少女起身问道："到到到到到、到哪儿啦？"

"距离这里十几里，也许是七八里，反正是很近了。"

"有、有多少人？"这回轮到梁方平筛糠了。

"据探马说，黑压压的一片，大约有几万人马吧，也许有十几万。我们怎么办，列阵迎敌吗？"

"迎敌？怎么迎？我们几千人打人家十几万人，那不是伸着脖子让人家砍吗？"

"梁大人的意思是……"

"这个这个……撤！善战者不逞匹夫之勇。眼下显然寡不敌众，我们保存住队伍就是胜利。传令全军，丢掉辎重马上撤退。"梁方平说罢，不待副将退出，便抢先跨出了营帐，呼唤亲兵拉过战马，手忙脚乱地爬上马背，就带头向着黄河大桥奔去，连营帐里的东西都一概不顾了。生死关头保命第一，命没了有什么也没意义了，在梁方平的头脑里这个意识清楚得很。

主帅慌成这样，军心登时大乱。各部将领纷纷效仿梁方平，都成了抱头鼠窜的急先锋。士兵们见此情形惊恐万状，有马的急忙上马，没马的丢了兵器撒丫子便跑，什么队形建制，全都没人管了。几千人马犹如惊弓之鸟，乱哄哄地就向黄河南岸涌去。好像若是稍微迟缓一步，金兵的战刀就要削到了他们的后脑勺上了似的。

此刻何灌正在南岸的中军大帐里思考防御战术。北岸的梁方平是个什么玩意儿，何灌心里一清二楚。这个阉货是靠不住的，防守黄河的主要压力，在他何灌肩上。可是他手中的这支部队，近半数是临时拼凑起来的未经过任何军事训练的乌合之众，上阵作战十不当一，这个仗该如何打呢？何灌正在挠头，忽听得外面隐隐有嘈杂之声。他正要让亲兵出去看看是出了什么事，担任中军副统制的他的长子何蓟已步履匆忙地走了进来："父亲，大事不好，北岸垮了，梁方平的败军全涌过来了。"

"什么？"何灌非常奇怪，"梁方平同金军交战啦？我们怎么没听到一点交战的动静？"

"梁方平确实是垮了，简直是兵败如山倒。我们的部队受败兵影响，已经乱了阵营。"何蓟急得脸上已冒出汗珠。

"竟会有这等事？"何灌意识到事态严重，"我去看看。"

他刚迈出大帐，部将韩综已在帐前滚鞍下马："何将军，北岸的败兵把那边的兵营冲垮了，部队控制不住，怎么办？"话音未落，雷彦兴亦飞驰而至："何将军，那个混账梁方平，弄得我的兵营全炸了窝了，不听号令就跑，拦都拦不住。"

何灌来不及说什么，只叫了一声"马来"，从亲兵手里接过缰绳，跳上马背便向着人声嘈杂处奔去。何蓟和韩综、雷彦兴忙策马跟上。

他们驰上前面的一座高坡，但见伴随着一片惊恐的"金兵来了"的呼喊声，漫山遍野的宋兵正在急不择路地狂奔乱逃。原来，在何灌临时招募的兵员中，多有些市井泼皮，他们应征入伍不过是为混点军饷花花，没人真的想上阵玩命。一见北岸部队溃逃，以为当真是金军掩杀过来了，这些人就先自惊骇起来，不等号令便脚底抹油，还跟着溃兵大肆呼喊"金兵来了"。宋军将士本来就普遍怀有恐金症，黑夜里谁也弄不清虚实，经此一鼓噪，都以为己方已是全线溃败，于是马上不战自乱，顷刻间便酿成了这场遏制不住的混乱大逃亡。

何灌见状，气得血脉贲张银须乱抖。他一夹马肚迎着溃兵潮流奔驰上去，扬鞭大喝："都给我站住，各回本部军营，违令者立斩！"连喝数遍，却根本没人理会。从他身边跑过去的溃兵甚至连看都不看他一眼，仿佛他只不过是个用木棍插在那里的稻草人。

何灌大怒，噌地拔剑出鞘，左右开弓砍飞了两个溃兵的人头。但这种杀一儆百的手段在这时毫不济事，没有一个溃兵因此止步。何灌简直气炸了肺，还欲挥剑再斩，被韩综劝阻道："何将军冷静，这帮鸟人里什么货色都有，激起兵变就更麻烦了。"何灌闻言顿了顿，无可奈何地停下了手。

何灌自年轻时武选登第，历任过府州火山军巡检、知宁化军、丰州熙河都监、提点河东刑狱、知沧州岷州兰州、浙东都钤辖、宁武军承宣使、燕山路副都总管等多种职务，官职一直做到步军都虞候、武泰军节度使兼两河置制副使。在外征辽夏内平方腊的战斗中多次立下过战功，可谓是身经百战戎马一生。当然他不是个常胜将军，也曾打过不少败仗。但是像今夜这样，尚未与敌军谋面便先自溃不成军的情况，在他四十多年的戎马生涯中还是第一次碰到。而这又是在什么关头，什么地方！这事的后果是什么，他再清楚不过。如此这般逃回京城，就算是皇帝法外开恩饶他一命，满朝文武满城百姓的唾沫星子也能把他淹死。

眼看着这场突如其来的大溃逃已经无法挽回，何灌悲怆地叫了一声："梁方平你这条阉狗，可把老夫坑苦了！"心下一横，便将剑刃搁在了自己的脖颈上。

何蓟眼快，一把掰住何灌的手臂大叫："父亲不可！"韩综、雷彦兴也急劝："何将军万万不可寻短见。如此一来，梁方平那厮必会将黄河失守的全部罪责都推到将军头上，将军之耻将无可洗刷！"

何灌犹豫了一下，痛苦地垂下剑，老泪纵横。片刻，他回头对何蓟等人厉声吼道："你们都围在这里做什么，还不快去把黄河大桥给我烧掉！"

烧掉黄河大桥，是何灌当时唯一能做的一件事了。可是烧桥对延滞金军进击的作用几近于无。金军来至岸边，迅速搭桥筹船，于此后的五日内，全部渡过了黄河天堑。

宗望渡河之后，横刀立马前后环顾，感到极为遗憾极不过瘾。将士们的宝刀上滴血未沾便过了河，还不如举行一次军事演习或者来上一次围猎痛快，这算打的什么仗？

三

汴京城里的正月初一之夜，历来是火树银花不夜天。往昔的这一天是烟花腾飞爆竹连声，大街上往来拜年的人流络绎不绝至夜不息。一直要延绵半个月之久的元宵灯会，亦是从此夜拉开序幕的。早已搭置就绪的宣德楼前的灯山彩棚，天一擦黑就万盏齐辉，把大半个汴京城映照得如同白昼。御街廊下将彻夜流光溢彩乐声悠扬，百戏竞舞万头攒动。其锦绣斑斓金碧辉煌之盛况，直教人恍若进入太虚幻境一般。

然而靖康元年的这个大年初一之夜，全然没有了这种君欣民乐普天同庆的欢腾景象。没有鳌山彩棚，没有凤烛龙灯，没有鼎沸笑语，没有祥和笙歌，甚至于在大街上连行人都很难见到。这时虽然黄河失守的噩耗尚未传到，但从其他方面纷至沓来的败报，已经足以使汴京城里的人们一日数惊。这一天朝廷例行的新年大朝会举行得十分潦草，民间的拜年活动亦是异常冷清，许多人家甚至连贴门神挂兔头等祈福禳灾之事也一概免了。入夜之后更是家家户门紧闭，谁也没心思去探亲访友。大年初一的汴京，自打酉时一过，就变得一片死寂，在令人窒息的黑暗笼罩下，凄惶得犹如阴曹地府。

就在这个夜晚，一乘小轿穿过寂静的街巷，悄然停在了太宰白时中的府第门口。轿厢落地，从里面走出一个身形干瘦的中年男人。这人是中书侍郎张邦昌。

张邦昌，字子能，乃永静军东光人，举进士，曾知光、汝、洪州，政和末年任礼部侍郎，宣和元年除尚书右丞，转左丞，嗣后又迁任中书侍郎。此人擅权谋，工心计，凡事必先思得失而后举。所以自进入官场以来，除初期因有小失一度被贬提举崇福宫，后来的仕途基本上是一帆风顺。

风云突变国势濒危以来，张邦昌心里一直惴惴不安。做官做到了这个份上，国朝的兴衰对其前程大有影响。他已进入执政行列多年，对朝廷实力的底细，了解得要比李纲深入得多。根据他的判断，在新兴金国的倾巢进击面前，宋朝是难以招架的。两河地区的所有抵抗皆无大用，最终金军一定会打到汴京城下。到了那时，任何不测都可能发生。那么现在我张子能应当何去何从呢？

对此，张邦昌已举棋不定地犹豫了很长时间。

在此期间，汴京城里的一些百姓已经开始外逃。一些官员也在编造各种理由告假遁往他乡。甚至有的官吏干脆就私自挂印弃官，带着眷属举家南迁了。张邦昌不想那么做。他趋炎附势巴结半生，爬到这二品大员的位置上相当不易，不到万不得已，不想轻易放弃这顶曾给他带来过莫大利益的乌纱。况且像他这一级的官员，那职差也不是说辞职就能辞得下来的。可是如果不走，一旦汴京失陷，恐难免杀身之祸。这便如何是好？

就在张邦昌反复考虑踌躇不决的当口，他的妻妾们沉不住气了，一再催促他早拿主意，实际上就是催促他赶快带着家眷逃跑。尤其是今天下午，从宫里传出了太上皇赵佶也要南下避敌的消息，众妻妾更似被大火燎了体毛，上蹿下跳地一齐围将过去，嚷嚷着让他快点当机立断。连太上皇都要跑了，你还在这里拖泥带水地犹豫什么？难道非等着金人破了城把我们全家杀光了才甘心吗？

张邦昌这时也着了急，就当场拍板让家眷们先带着细软撤出汴京。然而这个决定已是做得太晚。府里还没把行李打点好，赵桓便已下令全城戒严，无论何人未经特许一律不准再出入汴京。这一下想走也走不成了。妻妾们顿觉天昏地暗绝望无比，一个个如丧考妣大放悲声。让外人听了，这张府好像要在大年初一出殡发丧似的。

张邦昌被妻妾们闹得心烦意乱大光其火，一顿训斥将她们统统赶进厢房。懊丧之余，他觉得光坐在屋子里着急也不是个办法，晚饭后便命家丁备了轿子，去找太宰白时中，商讨对策。他想白时中的家眷也都还窝在城里没动，他们所面临的处境是一致的，应当是可以同舟共济的。

张邦昌平日里很注意官场交往，是白府的熟客。白府的门房见是张侍郎来了，很殷勤地将其迎进了门，并立即差小厮去向里面禀报。然后便有家丁提了灯笼过来，引着张邦昌走向设在二道院里的会客厅。

进了会客厅，张邦昌看到少宰李邦彦也在这里。

这李邦彦字子美，生得容颜清俊，人称浪子宰相。此人自幼行为不检点，吃喝嫖赌无所不好，大观二年曾因此遭受弹劾被罢黜为符宝郎。但由于他善于巴结宫廷内侍，又时常以蹴鞠之技取悦赵佶，很快便又复其秘书省校书郎原职，继之由中书舍人、翰林学士承旨而尚书右丞、左丞，一路扶摇直上，至政和六年，登上少宰高位。他曾言及，他的人生愿望为"三尽"，即赏尽天下花，踢尽天下球，做尽天下官。其人是何品性，便也无须多表。

张邦昌揣测，李邦彦到白府来的目的，可能与他差不多，心想正好听听这位少宰是怎么想的。如果两位宰相的意见一致，事情就好办得多了。

几句应景的拜年话说过，宾主落座，侍童换茶。张邦昌便直截了当地向老态龙钟的白时中请教起应对危局之计。

白时中字蒙亨，是寿春人，登进士第后，累官至吏部侍郎。政和六年，拜尚书右丞、中书门下侍郎，宣和六年，除特进、太宰兼门下，封崇国公。此人行事保守，没有犯过大错，但也无甚能力，总起来讲是个乏善可陈的庸碌之辈。一个庸碌之辈居然能位居太宰，说怪却也不怪。只要看看在朝廷的六部二十四司以及路州军县各级衙门里，盘踞着多少一无所长的庸才，就不难理解，白时中现象其实是极为正常的官场现象。若说白时中有什么特殊的地方，那就是他的机遇比一般人更好一些罢了。

张邦昌打心眼里瞧不起白时中，对李邦彦更是嗤之以鼻。他认为，以这两个草包的那点能耐，当个九品知县都嫌勉强，这两个人窃居的位置，终将被他逐一取代。当然这想法只能存在于他的内心深处，表面上他绝不会流露出半分。不仅不能流露，还得在他们面前表现得谦恭有加，自叹不如。这点韬光养晦的功夫，张邦昌早已历练得炉火纯青。尤其是在当下，这两位宰相的主张举足轻重，他张邦昌必须先摸清他们的底牌，而后再根据情况因势利导。

白时中见张邦昌开口提起了那个沉重的话题，皱着眉头呷了一口茶汤："我方才也正与李相议论此事，我们都颇觉棘手呀。以张大人之见，倘金兵临城下，这汴京守得住否？"

张邦昌斟酌着道："很难说。邦昌以为，凡事当力争最好的结果，但应做最坏的准备。"

"不错，凡事预则立，不预则废，我也是这么想。"白时中点头道，"当初太祖建都这汴梁城，实乃是不得已之举。汴京水运便利，四通八达，自是便于贸易发展。建朝之初百废待兴，不得不以此为立业根基。然而这里地处平原，四面无险，北面更是一马平川，极有利于夷蛮骑兵驰骋。一到战时，这个致命的缺陷，便暴露无遗了。"

"白相所论极是，可是现在迁都是来不及的了。"李邦彦插言道。

"那是自然，临上轿了哪里还有工夫扎耳朵眼儿。"

"可是我们总得有个对付的办法才是。"

"办法嘛……依老夫看，急切间万全之策是没有的了，只好先想个权宜之计。"

"是的是的，愿闻白相高见。"李邦彦盯着白时中道。

张邦昌也眼巴巴地瞅着白时中。他今夜到白府来，就是想听听这位首席宰相的权宜之计到底是什么。

白时中看到这两位朝廷大员正襟危坐洗耳恭听的样子，一时间自尊心得到了极大的满足，把原本欲让李邦彦或者张邦昌先说出心中打算的想法抛之脑后。他清了清喉咙，缓缓言道："老夫连日思虑，以为应对目下危局，其计无非有三，是为上中下三策。上策曰走，中策曰和，下策曰战。走，未必是要迁都，但朝廷要暂时搬家，我等各部衙门自然也要随着朝廷一起搬家。只要朝廷在，我大宋就在，丢给他金人一座汴京空城算什么？待我大宋缓过劲来，还愁不能光复吗？若走不成，则当坚决求和。历来夷寇入侵，所求者无非岁贡与割地，金人亦莫能外。那好哇，我们给他。这样的先例，在前朝屡见不鲜。填饱了肚子的狗还会再找碴咬人吗？和议既成，其兵自退。这样，我大宋便得到了休养生息的时间。至于议和带来的损失，可待我兵强马壮之时再予夺回。到那时如果条件成熟，说不定可横扫北漠灭了他金邦也未可知。至于战，以目下的军力而言，我们难保必胜。万一战之不利，我大宋则将生灵涂炭城破国亡，再无卧薪尝胆图谋恢复之机。把话说白了，这基本上就是一条死路。除非万不得已，此路切不可行。此乃老夫竟日苦思之所得，二位大人有何赐教？"

"中肯得很。白相深谋远虑洞若观火，所言正合在下之意。"听罢白时中这番话，李邦彦首先击节赞同。

张邦昌也放了心。白时中这番高论，与他的思路完全是不谋而合。莫看白时中把调门定得很高，什么卧薪尝胆徐图恢复，什么养精蓄锐横扫北漠，统统是画饼充饥痴人说梦。他那些话的中心意思其实就是一个：不惜放弃汴京，不惜一切代价，也要力求躲过这一劫，也要力求保住身家性命和富贵荣华。这个老东西，在这上面倒是一点都不糊涂。张邦昌在心里冷笑了一声。

这个主张首先从白时中嘴里说出来是最好不过，事情弄成了大家都受益，万一将来需要因此而承担什么责任，却是得由这个老东西兜着。这等好事焉有不积极促成之理？因此紧接着李邦彦的表态，张邦昌也马上就随声附和："姜到底是老的辣，白相高瞻远瞩，一番宏论竟不亚于昔日诸葛孔明之隆中对也。"

"哪里哪里，二位大人过奖，老朽不过是一孔之见而已。"白时中被李邦彦、张邦昌送上的两顶高帽伺候得颇为受用，捋着胡须淡淡一笑，"只是不知皇上意下如何。"

"是这话。假如皇上要战，大家便都走不得。"李邦彦微微皱了一下眉头。

"皇上在军国大事上，是不可能不征询白相的意见的。"张邦昌道，"白相为两朝元老，德高望重一言九鼎。只要将利害关系讲清，邦昌想，皇上自当会从善如流。"

"老夫肯定要向皇上斗胆进言。不过孤木不成林，二位大人亦当以国事为重，知无不言，言无不尽，方好促成皇上决断。"

李邦彦、张邦昌见白时中如此说，都爽快地表示那是当然。他们思忖，有白时中在前面顶着，顺水推一下舟，不会有甚风险。而且据他们估计，朝中的大臣们，与其心思相同者应当是十有八九。即便有个别持不同见解者，看到宰执及多数大臣之意皆是一边倒，也未必敢于公然站出来反对。即便有人敢站出来反对，也绝对成不了气候。

话说至此，三个人都为他们在大难临头之际能够做到空前的精诚团结而甚感欣慰。接下来，三人又商议了些劝谏皇上接纳他们避敌主张的细节问题。因赵桓宣布了初二放假，初三临朝，张邦昌提议，白时中最好能在初二单独觐见一下皇上，这样可以使皇上形成一个先入为主的观点，避免在朝殿上出现异议时引起犹疑。李邦彦听了，亦觉有此必要。白时中说二位大人的建议不无道理，容老夫考虑一下再说。

之后，又扯了几句无关痛痒的闲言，李邦彦、张邦昌即告辞而去。至于朝廷撤离后汴京的防务怎么办，近百万百姓的安危怎么办，京城当指派何人作为留守，等等一系列重要问题，他们都没去想。他们现在的心情是唯求能一走了之就好，其他的事都无关紧要。

出了白府坐进轿子，张邦昌的心里踏实多了。通过这趟白府之行，当场与二位宰相议定了全身之策，实在是收获不小。回到府邸，张邦昌立刻命家人连夜准备阖府搬迁，能带走的细软全部打包装车，不便携带的财宝和贵重物件，就暂且坚壁到府院的密室里去，能藏多少算多少。张邦昌的妻妾和大小管事们都被紧急动员起来，指挥监督着家丁婢女们收拾行李，坚壁清野，忙碌得一整夜未得合眼。

在白时中和李邦彦的府邸里，这一夜的情形也与张府差不多。虽然皇上尚未下旨，他们却皆已认定，朝廷逃离汴京已经是确凿无疑，并且是刻不容缓的事了，舍此再无确保平安之路。

第三章

　　李纲见了这阵势，怒火腾地蹿起来。他也忘了这是在什么地方，扯开嗓子就向禁军们喝问："你们这是要做什么？金人欺负我们欺负到家门口了，你等身为军人，是想坚守汴京保卫宗庙百姓呢，还是想把汴京拱手送给金人去糟蹋踩蹦？"

一

在中国历史上，每逢强寇入侵国本动摇之时，朝廷上往往会发生激烈的战和或者战逃之争。这次也不例外。持不同政见者尚未对垒于金殿，在下面却已开始抗衡。就在张邦昌与白时中、李邦彦密议于白府的同时，另外几个朝臣在李纲的住宅中，也形成了坚决守城抗战的动议。

正月初一之夜，先后有大臣许翰、何栗和孙傅前去拜访了李纲。李纲不喜应酬，不屑于官场俗套，兼之回朝时间不长，在汴京的朋友不多。官拜兵部侍郎后，门前冷落的状况有所改观，不过来者多属礼节性问候，双方只是简单地客套一下而已，无人可与深谈。但今夜上门的这几位，皆是面色凝重，显然不是单纯为礼节而来。

第一个登门的客人是许翰。这许翰字崧老，是拱州襄邑人氏，元祐三年的进士，宣和七年官至给事中。由于认为朝廷对中书舍人孙傅的一个降职处分不当，他上书为其辩解，触怒了深受赵佶宠信的老权相蔡京，被贬提举江州太平观，赵桓即位后刚刚被召回京城，复以给事中之职。他以前与李纲并不熟识，回京后闻听李纲刺血上书之事，甚为敬佩，觉其是朝廷里难得一见的诤臣，因生结交之意。日前他夫兵部拜访，未及攀谈李纲即被赵桓召走。后因见李纲事繁，便暂未再去打扰。今日的白天，他曾到李宅来了一次，听说李纲在这大年初一仍去了兵部办公，惊讶之余颇为感动，晚间本不想再影响李纲休息，但有些话却一直如鲠在喉，因此踌躇了半晌，还是来了。

李纲已知许翰日间来访之事，闻其再度登门，忙亲至院门口将他迎进。

李纲现在居住的这座宅院，面积不大，房屋大约也就有个十来间，原先是住着一个七品散官。李纲奉召回京时，那个官员恰被委以外任，李纲便接手租下了这个院落。按照宋例，宰执大员由朝廷赐第，其他官员的住宅则或买或租自行解决。由于当时官员的流动性比较大，说不准在一个地方能任职多久，所以有许多官员都是租房而居。这样如果官职调动，拍屁股走路很方便。李纲先前在汴京任职时，就没把家眷搬来，此次回京也只带了老仆胡长庚一个人。租下这座宅院后，又酌情留用了几个料理杂务的仆役。与普通民居相比，这座宅院当算宽绰，但比起白时中、李邦彦、张邦昌等人的那种厅堂百间楼台错落、山石层叠花木成荫的园林式豪宅，它就寒酸得简直不成样子了。特别是如今李纲已擢升为兵部侍郎，此宅就越发显得不配其位。但许翰置身其间，倒觉亲切自在，似乎与李纲之间的关系在无形中被拉近了许多。

李纲将许翰让进正厅，唤仆人上了茶，对未能好生接待许翰的屡次造访表示抱歉。许翰笑道："李大人不必客气，是我许某屡屡打扰，很不好意思。但如今金寇入侵，形势危急，有些想法急于商讨。许某遍观朝臣，以为可与言者首推李大人，所以才不揣冒昧，再三叩访。"李纲道："那太好了，纲初涉国政，诸事生疏，正需有人参议指点。许大人有何见解，但请不吝赐教。"

两人正说着，何栗和孙傅一同来到了李宅。

何栗，字文缜，仙井人，是政和五年进士的榜首，曾历任秘书省校书郎、提举京畿学士、主客员外郎、起居舍人、中书舍人兼侍讲及御史中丞等职，因上书论奸相王黼十五罪，被贬知泰州，赵桓即位后复其中丞职。孙傅，字伯野，海州人，亦曾登进士第，担任过秘书省正字、校书郎、监察御史、礼部员外郎、秘书少监、中书舍人等职务，因与宰执政见不和，宣和年间被贬蕲州安置，赵桓即位后召为给事中。这两个人同许翰一样，都是几天前刚从外地回京。他们本是应当先张罗着安家，但因闻知敌情严峻，便都没那心思了。这二人也是因听人议论说目前可支撑大局者唯有李纲，才相约前来与之商讨救亡大计的。

许翰与何栗、孙傅原本就是朋友，回京后大家尚且未得一见，此时在这里碰了面，彼此自是备感亲热。李纲过去与何孙二人虽无交往，但寥寥数语交谈下来，便觉意气相投一见如故。他心想，这正所谓是物以类聚人以群分了。

既然都不见外，谈话也就不必拐弯抹角，他们很快便进入了严肃的话题。许翰等三人的来意都是一个，就是希望李纲能够出面，力主守城抗金。

金军的进逼很难阻止，特别是其东路军，进军的速度更快，兵临汴京指日可待，这已是傻瓜都能看出来的事情。面对这样的极度危机，朝廷采取什么对策，直接关系到国朝的存亡和百姓的生死。那么计将安出呢？许翰和何栗孙傅皆认为，面对疯狂进犯的豺狼猛兽，唯一的求生之路就是凝聚力量以死相拼，任何怯懦的表示都没有用。

那么朝廷会下决心与金军死战吗？看来难说。因为朝廷至今尚未表现出一点死守城池的迹象，朝野上下的恐金症状甚盛，宰执大员们大都畏敌如虎，许多官员只顾考虑自保，全都乱了方寸。这种状况必然会对皇上的决策产生极大的影响，很有可能导致皇上做出屈膝求和或者弃城逃跑的决定。

但是要跑肯定是跑不掉的。一个连京城都守不住的朝廷，凶恶的金人会留下你放过你吗？绝对无此可能。他们必将会像收拾契丹那样，把大宋收拾个干干净净。

议和，在目前来讲只能是一厢情愿。从来是能战方能言和，和是在交战双方势均力敌情况下的相互妥协。你若连言战的勇气都没有，人家凭什么与你言和？伸手一把掐死你岂不更痛快！所以，就算最终是要和，也必须首先开打。

开打的结果将会如何，朝臣们多持悲观态度。其实事情并不尽然。金军勇悍，曾经屡战屡胜，这是事实。但汴京却非寻常城池可比，就现有的兵力而言，起码不亚于宗望的金东路军。况且城里还有民众百万，必要时可以全民皆兵。再者，京师的抗金大旗一竖，四方定会来援，将敌军反包围于京畿。到了那时，宋朝自然也就具备了与金人言和的资格。

是跑是和还是战，孰是孰非一目了然。怕就怕庸论惑君奸臣误国，导致朝廷做出错误决策，一失足成千古恨。所以当此之际必须有人挺身而出，带动那些富有报国热忱的官员形成强大的主战声势，方能将大宋这艘摇摆于暴风骤雨中的危船的舵把拨正，使它驶入正确航道。而根据目前的官职和威信来看，李纲乃是做主战派带头人的最佳人选。

李纲听许翰、何栗、孙傅相互补充着说完上述意思，静了一下，首先神色庄重地明确表态道："我李纲何德何能，敢承诸位如此看重。但如今国难当头，我就当仁不让了。这个头我可以带。"许翰等人听了，一齐拍案叫了一声好。

李纲接着说："诸位所言担心之事，也正是李纲担心的事。金军并不可怕，可怕的是我们自己人心不齐，没有背水一战的勇气。现在朝廷中悲观气氛严重，主逃主和者肯定不在少数。欲使主战派形成优势，还须诸位多加襄助。"许翰等皆道这没问题，我们会尽力联络志同道合的官员，在朝辩时共同据理力争。李纲道："据理力争这四个字说得好，要得到众人的支持，关键就在这个'理'上。我们必须要拿出可以守住汴京的根据，说清我们采取什么办法，可保汴京万无一失。"

就着李纲的这个话头，几个人讨论起守城措施。许翰他们都是文人，又皆回京日短，对汴京城防知之甚浅，在此问题上虽也能侃侃而谈，却终是难免纸上谈兵。李纲知道在这一方面不能苛求他们。而许翰等人之言，亦非尽属空议。比如他们提出的应抓紧招募义勇、必须严肃军纪、需要确保城内治安、注意严防金人奸细，等等建议，还是相当值得重视的，李纲将这些建议都一一记在了心里。

谈话延至深夜方休。"皇上初三临朝，是时必议对敌大计。我争取明日先去

— 46 —

单独觐见皇上，将其中利害奏明。"李纲最后这样表示。许翰等认为如此甚好。

分手的时候，大家的心情都有几分临战前的亢奋。但他们的临战对手，首先还不是金军，而是朝廷中的怯敌分子。

初二上午，李纲通过内侍递上了请求觐见皇上的折子，被安排在当日下午延和殿召见。皇上上午没时间了，白时中已先其一步提出了入宫面对的请求。

赵桓本来谁也不想召见，有什么要紧事不能等初三上了朝再说？但对白时中和李纲的请求，他不敢掉以轻心。白时中是首席宰执，李纲也是举足轻重的朝廷要员，这两个人在年假期间破例求见，必有非常之事。因此赵桓还是牺牲休息时间，对二人分别进行了召见。

召见李纲的时候，赵桓神色萎靡，情绪也很黯淡，他是强打着精神来听李纲的奏对的。造成他这个样子的原因，一是上午听白时中唠唠叨叨地说了将近一个时辰，而他夜间又没睡好，身体非常疲倦；二是黄河失守的战报此时已经传进宫来，搅得他心乱如麻。李纲见皇上倦容满面，心里老大不忍，觉得自己在这时候来打扰皇上，实在是很不应该。

为了不占用皇上更多的时间，依例向赵桓行过叩拜大礼，李纲便直率地将欲奏之事和盘托出。他尽量说得言简意赅，但将其意阐述得十分明确。由于言语间缺少了些迂回婉转，口气便不免显得有点强硬，甚至有点咄咄逼人。李纲自己并没意识到这一点，可是赵桓感觉到了，这使得赵桓不太舒服。

不过赵桓没有发作。他在即位之前不曾参政，没有政治根基，当了皇帝，需要从头建立自己的班底，所以不想一开始便将君臣关系搞僵。他尽力压抑住内心的不快，耐心听李纲奏完，表情淡然地待了一会儿，微微摆了一下袍袖，用不冷不热的口气说，卿意朕已知矣。卿且退下，容朕思之。

李纲从赵桓的口气里没听出倾向，摸不清皇上究竟态度如何，但见皇上显然没有再让他说话的意思，他不敢多言，只好再拜而退。退至大殿门口时，赵桓忽又将他叫住，命他将黄河失守的实情从速查清报来。赵桓的这句话说得咬牙切齿，可能是他借着这句话，将隐忍在心里的所有不便发作的烦恼和愤懑，全都倾泻了出来。

赵桓的心里的确是充满了烦恼愤懑，还有无限的委屈。总之，他这会儿的心情，简直是恶劣透了。

这会儿，赵桓是一阵阵地后悔，自己为什么要在这个倒霉的时候，当这个倒霉的皇帝。如果不当皇帝，这一大堆剪不断理还乱的烦恼事，用得着我来操心劳神吗？世人羡慕当皇帝的人，是因为他们看到当了皇帝可以作威作福为所欲为，然而我这个皇帝，威在哪里福在何方？又谈何为所欲为？我连过个年都过不清静，完全就是身不由己。如果当皇帝就是这个样子，那还真不如当个甩手藩王活得自在。赵桓离座起身，倒背着双手踱了几步，在心中苦叹一声：早知如此何必当初！

后悔药没的吃，现在只能死心塌地面对现实了。眼前的现实极其严峻，而偏偏李纲与白时中的主张又截然对立，真是让人伤透脑筋。李纲和白时中皆振振有词，到底应当听谁信谁？赵桓独自在延和殿里徘徊着，一直思考得头痛欲裂，也没思考出个结果。

与众嫔妃共进晚膳时，他的思绪仍然陷在这个恼人的问题里不能自拔。众人见皇上沉默无言，谁也不敢开口说笑，一顿年节间的团圆饭被弄得沉闷无比寡然无味。

晚膳后，赵桓仍是郁闷，披了裘袍又到宫院里去踱步。朱后陪伴在侧，见赵桓的心事很重，就柔声劝他有事可与大臣商议，不要独自憋在心里。赵桓愁云满面地道，不是没商议过，但其见解分歧甚剧，孰是孰非殊难断之。这时赵桓正需找个人倾诉苦衷，便将白时中与李纲之争讲了出来，问朱后何策可取。

朱后见问，想了想说，白太宰说的不是全无道理，但若弃城而走，太上皇禅位于皇上的意义何在？朝臣和百姓会怎样看待皇上？皇上将来又何以威服天下？赵桓点头道，此正是朕之所虑也。"但是，"赵桓似是问朱后，又似在自语，"倘朕决意守城，这汴京城能守得住吗？"

"这要看怎么说了。"朱后沉吟了一下，"金军的凶猛，臣妾也是有耳闻的。若是一般城池，陷入其包围中，欲图固守恐怕不易。但皇上莫忘了，咱这汴京却是京城。"

"京城便怎么样？"

"京城的防卫力量，想来总非一般城池可比，与金军厮杀上几个回合的能力应当是有的吧，至少不会被金军立时攻破。而京城濒危，各地断无坐视之理，定会发兵前来救援。因而料我汴京不会沦为一座孤城。臣妾揣度，莫说坚守上三五个月，只要是有个十天半月光景，勤王大军就该到了。"

"呵，你的意思是说，李纲的固守待援之议，乃为上策啦？"

"臣妾一介女流，不懂国事，何为上策，还仰皇上明断。"

赵桓面无表情地向前凝视着，看不出他在想什么。朱后是个颇知进退的人，见状未再置喙。

是夜，李邦彦、张邦昌又不约而同地悄悄前往白府，打听皇上的意图。许翰、何栗、孙傅也再次登门李宅，了解李纲觐见皇上的情况。众人得到的回答都是：看不出皇上意欲何为。但是众人都明白，皇上的决定一定会产生于今夜。明早上朝，便要揭晓。所以这一夜，无论是主战者还是主和主逃者，都是在焦虑不安的心情中度过的。相形之下，主战者的担忧更重，因为他们从这种令人生疑的迟延中，已明显地嗅出了朝廷怯懦畏战的颓丧气息。

二

正月初三，赵桓临朝，谜底揭晓。赵桓决意守城，且要御驾亲征。

当然，这个所谓御驾亲征，只是一种名义。未来的战场就在汴京城下，御驾再怎么亲征，也还是待在皇城里。不过这个名义很重要，它起着强调皇上抗战决心的作用。这是赵桓昨晚一直思考到深夜，才下定了的决心。

本来，白时中与李纲的奏对，在赵桓的心里势均力敌难分伯仲，是朱后的那几句话，使赵桓的态度渐渐向主战一方倾斜了过去。是的，想我一座偌大的百年京城，难道连十天半月都守不住吗？只要能硬撑上他十来天，待各路勤王大军一到，何危不可化解？既然如此，何苦要跑？且不说弃城逃跑是件很丢脸面的事，单说举朝迁移，就非常麻烦，不是万不得已，能不动还是不动的好。再者，若果然能决战决胜守住汴京，他赵桓岂不从此威震八方，齐名于秦皇汉武唐宗宋祖了吗？

御驾亲征的诏书已由词官紧急草就，赵桓命近侍黄金国当场宣读。

宋朝自杨继业、狄青之后，能征善战之名将寡，而长于舞文弄墨者众。这篇诏书虽系急就章，却也写得板眼分明，掷地有声。赵桓在诏书中称曰："朕以金国渝盟，药师叛命，侵轶边鄙，劫掠吏民。虽在缵承之初，敢忘托付之重？事非获已，师实有名，已戒六师，躬云天讨。"令人听上去大有壮志凌云誓与敌寇决一雌雄之势。

诏书读毕，赵桓宣布，命有司仿真宗幸澶渊故事，建立亲征行营，任命吴敏为亲征行营副使，兵部侍郎李纲、知开封府聂昌为参谋官，即日起从速整军御敌。

听赵桓宣布过上述诏令，丹墀下面一片寂静。许多大臣都对皇上突然表现出来的激昂姿态感到震惊和意外。

李纲闻诏后先是精神一振，旋即意识到事情恐怕不会这么简单。赵桓的决定并未得到大臣们的普遍支持，周围的这一片静谧就很能说明问题。他预感，一场针锋相对的舌战，马上就要在这垂拱殿上展开。

果然，老态龙钟的白时中在李邦彦、张邦昌的目视下，首先出班了。其实即使李张二人不看他，他也会第一个站出来。他认为这是作为太宰义不容辞的责任。

白时中向着赵桓持笏躬身，干咳两声清了清喉咙，便开口提出了异议。他没想到皇上的战意如此坚决，甚至还要御驾亲征，苍老的声音里不免带出了些许悲怆："微臣白时中启奏皇上，微臣以为，目下金军锋势正健，为社稷安危计，我朝之进退尤须慎重。皇上乃万乘之尊，不可率尔亲征。应对危局当取何策，皇上不妨广听众议后再做定夺。"

白时中既已打出了头炮，李邦彦便也出班附和："微臣以为白太宰老成持重言之有理，恳望皇上三思。"张邦昌左右观望一下，正琢磨着自己要不要跟着开口，不少大臣已纷纷出班，七嘴八舌地表达了不赞成坚守汴京与金军硬拼的主张。

许翰见状愤从中来，心想朝廷真是瞎了眼，如何就高官厚禄地豢养了这么一群蝇营狗苟的窝囊废。他按捺不住地正要发言，李纲已迈步出班朗声启奏："启禀皇上，微臣以为，金军无端犯我天朝，我大宋断无示弱之理。皇上天纵英明英雄气概，御驾亲征乃上应天命下顺民心之举，无可非议。况今已事急，再无彷徨时间，君意既定，幸勿动摇。"

许翰马上附议："李侍郎所言极是。金人灭我大宋之狼子野心昭然若揭，我大宋除背水一战外，别无自救之途也。"随之，何栗、孙傅、李若水、梅执礼等大臣相继出班，皆力主守城抗金，坚决支持皇上以御驾亲征的方式，形成具有强大号召力的抗战指挥中心。

白时中、李邦彦那帮人岂肯退让，纷纷口气强硬地反驳，于是两派大臣就在赵桓面前展开了唇枪舌剑的大辩论。论战的双方一个个都指手画脚面红耳赤声色俱厉，喷得唾沫星子满天飞。平日里无比庄严肃穆的垂拱殿上，顿时乱哄哄地吵嚷成了一锅粥。

大臣们这么各持己见地一争吵，就把赵桓的心给吵乱了。他本来是没有主见的，又是初掌国事，对朝政军事情况的了解，基本上还属于两眼一抹黑。无论要战要和还是要逃，他其实都没什么客观依据。那个御驾亲征的决定，是他昨晚在内心里反复斗争了多次，最后在或许能够守住汴京的设想支持下做出的。在做出这个决定后，他胸中还曾涌起过一种豪迈的感觉。然而现在经大臣们这么一吵，那种美妙感觉顿时被吵得烟消云散，他那个本来就根基不牢的决心便不由自主地动摇起来。

赵桓后悔这事做得孟浪了，不应该上朝伊始便贸然宣布御驾亲征。我怎么会如此沉不住气！他在心里暗骂自己。

丹墀下面的争吵大有方兴未艾之势，看来再吵上三五个时辰也吵不出什么名堂。赵桓越听越烦，狠拍了一下御案，沉着脸喝道："都住了，众卿休得喧哗！"大臣们一见皇上生了气，立时尽皆噤口退归班位，朝堂上又变得鸦雀无声。

停顿了一下，赵桓说，你们这样争来争去，朕看怕是争到天黑也争不出个结果。空口无凭，可不可战，总得拿出个真凭实据来才好说。现在可由同知枢密院事蔡懋与兵部侍郎李纲同去巡城，看看我汴京城防状况究竟若何，再做定夺。众臣齐呼皇上圣明。于是赵桓暂去紫宸殿歇息，众臣亦退至侧殿，等候蔡懋和李纲的回音。

赵桓急中生智想出来的这个主意，其实根本解决不了争端。那蔡懋是坚决主张弃城逃跑的，其目光所及，看到的全是不利因素，再巡视上十遍城防，他也是认为宋军敌不过金军。因此巡城返回后，他的奏报依然是汴京城壕浅狭墙垛失修难以坚守。而李纲则坚持认为，汴京城墙坚固绝对可守，只有樊家冈一带，因属禁地不许开凿，城壕确是比较浅狭，然可设置精兵强弩，构成严密的防线。至于城橹破损处，可以调遣部队速作整修，抢在金军到达之前修好没有问题。何况能否守住城池，不仅在于城防设施，更在于军心与士气。如果汴京军民能够万众一心同仇敌忾，完全可以做到任凭金军围困万千重，我自岿然不动。

绕了一个圈子，问题又回到了原地。赵桓听过蔡懋李纲的不同奏报，沉吟不语。

李邦彦唯恐赵桓被李纲说服，赶紧出班："启禀皇上，方才李侍郎所言，乃只见其一不见其二。姑算汴京城池尚堪一守，但城中无有良将，何人可当此任？"

赵桓一听，觉得这果然是个问题："卿言不差。军之无帅，犹如人之无魂也。以李侍郎之意，若要守城，帅将安出？"李纲稍稍一顿，答道："白太宰李少宰位冠群臣，值此紧急时刻，皆可出掌帅印。"

李邦彦没想到李纲居然把火烧到他身上去了，急赤白脸地正欲反诘，白时中却先急了。且不说守城的责任和危险性都极大，单说那份辛苦，他就消受不起。平日里，每逢上朝，回府后他都感到累得不行，总须躺上两三个时辰才能恢复过来。若是担任了守城主帅，白时中掂量，恐怕用不了三天，他这把老骨头就得扔在那儿了。所以他待不到李纲的话音落地，便急不可耐地上前一步指着李纲的鼻子道："李侍郎这是何意？老夫不是武将，焉能主持战事？"

李纲正色答道："国家兴亡，匹夫有责，事到此间何论文武？下官别无他意，唯以社稷为重也。"

白时中觉得这是李纲在当众戏弄他，气得浑身发抖："好，这话是你说的。事到此间不论文武。那么老夫倒要问你，你可守城否？"李邦彦也愤愤不平地插言："白太宰言之有理。既云文臣亦可守城，你李伯纪李侍郎为何不主动请缨呢？"说罢他又躬身向赵桓道："启禀皇上，李侍郎一力主战，却又将守城之责推与他人，其意若何，殊难测度也。"

"唔，"赵桓有点茫然地来回扫视了他们一下，将目光落在李纲脸上，"李侍郎，你既认为汴京可守，那么便由你来担当此任如何？"

面对白时中、李邦彦和赵桓的连续诘问，李纲一时语塞。他虽是坚决主战，却从未想过由他来担纲守城。因为他自知无论从官阶资历和能力上看，这件事都还远远轮不到他李纲的头上。谁人可为守城主帅，他与许翰等人事先也没议过。这真是一个要命的疏忽。之所以产生这个疏忽，是因为他们原本都以为在偌大京城里选拔一个守城统师，应当是件手到擒来的事。现在事到临头，李纲才发现这个问题很严重。马上从现有的京官里选拔出一个称职的统帅，还真是不大容易。

可是这个问题必须解决。三军无帅，谈何战守？

白时中、李邦彦是指望不得了，看来其他人也没有出头的意思。李邦彦又居心叵测地引着赵桓将矛头直接对准了他李纲。怎么办？

李纲的大脑在飞速地运转。他不是一点没读过兵书，但终究是个文人，兵部侍郎这个官衔也不过才挂了几天，统兵作战的经历和经验是一片空白。以这样的条件担任守城主帅，显然是不够格。君前无戏言，军令如山，若是在金殿之上应了守城而没守住，项上人头是定要搬家无疑。可是如果连他也推三阻四，主战派将立时理屈词穷。连言战者自己都不敢站出来迎敌，还谈何与金军对垒？

这时不仅李纲身上冒汗，许翰等所有的主战大臣们也全都紧张起来。

"李侍郎，朕问你能守汴京否？"赵桓见李纲发愣，又提高声音追问了一遍。

眼前的形势容不得李纲再犹豫，李纲把心一横，将诸多的顾虑统统弃之脑后，昂然作答："启禀皇上，如蒙皇上器重，微臣李纲愿领守城之责。"

"嘿嘿，"白时中冷笑道，"大话好说。你能守得住吗？若守不住，又当如何？"

到了这时候，李纲没法再留后路，他斩钉截铁地回答："下官以为，上托皇上神威，下聚民心军魂，必能保汴京无虞。若有闪失，下官愿捐此头以谢天下。"

"好，很好！"赵桓受到李纲大无畏精神的感染，心中的天平又向主战派倾斜过来，他当场拍板，"李爱卿如此忠勇，甚慰朕心。那么朕就将这守城重任，交付给你李爱卿了。"

"臣李纲遵旨。但臣只恐位卑言轻，难以服众。"这是李纲在伸手向赵桓要官了。李纲本来是很不齿于做这等事的，但现在他不得不做。他深知，如无一定的地位职权，对京城里诸多盘根错节的衙门根本指挥不动，完成守城重任全然是句空话。

赵桓觉得李纲的要求合理，即问门下侍郎赵野，执政位置还有什么空缺。赵野答曰还缺一名尚书右丞。赵桓马上宣布，任命李纲为尚书右丞。宋朝的官职任免升降，原是有着一整套考课磨勘制度的，但只要皇帝一句话，所有的制度便一概归零。皇帝的一句话可让一个人轻易地扶摇直上，也可让一个人倏忽坠入地狱。法律在权力面前狗屁不如，这是封建社会的显著特征之一。

尚书右丞为正二品，位居宰执之列。登上这个台阶，意味着李纲真正地进入了朝廷的权力中枢。短短十日之内，李纲从一个五品闲职变成了正二品执政，其升迁步伐迈得着实够大。一番争论落得这样一个结果，令主战派大喜过望，而白时中一伙人则万分沮丧。

中午，赵桓回福宁殿用膳休息。由于下午还要接着议政，大臣们就被安排在殿外的厢房里就餐。张邦昌上午在朝殿上一言未发，这时却悄悄找到李邦彦，建议让白时中在下午上朝之前，再单独劝谏一下皇上。李邦彦当然不肯就此认栽，遂马上将此意说与白时中。白时中当众受挫，正憋了一肚子的火，听了这个建议一口应道，此事包在老夫身上，老夫是不能眼看着朝廷让那帮不知天高地厚的东西毁了的。

午餐后稍事休息，白时中就去求见赵桓。

赵桓正在养神，传谕让白时中有话待会儿上朝后再说。白时中却固执地请求再三。赵桓被骚扰不过，只好在福宁殿旁的一座便殿里召见了他。

白时中一进殿便扑通跪倒，以极其痛切的语气，先是重复了一番他早已陈述过的战逃利害——当然他是不会直说"逃跑"这个词的，他用的词是"避敌"。然后，他就弹劾李纲哗众取宠沽名钓誉，为了升官晋爵简直是不择手段，简直是拿国家安危当儿戏，拿朝廷和皇上作赌注。这一通言语说下来，直说得他是老泪滚滚涕液横流。赵桓看了甚觉厌恶，却也不能不承认他的担忧不为多余。因为在赵桓的心里，对于能不能守住汴京，还是打着问号的。

白时中的功夫没有白下，下午赵桓再度临朝，果然变了腔调。他宣布，委任李纲为汴京留守，户部尚书李棁为副留守，留在汴京全权处理政务，而朝廷与皇室将迁往陕西"避敌"。此谕一下，李邦彦、张邦昌等暗暗相视而笑，主战的大臣们却被这突如其来的翻云覆雨搞得瞠目结舌。

李纲听了这道圣谕，只觉全身的血液呼地一下都汇聚到了头顶上。他差点儿没扯开嗓子骂出声来，这是哪个狗东西又在皇上面前做了手脚？坚守汴京，首先依靠的就是朝廷的决心和意志，这是守城将士的精神支柱。如果皇上和朝廷先撒丫子跑了，谁还会跟着我李纲卖命守卫什么汴京？而一个连京城都不要了的流亡政权，又能东躲西藏地支撑几天？这样一个简单的道理，皇上如何就翻来覆去地想不明白呢？

李纲热血往上一撞，就冲动地迈步出班面向赵桓咚地跪倒，不顾一切地高声谏道："皇上，弃城逃跑实乃死路一条，万不可行！"

话一出口，李纲立即自觉失言，"弃城逃跑"这几个字是大损龙颜的。倘若赵桓发怒，后果不堪设想。然而话已出口，怕也没用了。李纲索性挺直了腰杆，一口气把话说完，"昔日唐明皇播迁蜀中之鉴，皇上不可不察。今皇上车驾朝发，而都城必致夕乱。虽有臣等留守，亦恐无济于事，宗庙社稷必立陷敌手矣。臣观当前之势，朝廷万不可移。李纲愿举族担保，誓与金军死战。只要有李纲一口气在，绝不放金军一人一骑入城！"

赵桓却是没有发作。他似乎是被李纲的气势震慑住了，一时竟不知该说什么才好。

就在赵桓发愣的这会儿工夫，已有许翰、何栗、孙傅、李若水、梅执礼等大臣相继出班跪奏。他们一致口称，愿以全家性命担保，李纲可以守住京城。其他官员看到这些人豁出命来的死谏劲头，一时间皆愕然无声。

赵桓见状，在震惊之余倒是有些感动。这些人虽是冒颜犯上，但毕竟是忠心可嘉。他们一个个都敢以身家性命作保，自己身为天子，若再一味坚持弃守汴京，是不是有点太那个啦？

如此头脑一热，赵桓又改了口："那好，既然众卿皆以为汴京可守，那么就守。一切亦如前议，朝廷不西迁了。众卿都平身吧。"说到这里，他瞅见那边白时中抖抖瑟瑟地挪出班列，知道白时中又要唠叨他那一套了，心里陡然升起一阵厌烦。他不想在这个问题上再没完没了地纠缠下去，于是将手一挥道："行了，诸卿有事可具折另奏。今天就到这里吧。"说罢，也懒得再议他事，便径自离开了御案，将白时中一脸尴尬地晾在了那里。

经过这一整天若干个回合的较量，终于顶住了逃跑逆流，李纲的心情比较舒畅，当然身心也是相当地疲惫。但是退朝以后，他没有回宅休息。

皇上把坚守汴京的重任交给了他，并且张口便封了他个尚书右丞，这是给了他一个相当高的政治待遇，同时却也给他带来了非常大的风险和压力。汴京保卫战打赢了，他可能会官运亨通大展鹏程，打输了，他便将身败名裂人头落地。单就这一点来说，这一仗他也是必须打赢，不能打输。

但要打赢这一仗，不是只靠有个必胜的决心就能办得到的，这里面有许多具体事宜需要扎扎实实地去做。金军说到就到，备战时间有限。因此退朝之后，李纲接着便约吴敏、聂昌以及有关官员至尚书省开了一个短会。当时吴敏和聂昌在是战是走的问题上属于中间派，他们觉得左右都有风险，对于怎样做风险较小一些拿捏不准，因而在朝议中都没作声。现在既然皇上决定了要战，他们又皆被委任为亲征行营长官，两个人也就只能塌下心来，与李纲一起坐而论战了。

今天上午李纲与蔡懋一起去巡视了城防，对城墙破损失修的情况印象深刻。在朝议中，为了顶住逃跑逆流，他有意对此轻描淡写地一带而过。但真要守城，这事却不可不认真对待。在这个短会上，李纲着重谈的就是整修城墙问题。他责成有司抓紧时间组织力量施工，责任要落实到人。因见大家都已很疲惫，其他事情便暂未多谈。

散会后，吃过甘云给他端来的晚饭，李纲便又聚精会神地查看地图翻阅资料，思考制订防务计划，一直忙到深夜。当夜，他便宿在尚书省的厢房里。他准备明天一早就召开各部军事联席会议，研究守城部队的统一部署问题。

不错，我李纲是个文人，若论上阵拼杀，那是十不敌一。但是论动脑筋用智慧，却不见得逊于武夫。古来文人为师者并不乏其人，韩信孔明都是文人，不照样能统率三军大破强敌吗，我李纲效仿古贤沙场点兵有何不可？想到这些，李纲胸中不禁涌起了一种跃跃欲试的激情和冲动。

可他万没想到，事情竟又突生剧变。就在翌日凌晨，他睡下还不足两个时辰，从宫里传出消息：皇上临时变卦，就要启程离京了！

三

赵桓再度变卦，与太上皇赵佶的提前出逃有很大的关系。

赵佶既然把皇权移交给了赵桓，就不想继续留在京城里担惊受怕，因而在禅位的两日后，便提出要去亳州的太清宫进香。他声称前些日子由于操劳国事忧累成疾，因遥向太清宫祷告，遂告康复，所以应当亲去上香。赵桓明白这是赵佶想躲出去的借口，却也不好阻拦。况且将这个甩手掌柜留在京城里也没什么用，既然想走，就随他的便吧。于是赵桓就很爽快地点了头，并命有司为太上皇的出行做好准备。

郑太后对赵佶的做法是不赞同的。她觉得，赵佶临危禅位已有损形象，再在此时丢下刚刚即位的皇帝独自开溜，更将大折声誉，因此曾劝赵佶暂缓亳州之行。然而赵佶不但不听，反斥她不识时务，让她只管速备行装，其余毋庸讳言。为了避人耳目，出行的船只赵佶也没让有司去办，而是命贴身太监张迪，悄悄地去城外码头买下了几只客货两用的落脚头船。

本来，经太史官卜定的出行吉日，乃是正月初四之夜。自然，这个日期是严格保密的，除赵佶外，只有赵桓及宫里为数不多的内侍知道。但连日来金军步步进逼，凶讯一日三传，令赵佶越来越稳不住神。尤其是梁方平、何灌兵溃黄河的消息传来后，赵佶更似被大火燎了屁股，在龙德宫里一时一刻也坐不住了。

正月初三夜晚，赵佶的眼皮乱跳，他觉得不是个好兆头，愈发感到晚跑不如早跑，早跑不如立刻就跑。于是也顾不得什么黄道吉日了，就命张迪秘密通知郑太后和住在宫里的皇子帝姬们，带上细软立即启程。

诸皇戚得到提前出行的通知，以为必是危在旦夕，哪敢稍有迟延，各自简单地收拾了一下，即慌慌张张地来到龙德宫门前聚齐。是夜漏鼓二更，赵佶也没告知赵桓，就带着郑太后、诸皇戚，还有蔡攸、宇文粹中两个行宫使，以及张迪等少数内侍，仓皇遁出通津门，登舟而去。

守卫通津门的将士当然不敢阻拦太上皇出城。但他们看出，太上皇这伙人行迹鬼祟，这个城出得是相当地不光明正大，因此当值的守将一面下令严禁属下外传太上皇携眷深夜出行的消息，一面便派人飞马将这个情况报入了宫中。

当时赵桓刚要迷迷糊糊地进入梦乡。

一天的朝议下来，累得赵桓头晕眼花筋疲力尽，晚膳时他面对着满桌的山珍海味龙肝凤胆一点胃口也没有。朱后问他是不是病了，要不要唤太医来诊治，赵桓说那倒不必，朕不过是劳神过甚而已。朱后看着赵桓明显消瘦了的面容，以及他那从原本漆黑的鬓角中骤然冒出来的银丝，不免暗自叹息。她发现她过去对赵桓的估计是过高了。

过去做藩王时，赵桓很少对朝政发表意见，朱后原以为那是赵桓在韬光养晦，现在她才知道非也，其实是赵桓根本就没什么政见。既然如此，他即位后在治国方略上无所适从也就不足为怪。朱后这时方感到，将朝廷这副担子压在赵桓的肩上，确乎是过于沉重了些，尤其是在这么一个生死攸关的非常时期。

但是命运就是这么安排了赵桓的人生道路，这副重担，现在他是担得起也得担，担不起也得担，上推下卸都不行。其间那种力不从心的滋味，朱后颇能设身处地地体会到。她很想为赵桓分担一点压力，却是深感无能为力。后宫干政是被严格禁止的，而且她也自认自己不是那块材料。因此她所能做的，只能是尽量多在生活上体贴照料赵桓，并尽力保持后宫的稳定，不再给赵桓增添其他的思想负担。

朱后见赵桓在晚膳时没吃上几口，膳后特命御膳房另做了燕窝粥送过来，又命内侍唤来了几个乐府歌女在旁抚琴吟曲，总算让赵桓稍得了些放松。然后朱后又亲自服侍赵桓洗漱，陪伴他在龙床上卧下。赵桓虽困乏得要命，一时却睡不着，躺在那里忧心忡忡地来回念叨，朕依了李纲之言，不知合天意否。朱后便一再答曰，皇上的决定不错，我堂堂大宋的京城，又不是一个软壳鸡蛋，岂是金人想吞便吞得了的呢？这事交给李右丞，皇上就尽管放心好了。

朱后这样说，当然是在宽慰赵桓，但绝无敷衍之意。她对李纲有一种出自直觉的信任感，这种感觉，她在李纲劝说赵桓即位的那个夜晚便产生了。当时李纲留给她的突出印象有两点，一点是李纲处事沉稳且敢作敢当，另一点是李纲具有公而忘私的凛然正气。这两点，是她在其所见过的大臣身上很少能看到的。就凭这个印象，朱后认定，李纲坚持的主张，应当不会有错。

就这样，赵桓在朱后的劝慰下，终于忧思渐释，进入睡态。朱后知道这些天来赵桓的睡眠质量一直都很差，希望今夜他能做个好梦。可偏偏就在这时，赵佶携皇戚提前离京的消息，飞马报进宫来。

按说在这深更半夜是不宜打扰皇上休息的，但赵桓下过命令，在京城戒严期间，如有大事要事急事，必须随时奏报，不得有片刻拖延。太上皇携眷偷偷出城，当然属于大事要事，大内的黄门不敢耽搁，接到奏札便马上依次内传。朱后接了奏札，未敢私阅，虽不忍心惊动赵桓，却又怕误了大事，犹豫了一瞬，只好轻声地将赵桓唤醒。

赵桓睁开蒙眬睡眼，打开奏札一看，立时困意全消。他的心一下子被赵佶提前逃跑的消息搅和成了个无底洞。

太上皇连在京城里多待一天都不肯，居然就这样偷偷摸摸地不辞而别，这说明了什么？说明留在汴京实在是太危险了！太上皇毕竟是当过二十多年皇帝的人，对局势的判断应当比我赵桓准确，他既慌成这样，看来这汴京是绝不可留。

赵桓这样一想，身上呼地起了一层鸡皮疙瘩。他急忙披衣下床，唤来当值的内侍，命他们快去通知后宫各院不要睡了，统统起床做离京准备。同时命人去传谕各宰执，朝廷于初四天亮即启程西迁，让他们及时赶来侍驾。

朱后感到赵桓这样倏尔变卦很不妥当，但看赵桓那副张皇模样，料是劝也劝不进去，就悄悄找来了黄金国，让他把情况赶紧告诉李纲。黄金国星夜出宫赶到李纲的住所，得知李纲昨晚没有回宅，连忙又回头跑到尚书省，才将消息传到。

李纲一听这事，脸色唰地变了。似有一个霹雳在他头顶上炸开：汴京完了！

黄金国不便久留，报完信就一溜烟地走了。李纲努力迫使自己从极度的惊撼中镇定下来，急切地想起该考虑如何应对这个突然变故。默不作声地坐视赵桓逃跑吗？且丢开良心和道义不说，单说横遭戏弄的这口气，他就咽不下去。再者，他李纲想明哲保身也保不住，他已被钦定留守汴京，任谁跑他也不能跑。朝廷一走，汴京必失，如他不肯降金，到那时也是一死。

左右都是死，那就不如再去冒死一谏，做最后一搏了。搏成了，汴京幸甚，大宋幸甚。搏不成，任杀任贬，落个问心无愧。

主意打定，李纲胡乱用冷水擦了把脸，便步履匆匆地赶赴大内。甘云预料李纲如此激动地去劝说皇上，恐是凶多吉少，却是不敢拦他。他又没有资格跟随李纲进宫，只能待在尚书省厢房里暗自担心。

尚书省位于右掖门东，距离大内很近，转眼的工夫便到。李纲昨日被委以守城重任，且被赋予了自由出入禁中之权，因此他进宫不会受到任何阻拦。

大内里面，此时是一片混乱。各宫院的门边道旁，停驻着各种各样的马车驴车牛车，一群群的男男女女，都在进进出出地往车上搬运东西，即将背井离乡去逃难的悲凉气氛，弥漫了大内的每一个角落。李纲目睹此状，心急如焚，加快脚步向前走去。

来到祥曦殿前，但见这里的情形与他刚才路过的那些地方一样，亦是停满了大小车驾，内侍和婢女们正大包小裹地将六宫所用之物向车里堆放。供赵桓乘坐的绣龙銮舆业已停在了那里。所不同的是，在这祥曦殿前的两侧，还集结了数百名全副披挂执戈待发的禁卫士兵。

李纲见了这阵势，怒火腾地蹿起来。他也忘了这是在什么地方，扯开嗓子就向禁军们喝问："你们这是要做什么？金人欺负我们欺负到家门口了，你等身为军人，是想坚守汴京保卫宗庙百姓呢，还是想把汴京拱手送给金人去糟蹋蹂躏？"

禁卫士兵们面对李纲声色俱厉地喝问都怔住了。但很快便有人反应过来，不知是哪个，在队伍里回答了一声："我们当然愿意守！"紧接着就响起了一片洪亮的喊声："我们愿意守！我们都愿意守！"

一名统制官见状连忙走到李纲面前，低声说道："李大人，末将也是不愿走的，可这是皇上的旨意，皇上说……"

"只要大家都有守城的愿望就好，皇上那里我去说。"李纲正说着，就见赵桓在王宗楚的陪同下从大殿里走了出来，他急跨步迎上去，"皇上，昨日不是守城大计已经确定了吗，缘何又生变故？"

"啊，这个……"赵桓很不自然地嗫嚅了一下，"朕再三思之，朝廷冒不得险，还是以权避敌锋为宜。"

李纲目光如炬直视着赵桓："皇上这一走，汴京怎么办？"

赵桓的本意，就是只图自己能跑得了就行，没想对汴京负什么责任。李纲偏偏一针见血地当众把这个问题给他兜了出来，这让他非常尴尬。他沉下脸道："朕已任命你为汴京留守，守城之事你自去料理便是，何须问朕。"说着，他抛开李纲，便要迈步登舆。

李纲见此情形，只有破釜沉舟了。他急走两步挡住赵桓的去路："皇上留步，请听微臣把话说完。如臣言之不当，可立斩臣首于殿前。"

赵桓额头的青筋跳了跳，面上明显地挂满了愠怒。这个李纲真太不识相！可是赵桓不想在这时候节外生枝。撤了或者斩了李纲，另找何人留守汴京？他只好竭力忍住怒气："唔，好，你讲，简短点，朕没工夫听你长篇大论。"

"微臣遵旨。微臣敢问皇上，在一马平川的地势上，是皇上的车驾跑得快，还是金军的马队跑得快？""呃……自然是金军的马队快。""皇上可知，金军是长于攻坚，还是长于野战？""长于野战。""圣驾西迁，行踪能否保密？""举朝播迁，何密之有？""金军倘得知朝廷去向，其主力不围汴京而径去追击皇上，皇

— 59 —

上以为护驾的禁军能否抵挡得住？""这……""如果抵挡不住，皇上将以何计自保？朝廷又将安身何处？据理衡情，皇上和朝廷是留守汴京更为安全，还是播迁于外更为安全？""这个嘛……"

这一系列的问题，赵桓都没细想过，经李纲这么步步为营地一问，他才意识到，如此匆忙逃跑的后果其实十分严重，并不是如他想象的那样一走了之。

这时白时中、李邦彦、张邦昌、吴敏等大臣都已陆续到来。吴敏在赵桓即位后除门下侍郎，已属执政之一。他原先觉得，朝廷西迁或南狩不失为一条权宜之计，听了李纲方才的一番问话，才感到还是李纲考虑得更为周到，乃上前进言道："启禀皇上，臣以为李右丞所言甚是，现今虏军已近，皇驾仓促出幸，实是险而又险也。"

赵桓对李纲的问话略加回味，大有醍醐灌顶之感，后悔自己太不冷静，险些酿成大错。就着吴敏送过来的台阶，他便欣然宣布："诸卿言之有理，两险相衡取其轻。传谕各宫，把车上的东西都放回去吧，朝廷不走了。"

白时中、李邦彦和张邦昌几个人，闻听赵桓夜半三更倏尔又决定离京避敌了，甚感意外却又正中下怀，已连夜命家人将行李打点停当，让家眷们只俟朝廷的车马一动，便相跟出城。岂料刚刚赶到宫里，却见出走的事又让李纲三言两语给废了，不禁十分窝火。白时中不肯干休，上前奏道："启禀皇上，老臣以为目下还是走为上。汴京现有精兵数万，足可为皇上断后。李纲之言纯属推卸责任，皇上万不可为其所误。"

赵桓见他又来纠缠，心里十分腻歪，一挥手道："朕意已决，卿勿多言。"

白时中却执拗地不肯罢口："皇上能听李纲把话说完，亦应听老臣把话说完。古人云，兼听则明偏听则暗，老臣……"

赵桓烦躁透顶，勃然作色："放肆！你说谁偏听则暗？你的话朕已经听了不下一百遍了！罢了，朕看你年事已高，也该回家休息了。从今日起，你不用再上朝了，就待在家里颐养天年吧！"这就是说，白时中头上那顶乌纱，从现在起就算是戴到头了。白时中闻言如雷轰顶，他愕然一怔，旋即哆哆嗦嗦地扑通跪倒在地，声泪俱下："老臣知罪！"

李邦彦也不甘心朝廷迁移的事眼看就要成行却又被李纲搅黄，正想帮衬着白时中说两句，却突见赵桓动了怒，而且这一怒非同小可，顷刻间便将白时中一撸到底了，他吓得把涌到喉咙眼儿的话又咽了回去，暗想幸亏我这张嘴迟张了一瞬，否则我李子美脑袋上这顶乌纱也要不翼而飞了。

李邦彦回头看看张邦昌，正欲与其悄声嘀咕，赵桓的目光向着他们扫过去："你们几个的意思呢，是想守还是想走？"

李邦彦还没想好该如何回答，张邦昌却先开了口："启禀皇上，臣此前为白时中庸论所惑，现已洞悉其非。纵观全局，弃城避敌实非上策，臣以为圣驾不宜轻动。"听张邦昌这么一表白，李邦彦也不敢再支吾，忙附和道："臣与张侍郎意见相同，以为圣驾不可轻离汴京。"在心里他却暗忖，这姓张的可真不是个玩意儿，一眨眼的工夫，就面不改色地变了嘴脸，今后对这厮可要小心。

其他宰执不待赵桓发问，便纷纷表示赞同守城，再无一人敢出异议。

赵桓对众大臣口径一致的表现很满意，觉得这才体现了他作为皇帝的无上权威，于是他高声宣布："朕已决意坚守汴京，誓与汴京共存亡。再有妄言弃守者，午门问斩！"

众大臣与全体禁卫将士闻声一起跪倒，齐呼皇上圣明。

李纲觉得机不可失，应当趁热打铁把赵桓的决心敲死，不容其再有反复。他实在是被赵桓的反复无常搞怕了。因此他马上提出建议，请皇上亲临宣德楼，勉励将士们杀敌保国。赵桓既然决定了坚守汴京，当然便对将士们的斗志重视起来，当下允准了李纲的建议。于是李纲便与吴敏合计，请吴敏即时为赵桓撰写一篇演讲稿。

吴敏过去经常为赵佶草拟诏谕，撰写这种东西是轻车熟路。片刻间文稿拟就，其大意无非是金人猖獗，欲覆宗社，朕决策固守，各令勉励，臣民一心，尽忠报国云云。赵桓看过，予以认可，遂率众臣趋至宣德楼，登楼向已集合在这里的禁军兵将宣读。

禁军将士中的多数都是本地人，妻儿老小多居于汴京，接到护驾迁移的命令后，很多人都怀有抵触情绪。现在忽闻皇上亲自宣谕，要改弦更张固守京城了，立时精神振奋群情激昂，吾皇万岁万万岁的呼声骤然而起响彻云霄。

赵桓受到一片山呼万岁的热烈气氛感染，一时间底气又充足起来，思维也变得敏捷了。他当即拍板，任命李纲为亲征行营使，任命侍卫亲军马军都指挥使曹蒙为亲征行营副使，擢李邦彦为太宰，张邦昌为少宰，吴敏为知枢密院事。诏令在大晟府设行营司，辟置官属，赐银、绢、钱各一百万两、匹、贯。他还宣布，文臣自朝请大夫以下，武臣自武功大夫以下，并将校官诰宣帖三千道，许李纲便宜行事。这就是说，李纲可不经朝廷批准，在一定级别范围内，自行委任文臣武将三千名。这个权力是相当大的。由此不难看出，赵桓是把守城这一宝，全部押在了李纲身上。

李纲再拜受命。一场几乎已是不可避免的朝廷大逃亡终被制止，他在欣慰之余，却也更清晰地感受到了肩上担负的巨大压力。因此这时他的心情并不轻松，反而备感沉重。有了宣德楼宣谕这一幕，赵桓应当不会再变卦，那么下面的戏会唱成什么样子，便全看他的能耐了。这出坚守汴京的戏怎样才算唱得好呢？与汴京共存亡不行，朝廷是在他的坚决主张下留下来的，汴京亡则大宋亡，因此他只能与汴京共存，无权与其共亡。否则他就是血染城头战死阵前，也将是大宋王朝的千古罪人，其罪万死莫赎。

我能行吗？我有这个把握吗？李纲扪心自问，心头不由自主地闪过一丝惶惑。

他不禁闭上眼睛，暗自祈祷了一句："苍天佑我！"

第四章

　　那俩衙役早被索飞春的秀色撩得心痒，听得危国祥这话，便都撇下那年轻人，齐向索飞春扑去。索飞春哪能容得他们随意拉扯，不待两人近身便突然出手，左右开弓两记耳光，打得两个衙役趔趄着后退了好几步。

一

一向消息灵通的童贯，这次却迟了一步。直到正月初五，他才得知赵佶出逃的事，这时赵佶逃离汴京已经有一昼两夜了。

童贯在京城里耳目甚众，虽说现在他的权势已不比当年炙手可热之时，但手下的爪牙仍为数不少，他想得到的情报，还是可以及时搞到的。之所以对赵佶的动向掌握得不够及时，不是因为他没有这方面的眼线，而是因为他忽略了对这事的布置安排。这些天来，童贯正被一个严重问题困扰着，他在少有的心神不安状态下，不免有些顾此失彼了。

那个搅得童贯六神无主的问题，是他的前景或者说下场问题。

一朝天子一朝臣，这是一条铁打的定律，童贯对此再明白不过。一听说赵佶要禅位，童贯就知道他的好日子要到头了。他曾想，是不是联络一部分人设法阻止赵佶禅位，但想来想去终究没敢那么做。因为他也看出，赵佶禅位乃大势所趋，很难逆转。如果阻拦不成，他将倒霉倒得更快更狠。所以这段时间他便一直躲在府里，没有乱说乱动。然而他知道，由于他多年来横行霸道结怨甚多，现在就是装出一副缩头乌龟模样，也照样会有人毫不留情地对他出手。

果不其然，宣和七年十二月二十七日，也就是赵佶禅位后的第四天，太学生陈东便挺身而出呈上奏折，请求新任皇帝剪除六贼。所谓六贼，指的就是蔡京、王黼、梁师成、李彦、朱勔和他童贯。这六个人都是赵佶的宠臣，在赵佶当政时皆身居要职，权倾朝野作恶多端。朝臣有敢弹劾其罪者，轻则贬窜荒瘴之地，重则就被迫害致死。人们敢怒不敢言，却在心里把账一笔一笔记得清清楚楚。如今赵佶退位，六贼的靠山没了，便到了火山爆发的时候。

陈东是个极富正义感的青年才俊，他抓住这个机会，挥豪如剑直取六贼的命门。他的奏折历数了六贼欺君罔上、蠹国害民、专权跋扈、陷害忠良、任用奸佞、变乱宗法、滥用国库、权宦勾结、假公济私、卖官鬻爵、贪饕无厌、贪功冒赏、自我标榜、妄立名号、夺民财产、重敛租课、轻启边衅、结怨辽金、屡战屡败、毁我社稷，等等罪行，行文痛快犀利鞭辟入里，言人之不敢言，发人之不敢发。文章中所指的每一条罪行单独抽出来，皆足以处六贼以极刑。

此文一出，朝野震荡。群臣奔走相告，交相赞誉，纷纷声援。一时之间，诛杀六贼的呼声铺天盖地响彻汴京。

赵桓原就不喜欢童贯那帮人，对他们依仗父皇的宠信为所欲为无法无天的行径早就看不顺眼，上台之后没打算再使用他们。而且，赵桓认为这些人心眼太多心机太深，终日玩这个，自己也不是他们的对手。现在借着这片呼声一举除掉他们，一来可免除日后执政中的隐患，二来可树立自己励精图治的明君形象，何乐而不为呢？因此他就打算下诏，将这六个人一一处理掉。

是李纲秘密劝止了赵桓的行动。

李纲向赵桓建议，目下太上皇虽已禅位，但童贯等人经营朝廷多年，其势力盘根错节四通八达不可小觑。现在金军重兵压境，倘若引起内部动乱，将十分不利于我们抗金守城。抗金守城需要全力以赴，因此不如将剪除六贼之事暂缓，莫逼他们狗急跳墙铤而走险。待到战事结束国本稳固无后顾之忧时，再伺机收拾他们。赵桓听李纲说得有理，遂暂且对六贼按兵未动。这场诛杀六贼的声浪，便在赵桓不置可否的姿态下，逐渐平息了下去。

但童贯并未因此而忧惧稍解。他知道，眼前的风平浪静只是一种表面和暂时的现象。朝廷正忙于对付金人，一时顾不上整治他们，但一旦朝廷腾出工夫，还是要对他们下手的。下手的凶狠程度，估计轻不了。作为前任皇帝的班底人物，就算是头顶上没有"作恶多端恶贯满盈"的罪名，在改朝换代后下场美妙的也不多，何况他们早已成为众矢之的。

童贯他们一直以为，赵佶年富力强，当皇帝的岁月正未有穷期，就没人去想早点去经营赵桓。事到临头再欲改换门庭，已是来不及了。再说赵桓与赵佶秉性大异，他不喜女色不尚奢华，用经营赵佶的那套法子去经营赵桓，也收不到什么良好效果。

怎么办？难道就这样任人宰割坐以待毙吗？

这几天童贯绞尽脑汁，也没捉摸出个起死回生的良方。正月初四，王黼曾登门拜访童贯，与之谈及"除六贼"之事。王黼说，据他所知，其事虽暂未上朝殿明议，其实一直在暗中酝酿。皇上认为国运颓败至此，皆系六贼误国所致，大有将他们悉数贬窜之意。他向童贯讨教避祸之道，童贯也无主意，两人惺惺相惜，无非相对哀叹一番而已。王黼离去后，童贯就越想越觉得危险。朝廷剪除异己，往往是先予贬窜，下一步便是诛杀。如不尽快采取主动措施，待到赵桓一动，那便万事皆休了。可是如何能够自救，却又不得要领。

就在这个时候，殿前都指挥使高俅登门，带来了赵佶已于初三深夜轻装简从逃离汴京的消息。

高俅侥幸没被划入六贼行列，实则也是赵佶军政班底的骨干成员，与六贼有共荣共损的密切关系。他来找童贯，也是为了商议避祸之策。他带来的这个消息提醒了童贯。他们以前的靠山是赵佶，现在也只能继续抱紧赵佶的粗腿，利用赵佶的庇护，去抵挡赵桓的杀机。欲想逃过劫难，不可稍离赵佶。

赵佶也真不是个东西，童贯暗骂，我们这些人多年来为你效了多少力，到了节骨眼儿上，你倒连个屁也不放，就甩下我们兀自开溜了！哼哼，你溜了不要紧，我们可以去追嘛。

童贯的脑袋忽然开窍，我童贯就以保护太上皇的安全为由去追赵佶。这样，一则能名正言顺地离开汴京，避开朝臣的攻讦和迫在眉睫的战祸，二则可栖于赵佶的翼下，令赵桓鞭长莫及。必要时，则可以挟持太上皇相胁，令赵桓投鼠忌器，不敢轻易加害。至于日后之事，再视形势变化徐图之。

童贯将这个主意对高俅一说，高俅连呼此计甚妙。于是两人简单地磋商了一下，便急忙去分头准备。

童贯点起其亲自组建的胜捷军万余兵马，高俅带了属于他直接指挥的殿前禁军数千人，两部于当日黄昏会合于新郑门前。彼时童贯、高俅的官职尚未削免，他们又是打着前往扈从太上皇的旗号，守城将士惧其旧日淫威，不敢不予放行，因而童贯、高俅得以公然率领近两万人马，浩浩荡荡地逃出了汴京。

两万人马离京动静非小，立刻惊动了皇帝赵桓。

这件事不仅影响恶劣，且使汴京城里本来就兵力紧张的状况雪上加霜。赵桓龙颜震怒，着令李纲立即发兵，将童、高二人追回查办。

李纲情知童贯、高俅老奸巨猾诡谲难斗，他冷静地考虑了一下，劝告赵桓说，童高二贼既然敢于如此擅动，便绝不会奉旨回头，劝其回师的可能性为零。而若用兵强行阻截，则免不了有一场厮杀。大敌当前，我们先在萧墙之内自相残杀起来，于朝廷实有百害而无一利。再说他们是打着扈从太上皇南幸的旗号出京的，从道理上讲也奈何不得，皇上能说他们去保护太上皇有罪吗？

赵桓无奈，只得权且忍耐下来，但在心里记下了这笔账，对赵佶的不满情绪也因此更甚。

这时太上皇赵佶一行已逃至雍丘，就是现在的河南杞县。

初离汴京时，赵佶是与众皇戚一同乘船而行的。次日，他嫌船走得太慢，便和郑太后等少数人改乘肩舆。但是肩舆的行进速度也不快。赵佶乘了半日肩舆，被颠簸得很不舒服，才复又舍陆登舟。这天黄昏时分，进入雍丘境内。众人又饥又乏，赵佶也不胜劳顿，就吩咐且在这里逗留一会儿，上岸吃点东西，休息一下再走。

上岸后，赵佶让众人就近歇着，活动活动坐船坐麻了的筋骨，一面就命蔡攸去召知县来接驾。此刻暮色已浓，远山近水都变得迷离苍茫。赵佶是个艺术细胞很丰富的人，立于这寒烟笼罩中的荒郊野渡，面对那枯枝掩映下的茅舍孤灯，感到其有诗情画意，便欲在画中一游。趁着等待知县前来拜见的工夫，他便带了张迪，向着前方那座烛光闪烁的茅舍信步走去。

居住在河边茅舍中的是个老妪。其子在外做工尚未归来，家里只有她一人，正在屋里屋外进进出出地烧火做饭。赵佶来到柴扉外，伫望着这种散发着泥土芳香的田园景象，觉得颇有意趣。他心想，这老婆子虽然生活清苦，却是过得自由自在，其间必另有一种天然之乐。寡人虽居深宫宝殿享尽荣华富贵，却有无数世人不知的烦恼缠身，心境之悠然未必胜于这老婆子。看来人生之事终是得失相抵，得其一便失其二，得其二必失其一，殊难两全其美也。

老妪看到篱笆墙外有人向着小院里观望，古道热肠地走上去问："客官有什么事？是要问路吗？"赵佶正沉浸在他的人生感慨中，忽听老妪问话，略怔了怔，微笑答道："啊不，不是问路。我等路过此地，见这小院依林傍水野趣横生，故而前来一游。"

老妪爽朗地笑道："哎哟，这位客官真会说话。孤零零的一个破院子，有什么可游的。客官既到了这里，就请进来坐坐吧，天都黑了，站在风地里多冷啊！"说着，她便打开柴扉，让进了赵佶和张迪，"客官屋里坐，喝口热水暖暖身子。看客官这打扮，是从大地方来的吧？"

"不错，我等是从汴京而来。"

"汴京？哎哟，那可是京城了。客官是做什么官哪？"

"呃，做……"赵佶支吾道，"做个微不足道的小官。累人的很哪，已经因为年老致仕了，举荐长子接了班。""年老？看客官这模样，怕是还不如我老婆子岁数大吧？这就算老啦？""这个这个，做官人比不得你们百姓安逸呀，终日劳心，心老了。""那倒是。我们百姓人家，除了柴米油盐，也没啥好操心的。天塌下来有皇上顶着呢，你说是不客官？""这个……自然自然，自然是有皇上顶着。"

张迪在旁听着赵佶遮遮掩掩地与老妪且问且答，差点儿笑出声来，却又不敢造次，只好使劲绷着面皮忍住。

说话间老妪已热情地沏好了茶，给他们送到了炕桌上。

这时听得外面响起了蔡攸的叫声："启禀太上皇，雍丘知县房不庸奉旨来见。"赵佶应道："进来吧。"

蔡攸去找知县时，只说是有朝廷大员途经此地，没有明言来者是赵佶。猛听得原来是太上皇驾到，知县房不庸吓了一跳，他随着蔡攸进屋后就扑通跪倒，连称卑职有失远迎罪该万死。那老妪闻听这所谓的"小官"竟然是太上皇，也吓傻了，急忙随之跪倒，磕头如捣蒜，连连央告道草民口无遮拦胡说八道，万乞太上皇开恩恕罪。

赵佶宽宏大量地说，不知者不怪，你们都平身吧。

房不庸就小心翼翼地从地上爬起来，恭请太上皇去县衙歇息。老妪却还抖瑟着身子不敢抬头。赵佶便让张迪将其搀起，并赏了她一块五两的银锭。那老妪一辈子也没见过这么大的银子，感恩不尽地又跪倒尘埃，将额头磕得肿起老高，发自内心地祝愿太上皇万寿无疆。赵佶一面对从这老妪身上表现出来的淳朴感情非常欣赏，一面又对其因为得到了五两赏银便激动若狂甚觉可笑，感叹天下之大真是万象迥异，各阶层人物的需求和欲望竟是有天渊之别。

房不庸对这个从天而降的伺候太上皇的机会求之不得，殷勤备至地将赵佶一行接进县衙，以最快的速度和尽可能的条件，为那帮金枝玉叶们置办了晚餐。当夜赵佶一行就宿在县衙临时腾出来的一排房间里。

房不庸想挽留太上皇在雍丘多住几日，但赵佶顾虑这里离汴京太近，不敢多耽搁，次日一早便启程了。为了加快行进速度，赵佶命房不庸给他去找骡马。虽然事出紧急，房不庸还是想方设法花重金为赵佶购到了一匹唤作"鹁鸽青"的健骡，还敬献了不少贵重礼品。赵佶对房不庸的接待比较满意，许诺日后将有封赏，其实不过是一张空头支票，赵佶骑着"鹁鸽青"一上路，便将那话忘得一干二净。

童贯、高俅的行进速度要比赵佶快得多。赵佶离开雍丘的当晚，童贯的前部马军便赶到了此地。得知太上皇乃是当日清晨刚离开雍丘，童贯、高俅放下心来，命令部队就地宿营，等候步军赶上来再继续向前追赶。房不庸少不得赔着笑脸，对太上皇的这两位红人再款待一番。待童贯、高俅率部开拔后，房不庸屈指一算，这前后两番的接待，尽管已是因陋就简，耗资也几乎相当于他半年的公务用度了。

这个亏空朝廷向来不管，只能由地方官员自己去设法弥补。弥补的方法，不外乎是巧立税赋名目，将这笔开销再转嫁到百姓头上而已。房不庸心知这种做法很缺德，可是不这样做，他上哪里去弄银子？没有银子，他拿什么去应酬巴结上司？哄不得上司高兴，他熬到什么时候才能升官？行走在仕途上的人，如果没有升官的希望，活着还有个什么劲头呢？

二

在太上皇赵佶唯恐避祸不及拼命南逃，童贯、高俅锲而不舍地拼命南追的同时，李纲在汴京城里展开了紧张的备战工作。

李纲知道金军留给他的备战时间不多，必须全力以赴分秒必争。他建议赵桓暂缓处置六贼，不去追拿童贯、高俅，都是因为不想分散精力和人力。当前的头等大事是顶住金军守住京城，其他所有的事情都必须为此让路，这个原则李纲把握得非常牢固。

备战工作千头万绪相当复杂。李纲此前不但从未指挥过作战，也从未管理过汴京，对于相关的许多事情，他都需要从头去了解熟悉，不然就很难做出符合实际情况的战略战术决策，甚至连起码的发言权都没有。所以自从就任亲征行营使以来，虽与副使曹蒙在职责上有个大致的分工，李纲仍力求做到事必躬亲。尤其是对兵力配备、装备供应、城楼整修、后勤保障等方面的问题，他皆要一一亲自过问。听得属下的汇报中略有含糊处，他即命其再去核查落实，唯恐在哪个环节上出现疏漏，临阵误事。

别的不说，仅督察城橹整修一项工作，便耗费了李纲大量的时间和精力。

汴京的城门很多，东有东水、新宋、新曹等门，西有新郑、西水、万胜、固子等门，南有南熏门、陈州门、戴楼门，北有陈桥门、封邱门、新酸枣门和卫州门。在冷兵器时代，城门处是进行攻坚战的重点地段，所以李纲对这些地方的防卫设施，都亲自做了视察，并着重检查了首当其冲的北城诸门及其护城水道的防御体系。这样，每天从早上一睁眼，李纲就要马不停蹄地一直忙到深夜，几乎是连三餐的时间都难得挤出来，常常边谈工作边胡乱塞两口饼子喝两口白水了事。

然而就在李纲这样废寝忘食日理万机忙得不可开交的时候，有些人却忙上添忙乱上加乱，又横生出一些枝节，搅得李纲不胜其烦。这些恼人的事，就是有人想走李纲的后门当官。

赵桓在任命李纲为亲征行营使时，许给了李纲三千名空名文告。这是赵桓赋予李纲的一种非常权力。就是说，李纲在这三千个名额内，可以不受朝廷任命官员程序的约束，视其需要自行任命一定级别以下的官员。用当时的术语讲，这叫作借补官资。这种借补官尚须日后经过朝廷的审批，才能算正式任命。但只要借补到了那个头衔，朝廷一般会予以认可。对于数量庞大的中下级官员，谁行谁不行朝廷根本无从甄别，也不会去自找那个麻烦。所以，谁只要得到拥有空名文告的大员的一句话，一顶不大不小的乌纱，也就算是基本上戴定了。

有些人马上盯上了李纲的这个权力，企图借机将自家的亲属活动进入行营衙门，谋取个一官半职。赵桓初四上午许给了李纲空名文告，当天下午便开始有人来找李纲送礼说项，拉扯关系疏通路子。

李纲对此极为反感。他认为皇上赋予他便宜行事之权，是对他的极大信任。而皇上越是信任他，他就越应谨慎，不能滥用职权。目前国势危急几至大厦将倾地步，那些空名文告只能用来擢拔立志报国的忠良贤能，而绝不能作为人情送出或者卖掉。

前来找李纲推荐官员人选的，多为官阶在三四品以上的人物。李纲不好直接驳他们的面子，便一概敷衍道，容他先考察一下被荐者的情况再说，实则是一概压下不办。就连与皇上赵桓私交甚笃的资政殿大学士、签枢密院事耿南仲介绍过来的人，也让他用软钉子给顶了回去。

非但如此，李纲还下令，对部队和各衙门中原有的官员进行督察。尤其是对与守城任务关系密切的部门，发现有不称职者，立即调离职守。结果各衙门还真报上来一些尸位素餐的酒囊饭袋。有几个位居军需装备等要害部门的庸官，当即由李纲签署命令，被调任其他闲职。

这样做就有点捅马蜂窝的性质了。因为但凡一个明摆着是不称职的人能盘踞于要害肥缺，必然有其靠山和背景。李纲敢动他们，似乎是忘了自己姓什么。于是接着就有聂昌、唐恪等大臣轮番上门，为被调离职守者说情，软中带硬地劝告李纲收回成命。李纲则依然采取敷衍政策，口头上应着可再斟酌，其后却还是我行我素。

许多人就感到李纲是有点小人得志得意忘形了，怨气大者，更认为李纲简直是不识好歹专横跋扈气焰太甚。许翰见此情形，私下里规劝李纲，人情世故不能一点不讲，该通融的事还是得通融一二，否则于己不利。李纲摇头道，我何尝不懂得这个道理？但你通融了一个，第二个通融不通融？通融了两个，第三个通融不通融？这个口子一开，便会没完没了。朝廷里有多少蠢材，都是这么你看我的面子我看你的面子通融出来的。若在平时，我睁一只眼闭一只眼，退让三分也便罢了。可如今大战在即，误用一个人，在关键时刻一个环节顶不上去，就有可能误大事。我实在是不敢拿着国家安危当儿戏。两弊相衡取其轻，我这也是不得已而为之。

就这样，就任亲征行营使不到三天，李纲便明里暗里有意无意地得罪了一大批朝臣，在不知不觉中为日后的官场生涯埋下了祸根。就连与李纲私交较好、曾在赵佶、赵桓两任皇帝面前鼎力推荐过李纲的吴敏，亦因被李纲毫不留情地驳了面子，对李纲心存了芥蒂。

这事是由一个禁军统制常贵乾引起的。

李纲执掌守城的帅印后，向驻京部队颁发的第一道军令，就是命令各部立即进入临战状态，无论白天黑夜，要做到人不离戈马不离鞍，探亲人员必须马上归队，各级官兵一律不准告假，更不可擅离职守。鉴于在何灌兵营曾目睹过的禁军部伍松散状况，为了保证军令的严格执行，军令颁布后，李纲特地抽时间亲自到军营去做了督察。

李纲采取的是突然袭击的方式，下部队前没同任何人打招呼。他要看的是真实情况，不是表面文章。

正月初五的晚上，李纲带着甘云，去视察了城北的几个军营。所到之处还是令他比较满意的。除了兵员缺额是个普遍存在而一时又难以解决的问题，其他方面的情况还行。指挥人员都在岗位，士兵们的状态也都基本上符合严阵以待的战备要求。

然而当巡视到常贵乾部时，发现了问题。

视察前面几个军营时，都是该部的主将副将一起出来陪同李纲，到了这里，出来迎接李纲的却只有副统制徐吉。李纲不是个喜欢摆谱的人，并不在意出面陪同的是该部的主将还是副将。他以为常贵乾正在忙于军务，那就忙他的去好了。他只是随口问了一句，你们的统制官哪儿去啦？

谁知这一问却问出了问题。徐吉的眼睛里闪过一丝恐慌，他怔了一下，才带着磕巴地回答说，常统制在查哨。

李纲敏锐地捕捉到了徐吉表情上的不自然，登时起了疑心，沉下脸来追问，常统制到底干什么去了，你给我如实说来。徐吉情知藏掖不住，只好照实回答，常统制在晚饭后去了十里香行院。

原来这常贵乾，因年少时即离家从军，多年来随着部队南戍北调居无定所，至今年届三十尚未婚配。每当胯下那玩意儿憋得难受了，他便去妓院找粉头解决问题。前些日子，他在十里香结识了一个唤作荷花的粉头，两情缱绻很是投缘，一来二去便有了丢不开舍不下的意思，甚至产生了为其赎身娶其为妻的念头。然而，这个念头刚刚萌动，汴京保卫战就逼到了眼前。

常贵乾知道这一战不开则已，一开就小不了。他是个多次经历过战事的人，对战争的残酷性有着切身的体验。这场汴京保卫战打下来，无论是胜是负，他是否还能活在世上，都是个未知数。从这个意义上说，现在他常贵乾就是活一天少一天了。那么何不趁着尚未开打，再去与荷花风流一把呢？常贵乾就是揣着这种想法，不惜违犯军令，于这一日的晚饭后偷偷去了十里香。

他的行动瞒不了徐吉，平日里他与徐吉相处得不错，这事也不必瞒他。临走时常贵乾交代徐吉，诸事多操点心，别让营里出事。徐吉说大哥你就放心去吧，不就三两个时辰嘛，能出什么事？大哥只要别在那里过夜就行。可是谁也没料到，常贵乾离开军营才一个时辰，李纲便突然视察到了这里。

得知了常贵乾擅离职守的实情，李纲勃然大怒，命令甘云立即带领两名禁军士兵，去十里香将常贵乾拿下。

徐吉垂手立在一旁，心里暗暗叫苦。他知道这回常贵乾是撞到枪口上了，李纲必然要杀一儆百，对常贵乾的处治肯定轻不了，就在心里琢磨，是不是能采取点什么措施，让李大人高抬贵手法外开恩。

常贵乾全然不知祸之将至，此刻他正全力以赴地压在荷花娇柔的身体上，享受着他那最后的晚餐。

说起来常贵乾与荷花这一晚的相见，还真是颇有点悲壮意味。常贵乾告诉荷花，汴京保卫战就要打响，李纲大人下了严令，各部将士无论职位高低，一律不得离开营区一步，他是冒着很大的风险，偷偷跑出来看她的。在战争结束之前，他没有机会再来了。如果他不幸战死，这就是此生与她的最后一次相会。

荷花一听便落下泪来，她梨花带雨地偎在常贵乾怀里道，常将军莫出此不吉之言，苍天保佑你会好好活着的，荷花要等着常将军立功凯旋。常贵乾紧紧搂着荷花道，但愿如此，如果常某有幸生还，一定要娶你荷花姑娘为妻。荷花道，自从奴家见到将军，就盼着有那么一天。若是果能如愿，从此奴家一定一心一意侍奉将军。将军也莫要再吃军粮，奴家这里小有积蓄，咱们到江南山清水秀处，买上几间房子开个店铺，安安生生过日子吧。常贵乾道姑娘说得极是，我戎马生活十几年，脑袋别在裤腰上的日子也早过够了，待这次战事一完，我就解甲归田。生意我是不会做，但我可托人活动一下，在州府衙门里谋个差事。常言道三年清知县还十万雪花银呢，哪里动用到你的积蓄了。

荷花见常贵乾说得情真意切，将他依偎得更紧，"泪眼婆娑地道"我的心肝儿你一定要活着回来，奴家的命里是不能没有常将军的。常贵乾便连连点头道"是的是的，为了你荷花姑娘我姓常的也不能死"。两个人越说越动情，就止不住地相互抚摸起来。在生离死别的气氛笼罩下，他们体内带着悲凉意味的情欲渐渐升起，很快便达到了忘乎所以的地步。

常贵乾喘着粗气剥下荷花的罩裙，扯下荷花的小衣，这才发现荷花身上正有情况。常贵乾本能地迟疑了一下。荷花却主动解下了护在下身的布垫，对常贵乾道，今日顾不得许多，若将军不嫌晦气，奴家就遂了将军的意吧。

甘云带人风风火火地踹开房门的时候，常贵乾与荷花一番轰轰烈烈的血战刚刚鸣金。刀枪尚未入库，战场还没打扫，堂堂大宋禁军统制常贵乾便一丝不挂地束手就擒。

宋朝娼妓业兴盛，汴京城里大大小小的风月场所，可谓星罗棋布遍地开花。除了由于拥有色艺双绝的名妓李师师而名冠京师的金钱巷，像宣德楼外的曲院街、朱雀门外的朱家桥瓦子街，以及南北斜街、相国寺大街以北的小甜水巷、上清宫后面的桃花洞街等，皆为妓馆行院聚集之处，是朝廷准许公开营业的红灯区。每至夜晚，这些去处是千烛竞放灯火辉煌粉娃林立狎客如云。不仅达官显贵富贾豪商时常光顾这些地方，就连前任皇帝赵佶，于其间明里暗里亦不知播下了多少风流种子。

现在是什么时候？是百年不遇的非常时期。刚刚颁布了紧急战备令，身为禁军将领，就胆敢公然违令擅离军营去眠花宿柳，这是什么性质的问题？不能做到令行禁止的部队，能指望它有多大的战斗力？李纲从这件事上看出，有些禁军将士还是没拿他这个文人出身的亲征行营使当回事，还在拿他的话当耳旁风。这种现象必须坚决扭转，必须坚决树立起他作为三军统帅的绝对权威。否则到了关键时刻，他将指挥不动一兵一卒。因此李纲决定，要从严处置常贵乾。

然而具体做何处置尚在考虑，吴敏的说情帖子已经送到了亲征行营司。

原来常贵乾的父亲，是一位致仕还乡的老臣，这位老臣在位时，对吴敏曾多有关照。这一层关系，徐吉是知道的。李纲愤然离去后，徐吉的脑筋转了一番，觉得这时候只有吴敏还能在李纲面前说得上话，便赶紧派人将此事禀告了吴敏。吴敏感怀常父的知遇之恩，对常贵乾不能坐视不救，就连夜修书一封，请他看在常贵乾曾数次立下战功的份儿上，对其予以从轻发落。

李纲看了帖子，心头不悦。他心想动辄有人掣肘，我这个亲征行营使还怎么干？不过，碍着与吴敏的交情，他还是减轻了对常贵乾的处罚力度。他原拟按战时条例，将常贵乾杖责五十革职充军，现在改为了只责打二十军棍，暂时降职为军使，仍留军前效力。徐吉企图隐瞒常贵乾擅离军营实情，本来亦应给予相应的处罚，李纲考虑到他是个具有实战经验的战将，在弟兄们中间也有一定的威信，将其一起撤掉会引起其属下将士的反感，造成军心波动，便未对其进行连带处罚，但也没让他代理统制职务，而是另外调来一名唤作何庆言的将领，到这支部队担任了主将。

尽管对常贵乾已属从轻发落，李纲心知这并不符合吴敏说情的本意。吴敏的本意，显然是想让李纲保留常贵乾的统制官职。这是李纲无法接受的。如果这次对常贵乾不痛不痒地训斥两句就算完事，他将来还能再处罚哪个？他再颁布什么军令，不就形同废纸一张了吗？事关大局，事关全军，这个先例绝不可开。

为了避免造成误会，李纲不顾夜深，带着甘云亲自登门向吴敏做了诚恳的解释。吴敏表面上表现得很客气很泰然，他轻描淡写地说，他不过是看在与常父旧交的份儿上，不能不出面为常贵乾说几句话，伯纪兄不必为难，该怎么办怎么办就是。对于伯纪兄秉公执法的精神，他是只有钦佩，别无他言。

吴敏这样一说，李纲那郑重其事的解释便都变成了废话。从吴敏的言语里，李纲分明能听出隐含其中的不快和讥讽，但他也无话可说，再说也是越描越黑，只得怏怏告辞。

在返回行营司的路上，李纲心里别扭得要命，胸口就像被堵上了一团烂棉花。这事是怎么搞的？怎么弄来弄去，倒像是我李纲做了什么对不起人的事似的？这可真是奇了怪了！他憋闷得差点没在空旷的街道上放声大喊，我到底是哪一点做错啦？啊？哪一点？

三

麻烦事这才算是刚开了个头，更多的麻烦还在后面。

处理完常贵乾事件，李纲回去只睡了两个来时辰，天就蒙蒙亮了。李纲很想再接着睡一会儿，可是不行，手头上的公务堆积如山，件件都耽搁不得。今天一早有个行营司与开封府的协调办公会，他下令任何人不得迟到，他本人当然得以身作则。他抵御着浓重的睡意起了床，用冷水洗了一把脸，简单地用过早餐，便带着甘云出了行营司。

在李纲赶赴开封府衙门的路上，就又碰上了一件麻烦事。这件事闹腾得可比常贵乾事件动静大，若非李纲处理得及时，险些就在城区里酿成了一场骚乱。

其事源起于募兵。

由于守城部队兵员不足，李纲奏请皇上在京畿州县紧急募兵。他提出，无论畿甸保甲州县民兵，乃至逃亡军人前科罪犯等，凡体格强壮非少非老者，均在可募之列。所募兵员，除择优补充禁军编制外，还可组成民间义勇，作为守城的机动队和预备队。赵桓准奏，下旨责成开封府协同行营司办理此事。

紧急募兵的告示在初四的下午便贴满了城里的大街小巷，各厢区也即刻设立了募兵站。可是告示贴出后，报名应征者并不踊跃。开封府的官员们感到，光这样坐等恐怕募不到几个人，让那些愚民自愿前来报国是没谱的事，为避免被上司斥责办事不力，他们便商量出了个主动出击的办法。所谓主动出击，就是由衙门派出吏员挨家挨户去进行摊派，凡家有适龄丁壮者两丁抽一。这个办法经府尹聂昌首肯，也未知会李纲，便立竿见影地施行了起来。

这一强行摊派，就摊出了事。

事情出在一个唤作危国祥的人身上。这危国祥是张邦昌的远房亲戚，按辈分称张邦昌为表舅，托了张邦昌的门子，在开封府里充任提举保甲。提举保甲的主要职责，是管理城里居民的保甲组织，教习民兵武艺。入户摊派兵额，正是属于其分内的差事。

危国祥生得身材瘦高，长条脸形，乍看上去颇有几分俊朗。但是这个人的心术很不端正，他仗着张邦昌的关系进了开封府衙门后，欺凌百姓的事没少干，而且从中还积累了丰富的经验。

摊派兵额的任务一下达，危国祥马上看出其中有油水可捞，因此工作积极性很高，立即身先士卒地带领跟班深入了基层。本来上面说的是家有适龄丁壮者两丁抽一，到了危国祥那里，就变成了每户抽一。即使一家人都是老弱病残也得抽，抽不出人来不要紧，可以拿银子顶名额。如果家有符合条件的丁壮不愿去当兵，也可以拿银子顶。至于出多少银子能顶一个名额，他要根据这家的经济状况来定，以能够敲出多少尽量敲出多少为原则。

这条生财之道果然便捷，仅一个半天加一个晚上的操作，得来的银两已抵得上危国祥年俸的十倍。危国祥由于募兵热情高涨，次日一早即又勤恳出动，期望在新的一天里取得更大的收获。

今天他出马伊始挺顺利。在已经到过的五家中，有两家乖乖地认了兵额，有三家忍痛交了银子，都没费什么口舌。麻烦事是出在危国祥来到的第六户人家上。

这户人家的户主是个五十多岁的老妪，人称何卫氏，其夫已在五年前病逝。何卫氏生有一男一女，其子十九岁时应征入伍，于政和六年在征伐西夏的战斗中殒命沙场。如今何卫氏膝下只剩下一个未成年的女儿，母女二人靠何卫氏做点缝补浆洗之类的零工维持生计。显见得这家人是要人没人，要钱没钱。

按说碰上这种一无所有的孤儿寡母，抬手放过也就算了。假如危国祥那么做了，也便不会发生下面的麻烦。偏偏危国祥没有那么做。他方才一路勒索得挺顺手，到了这里一无所获，心里觉得别扭。多敲不出来少敲点也行，哪怕能敲出来一顿酒钱，也算没白跑这几步，反正这老东西一毛不拔是不行的。

于是危国祥就很严肃地告诫何卫氏，保卫汴京是全城百姓的责任，每个大宋的臣民都必须尽力而为。本提举体谅你家境窘迫，也不多收，你就出五两银子好了。何卫氏道："提举大人你看我这破屋破院，只怕是你把它拿去卖了，也卖不出五两银子哟。"危国祥道："五两没有三两也行。"何卫氏道："提举大人你就高抬贵手罢，我老婆子真是一两也拿不出，不信你去屋里搜，搜出多少拿去多少行不？"

危国祥瞅着何卫氏衣衫上那一层摞一层的补丁，倒不怀疑她说的是假话，心想怎么碰上这么个穷主儿，真他娘的晦气。他正要悻悻地带人离去，一转身却看见了在墙脚啄食的几只母鸡。

"唔，把这几只鸡拿回去烤一烤下酒倒还可以。"危国祥做出宽宏大量的样子道，"既是你家生计艰难，本提举也不为难你了，你就把这几只鸡交上来，也算是尽了一点报国的心意吧。"说着，他便让跟班的衙役去捉鸡。

何卫氏连忙阻拦道："这可使不得，我们母女的口粮，全靠这几只鸡下了蛋去换呢，你把它们捉走了，我们的日子可怎么过呀。"

危国祥向来在百姓面前说一不二，他觉得今天他对这老婆子已经够仁慈的了，这老婆子居然还不识相，真正是岂有此理。他便将眼珠一瞪呵斥道，你这婆娘好不晓事，人家那些丁壮为了保卫汴京，连命都舍得出来，你拿出这几只鸡算得个述！我看忠君报国这一课，你得好好补一补。我告诉你，这鸡今天你是交也得交，不交也得交。

两个衙役听危国祥发了这话，也不顾何卫氏的哀求，撒腿便去捉鸡。不一会儿工夫，他们就将那几只鸡悉数擒获，拎了鸡翅膀跟着危国祥大摇大摆地走出了院子。

何卫氏急了，连声哀告着追出院门，伸手扯住危国祥的衣襟求他开恩。危国祥顿时火起，一脚将何卫氏踢了个倒栽葱。何卫氏那年方十二的女儿见状，吓得扑上去抱住老娘哭叫不已。这时院门口早围上了一群闻声而来的邻居。大家见危国祥如此蛮横地欺负这家孤寡，皆有不平之色，却没人敢站出来说话。

危国祥觉得在这里耽误了这么多的时间很划不来，不耐烦地冲着围观者喝了一声看什么看，散开散开，就欲带人去下一户继续"募兵"。就在此刻，忽然有人从人群里闪出，身体一横挡住了他的去路："这位提举请留步。"

危国祥打眼一看，挡在他面前的是个年约四十七八岁的汉子。这人生得身材高大虎背熊腰，赤红脸膛浓眉凤目，虽是寻常布衣装束，却有一股豪气凛凛逼人。在那汉子的身旁，还立着一个二十来岁的姑娘，这姑娘身形苗条面庞俊秀，一双英气流动的眉眼与那汉子极为相像。

这两个人是父女。汉子唤作索天雄，姑娘名叫索飞春。他们是从外地迁居汴京的。何时迁来的，没人留意；从何处迁来的，亦无人知晓。

这父女俩是以替人押镖为生，但不受雇于任何一家镖局，只是以一镖一签的方式与镖局合作。然而雇主们却都乐意聘用他们，因为他们接下的镖活，从不曾出过差错。干押镖这一行自然是要走南闯北，一出门一两个月是常事，所以虽然在此地住下来有些日子了，左邻右舍对他们还不是太熟悉，甚至觉得这父女俩身上具有一种说不清楚的神秘感。但由于这父女俩行事豪爽乐于助人，大家又都对他们颇有几分敬重。

危国祥作为管理保甲的吏员，自然知道这里有这么个外来户，不过印象不深。看到索天雄从人群里站出来，似有打抱不平之意，他斜着眼角不屑地哼道："怎么着，你有事？"索天雄用请求的口气道："危提举，这几只鸡，你们捉了去能派什么用场？可是这家人就指着它们过日子呢，你看是不是就还给他们算了。"危国祥眼皮一翻："这事与你有什么相干？闲事少管，轮到你门上的时候，你再与我说话不迟。"说着便迈步要走。

索天雄横跨一步再次拦住危国祥："危提举，话不能这么说，咱们做人得讲点良心。""什么？"危国祥被索天雄这话惹火了，"你这是说谁呀？你睁开眼睛看好了，我危某人是干什么来了。我是来募兵的，我募兵是为了保卫咱们的汴京城。怎么着，你敢说这兵不该募？"

"哈哈哈哈！"站在父亲身边的索飞春忍不住笑出声来，"你募兵就募你的兵，拿人家的鸡做什么。难道你想让这些鸡穿上铠甲，持戈上阵吗？"围观者听得这话，发出一阵哄然大笑。

危国祥脸上挂不住了："娘的，你们敢戏弄老子。"他一指离他最近笑得最欢的一个年轻人，"给我把他拿下。"两个衙役得令，手下用力将几只母鸡的脖子咔嚓折断，掷鸡于地，就要抢上前去拿人。

索天雄挺身把年轻人护在身后："你们凭什么抓人？人家笑两声也犯法吗？"

"凭什么？就凭你们妨碍我办差。"危国祥指点着索天雄和索飞春，"你们两个也跑不了，都跟我去衙门里走一趟。其余的人散开，谁再站在这里捣乱，以破坏募兵罪论处！"

那俩衙役早被索飞春的秀色撩得心痒，听得危国祥这话，便都撇下那年轻人，齐向索飞春扑去。索飞春哪能容得他们随意拉扯，不待两人近身便突然出手，左右开弓两记耳光，打得两个衙役趔趄着后退了好几步。

危国详见状大怒，喝道："竟敢当街殴打官差，莫非你要造反吗？"袖口一捋便亲自扑将上来。索天雄本来不想把事闹大，只是想劝说危国祥把鸡还给老妪也就算了，但既然对方如此不讲理，他也没法不接招了。见到危国祥扑来，他伸手将索飞春拨到一旁，下面出腿一扫，众人还没看清他的动作，张牙舞爪的危国祥便呱唧一下被扫了个大跟头。围观的人们顿时又爆出一阵哄笑。

危国祥冷不防吃了这亏，岂肯干休，他气急败坏地爬起来，亮出一个饿虎扑食的招式，便要直取索天雄。

忽然传来一声厉喝："住手！"

众人回头一看，马上纷纷后退，让出一条道来。危国祥一眼看到来人那身紫色官袍，亦赶紧收住了手脚，后退两步躬身而立。

来者正是带着甘云前往开封府去议事的李纲。以李纲现在的官职，外出办公应当是乘轿，但李纲觉得坐轿不如骑马便捷，尤其是在此非常时期，一切皆应以节省时间提高效率为要，就一概免掉了那些排场。他和甘云为了抄近道，恰巧路过这条街，却见前面被人群阻塞。李纲勒马打听出了什么事，有人告诉他，是开封府的官吏为募兵之事与百姓打起来了。李纲敏感地意识到，这种冲突不可等闲视之，就甩蹬下马走了上来。

李纲穿过人群走到近前，扫视了一下冲突的双方，便向危国祥询问与民发生争执的根由。

近日来李纲连续越级擢升，已从昔日默默无闻的边角闲员一跃而成了炙手可热的政坛要人。但危国祥毕竟与其地位悬殊，尚且不识其面。见李纲发问，危国祥嗫嚅了一下，小心地反问，不知大人是哪一位？甘云在旁板着面孔告诉他，站在你面前的，乃是当朝尚书右丞兼亲征行营使李纲李大人。人们一听"李纲"二字，响起一片窃窃私语，显然对这个名字百姓们已是耳熟能详。

危国祥连忙向李纲作揖唱喏，说卑职有眼无珠，怠慢了李大人。方才是有刁民阻挠募兵，卑职正在捉拿聚众闹事的首犯。李纲问首犯是谁？危国祥指着索天雄说就是他。

李纲便转过了脸，向索天雄问道："你是什么人，为什么阻挠官府募兵，募兵是为了什么难道你不清楚吗？"索天雄不卑不亢地对着李纲施礼答道："草民索天雄，乃此地住户，以押镖为业。募兵为的是保卫我大宋京城，抗击金寇的侵略，草民完全清楚，并且非常赞同，岂有阻挠之理。"

危国祥厉色戟指着索天雄道："你这厮却会装腔作势。这些闹事的刁民是不是你煽动起来的？事实俱在，你还敢在李大人面前狡辩。"索天雄针锋相对地反驳："什么事实？你利用募兵之机假公济私巧取豪夺才是事实。"危国祥恐怕李纲再询问下去露了馅，急忙打断索天雄的话道，李大人休听这厮胡说八道，同这等刁民没有什么道理好讲。请李大人容卑职速速拿下这厮，以为抗拒法纪者戒。

李纲却挺有耐心，说你不用着急拿他，他反正也跑不了。我再问他几句，如果他对你的指控无可抵赖，也好让你拿他个心服口服。然后便又向索天雄发问："这些人是不是你煽动的？你聚众围攻官府吏员意欲何为？你说他借募兵之机假公济私巧取豪夺，又是什么意思？"

索天雄道："草民实未煽动任何人围攻他们，只是眼见他们强抢民妇何卫氏家的母鸡，气愤不过，替何卫氏讲了两句理而已。至于说他们假公济私巧取豪夺是什么意思，李大人不妨问问诸位乡邻。"

"好，那就请诸位说说。"李纲环视众人，"这场纠纷到底因何而起，诸位尽可大胆地将实情禀报本官。言者无罪，但是一定要说实话。"

略静了一下，那个刚才险些头一个被拿下的年轻人先开了腔："禀报李大人，索大叔之言句句属实。这场纠纷皆因他们勒索何卫氏银两不成，强抢她家的母鸡而起。索大叔不过出面说了两句公道话，便要吃拿。"一个中年汉子接口道："这事我也看见了，确是如此。昨晚东边张家的一匹马，也让他们抢了。"

见得有人挑头，其他人胆也壮了，纷纷叫嚷起来："他们就是想借募兵捞钱，明着就放出话来，五十两银子顶一个兵额。""周家没有男人，让他们敲去了三十两银子。""李家儿子腿瘸没法当兵，他们逼人家交了两个金锭。""钟老汉六十多岁孤老头子一个，没钱支应，他们把人家做饭的家什给砸了。" "还有吴家……""还有贺老二家……"一时间揭发声告状声此起彼伏，搞得街面上人声鼎沸。

李纲一声不响地听着，待到纷乱的叫嚷声稀落下去，他目视危国祥问道："他们说的是不是实情？"危国祥的冷汗早就顺着脊梁骨淌下来了，他知道抵赖无益，只得灰头土脸地回答："是实情，卑职知错，知错！"

李纲恨得牙根发痒。其实他刚才一看眼前的阵势，便大概猜到了是怎么回事。这帮无孔不入的墨吏，连这样的财居然也敢发，真是狗胆包天心肝黑透！李纲狠狠地咬了咬牙："你叫什么？担任何职？"

"卑职危国祥，在开封府充任提举保甲。"

"危国祥？提举保甲？"李纲恨不能将这个害群之马立即绑了交刑部严处，但是话到嘴边又咽了下去。这个人是开封府的吏员，他在这里自行处治，不知又会引起什么误会。这几天李纲对官场关系网的无所不在深有领教，办起事来未免有点投鼠忌器。守卫汴京是需要与开封府密切协作的，李纲不想因此旁生龃龉。

然而现在他对这事不拿出个明确的态度来也不行。

以募兵为由敲诈百姓，这事的性质非常恶劣，对民心的伤害极深。从群众溢于言表的情绪上不难看出，他们对危国祥这种行径憎恶到了什么程度。幸亏危国祥强行捕拿索天雄的行为被及时制止了，不然双方动起手来，事态必然升级。如果发展成一场官逼民反的动乱，还谈何团结一致保卫汴京！克敌制胜民心为本，失去百姓的支持，固守汴京的基础何在？

现在官府与百姓的关系被弄成了这样，真是太危险了！

李纲略作思忖，当即做出决定，责令危国祥当众向何卫氏赔礼道歉，按市价赔偿何卫氏的损失。其以募兵为名敲诈百姓的所有钱财物品，限于一日内全部退回，并要保证今后不再妄取百姓一针一线。

危国祥知道李纲正深得圣宠如日中天，岂敢稍有违逆，只好低眉顺眼地连连点头，口称一定照李大人的吩咐从速去办。他当时便掏银子赔偿了何卫氏，然后赶快就带着跟班钻开人缝溜之乎也。

为了进一步消除危国祥恶劣行径造成的影响，李纲没有马上走开。他踏上路边的一个石阶，又对百姓们简短地讲了几句话。他说，汴京是我们的家园，保卫汴京是我们大家的事，每一个人都责无旁贷。值此国难当头之际，希望大家能够团结一心为国效力。但对于确有困难的人家，我们绝不勉强。搞挨家挨户摊派兵额是错误的，借机勒索百姓更是犯罪行为。今后若再有类似事情发生，你们可以直接来找我李纲，我保证做到一经查实，严惩不贷。

李纲对这事的公正处理，赢得了民众的极大好感。他的话音一落，四面立时响起了一片喝彩声。

索天雄走上前去对李纲唱了个喏道，多谢李大人为草民主持公道。国家兴亡，匹夫有责，皮之不存毛将焉附，这些道理妇孺皆知，没有哪个情愿去当亡国奴。其实募兵这事，说难也难说不难也不难。如果像姓危的那样办事，自然是难上加难；如果似李大人这般做，那便无甚难处。李大人秉公爱民，草民非常敬服。就冲着有李大人这样的人做守城主帅，草民愿招募一支义勇，协助禁军守城。

李纲忙道那太好了，我们欢迎。

索天雄说，李大人听仔细，草民的意思，是将所募兵员单独编成一支义勇队，听从李大人调遣，但不纳入禁军编制。

李纲说完全可以，只要是能为守城出力，采取任何方式我们都欢迎。他当场吩咐甘云，马上去为索天雄寻一处房子作为募兵所，并以亲征行营司的名义知会有司，立刻磋商落实组建民间义勇队的经费及兵器供给问题。

处理完这个突发事件，李纲单骑赶到开封府。与会的官员早已到齐。李纲向诸官员解释了他迟到的原因，并提出将募兵政策增补为会议的第一个议题。

大家见李纲声色俱厉地将摊派兵额上升到了助纣为虐自毁长城的高度，生怕自己沾上责任，争先恐后地表示，早就觉得强行摊派不是个事，很快便通过了以激励法代替摊派法的募兵原则。对于危国祥，李纲提请开封府酌情给予惩处。

开封府尹聂昌知道危国祥与张邦昌的亲属关系，表面上应承一定对其从严惩处，事后却只是把他唤去训斥了几句，根本未做任何实质性的处罚。他料想李纲日理万机一天到晚忙活得四脚朝天，是没那精力再过问危国祥的事的。

李纲当街怒斥危国祥、废除摊派兵额法、颁布入伍奖励条例，以及允许百姓自行组织各种形式的抗金义勇等消息传开后，在汴京城里引起了极大的反响。百姓们的主人翁责任感被激发起来，对官府募兵的态度由观望抵触转变为积极拥护，从而迅速地形成了一个应征高潮。在此后的不到两日时间里，不仅禁军的缺员状况大大地得到了改善，各厢区还初步组建起了几十支大小不等的民间义勇队，总募兵人数高达数十万。尽管许多义勇队都是鱼龙混杂的乌合之众，但有无这些后备力量，人们守城的底气却是大不相同。

更重要的是，由此一来，真正地形成了上下一心军民协力的抗敌气氛，进而有效地提高了人们的必胜信念。这种无形的精神力量，是弥足珍贵千金难求的。李纲看到这种局面的出现十分高兴。至于对危国祥的处罚，他果然在百忙之中丢在了脑后，没有再去过问。

但是危国祥却牢记着这事。他把李纲对他的当众训斥，视为了一桩奇耻大辱。他对李纲的怨恨，在唯唯诺诺地接受训斥的时候，就在心底深深地扎下了根。君子报仇十年不晚，他在心里发狠道，骑驴看唱本，咱们走着瞧。

第五章

　　巧儿被送入赵佶的房间时，赵佶一眼看去，便觉比较称心。巧儿生得削肩细腰，丰乳肥臀，正是赵佶喜欢的那种体形。她那一张红扑扑的鹅蛋脸上未施脂粉，却是生就的眉黛烟青，唇点樱红，在烛光的映照下，别有一番天然韵味，令赵佶怜意顿生。

一

这几天张邦昌也很忙，他忙的是另外一些事。

正月初四早晨，太宰白时中的被罢官，标志着赵桓的态度无可挽回地倒向了以李纲为首的主战派。经过几个回合拉锯式的较量，居然在赵桓断然决定率中宫撤离汴京的前夕，被李纲只手扭转了乾坤，这让张邦昌非常遗憾，也非常窝火。

本来，他与白时中、李邦彦同为主张弃城避敌的首要分子，当时幸亏他脑筋转得快，才没遭到被连带罢黜的厄运。而且由于白时中被罢官，他与李邦彦竟意外地依次递升了一级，可算是因祸得福了。张邦昌由此深感好汉不吃眼前亏、识时务者为俊杰这些俗语的确是至理名言。白时中倒霉就倒在他太迂腐太自傲，见风使舵委曲求全的悟性太差。

但是，虽是在祥曦殿前做了妥协，张邦昌在心里对李纲的强硬对敌政策并未稍有认同。他还是认为敌强我弱这个事实，是不能闭着眼睛不承认的。以汴京之军力守城，或许可坚持一时，但很难击退金军。如果打来打去顶不住，恐怕还得求和。而朝廷困于危城之中，就要比置身于外被动得多了。可惜这个道理暂时无法再向赵桓奏谏，只能视形势发展状况再说。

希望形势向什么方向发展呢？这在张邦昌心里又十分矛盾。汴京保卫战打得好，就证明了李纲的主张是正确的；而汴京保卫战一败涂地，朝廷和他张邦昌的身家性命便凶多吉少。无论如何，都对他不利。因此虽然晋升成了少宰，此刻充溢在张邦昌胸间的，并不是志得意满，却是压抑郁闷。

让张邦昌感到压抑郁闷的另一个原因，是这些天来，他这个少宰基本上成了个徒有其名的摆设。

作为统辖六部的朝廷的一品大员，本应是掌控万事。尤其是在此非常时期，更应是个席不暇暖的角色。然而赵桓设立了一个什么亲征行营司，又任命李纲为亲征行营使，朝廷的军政大权就一股脑儿地落到了李纲手里。亲征行营司可以直接与枢密院或开封府商讨制定各种法令，亦可不经请示李邦彦、张邦昌而向各部司下达各种指令，这实际上便等于是把号称朝廷最高行政机构的东府给架空了。

自然，如果李邦彦、张邦昌愿意积极参与备战守城工作，会有许多事情可做，也会发挥重要作用。但由于政见相左，他们是不可能捐弃嫌隙与李纲合作的。秉性耿直的李纲更不会主动去招呼他们。因此李邦彦和他张邦昌被不冷不热地晾在一边，便在所难免了。

张邦昌心知这不过是暂时现象，一俟战事平息戒严解除亲征行营司撤销，一切便会回归正常秩序，到那时说一不二号令群臣的依旧是三省。但即便是暂时现象，被晾在一边眼睁睁地看着李纲在那里上蹿下跳呼风唤雨颐指气使，张邦昌心里依然很不舒服。可不舒服也只能权且忍着。他没有别的办法，便索性来了个眼不见心不烦，对备战之事概不过问，任凭着李纲去折腾。

军政大事不操心，正好得空操心一下自己的事。这一操心张邦昌才发现，需要做的事还真不少。

他在前几日思想上主要立足于走，留守汴京的准备相当不足。现在守城大计已定，必须抓紧弥补。原来打算带走的金银珠宝，要重新坚壁起来。后院假山下面那个可容数十人坐卧的大暗室的通风设备，需要进行维修。万一兵败城破，一家男女的性命，就全靠它的庇护了。还有，食品也要抓紧采购储备，金军一旦围了城，汴京内外的物资流通必然要被切断，到那时物价肯定飞涨不说，只怕是就算拿着大锭的金银，也买不到什么东西了。

当时城里的生活必需品的价格已经在大幅度上涨。张邦昌吩咐管家，赶快带人出去采购粮油菜蔬禽蛋鱼肉以及柴薪之类，数量多多益善，至少要保证全府上下一个月的用度。

就这样，张邦昌府邸里的备战工作，也开始如火如荼地进行起来。从初四中午一直忙活到初六的午后，看到这些事情逐一得到了落实，张邦昌的心才算踏实下来。他在管家的陪同下，亲自检验了备战成果，感到这两天还真是没有虚度，收获很大。

别看就这点事，操持下来也挺累人。初六午饭后，张邦昌躺下足足地睡了一个多时辰。醒来后他觉得恢复得不错，唤婢女沏了上等云雾，坐在暖炉边啜茗闲思。这时，管家来报说有人求见。他听说来者是已被免职的前任少宰王黼，让管家推说他身体不适不能见客。管家去了不大一会儿，回来禀报说那厮坚持请求与张大人稍叙几句，还抱了一个大匣子，说是有点薄礼敬献。张邦昌想了想，说那就让他进来，我在前院花厅见他一见吧。

当初赵佶当政王黼得宠时，张邦昌虽已位居礼部侍郎，若有事欲求王黼关照，亦须携带厚礼前往，三番五次方得一见。如今这才几天，情形便完全颠倒了过来。张邦昌想到这个变化，不免生出些许感慨。

王黼给张邦昌带来的礼物，体积不大，却价值连城。紫檀雕花木匣打开后，

— 85 —

呈现于眼前的，是一套包括有斗、卮、角、杯四种器皿的古玩。宋时的高官多喜收藏，张邦昌也算是个行家。他从形状、质地、图案和色泽上，一眼就看出这套古玩绝非寻常之物，乃微笑着推辞道，王大人之意邦昌心领，这份厚礼却实不敢当。王黼堆着笑脸道，在下知道张大人见多识广，这套酒具不足入眼，不过是王某略表寸心而已，就请张大人赏个面子笑纳了吧。

张邦昌不置可否地哼哼两声，便转了话头，问王黼来此有何见教。王黼就赶紧接着张邦昌的话茬，将拜托他在赵桓面前多加美言的话说了出来。张邦昌料知王黼来找他就是为这事，做出很诚恳的样子道，你我同朝为官多年，志同道合可谓至交，你如此郑重相托，是看得起我张某人，邦昌岂有不竭诚效力之理？王黼连忙拜谢说哪里哪里，在下如今全仰仗张大人鼎力相帮。若在下托张大人的福，果有否极泰来之日，必当重谢。张邦昌一面点头一面就不断地打哈欠。王黼知道这是张邦昌为了避嫌不愿留他在府里多待，遂识趣地主动起身告辞。

张邦昌很客气地让管家将王黼送出，回头又仔细地欣赏了一番那套古玩，命人妥善包好藏入密室，同时在心里却打定了主意：倘赵桓向他问起对剪除六贼的态度，一定要立场鲜明地表示坚决赞同除恶务尽。剪除六贼是大势所趋人心所向，焉能为一个王黼去引火烧身。退一步说，就算是他有办法把王黼保下来，他也不会去做那等蠢事。王黼是个什么玩意儿他还不清楚吗？他怎么可能在今后的仕途上留下这么一个隐患呢？王黼病急乱投医，真正令人可发一笑。

王黼走了不多时，危国祥又求见。

张邦昌有点心烦，但还是在书房里接见了危国祥。这几天他光顾着忙活府邸里的备战备荒了，对外面的事情关注不多。既然危国祥来了，正好从他嘴里了解点情况。作为一个朝廷政要，耳目闭塞孤陋寡闻是不行的。当年蔡京、童贯等人不出府邸门，全知天下事，这个功夫颇令张邦昌敬畏。他想，自己若欲长期稳坐相位，立于不败之地，也是不能没有这种眼观六路么耳听八方的功夫的。危国祥虽然不是个入流的角色，但在这一方面却颇有利用价值，应当因势利导培养开掘。

危国祥的来意恰恰符合了张邦昌的思路，他是来告李纲的状的。

今天上午，危国祥在"募兵"时遭遇李纲，受了一场窝囊气。回到开封府，又被聂昌唤去亲自训斥了一顿，心里窝火到了极点。

而更让危国祥撮火的是，不仅从此通过募兵敛财的途径被彻底封死，而且连此前勒索来的财物也要悉数吐出。他娘的，老子辛辛苦苦当一个月的差，俸禄才有几何？老子煞费苦心地搞这么点创收容易吗？老子磨破嘴皮跑细了腿才搜罗来的这点银子，顶得上权贵们贪污受贿的九牛一毛吗？你李纲有能耐冲他们使去，朝着我一个小小的提举保甲逞威风算什么本事？

中午，危国祥与那俩衙役一面喝酒一面议论这事，越议论越是气不打一处来。两个衙役亦皆恨李纲断了他们的财路，都愤愤地说这事不能就这么忍气吞声地走了麦城，得想个办法收拾一下李纲。危国祥道："收拾李纲我们哪里是对手，目下这厮权势熏天，伸出俩手指头便能把我们捏死。"一个衙役道："我们干不过他，可总有能干过他的人。危大哥的表舅张邦昌张大人，难道也干不过李纲吗？据说张大人在朝廷上可是与李纲那厮水火不容的。"危国祥一拍脑门，笑道："此计使得。"酒足饭饱，想好说辞，他便奔着张府来了。

见了张邦昌，危国祥口称有要事相禀，就添油加醋地把李纲"专横跋扈哗众取宠收买人心"的"罪状"大肆渲染了一通。来此之前他是打了腹稿的，因此这个状他告得语言十分流利且有一定的水平。他上纲上线地指出，这种状况的性质是非常严重的，若任其发展下去，汴京简直就变成了李纲的天下，百姓便只知有李纲不知有朝廷了。而对他敲诈百姓勒索钱财一节，他却是轻描淡写一笔带过，并辩称自己向无兵可征的人家收取一点银子，完全是为了筹措军费。全民守卫汴京，本来就应当是有人出人有钱出钱嘛。我想朝廷之所想急朝廷之所急，反倒被扣上了个勒索百姓的黑锅，端的是有苦难言冤深似海，求老舅无论如何要给我讨还公道洗刷清白。

张邦昌对危国祥的话，开始只是抱着了解外界情况的态度，随便听听而已。但是听着听着，那些话不仅引起了他的兴趣，而且引起了他的重视。危国祥的言语里有相当大的虚假成分，任凭他再说得天花乱坠，张邦昌不用脑子也能听得出来。危国祥是什么人，张邦昌心里有数。用不着进行任何调查，张邦昌就敢断定，这厮肯定是在颠倒黑白。

但危国祥说的也不全是假话。李纲当众训斥了他，当场拍板允许成立民间义勇，并随即主持修改了募兵条例，这些肯定都是事实。引起张邦昌重视的正是这些情况，他感到其中颇有文章可做。

对于李纲，张邦昌过去还真没拿正眼去瞅过，甚至就没将其放在视野之内。但是现在不同了，在赵桓即位后不到半个月的时间里，这个名不见经传的人物突然横空出世崭露头角，一跃成了朝廷的中流砥柱，这便使张邦昌不能再对其等闲视之。

经过几次殿前交锋，张邦昌已领教了李纲的政治能力和能量，感受到了一种潜在的威胁。老迈昏庸的白时中已经下去了，李邦彦那个风月魁首浪子班头，迟早也得滚蛋，当朝太宰的位置张邦昌是指日可待。而李纲跃上一品大员的台阶，眼见得也只是个时间问题。事实证明，他张邦昌与李纲绝对尿不到一个壶里去，不可能成为配合默契的搭档。而李纲显然又是一个政治抱负极大的人。因此在不远的将来，他与李纲势必会成为你死我活的政坛劲敌，不是你挤掉我，便是我搞掉你。

既然早晚有一拼，就不如先下手为强。

可是如何下手，却需慎重斟酌。现在李纲正在得宠，马上扳他是扳不动的。再者说，固守汴京还得靠李纲去卖命，即便现在能扳倒他，守城的要命差事岂不就得落到李邦彦和他张邦昌的头上来了吗？考虑到这些问题，张邦昌认为应当采取的策略是，忍辱负重不露声色，注意搜集李纲的失误，先将整治李纲的材料准备好，一俟时机成熟，即向皇上弹劾。

李纲是否会有失误呢？当然会有。张邦昌深谙官场中的一条规律：谁主动做事谁就会有失误，做事越多失误也会越多。李纲如今全面主持军政事务，百事缠身应接不暇，一点不出现失误是不可能的。而他张邦昌现在基本上不做事，因而也就没什么失误可言。没失误的人去弹劾有失误的人，自然便占据了优势。何况这政界上的事，常常是此亦一是非彼亦一是非，有的事你说它不是失误，它就不是失误；你说它是失误，它也许就算是个很严重的失误。操作这类招数，张邦昌自谓还是比较内行。

从危国祥信口雌黄告的那通刁状里，张邦昌捕捉到了两点可资利用的东西。

一点，是看来李纲有点忘乎所以。他一朝权在手，便把令来行，张牙舞爪唯我独尊，仿佛是忘了自己姓什么，忘了这是在皇城圈里天子脚下。这种状况，其实是君王最反感最不能容忍的。虽然赵桓在此非常时期许其便宜行事，但待危机过去，皇上的心境变了，李纲在此期间的一些做法，就很可能变成他专断独行无法无天将自己凌驾于朝廷之上的罪状。只要能掌握些具体事例，这个秋后之账便大可一算。

再一点，是张邦昌意识到李纲正在四面树敌。这对他是甚为有利，他正好借机拉拢那些对李纲产生怨恨情绪的人，扩大自己的同盟力量。比如眼前的危国祥，只是稍稍被李纲收拾了一下，便已变得咬牙切齿苦大仇深了。莫看危国祥这种人职位低，其兴风作浪的能量却不见得小。若能把上上下下反对李纲的力量统统结合起来，有朝一日搬掉这块绊脚石，那就不是一件多么难办的事了。

张邦昌这样想来，心里十分高兴，但未露在面皮上。听危国祥说完，他略微沉吟了一下，慢条斯理地道，你主动来向我禀报外面的情况，这很好，这说明你对朝廷怀有一颗耿耿忠心，对这一点我很赞赏。李纲的某些做法确实有点不像话，各种议论我也听到了一些。不过目前金军压境，我们尚须一致对外，内部不宜自起纷争。况且皇上要依仗李纲守城，现在谁与他相争也是争他不过。你那点小小的委屈，就先忍了吧，小不忍则乱大谋嘛。当然，你若有理总还是应当让你讲出来的，但是要等到该讲的时候再讲。讲理要有事实做依据。比如你说李纲哗众取宠收买民心结党营私，使民众但知有李纲不知有朝廷，罪名扣得不小，依据就得充分，仅凭你刚才说的那点事情远远不够，分量太轻了。我看，既然你对李纲的不法行为有所察觉，不妨再多留点心，搜集一些此类的事实，将来我们把事实一桩一件清清爽爽地呈奏给皇上，以皇上之英明，岂不自会有公断吗？

危国祥的脑瓜不笨，听张邦昌如此一说，立刻心领神会。他即起身向张邦昌揖道，表舅教诲得极是，国祥一定尽力而为。今后有事需国祥效劳者，请表舅随时吩咐。

张邦昌微笑着点点头，又正色地告诫危国祥，你今后的行为也须检点些，鸡鸣狗盗的事少做。否则非但你奈何不得李纲，倒让李纲先把你给收拾了。如果你真有要害把柄攥到了李纲手里，我也没法为你开脱。危国祥连声应道表舅放心，国祥今后一定谨慎。

危国祥走后，张邦昌独自坐在书房里又沉思了一会儿。他忽然发现，原来事情并非先前想象得那么糟。假如汴京保卫战打得不好，李纲必然是罪责难逃。即便是汴京沦陷，首当其冲的倒霉蛋也是赵桓和李纲，而不是他张邦昌。而假如汴京保卫战打得好，李纲会得意一时，但这并不意味着他能够永远得意，日后用某种罪名把他搞下来的可能性，现在就可以隐约看到。总之无论局势朝着哪个方向发展，他张邦昌的回旋空间都是很大的，起码是比李纲要大。

这么一想，张邦昌的心情顿时开朗多了。

二

正月初七，是所谓"人日"。

相传天帝创世之初，每日造出一种生灵置于尘世。初一为鸡，初二为狗，初

— 89 —

三为猪，初四为羊，初五为牛，初六为马，初七为人。因而古人将每年的正月初七定为"人日"，并将其当作一个节日来过。这个习俗在漫长的时代变迁中逐渐淡化，至今已很少有人知道中国历史上还曾经有过"人日"这一说。但在宋代，人们对它还是很当回事的。

这一天人们的庆祝活动，主要是到野外去踏青。亲朋好友要在此日相约相携，到郊外的山清水秀处宴饮游乐。民间还要剪贴"人胜"，即把一种用彩绢剪制的人像，饰于屏风或者戴于头髻上，表示进入新年后的焕然一新之意。大文豪苏东坡曾有"东风陌上惊微尘，游人初乐岁华新，人闲正好路旁饮，麦短未怕游车轮"之诗句，描述的就是在"人日"里人们相伴出游的愉悦景象。

但靖康元年的这个"人日"，以往的那种祥和气象荡然无存。汴京城里早已是风声鹤唳草木皆兵，谁还有闲情逸致去踏什么青。即便是有那心思，也去不了，城门早就禁止通行了。人们在这个"人日"里要做的事情，不是迎春，而是迎战，是要迎接一场捍卫自己生存权利的血腥恶战。这种紧张严峻的局势，使这个"人日"呈现出了一种别样的悲壮氛围。

这天早上，李纲一如既往，天刚放亮便起了床。他简单地用过早餐，签署了几件亟待批复的文函，就带上甘云出了行营司。这几天李纲是一直宿在行营司的，忙至深夜倒头便睡，清晨一睁眼马上办公，既省时间又出效率。

今天李纲要去城防前沿视察守军的备战情况。备战中的许多问题，只有亲临实地勘察，才能及时发现和解决，仅仅坐在衙门里听取汇报绝对不行。根据探报得知，金东路军已距汴京很近。时间紧迫，对城防进行全面检查已来不及，李纲乃决定与副使曹蒙分头行动，重点检查北城。由曹蒙负责视察封邱门及酸枣门，李纲负责视察卫州门及城外驻军。

奉命守御卫州门的，是原来由常贵乾担任统制的那支部队，现任统制官是何庆言。何庆言是条性格豁达的汉子，不存门户之见，亦深知面临大战时将士团结的重要性，到任后一如前任那般信任副将徐吉。徐吉乃义字当头的一个武夫，见何庆言对自己尊重有加，毫无排挤打击之意，心中那点本能的抵触情绪很快便冰释，与何庆言配合得很好。李纲来到卫州门时，他们的兵力部署已经就绪，第一梯队的士兵正在各部将官的指挥下加固城橹。

李纲在何庆言、徐吉的陪同下，沿着石阶登上城墙，一面巡视一面询问防守设施兵力配置和战术方案等方面的问题，何庆言有条不紊地一一作答。李纲听了比较满意，又问还存在哪些困难。何庆言说主要的困难是人手不够。城墙上的炮石储备不足，急需大量补充，现已派人去蔡京府邸拆运堆砌假山的石块，但这里加固城橹的活儿也很重，能抽出去的兵力不多，搬运数量有限。

李纲觉得这个问题值得重视，正考虑可从何处抽人来协助何庆言运输炮石，一个统领上来禀报说，城墙下有一支义勇听说李大人来了，请求参见。李纲心中一动，思忖这支义勇或可一用，便招呼何庆言、徐吉道："走，我们下去看看。"

下了城墙向前一看，李纲不禁暗暗称奇。以他想象，一支义勇能拉起二三百人就很不错了，而眼前这支义勇，居然黑压压地站了一片，看上去足有上千人，而且是列了队的，队列还比较整齐。

是什么人能在如此短暂的时间里拉起这样一支队伍？此人的组织能力不可小觑。李纲正诧异间，一个中年汉子已大步走上前来，向他抱拳施礼："草民参见李大人。李大人还认得草民否？"

"索天雄！"李纲立时想起昨日邂逅的一幕，他哈哈一笑，指指索天雄身后的队伍，"这支义勇是你组织的？"

"借李大人的威望，草民把大旗一竖，大家伙就来了。本来人数还多，我把一部分老弱劝回去了，剩下的精壮编了三个小队。我们正想去行营司找李大人，听说李大人来了城北，便直接拉过来了。请李大人发给我们兵器，分派给我们差事。"索天雄正说着，就见索飞春带着一支全部由中青年妇女组成的有二百余人的队伍，向这边跑来。他忙回头喝道，"你们过来做什么？"

"我们也来要兵器，没有兵器怎么打仗？"索飞春边跑边喊，她一眼看到李纲，连忙止步施礼，"民女索飞春参见李大人。"

"免礼。"李纲惊奇地看看跑至近前的那些一律身穿短袄麻履的女人，转脸问索天雄，"我们宣布的是只募男丁，你如何连女人也募啦？"

索天雄无奈地摇摇头："我没说要募女人，是我这丫头自作主张弄的。她非要拉个女义勇队，没想到还真有人愿意来。""当然有人愿意来。"索飞春剑眉一扬，"保卫京城，多一个人便多一份力。倘若金兵杀进来，可不会因为你是女人就放过你，相反倒糟蹋得更狠。"

"这话说得好，"李纲赞赏地望着索飞春，"百姓们都有这种视死如归的决心，我们守住汴京就大有希望。不过，上阵厮杀终非女人之事，你们可以帮助守城官兵做些其他事务。"

"悉凭李大人调遣，让我们做什么都行。但李大人认为女人一概上不得阵，却是未免偏颇。"索飞春不服地扬了扬脸儿，"我们这队女义勇，内中十之七八都略习过几日武，与金兵拼杀上三五个回合料还招架得过去。如果不信，李大人不妨验试一下。"

"飞春不得无礼，如何能与李大人这样说话！"索天雄忙制止道。

李纲瞅着索飞春那倔强中又带着几分天真的神态，却是产生了兴趣："好嘛，就待本官验试一下。"他回头看看立在身侧的甘云，"你敢同本官这位护卫比试一下吗？"随着李纲的话音，甘云马上向前跨出了两步。

"这有什么不敢的，怎么个比法？"索飞春满不在乎地走到甘云对面。

甘云微笑道："咱们不用交手，我站在这里你踢我三脚，如果我的身子晃动了一下，就算你赢了。"

"这么简单？你可说话算话。"索飞春嘻嘻一笑，后退丈余站定，凝神瞬间，突然紧跑两步，拧身跃起，在空中飞起一个旋风脚踹向甘云。甘云见了，知道这一脚发力不小，连忙运足了丹田之气去迎，结果还是被踹得踉跄着倒退了半步。周围顿时响起一片喝彩声。

转眼间索飞春轻捷落地，顽皮地冲甘云一抱拳："承让了。"甘云揉着肩头对索飞春笑着点点头："姑娘果然好身手，你赢了。"他退至李纲身侧，轻声告诉李纲，这姑娘功力不浅，没有十年八年的苦练，踢不出这一脚来，而且其武艺必有名师指点。

李纲对索氏父女不禁顿生刮目相看之感。宋时民间习武成风，妇女亦多有习练防身术者，能比画两下拳脚的人俯拾皆是，但是能将功夫练到可与甘云匹敌的地步，就颇不寻常了。朝廷大员选择贴身护卫，武艺超群是先决条件。甘云在校场比武的场面李纲是亲眼看到过的，甘云赤手空拳放倒四五个手持刀剑的彪悍对手，就像小孩儿玩游戏一般轻松自如。能让甘云心悦诚服地评价一句"功力不浅"，可见索飞春这女孩子的武艺确是非同一般。甘云说她必有名师指点，李纲揣测这个名师，多半就是其父索天雄。

强将手下无弱兵，这些义勇虽是临时募集的，但既已经过了索氏父女的遴选，估计也都有两下子。这么说这些人不仅是怀有报国热忱，而且还是当真具有一定的战斗力的。想到这一点，李纲很振奋，他扫视了一下环立在面前的众义勇队员，高声说道："大家的保家卫国热情让我李纲很感动。看了索飞春姑娘的这一脚，我完全相信，木兰从军的事绝不是凭空编造的神话。在国家需要的时候，我大宋百姓无论男女，皆可成为抗敌勇士。参加义勇者的花名册报上来后，我会马上命令有司发放兵器，男女都发。但是有一条，拿了兵器，你们就是战士了，是战士就要听从号令，否则可是军法无情。"

男女义勇队员齐声呼应："悉遵李大人吩咐！"

索天雄紧接着众人的话音对李纲道："我们就是来找李大人要差事的，李大人如有差遣，现在便请下令。"

李纲就说那么好吧，本官就不客气了。眼下正有件急事，城头上炮石不够，亟须从蔡京府邸搬运。索天雄爽快地应道，行，交给我们吧。索飞春在旁叫嚷道我们也去。李纲犹豫地向那些女义勇队员脚下扫了一眼。索飞春一笑说，李大人放心，习武的女人没有缠脚的。李纲也笑了笑，回头问何庆言和徐吉，这样人手够不够？两人连声说够了。当下何庆言便命徐吉速去备车，带领义勇前往蔡府。

索天雄离去前，郑重地向李纲进言，若论实际兵力，我汴京未必输与金军，但金军因屡战屡胜，在气焰上高我一头。这种嚣张气焰很有摧毁力，是金军的一大优势。宋军要坚守汴京，必须坚决打掉它的这个优势。欲打破金军不可战胜的神话，关键在于首战，首战必须告捷。否则，溃一点而崩全盘的情况不是不可能发生。李纲认为他说得很有道理，严肃地应道，你的意思我明白，一定做到万无一失。

望着索氏父女带队离去的背影，何庆言颇有疑色地对李纲道，末将观察这个索天雄，举止干练心机深沉且甚谙军事，似乎不像是个普通百姓。李纲就感叹道，乡野蒿蓬之间藏龙卧虎奇人无数，只是可惜未被发现或者不被重用罢了。其实埋没于民间的人才，又岂止是一个索天雄呢。

眼看时近正午，李纲抓紧时间又就守城的若干细节问题向何庆言做了交代，叮嘱何庆言要合理用兵，在繁重的备战工作中注意养精蓄锐，要有意识地积蓄一支精力充沛的生力军，以便在战斗打响时确保能够给予金军以迎头痛击。然后，李纲便带着甘云驰赴城外何灌兵营。

何灌部现在扎在汴京外城以外的西北方。正月初一之夜何灌兵溃黄河并随同梁方平部狼狈逃回后，赵桓震怒，拒绝接纳两部人马进城，并欲立斩梁方平、何灌这两个创下了不战自溃旷世奇闻的逃跑将军。是李纲及时了解到黄河防线大溃逃的实情后，竭力为何灌解释开脱，方劝得赵桓刀下留人。梁方平也是到处托人疏通，才勉强保住了脑袋。最后的处理结果，梁方平革职充军，何灌暂留原职以观后效，如若再有闪失数罪并罚。梁方平之残部交由何灌收编。这个结果是李纲经过努力斡旋才争取到的。他与何灌并无私交，之所以这样做，无非是想为保卫汴京多保留一个可用的将领。

闻报李纲到，何灌忙带亲兵列队出迎。他满面愧色地将李纲迎进帅帐后，便纳头跪拜李纲救命之恩。李纲赶紧将何灌搀起，说老将军不必如此，我们同心协力把下面的仗打好，奋勇杀敌将功补过便是了，就请何灌一同落座。

接着，李纲便关切地询问起部队状况。何灌蹙着眉心说："不敢相瞒李大人，部队状况不太乐观。先前招募的那些兵丁，大都在黄河大溃逃中跑散了。这几日虽又招募了一部分，但远不足抵缺额。在我的旧部中恐金症很严重，梁方平那伙残部就更甚。我虽然对他们做了整编，重新调配了统兵官，但一旦与金军交锋，情形将会如何，心里还是没底。"

李纲正色道："这样不行，部队的士气必须振奋起来。部队没有斗志，谈何战胜强敌。"

何灌心想，宋军的颓症早已深入骨髓，其因错综复杂，哪里是一朝一夕可以改变的事。但这话他没说出口。很多问题不是李纲所能解决的，说了也是白说。因此他只是沉闷地点头应道，李大人说得是，卑职一定尽力而为。

这时，时辰早已过了正午，亲兵们已将酒菜备好，何灌便请李纲、甘云一同入席，边吃边谈。饭菜花样不多，何灌愧赧地解释，军中无佳肴，筹办得又仓促，只好请李大人担待了。李纲说这样就很好，我也没时间细酌慢饮，我们就不喝酒了，抓紧吃过饭去兵营里转一转。何灌却仍是取过酒坛依次斟上，双手捧起酒杯对李纲道，何某不敢耽误李大人的公事，但这杯酒务必请李大人同饮。以前我从未与李大人喝过酒，这是第一次，可能也是最后一次。说话间，他的双手微微颤抖，眼窝里闪出了泪光。

李纲听他说得悲凉，颇有一种风萧萧兮易水寒的诀别之意，一种不祥的预感骤然涌上心头。他觉得这很不吉利，为了扭转气氛，他欣然举杯在手，用爽朗的声调说，我李纲果然是第一次与何将军共饮，但应当不是最后一次。来日方长，待何将军大败金军之日，李纲当设盛宴，庆贺将军凯旋。

草草地用过午餐，何灌陪同李纲深入营区做了视察。李纲看到，部队的面貌虽说不上威武雄壮，但还算是比较严整，起码比出征黄河前的状况要强得多。在狼狈不堪地逃回后的数日之内，能将也已七零八落的队伍整顿到这个程度，可以看出何灌是下了大力气的，也可以看出何灌此番是下定了坚决洗刷耻辱的决心。这使李纲感到，再用什么豪言壮语对何灌进行勉励纯属多余，也就没再多说这一类的话，只是关切地问他，有什么困难需要帮助解决。

何灌犹豫了一下，说："卑职知道李大人也难，这里的事便不劳李大人费心了。请李大人放心，不管困难多大，只要金军不退，我何灌绝不从阵地上后退半步。金军若想越过此地，除非从我这把老骨头上踏过去。"

在说这些话的时候，何灌松弛的眼皮下面闪出了两道充满杀气的寒光。李纲周身一凛，那种不祥的预感再次袭上他的心头。在这个瞬间，他忽然想叮嘱何灌一句，假如实在顶不住了，可将部队撤回城里。但他终于没说这句话。他知道，在赵桓那里，何灌已经没有撤退的权利。无论何灌首当其冲地在城外进行了多么艰苦的血战，给予了金军多么巨大的杀伤，只要他撤兵进城，就是再度溃逃，就是罪不可赦。另外，即便是赵桓可以宽容何灌，誓雪奇耻的何灌显然也绝不会再撤。何灌的命运已经注定，除了率部死战之外，没有第二条路可走。

李纲看着何灌因多年征战而形成的黝黑粗糙的面皮和他那被朔风吹得飘忽不定的苍白胡须，百感交集喉结发紧，最后，只是深切地对他说了八个字："将军珍重，李纲拜托！"

三

正月初七的下午申时，赵桓在清心殿召见了李纲。

清心殿位于大内后苑东门内，前后左右与宜圣、化成、金华、西凉诸殿，翔鸾、仪凤二阁，以及华景、翠芳、瑶津三亭相邻，共同形成一处环境幽雅的宫殿群落，是皇帝及其内室的日常消闲之处。赵桓在此殿召见李纲，一来含有亲近宠信之意，二来说明这次召见具有某种私密性质。这是李纲的猜测，这个猜测在召见中果然得到了验证。

接到赵桓的召见旨意时，李纲刚从何灌兵营回到行营司不到一袋烟的工夫。大半天顶风冒寒的奔波视察，李纲累得够呛，手脚也冻得麻木了。他正斜靠在一张太师椅上饮茶小憩，苦中作乐地自嘲我这也算是"人日"去城外踏了个青时，赵桓的旨意就到了。李纲不敢怠慢，立刻振作精神理好冠服，就随着传旨太监入宫而来。

入宫后，那太监没有引他去延和殿，而是七折八拐地带他进了宁阳门，李纲便揣测，皇上在这次召见中，恐怕是有点特殊事情要谈。

赵桓已在清心殿里等着李纲。李纲进得殿来，行过叩拜大礼，赵桓赐座，挥退左右，便问起目前的备战情况。连日来李纲是事必躬亲，对各方面的情况皆了如指掌，叙说起来自是如数家珍。于是他便将自初四下午开始至今所做的事情，从政治动员、城垣修整、兵力部署、后勤保障等方面进行了全面奏报。

他奏报的内容很扎实。诸如京城四壁禁军正兵的兵力配备、厢兵保甲以及民间义勇的组织使用、左右中马步三军预备队的安排、前军后军对储粮四十万石的延丰粮仓和城壕干涸的樊家冈地区所采取的重点防卫措施等，他都说得相当具体，甚至具体到了许多烦琐的数字。这样的奏报，是舒舒服服地坐在衙门里仅靠听取下属汇报办公的官僚绝对做不出来的。由此不难想见，这三日里李纲的工作量是如何繁重。

赵桓半闭着眼睛仰靠在御座中，一面很关注地倾听，一面不时地微微点头。从这个神态上看，他对李纲所做的一切都是满意的，也是放心的。李纲自己也认为，他已经在现有的条件下尽到了最大的努力，不应当遗有什么可挑剔之处。然而赵桓听完以后，却一言不发若有所思。这使李纲不免有点心虚，难道这里面还有疏漏？

"卿之所为面面俱到，甚慰朕心。"过了一会儿，赵桓终于表态了，"区区三日，而令我汴京城防大为改观，实属不易。此皆卿夙夜辛劳之功也。"李纲连忙起身拜道："为国操劳乃臣子本分，不敢言功。"

"爱卿平身，还是坐下说话吧。"赵桓看着李纲坐回座椅，脸上浮动着一种似笑非笑的莫测神色，"除此之外，卿尚有何言？"

"备战之事臣已奏毕，但候皇上谕示。"

"唔，那么朕叫你看一样东西。"赵桓稍稍提高了些声音，向外叫道，"黄金国，把东西拿过来。"随着叫声，已晋升为入内内侍省副都知的黄金国抱着一个黑漆楠木匣子由侧门走进大殿，面向赵桓躬身侍立。赵桓对他做了个示意，黄金国便转身走过去，将匣子放到了李纲身边的案几上："请李右丞过目。"

李纲不知赵桓葫芦里卖的是什么药，他踟蹰片刻，动手将匣盖打开，却见装在匣子里的，是满满的一堆奏折。李纲怔了怔，未敢擅动，迷惑地欠身向赵桓问道："皇上，这是……"

"这是三日里臣工们弹劾你李右丞的奏折，大约有百十道吧，平均每日总有个三四十道，你看不算少吧？"

李纲的脑子里嗡地响了一声，额角不由自主地渗出冷汗。他忽地起身，扑通跪倒："臣下愚钝，不知何罪之有，望皇上明示。"

"起来起来，坐下说。"赵桓挥手让李纲坐回原位，"朕何曾说你有罪啦？常言道，谁人背后无人说，哪个人前不说人。弹劾归弹劾，朕却未必听风便是雨。"

"是，皇上圣明。"李纲臀部轻挨座椅，心情忐忑地问，"但不知群臣弹劾李纲何事，臣下谨聆皇上训谕。"

"林子大了，百鸟杂陈，什么叫声都有。朕懒得去看这些七嘴八舌之物，卿亦不必过于在意，知道有这么回事就罢了。"说到这里，赵桓顿了顿，吩咐黄金国，"这些东西留着无用，都烧了吧。"

"奴才遵旨。"黄金国应声而去，从外面端进一个火盆，当着李纲的面将那些奏折从匣子里取出，一一投入火中。须臾，匣内的奏折便统统化为灰烬。黄金国便端起火盆退了出去。

"李爱卿，你看此事如此处置如何？"

正在发愣的李纲听到赵桓的问话，慌忙再次离座叩首："臣李纲肝脑涂地，不足以报皇上天恩于万一。"

这时赵桓也站起身来，走上前去将李纲搀起，对李纲抚慰道："李爱卿无须多心，朕是如同信任自己的臂膀一般地信任你的。希望你继续努力，心无旁骛，恪尽职守，积极备战。只要汴京保卫战打得漂亮，无论什么人弹劾你什么事，朕皆当作子虚乌有。"李纲诚惶诚恐涕零发誓："臣下一定鞠躬尽瘁死而后已，以报皇上知遇之恩。"赵桓庄重地点头道："朕相信你是能说到做到的，那么朕就不多耽搁你的时间了，你忙你的去吧。"于是召见结束，李纲再拜而退。

对群臣弹劾李纲的事做这样的处理，是朱后给赵桓出的主意。起初赵桓看了那些弹劾奏折后，是对李纲产生了相当的不满的，曾欲就某些所谓专横跋扈之事当众责训李纲。朱后听说了这事，婉言劝止了赵桓。朱后说，有言云用人不疑疑人不用，皇上既委重命于李纲，若又掣肘其间，教其如何号令三军？那些弹劾中有几分真实几分虚假，皇上能辨得出吗？若依着那些弹劾罢了李纲，有何人可堪替补其职？眼前朝中万事，唯以守城为大，余者皆属末节。倒不如假借此事示恩于李纲，以坚其忠君报国之志。赵桓闻听其言有理，因此才改弦更张，上演了当着李纲的面焚烧弹劾奏折的一幕。

望着李纲衔恩而去的背影，赵桓比较满意自己刚才的那番表演，认为他这个皇帝已经悟出了为君之道，历练出了专业水准。

然而他想错了，这出戏的效果，其实并不尽如其愿。

虽然李纲不擅权谋，但他毕竟为官多年，不是毫无政治经验。赵桓当堂焚毁奏折，其中的作秀成分他一眼便看得出来。这是皇上信任我李纲的表示吗？非也。假如真正信任我李纲，根本就不必将那些奏折端给我看，对其置之不理将其束之高阁不就完了嘛。把那些奏折端到我眼皮底下，不是有意敲打我李纲，还能是什么意思？至于赵桓所说的那些奏折他一概懒得看，那就更是连傻瓜也不会相信的了。皇上到底是初学乍练，这场戏让他演过了头。

当然，李纲的这个心理活动是不敢稍有显露的，赵桓作秀，他也得跟着作秀，而且在作秀中还得尽量压制着对赵桓的艾怨。因为他知道，作为臣属，对皇上产生不满情绪是非常危险的，有百害而无一利。况且不管怎么说，皇上现在对他的倚重并未动摇，这就是很大的恩典了。在这一点上李纲的确是心存感激，所以李纲的作秀就比赵桓显得真诚得多。

回到行营司阅事房，李纲命人沏了一壶浓茶送过来，独坐房中自饮良久，心头的郁结依然挥之不去。皇上说的那句话总在他的耳边萦绕不休。只要是汴京保卫战打得漂亮，无论什么人弹劾他什么事都可当作子虚乌有。如果打得不漂亮呢？就算是打得漂亮，时过境迁，皇上真会如其所言，对那些弹劾之辞一概置之不理吗？他忽然觉得，他的处境，与何灌的处境其实并无本质的区别。想到这里，他禁不住身上打了一个激灵。

李纲坐直身子，做了几下深呼吸，命令自己不要再胡思乱想。人世间有些问题本来就不可想透，想透了只能徒增烦恼枉添悲忧。

为了转移思绪，李纲考虑起他正在构思的一首诗词。这首词他已酝酿了一些时日，由于连日奔忙，尚未连缀成章。此刻吟哦起来，忽觉灵感遽至。他遂取过纸笔，伏案一气呵成。其词调寄《喜迁莺》，标题为"真宗幸澶渊"。其词曰：

边城寒早，恣骄虏，远牧甘泉丰草。铁马嘶风，毡裘凌雪，坐使一方云扰。庙堂折冲无策，欲幸坤维江表。叱群议，赖寇公力挽，亲行天讨。缥缈，銮辂动，霓旌龙斾，遥指澶渊道。日照金戈，云随黄伞，径渡大河清晓。六军万姓呼舞，箭发狄酋难保。虏情詟，誓书来，从此年年修好。

此词抒写的是景德元年寇准力排众议，劝使宋真宗放弃南逃计划，御驾亲征抗辽，最终与辽国缔结澶渊之盟的前朝旧事。从表面上看，它纯粹是一首颂歌。实则李纲是通过对往事的赞颂，隐晦地表达了对其所处之现状的不满。作为一个忠君思想根深蒂固的臣子，李纲心中的牢骚，也只能使用这种曲折的方式稍作宣泄。

词作写完，李纲从头至尾通读一遍，心绪舒展了一些。这时他才注意到，由于今日一直忙碌在外，案头上又积压了厚厚一摞文札。他正要动手批阅那些文札，许翰来了。

备感知音稀少之苦的李纲见了许翰甚觉亲切，连忙起身相迎，呼唤侍卫上茶。许翰忙说不必了，李大人事繁，我说几句话便走。李纲道好吧，我的确是正忙得焦头烂额，许大人既不见怪，我也就不客套了。说着，两人落了座。李纲恳切问道，许大人专程而来，有何见教？许翰未曾开言先向房门处瞅了瞅。李纲道不碍事，我身边的人都很可靠，有话但讲无妨。

许翰便低声说道，我今天过来，就是想提醒李大人一句，有些舆论对李大人很不利，要提防有人在背后放冷箭插刀子。李纲苦笑一声道，防不胜防，冷枪暗箭都已经使出来了。皇上接到的奏章已有百十多件。许翰愕然地说，竟有此事吗？这简直是不可理喻，把你李伯纪整垮了，他们能得到什么好处？李纲说好处总是有的吧，不然他们何苦给我找碴儿，吃多了撑的？许翰说如果汴京守不住，休说什么好处不好处，大家的脑袋都得让金人当球踢。李纲说可是总有些人，心里想的事跟我们完全不同。

许翰长叹一声说，现在我算明白了，我们为什么不是金人的对手。李纲也叹道，官场痼疾，由来已久，无可奈何呀。

两人沉默了片刻，李纲徐徐地呼了一口气，说事虽如此，我决不会放弃我的职责。我如今唯有破釜沉舟，背水一战。许翰说是的，如今京城存亡全系于李大人一身，唯其如此，我才倍加担忧。此时此刻，我可以帮助李大人做点什么？李纲说，守城的困难再大，我也能千方百计去克服，就是这背后的中伤，我真是束手无策。你如能为之化解一二，便是对我最大的帮助。许翰说行，舆论方面的事我与孙大人何大人他们都可以做，还可以鼓动国子监的太学生们发挥点作用。

李纲竖起一个指头向上指了指，说要紧的是上面。许翰会意，说这个我明白，奏折人人可上，我等不会让皇上只听到一种声音。李纲说那就多谢了。许翰说分内之事，何足言谢，唯望李大人早奏凯歌。言毕，他即告辞而去。

与许翰的这番短暂的交谈，使李纲得到了很大的慰藉。

区区百十人的弹劾声音，能代表全体朝臣吗？能代表全城军民吗？放开眼界去看，自己的支持者绝对是较反对者为多。只因出现了一些弹劾奏折便颓丧不已，这个气度未免太狭窄，岂是成大事者之所为。敞开胸襟这样一想，李纲重又振作起来。时不我待一刻千金，许翰走后，他即埋头于案牍，抓紧去处理那些积压下来的文札。甘云几次过来催他去吃饭，都被他挥退。待到他终于批阅完毕，坐到饭桌边时，那几盘简单的饭菜已是回锅热了第四回。

军情是极为紧迫的。据报，金宗望大军渡过黄河后进展顺利，沿途障碍皆被其扫平。如不遭遇强硬阻击，兵至汴京只需一日的时间了。而在汴京以北，目前宋朝再无一支可以与宗望硬碰硬作战的部队。因此，宗望大军明天兵临城下已成定局。

在这个时间表的重压下，晚饭后李纲未敢多耽延，便又急切外出，去检查护城河里的杈木设置。金军攻城必先乘筏渡壕，那些杈木就是阻击金军的第一道屏障，必须在今夜全部设好。

金军翌日必至的消息，不胫而走地传遍了京城的每个角落。这一夜从赵桓到百姓，汴京城里的每一个人都是在一种难耐的煎熬中度过的。一场残酷的战争在翌日注定要拉开它狰狞的序幕了。这出戏将会演绎成什么样子，谁都不知道，谁也不敢说。

四

处于南逃途中的太上皇赵佶，这一夜却丝毫未受煎熬之苦。金军何时会抵达汴京，汴京保卫战将会于何时打响，这些事似乎与他不存在任何关系。在这个山雨欲来风满楼的"人日"之夜，他不仅睡得甚是安稳，而且还十分滋润地享用了一个枝鲜叶嫩的二八佳人。

这一夜，赵佶是在南京应天府度过的。

北宋设有四京，除了东京汴梁和南京应天府，还有西京洛阳和北京大名府。应天府所在之地，就是现今的河南商丘。其地原称宋州，乃古时宋国的都邑。宋朝之所以称"宋"，即是沿用了这个国号。至真宗时，应天府被升格为南京。但因其地理位置相对不太重要，它的城区面积并未因此扩大多少。其宫城周长仅两宋里三百十六步，外城的周长也不过才十五宋里四十步，是四京中规模最小名声也最小的一座城池。在宋朝的历史上，大约只有两件大事与它有关。一件是靖康元年北宋太上皇赵佶的这次逃难，另一件是时隔一年多后，建炎元年仲夏五月南宋首任皇帝赵构的登基。

赵佶一行离开雍丘后，取旱路继续前行，途经睢阳到达应天府的时间，是正月初七的午时左右。应天府留守司的大小官员闻讯前来拜见，先将这帮尊贵的难民迎进驿馆，然后便要张罗在宫城里为他们摆宴洗尘。

人困马乏的赵佶懒得挪窝，吩咐繁文缛节一概免了，宫城也不必进，就在驿馆里凑合一顿得了。官员们只好速备了各式酒菜送将过来。虽说是因陋就简，却也是牛羊鸡鸭俱全。对于身处逃难途中的这帮人来说，就算是难得的盛餐了。饥肠辘辘的皇亲国戚们就像是从来没吃过这些东西似的，一个个争先恐后地狼吞虎咽，全无了以往就餐时的那种斯文和挑剔。一阵风卷残云的饕餮后，酒足饭饱的金枝玉叶们便被分别安置进了客房休息。

按照赵佶的原计划，午饭后小憩一会儿，即要接着赶路。但那些皇子帝姬一挨上枕头，就昏昏沉沉睡得如同死猪，是怎么呼唤也爬不起来了。赵佶自己亦是疲乏得要命。雍丘知县房不庸殷勤奉献给他的那匹"鹁鸽青"，固然体壮脚健，怎奈乡间的道路实在坎坷，坑坑洼洼地颠簸了一天，几乎没把他颠散了架。午后这一觉不睡还好，一放松下来倒更觉浑身无力。马上赶路看来是赶不动了，赵佶只好决定当日不走了，让大家恢复一下体力，次日再去奔命。

休息了一个下午的赵佶精神清爽了些，但通身的筋骨依然酸痛，加之晚饭后无事可做寂寞无聊，他便露出些烦躁神色。深谙赵佶习性的张迪见状，便体贴地请示，是否需要找个人来为太上皇做做按摩，以利于太上皇消乏止倦？赵佶说可以，要找就找个善解人意者方好。张迪心领神会，即命驿丞李湛速去找人来为太上皇推拿筋骨，并刻意点明，要求必须是二八佳丽手法精到善解人意。对"善解人意"四字，张迪做了着重强调。他以为，李湛作为一名常年迎来送往的胥吏，承办此事经验丰富，其本身就应当是"善解人意"。

这个李湛的头脑偏偏却不太伶俐。往常有住宿官员欲行风月之事，都是直接提出要求，李湛自会按图索骥送货上门。此番张迪只说太上皇需要推拿按摩，他便老老实实地拿着棒槌当了针。因为太上皇的形象在他心目中还是比较神圣的，在他看来，以赵佶的高山仰止之尊，且有太后及诸妃相伴，不可能与青楼粉头行苟且之事。所以他接了这桩差事后，压根就没动妓馆行院的念头，而是郑重其事地考虑起了如何可以找到一个符合要求的真正的按摩师。至于为何非要选个妙龄佳丽，他觉得这不难理解。为太上皇做推拿的人，当然得手法轻柔看着顺眼才行，不找个妙龄美女，难道还能找个彪形大汉来收拾太上皇一顿不成？

宋时中原的医疗水平比较发达，针灸推拿甚为盛行，在应天府城区里找个推拿高手不是难事。只是这个按摩师须得是面容姣好的二八少女，这却比较稀有。好在李湛对当地的民情很熟，他的脑筋一转，便想到了家住城北静安门附近的韩郎中。

那韩郎中在当地是颇有些名气的，李湛曾因腰肌损伤请其做过推拿，疗效非常显著。韩郎中膝下有一女，唤作韩巧儿，恰是年方二八，生得婀娜娉婷。巧儿自幼随父学医，在韩郎中的悉心指点下，十三四岁时已可独立操作推拿。此后韩郎中在忙不过来的时候，便将一些女患者交与巧儿治疗，效果一如其父，因而小小年纪已博得了一个"城北巧手"的美誉。这个韩巧儿完全符合太上皇的要求！

这可真是奇了，太上皇需要其人，其人即存于斯，难道这是上苍特意为太上皇备下的吗？李湛一面感叹，一面拉马出驿，亲自带了一辆马车驰往城北去请韩巧儿。

当时巧儿正在灯下听父亲讲读医书。李湛见了韩郎中，说要请巧儿去驿馆为某官人做推拿，遭到了韩郎中的婉拒。原来韩郎中因巧儿年少，又是女孩儿，为安全起见，对她行医订有两条规矩，一条是只可接待女性患者，再一条是不可单独出诊。李湛情知黑灯瞎火地让一个黄花姑娘独自外出，谁家的父母也不放心，只得坦言相告，今夜要请巧儿的不是一般人，而是太上皇。

抗拒太上皇的旨意是什么后果，侍奉得太上皇满意了又是什么后果？此言一出，韩郎中纵有一百个不放心，也不敢再说一个不字。他眼睁睁地看着李湛将女儿带上马车驰入夜幕，与夫人整整一夜牵肠挂肚辗转难眠，料不出女儿此去是福是祸。

李湛担心韩巧儿没见过大世面，到了赵佶那里羞涩紧张，一路上反复叮咛她，见了太上皇务必自然大方，要尽力拿捏得太上皇惬意。只要侍奉得太上皇舒服，好处是少不了你的。却喜那巧儿倒不是个怯场的人。起初她听说要自己夜间单独出诊，也觉得不是个事，原是不想答应，及至闻听邀她前往者是太上皇，就不仅没有惧意，反而来了兴趣。

大宋王朝无限江山千万百姓，有几个人亲眼见过太上皇？更有几个人亲手服侍过太上皇？如今这个机缘居然从天而降，落到她这一介寒门女子的头上，这岂不是莫大的福分造化吗？先不提此行的酬劳几何，仅说这件事情的本身，便可使她从此身价倍增。这样一个机遇，那是旁人打着灯笼也找不到的。韩巧儿感觉今晚这事真是有点不可思议，甚至觉得仿佛就是一个梦境。所以此刻她的心里，并不似其父母那般顾虑重重，倒是充满了即将看到一位高不可攀的神秘人物的好奇渴望和激动。

李湛见其并无恐慌胆怯不知所措之色，也就不再聒噪，且对这姑娘泰然自若的表现不禁暗暗称奇。

其实到了关键时刻，巧儿还是方寸大乱。

巧儿被送入赵佶的房间时，赵佶一眼看去，便觉比较称心。巧儿生得削肩细腰，丰乳肥臀，正是赵佶喜欢的那种体形。她那一张红扑扑的鹅蛋脸上未施脂粉，却是生就的眉黛烟青，唇点樱红，在烛光的映照下，别有一番天然韵味，令赵佶怜意顿生。

更让赵佶可心的，是这姑娘的举止并无扭捏作态的小家子气。她纳头叩拜过赵佶后，便很自然地服侍赵佶卧下，替他解开睡袍，然后便由足底开始，手法熟练地为他按摩起来。

赵佶一面享受着巧儿的操作，一面随口问着巧儿名叫什么年龄几何家中都有何人等，巧儿便恭敬而大方地一一作答。这种问答对消除二者间的心理距离很有帮助。巧儿见太上皇亲切和蔼，内心的拘谨渐渐褪去，按摩的指法更加自如，很快便使赵佶产生了遍体经络畅通之感。

说话间就按摩到了要害部位。就在巧儿进退两难的瞬间，赵佶已如猛虎出山般跃起，将她一把揽在怀中，结结实实地压在了身下。巧儿急道太上皇使不得，赵佶也不作声，只管随心所欲地动作下去。赵佶做起这种事来，自然是轻车熟路游刃有余。他在贪婪地亲吻巧儿的樱唇粉颈的同时，十分内行地弄开了巧儿身上所有的扣带，并很准确地揉遍了巧儿身上的所有要点。这时，倒像是赵佶在给巧儿按摩了。巧儿一来不敢强违太上皇的意愿，二来从赵佶那充满激情的上下其手中有生以来第一次体验到了一种前所未有的快感，虽然嘴上连连告饶，身上却一丝力气也无，瘫软得如同面团，任赵佶摆布。

赵佶过了一遍手瘾后，旋即进行中心突破。巧儿但觉一阵裂痛袭来，不禁发出一声呻吟。这一声呻吟虽节奏短促却十分尖锐，不仅是守候在门外的李湛听得真切，就连宿在隔壁的郑太后，也听得一清二楚。郑太后不用问便知道在赵佶房间里发生了什么事。这种事对她来说早已司空见惯，她的态度只能是装聋作哑置若罔闻。

一番肉搏结束，赵佶检阅战场，知其乃是个货真价实的黄花姑娘，心情大畅，稍作恢复即又挺戈出击。对于称心的女子，赵佶往往要连陷两阵方觉尽兴。这是他的习惯，也是他引以自豪的一个能力。而巧儿那娇花嫩柳之躯，初经风雨便连遭肆虐，身心却皆难承受。赵佶再战告捷后，她躺在床上一动不动，脑子里是一片空白，泪水却潸然而下。

心满意足的赵佶这时便动了惜香怜玉之心，他为巧儿揩着泪水道，姑娘莫要伤心，今夜你侍奉得我很好，是为有功之人，将来我会把你带进宫去，让你全家尽享荣华富贵。巧儿见说，亦不敢过于放纵自己的情绪，便强忍了泪水，任赵佶将其恣意拥抱入怀睡去。

　　次日清晨，赵佶从酣睡中醒来，感觉神清气爽。夜里两度征战，不仅未添怠倦，反觉精力充沛，说明他是宝刀不老雄风依旧，这使他甚为快慰。众皇亲经过一夜的充足睡眠，亦皆元气大复。用过早餐，赵佶便命整装开拔，继续向南逃跑。当然"逃跑"这个词他是不会说的，他说的是"南下进香"。对此掩耳盗铃之说，官员们亦无人敢于点破，唯各人心知肚明而已。赵佶一行启程时，应天府留守司自有一番厚礼奉送，这是题中应有之义，无须细表。

　　那巧儿姑娘次日被送回家中，韩郎中夫妇对这一夜的情形未敢细问。巧儿亦未多说，只是对父母道了一句："太上皇说，日后要接孩儿进宫。"韩郎中夫妇便知，女儿已被太上皇做了旧。面对这个现实，夫妇俩是面面相觑，哑口无言。一般人做下这等事，那叫强奸；而太上皇做出这种勾当，却叫作"御幸"。这是太上皇赐福于你，你除了感激涕零，还有什么话说？

　　但是韩家却实在是没觉出这事到底"幸"在了哪里。巧儿原本是许了人家的，两家的定亲帖子都互换过了。得知巧儿曾奉召去驿馆服侍过太上皇一整夜，男家出于种种考虑，寻个托词退了亲。韩郎中夫妇知道，女儿从此另找婆家也难了，只好与巧儿一样，将希望寄托在了赵佶来日接女儿进宫的许诺上。

　　但那句话其实只不过是赵佶在风流快活时随口那么一说，次日一起床就忘得精光了。在此后的南逃途中，赵佶不知又"幸"过多少佳丽娇娃，哪里还会记得一个普通的郎中之女。数月后赵佶返京再经应天府，压根就没提起巧儿这个茬。到这时韩家才明白，他们的那个希望，纯粹是个泡影。可是他们又能怎么样？难道还能闯进皇宫拉着太上皇去对簿公堂吗？

　　然而塞翁失马焉知非福。一年之后汴京城破，包括赵佶、赵桓在内的皇室成员作为俘虏，悉数被押往荒凉的北国小镇五国城。到那时，韩家方感到巧儿未曾进宫实乃万幸。如若赵佶果真履行诺言将巧儿召进了皇宫，巧儿也难免成为异乡之鬼。

　　李湛那人倒是比较厚道，巧儿被赵佶始乱终弃，他认为他的责任很大，内心甚感愧对韩家，因而此后对韩家多有关照。中原沦陷后，他抛却馆丞之职，帮助韩家逃往江南，与巧儿结为了夫妻。

　　在封建礼教的束缚下，妇女原是不宜抛头露面的，韩郎中教巧儿学医，盖因膝下无子不忍令技艺失传之故，其实并不情愿让女儿以此谋生。李湛成了上门女婿，韩郎中便把他当作了真正的传人，将祖传秘诀及自身经验倾囊相授。李湛虽是半路出家，但由于其文化基础较好，悟性也强，入门很快。加之他又肯下功夫钻研，不出数年，便全部继承了韩郎中的衣钵，且有所创新发展，逐渐历练成了一名享誉江南的医道圣手。巧儿则从此深居简出，只管操持家务，再无人知晓她亦曾是一个推拿高手。

巧儿的按摩技术，此后只是用在了丈夫身上。在巧儿刚柔相济的按摩下进入梦乡，是李湛最惬意的独特享受。而每当这时，巧儿便会对着闪烁不定的烛灯痴坐许久。没人知道这时她在想些什么，包括她的丈夫李湛。这个纯属她个人的内心隐秘，一直陪伴了她的终生。

这段插曲说完，下面言归正传。

第六章

　　从李纲的本意上讲，也不忍心让这些年轻的女人上阵厮杀，但是目下千钧一发，顾不得那么多了。当时李纲二话没说，即命索飞春带人火速去左翼增援，同时命令除了留甘云和两名亲兵在身边以备不时之需，其余亲兵也一律增援上去。于是这一股以女人为主的有生力量，便迸发着惊天动地的怒吼声，生龙活虎地杀向了血肉横飞的两军鏖战处。

一

金军兵临城下的时间，比李纲的预计提前了大半天。正月初八晨曦初起时，经过了一夜强行军的金东路军先头部队抵达汴京城郊。嗣后其后续部队陆续开到，于午时前后占领牟驼冈，在此地安下营寨。

扎营于牟驼冈，又是辽宋两朝叛臣郭药师为宗望出的主意。

宣和年间，颇受赵佶宠信的郭药师曾陪赵佶在这里打过马球，对这一带的地形比较熟悉。牟驼冈位处京城西北，三面依水为障，一面据雾泽陂做屏，盘踞其间易守难攻。而且，这个牟驼冈还是挈生监的牧马之所，养有马匹两万余，库房里的粮草饲料堆积如山。金军在此地扎营，一占优越地势，二获充足军需，可谓一举两得，为即将进行的攻坚战打下了良好的作战基础。

宗望尝到了使用对方叛臣的甜头，战后将此作为一条经验总结出来，奏与金帝完颜晟，深得完颜晟重视。所以金国后来在扫灭北宋征伐南宋的行动中，一直十分注意培养和扶植可以利用的汉奸。

黑云压城城欲摧。面对说话就要展开的生死搏杀，汴京城里的人们那已经绷得很紧的神经，再次受到了强烈的振动。

在这个时刻，张邦昌也坐不住了。尽管在守城抗战的策略敲定之后，他基本上是冷眼旁观未理朝政，但战事的胜负毕竟关乎其身家安危，真正地听天由命他是做不到的。这一天一大早他得知金军前锋已到京郊的消息后，心神格外不安。再说作为一个少宰，在这种要命的时候还袖手于深宅也很说不过去。可是此刻他该做点什么，他能做点什么呢？一片茫然地在书房里徘徊了半天后，他决定先去探探李邦彦的想法再说。

张邦昌乘轿来到李府门前，却见李邦彦的轿子正从府里出来。张邦昌得知李邦彦是要去看望卧病在床的白时中，明白他是想去讨教点主意。张邦昌想了想，觉得去与白时中聊一聊亦不无必要。白时中虽然庸碌，但毕竟从政多年，阅历还是比较丰富的。于是他便与李邦彦一起去了白府。

白府的门人一见太宰少宰双双驾到，连忙大礼相迎，其低三下四之态，与此前李邦彦、张邦昌登门时的那种呆板迎接大不相同。世间炎凉于此可见一斑，张邦昌不免暗生一丝感叹。

白时中病卧在府邸二道院中的一间宽阔的暖房里。初四早上在祥曦殿前苦劝

— 108 —

赵桓离京避敌，被赵桓当场夺职后，白时中羞辱交加，他头重脚轻地勉强折返回府，一头栽倒在床上，便再也爬不起来了。全府上下都慌了手脚，满京城地去找郎中。好不容易重金聘得一位曾为太上皇诊过病的名医上门，开了秘方熬制灌下，才将奄奄一息的白时中灌醒。其后又连续下药调理，几天下来，总算能让白时中开口说话了，但其身躯依然麻木，除了一只胳膊尚能微微抬起，余者皆不听使唤。那位名医已向其家人暗示，患者复苏的希望十分渺茫。

乍一见病榻上的白时中，张邦昌吃惊不小。仅短短的四天光景，白时中那本来虽然多皱却不失丰润的面颊，已经憔悴得如同一具骷髅。不过张邦昌对此不难理解，从位极人臣一落千丈跌到谷底，这样的打击，对于白时中这个视官如命的老家伙，极言其酷亦不为过。

对于李邦彦和张邦昌在皇上面前背信弃盟出尔反尔的表现，白时中当时是极为愤慨，认为此二人真正是卑鄙小人无耻之尤。但事后静心想来，他又觉得他们那么做也是情有可原。明哲保身不仅是为官之道，亦是人之常情，在这一点上，凡夫俗子概莫能免，对李张二人也难于苛求。从这个角度去想，白时中对这两个人的怨气便消除了不少。加之自从他被罢黜回府，门前便骤然冷落，这几天尚无一人上门来探视，现在这两个人肯来登门问病，就很是难能可贵了。因此这时在白时中的心里，便生出了一团温暖和感动。于是他勉强动了动状如枯柴的手指，声音喑哑地请二人落座，同时堆积着眼屎的眼窝里盈满了老泪。见到这番情形，张邦昌又不禁感慨，暗想这官场生涯真是一条有进无退的险途，不知自己的将来，又是如何光景。

李邦彦、张邦昌在床边的绣墩上坐下，对白时中的病情做了问询，说了些宽慰之语，而后便说起了汴京的形势。

由于局势一天比一天糟糕，家人们怕白时中听了忧虑过甚加重病情，对这方面的消息一直没告诉过他。现在他听李、张二人如此这般地一说，才知道了个大概。听完二人的言语，白时中闭目半晌，长叹一声道，惜乎皇上不纳老夫之言，如今是想走也走不得了。

李邦彦说，所以我们特来请教白公，当此之际，计将安出？

白时中苦笑道，老夫的话，皇上肯听吗？李邦彦道，良药苦口，皇上一时受人蛊惑转不过弯子，但总有明白过来的时候。白公若有良策，我等自当力荐。白时中激动地道，良策便是离京避敌，皇上不纳，如之奈何！张邦昌忙摆摆手道，过去的事不提了，白公就说眼下吧。

白时中亦觉自己失态，他喘了两口粗气，想了想说，依老夫之见，为今之计，只有亡羊补牢。李邦彦就问，如何补法？愿闻其详。

白时中道，莫要与金军开战，务必抢在金军攻城之前，与其达成和解协议。无论金人提出什么要求，都可权且答应。唯其如此，方可免祸。李邦彦问，白公以为我大宋禁军一定打不过金军吗？白时中冷笑道，若能打得过，金军能到得了我汴京城下吗？我军若要硬打，无异于以卵击石。

李邦彦与张邦昌听了，相视点了点头。

白时中喘了一会儿，又上气不接下气地说，老夫如今是无能为力了，国势兴衰就看你们二位，望二位好自为之。李邦彦像煞有介事地应道，白公忧国忧民忠心赤胆，诚可谓感天地而泣鬼神也。我等一定以白公为楷模，尽心竭力扶保大宋江山。

因见白时中由于说话多了，气力明显不济，李、张二人又简单说了几句请白公多保重之类的套话，便起身告辞。此后再无人去看望白时中。数日后的一个深夜，白时中痰厥气阻，病情转危。待其家人慌忙将郎中请上门来抢救时，白时中早已一命呜呼多时。

当日李邦彦、张邦昌离开白府后，即一同回至李邦彦处进行了商议。白时中敢于始终如一地坚持自己的政见毫不动摇，在这一点上李、张二人确实是皆自愧不如。对于白时中提出的亡羊补牢，二人亦皆赞同。只是这个主张由谁去向皇上说，却是一个大难题。李邦彦担心赵桓现在除了李纲的话以外，谁的话也听不进去，怕万一触了霉头，落得与白时中同样下场。张邦昌当然更不愿意当这根出头的椽子。两人在这个问题上相互谦虚了很长时间，也没将事情落实下来，因此最后只能很遗憾地商定，将向赵桓进言的时间推迟至与金军开战后，如果宋军首战失利，两人马上共同进言。他们估计，到了那时候，赵桓接受议和建议的可能性就会大得多了。

其实李邦彦、张邦昌对赵桓拒绝接受议和建议的顾虑有点多余了。殊不知赵桓此时的心境，实际上与他们差不多。

在李纲的反复劝谏和激励下，赵桓虽然做出了固守汴京的决定，亦知李纲在现有的条件下，为守城做了尽可能充分的准备，但不可一世的金军一旦真的虎视眈眈地陈兵城下，还是引起了他难以抑制的恐慌，并使他对自己的守城决定又产生了悔意。他十分懊恼地想，如果当时一咬牙一跺脚走了，现在早已离京千里，何至于身陷险境承受如此的惊吓煎熬？

这一后悔，他便不由得迁怒到李纲身上。他感到李纲这个人，固然忠心可嘉，但是过于固执，甚至固执到了令人望而生畏的地步，这就不免有些讨厌了。最可恶的是这厮太不善于体恤圣意，动不动就拿什么国家社稷利益来压朕，却不知道领会一下，所谓国家社稷的利益，与朕的利益有时并不一致，而朕的利益才是高于一切的！再说你既主张固守汴京，那就由你李纲来固守好了，做什么非要拉上朕来陪绑呢？

赵桓这么想来，越想气越不顺。今天一早起来，他是御椅也坐不住，奏章也读不进，一会儿嫌殿阁里熏香的烟气太重，一会儿又嫌送到嘴边的茶水太烫，看谁谁不顺眼，整整一个上午不停地拍桌子踢板凳，找碴儿寻隙将身边的太监宫女们全都骂了个狗血喷头。

午膳时赵桓基本上杯箸未动。朱后见状，知道是他的恐金症又发作了，午膳后便留在他身边，劝解了很长时间。她劝赵桓先莫将自己的精神压力搞得那么大，现在战端尚且未开，焉知宋军就一定挡不住金军？汴京城防经过这几天的昼夜加固，不说是铜墙铁壁，也可算是壁垒森严了吧。金军又没有三头六臂，欲要打破它，也不是吹口气便能办得到的。既然事到如今是免不了一个打字了，那我们何不索性宽下心来，看看打的结果再说呢？

赵桓在心里哂笑朱后纯粹是浅薄无知的妇人之见。宋军打不过金军，那是秃子头上的虱子明摆着的。那么多久经沙场的名将都敌不过金军，朕凭什么相信他李纲能确保必胜？朕这并非是自寻烦恼，而是高瞻远瞩深谋远虑。真要到了宋军大败亏输之时再去想收拾残局的办法，那可就一切都迟了。当然，他明白朱后的劝慰也是出于体贴关怀他的一番好意，因此没有反驳，耐着性子听过后，只是不置可否地嗯了两声。朱后也不便再多说什么，只得向赵桓道了声保重，自回福宁殿去歇晌。

午后赵桓独自在幽静的琼芳殿里躺了一个多时辰，却并没睡着。起床后去御书房批阅奏章，仍是批不下去，脑子里反反复复地设想着开战的后果，越想越觉得不堪设想。这时，他的思路便与白时中接了轨，也想到了赶紧与金军订立城下之盟这条路。

这可不是件小事。作为拥有绝对权威的一国之君，赵桓虽然有权做出临阵议和的决定，却不具备足以支持他做出这个决定的经验和底气。所以在做出这种重大决定之前，他必须找人商量，必须得到大臣的支持。

找谁商量？找李纲肯定不行。与李纲商量此事，非但不可能得到支持，反而会招来他慷慨激昂耳提面命的一通说教。赵桓一想到这个必然会出现的情形，就脑仁发涨。可以与之商量的宰执大臣，显然应当是李邦彦和张邦昌。这两个人的头脑是比较活络的，而且他俩一向主和，估计他们不但会赞成临阵议和，还会提出许多具有建设性的建议。不错，这事应当先与这两个人做个沟通。

但是与这两个人沟通了便可做出决定了吗？这个决定出台后又会出现什么情况？李纲会不会前来大闹金銮殿？彼时又当如何对他进行解释说服？还有，金军那边能不能接受阵前议和？即使他们接受，会提出什么议和条件？我大宋能够满足他们的条件吗？这些都是问题。如果议来议去还是得打，那么这个和还有没有必要去议？

赵桓发现，这事不想还好，越想竟越是头绪纷纭不得要领了。治大国如烹小鲜，真是一点不假，稍有不慎，就会烹成一摊烂泥。就这样，一直犹豫到晚膳后，赵桓才思定，牺牲未到最后关头，绝不轻言牺牲，无论如何，还是以先尽量争取议和为妥。于是他便派人传旨，召李邦彦、张邦昌二位宰执即刻至延和殿面对。

然而传旨太监尚且未及动身，入内内侍省副都知黄金国就步履匆匆地进殿报来，金军开始攻城，西水门那边已经打起来了。

二

西水门之战是在靖康元年正月初八天黑后打响的。宗望率金东路军主力于这天的正午抵达汴京北郊，在牟驼冈安下了营寨。吃过午饭，宗望马上命令部队做了攻城准备。

在中国战争史上，有一条明显的规律。大凡在新兴的尚处于欲霸天下时期的政权领导下的军队，尽管其武器装备往往相对落后，其兵员却往往皆特别能吃苦，特别能战斗。他们的不怕疲劳不怕牺牲、能够连续作战、敢打硬仗恶仗的昂扬斗志和顽强作风，往往会令其对手望尘莫及。而一旦这个政权打下天下坐了江山，部队的建制和训练也正规了，武器装备情况也改善了，其战斗力反而会逐渐衰退，最终竟会变得如粪土朽木一般不堪一击。北宋的军队没有逃脱这个规律，女真完颜氏的军队也没逃脱这个规律。公元一二三二年，金哀宗完颜守绪被蒙古大军围困于汴京的情形，与今日的赵桓何其相似乃尔。导致这种现象的根由，除了我们看得见的政治经济以及种种社会因素外，不知是否还有某种神秘的天道轮回力量。

宗望这次攻打汴京的年头是公元一一二六年，此时建国方十一年的金国正处于蓬勃兴盛蒸蒸日上的发展时期，其战略野心巨大，部队的士气也极高。而且经过连年的征辽战争，兵员的体力和毅力皆已磨砺得相当坚强。因此，金军将士对于刚刚扎下营寨、气还没喘匀便要准备攻城这种事，早已习以为常。他们精力充沛地立即积极行动起来，依令分头去执行侦察前沿地形、筹备攻城器具、组织进攻梯队等任务。至日暮时分，一切就绪。饱餐一顿晚饭后，宗望即向首攻部队下达了第一道攻击令。

汴京守军早已严阵以待。正月初八这天，李纲基本上没离开北部防线。在这一天的时间里，他亲自巡查了城北的所有防区。在这就要与凶狠强悍的虎狼之师交手的前夕，他的心里其实也很紧张。但他知道，他的一言一行都会直接影响到部队的士气，因此在视察中他始终保持着闲庭信步的神态，从容不迫谈笑风生，仿佛城外那一片黑压压的金军，在他的眼里不过是一堆蝼蚁，弹指间便可教其灰飞烟灭。这种精神暗示法很起作用，将士们受到主帅豪迈气魄的感染，畏战心理大为减轻。

晚饭李纲就是在都统制姚友仲的中军营房里吃的，所以当得知金军开始行动时，李纲带着亲兵在很短的时间内便赶到了西水门。

西水门又称宣泽门，是位于汴京外城西侧的一个小城门。宗望选择它作为首战的攻击点，一来是因为它距离金军的营寨较近，二来是因为它与城外的河道相接，有利于士兵乘筏渡壕接近城墙。

由于宗望大军杀入宋境后一路上进展顺利，基本上未碰到过强硬的对手，他在思想上未免有些轻敌。再者今晚的攻击战，在战术上是属于试探性质，其主要目的是摸一下汴京守备力量的虚实，所以宗望这次派出的攻击部队非其主力，而且放在前面打头阵的，多数为阿里喜。

所谓阿里喜，就是金军正兵的随从，汉文根据其义又译为副从或贴军。为士兵设置随从，是金军编制的一个特点。阿里喜的主要职责，是为正兵保养马匹维修战具，并承担军中的各种杂务，以便使正兵有时间养精蓄锐，时刻保持旺盛的战斗力。但在作战需要时，阿里喜也要上阵。

阿里喜的构成成分比较杂乱，其中相当一部分是由奴隶充任的。这些人的体力和武艺，大都达不到正兵的标准，其战斗力当然与正兵不可同日而语。不过这个区别宋军往往辨别不出，在宋军将士眼里，凡是金兵，一律都是凶神恶煞，都是极其可怕的战场对手。今晚在西水门的情形就是这样，宋军不管从对面爬过来的是狗还是虎，在思想上是一律准备了当虎来打的。

李纲登上西水门城楼时，金军的船只已经迫近。这个时节，河冻已开，金军顺流而下，速度本应更快些。但因李纲已预先命部队在河道里设置了杈木，就延缓了金军船只的速度，也扰乱了他们的队形。李纲心里有底，西水门的门道已用石块封死，金军从水路是进不了城的。他在城楼上一面观察敌情，一面让守将霍超传令将士们沉住气，把金军的船队放到眼皮底下再打。

不到一刻工夫，金军的船只陆续来到了城门下。前面的船只因水道堵塞无法再行进，后面的船只又不断地涌上来，便在城墙下狭窄的河道中挤成了一团。金兵们见水路不通，就要弃舟上岸，攀墙攻城。

就在这时，李纲果断地下令开打。

但闻一阵震耳欲聋的鼓声响起。随着鼓声，无数石块像冰雹似的从城墙上飞下砸进河道，不知有多少金兵的脑袋，当场就变成了烂西瓜。

一阵阵凄厉的嗥叫声正在此起彼伏间，从城墙上又落下去了无数蘸了油脂的火把。河道里无论是人是船，沾火就着，霎时间西水门外便燃烧成了一片蔚为壮观的火海。

这一下金兵可真是扛不住了，他们一面拼命扑打着身前身后的火焰，一面纷纷转舵后撤。然而由于船多河窄，一时却是行动不开。这时金兵们忽然感到脚下的船只开始自己移动，不过不是移离火海，而是移向城墙根。原来是宋军从城上伸下了铁臂长钩，正在将他们的船只强行拉向岸边。

金兵们连忙挥刀去斩那铁钩，却哪里能斩得断。这时李纲又是一声令下，城头上登时万箭齐发。那些侥幸没被砸死烧死的金兵，此时多半成了箭下之鬼。只有少数距离城墙较远未被铁钩钩住的船只，抓紧转舵逃离险区，方使这支船队幸免于全军覆没。不过那些逃回去的金兵也未能保住性命。金军军法规定，在战场上擅自退却者，视同临阵脱逃，要被处以"洼勃辣骇"，即用大棒将人猛击得脑浆迸裂的一种残酷刑罚。从西水门河道败退而回的那些金兵，当夜便全部被"洼勃辣骇"。

第一个回合打得如此漂亮，使宋军受到莫大鼓舞，城头上响起了一片欢呼声。

李纲想到索天雄关于首战告捷至关重要的提醒，决定乘胜扩大一下战果。他将霍超叫到身边，吩咐他现在可以如此如此。霍超得令，立即奔下城墙，点起一千骑兵。城门上吊桥一放，这支骑兵便在霍超的率领下如箭离弦似的冲了出去。

金军进攻西水门的后续部队集中在城外的一片开阔地上。他们的任务，是待船队袭进城池放下吊桥后，从正面猛攻进城并固守住城头阵地。如果这个作战计划得以实现，今夜的试探性攻击便将顺势转为正式的强攻，宗望将亲率大军直插城内，迅速向两厢和纵深发展。那样，至次日黎明时分，即可望将宋军的城防力量基本摧毁。

宗望及其麾下的将领认为这种情况不是没有可能出现，因为在他们南下的征途中，夺取宋朝的许多城镇，也就是一夜之间的事情。所以等待在开阔地上的金军将领，便只想着水路得手后他们将如何乘胜向城里掩杀，压根没考虑倘若水路失利应当如何策应，更没料到宋军居然还胆敢出城反击。眼见得水路遭受重创，他们正不知该如何进退，不期又受到宋军的轻骑冲阵，一时间不免阵脚大乱。

这支金军的前部统兵官，是个号称黑风大王的千夫长。此人倒有点处变不惊的军事素质。他一面传令部队保持队形坚决顶住，一面亲自挺枪去战霍超。

本来金军骑兵的战场适应力是很强的，他们能够在战阵被冲散的情况下，自动组成有效的战斗队形，并进行具有高度默契的协同作战。但这一次的情况却有点例外。黑风大王那被霍超的骑兵突袭得七零八落的部队，刚刚聚集起来，却又乱作一团。

原来是又有一支宋军轻骑由侧翼冲杀过来。这支宋骑来自何灌兵营，统兵官是何灌之子何蓟。何灌闻报金军进攻西水门，思忖自己若只顾固守营盘按兵不动，将来又是一条罪状，遂遣何蓟率劲旅千骑悄悄迫近金军，伺机进行牵制。此刻何蓟觑准战机杀出，恰与霍超配合得天衣无缝。

金军随机应变的能力再强，在前后两支奇兵的突然夹击下，也不由得它不慌。这一慌便吃了大亏。转眼之间，几十颗金兵的人头便被宋军的大刀削飞。时间就是生命，这句话放在此时是再确切不过。

这时黑风大王正与霍超对战。论武艺和体力，霍超原本均较黑风大王为逊，就因为黑风大王闻得其侧翼又遭突袭，略微分了分神，被霍超乘虚而入，奋起三环浑铁大刀，呼地一刀将其由肩头斜劈成了两半。

主将阵亡，使这支金军陷入了更大的混乱。霍超何蓟两支宋骑趁机在敌阵中横冲直撞左奔右突，砍杀得金兵晕头转向人仰马翻。待到大批金军赶过来欲进行疯狂的报复时，霍超却遵照李纲"速进速退，见好就收"的叮嘱，突然撤出了战斗。何蓟很明白城里这支骑兵出城反击的战略目的，见其一撤，亦机灵地传令部队迅速脱离了战场。

金军兵将失去了报复对象，气得哇哇乱叫，正想不顾一切地扑上去攻城，却被宗望驰令暂且休战。因为宗望从方才的战况中，已经看出汴京城防部署严密，非可仓促轻取，当夜再这样蛮干下去，只会徒损锐气。于是正月初八夜晚的西水门之战，便以金军弃尸数百具于城下而告终。

西水门大捷的消息马上轰动了全城。一直惴惴不安地坐在延和殿里等信儿的赵桓阅过飞骑送去的战报，心头的惶恐忧惧顿时不翼而飞。他像捧着一件珍贵的宝物似的，手捧着李纲那字句简短的奏报，一字一句地连看了三遍，然后朗声唤进黄金国，命其立即传有司拟旨，嘉奖西水门参战将士，并命人从御酒库提出上等佳酿百桶，由黄金国监运至西水门劳军。

这时城里面已经热闹起来，欢快的鞭炮声如炒豆般在大街小巷连续炸响，许多人家在家门口挂起了彩灯，甚至有人在当街敲起了锣鼓，仿佛是那一年一度的除夕良宵挪到了今夜。

不少百姓自发地箪食壶浆前往西水门，对守城将士进行慰劳。许翰、孙傅、何栗等许多官员，亦按捺不住喜悦心情，不约而同地来到西水门，向李纲表示祝贺。被百姓视为英雄的宋军官兵则禁不住心中豪情激荡，一个个誓言铮铮地表示，一定要再接再厉，打出国威军威，让敢于来犯之敌死无葬身之地。一时间城墙上下是灯火映天群情鼎沸，每个人的脸上都是喜气洋洋、笑逐颜开。仿佛这西水门一战的胜利，就已经为前来挑衅的女真侵略者敲响了丧钟。

李纲伫立城头，望着眼前的欢腾场面，心情也很激动。

首战大获全胜，证明了他的守城措施是得当的，这些天的辛苦没有白费。索天雄说得不错，首战告捷的意义的确重大。你说一千道一万金军不足惧，不如实实在在地打一个漂亮仗。今晚宋军不仅守住了城门，还成功地出城突袭了敌阵，这无疑大大地增强宋军战胜金军的勇气和信心，为宋军与金军的进一步较量打下了一个良好的心理基础。这个开端很好，李纲颇感欣慰。

但他并未因此而感到轻松。作为守城主帅，他不可能像一般人那样为这一战之捷所陶醉。他的头脑很清醒，金军今晚的进攻，不过是小试牛刀，充其量可算是一次武装侦察，并未真正使出他们的十八般武艺。真正的大战恶战还在后边。大力渲染西水门之战的胜利，对振奋汴京军民的抗敌士气有好处，但若当真因此小胜便忘乎所以，那可就危险了。因此他及时地派人向各城门各防区传达了命令：务必戒除麻痹轻敌情绪，严密监视金军动向，随时准备迎击金军的大规模攻城。

三

正月初九，是这次汴京保卫战中最为关键的一天。在这一天的清晨，宗望的金东路军倾巢出动，以雷霆万钧之势，向汴京发动了全线强攻。

金军的这种坚韧不拔的连续作战能力，令宋军将士乃至李纲都甚感震惊。

据李纲估计，金军在西水门攻击失利后，回去须开会研究分析敌情、调整攻城方案、完成战前部署、配备攻城器具，然后才能发动大规模的强攻。而这一系列的工作，能于初九上午做完就相当不错。因此金军正式发动强攻的时间，最早也应当是在初九的午后。谁知这天一大早，正在城门楼上吃早饭的宋朝守军一碗稀粥尚未喝完，便看见金军似潮水一般的从北方涌来。这说明，金军昨夜是通宵备战一夜未眠。

事实也正是如此。

昨夜在西水门碰壁后，宗望马上召开了紧急军事会议，根据汴京守御严密的情况，分解落实了各部的进击目标。估计到宋军由于初战得胜可能产生麻痹松懈，为了攻其不备，宗望决定尽量将发动攻击的时间提前。在金军中，绝对是军令如山。命令一下达，全军立刻雷厉风行地行动起来。一直忙了大半夜，万事俱备后，部队才得以稍事休息。金兵们披甲枕戈而卧，总共也就是睡了个把时辰，便被起床号角催醒。他们脸也不洗口也不漱，直接就去吃早饭。早饭时间限定极短，动作稍慢者，刚吃到半截便听到了集合号，只能一边匆忙跑向队列，一边将食物胡乱塞进嘴里囫囵吞下。

尽管如此劳累艰苦，金兵们却依然是个个精神饱满杀气腾腾。他们这种在连年的血腥征战中磨炼出来的已经近乎兽类的吃苦耐劳能力，的确是深受朝廷奢靡之风影响的宋朝禁军无法想象更难以匹敌的。

金军从牟驼冈全线出击，首当其冲的，便是驻扎在京城西北部的何灌兵营。

宗望昨日亲临前沿视察敌情，看到那里戳着一个宋军的兵营，就觉着非常别扭。这个宋营与京城互成掎角之势，随时可从侧翼杀出，对金军的威胁性很大。假如这支宋军的主将智勇兼备，而其部又具有足够的战斗力，它甚至能乘金军倾巢出动之际，直插牟驼冈去端了金军的大本营。留着这个宋营，绝对是个祸患，宗望决定在攻城之前先拔了这根钉子。

宗望将剿灭何灌部的任务，交给了其麾下最勇猛的骁将完颜宗弼。完颜宗弼的金语名字唤作兀术，又译作"斡啜"或者"斡出"，乃金太祖完颜阿骨打的第四子，人称四太子。在后世的演义中，则多称其为"金兀术"，以致有许多人都误以为此人姓金。宗弼时任忒母勃极烈，亦即万夫长。在宋金史册上，这个人可是个赫赫有名的人物。继完颜杲、完颜宗翰之后，他成了金军的第三任都元帅，是后来金军征伐南宋的最高军事统帅，是南宋著名抗金将领韩世忠、岳飞、刘琦、吴玠等人的主要作战对手。

宗弼这个人胆大性烈，武艺过人，在征辽的战斗中所向披靡，曾建大功。他统率的部队，亦为女真本兵员占大多数的金军精锐。所以对于干掉一个只有区区几千人马的宋军兵营，他就根本没当成是一件什么难事。有黄河天险那么好的地形作屏障，何灌尚且没敢同他比画一下，现在这支宋军一无所恃，一举荡平他还不是易如反掌吗？

然而，双方交战仅两三分钟，宗弼就发现他想错了。抵挡他的这支宋军并不像是个一捅就破的臭鸡蛋，倒像是块坚硬的铁疙瘩。宗弼就不禁有点诧异，这帮熊包软蛋中了什么魔法，如何突然间竟变得这么能拼能打啦？

魔法当然是没有的，部队还是从黄河岸边溃逃回来的那支部队。那些宋军之所以变得顽强起来，主要原因，是其主将何灌抱定了誓死雪耻的决心。

当漫山遍野的金军狂呼乱喊着向宋军阵地冲杀过来时，何灌有三条路可供选择。第一条，寸土不让血战到底，不惜拼尽最后一兵一卒；第二条，在对金军的有生力量进行大量杀伤后，退进城里继续抵抗；第三条，在与金军的周旋中伺机突围，保存实力以图再战。

在何灌看来，这三条路都是死路。血战到底的结果必然是全军覆没；退回城里皇上饶不了他；夺路突围在皇上眼里等于是临阵脱逃，事后追究下来肯定也是一死，除非他从此流窜为寇占山为王反了他娘的。而背叛朝廷的事，他何灌是绝对做不来的。

横竖都是一死，与其死在午门前，不如死在战场上。

因此，对于走后两条路，何灌连想都没想。在战前他已反复宣令，战端一开，有进无退，临阵畏缩，格杀勿论。金军的攻击开始后，他又再传严令，全军大小将士，凡有畏战退却者，无论何人均有权将其就地正法。

主将的严厉军令及其视死如归的精神，对全体官兵们既是一种强大的威慑，也是一种巨大的激励。部队里临时招募来的那些乌合之众基本上都已跑散，经过突击整编后的这支队伍，虽然兵员数量大为缩减，但相对而言却比较精干了。那些官兵也不是不知荣辱，不是不懂得养兵千日用兵一时的道理，弃守黄河的罪恶感就像一座大山，也同样沉重地压在他们的头上。对于金军烧杀抢掠践踏家园的强盗行径，他们同样也是恨之入骨。现在既然已被逼到了走投无路的地步，他们心里的那股怒火恶气便被彻底地激发了出来。反正今日伸头是一刀，缩头也是一刀，咱们就拼他个鱼死网破好了。抱着这样一种破釜沉舟的悲壮决心挥戈上阵，宋军的面貌自然便与往日大不相同。

哀兵必勇，然而却未必哀兵必胜。

宗弼连年驰骋沙场，作战经验非常丰富。双方交战不多时，他就看出，这支宋军是打算与他死磕到底了。死磕他倒不怕，再怎么磕，宋军也不是他的对手，两军的实力摆在那里呢。但他不想在这里纠缠过久，更不想在这里损兵折将过多。如果他尚被拖在这里死缠烂打，而其他部队已经打下城门攻进了汴京，他会感到很没面子，同时也会使他失去大肆抢掠财物的宝贵时机。因此宗弼马上调整战术，命令各部采用突击穿插的方式，将宋军分割开来，各个击破。

金军对这种战术是早已打熟了的，各部将领得令，即刻分头穿插，配合得相当默契。瞬时间便将宋军分割得七零八落首尾不接，建制全被打乱。

这时宋军缺乏战术训练和实战经验的劣势便很明显地暴露出来了。建制一乱，那被分割得一团一伙的宋军，立时变成了无头苍蝇。部队无法建立起有效的临时指挥系统，亦无相互配合作战意识，只能自顾自地瞎撞乱打，作困兽斗。而在各自为战和单兵技术方面，宋军的能力又远较金军为差。于是战场上的形势很快便趋于明朗。不到半个时辰，宋军便死伤大半。何灌手下的两员得力大将韩综和雷彦兴，均于混战中壮烈殉国。不过，金军所付出的代价，亦大大超出了宗弼的估计。

老将何灌舞动着一杆浑铁环子枪，连续挑死了三十余个金兵和两个金军百夫长，已是累得两臂酸痛气喘吁吁。但他没有一丝喘息的机会，甚至连观察一下他的部队的工夫都没有。金兵就像永远砍杀不尽的毒虫，一片又一片地前仆后继，令宋军越来越难以招架。凭着直觉何灌就知道，他的这支部队现在已经无须什么指挥，已经基本上要拼光了。

弟兄们打得不错，死得够本。但无论再怎么打，最终的结果，也必然是全军覆没。这个结果，是在开战之前何灌便料定了的。所以事到临头，他并不慌张恐惧，只是有些遗憾。既然早晚都是这个结果，为什么不让它出现在黄河岸边？这才叫一失足成千古恨！如今再想这些已是多余，何灌唯求在自己还有力气挥动手中这根环子枪的时候，能尽量再多杀几个金兵垫背。

这时又有一股金兵冲到了面前。何灌振作精神，跃马迎战，两三个回合下来，手中长枪又洞穿了一个金兵的胸膛。不料斜刺里却有另一个金兵拍马而上，高举狼牙棒直取何灌。何灌格挡不及，眼看就要被砸得脑浆迸裂。千钧一发间，突有一名宋将风驰电掣般冲来，手中的双刀上下翻飞，一把刀迅疾地抵住狼牙棒，另一把刀横刃一削，那金兵的半个脑袋便带着狂喷而出的污血嗖地飞向了空中。

何灌抖了一下溅在脸上的污血，定睛一看，来者正是其子何蓟。何蓟这时亦已是戎装破碎，满身血迹，说不清已负了多少处伤。

何灌在濒临绝境之际看到儿子，恻隐之心油然而生，遂急切地向他喊道："蓟儿，顶不住了。你快突围，往西边杀！"何蓟一面与陆续冲上来的金兵格斗着，一面应道："是，孩儿一定保护父亲冲出去！"何灌也是边挺枪拼杀着边喊："我是让你突围，你不要管我！"何蓟砍翻面前的金兵，驰至何灌身边道："父亲先走吧，孩儿在此断后，再耽搁就冲不出去了。"

何灌圆睁着充血的眼睛大吼："你是猪脑子吗？谁走老子也不能走你懂吗？你快给我滚！"何蓟稍稍一愣，随即也大吼："孩儿懂了，但孩儿断难从命！"

转眼间又有大批金兵从四面八方掩杀上来。何蓟叫了声："父亲保重，孩儿去了！"便扬刀拍马冲向敌群。不一会儿工夫，何蓟以及随着他冲上去的若干宋军士兵，即被密集的金兵吞没。

蓟儿完了！

何灌但觉全身的血液呼地齐聚于颅顶，胸腔里似乎有一堆火药轰然炸开。他的大脑顿时变成了一片空白，战场上那震耳欲聋的厮杀声，在他的耳鼓里突然变得十分微弱模糊。但他的动作却不仅毫不迟钝，反而更加凶猛敏捷起来。

只见何灌就像一头发了疯的雄狮，披头散发地发出一声长啸，便策动坐骑全速向着金兵最稠密处冲去。跟随他不顾一切地冲入敌阵的，还有残存在他身边的所有宋兵。何灌与这些宋兵在竭尽全力又杀伤了百余骑金兵后，全部壮烈阵亡。

何灌是因力尽落马，被疯狂的金兵乱刀剁死的，时年六十二岁。

据说有金将认出何灌乃这支宋军之主将，特枭其首献于宗弼马前。宗弼方欲取而视之，何灌那血淋淋的首级忽然须眉皆立，目开如炬，唬得杀人如麻的宗弼凛然色变，急弃之于地，命军士掘地丈余深埋，并于其上浇以符水辟邪。多年之后，每当宗弼想起何灌那双瞑而复开寒光凛冽的恨目，犹自心惊肉跳毛骨悚然。

战后，宋钦宗赵桓曾因何灌率部死战城北，对其之壮烈殉国表示哀悼。而后却又因有言者上书奏请追究其弃守黄河的罪责，而追削了他的全部官秩。直至时隔八年后的南宋绍兴四年，由于何灌次子何薛的多次泣诉，经宋高宗赵构召集大臣复议，方诏复其为履正大夫、忠正军承宣使，算是为他恢复了名誉。然因其一生中毕竟有弃守黄河这个洗刷不掉的污点，虽然同属为国捐躯，何灌终难与张叔夜、李若水、王禀等人在史册上并驾齐驱同列英榜，颇令后人扼腕惜之。

四

正月初九之晨宗望大军对汴京发起全面强攻的时候，李纲正在垂拱殿向赵桓奏事。得知金军开始大举攻城，赵桓的神经高度紧张，什么也议不下去了。他当即中止了朝会，命令李纲快去城防前沿指挥作战。

李纲一听战报，便知金军今天来头不小。他自然更是不敢怠慢，当下拜辞赵桓出殿，便带上亲兵卫队，点起奉命集结在宫禁外的禁军精兵一千余人，抄近路直奔新酸枣门。

新酸枣门位处皇宫正北，距离宫禁仅二十余里，是宗望计划在今日一举拿下的四座重点城门之一。这一路攻城部队由宗望亲自督战。宗望的如意算盘是，力争首先打破此门，进行中路突破，进城后长驱直入直捣赵桓的龙庭。宗望预计，只要他的这个中路突破成功，其余守城宋军将闻风丧胆不战自乱，那么他便基本上可以在今天毕其功于一役。当然，如果能在封丘、卫州或者陈桥门首先破关，其效果也差不多。

这种全面开花重点突破的战法，是宗望常用的攻城术。在南侵途中，他曾多次使用这种战法，一鼓作气地荡平了宋境内的一座座城池。与以往不同的是，经过昨夜的试探性进攻，他知道了汴京守军不是想象中那样弱不禁风，汴京城防也不似想象中的枯木朽竹，要啃下这块骨头，得认认真真地费点力气。因此今天他表现出了对作战对手少有的重视，在攻城伊始，便下令向城墙上进行了炮击。这种先用炮火开路的打法，他在攻打其他城池时还很少使用过。

火药是中华民族的四大发明之一，关于火药在民间的使用历史，可以追溯至唐代，而将其有意识地应用于军事方面，则大致是始于宋代。史载宋太祖赵匡胤在攻打南唐时，便使用过火箭火炮等热兵器。

当时的所谓热兵器，与后来作为战争主要武器的枪炮，击发原理是根本不同的。其实当时的火箭，不过是将火药球缚于箭身之下射出去的可燃或可爆的箭镞，而当时的火炮，则是将火药制成球状，点燃后使用抛石机抛出。另外还有什么火球火蒺藜之类，那就是须用手工投掷的东西了。总之，当时那些火器的发射方法，都极其原始。直至南宋后期，中国才出现了略具近代枪炮雏形的突火枪和回回炮。

尽管当时那些所谓热兵器的科技含量低得不能再低，由于火药本身所具有的巨大杀伤力和摧毁力，它在战争中所起的作用还是日趋明显，因而越来越受到了各国军政界的重视。辽朝和金国都很注重发展火药武器。鉴于此，宋朝曾有明令禁止硫黄焰硝外流。然而由于商业利益的驱动，硫黄焰硝乃至热兵器的制造和使用技术，根本无法做到禁于域内。至靖康年间金军攻宋时，火炮火球火蛋之类的东西，早已不是宋军的专利。

金国的东西两路南征大军，都配备有相当数量的火器。宗翰在太原遭遇强硬抵抗时，便大量动用了各类热兵器。宗望因为一路进军顺利，还没怎么使用过它们。现在却是到了该把这些战神请出来助威的时候了。昨夜西水门失利后宗望没有继续进行强攻，其中的原因之一，就是由于火炮和弹药尚未准备就绪。

现在这些雷鸣电闪的玩意儿已经部署就绪了。宗望亲自下令，于是炮击开始。

登时金军阵中百炮齐发。但见一团团火球腾空而起，划着弧线飞向前方，相继坠落在城墙上轰然炸开，宋军的城头阵地马上便被笼罩在了一片烟雾火海中。那个场面，虽然与现代化的炮击无法相比，但在当时，就算是非常之壮观了。

宋军没想到金军一上来便使出了这一手，一时间被炸得狼狈不堪，只好抱头缩体隐藏在城垛下躲避。在遭受炮击最猛烈的地段，宋军士兵甚至被迫撤出了阵地。

金军抓住战机，迅速在城壕上铺设起了木桥，之后马上越桥而过，贴着城墙架起了云梯。紧接着，大量的金兵便争先恐后地攀着云梯向城头上爬去。从这一系列衔接得十分紧凑的战术动作上看，金军的攻城技术，确实是已经磨炼得相当娴熟。

此时新酸枣门左右的城墙壁上，已布满了似壁虎般的金兵，他们的爬行速度之快，令人触目惊心。一些宋兵见状，未免产生了恐惧感。幸得坐镇新酸枣门指挥的，乃是身经百战的都统制姚友仲。他待炮击稍缓，即严令一线部队马上返回前沿各就各位，并亲至遭受炮击最剧处进行督战。他的沉着镇定，对稳定军心起了重要作用。

转眼间第一批金兵已经接近城头。姚友仲下令开打。

这时就轮到宋军逞威了。宋军也使用了热兵器，他们使用的主要是手炮和手掷燃烧弹，类似于后来的手榴弹手雷之类。宋军凭借居高临下的优势，将那些爆炸物向着攀登在半空中的投出，于是就有成片的金兵通身起火鬼哭狼嚎地向下摔去。不多时，第一批登梯攻城的金兵便几乎全部报销。

然而后面的金兵却似乎对此熟视无睹，没有表现出一丁点儿怯懦迟疑，他们连擦把汗喘口气的工夫都没给宋军留，就踏着同伴的尸体冲上来，抓着云梯又开始了新一轮的登城。

李纲赶到新酸枣门时，正是金军开始进行第二轮登城的时候。正在指挥战斗的姚友仲听说李大人到了，刚欲下城去迎，李纲已带着甘云等亲兵上了城楼。

姚友仲简略地向李纲汇报了一下方才的战况，然后劝李纲快到城下去，以免被矢石所伤。李纲却不但不走，反而向前贴近了城垛，亲自去观察起了敌情。看到登城的金兵已经攀至城墙中段，其后续部队正源源不断地涌来，他想了想，对姚友仲道，我们采取如此这般打法，你看如何？姚友仲听了连声赞同，说这样很好，正合兵法之道。于是李纲便命甘云传令刚刚赶到新酸枣门的一千余名禁军火速上来进入阵地，沿着城门两侧一字排开，使用神臂弓先打金军的后续部队。

所谓神臂弓，是当时的一种特制弓弩，射程可达二百四十余步，远程杀伤力较大，是宋军在野战中以步制骑的得力兵器。现在要阻击距离较远的金兵，正是它发挥效用的时候。

李纲带来的那一千余名士兵乃禁军精锐，个个皆为可力挽强弓且能百步穿杨的优秀射手。这些士兵进入阵地后，立即一齐搭弓引箭，射向正在踏桥过壕的金兵。霎时间城头上是箭下如雨，而且几乎是箭箭咬肉。拥挤在城壕上的金兵顷刻之间便像被收割的麦子似的倒下了一大片。

金军前仆后继地再向前冲，又被射倒一片。如是者三，金军的后续部队终于被宋军的神臂弓压制在了城壕彼岸。

正在登城的金兵眼见得后援断绝，自己这一小撮人变成了上不着天下不着地的孤军，就不免胆怯起来，向上攀爬的速度明显变缓。这时李纲让神臂弓手退下，命原守城部队上来收拾登城的金兵。宋军此刻勇气大增，也不投什么手炮之类了，一阵滚石檑木，便教那些女真壁虎全都变成了肉酱。

宗望勒马立于城壕外高坡上帅旗之下，遥望此情此景，恼得咬牙切齿。然而因部队伤亡过大，无法再接着发起新的攻势，他只得下令暂停攻击。

战场上出现了暂时的间歇。李纲指示姚友仲，抓紧这段宝贵的时间，赶快修补被炸毁的城墙，同时要组织人力将城上的火药木石备足，以迎击金军的再度进攻。好在这里宋军的伤亡不大，又有老成持重的大将姚友仲坐镇指挥，李纲还是比较放心的。由于新酸枣门所处位置的重要性，李纲将其所带禁军的半数留在了姚友仲麾下，然后便带领其余人马驰往封邱门。

封邱门守将是统制陈克礼。闻报李纲驾到，他披着满身的硝烟尘土跑步下城恭迎。封邱门这时亦正处于刚刚击退金军攻击的间歇中。李纲就一面拾阶而上，一面听陈克礼汇报着此处的战况。

攻打封邱门的金军主将唤作完颜阇母，此人时任金南京路副都统，后来迁任元帅左都监，是为宗望之副手，同样也是一员打败过辽军的勇将。他所使用的攻城手段，与宗望别无二致。但是这里宋军的伤亡数目却比酸枣门那边大。其原因是金军炮兵抛射过来的一颗火球恰巧落在了宋军的火药堆上，在城头上引起了连锁爆炸。陈克礼引咎自责说此皆因他调度不当所致，今后断不会再发生此类情况。李纲看看陈克礼那正从绷带里往外渗着鲜血的左臂，也没忍心对他多加责怪。

巡视过整个封邱门防区，李纲就如何加固阵地严防金军的再次攻击，向陈克礼扼要地做了指示，将余下的五百禁军士兵统统留给了陈克礼，便只带着亲兵队向西折返，直奔卫州门。城东的陈桥门一带已交由亲征行营副使曹蒙督战，他就不必亲往了。

李纲之所以最后去卫州门，是因为他预料该处所承受的压力会相对小一点。何灌部的扎营位置就在卫州门外，金军受到该部的牵制和夹击，应当会兵力分散甚至顾此失彼。

可是事情完全出乎李纲的意料，金军在这里并未陷入两面作战的窘境。

当战斗打响时，实战经验丰富的宗弼只派出了少量主要由阿里喜组成的部队去对卫州门进行佯攻，而将其主力集中起来，发挥金军擅长野战的优势，全力以赴地对何灌部分割包围，打了个十分漂亮的歼灭战。这场歼灭战打得非常迅速，也就是用一个时辰，便基本解决了战斗。而后宗弼及时调整了部署，即挥师扑来，将对卫州门的进攻，由佯攻转入了正式的强攻。

由于何灌部的顽强抵抗，使金军在城外的野战中伤亡不小，从常理上讲，这支金军的战斗力应当是有所削弱。但那场血战却大大地激怒了宗弼，也使那些嗜血成性的金兵杀红了眼，因此在攻城的势头上，他们不但不稍逊于进击其他城门的部队，反倒是呈现出了百倍的疯狂。大量的金兵甚至不等炮击结束，便舍生忘死地冲过了护城河。在李纲到来之前，金兵已数次在城头上打开了缺口。何庆言与徐吉分头指挥，经历几番肉搏，才将攻上城墙的金兵反复压制下去。所以与其他城门处相比，卫州门倒成了打得最为艰苦的一个战场。

战斗正处于白热化时，李纲赶到了这里。

当时城墙上下的人们都在忙碌着搬运炮石檑木抬送抢救伤员等，混乱中没人注意到他。待李纲带着甘云等亲兵登上了城楼，才有士兵发现李大人来了，飞跑去报告了何庆言。

李纲一眼就看出，这里的形势异常严峻。看到何庆言跑过来，他顾不上问别的，劈头便道："城上顶得住吗？不行就把预备队拉上来。"何庆言也顾不上礼节，用手臂抹着汗水简短地回答："预备队已经拉上来了，连索天雄的义勇队都已上了城了。"

李纲听了，眉头跳了跳，迈步便要往前走。何庆言急忙拦住他道："李大人不可过去，前面危险！"

话音未了，何庆言的一个亲兵气喘吁吁地跑来禀报："何将军，金兵从右翼杀上来了，那边的弟兄们恐怕顶不住！"何庆言闻言一跺脚，冲着李纲叫了一声："李大人你快下去！"便带上一队宋兵跑去。李纲也不搭话，撩开大步也向前跑去。甘云知道拦他不住，只得与弟兄们在其后紧紧跟定。

沿着城垛向前疾走了百十步，就见有一群溃兵乱哄哄地奔逃过来。有的人一边跑一边还惊恐地大喊着："不好了，金兵杀上来了，我们快撤吧！"

何庆言见状大惊。他深知此状影响之大，虽然只是局部失守，但经这样一渲染，却能引起严重的连锁反应。对于在内心深处对金军仍存有恐惧心理的宋军，这一小部分士兵的惊惶败退行为如不能及时制止，便极有可能在很短的时间内引起不可遏制的全线大溃逃。

冷汗唰地一下浸透了何庆言的后背，他连忙扯开嗓子大喊道："站住，不许跑，都给我站住！"

然而他那早在指挥作战中喊哑了的嗓音，根本抵不过由多种声音混合在一起的杂乱喧嚣的声浪。溃兵们仿佛什么都没听见，仍在乱七八糟地往这边奔逃。跑在最前面的一个人，戎装破碎，满身血污，脚步踉跄，看上去体力已是不支，却还在锲而不舍地向前狂奔。

这时李纲已经赶将上来，他抬眼望望那些越跑越近的溃兵，牙根一咬，果断地下令："把带头逃跑的那厮，给我斩了！"何庆言闻令，紧跑几步上前截住那个浑身血污的汉子，挥剑直取咽喉。那汉子欲避不及，喉管嗖地一下被割断，猛喷出来的鲜血溅红了何庆言的半截衣袖。与此同时，李纲亦拔剑在手，厉声大喝："亲征行营使李纲在此，谁敢再跑，军法从事！"

溃兵们终于被震慑住，蓦地停住了脚步。

李纲面色威严地再次仗剑大喝："本帅再说一遍，战场之上军法无情。奋勇杀敌者赏，临阵脱逃者杀。今日本帅就站在这里，有胆敢越过此剑者立斩，九族连坐！"

与怒目圆睁的李纲及其身后虎视眈眈的亲兵们对峙了片刻，溃兵中忽然有人喊了一声："他娘的，杀回去跟他金人拼了，死也死个值！"就有一部分人扭头往回跑去。余者相互张望了一下，意识到他们根本是没有退路，于是也都狂喊着返身杀了回去。

何庆言匆匆地对李纲道："李大人，我去前面督战，你千万不要再往前走。你若在这里有闪失，末将吃罪不起。"然后他便带着他的亲兵急切地向前奔去。

这时有一名士兵从另一方向飞跑而来，要找何庆言禀报军情。甘云告诉他站在你面前的就是亲征行营使李纲大人，你可直接向李大人禀报。那士兵忙向李纲施礼，禀报说城门左侧再次被金兵突破，正在进行肉搏，部队伤亡很大，副将徐吉请求何统制派兵增援。

李纲听了，眉心不禁蹙成了一个疙瘩。刚才何庆言讲过，已经连索天雄的义勇队都投入了战斗，这说明卫州门守军已全部压上了城头，再无预备队可用。若要从别处抽调部队来增援，恐怕是远水解不得近渴。他不禁有点后悔，不该把那一千名禁军都留在新酸枣门和封邱门，在此紧急时刻，他手里哪怕能有个一二百人，也是相当管用的。

现在只能就地取材了，有一个算一个吧。李纲咬了咬牙，正要命令他的亲兵们全部顶上去，忽听身后响起一阵脚步声。他回头一看，竟是索飞春带领着她那支女义勇队手持大刀长矛登上了城楼。

本来何庆言分派给女义勇队的任务，就是搬运檑木弹药和救护伤员，并未指望她们参战。所以尽管兵力极度吃紧，也没想过让她们上阵。但是眼见得城头事急，索飞春哪里能在城下待得安稳，于是在姐妹们的一再要求下，她便自作主张将队伍拉了上来，却恰恰来得正是时候。

从李纲的本意上讲，也不忍心让这些年轻的女人上阵厮杀，但是目下千钧一发，顾不得那么多了。当时李纲二话没说，即命索飞春带人火速去左翼增援，同时命令除了留甘云和两名亲兵在身边以备不时之需，其余亲兵也一律增援上去。于是这一股以女人为主的有生力量，便迸发着惊天动地的怒吼声，生龙活虎地杀向了血肉横飞的两军鏖战处。

李纲亲冒矢石登城督战和女子义勇队奋勇参战这两件事，给予了守城宋军以很大的激励。已被凶狠扑来的金兵唬得心里发毛的宋军官兵闻得这两个消息，士气大振胆量大增，面对着从城墙缺口处冲上来的金兵，很快地便由慌张被动的招架转变为勇猛激烈的反攻。

在城头阵地双方短兵相接的兵员数量上，宋军毕竟占据着明显的优势。金兵能够打开缺口，所依仗的主要是他们那股以一当十的狠劲。而这时宋军也发了狠。虽说他们的单兵技术不如金兵，但是三五个人豁出去齐心协力拼掉一个金兵还是做得到的，如此玩命地杀将开去，金军便渐渐地撑不住了。

经过一番异常激烈的厮杀，左右两翼暂时失守的阵地均被宋军收复，攻上城墙的数百名金兵全数被歼，其中包括三个五十夫长和两个百夫长。

李纲这才心下稍安。他凭城远眺，看到有若干支金军正在从不同方向向城壕边集结，大有组织兵力继续进行强攻之势，便一面让何庆言尽快调整部署准备再战，一面派人持自己的手令由城里调遣一支预备队速来卫州门下待命。

这时徐吉带着索天雄来见李纲，禀报说索天雄建议趁金军尚未发起下一次攻击前，我方应主动出击，抢先烧掉其搭架于城墙上的云梯。李纲稍作思忖，认为可行，即命徐吉与索天雄从禁军和义勇中各选壮士百人，共同组成了一支敢死队。

敢死队队员们手持火把缒城而下，将百余架云梯尽数焚毁，并顺势向城壕投掷了手炮，将金兵铺设于壕沟上面的一座座浮桥炸了个稀烂。宋军的这一行动进行得极其神速，待到宗弼反应过来，欲派弓弩手发箭阻击时，敢死队的壮士们已经毫发无损地胜利返城。

攻城器具全部被毁，迫使金军不得不大大推迟了再度攻城的时间。宗弼没料到刚刚经历过苦战的宋军竟敢探头出巢给他玩这一手，气得火冒三丈暴跳如雷，却也只能认栽，命令部队暂缓攻城，先去调集云梯和木板。

于是，卫州门阵地上终于呈现出了酣战之后的宁静。

李纲在何庆言的陪同下沿城巡察了一遍城头阵地，同时等候着各防区的战报。据他估计，到此刻为止，各防区都还打得不错，起码是没有一处失守，否则的话早有急报传到他这里来了。

一抹夕阳映照在士兵们的铠甲上，折射出金黄色的闪光。李纲抬头看看天色，才觉出已是大地苍茫暮霭四起，约莫接近酉时了。这就是说，这场从清晨就开始打响的战斗，已经整整地持续了一天。在这一整天的战斗中，汴京各处虽皆屡次出现险情，但最终还是都顽强地击退了金军的猖狂进攻。从总体上说，今天的这场博弈，宋金双方可算是战了个平手。

在李纲看来，宋军能打出这样一个结果，是个了不起的胜利。因为，他凭感觉断定，在今天的攻坚战中，宗望是竭尽了全力的，把他最拿手的三板斧全亮出来了。今后金军的攻势再猛，也不会猛过今天。宋军既然今天能与金军扯平，那么顶住其此后的进攻，应当是问题不大。

诚然，金西路军宗翰部已绕过太原逼向汴京，但宋朝的勤王大军亦是指日可待。目前李纲手里还握有一支两万余人的总预备队没有动用，另外还有至少十万厢兵团练保甲义勇正在待命参战。以如此之兵力储备，难道还顶不住业已不足六万人马的金东路军，坚持到援军到达吗？

李纲这样盘算着，感到底气比较充足，他认为今天这场大战，已经为汴京保卫战的最终胜利奠定了基础。后来的事实证明的确如此，自正月初九受挫后，宗望再也未能组织起对汴京大规模的全线强攻。

一阵号角声如咽如泣随风飘来。李纲举目眺望，看到城外那些原本已进入攻击位置的金军，正遵照号角的调动渐次后撤。这表明他们今日是不打算再打了。也就是说，盛气凌人的金军已是不得不低头接受了今日这个损失惨重却劳而无功的现实。而汴京军民则以血肉筑起的长城，又一次坚决地粉碎了金军不可战胜的神话。

李纲脸上禁不住浮现出自豪的微笑。与此同时，欢呼胜利的声浪在他身边骤然响起，似海潮般淹没了城墙上下四面八方。

第七章

　　李枕等人正魂不守舍地猜测金人欲对这几个人施行斩首还是凌迟，忽闻行刑官发出一声呼唤，随之就见有几条状如恶狼的巨犬不知从何处嗖地窜出，各向一个受刑者凶猛扑去。刑场上立时响起了惨绝人寰的号叫。受刑者的腹部转瞬间便被恶犬锋利的爪牙剖开，一股浓重的血腥味骤然弥漫开来。

一

金军突然改弦更张，提出要与宋廷议和。这是金帅宗望在其全线强攻受挫后，当机立断做出的决定。

宗望不是个只知道死拼硬打的武夫，作为三军统帅，他还是颇有些头脑和韬略的。从这一整天五六个时辰的血肉较量中，他已清醒地看出，在他们的西路军没有到达之前，仅凭他麾下这支虽然号称十万，而实际上连契丹兵、奚兵和渤海兵全算上也只剩五万余人马的部队，意图强行拿下汴京，基本上不太可能。汴京守军远非想象中的那么草包，其防御措施兵力部署都相当到位，将士的斗志也相当顽强，其统帅看来亦非等闲之辈。今天他所使出的，是力求毕其功于一役的顶级雷霆战法，此役无功，其后难矣。

下一步怎么办？围城待援吗？他手里这五万余人马连半个汴京城都围不住。再说，宗翰的西路军何时能打过来也没个准儿。万一宋朝的勤王大军先于宗翰到达，他的这支孤军就不但会陷于被动，而且处境将十分凶险。因此他考虑，必须面对现实及时调整对策，将主动权牢牢地掌握在自己手上。

那么计将安出？宗望审时度势思量了半晌，觉得可以采取以退为进之策，使用议和方式，迫使宋廷妥协。

因为据宗望分析，今日金军虽然未能攻破汴京，但对宋军的打击还是非常沉重的。目前金军对宋朝在精神上的威慑力并未减弱，宋廷中必定有许多人不希望战事再继续延续。假如他现在向对方提出议和，估计乃其求之不得之事。那么，他便可利用金军尚未丧失的虎威，在议和条款上大做文章，得到他使用武力没有得到的东西。而倘若他继续进行强攻，却还是攻而不克，便会教宋廷渐渐地小觑了金军，到那时再提议和，在效果上恐怕便要大打折扣了。

想定这个事半功倍之策后，宗望便于当日下午酉时传令全线休战，并且马上就派出了议和使者。金军的前线统帅皆有便宜行事权，宗望欲与宋朝议和，既不需要向金太宗或者都元帅请示，也不需要同左副元帅宗翰商量。这与宋军将帅在屁大的一点事上都要受朝廷掣肘的情形，是截然不同的。

在卫州门下遭受了重创的宗弼极不甘心就此偃旗息鼓，但因其当时的军职所限，不得不忍气吞声地服从军令，却在背地里大骂宗望简直是个百无一用的草包软蛋。直到后来他担任了金军的最高统帅，且在与韩世忠、岳飞等南宋名将对垒中屡遭败绩时，他才切实理解了在战场上玩弄打打谈谈、谈谈打打的伎俩的必要性。

姚友仲拿到金军射上城头的要求遣使进城议和的箭书后不敢擅专，即派一员副将把此情驰马飞报李纲。

李纲这时正坐在卫州门城墙上的一个避风处打盹儿。

这一天，李纲从早到晚奔波于城北诸门，亲临前沿督战达五个多时辰之久。到现在他不但还没吃午饭，甚至几乎是连水都没顾上喝一口。直到宗弼的部队撤离，其他各处的金军亦已相继撤回的消息陆续传到，他才算彻底地放松下来。这一放松，便觉出了疲乏饥渴，尤其以渴为甚，嗓子眼里像着了火似的疼得厉害。他就让甘云去给他弄点水喝。而其余的亲兵，早已被他打发去帮助守军抢修城橹炮座。

趁甘云去找水的工夫，李纲独自靠在一处墙垛后面休息。由于疲劳过度，坐下不到两分钟，他便上下眼皮粘在一块儿，迷迷糊糊地睡着了。正在忙碌着清理战场的索飞春经过这里见此情形，赶紧回身跑去，找来一件棉袍，轻轻地为李纲盖上。

谁知这一盖倒把李纲弄醒了。李纲睁眼一看，自嘲地一笑说："哎哟，我怎么在这里睡着了，我睡了多久？"索飞春道："李大人真是太累了，多歇一会儿罢。城上风硬，盖上件衣裳免得着凉。"李纲忙道多谢。

这时甘云带着姚友仲派来的那员副将回到这里，向李纲禀报了金军欲遣使进城议和之事。李纲一面端着水碗大口地喝着水，一面阅读了宗望的箭书。阅过之后他稍想了一下，让那副将回去告诉姚友仲，今日天色已晚，不要放任何人进城，可让金使明早前来递交议和书。那副将即领命而去。

李纲畅饮了一大碗水，觉得精神好多了。他振臂舒展了一下身体，关切地询问索飞春："令尊可好？"索飞春回答说父亲斩杀了金兵二十余人，自己完好无损，现在正帮着徐吉将军料理阵亡将士的遗体。李纲问阵亡者有多少？索飞春道确切数字尚未核实，反正是不少，摆了很大一片呢。李纲说我去看看，便与甘云随着索飞春下了城楼，来到城门一侧一个很大的空场边。

许多阵亡者的遗体已经被搬运到此处，还有一些遗体正在陆续集中过来。每具遗体上都被覆盖了一块白布，放眼望去，偌大的场地上，仿佛是一片白雪皑皑。徐吉、索天雄见李纲走来，一起迎上前去施礼。李纲默然无声地向他们回了礼，面对那一片素白肃立了一刻，声音喑哑地吩咐他们，一定要详细核实阵亡者的姓名职务，认真登记造册，战后依册抚恤，不许遗漏一人。

这时已经天黑。众人见李纲倦容满面，都劝他早点回去休息。李纲也觉得自己确实有点支撑不住了，正要动身回行营司，却听到不远处有人在大声吵嚷。他就让徐吉去看看是什么事。徐吉前去问了一下，回来禀报说是有一个伤兵要求见李大人，嘴里还不干不净骂骂咧咧，大约是在战场上受了什么刺激脑子出了问题，李大人不必理会。

李纲便带着甘云走去。但是没走几步，却听得那边的吵嚷越发地大了起来。李纲觉得有点奇怪，就又回转身，让甘云将那个吵闹不休的伤兵带过来，询问一下他到底想干什么。

谁知这一问，竟问出了一件令李纲大为愕然之事。

原来，那伤兵执意要见李纲，是要为其结拜兄弟冷铁心鸣冤。冷铁心就是当城防右翼战况濒危时，那个浑身血污地奔跑在溃兵之前，被李纲喝令何庆言就地正法了的汉子。他在军中的职务，是副军马使。那伤兵声称，冷铁心不是临阵脱逃，而是奉命去找何将军告急求援，他被以逃兵处斩是天大的冤枉。他请求李纲李大人务必澄清此事，还冷铁心一个公道，否则他将自裁于李纲面前，以证其冤。

李纲闻言，大感惊诧。

徐吉见状，忙命人将那伤兵带过一旁，对李纲劝解道此乃疯汉之胡言乱语，李大人毋须当真。李纲却板了面孔道，不，我看此人神志清醒，不像是信口胡言。人命关天非同儿戏，此事必须查个明白。于是他即命徐吉会同何庆言马上调查其事真相。他也不走了，就在城门边的中军帐内等候调查结果。

由于守城部队中尚有不少证人健在，而被询问者均能据实作答，在各方答词的相互验证下，事实真相很快便被弄清，冷铁心果然是被误斩。

事情的经过是这样的：冷铁心所属部队之防区，遭受金军炮击甚为剧烈，不但城垛皆被炸塌，城墙也被炸开了一个很大的缺口。偏偏设置在这里的几架弩床又出现了机械故障，致使宋军无法及时对金军构成强有力的火力阻击。金军见有机可乘，遂将此处当成了突破重点。背插铁矛口衔大刀的金兵一拨接一拨地顺着云梯向着断壁残垣处攀登而上。宋军的手炮火球投光了，石块砸尽了，石灰水浇没了，甚至连盛石灰水的大桶也当作武器抛下去了，仍然未能挡住蜂拥而上的金兵。

见金兵攻上了城墙，该防区宋军守将禹大光立即率部与敌人展开了肉搏战。

宋军官兵起初的确是个个奋勇，抵抗得相当顽强。冷铁心在战斗中表现得凶悍异常，抡着大刀先后力斩金兵十数人。但攻上了城墙的金兵由于身处有进无退的境地，杀气更甚于宋军十倍。他们在付出惨重伤亡后，暂时在城墙缺口处站住了脚跟。其后续部队随之乘虚而入，企图抓住战机继续向纵深发展。

在这种情况下，宋军士兵就不免慌张起来。而且随着攻上城墙的金兵的陆续增多，和守城部队不断地伤亡减员，宋军的抵抗力在客观上亦无可避免地逐渐减弱。禹大光感到再这样拼下去，仅凭其一部之力，很难堵住这个缺口，乃喝令正在他身边拼杀且已身受数创的冷铁心火速去向何庆言求援。冷铁心得令，二话没说即转身飞步跑去。

事情首先是坏在常贵乾身上。被降职为军使的常贵乾之所在防区紧邻禹大光部左侧，此时的情形亦异常吃紧。常贵乾身边的部卒已是死伤累累，其本人亦已遍体鳞伤。正在苦撑中的常贵乾一眼瞥见满身污血的冷铁心跌跌撞撞地跑来，不禁万分惶恐地脱口叫了一声："不好，那边失守了！"却没想到在这敌我双方正进行着武力、体力和意志力全方位较量的关头，这一声惊呼对军心会产生多么大的影响。

有两个士兵听到这声惊呼，精神顿时崩溃，他们也没辨个东西南北，便紧跟着号叫起来："完了，金兵从那边杀过来了！"而且边喊边就魂不守舍地抱头鼠窜。宋军虽然在李纲的突击整治下，精神状态大有起色，但业已侵入骨髓的恐金症到底难以彻底根除。这时经常贵乾及那两个士兵那么一带动，马上便引起了连锁反应。许多士兵斗志瓦解纷纷后撤，顷刻间就形成了一股溃逃的潮流。

冷铁心见此情形焦急万分，连忙扯开嗓子高喊，大家不要惊慌，阵地还在我们手里，弟兄们别跑，千万顶住哇！但是在那杀声震天的战场上，任凭他喊破喉咙，声音也传不了多远。再说他的喊叫对那些已经闻风丧胆的人来说，已是不起作用了。冷铁心没有办法，只好拼命奔跑着去找主将何庆言，却不幸尚且未及开口向何庆言禀报，即被当作临阵脱逃的溃兵之首而当场授首。

虽然下令让冷铁心去求援的禹大光已经战死，但禹大光的亲兵以及其他若干与冷铁心并肩作战的弟兄，均表示可以为上述经过做证。

听何庆言禀报过调查结果，李纲沉着脸坐在交椅上，一时无语。

一阵令人难堪的沉默过后，他才愤然发问，常贵乾现在何处？徐吉禀道，常贵乾已经阵亡，死得相当惨烈，是与金军的一个蒲辇勃极烈同归于尽的。金人的长刀洞穿了他的胸膛，而他的双手则将那个金将的喉咙掐了个稀烂。李纲怔了怔，把原本要说的话咽了回去。

这时何庆言局促不安地犹豫了一下，上前一步躬身说道，冷铁心被误斩，实乃末将鲁莽失察所致，末将愿受处罚。

李纲静静地扫了何庆言一眼，他明白何庆言的意思：当某事出现严重失误时，本应承担责任的主官委过于下属，乃为官场惯例。误斩冷铁心是李纲下的令，却是他何庆言动的手。如果李纲意欲归罪于他，也能冠冕堂皇。那么他还不如主动揽过责任，倒使大家方便。

但出乎何庆言的意料，李纲并未顺水推舟，而是断然地摆了摆手道，不，这事不能怪你，处斩冷铁心是我下的令，责任当由我来承担，何将军无须自责。这简短的几句话一出口，不仅使何庆言双目湿润周身生暖，而且令徐吉、索天雄、甘云以及在场的所有兵将，顿时对李纲更增了十分的敬重。

李纲稍稍考虑了一下，吩咐何庆言，出于稳定军心的需要，对冷铁心被误斩一事的真相要严加控制，不得扩散。冷铁心按阵亡将士待遇安葬，对其亲属的抚恤事宜，待战后由李纲亲自处理。至于常贵乾，临阵动摇军心后果严重其罪非轻，姑念其尚能舍生忘死奋勇杀敌，终于捐躯沙场，可以将功抵罪，亦与其他阵亡者同等对待可也。

嗣后，他又向何庆言、徐吉面授了夜间守城机宜，并派人传令诸门守将，叮嘱了他们今夜的城防守备，应当采取如何方式。

回到亲征行营司时，已接近亥时光景。李纲疲惫得全身就像散了架，他胡乱吃了一点东西，便和衣躺倒下去。

在李纲的感觉上，今日这一天，仿佛比一年还长。这不仅是一种时间感觉，更主要的是一种含量感觉。在许多人的人生经历中，都会有这种情形，他生命中某一天的意义和价值，会抵得上几年十几年乃至他的一生。他的一生会由于这一天的存在而凝重精彩，而令人在记忆里不可磨灭。靖康元年正月初九这一天，就是李纲人生旅途上的这样一个里程碑。当然，他自己在当时是不会意识到这一点的，他只是感到今日之事实在是太丰富饱满太值得回味反思，有许许多多的感受和问题需要思考梳理回顾咀嚼。

但是此刻他却是困乏得什么事情都没法再想了。他命令甘云布置好值更班次，遇有紧急情况要随时将他叫醒，便连脸也没洗就倒头睡去。这一觉他睡得比较踏实，因为据他估计，今夜不会再有战事。

李纲估计得不错，当夜汴京各城门均风平浪静，无惊无扰。

其实对于是否连夜再战，在金军内部是曾发生过争论的。以宗弼为首的一部分将领，强烈要求让部队稍加休整后，即于夜半时分再向宋军发起突袭。宗望对此建议亦曾动过心。然而经前哨部队观察，看到汴京城池各防区守备森严毫无怠状，城头上始终是灯火通明巡逻不断，四面八方皆无隙可乘，这便使宗望犯了踌躇。在这种情况下，显然是不可能以偷袭的方式奏功，如要再打，还是只能强攻。而夜间攻坚的难度比白天更大，倘若再度失利，则更长宋军威风。只怕是那样一来，连议和的伎俩都不大好使了。因此宗望斟酌再三，最终否决了宗弼等人的请战要求。

殊不知宗望是中了李纲的疑兵之计。

李纲深知，守城部队经过一整天的艰苦作战，均已疲惫不堪，如不令其稍事休息，次日再有恶战，恐怕坚持不住。于是他传令各城门守将，趁着天黑可悄悄将禁军主力撤下，而将一些没有多少战斗力的老弱军士以及厢兵保甲等众换上城头。同时在城头上多燃火把，分派哨队彻夜巡逻，以造成枕戈达旦戒备森严之势，令金军断绝夜袭之想。

金军果然被这个假象唬住，是夜未敢轻举妄动。

二

正月初十上午，金使王汭被允准入城，在垂拱殿向赵桓递交了签署着宗望那笔画古怪的金文姓名的议和书。赵桓阅过议和书，命人带王汭及其随员去驿馆等候，然后即在朝会上与大臣们磋商起回复方案。

由于劳累过度，李纲的体力此时尚未恢复，身上酸涩不堪，眼皮也水肿着。然而他的情绪却是很高涨、很乐观。今天一大早起床后，他马上询问了夜间的城防情况，得知各防区均是一夜平安，他的心中有了底。这说明经过昨日的苦战，宋军确实是有效地压制住了金军的嚣张气焰。目前虽不能说金军黔驴技穷，起码可以说其已开始气馁，已开始显露出力不从心的迹象。控制战事发展方向的主动权，已在渐渐地向宋朝方面倾斜。

李纲认为，在这种情况下，既然金军提出要谈，与其谈一谈也未尝不可。但是，在谈判中宋朝的立场要坚定，态度要强硬，要挺直了腰板与金人对话。以目前的军事局势而言，宋朝完全有条件做到这一点。只要再打赢了谈判桌上这一仗，这次的汴京保卫战大获全胜便可板上钉钉了。在李纲看来，正义在手的大宋在谈判桌上义正词严地打赢这场政治仗外交仗，应当是理所当然之事。因此他满怀信心地估计，大宋王朝这场反侵略战争的最后胜利，已是东方破晓曙光在望。

然而李纲很快便发现，事情远远不似他所想象得那么简单。

事态的发展与李纲的预期大相径庭。首先赵桓的表现就不对头。

金军攻城不克，改为请求议和，这个事实本身，显然就是对交战双方当前胜负状况的一个说明。作为战事中阶段性的胜利者，作为堂堂的大宋君主，面对着已经遭受重创的金朝侵略军的求和使者，赵桓本应表现出的，是一个大国皇帝应有的气势威仪，是中原军民可杀而不可辱的坚强决心和意志。此时他应当理直气壮地当堂严斥金军的野蛮侵略行径，居高临下地从精神上道义上强劲地压制住对方，先声夺人地掌握住和谈的主动权。

可是方才大殿上的情形却恰恰相反。只见那金使王汭，进殿后除了象征性地略略躬身向赵桓拜了一拜，便一直昂首挺立趾高气扬，旁若无人指手画脚，唾沫星子乱飞地大放厥词。看他那副狂妄模样，根本不像是来递议和书，倒像是来下宣战表。而坐在丹墀之上的赵桓反倒始终是一副低眉敛气洗耳恭听之色，任凭王汭说得如何蛮横无理狗屁不通，也不驳斥一句，就仿佛是一个犯了错误的孩童，在小心翼翼地聆听他的祖师爷的训教。

李纲就很不明白，对于王汭的满口喷粪，皇上怎么就能够听得下去。说什么金军之所以不远千里劳民伤财前来伐宋，皆因徽宗无道祸国殃民令人难以坐视，纯粹是一派流氓口吻强盗逻辑。我大宋皇帝再无道，我大宋黎民再倒悬，我中原大地再水深火热，那也是我们自家的事，要解决我们自己解决，你金人献的哪门子殷勤，尽的哪门子孝心，充当的哪门子鬼头判官？听王汭在那里说一句，李纲心里的火便往上蹿一截，若非理智的约束，李纲早就要挺身而出，驳斥他一个体无完肤。其实自从王汭一进殿，瞅着他那副倨傲无礼的德行，李纲就有点忍无可忍，恨不能飞起一脚把他踹出去。

赵桓对金使的狂傲姿态，实则在心里也不可能不窝火。而他之所以对此加以容忍，乃是因为他现在的心情和想法，实在是与李纲大有不同。这一点是李纲未曾估计到的。

关于昨日的战况，虽然尚未及专门听取李纲的汇报，但由于李纲已一日数次派人将战报驰递入宫，在各防区充任监军的太监们亦随时往回传报着情况，所以赵桓在大致上是了解的。这场恶战，从凌晨一直打到黄昏，金军终于未能越雷池一步。这说明了我大宋禁军还不是不堪一击的豆腐，也说明了李纲作为守城统帅是称职的，对此人委以重任没有用错。这都很值得庆幸。

　　但在庆幸之余，赵桓又不免忧心忡忡。汴京虽是暂时未被攻破，而战斗的惨烈程度，却使人闻之胆寒。尤其是在几个太监监军的奏报里，对此皆有意无意地做了一些渲染，令赵桓读得心惊肉跳，赵桓便在心里打起了鼓：宋军总算是苦苦撑过了这一天，可是明天呢，后天呢？能够一直坚持到援军到达之日吗？万一撑不到怎么办？宋军的抵抗越烈，金军的报复必定会越强，万一城池失守，恐怕就得玉石俱焚呀。

　　此念不出则已，一冒出来便让赵桓心里发毛。他越想越觉得，战事延续下去的结果，多半还是凶多吉少。因此，当浴血奋战了一整天的守城将士披着满身的战尘硝烟，挺立在城楼上豪情满怀地欢呼胜利之时，赵桓却紧锁着眉头踟蹰于幽暗的延和殿里，惴惴不安地担心着宋军的大旗还能在汴京城头插多久。

　　没想到就在这时蓦地峰回路转，金军竟主动提出了议和建议。这个消息对赵桓来说，不啻是天降福音。他的焦虑情绪顿时为之缓解。至于金军为何突然要议和，他却无暇深究。一闻此讯，他马上想到的是机不可失时不再来，为了保证他和他的皇室的安全，他必须抓住这个可遇而不可求的珍贵机会。只要是金军答应不再动武，一切都好商量。所以赵桓现在主要关心的，是议和能不能议成，金人会不会又倏尔翻脸。至于金使的言辞举止行状，在他看来都是次要问题，不必过于计较。常言说宰相肚里能撑船，何况他是个皇帝呢。

　　虽是在金使面前眉低气敛，在本朝的大臣面前，皇帝的架子还是要端起来的。一俟金使退出大殿，赵桓的腰杆便自然而然地挺直了三分，神色也变得像煞有介事起来。他先是干咳两声，清了清嗓子，而后便扫视着阶下的群臣，开口说道，金人的意思众卿都听清楚了吧，诸卿有何建策，俱可直言奏来。

　　李纲看出了赵桓对议和怀有急于求成之意，他觉得这很危险。抱着这种态度与金军去议和，极易被其牵住鼻子，丧失宋朝应有的主动地位。他稍稍思忖一下，正要出班阐明自己的观点，却被太宰李邦彦抢了先。

　　李邦彦与张邦昌在上朝之前已做过简短的沟通。这两个人各自皆有耳目，对昨日之战况以及金军意欲议和的情况，已皆有所了解。两个人都认为，昨日之战还很难谈得上是宋军得胜，即便言胜，那也只能算是十分侥幸的险胜。再打下去，鹿死谁手孰难逆料，趁此之机，以议和换平安乃为上策。这个看法与赵桓是一致的。

　　但他们的心思里还包含有与赵桓不同的一点，那就是，即便再打下去宋军必胜，他们也不希望再打。因为，倘若汴京保卫战大获全胜，其后果必然是李纲风光无限，而他们则手无寸功，那就将不可避免地造成赵桓对李纲进一步的倚重，从而对他们的权势地位构成极大的威胁。而战事若是以议和收场，李纲的功绩自然是要大打折扣了。当然这个心思是不能让赵桓看出来的，两个人之间亦无须明说，彼此心照不宣而已。

上朝后，从赵桓对待金使的态度上，这两个人窥出了其急于议和之意，心下不禁暗喜。赵桓的思想经常是摇摆不定，这个毛病大臣们都知道。为防有人先发表出什么议论，动摇了赵桓的议和倾向，李邦彦与张邦昌快速地交流了一下眼神，便迫不及待地抢先捧笏出班了。

由于洞悉了赵桓的心愿，李邦彦在启奏时便没了顾忌。他说依臣之见，昨日一战我汴京固然城池暂保，却已伤筋动骨损耗非轻。再与金军斗勇，难免两败俱伤，于我大宋有百害而无一利。我们既与金邦为邻，总是冤家宜解不宜结。现在金军既云愿和，我们即应把握时机，与其善言相商，力争互息兵戈，缔约盟誓，永修边好。果然如此，则从此将海内升平中原安定，是为朝廷之幸万民之福。他说完后，张邦昌出班附议，大意无非是说臣以为李太宰之言甚善，恭望皇上圣裁云云。

这两个人的意见正对赵桓的心思，赵桓听来很顺耳，不禁微微点了点头。

李纲闻之却十分恼火。李邦彦之言，遣词用句冠冕堂皇，实际上彻头彻尾流露着一股向金军摇尾乞怜的奴才相。他的意思，说白了就是在宣称我们千万不能再打了，再打也打不过人家，还不如赶紧与人家讲和，人家要求什么条件，我们就答应什么条件好了。以这样的思想基础与金军议和，不议个大败亏输才怪。莫说我们还没沦落到山穷水尽的地步，就是到了那一步，议和也不能是这么一种没有骨气的议法。亏得这两个人还是宰相，大敌当前竟然如此的怯懦猥琐如此的没有见识。

李纲轻蔑而愤然地瞥了他们一眼，没等张邦昌的话音落地，便紧接着昂然出班启奏，说臣以为我们与金人，和可议，而理不可弃。如要议和，必须据理议之，方为可行之策。

赵桓就料到李纲在议和问题上会持强硬态度，对他与李邦彦意见相左并不感到意外。他转脸看了看李纲，不动声色地问："卿且说来，何为据理议之？"

"金人悍然兴兵践踏我大宋疆土，干涉我大宋内政，乃是至为无理之举。臣以为据理而议，应首先要求金人立即撤兵。对于金人提出的议和条款，尚属合理

— 138 —

者可酌情允纳，纯属无理要挟者，则应坚决拒绝。"

赵桓听了这话，在心里苦笑了一下。这真是痴人说梦，你这叫议和吗？金人听你如此说，还不把鼻子气歪了，你这不是逼着金人再开战吗？

但他不想与李纲争论，对于李纲的执拗脾气，他已深有领教，他觉得犯不着在朝堂上跟李纲磨嘴皮子。于是他采用了一个模糊战术，模棱两可地说道："唔，议和条款孰可应孰不可应，朕自会斟酌推敲，卿等毋庸多虑。"这个回应颇为圆滑，没说同意李纲的意见，也没正面驳回李纲的主张，却使李纲没法再说什么。

李邦彦、张邦昌本欲开口去反诘李纲，听了赵桓的话，觉得用不着了。他们发现赵桓这几天的皇帝当得还真是有点长进，居然也学会了避实就虚的花活。

赵桓又问众卿还有何话要讲，殿下无人应声。对议和的两种态度，已由李邦彦、张邦昌和李纲分别表明，而且大家也都看出了赵桓的倾向，知道再添聒噪纯属多余，所以也就没人愿再多嘴。

于是赵桓一锤定音："好吧，既无异议，就即刻遣使去金营吧。"

"启禀皇上，臣有一言。"李纲忽然想到一点，急忙奏道，"关于议和的地点，臣以为不宜放在金营，而应放在我汴京城中。"议和地点设在金营，是宗望的书函中指定了的，李纲当时听了便觉不妥。他知道，谈判地点的不同，会造成谈判氛围的不同，从而会直接影响到谈判效果。现在听赵桓说到要遣使去金营，他便赶紧将这个问题提了出来。

赵桓原本对这个问题没什么考虑，突然听李纲这么一说，他不禁愣了一下，不由自主地回头去问李邦彦："卿等之意若何？"

李邦彦忙道："臣以为既要议和，在地点上似无须计较。"张邦昌亦帮腔道："臣亦是此意。遣使前往金营，以示我朝诚意，岂不是更易使协议达成吗？"

"唔，"赵桓点头赞同，"二卿说得不错。在这等细节上斤斤计较，倒显得我大宋器量狭窄。议和地点放在金营未尝不可，权当是给金人一个面子吧。那么二卿以为，何人可为计议使？"

李纲听着这君臣三人的一唱一和，感到事情不妙。皇上与两位宰相不愿在议和地点上对金人提出异议，分明是怕引起金人的不快。连这么一点要求都不敢提，到了谈判桌上，又如何能做到针锋相对据理力争呢？这岂不是尚未开谈，便先输了一着吗？

但赵桓既已明确表示不要在谈判地点上计较，再继续纠缠这个问题显然不妥。因此当赵桓问到何人可出使金营时，李纲便赶紧接过话头，抢先应道臣李纲不才，愿意充当计议使去与金人谈判。他的用意，是生怕赵桓派出一个庸才懦夫误了大事。而由他亲自出使，他敢保证，即使是身处龙潭虎穴，在原则问题上他也绝对不会退让一步。

然而李纲的打算再次落空。面对李纲的主动请缨，赵桓用手指轻敲着御案做思考状，眼睛却睞着李邦彦。李邦彦理解赵桓的意思：让李纲出使金营，那是非把事情办砸了不可。于是他马上躬身奏道，李右丞身为守城主帅，不宜轻离职守，出使之事应当另择人选。继而张邦昌见缝插针，推荐了户部尚书李棁。赵桓即予允准。

李纲不便强争，只好缄口归班。

吴敏、孙傅、何栗等人虽都觉得李纲实为出使之最佳人选，但因见皇上无有遣其之意，并且想到城里也是实在少不得李纲坐镇，便皆未出异议。这却是苦了那户部尚书李棁。那李棁没料到说来说去出使金营这桩出生入死的差事竟然会落到了他的头上，顿生大祸临头之感。但是他不敢推卸。于是他一面强作镇定地领旨谢恩，一面在心里大骂张邦昌狗嘴里吐不出象牙，太不是个东西。

退朝之后，赵桓将李棁留下，在景福殿对他单独做了召见。因为关于议和的一些具体原则，他不便当着群臣尤其是当着李纲说，但是必须要对李棁交代清楚，以便使议和能达到预期的效果。

赵桓指示李棁，在与金人的交涉中，宜谦不宜傲，宜柔不宜刚。这个意思，说白了就是要求李棁尽力向金人示好。针对金人可能提出的赔偿条件，他也向李棁交了底，允许可以对金国增加岁币三百万至五百万两，另付五百万两白银作为犒劳金军之资。至于割地问题，可以说个活话，请金人容再协商。他还指示李棁，在出使时可解金万两以及大批酒果，专作赏赐金将宗望之用。总之，是要以一切达到金人满意，促使金军尽早北还为准。

听了赵桓的密嘱，李棁心下稍安。他暗忖，若以如此原则去与金人交涉，大约还是比较好谈，起码不至于使谈判陷入僵局，从而危及他自身的生命安全。

不过这番轻松心情没有维持多久，便被李纲给破坏了。李棁接受召见完毕，刚刚步出宣德门，便被甘云迎住，道是李右丞请尚书大人去亲征行营司小坐。

原来，退朝时李纲闻得有太监呼唤李棁暂且留步，等候皇上单独召见，知是赵桓欲对其面授议和方略，不由得便起了警觉。从赵桓在朝会上所表现出的态度上不难料到，其方略必然是以尽量迎合金人之要求为宗旨。而出使者若本着这种宗旨，到了金营卑躬屈膝一味示弱，金人定然会肆无忌惮地狮子大张口。那么金军在战场上没有得到的东西，便极有可能在谈判桌上尽收囊中。这是李纲万难容忍的。

李纲过去对李梲不太熟悉，自从官晋兵部侍郎后，才与他有了些政务上的接触。根据这些天来的接触，李纲感到他秉性懦弱才干平平，喜欢随波逐流看风使舵，不是条拿得起放得下的汉子。由这样一个人带着赵桓那样一种宗旨去谈判，其结果岂能不令人担忧。因此，李纲认为有必要预先敲打一下他，让他认清自己所肩负的使命的分量，不致在金人的威逼下做出严重危害国家利益的事情。所以李纲特意安排甘云等候在宣德门外，一俟李梲出宫，即将其请到了亲征行营司。

李梲到了行营司，李纲把他让进议事厅，随之屏退左右。赵桓对李梲说了些什么，李纲不便打听，因此他也不多问，就开门见山地说，李纲烦扰李尚书来此，实是关于出使议和之事，有几句话欲坦诚相告。

李梲忙道："李大人但说不妨，在下愿闻教诲。"

李纲便郑重了神色，十分严肃地道："李尚书此番出使，责任非轻。我大宋之兴衰，国土之圆缺，黎民之祸福，皆系于李尚书之一身了。我们与金人和可议，款可商，但无论如何议如何商，国权不可弃，国格不可丢。唯望李尚书能以国家利益为重，不惧要挟，不畏艰险，与金寇斗智斗勇，巧作周旋，毋令其狼子野心得逞于笔墨之间。果然如此，则于我大宋社稷功莫大焉！"说到这里，李纲起身向李梲深深一揖，"李纲在此先替中原百姓向李尚书一拜！"

李梲慌忙离座还礼道："不敢当不敢当，李大人如此抬举在下，令在下惭愧之至。在下不才，既然奉命出使，自当兢兢业业勉力而为，竭尽臣子之忠，不负朝廷厚望。"

李纲对李梲的这个含糊回答不太满意，但他知道，欲使此等庸碌人物做出什么更加具体的保证，也是不太可能，只要这番严正的提醒告诫，能够对其在谈判中的表现起到一定的制约作用，也就算达到目的了。

李纲的告诫确实是作用不小，它就像一块巨石，沉甸甸地压在了李梲的心口上，几乎压得他气都喘不匀了。一路上心事重重，他回到家中，脱去朝服，便怏怏地倒在床上，呆呆地盯着天花板，半晌没有作声。

夫人看他那副愁眉苦脸之状，料其乃是遇上了难题，便关切地倚在床边，询问夫君何难之有。问之再三，李梲方唉声叹气地开口，告诉夫人去金营议和的倒霉差事落到他头上了。而这个和该如何去议，皇上与李纲又各执一词，弄得他左右为难，无所适从。

这个李夫人倒是有点主见。听李棁说完,她想了想,问道,从夫君的本心而言,是赞成皇上的议法,还是赞成李纲的议法?李棁低声道,那还用说,自然是赞成李右丞的议法。若照皇上说的那么去议,不明摆着是让金人骑在我们脖子上屙屎嘛。

李夫人道这就是了,你照皇上的议法去议,即使是议成了,也不是什么光彩的事,也会受到国人的唾骂。到时候皇上是不会替你承担任何责任的,丧权辱国的屎盆子肯定得由你去顶。戴着这顶卖国贼的帽子,将来你如何在朝中立足?而按李右丞的主张去议,若能成功,非但功劳可与其之坚守汴京并驾齐驱,且青史之上必有一笔可留,可以恩泽后世百代流芳。夫君应当何去何从,岂非一目了然?

李棁说你说得轻巧,倘若议不成呢?话不投机惹得金人翻了脸怎么办?

李夫人道,夫君不必顾虑过甚,你想啊,议和既然是他金人先提出来的,他金人当然也想议成。一议不成,还可再议。他总不至于一言不合便斩来使吧。所以妾身料之,夫君此去应无性命之虞。至于皇上那里,是不难交代的。如果交涉不成,夫君只说金人条款苛刻,臣下不敢擅专不就得啦?皇上若是允了金人的条款,那是皇上的事,与夫君却无干系了。所以夫君现在莫只顾虑议不成,还是多想想如何能够议得成才是。倘果能依李右丞之说交涉成功,大长我朝志气大灭金人的威风,则皇上必然大喜过望,又岂会责怪于你呢?或许到那时,夫君的官位,就不仅是个户部尚书了。

李棁听夫人说得头头是道,不禁频频颔首,暗忖或许正如夫人所言,这是个天将降大任于是人的良机。若我李某人单刀赴会轻摇三寸不烂之舌挥退十万雄兵,满朝文武哪一个敢不对我刮目相看,京城上下谁不视我为虎胆英雄?这个老本,可是够吃一辈子的。

想到这些,他胸中突然涌起一股跃跃欲试的激情,脸上的阴霾一扫而光。他呼地一下挺身坐起,呵呵笑道夫人真是贤内助,一席话恰似醍醐灌顶,令我茅塞顿开。就请夫人去备酒宴,为本官壮行吧。且看我李某人明朝如何钻狼群入虎穴,做一回当朝的蔺相如!

三

树雄心易,做壮举难,英雄可不是随便什么人想当便当得成的。不是那种石头开不出那方玉，不是那块坯子做不出那种糕。

正月十一日晨，李梲带着副使郑望之、高世则代表宋廷出使议和，踏入金营还不到一个时辰，便被唬得灵魂出窍肝胆俱裂。再确切一点说，甚至自打走进金营的那一刻起，李梲昨夜在被窝里幻想了一宿的英雄梦，就已经如同肥皂泡般不翼而飞。两名副使的状况，与他也差不多。

要说这几个人过于熊包，实在也不尽然。能够做到笑对刀丛的人毕竟是少数，何况金人为了通过议和达到目的，在"迎接"宋使的方式上颇动了一番心思。那时尚无心理战这个名词，但宗望玩弄这种手段却很有一套。如果不具备极坚强的心理素质，不具备视死如归不成功便成仁的大无畏精神，任何人在经过了那么一番"迎接"程序后，都不可能不变得失魂落魄，几乎将一摊稀屎屙在裤裆里。

李梲一行携带重礼乘筏过壕，由一小队金军引导着抵达宗望的中军营地后，带队的百夫长命令他们候在一个角落里等着大帅传话，之后便押解着赵桓赐予宗望的金银酒果扬长而去。李梲三人像囚犯似的被金兵看守着，立在冷风里等了半天，那个百夫长才又出现，口气极其蛮横地命令他们跟他走。去的方向却不是宗望的帅帐。李梲想问一句这是要带我们去何处，可是看着那百夫长凶神恶煞般的面孔，他张了几次嘴，硬是没敢开口。

这是宗望在其正式节目开演前的一个试探，目的是要看看前来谈判的宋使好不好对付。作为代表朝廷前来进行国事谈判的使者，按理说李梲完全有权对金军的无理待遇提出严正抗议。但由于李梲等人一进金营就都开始心里发毛，竟是对金人的侮辱性接待方式逆来顺受，连屁也不曾放得一个。这便使宗望摸到了底牌，知道接下来的那套心理战术完全可以奏效。

宗望给宋使安排的第一个节目谓之"阅骑"，就是让他们观看金军骑兵的军事操练。

李梲他们被带到操练场时，数千名金军铁骑早已头戴兜鍪身披重甲列队场上，黑旗黑甲黑战马，整齐有序地形成一片黑压压的队阵，威风凛凛杀气腾腾。操练场上远远近近地树立了许多草木人形靶，靶子上还不伦不类地覆盖着一些宋人衣饰。这显然又是对宋使的一种有意侮辱，而李梲等人却均未敢轻置一喙。

见李梲等被带到，一名万夫长即命演练开始。

这一套演练分为三个科目，一是骑射，二是格杀，三是阵法。女真乃游牧民族，骑马作战是其与生俱来的强项，参加演练的部队又皆为百战沙场的精锐，其

— 143 —

战术动作自然是威猛精湛非同小可。

在骑射中，飞骑过靶七寸长箭嗖嗖带响无一虚发；在格杀中，马不停蹄刀闪寒光一片草靶瞬时皆身首异处。最为震撼人心的是阵法演练。金军在马背上东征西讨多年，对马军阵法的运用早已锤炼得炉火纯青。但见随着令旗的舞动，那数千名金军铁骑忽散忽合忽分忽聚，阵形一会儿如一条长蛇，一会儿似水漫金山，方中出锐，锐又成圆，神出鬼没，变幻无穷，直教人看得是眼花缭乱目不暇接。最后，金骑组合成了一个庞大的方阵，挟着遮天蔽日的飞尘，以排山倒海之势由正前方向李梲等人所处的位置冲来，直奔至仅相距一箭之地，方齐刷刷地止步。

李梲等人被唬了个目瞪口呆，皆在心里暗叹：金人有此劲旅，天下谁可争锋！

"阅骑"完毕，已近正午。几个宋使被安置到一个简陋的小帐篷里去用餐。午餐是一大盆糙米饭、一小盆拌了芥末和醋油的半生不熟的羊肉，此外还有一盆撒了些韭菜在上面的羊血，大约就算是汤了。李梲等人虽然早已是饥肠辘辘，面对这种生番餐饮，却颇难下咽。他们又不敢要求金人另换适合汉人饮食习惯的东西来吃，只好捏着鼻子胡乱吃了几口带有浓重腥膻味的糙米饭。至于那些生羊肉和羊血汤，则谁也没敢领教。看管宋使的金兵却是毫不客气，那些原封未动的食物撤下去后，不大会儿工夫便被他们你一碗我一勺狼吞虎咽地分食了个精光。

午餐后节目继续进行。下一个节目唤作"阅炮"，即观看火炮演练。这个同样旨在耀武扬威的节目，对李梲等人脆弱不堪的神经进一步地造成了剧烈震撼。

火药本系汉人发明，最早在战争中使用火药的也是汉人。金军的火药火器制造和使用技术，皆系从中原传入。所以在热兵器方面，无论就弹药储备还是就科技水平而言，金军与宋军相比，实际上都未见得占有优势。可是李梲等人并不知兵，对宋军的装备情况毫无了解，而金军的炮阵，现在却是实实在在地摆在了他们的面前。

当时金军尚未组建专门的炮兵部队，为了达到威吓目的，宗望命将配置于各部中的炮具统统集中起来，全都拉上了演练场。这些炮具形状各异大小不等五花八门，分别冠名以七梢、五梢、三梢、两梢、旋风、虎蹲、撒星、铁火等。究其功能，可分三类。其一是抛射巨石；其二是抛射爆炸物及碎石散弹；其三为抛射火球等燃烧物。三者因其抛射物的重量和性质不同，而机械系统有异。

李梲等人被重新带回演练场时，炮手们已准备就绪。但闻一声鼓响，顿时百炮齐发。霎时间，只见一片火龙石雨，带着呼啸之声，密如冰雹地飞向了对面山包一座模拟营寨。那座用木石垒造的营寨弹指间便墙塌柱倾浓烟四起，在惊天动地的爆炸声和熊熊烈焰中化为乌有。

李梲看罢，与两位副使面面相觑。三个人谁也没说话，但从彼此的眼神里，都不难看出，对方的内心感受是什么。

"阅炮"之后，李梲等人被带往另一个场地。在这个地方，宗望要上演他的最后一个节目。

这是宗望策划的重头戏、高潮戏。宗望相信，经过了前两个节目的铺垫，这最后一幕的演出，必将圆满达到预期的效果。事实果然如此，宗望最后亮出的这一得意之笔，就不仅仅是让这几个宋使感到震撼，而是让他们的精神陷入了彻底的崩溃。

这个节目名为"阅杀"，就是要让李梲他们观看杀人。

李梲几个不知金人还要让他们看点什么，他们稀里糊涂地被带到了另一处空场上，看到四周刀斧手林立，场子中央竖着几根木桩，忽然感到这个地方阴森森的有点刑场的味道。

金人把我们弄到这里来做什么？莫非是戏弄够了我们，要拿我们开刀祭旗啦？几个人不约而同地揣度到这种可能性，身上的冷汗不住地往外冒，腿脚也不禁筛起了糠。直至看到有些人五花大绑着被金兵押解过来，看样子即将在这里送命的大约不会是他们，李梲他们几个才稍稍魂魄归位。

然而他们马上就知道了，这个看客也是不好当的。那些极其残酷的杀人场面带来的恐怖感，并不亚于让他们自己去驾鹤西游。

金人依次展示了三种杀人方法。第一种是棒杀，即所谓"洼勃辣骇"。被杀者是在战场上有退缩行为的十几个女真及契丹士兵。

那些披头散发的士兵被五花大绑着押上来后，被喝令一字排开跪倒，随后就有一排手持粗头大棒的刽子手鱼贯而上，立在了受刑者的背后。行刑官一声令下，刽子手们便动作划一地同时举起大棒，向着受刑者的后脑猛击下去。但闻一阵咚咚的闷响，十几个脑袋就像被敲碎的西瓜一般一齐迸裂开来。一股股红白相间的液体从中喷射而出，斑斑点点地直溅到刽子手的胸前甚至脸上。

李梲他们生平第一次观看杀人，便目睹了如此凶残的场面，皆惊骇得毛骨悚然，不忍卒观。其实更令他们惊悚的场面还在下边。

将"洼勃辣骇"掉的金兵尸首清理下去后，被解上刑场的是几个身穿宋朝服装的人。据说这几个人是胆敢抗拒大金天兵前来中原"吊民伐罪"的"匪徒"。

金兵将这几个宋人缚在了刑场中央的木桩上，显然这回要换一种行刑方法了。李棁等人正魂不守舍地猜测金人欲对这几个人施行斩首还是凌迟，忽闻行刑官发出一声呼唤，随之就见有几条状如恶狼的巨犬不知从何处嗖地窜出，各向一个受刑者凶猛扑去。刑场上立时响起了惨绝人寰的号叫。受刑者的腹部转瞬间便被恶犬锋利的爪牙剖开，一股浓重的血腥味骤然弥漫开来。

看到受刑者的肠子像蠕虫似的从腹腔里流出，且被恶犬疯狂地撕扯饕餮，李棁于极度的惊恐中感到一阵恶心，他连忙闭上了眼睛。郑望之和高世则早已控制不住，哗哗啦啦地吐了一地。而四周的金兵却皆观看得兴高采烈，在那里乱七八糟地高声喝彩。

待到李棁战战兢兢地睁开眼时，那几个被恶犬掏空了内脏的宋人尸首已被拖走，另有一个身穿宋服的粗壮汉子被绑到了木桩上。那汉子自从被押上来，便对金人骂声不绝，由其口气判断，此人是一名在战场上被俘的宋军军官。李棁知道，金人在这个人身上，又要展示另外一种杀人方法。他估计那必定是更加残忍的一种杀法。他不忍也不敢再看，却又怀有几分好奇，乃努力壮着胆子，勉强支撑起眼皮。

这时但闻一声响亮的呼哨，便有两只形状怪异的秃鹫凌空而下。这两只秃鹫显然受过专门训练，飞临刑场后即向受刑者俯冲下去，用其坚硬的喙钩一左一右准确地啄出了那人的眼球。那人的怒骂声顿时变成了撕心裂肺的惨叫。两只秃鹫啄食了那人的眼球后并不罢休，又继续用硬喙啄其头骨。片刻之间，那人的头骨便被击打破裂。两只秃鹫便分立于那人左右肩头一顿猛啄，将其脑浆吸食得一干二净。

李棁只觉天旋地转，慌忙再次合上眼皮。恍惚间下身已自失禁，不知是屙了还是尿了，反正裤裆里已是狼藉不堪。

"阅骑""阅炮""阅杀"三场大戏全部演完，其总导演宗望方才登堂露面，升帐接见宋使，开始进行所谓的议和。

按李棁原先的想象，既云议和，双方就理应地位对等地各据一席进行协商。看过前面那三场大戏，他已知欲与金人进行真正意义上的谈判是绝无可能了。但是他还奢望，对方在形式上多少还有个谈判的样子。及至被带进中军营帐，方知就连那点形式上的面子，金人也没打算给他。

进帐之后，李棁等人举目看去，只见在正面的兽皮交椅上，宗望趾高气扬地面南而坐，其两侧分别坐着阇母和宗弼，接下来是两列魁梧彪悍的"合扎"，即侍卫亲军。如果不是军帐中的陈设过于简陋，那阵势几乎与天子召见臣属无异。

李梲见状犹豫了一下，正欲上前向宗望行礼，忽听身后一声呵斥："跪下！"已被前面的节目吓破了胆的李梲以及两位副使，未敢稍加迟疑，便双膝一软统统跪倒在宗望脚下。

宗望满意地一笑，开口问道，你们几个前来与我大金天兵议和，能代表你们的朝廷做主吗？

李梲回答说可以，我们是奉皇上的旨意而来，带有皇上的手诏，有关议和的内容都在上面，恭请大师过目。说着，他从怀里掏出了赵桓的诏书，却是不敢起身，膝行向前呈给了宗望。宗望接过诏书看也没看，便随手丢在面前的条案上，另外拿起两页写着汉金两种文字的纸张扔给李梲，说既然你们能代表朝廷做主，就在这上面签个字吧。

李梲捡起那两页纸张一看，是金人拟就的议和条款。他只觉浑身的血液往上一涌，一股愤懑腾地一下充满胸膛。议和议和，首先得议，这条款应当是经过双方商议而定，你金人凭什么对我朝的意见睬也不睬，便要我们在你们单方拟定的和约上签字？但他想归想，在面皮上却不敢流露出一丝愠色，并且还得做出一副恭谨之态，双手拿着那两页纸张捧读。

未读到一半，汗珠便从他的额头上冒了出来。作为一个泱泱大国的君主，赵桓能够接受的议和条件，可谓已极尽忍辱负重委曲求全之能事，但与金人这份条款上的要求相比，仍是相去甚远。这该如何应对呢？

李梲正惶然无措地考虑着，宗望已命人送过去了笔墨。李梲一见那笔墨，就像见了烧红的烙铁似的，双手下意识地往后一缩。在这样的条款上签了字，回朝后即便是得到了赵桓的认可，李纲等主战派以及全城的军民也饶不了他。而万一赵桓也不认可，他便马上会被午门问斩。这个千古罪人的名声，他可担当不起。但若不签，宗望会不会立时翻脸，将自己和两名副使弄出去统统喂了凶禽恶犬呢？

在进退维谷中，李梲的身体不由得剧烈地筛起了糠。

这时就听宗望突然大喝一声："宋使李梲，你不在条约上签字，兀自在那里磨蹭什么？"

李梲心头倏地一颤，慌忙伏地回答，非是在下磨蹭，实是在下无权签署此约也。宗望板着脸道，你这话说得却是奇怪，方才你刚说过可以代表你朝做主，如何又无权签约了？李梲结结巴巴地道，在下所云可签者，乃我朝皇上所拟条款。

贵国条款与之相去甚远，故而小臣不敢擅专。此言一出，李梲顿生后怕。如果宗望震怒起来，他李某人恐怕立刻就要死无完尸了。

谁知宗望不但没有发作，反而与阇母宗弼相视大笑。

原来宗望明白，对于他们提出的那些极为狂妄贪婪的条件，区区宋使是难以做主应允的，即使应允了也白搭，只有宋朝皇帝认可了才能算数。他们逼迫李梲签字，不过是要故意戏弄他一下。看到把李梲吓成了那种熊样，他们的目的已经达到。宗望料定，这几个人回去后，定然会将在金营所经受的恐吓统统灌输给赵桓，而受到严重传染的赵桓则是没有胆子抗拒他们的要挟。

所以，一阵狂笑过后，宗望做出一副宽宏大量状，对李梲说既然如此，本帅也不为难你，你们可将条款带回，交由你朝皇帝签署。我大金国这可算得上是仁至义尽了吧。如若你朝不签，便休怪我宗望不客气了。现在你们可以回朝复命了。

李梲几个一听这话，知道自家的性命丢不了了，忙不迭地叩首谢恩，仿佛是得了宗望多么丰厚的赏赐一般。李梲一面以首触地一面赌咒发誓，回去后一定将大帅的诚意转告皇上，力促皇上速签和约，以报大帅款待之恩。宗望等闻其言颇觉滑稽，连他们自己都不知那款待从何说起，于是禁不住又发出一阵畅快的大笑。

金兵将李梲等人押出营区后，就不再管，命他们自行返城。李梲几个生怕宗望反悔，再把他们抓回去扣押起来，出了金营撒丫子就跑。平日里他们何曾走过那么远的路，可这会儿这几个人全变成长跑健将了。筋疲力尽地跑到汴京城下时，天色已经黑透。直到被宋军接应进城，李梲几个才觉着，总算是从阴曹地府又回到了人间。

一进城门，这几个人便面色苍白地瘫倒了下去，很长时间谁也说不出一句话来。

第八章

　　此时闻风来到江边的人已说不清到底有多少，放眼望去只见是密密匝匝一片人海。一些渔船也从水面上围拢来，你拥我挤地堵住了航道。一见赵佶要走，百姓们情绪激昂一拥而上，皆恳请太上皇以社稷安危为重，坐镇扬州竖起抗金大旗。霎时间四面八方的民谏声便势如狂潮席卷了江岸。

宋钦宗赵桓阅过宗望提出的所谓议和条款，心情异常沉重。

宗望所提议和条款的主要内容是：宋朝赔付金军犒师之资金五百万两、银五千万两，绢彩各一百万匹，马驼驴骡之属各以万计；尊大金国国主为伯父，允燕云之人在汉者悉归故土；向大金国割让太原、中山、河间三镇，并遣亲王及宰相各一名赴金营充当人质。

看过这些条款，赵桓觉得犹如泰山压顶。而除此之外，给他带来沉重精神压力的，还有李棁等人表现出来的那份极度的惊恐。

赵桓是在十一日晚于福宁殿连夜召见的李棁等人。当时李棁等人刚刚在尚书省的安排下用过晚餐，神魂初定，余悸未消。他们面君时虽未敢将其在金营一日的经历全部据实详奏，但对金军之威猛金人之可怕的渲染，却是情不自禁地溢于言表，无形中传达给了赵桓这样一个不容置疑的信息：金军之强大是宋朝绝对无可抗拒的，如果不答应金人的条款，大宋王朝必将城破国亡玉碎宫倾。宗望对李棁等人极尽恐吓之能事，意欲得到的就是这个效果。

金人的胃口实在太大，如果接受他们的条件，宋朝所遭受的损失难以估量。可是如果不接受，而援军又迟缓不至，万一城池被金军攻破，那就万事皆休。

然而如果勤王大军能够及时赶到，或者李纲有能力一战再战坚决守住汴京，现在朝廷却匆匆忙忙地答应了金人那些无理要求，岂非白白吃了大亏？

前途莫测。赵桓左右彷徨，举棋不定。

挥退李棁等人后，赵桓在巨烛闪烁的大殿里一直徘徊到夜深。此时他真希望能有一个前知五百年后知五百年的仙人，来为他预卜一下未来，指点一下迷津。他一时心血来潮，就想命太监去找个术士来卜卦，但话未出口又否定了这个想法。聚集在汴京的术士倒有不少，可能让赵桓信得过的却没有一个。万一遇上个信口雌黄的骗子，岂不误了大事。不过他后来终究是误在了一个唤作郭京的骗子手上，此为后话，本书在下部中再表。

没有仙人指路，还得依靠凡人。十二日临朝，赵桓将金人的条款示之诸臣，命其公议。

对于这样一纸条款，以李纲为首的主战派与以李邦彦、张邦昌为首的主和派必然会持截然不同的态度，这是可想而知的。赵桓要听的，主要是双方的理由。

他想听听哪种意见更为可行，而后再做决定。他这个人生来就缺乏主见，谁对他施加的影响大，他便会倾向于谁。他自谓这叫从善如流，是一种可贵的美德，是一个帝王虚怀若谷的表现。从善如流固然不错，但须先能分辨何者为善。可惜的是赵桓并不具备这个能力，他可以兼听，却并不能明断，因而导致了其决策的一错再错，终致酿成了其本人乃至整个国家的致命悲剧。

当日战和两派在崇政殿上辩论得非常激烈。赵桓对这种针锋相对的舌战已是司空见惯，因而表现得很平静，无论什么见解，一律洗耳恭听。

李纲首先出班发言。他听过宗望提出的议和条款，一股怒火噌地蹿上脑门。这也叫议和吗？这分明是骑在我大宋王朝头顶上屙屎！因此他只略加思考便昂然出班，朗声向众人阐述了他的看法。在启奏中他尽量使语调放得平稳，但从那微微颤抖的声音里，仍不难听出其情绪之激愤程度。

李纲的主要观点如下：

金人要求上尊号，不过是个形式问题，可以姑且应之。遣归燕云金人，于宋朝并无大碍，亦可允诺。而其余的那些条件，就基本上不能答应了。他宗望索取犒师金银数千万两，我们一年的全部税收才有多少？仅仅一个汴京城又能凑出几何？这个数目无论如何不能应允，我们只能量力而行，酌情给付。太原、中山、河间乃国家屏障，虽说号为三镇，实辖十余郡地，战略位置非常重要，如果割让出去，等于向金邦敞开了北大门，这事绝对行不通。至于遣送人质，可以考虑派一名宰相去应付，但不可送亲王入金营。

金人敢于如此狂妄地勒索我朝，盖因欺我守城兵少，势单力薄。但只要我援军一到，局面马上便会彻底改观。我们固守待援需要时间，所以为今之计，主要的就是设法拖延时间。

如何拖延时间呢？我们可派能言善辩者为使，与金使互有往返，反复磋商条款，并称犒军之金银物资，须令有司统计造册，方可得其确数。这样拖延下来，多了不敢说，五六天的时间总是可以争取到的。

在这段时间里，估计各路勤王大军可先后抵达。彼时我们重兵云集军威浩荡，宗望孤军深入，必不敢多加逗留。即使其要挟的条件没有得到满足，也只能从速撤军。不然的话，恐怕他想走都未必走得了了。到那时，朝廷可与之签署一份平等条约，并以重兵监视其出境。唯其如此，方可令金人从此不敢再轻视我大宋王朝，不敢再生觊觎我中原疆土之念。

李纲奏罢，即有李邦彦、张邦昌轮番出奏。

在战和问题上，他们与李纲的矛盾是早已公开化了的。他们亦已看出，赵桓目前虽然比较倚重李纲，实乃形势所迫，其实内心里对李纲并非绝对信任，更谈不上言听计从。而且，看到李纲挺立殿前口若悬河地侃侃而谈，他们心里非常不舒服。你由太常寺少卿跻身宰执行列才几天？参与过几次国策讨论？懂得什么政务外交？有什么资格一再地将你片面武断的一己之见强加于人？因此他们开口也不客气，旗帜鲜明地表示了对李纲之论的异议，而且言辞甚为尖刻。

他们的主要意思是：

李纲之言听起来冠冕堂皇头头是道，实际上乃似是而非大谬不然。李纲对形势发展的估计，纯属一厢情愿。他以为昨日打了一天，金军没攻进城，便说明我们能够守住汴京，这未免太幼稚可笑。金军既然不远千里地来了，会只打这一天的仗就罢手吗？再打下去，谁能保证守得住？谁能保证我们一定可以坚持到援军到来？勤王大军何日能到，李纲有情报吗？能说出确切日期来吗？说不出来吧？既然说不出来，这个希望就很不可靠，就没法依赖。如果等来等去，等来的不是我们的勤王大军，倒是金邦的宗翰大军，那可就晚了三秋。那时候只怕纵然是我们愿意答应这些条款，金人也没兴致与我们议这个和了。这岂不是眼睁睁地将议和这条解决问题的最佳之路断送了吗？再说那宗望也不是白痴，我们有意拖延时间，他会看不出来？他会容许我们为所欲为？只怕是没等我们拖延一日半日，他便要重新使用火炮说话！

李邦彦、张邦昌的分析，很符合一部分畏战者的心理，许多大臣一面听，一面便交换着眼神频频点头。李邦彦、张邦昌觉出了这种有利氛围，便说得越加理直气壮。

他们两个相互补充着继续奏道，古语云，大丈夫能屈能伸。目前敌强我弱的事实我们不能不承认，承认这个事实，便不能不在议和条款上对金人有所迁就。这是个策略问题，算不得什么耻辱。就算是个耻辱，我们暂时也得忍着。暂时的忍受，是为了将来的复兴。留得子胥豪气在，三年归报楚王仇，历史上这样以屈求伸的英雄不胜枚举。越王勾践忍辱负重卧薪尝胆，十年教训十年生聚，终于打败夫差灭了吴国，不就是个著名的例子吗？我大宋现在还远未沦落到当年越国那一步，金人的要求，不过就是割地赔款索要两个人质而已，有何不可应之？在京城自身尚且存亡难保的情况下，斤斤计较那北方三镇有何意义？而与朝廷的安危相比，金银绢彩之属就更是无足轻重了。尽我汴京之所有，以货币易平安，拯百万黎民出水火免涂炭，又有何不可为哉？至于遣送亲王及宰执大臣为质，为示议和诚意计，似亦无不可准者。若我朝果然诚意昭然，令金人尽遂其欲，其安得有不欣然北还之理，汴京之危岂不就此冰消雪融耶？此策较之李纲之说，其结果孰险孰安，不是一目了然的吗？

可以同意遣送亲王去金营为质这一条，李邦彦没敢说，是张邦昌提出来的。

在一般人看来，公然在皇上面前提出这一条，有点冒天下之大不韪。而张邦昌却是摸透了赵桓的心思：只要能保得自身平安，付出什么代价赵桓都不会在乎。他敢于如此建言，正可显示他对皇上是忠心耿耿。果然赵桓闻言并无愠色，甚至还颇带赞许地微微点了下头。张邦昌就知道，这个马屁拍对了地方。只是后来那个被遣为人质的康王赵构居然成了皇上，而这件旧事则成了他不讨新君喜欢的一个潜在原因，却是他此时不曾料到的。这就叫人无远虑，必有近忧。

听李邦彦、张邦昌奏毕，群臣交头接耳，一阵窃窃私语，不少人觉得他们两个说得是蛮有道理的。

李纲却是早就听不下去了，他简直不明白这两个人发此谬论到底是想干什么。这不说是蓄意误国，起码也是愚蠢透顶。他按捺不住地再次出班，高声奏道："臣闻李张二相之言甚为惊讶，他们的意思，不过是欲躲一时之祸，然则却后患无穷，这种苟且偷生鼠目寸光之见实不可取。"

李邦彦见李纲出言不逊，岂肯示弱，马上反唇回击道，李右丞无视朝廷危局，一味逞强恋战，颇有哗众取宠沽名钓誉之嫌，皇上不可不察，以免为其所误。

这话一出口，大大地激怒了李纲。为了守城所经受的千辛万苦他可以不在乎，但是他很在乎人们对他的评价。他这个人是相当看重自己的名声的。大丈夫一生的追求，不就在"功名"二字上吗？追求功名固为私欲，但若将其与精忠报国结合在一起，又有何错，又有什么可指责的？一句"哗众取宠沽名钓誉"，虽只寥寥数语，却从根本上贬低了李纲的守城目的，是可忍孰不可忍！他见赵桓听了这话竟然无动于衷，内心掠过一阵寒意，当即愤然地向其躬身奏道，李太宰既如此说，臣颇感不宜再列位宰执统领三军，以免徒增欺世盗名贻误国政之罪。请皇上贬臣为庶民，臣当退居茅舍闭门思过。

赵桓在这个时候哪里离得了李纲。他亦知倘若议和不成，还是得被迫迎战。而目前除了李纲，手头上还真难再遴选出一个能够统兵守城的得力主帅。见双方剑拔弩张地僵在那里，他挥了挥袍袖打圆场道，众卿知无不言言无不尽，皆是为国建策，见解不同可以商量，不要急躁斗气。李右丞守城任重，不可请免。希李右丞再接再厉，勤勉奉公，莫负朕望。李纲和李邦彦听赵桓这样一说，不敢当堂再争，便都忍气吞声地道了声"谢主隆恩"，各自退回班列。

赵桓就问其他大臣有何论见。

众臣里除有许翰、孙傅、何栗直言表示支持李纲，唐恪、聂昌、王云表示李邦彦张邦昌之见谋略周全值得考虑，吴敏、耿南仲、徐处仁表示可将双方的意见折中、原则上应允金人的要求，而在某些过于苛刻的条款上请求其放宽尺度外，余者皆未发言。不过观其颜色，可以看出赞同李邦彦、张邦昌之说者居多。

赵桓在心里也是倾向于李邦彦张邦昌之说的，认为他们的看法更为客观和实际。但他没有急于在朝会上表态。因为一来他感觉兹事体大，还是慎重斟酌一下的好，二来他知道如果当堂表示可以全盘接受金人的条款，必定会引起李纲的激烈抗辩，那将弄得他在群臣面前很难堪，很下不得台。

退朝后，赵桓回到御书房，对双方的理由细思一遍，权衡再三，还是觉得依李邦彦张邦昌的建策行事更为稳妥，回旋余地更大。诚然，那样一来，宋朝在政治军事和经济利益上都要吃大亏，但为了解除燃眉之急，吃再大的亏也只好先自认了。留得青山在，不怕没柴烧，待到我大宋元气恢复，今日之债朕要教他金邦十倍百倍地加以偿还。

如此想来，赵桓不禁为自己的远见卓识自负地一笑。堂堂一国之君，自然不能与李纲一般见识。李纲之辈只知逞一时之意气，争一时之短长，那才真正叫作鼠目寸光。李纲这个人，确实是忠心可嘉肝胆照人，只可惜太不善于通权达变。金无足赤人无完人，诚可叹哉也。

次日，赵桓于延和殿召见李邦彦、张邦昌两人，向他们宣布了其无条件接受宗望议和条款的决定。

李邦彦、张邦昌听了，颇感愉悦。皇上的单独召见，及其议和决定的下达，充分说明了皇上对他们的信任是在李纲之上。两个人马上笑容满面地谄媚道，皇上英明盖世，似此高瞻远瞩之决策，非千古圣君不可定也。和约若成，金军焉有久滞城下之理？臣等预料，汴京之围必当指日而消。

然而这两个人高兴得未免太早了点儿，赵桓接下去说出的旨意，就让他们笑不出来了。赵桓颁布的下一道旨意是，命李邦彦负责筹集金人索取之金银物资，务必要尽依其数筹齐，按其时限缴纳；命张邦昌作为计议使，陪同康王赵构出使金营。

李邦彦、张邦昌一听赵桓分派下来的差事，顿时俱在心里叫苦不迭。

李邦彦只是在原则上想到必须充分满足金人的条款方能免战息祸，至于如何去满足，他却并未具体去想，亦未认为那是属于他职责范围的事。现在这事落实到了他身上，问题就来了。

用李纲的话说，金人之勒索"虽竭天下不足以充其数"，那天下之财是我李邦彦能够调动得了的吗？天下者，皇上之天下，那显然应当是皇上该做的事嘛。你当皇帝的不去张罗，轻飘飘一句话便将这事推到我李邦彦身上来了，还要求限时筹齐，我到哪里去筹？我总不能明火执仗地上街去抢吧？这不明摆着是个不可能完成的差事吗？差事完不成便要影响议和，影响了议和便罪责非轻。这事绕来绕去，怎么把我自个儿给绕进去了呢？

张邦昌心里的叫苦声比李邦彦更甚。一听赵桓命他去金营充当人质，他惊骇得差点儿没从座椅上蹦起来。除去他和李邦彦，宰执大臣还有好几个，皆可以宰相名义出使，他没想到这个差事偏偏就落到了他头上。

哎哟，这真是智者千虑必有一失，当时除了想着强调要尽量满足金人的要求，就是一门心思想着与李纲较劲了，怎么就忽略了我本人亦在可能被摊上的人质之属呢！

金营张邦昌没去过，但进去以后会是怎样一种情形，他完全能够想象出来。李棁等人从金营返回时那副半死不活的模样，他曾亲眼得见，不用问他就知道，那种经历恐怕是比进了地狱还要恐怖。李棁他们能活着回来交差，算是万幸，他张邦昌此番再去，能否保住这条命，就很难讲了。可是可以允准送亲王去充当人质，是他在大殿上当众向皇上提的建议，难道亲王去得金营，他张邦昌去不得吗？退一步说，就算他没提那个建议，皇上让你去，你敢推诿不从吗？

张邦昌情知自己愿意去也得去，不愿意去也得去，因此只能努力压抑着内心的惊恐，与同样是有苦难言的李邦彦一起跪拜，向赵桓口称"领旨谢恩"。

出了延和殿，两人一路无语。直到走出了宫禁，张邦昌才语调低沉地对李邦彦说，邦昌这条命，皆系于太宰一身了。如若款物不齐，恐邦昌与康王永无返城之日矣。李邦彦长叹道，彼此彼此，如若款物不齐，或许邦彦这颗人头，倒是要先悬于午门之上也。

为避战祸力主议和，却先惹上了杀身之祸，是这两个人绝对不曾料到的。事至此间，两个人都觉着是着了赵桓的道，玩来玩去让赵桓给玩进去了。此时他们对赵桓充满了怨恨，俱在心底暗骂，真是伴君如伴虎，君心如蛇蝎，皇上简直比金军更不是玩意儿。但是两人都不敢将这种怨恨情绪吐露半个字。他俩谁也没再多说什么，相互拱了拱手，便怀揣鬼胎各自回府，分别去准备对付自家的霉运。

李梲得知张邦昌将作为计议使被遣往金营，幸灾乐祸大觉解气，心想这才叫一报还一报。前番你撺掇皇上送老子去鬼门关走了一遭，这回该轮到你少宰大人尝一尝下地狱的滋味喽，那滋味端的是美妙得很呢。

二

根据赵桓的旨意，张邦昌怀着惶恐无奈的心情，于正月十四日上午，陪同康王赵构出使金营。

赵桓之所以单独授意于李邦彦和张邦昌，而不在朝殿上颁旨，主要是为了避免李纲的干扰。当李纲闻讯，欲劝说赵桓收回成命时，已经为时过晚。李纲是在赵构、张邦昌动身之际方得知这个消息的，当时李纲正行走在从冷铁云家返回行营司的途中。冷铁云是在正月初九的战役中被误斩的卫州门守军副军马使冷铁心的妹妹。

在正月十二日的朝会上，赵桓没有当场做出全盘接受金人条款的决定，并且指示李纲仍须全力治兵，巩固城防以备再战，使李纲误以为皇上对他的建议是听了进去的，所以退朝后他未对议和之事给予更多的关注，认为这事有皇上把握就行了。而那个和不管怎么议，前提条件还是你有没有能力打，能打怎么都好议，不能打怎么议都难，这个道理李纲是认死了的。因此这两天李纲的全部精力，依旧是放在了固防备战上。

一场大战过后，需要做的工作很多。减员的部队需要调配补充，被毁坏的城橹需要重新整修，炮座弩床檑木火油等军器军火，均需逐一检验增配。还有对于阵亡将士眷属的抚恤事宜，李纲亦要亲自过问。李纲对此很重视，认为这项工作做得到位不到位，会直接影响到军心士气。那个时代没有政治委员这一说，作为守城的总指挥，李纲就得军事政治全面抓，忽略了哪一方面都不行。

在考虑抚恤烈士遗属问题的时候，李纲想到了那个被误斩的冷铁心。

自从查清了冷铁心被斩的真相，李纲对此事一直耿耿于怀难以释解。他曾反复扪心自问，我当时是否太慌张太急躁太不冷静，或者说是太武断太残忍太草菅人命了？但考虑下来，得出的结论是否定的。处在那种千钧一发的时刻，不由得你不当机立断。兵败如山倒，当时如果稍有迟疑，可能马上就会全线崩溃。为了挽狂澜于既倒，战场执法势在必行。而当时冷铁心首当其冲，不斩他斩谁？立斩

— 156 —

冷铁心，有效地制止了部队的溃逃，并进而督使部队奋勇回击一举收复了城头阵地，这个结果充分证明了，当时果断地采取这种非常措施是完全正确，别无选择的。

诚然，冷铁心死得冤枉。但与汴京的存亡相比，这点冤枉微不足道。为了保住京城，保住城里的百万民众，保住大宋朝廷，别说冤枉一个冷铁心，就是冤枉了十个百个，亦不足惜，亦丝毫无可指责。

这么说是不是太残酷了？是的。但是，这是战争，残酷就是战争与生俱来的本性。要赢得这场史无前例的卫国战争的胜利，作为一个肩负重任的军事统帅，在必要的时候，是不得不付出残酷代价的，无论这代价是何种形式，只要是它付出的确有价值。我李纲掌兵是如此，换了任何一个人掌兵，亦应如此。

可是话虽这么说，在李纲的内心深处，对误斩冷铁心的负疚感却仍然无法消除。毕竟冷铁心捐躯的原因比较特殊，虽然已按阵亡者的待遇对其家眷给予了抚恤，李纲总觉得仅仅那样做还不够，还应当对他们有些特别的关照和补偿才好。于是正月十四这天上午，李纲便专门抽出时间，由何庆言陪同着，亲自去了一趟冷家。

冷家在城南，李纲事先让甘云打听到了一个大概的地址。出了行营司，他们绕过景灵西宫，便沿着浚仪桥大街一直向南行去。

汴京如同后来的中国首都北京，也是南贫北富，其主要的繁华地段，都集中在以宣德楼为中心的东西两个厢区。比如著名的曲院街、潘楼街、十字街、南北斜街等商业大街，以及以拥有名妓李师师而驰名京师的金钱巷，皆位处这个区域，王公国胄商贾大户亦多居于此。而居住城区南部者，则多为下层百姓。过了开封府再往南走，这种差别便可从房屋规模和街市景象上明显地感觉出来。所以某人居住在某个城区，有时不仅是个地理位置问题，还是一种身份的象征。

甘云根据事先打听到的地址边走边问，七转八拐，引领李纲等人走进一条陋巷，找到了冷家。冷家坐落在一个围着土坯院墙的小院中，院墙院门年久失修，被风吹雨蚀得破败不堪。

李纲等人在院门前下了马，甘云上前敲响了院门。片刻，一个眉清目秀的姑娘出来打开了院门。李纲了解到冷铁心有个妹妹唤作冷铁云，见那姑娘的长眉凤眼与冷铁心如出一辙，知道就是她了。

冷铁云见来者素不相识，问他们是要找谁？甘云说就是找你，是亲征行营使李纲大人专程看望你们来了。冷铁云听了愕然一怔，随着甘云的介绍，目光在李纲脸上停留了一瞬，忽然睫毛一垂，什么也没说，径自转身走回屋去。

甘云见状很意外也很生气。堂堂亲征行营使、本朝的尚书右丞于日理万机中特地抽空来慰问你，你如何竟恁地无礼。他正要开口喝住冷铁云，被李纲扬手制止。

李纲明白，冷铁云这样做是有原因的，原因就是她已经知道了哥哥的死亡真相。虽然李纲曾下令对此事的真相不许扩散，但冷铁心在部队里的哥们儿不少，很难防止他们悄悄地将消息告诉其家人。从冷铁云的冷淡态度上可以明显地看出，她对哥哥冤死的情况已知道得很清楚，且对李纲深怀怨恨。

李纲认为冷铁云有这样的情绪很正常，并未因其甩给了他一个尴尬而生恼。他命随行的几名护卫连同马匹都留在院外，只带何庆言和甘云进了小院。来到那与院墙同样破败的房屋门口，甘云高声问道："冷姑娘，我们可以进屋去看看吗？"屋里迟延了一会儿，硬邦邦地回了一声："随便。"

来此之前，李纲已听说冷家的家境比较贫寒，但当迈进这间房屋后，其窘迫程度还是令他大出意料。这冷家虽说尚非绳床瓦灶，但说它是家徒四壁是毫不夸张的。室内除了几件漆层剥落得几乎分不出颜色的旧桌破椅外，再无长物。大约是由于买不到或者买不起柴禾，屋里没有生火，感觉甚是阴冷。靠墙支着的木板床上躺着一个裹着破被的老妪，那是冷铁心的母亲。这老太太一闻知儿子的死讯便昏厥了过去，几天来一直卧病在床。床边的小桌上有一只残留着药渣的黑碗，看样子是冷铁云刚刚给她喂过药。

冷铁云正坐在床边为母亲掖被角，听着李纲他们进了屋，她冷冷地回头看了一眼，仍是漠然无声。

李纲走到床前，俯身看了看昏睡着的冷母，关切地问，令堂患的是什么病？冷铁云停了一会儿，才冷淡地回道，小民家里的事，与李大人有关吗？甘云看不过去，忍不住插言道，冷姑娘，这就是你的不对了。李大人前来看望你们，乃是出于一片好意，你怎么能对李大人这样说话？

冷铁云看也不看他，眼睛盯着地面，生硬地把他的话顶了回去。她说民女没见过世面，不知道应当如何同大人说话，这里也不是大人们待的地方，若无他事，几位大人就请回吧。

李纲示意甘云噤声，他自己拉过一把破椅子坐下来，平心静气地说，冷姑娘对本官这般态度，本官自知究竟，不会怪罪于你。既然如此，本官也就索性打开天窗说亮话了。令兄是个军人，既是从军报国，便要有随时捐躯沙场的准备。战场上情况复杂瞬息万变，在刀光剑影的紧急关头，不能从个人的角度言及是非。能够打退敌人就是最大的是，贻误战机就是最大的非。令兄以一己之牺牲，而令全军奋起击退金兵，反败为胜收复阵地，是死得有价值的，可谓重于泰山。当然，他也是死得冤，这个冤枉放在谁身上，一时也难以接受。但我相信冷姑娘不是个不明大义的人，对于其中的道理，慢慢会想得通。

　　说到这里，他示意甘云从腰间解下一个包裹，放到小桌上。他对冷铁云道，这几锭银子，说是对令兄之牺牲的补偿，未免太轻了，只算是聊表心意。

　　冷铁云仍是头也不抬，冷冷地道，用不着，抚恤金已经发放下来了，我们不敢领受双份。甘云解释道，这不是官府的抚恤金，而是李大人与何将军从自己的俸禄里拿出来的。冷铁云闻言怔了怔，但旋即干脆地回绝道，那么民女就更不敢领受，请你们收回去。

　　何庆言见冷铁云一点面子都不给李纲留，也有点耐不住了，正欲开口说话，被李纲用眼色制止。李纲依然和颜悦色，他十分诚恳地说："如果冷姑娘不收，我李纲改日必当再次登门慰问，直到冷姑娘接纳为止。但目下重围未解战火未熄，金军虎踞城外，随时可能攻城，备战御敌之事千头万绪，冷姑娘忍心让本官再三牵涉精力于此吗？自然，本官的意思，不是说送了这几锭银子便可将你们置之脑后了。今后家里有何难处，你可径直来找我，凡属正当要求，且为本官力所能及之事，本官绝不推诿。"

　　听李纲说了这番话，冷铁云端坐未动冷漠依然，但没有再坚持让他们收回银锭。

　　出了冷家的院门，李纲一行人上了马，徐徐按辔而行。何庆言见李纲神色抑郁，劝慰道："李大人不必过于自责，我们这样做，对冷家已算是仁至义尽了。俗话说慈不掌兵，李大人初执帅印便具临危不乱之大将风范，实是难能可贵。斩冷铁心一人而获胜全局，这个处置无甚不当，没有什么可后悔的。"

　　李纲叹了一口气说："我烦闷的不只是误斩了冷铁心，更是因为有许多误国误民的家伙该斩却斩不得。皇上虽然授予了我先斩后奏之权，实际上我对官职稍大一点的人，根本就动不了。非但动不了，还得耐着性子天天同他们周旋，同他们反反复复地打嘴仗，空耗去无限的时间和精力，这才是让人最憋气的。"何庆言道："李大人所言极是，若是没有那些除了阿谀奉承一无所能的误国奸佞，汴京也不会有今日之危了。"李纲见何庆言有点声高，忙说："这话到此为止，被人听去便是是非。"何庆言苦笑一下闭了嘴。

因惦着行营司里的繁杂事务，李纲催马加快了行进速度。就在行进途中，他得到了康王赵构与少宰张邦昌已被遣送金营的消息。

这时李纲一行已行至浚仪桥大街。刚过了桥，就见有一骑人马疾驰而来。转眼间那骑人马与李纲一行在街心碰面。来人就在马鞍上向李纲抱拳施礼，急切地道："参见李大人，末将有要事禀报。"李纲认得这人是禁军都统制姚友仲帐前的一名副将，以为他要禀报的是有关城防的事情，让他沉住气慢慢说。但一听那副将报告的情况，李纲顿时也急了。

原来就在大约一个时辰前，有大臣沈晦奉旨由酸枣门出城，去金营送交议和誓书，并言其乃为先行，康王与少宰张邦昌随后即要出城使金，以示朝廷缔盟诚意。

沈晦持有圣谕，姚友仲不能不放行。但放走沈晦后，姚友仲心里却颇犯嘀咕。因为李纲曾有交代，戒严期间无论何人因何故出城，均须行营司审批。这沈晦去送誓书，为何没有行营司的批文，李纲也没派人事先打招呼？难道说李大人并不知此事吗？那么康王与少宰出使之事，李大人知道不知道呢？

作为一名禁军大将，姚友仲对朝廷中战和争执的激烈程度是颇有了解的。他揣度，遣送康王及少宰出使这件事李纲未必同意，这事的背后似乎有点问题。倘若李纲对此事果真不知情，自己这里又不得不遵旨行事，一旦铸成大错，那便悔之莫及。因此姚友仲便急派了一名副将，去向李纲禀报请示。那副将到了行营司，方知李纲去了城南，便连忙打马向城南去寻，恰好在浚仪桥头与李纲相遇。

李纲听过那副将简短明了的禀报，恼火得眼前直冒金星。

他没想到赵桓不但没有再经朝议，而且有意封锁消息，居然连一点口风都没透，便做出了这等糊涂透顶的决策。你如此向金人屈膝示弱，金人能不肆无忌惮百倍猖狂吗？有赵姓亲王被扣押在彼，金人能不对我们颐指气使横加要挟吗？自己先将自己置于这样一个极其被动的地位上，这个和还怎么议？此中的道理何其浅显，你天纵英明的大宋天子为什么就是想不明白呢？

赶往大内去劝说赵桓收回成命是来不及了，当务之急是先阻下即将出城的康王和张邦昌。这样做是抗旨，其中的风险之大不言而喻。而且康王和张邦昌的身份地位远在他李纲之上，他的话这两个人能不能听也难说。可是现在顾不上考虑那么多了，李纲急促地大喝了一声："快，去酸枣门！"便火急火燎地打马飞奔而去。

然而还是迟了一步。当李纲一行人马风驰电掣般赶到酸枣门下的时候，赵构和张邦昌已经出城过壕，没有追回的可能了。

姚友仲一脸无奈地对李纲禀报说，他也觉得遣送康王使金十分不妥，但是圣意如此，焉得阻拦？他还告诉李纲，张邦昌出城时交代他，中书省正在起草割让三镇的诏书，很快还会有使臣出城，去向金人递交那份诏书。

李纲恼恨不已连连顿足。他坚信，金人的胃口根本是填不满的，朝廷一味屈从，只有死路一条。赵桓走出的这步臭棋已不可挽回，只能尽力加以补救了。他思考了一下，果断地命令甘云："你速去中书省传令，割让三镇的诏书暂且不要发。此事如何措置，待我面君后再定。有胆敢背着我辄发诏书者，立斩！"

这个意思，显然就是要与皇上的旨意对着干了。姚友仲何庆言等皆对李纲的铮铮铁骨肃然起敬，但也都为李纲头上这顶乌纱能戴得多久，暗暗地捏了把汗。

三

这边京城内外纵横交错的文争武战正进行得惊心动魄如火如荼，那边外出避敌的大宋太上皇赵佶的心情，却伴随着逃亡旅程的延伸，而日益变得轻松起来。

赵佶离开南京应天府后，先是乘骡走了一阵子旱路，在陆地上颠簸得腻歪了，至安徽符离时又改乘官舟。经由泗上，即现今江苏盱眙西北，于正月十四日，也就是赵构和张邦昌被遣赴金营的这一日，抵达维扬。所谓维扬，就是现今的江苏扬州。

扬州位于运河汇入长江口处，乃淮南东路治所，即该行政区之首府。这座古城在隋唐时期曾相当繁华，享有"扬一益二"之称。经过晚唐的战乱兵祸，其地遭受重创，不仅城区规模大为缩小，其政治地位也大不如前。但因有悠久的历史作为烘托，它仍然不失为一座华夏名城。

扬州最闻名于世的东西，大约要算是"二十四桥"。唐朝诗人杜牧曾有"二十四桥明月夜，玉人何处教吹箫"之绝句流传千古，对提高扬州城的知名度起到了不可忽视的作用。那个"二十四桥"具体指的究竟是一座名唤"二十四桥"的桥呢，还是一处由二十四座桥共同组成的人文景观，如今已无从确考。但其地"青山隐隐水迢迢"之天然秀貌，却是有目共睹无须考证的。

奔波千里终于来到了这座举步可跨过长江天险的秀丽小城，安全系数大为增加，赵佶的心情放松是很自然的事情。至于汴京那边的形势如何严峻，危机如何深重，那是赵桓和朝廷大臣们应当考虑和处置的问题，赵佶现在不在其位不谋其政，没什么兴趣去关心那些国事。

赵佶是个富有艺术家气质的人，他的心情一放松，行为便比较随便起来。当皇帝时，龙袍在身，他的一举一动，不得不做出一副与那身龙袍相称的庄严姿态，时刻须讲究个龙形虎步不怒自威，全身上下都得横平竖直地端着，装腔作势拘束得紧。这也是使他觉得这个皇帝当得甚为累人的原因之一。如今他已经不是皇帝，又是身穿便服，而且又已远离战火威胁，其放荡不羁的本性便暴露无遗。

船到码头，离舟登岸，赵佶命蔡攸带人去联系住宿事宜，他自己则在张迪的陪同下信步岸边，要溜达着玩玩。

这一日正好逢集，渔民们打了鱼，当时便堆在江边叫卖。其他商农人等趁着这里人多，也带着各种农副产品来此摆摊易货，推车挑担光头赤脚者往来江边络绎不绝。这种完全是由下里巴人组成的热闹景象，与汴京城里的都市繁华迥异，与汴河岸边的市民交易市场亦不尽相同，其间充溢着更纯粹更淳朴更原汁原味的民间气息。

这种乡土气息是久居深宫的赵佶很少有机会领略到的，现在他置身其间，既新鲜又好奇，勃勃兴致油然而生。他由此顿生这次离京南下确乎不虚此行之感。如果没有这次的避难，岂有机缘领略多姿多彩大千世界的另一种画面乎？

赵佶边走边看，越看兴致越浓，就不想只做个观赏者，还要参与进图画中。于是，他便驻足于一个鱼摊前，问起那刚刚网上来的活鱼的价钱。

卖鱼汉子观其穿戴气度不似村野农樵，料是个有钱的主顾，满腔热情笑脸相迎，却故意报了个高价。赵佶何曾了解行情，况且他也并不缺钱，岂会计较一星半点儿的鱼价高低。但赵佶却偏要计较，他要亲自享受讨价还价的生活乐趣。

经过一番认真的计较，双方以低于报价一个铜板的价格成交。赵佶笑逐颜开，仿佛是占了莫大的便宜。卖鱼汉子也心满意足，因为他这鱼的实价，其实比成交价还低不少。他就一面嘟囔着真是卖亏了，一面暗笑这个似乎是有点身份的人自以为精明，实则是个极易糊弄的蠢货。

赵佶让张迪付过钱提了鱼，正要继续向前游逛，宇文粹中走来，低声禀报说扬州的地方官员即刻便至码头迎驾，请太上皇速回。赵佶只得兴犹未尽地回步，他边走边叮嘱张迪，今日一定要用刚购得的这几尾活鱼下酒，又道今日之游不可无诗，回头一定要吟哦几首，记此在江边"就船鱼美"的逸事。

是日，赵佶一行在扬州地方官员的恭迎下住进驿馆。

太上皇驾临是件大事，接风洗尘是免不了的。由于赵佶他们都跋涉得很疲念，官府将接风宴安排在了次日中午。这样一来可让太上皇等贵宾恢复一下体力，二来也可使宴席的筹备有点时间。

照料赵桓等人歇下后，扬州府上上下下便开始忙活起来。经过连夜操办，次日中午摆出的以淮扬菜系为主的一席盛宴，基本上达到了国宴标准。然而谁也没想到，这场精心筹办的接风宴，尚未及酒行三巡，就狼狈不堪地半途而废。

事态的陡变起因于来自城北的一马快报。

当时盛宴刚开始不久，宴楼中洋溢着一派欢声笑语。众皇亲与赵佶一样，皆觉到了这里已算是脱离了险境，就此逗留下去亦无不可，一个个心旷神怡忧虑尽消，这就使宴会的气氛极佳。

扬州的地方主官见赵佶等人高兴，他们也很高兴。太上皇驻跸扬州的机会不可多得，侍奉好了太上皇对其日后的仕途自有好处。因此从知州到通判对今日的宴会都十分重视，命令各曹参军一律出席作陪。就在这些地方官员频频向赵佶献辞敬酒的时候，城北的快报传进了宴楼。

前来报信的是北城门守将派出的军士。他报告说，探得有大队人马正向扬州开来，兵力约有万余，具体是什么部队，正在再探之中。扬州知州为保障赵佶一行的安全，昨日在得知赵佶到来之时，就向四壁守将下达了命令，让他们发现异常情况必须及时禀报。北城的守将生怕误事受责，所以未等进一步探明端的，即先将此况报了过来。

知州得报，一面下令速搞清来者究竟，一面不得不马上禀与赵佶。赵佶不听则已，一听此讯身上就禁不住激灵一下打了个寒战。两个可怕的字眼闪电般地从他的脑子里蹦了出来：金军！至于在这距汴京千里之遥的地方如何会突然冒出一支金军，这支金军是取何道而来，假如汴京尚未失陷，它又如何可以越过宋军的阻截，如此神速地追赶到扬州，等等问题，他这会儿没工夫去想。

身上的寒战还没打完，他就哗地一推杯盏站了起来，口气急促地命令知州，立即备车送他去江边。赵佶这一慌，宴楼里顿时便全乱了套。金军已追至扬州之说疾风一般传遍席间。这时纵然有琼浆玉液龙肝凤胆，也没人再有心思吃下一口。

众人见赵佶匆匆忙忙离席而去，俱忙不迭地起身跟着往外跑。知州一见场面乱成这样，手足无措寸尽失。亏得那通判还有点应变能力，他急命在场的官员分成两拨，一拨速备车马先护送赵佶一行去江边，另一拨调集衙役去驿馆搬运赵佶他们的行李物品。那些官员心里惦着的是自家的老小，然而当差不自由，不能不遵命先去帮助太上皇及其眷属逃跑。他们都在心里暗骂，若无赵佶这不吉祥的废物至此，哪里会招来这从天而降的祸事。

赵佶及其眷属或乘车或骑马，在扬州官员的护卫下，乱哄哄地赶到了江边，行李细软一时半会儿却还运不过来。赵佶焦急地在岸边踱了几个圈子，觉得保命为要，不可再等，就欲登舟先行。然而但见沿江的大道上甲胄闪闪尘土飞扬，一彪人马已经驰至眼前。

赵佶心慌意乱，一屁股坐在一块青石板上，仰天哀叹：万事休矣！如果昨日连夜过江，急调江南宋军扼住渡口，完全可以阻住追兵免除今日之险。真是太麻痹大意了！但现在后悔已无用，是死是活唯由天命了。

赵佶正紧闭着眼睛，惶恐地等待着厄运的摆布，却听得耳边响起了两个熟悉的声音："臣童贯、高俅拜见太上皇，谨祝太上皇龙体安康！"

赵佶以为是自己的幻觉，暗自苦笑了一下，默然未动。那两人的声音再次响起。这一回赵佶听得真切，他睁眼一看，跪在面前的，果然是童贯、高俅。他又惊异地环视过去，发现那奔驰而至的大队人马，原来全是宋军。

赵佶这才魂魄归位，如梦方醒地舒了一口气，开口问道，你二人如何来到此处，还带来了众多兵马？童贯、高俅就禀道，臣等闻知太上皇南下进香，念及局势动荡，唯恐途生不测，特率本部人马前来护驾。赵佶问，是皇上让你们来的吗？童贯、高俅回答，因护卫太上皇心切，行色匆匆，未及奏明皇上。

赵佶稍稍一转脑筋，便猜透了这两个人跟随而来的真正用意。但不管怎么说，身边增加了这样一支兵强马壮的护卫大军，总是一件好事。而且童贯、高俅这两个人，总体上说算是死心塌地追随他赵佶的人，有这两个人护驾，诸事会方便得多。因此赵佶便不再追究其离京意图，乃豁然而笑道，二卿忠心若此，予心甚慰。二卿所率部伍，即充为予之进香卫队可也。

一场虚惊过去，众皆额手称庆。这时有些人就觉得方才赵佶那副草木皆兵的丑态非常好笑，但没人敢表露出来。

接着装载着赵佶一行细软的车辆也赶到了江边。扬州知州便上前恭问，太上皇是要在这里住些时日，还是现在就过江？

按赵佶的原意，本是有在此住一段时间的念头。他诵读过不少前朝文人吟咏扬州的诗句，对这座以风流蕴藉闻名于世的南方古城很感兴趣，对淮扬歌伎之芳姿艳貌亦早有耳闻。既然到了此地，何不饱览一下其中的旖旎风光？但是方才的这场虚惊动摇了他的这个想法。这里似乎仍然不够安全。他踌躇了一下，向童贯、高俅问道，二卿之见若何？

童高二人自然是希望跟着赵佶跑得越远越好，就异口同声地道，为保太上皇平安，乃以过江为上。赵佶点头道，那么便依二卿之意。

对于扬州的地方官来说，赵佶过江不过江各有利弊。赵佶不过江，童贯、高俅的部队便要随其驻扎扬州，这就大大地加强了扬州的防卫力量，对应付局势的进一步恶化和抵御极有可能突破中原挺进江淮的金军，具有很大的好处。但这些人马留在扬州，带来的压力和麻烦也很大。别的不说，仅钱粮开支一项，就是个相当沉重的负担。赵佶过江，带给扬州的好处没了，可是压力和麻烦也没了。背着抱着一般沉，所以扬州的知州和通判在心里盘算下来，也不觉得太上皇立马要走是多么大的遗憾。听了赵佶的旨意，他们便命令属下去指挥差役将赵佶等人的行李装船。

没想到这时又出了事：有人阻拦差役们装船。

阻拦装船的是当地的平头百姓。原来，百姓们自昨日闻知太上皇驾临扬州，且要由此前往江南，就有不少人不招自来，纷纷聚集于渡口，意欲劝谏赵佶中止南下逃亡之旅。方才赵佶一行仓皇逃奔江岸，又惊动了许多民众跟来观望。此时闻风来到江边的人已说不清到底有多少，放眼望去只见是密密匝匝一片人海。一些渔船也从水面上围拢来，你拥我挤地堵住了航道。一见赵佶要走，百姓们情绪激昂一拥而上，皆恳请太上皇以社稷安危为重，坐镇扬州竖起抗金大旗。霎时间四面八方的民谏声便势如狂潮席卷了江岸。

扬州的知州和通判感到这事有点棘手，两人商议了一下，就去请示赵佶，是否可暂缓过江。

赵佶见状，恼火得很。他对这种带有要挟性质的百姓请愿十分反感。而且人们越是请求他留下，他越觉得这个地方危机四伏非久留之地。于是他沉下脸来下令，速将周围的民众驱散，不得耽搁他的渡江时间。

知州和通判只得让下属分头去劝百姓离开，两人亦亲自去往来奔走喊话。但百姓对他们的规劝根本不听，任凭他们喊叫得声嘶力竭喉咙干哑，不仅无人后退一步，向江边围过来的人反而越来越多。那知州和通判焦灼无计，额头上都冒出了豆粒大的汗珠。

童贯在旁看着，认为这个局面只能由他来出面收拾了。

童贯曾先后统率大军镇压过宋江、方腊两股农民起义军，在对付民众闹事方面是颇有些手段的。以他的经验看，从骨子里说，草民百姓都是吃硬不吃软，别看眼前这些人仗着人多势众咋呼得紧，其实是色厉内荏一盘散沙，内中真敢玩命的没有几个。只要官方动真格的，无论他们有多少人，顷刻之间全都会作鸟兽散。现在由他站出来解决困境，正好乘机显示一下他的能力，增加一把他在赵佶心目中的分量，让赵佶感到他这个人确实不可或缺。

所以，他也没向赵佶请示，便下令本部兵马成作战队形向四周的民众列阵展开，刀出鞘箭上弦。接着就命几名将领驰马阵前，同时向四方喊话，告诫所有围聚于此者立即散去，否则即为谋反，格杀勿论。

聚众情愿的人们见此情形先是愣住，但继之全被童贯的武力威胁激怒。不知是谁高喊了一声："他们敢动手，就跟他们拼了！"这句话就像点燃了火药筒，引起了一片炸雷似的怒吼声。人群非但没有离散，反倒迎着引弓待发的箭镞渐渐地向前涌来。

童贯并不是虚张声势，他对此早有思想准备。面对越逼越近的人群，他冷冷一笑，传令下去，有胆敢再进一步者，毋庸迟疑，立即射杀。

扬州知州和通判万没想到今天这事会闹成这样，他们预感将要出大乱子了，俱在心里叫苦不迭。赵佶也觉这样一来事态恐怕要闹大，但又吃不准童贯断然采取强硬措施是对是错，一时不知如何是好。

人群还在继续向前涌动，胜捷军的弓弦已经拉满，眼看一场血案在所难免。

忽听有人急叫一声："童太尉且慢！"

童贯回头一看，不得不将已经顶到唇边的"放箭"二字咽了回去。他再骄横跋扈，这个人的话还是不敢不听的。这个人是郑太后。

有赵佶在这里，郑太后原是不想出面的，但她见赵佶一直犹豫不语，而童贯却当真要大开杀戒了，她不得不越过赵佶站了出来。她倒不是担心一旦动武童贯控制不了局面，她相信，凭着童贯、高俅带来的这两支兵马，强行将聚集江边的请愿民众镇压下去，肯定是不成问题。问题在于那样一来，所造成的影响将极其恶劣。

赵佶于国难当头之际，置京城安危于不顾，径自南下逃跑，已是非常不光彩的事，倘于途中再酿血案，必会搞得天怒人怨，甚至下场堪忧。即使不想将来只看眼前，逃难途中的护卫措施十分疏松，若与百姓结下死仇，那江湖刺客的报复手段，可是防不胜防。

虑及种种严重后果，郑太后才不敢再沉默，急切地出面喝住了意欲蛮干的童贯。然后，她回身低声对赵佶道，上皇人在旅途居无定所，结怨民间此身何安？一语点醒梦中人，赵佶忙命童贯将人马撤下。

民众见官军不再以武力相胁，情绪稍缓，然仍无退意。

赵佶便问郑太后，对这些愚民强驱之不可，婉劝之不退，如之奈何？凭什么他们不让我过江，我就不能过江？我堂堂的太上皇难道连这一点自由都没有吗？郑太后考虑了一下说，看来若不适当地做些妥协，大家都难得脱身。以妾身之意，且先如此如此，上皇意下如何？

赵佶听了郑太后的主意，略为沉吟，觉得是个权宜之计，不禁对她生出一股感激和敬意。于是他唤来扬州知州与通判，让他们再去向民众进行劝说。

知州和通判领命，马上分头去宣告太上皇的旨意。他们告诉百姓，太上皇南幸乃朝廷的重要政务安排，行程既定不可擅改。然扬州百姓挽留意切感人肺腑，上皇不忍拂民热望，因之特留郑太后及眷属于此，并留殿前都指挥使高俅所率兵马驻守扬州，与当地军民携手备战共御金虏。希望百姓们深明大义顾全大局，勿误太上皇南巡要务。

这个折中的方案通报出来后，百姓的情绪大为舒缓。肯将郑太后以及高俅一支人马留下，在百姓的心目中，是太上皇给予了他们很大的台阶和面子。而如果非坚持太上皇本人留下不可，可能会把事情搞僵，反倒事与愿违。毕竟他们也不愿意闹出流血事件，于是在民众间便议论纷纷起来，多有认可之意。

知州和通判见众意开始松动，就趁热打铁再加善劝。郑太后亦当即辞别赵佶，带着眷属们登上了返回城里的马车。人们见了，乃信郑太后等留驻扬州非为虚言，就一拨一拨地逐渐散去。一场风波至此总算平息。

这时天已将暮，赵佶唯恐夜长梦多，吩咐随员抓紧时间渡江。童贯忙命军士将赵佶的行囊箱包搬运上船，带领部分亲兵亲自护卫赵佶登舟启程。胜捷军的大队人马则经浮桥步行过江。

赵佶在张迪的搀扶下步入船舱，他看着一直在鞍前马后忙碌不停的童贯，对其勤勉事主的精神十分赞许。刚才童贯那种敢于采取极端措施、不惜得罪百姓来维护赵佶的利益的举动，尽管失之孟浪，但是忠心可嘉，令赵佶深感此人确乎不可多得。而张迪却认为，童贯其实是成事不足败事有余。他很担心此行由于童贯的加入，会使赵佶与皇上赵桓的关系产生裂痕。但这个念头他不敢明说。

高俅与童贯一起奔波千里，好不容易追上了赵佶，却被赵佶一句话留在了扬州垫背，心中老大地懊恼。他暗骂到底是童贯这只不公不母的老狐狸溜须拍马技高一筹，便宜总是让这厮占了去。而实际上却正是由于他没有追随赵佶过紧，后来方侥幸未被赵桓列入诛杀名单。这才真正是捡了个最大的便宜。

第九章

"不曾习武？不曾习武你当的什么少宰？怪不得你们的那些禁军上得阵去犹如朽木粪土，原来朝中俱是无用的废物。"宗弼说着，放声大笑。旁边的金将金兵亦皆鄙夷地大笑不止。张邦昌被奚落得火冒三丈，却只能忍气吞声地向宗弼连连揖手，口称惭愧。

一

冤家路窄，开封府提举保甲危国祥趁火打劫发国难财，又撞到了李纲的手上。

事端乃由朝廷决意竭财奉金而起。

赵桓在遣送赵构、张邦昌出使的同时，即下达了务必依金军要求筹集犒军财物的旨意。并指令太宰李邦彦亲自负责督办。为了满足金人的欲望，渡过眼前的难关，他首先在这件事上做出了表率。他先从宫内着手，令人筹集天子的衣服、车马、宗庙祭具、六宫器皿等物变卖，这使得李邦彦催逼朝官捐资的差事相对容易了一点。天子尚且如此，臣属岂敢怠慢，于是上至宰执大员，下至末阶胥吏，无不忍痛解囊。

对于在赵桓登基后已经失势的官宦如蔡京、王黼、梁师成等人，李邦彦干脆派人直接上门抄家，将其府邸乃至其亲属家中所藏的金银悉数没收，纳入元丰库。

这样折腾下来，仅一天多的工夫，便筹得了金三十万两，银八百万两。在这么短的时间里能筹集到这个数目，应当说是战果赫赫了。

可是赵桓和李邦彦面对这个赫赫战果，谁也高兴不起来。这个经朝廷总动员才努力筹集到的数目，离金人金五百万两、银五千万两的要求，差距显然太大。何况，还有数目庞大的绢彩骡马之属尚无着落。

再从皇宫里或者朝臣们身上硬挤是不现实的了。无论是赵桓还是各级官员，都不可能为此真正穷尽家底，搞得自己一贫如洗，在这一点上大家是彼此心照不宣。可是目前的数目是搪塞不过去的，这个难题如何解决？

李邦彦献策四字：取之于民。赵桓允准，并补充道，亦可谓用之于民。

李邦彦连称正是正是，乃命有司张榜街衢，限期汴京百姓将家中金银包括各种金银制品悉输官府，期满不输者斩。对于隐瞒资财者，许亲属、奴婢及诸色人等告发，允诺对告发者给予重赏。为了尽快地将金银搜罗到手，李邦彦还指示各级衙门，不得懒散懈怠坐等缴纳，而要积极主动地上门催收。汴京城里由此便掀起了一股大肆搜刮民财的狂潮。

有个唤作王孝迪的中书侍郎，在此勾当中上蹿下跳极为卖力，到处恐吓百姓，说若不交出财物，金人破城后就会将男子杀尽、妇女虏尽、宫室焚尽、金银取尽，被百姓冠名为"四尽中书"，正与前番那个"六如给事"李邺配成一对。

开封府是承担搜刮民财任务的主要衙门之一，为了应付李邦彦下达的那高得惊人的定额，府尹聂昌派出了大量官吏，深入到各厢区去进行征收督缴。提举保甲危国祥自然在此列之中。危国祥对干这种事向来极为热衷，借机中饱私囊的勾当他早已操练得轻车熟路。上回借募兵之机敲诈百姓遭到李纲的痛斥，他心里一直憋着一股窝囊气，这回是奉旨括财，名正言顺没人敢阻，他当然要乘机大显身手。

危国祥领差后雷厉风行，当即便带领一班衙役深入了街巷，破门闯宅登堂入室，挨家挨户逼金索银，且对所到之处认真搜索，凡属贵重物品，二话不说伸手便拿，其行径与明火执仗的土匪强盗无异。百姓们慑于皇榜所示，皆束手任其劫掠，敢怒而不敢言。这是危国祥自当差以来敲诈民财最为顺手的一次，可谓是得心应手无往不利，因此他每日里是不辞辛劳早出晚归，干劲越来越大。

然而就在他那借着冠冕堂皇的名义巧取豪夺的营生正进行得红红火火一路顺风的时候，却意外地在济世堂碰上了一个硬钉子。

济世堂是个药铺，坐落在宣德楼东南的一条大街上。药铺掌柜唤作吕忠全。吕家是世医，吕忠全继承了其祖衣钵，而他又有经商兴趣，因此就在挂牌行医的同时，开办了这个药铺。济世堂初创时门脸很小，经过若干年的苦心经营，铺面已发展到三间大瓦房的规模，在这条街上算得上是数得着的一家店铺了。

对于这样一个财力殷实的商家，危国祥自是不会放过，他决心狠狠地敲上它一笔。

这一日上午，济世堂开门不久，危国祥便带领着四五个衙役大摇大摆地走了进来，颐指气使地叫嚷着让吕忠全交银子。吕忠全是看过皇榜的，知道这一劫谁也躲不过，就赶紧让伙计把店里现有的银子全都端了出来。

危国祥瞥了那些银子一眼说，你偌大一个店铺，就只这点零碎吗？你这厮必有藏匿。吕忠全解释道，小店的存银确实就这么多，已经全部拿出来了。危国祥哪里会听他的解释，他脑袋一晃道，既然你如此滑头，便免不得本提举动手一搜了。说着，就喝令衙役们越过柜台，到后面去搜。

吕忠全原本对官府以筹款议和为名向民间横征暴敛就心怀不满，这时便有点忍无可忍了。他将身子一横挡住柜台口，质问危国祥道，小民已经把银子全都交到你们手上了，你们凭什么还要搜查我的店铺？

危国祥在这次敛财行动中还没碰上一个敢于同他顶撞的，吕忠全这么一挡，立时把他的火给勾上来了。他蛮横地冲吕忠全叱道："你这厮少与我啰唆，本提举说要搜就得搜，没有凭什么不凭什么这一说。"

吕忠全气得脸色发白："我若不让你搜，你待怎的？"

"那就莫怪你危大爷我不留面子了。"危国祥见吕忠全竟敢如此强硬，心里越发火大，"你这厮不识抬举是不是？来呀，把柜台给我砸了！"

众衙役得令，狐假虎威地一哄而上，七手八脚便要掀柜台。吕忠全急了，正要张臂阻拦，却有一个人已从旁边抢上去，立在了衙役们的面前："住手！你们想干什么？"众人都冷不防地一愣。定睛看去，这人竟是个二十来岁的秀丽姑娘。

这姑娘是索飞春。

这几天，妇女义勇队主要承担了救治守城部队伤员的差事，今天她是到济世堂抓药来了。方才危国祥等人咋咋呼呼地进门的时候，她正坐在一旁等候着药铺的伙计包药。伤员等着用药，她原本没有多管闲事的心思，但在冷眼旁观的过程中，危国祥的霸道行径却一步步地激怒了她。及至看到那帮虎狼衙役居然要公然砸柜台抢明火，她实在按捺不住，便腾地起身抢了上去。

"原来是你。"稍一愣神，危国祥认了出来，这就是几天前曾在何卫氏门口同他叫板的那个女子。那天有李纲给你撑腰，老子不得不忍了胯下之辱，今日的情形不同了，就是李纲在此，又能奈我何？他轻蔑地盯着索飞春冷笑一声："我想干什么？我是在奉旨办差。此事与你何干，要你多嘴？"

"奉旨办差？圣旨上有让你砸药店的柜台这一条吗？"

"圣旨限令民间金银一律上缴国库，这厮隐匿不缴，本提举有权搜查。"

"他隐匿了多少银子？"

"笑话，本提举又不是他家的账房先生，谁知道他隐匿了多少，需待搜过方知。"

"既然不知道，你又怎么能断定他隐匿了银子？"

"这个……"危国祥这才发现，在三言两语中，他已被索飞春绕进了圈套。他顿时恼羞成怒，"本提举无暇与你废话，你与我速速闪过一旁，不然我便先将你拿下。"

索飞春岿然不动："你要拿我，凭何罪名？"

"阻办皇差，罪同通敌。"

索飞春哈哈大笑："正月初九我们在城头上与金兵肉搏的时候，你在哪里？我说提举大人，有本事朝着金人去使，那才叫作汉子，在这里冲着老百姓耍威风算什么能耐？逼着老百姓把家底掏干去孝敬金人，我看这才是罪同通敌！"

危国祥被索飞春奚落得额上青筋直蹦，他抬手一指命令衙役："这贱货抗旨闹事，罪大恶极，与我拿下。"

吕忠全是个重义之人，眼见得一个素不相识的姑娘拔刀相助引火烧身，焉能袖手不管，就连忙上去劝阻。岂料还没等他说话，便被一个衙役一拳捣了开去。这一拳打得吕忠全的肩胛一阵剧痛，也彻底打开了他胸中的怒火闸门。他生就是无事不生事、有事不怕事的性格，而且也是练过些拳脚的，这一怒之下便将什么后果不后果统统抛在了脑后。他随即反手一拳，把打他的衙役狠狠地击翻在地。

索飞春哪里容得衙役们近身，也早拉开架势动了手。

这一动手，动静便闹大了。双方从店里打到店外，引来了大批的围观者，街衢上的交通为之堵塞。这条街地处京城的中心地带，出现了如此骚乱，消息很快便传进了亲征行营司。

李纲正在行营司与吴敏、许翰等人议事，议的正是关于强行敛财于民间的问题。吴敏、许翰都听说城中百姓对此已是怨声载道，唯恐持续下去酿成大乱，特地前来与李纲沟通情况商讨对策。闻报在咫尺之遥的皇城根下发生了骚乱，李纲即中止了会议，命甘云点起卫队，随他亲去现场查看。维持城中的治安是行营司的职能之一，大敌当前重兵压境，京城内部的安定是克敌制胜必不可少的保障，李纲对此的重视程度，毫不亚于城防前线。

李纲带人赶到出事现场时，事态已发展得相当严重。

原来，当索飞春、吕忠全与危国祥一帮人动手从药铺里打到街面上以后，不仅惊动了左邻右舍和过往人等，亦惊动了负责城区治安巡查的京城都巡检范琼。范琼带领一队禁军来到这里，理所当然地认定乃是不法刁民滋事，不问青红皂白，便下令将索飞春、吕忠全拿下绑了。药铺的伙计上去为主人求情，被范琼抢起马鞭抽了个满脸花，疼得歪在地上半天爬不起来。

市民中有知情者看不下去，大着胆子站出来向范琼解释事发根由，却被危国祥指斥他们与闹事的暴徒是一伙。范琼自然是要袒护穿官服的人，便命禁军士兵将敢于出面说话者一并拿下。

这一下激起了众怒。百姓们本来便对官府强征民财深怀怨恨，这时就酿成了这种强烈情绪的大爆发。未等上前拿人的士兵再动手，就有几条血性汉子挺身而出，愤怒地质问官兵还讲不讲理。有人一带头，周围的市民也都一起向前涌，种种愤怒不平的叫骂声如汤沸鼎响成一片。

危国祥见状对范琼道，范大人你看见了吧，民悍若此，在下办这皇差，实与赴汤蹈火无异。如果范大人弹压不住，在下亦只好惹不起躲得起了。范琼被危国祥这么一激，岂肯在众目睽睽下丢了面子，遂冷笑道，哼哼，整治不了这几个泼皮，我范某也白吃这十来年的军粮了。于是他嗖地拔剑在手，厉喝周围人等不可聒噪，令将挑头闹事者俱绑官府拘讯，扬言有胆敢以暴力拒捕者，立斩不贷。

此令一出，禁军士兵们立时如临大敌，刀剑纷纷出鞘。

市民们怒目刀丛，沉寂下来，但是并不散去，与禁军形成了无声的对峙。虽然无声，却很强硬，很难估计其中蕴含着一个多大能量的惊雷。

下面该怎么办，范琼吃不准了。坚持下令抓人吗？十有八九会激起规模不小的武力冲突。胆敢以暴力拒捕者斩，用这话吓唬一下人可以，但当真在京城腹地造成平民流血事件，他还没有那么大的胆子。可是不抓人又弹压不下这场乱子，再说刚才大话已经放出去了，如他不敢动武，这出戏又该如何收场呢？

就在范琼把自己弄得势成骑虎的时候，李纲到了。

李纲看了看眼前的局面，二话没说，先命禁军士兵刀剑归鞘。范琼得了台阶，赶紧就坡下驴，喝令士兵后撤。

危国祥暗暗叫苦，情知这一回他的霉头又触定了。

李纲将范琼叫到马前，询问事情缘由。范琼回禀说，纠纷乃是由官衙奉旨向百姓征收金银而起，他不过是带人到此维持了一下秩序，内中详情还得问这个危提举。

李纲看看立在范琼身边的危国祥，又看看被绑在一旁的索飞春和吕忠全，不用问便明白个八成，但他还是依次对双方做了讯问。双方的回答自然是大相径庭。危国祥声色俱厉地指控吕忠全、索飞春抗旨滋事图谋不轨，吕忠全、索飞春则义正词严地怒告危国祥假公济私强抢民财。

李纲让危国祥明确回答，吕忠全到底交没交银子。危国祥支吾了两声，不得不承认，吕忠全是"搪塞了些许银两"。李纲就沉下脸来，严肃地质问他，既然交了银子，为什么还要强行搜查人家的店铺。

危国祥正之乎者也地寻找理由对付李纲的问话，人群中冒出一声喊："他们就是这样，交了银子也要搜！"随后便有人接二连三地大喊起来："他们家家都搜，根本不讲理！""他们不光搜银子，是见什么拿什么，连我家刚扯的一块被面都拿去了！""连为老人准备的寿材他们也抢，真是缺了八辈子大德！""他们还行凶打人，我爹拿不出银子，被打得吐了血，现在还起不了床！"

李纲一声不响地听着，越听脸色越阴沉。待到人们的喊声渐渐平息下来，他目光如剑直视着危国祥问，百姓所言是真是假？危国祥躲闪着李纲的目光，强词夺理地辩解说，在下尽心办差，其实也是为朝廷负责之意。

李纲怒不可遏地喝道，放屁！你还要狡辩！假借名目巧取豪夺引发骚乱，你可知后果如何？动摇了城防根本，这个责任你负得起吗？他命令范琼亲自给吕忠全、索飞春松了绑，然后对百姓们做了简短的讲话。

他主要讲了两点。第一，国难当头，为了挽救危亡，有钱的出钱，有力的出力，乃理所当然之事，希望大家理解支持；第二，征缴金银须严格遵照皇榜行事。皇榜明示，凡私藏金银者，经告发可予抄没。也就是说，对于不属被告发的人家，则不得入宅强搜。借机擅闯民宅是违法行为，一经查实严惩不贷。

李纲宣布的这两点，虽然并不意味着可以取消从民间强征金银的行为，却在一定程度上起到了保护百姓利益的作用，并且当众刹了危国祥那帮仗势欺人的恶棍的威风，令在场的百姓无不击掌称快。

范琼在旁听了也暗自点头。李纲既未否定圣意，又巧妙地安抚了民心，这个缓解矛盾的策略，确实比较得体。

但是李纲心里清楚，这个矛盾的化解，只是暂时的和局部的。如果强征民财的事再继续做下去，肯定还会不断地发生新的冲突事件，甚至会造成汴京城里的全面动乱。

因此，平息骚乱回到行营司后，他立即着手做了两件事。一件是具折呈奏赵桓，恳切地提醒皇上，自从张榜征收金银以来，经过官衙强征穷括，汴京城里民力已竭，乃至人心动荡内患丛生，实堪大虑。另一件是行文知会开封府尹聂昌，备述提举保甲危国祥无法无天欺凌百姓、抢掠民财屡教不改、影响恶劣民愤极大、险些酿成城区动乱的事实，敦请聂昌对此害群之马务予严惩，不得姑息。

奏折递进大内后，暂无回音。倒是惩处危国祥的事，开封府当天便有了动作。

李纲亲临现场处理骚乱的消息早已传到聂昌耳朵里。聂昌一听就知道，危国祥此番是在劫难逃了。如果他再像上次那样敷衍了事，对危国祥网开一面，恐怕李纲不会善罢甘休。再说危国祥确实也太过于有恃无恐，一点都不识时务。在这种时候胡作非为激起民变，扣他个什么罪名都不过分。他聂昌若是对其劣行一再装聋作哑，惹得李纲性起，在赵桓面前奏上一本，很难说是个什么结果。

毕竟李纲目前手握军政重权，他想，是不宜与之把关系搞僵的。上次已经给了张邦昌面子，这回也该给李纲一个面子了。于是聂昌一接到李纲的行文，马上便做出了革除危国祥职差的决定。

危国祥丢了差事，对李纲的仇恨积累得无以复加，因之如何找机会报复李纲，从此便成了他昼思夜想的一件大事。不过他沮丧地感到，起码从目前看，做成此事的希望，还甚是渺茫。

二

次日上午，索天雄到行营司求见李纲。由于李纲政务繁忙，许多前来求见的官员都被甘云挡了驾，但甘云对索天雄这位民间义士十分敬重，破例向李纲做了禀报。李纲料想索天雄是无事不登三宝殿，便放下正在批阅的公文，让甘云引索天雄进议事厅叙谈。

索天雄是专门为请求制止官府从民间强征金银而来。

朝廷的强征金银政令一颁布，就激起了索天雄的强烈愤慨，同时亦使他马上意识到了此事将导致的严重后果。然而一介布衣人微言轻，说什么都没用，因此他只好把抵制此事的希望寄托于李纲。本来他认为，李纲应当而且肯定会及时采取措施，设法制止朝廷的这种荒唐做法。昨天索飞春回去将发生在济世堂的事情讲了之后，索天雄方知李纲对此事的态度非其所望。

固然，李纲是严词制止了危国祥借机掠财的恶行，但他并未表示出从根本上反对强征民财之意，仅此而已是于事无补的。所谓对未经告发者不得随意进行搜查，这话只能让民众一时听来痛快，实则基本上是一句空谈，产生不了多大的约束力。官吏们打算抄检谁家，随便捏造个告发人还不是轻而易举吗？其中的真真假假谁能辨得出来，谁又有那个条件去逐一查证？查办了一个恶吏危国祥，汴京城里大大小小的张国祥王国祥不知还有多少，李纲纵有三头六臂，能查得过来办得过来吗？待到事情发展到不可收拾的地步，那是谁也无力回天的。

事关重大，索天雄不得不冒昧登堂，敦促李纲从速解决此事。

李纲对索天雄忧国忧民的精神十分感动，但是认为他毕竟不了解官场的复杂性，看问题未免过于一厢情愿。听索天雄说过来意，他告诉索天雄，我与索义士的见解是不谋而合的，昨日已将此意具折呈奏皇上。圣裁如何，尚在等待。

索天雄严肃地说，目下千钧一发，时不我待，我们没工夫坐等，必须催促皇上速下决断，立止征缴金银于民间。

李纲皱着眉道，这却不是我们要速办便速办得了的，皇上看了奏折，总得有个考虑的时间吧？再说，宰执大臣中持不同见解者颇多，亦须有个协调的过程。索义士非身处其间，不知其难也。

索天雄并不是全然没有虑及李纲的难处，只是根据他所知道的情况，不能不令他狠下心来逼迫李纲迎难而上。他想了想，说，李大人可否拨冗随小民出去走一走？李纲指指案头上堆积如山的公文苦笑道，你看看这堆东西，我今日出得去吗？索天雄坚持道，事有轻重缓急，小民绝不敢让李大人虚掷光阴。李纲见索天雄这样说，料其请他出去必有用意，便依其请，带上甘云随着他出了行营司。

索天雄请李纲出来，是要带他去亲眼看看穷街陋巷里的一些民家。

李纲一向自诩是个能够体恤百姓疾苦的官员，素日里他确实也比较注意考察民情，对下层市民的生活状况是有一定了解的。然而尽管如此，此行所到之处，仍然令他触目惊心。

索天雄先后领他看了七八户人家，户户皆是家徒四壁一贫如洗，衣单灶冷囊空米尽，令人无法想象他们将依赖何物继续维持生存。而更使李纲感到不安的，是这些百姓对待他这位朝廷大员的态度。他们见李纲亲临茅舍视察，并无感动之色，表现出来的只是冷漠和木然，甚至还有可以明显地感觉到的隐忍于沉默背后的怨恨和敌意。面对此情此景，李纲开始理解索天雄为什么坚持不能再坐等。

然而更让他吃惊的事情还在后面。

当索天雄领着李纲又看过一户民舍，步出那个狭窄潮湿的破院后，他对李纲道，类似这样的人家，再看下去几天也看不过来，小民不敢更多地耗费李大人的宝贵时光。李纲便问，你的意思，就是要告诉本官，百姓们确实已被压榨到了山穷水尽的地步，是吗？

"不仅如此。"

"还有什么？"

"李大人可知这些百姓都是什么人？"

"什么人？"

"他们都是在正月初九守城大战中阵亡者的眷属。"

"什么？"李纲不禁全身一震，"他们也要缴纳金银？"

"皇榜上何曾有网开一面之说？就连刚刚发放下去的一点抚恤金，都被搜罗得一个铜板不剩了。"

"混账透顶，岂有此理！"李纲愤怒地顿足大骂。犹如醍醐灌顶，刹那间他彻底地明白了事情的严重性，"多谢索义士指教，此事本官即刻去办"。

策马返回行营司，李纲即让甘云去联系内侍黄金国，请其向赵桓传送他要紧急进宫奏对的请求。经过这段时间的接触，李纲感到黄金国这人品质端正，办事能力也较强，是个可以信赖的人。

果然，不到一个时辰，宫里便传出旨意，召李纲于午后入对福宁殿。

见驾后，李纲开门见山地向赵桓提出，必须立即下诏，停止在民间搜刮金银。

此前李纲虽对张榜搜刮民财之事极为反感，却终是忍而未发，没有站出来劝阻。直到发生了济事堂事件，他才具折陈述其弊，然亦仅是点到为止。之所以如此，究其本意，还是不想事事与皇上作对，不想处处当出头的椽子，有保官思想在作祟，尽管他不愿承认或者正视这一点。今天索天雄重锤一击，使得他幡然猛醒。倘若官逼民反祸起萧墙，京城将不攻自破，到那时玉石俱焚，还有什么个人利益可保？想到自己身居尚书右丞兼亲征行营使高位，却在关键时刻顾虑多端畏首畏尾，还不如一条民间汉子襟怀坦荡，他不禁一阵阵地暗自惭愧。

赵桓有点伤风，鼻塞头重周身酸痛，所以今天不曾临朝，待在了寝宫将息。这时他本来是懒得接见臣属，但因黄金国奏称李纲有要事须紧急面奏皇上，他猜疑有可能是金军又要攻城，为了及时掌握局势动向，便强打着精神召见了李纲。

听过李纲的求见之意，赵桓的心情先是一松，庆幸不是金军又欲动武的恶讯，继之便生出了很大的不快。

昨日赵桓阅过李纲的奏折，还是比较重视的。他特地召来了李邦彦询问，征收金银之数若何？李邦彦回答说又得金二十余万两，银四百余万两，加上此前所聚，仅达金人索取数目的十分之一。这个数目肯定搪塞不住宗望，赵桓让李邦彦再想想其他办法。李邦彦说如今城门四闭，除了继续挖掘城里的蓄藏，委实没有别的办法。赵桓担忧地问李邦彦，倘逼之过甚，民心逆反，如何措置？李邦彦道，那只能是两弊相衡取其轻了，弹压乱民，以禁军之力绰绰有余，而抵御金军，却无异于螳臂当车。赵桓觉得是这么个理，只好吩咐他再努努力，能多弄一点算一点，多一点总比少一点好对金人交代。

不过赵桓业已看得明白，现在即便是掘地三尺，欲凑足金人索要之数亦是绝无可能的。如果金人不肯通融怎么办？他正为这个异常棘手的问题坐卧不宁，李纲竟又迫不及待地找上门来，立逼他下诏止征金银，这岂不是给他釜底抽薪雪上加霜吗，令他焉得不恼！他冷冷地看着李纲暗忖，怪不得大臣们对此人多有非议，他身上的毛病果然不小，单是不善解朕意这一条，就很不好，很辜负朕望。

李纲看出了赵桓的不快，但他不打算退缩，他也无路可退。见赵桓听了他的话面如泥胎无所表示，他稍稍停了一会儿，便再度开口："臣方才启奏之事，实属十万火急，恳请皇上速下决断。"

赵桓又迟延片刻，才哼了一声："此事你昨日不是已经具折上奏了吗，朕正在斟酌。你何故又来催促，难道等个一时半会儿便等不得吗？"

"此事确实刻不容缓，为臣不敢耽搁。"

"刻不容缓？如今刻不容缓的是什么，是凑足与金人议和所需的资财。此乃多数大臣之共识。你的意见正与众议相悖，朕焉可率尔从之。"

"恕李纲冒昧，皇上所谓的众议，在李纲看来，实为误国谬论。征财于民间的事原本就不该做，李纲现在说出这话，已是迟了。"

"误国谬论？"赵桓有点压不住火了，他抬手指着李纲，"你说，不征集金银于民间，朝廷从哪里弄那么多金银去息战议和"？

"敢问皇上，即使搜遍京城的每一个角落，能凑齐金人索取之数吗？"李纲用恭谨却毫不妥协的口吻反问赵桓。

"凑不齐也要凑，总是凑得越多越好说话。"

"以臣之见，未必见得。这且不论，臣请皇上慎思，对百姓如此穷征暴敛，后果将会如何？"

"你无非是要说所谓官逼民反，"赵桓冷笑了一下，"他们反什么？朕征集金银输送金人，正是为使苍生免遭荼毒，难道百姓连这点道理都不懂吗？倘有个把刁民图谋不轨兴风作浪，你身为亲征行营使，应当如何处置，自可理会。"

李纲迎着赵桓的目光，轻轻地摇了摇头："李纲也曾这么想过，今日方知错了。皇上身居宫苑，消息未免不畅。根据李纲之见闻来看，再不悬崖勒马，后患恐非止民变。"

赵桓闻言一怔："你这话是何意？非止民变，还有什么？"

李纲停了停，清晰地吐出两个字："兵变！"

赵桓愕然一瞬，陡然作色："你是在威胁朕吗？"

"臣万死不敢。"李纲低头答道，"臣不过是据实而言。据臣所知，有许多阵亡将士之家，俱在征缴中被洗劫一空。现在其眷属身无御寒衣，家无隔夜粮，生计断绝，走投无路。我军官兵家在汴京者为数不少，即便是外籍将士，见朝廷如此薄情寡义，岂肯沙场用命？目下城中已是民怨鼎沸，军营不是与世隔绝的净

— 179 —

土，又岂能免受波及？积怨既重，其发必速，倘有人于此际振臂一呼，反戈之势必如山倒。彼时恐是金军不费吹灰之力，便可坐享其成矣。确乎情急若此，非是李纲危言耸听。事关社稷存亡，为臣不敢不直陈之。"

赵桓终于从李纲的这番话里听出了事情的严峻性。他瞠目结舌地愣了一下，生气地拍着御案道："这等状况，李邦彦为何不报！"

李纲听到"李邦彦"三个字，鄙夷地哼了一声，没再言语。他要说的话已经说完，再多发牢骚反而画蛇添足。在心里，他已做了最坏的打算，如果赵桓拒纳其谏，就当场辞去尚书右丞及亲征行营使职务，让皇上另择贤能好了。不过据他估计，出现这种情况的可能性不大。

果然，赵桓在揉着脑门儿沉吟了半晌后，宣称可以从其所言，自即日起停止征缴民财，并要求李纲务必做好军心民心的安抚工作。李纲连忙伏地叩拜，领旨谢恩。

之后，李纲又提出，对于那些借机敲诈百姓中饱私囊的贪官污吏，应予严厉惩处，以平民愤。赵桓想了想说，这事交给李邦彦去办好了，你还是以搞好京城防务为要。李纲张了张嘴，却没敢再说什么。

召见结束，李纲拜辞而去。赵桓也起身离开了福宁殿，信步走向御花园。

此时春水未暖，御花园里尚是一派万木凋零的景象，死气沉沉了无生机。这给赵桓那很不爽快的心情，又平添了一段郁闷。虽然他明白，李纲说的肯定是实情，李纲的建议绝对是出以公心，并且，经过理智地权衡，他果断地做出了按照李纲的主张行事的决定，但是在感觉上，却总像是受到了李纲的胁迫似的。他甚至觉得，自己有点像个提线木偶，李纲怎么拽，他就得怎么动。这使他相当的不舒服。

况且，金人索要的金银数目凑不出来，终归是个大问题。万一议和不成，宗望翻脸再战，胜负谁能逆料？想到这些，当初就不该接下这个要命的皇位的悔恨，又一阵阵地从他心底翻涌上来。

赵桓正兀自在御花园里长吁短叹，朱后来了。跟随在朱后身后的，还有一些贵仪、淑容、修媛、婕妤之类。她们是特地来为赵桓排忧解愁的。

原来朱后见赵桓连日来为筹款议和之事忧心如焚食不甘味夜不能眠，心里也非常着急。当上皇帝才没多久，赵桓已在各方面事务的重压下明显地容颜清减。朱后担心长此下去会把赵桓的身体拖垮，就处心积虑地欲尽量替他分担一点烦忧。当赵桓颁旨筹款之始，她便带头捐出了许多金银首饰珠宝玉器。后来她得知朝廷竭尽全力所筹之数仍远为不足，就又与众嫔妃商议，动员大家再捐私房，并适当削减月例，以济朝廷之困。众嫔妃都是乖巧晓事之人，见皇后如此这般，哪个敢有异议？现在她们来见赵桓，就是要向他奏知这事，希望能让他高兴一下。

赵桓听了情由，恶劣的心情果然得到了些许宽慰。与金人的巨大胃口相比，朱后和嫔妃们的捐献可谓杯水车薪，然而这种尽力和主动为君分忧的良苦用心，却是令赵桓感到如雪送炭周身生暖。他不禁感慨万端地看着簇拥在身边的后妃们叹道，如果天下臣民皆能如你等这样公而忘私明晓大义，朕复何忧何患哉。由此联想到李纲在历次研究决策时所持的立场，他越发感到李纲这个人凡事难以顺应圣意，绝不是一个可以与他同心同德的心腹臣僚。

奏对之后，李纲的心情也不爽快。

李纲知道，赵桓虽是接受了他的进谏，但接受得很勉强，很不得已。而且，他完全能感觉出来，赵桓对他为民请命的姿态相当反感。他觉得这里面的委屈大了。我李纲为民请命的目的是什么，还不是保住汴京，保住这摇摇欲坠的大宋王朝，说到底还不是维护你赵姓皇族的利益？这一腔的赤诚之心，李邦彦之流不能理会也便罢了，你当皇上的怎的也不能悉心体察呢？

但他无暇像赵桓那样去信步闲庭长吁短叹，目前是一刻千金，他必须抓紧时间做事。

回到行营司，他立即召集有司传达圣谕，传令全城收榜，自即日起再有以征缴金银为由掠夺民财者，一律立斩。此令颁出后，民怨稍减，城里的秩序方逐渐得以恢复。

安抚守城将士眷属的事亦须从速进行。可是这安抚工作不是一句空话所能解决，它是需要银子的。这笔款项从哪里来？朝廷肯定是不会拨发。李纲原先的打算是，将敲诈百姓的贪官污吏之所得追回后，就作为安抚金使用。但赵桓把查办抢掠民财的事划归了李邦彦，这个办法便行不通了。李邦彦是个什么东西，李纲心知肚明，这事交给了他，也就没指望了。

李纲考虑了半天，最后决定动用军费解决。安抚守城将士眷属就是安抚军心，这事与巩固城防息息相关，从军费里挤出一部分银子用于此处，应当是说得通的。

事后据姚友仲反映，这个措施采取得是相当及时有效，对于化解危机稳定军心起到了重要作用。因为当时在禁军中已经出现了异常迹象，如果补救措施再迟个一两日出台，极有可能发生哗变事件。

然而此事却被某些人当作一个把柄抓在了手里。时过境迁，它便成了李纲遭受攻讦的口实之一。其罪名不仅是挪用军费，还进而演变成了私吞军饷。

三

正月十五早上，张邦昌迷迷糊糊地醒来，尚不知该从何处弄点水来洗漱，一个金军百夫长就来唤他去用早餐。昨日他与康王赵构抵达金营后，被分别安置在了两间民房中。那民房虽是肮脏破陋，终较四面透风的营帐强些，这已算是对他们相当地优待了。

张邦昌跟着那个百夫长进了餐室，赵构已经坐在里面。摆在破木桌上的早餐是稀粥、奶酪、胡饼、芥菜、生韭，还有一大盘半生不熟的羊肉以及羊内脏之类，拌之以米醋和胡椒粉。张邦昌一闻那塞外饮食特有的味道，便欲作呕。在他看来，这哪里是人饭，简直比狗食都不如。

自打昨日进入金营，张邦昌就开始魂不附体，夜里辗转难眠，直到快天明时才迷糊过去一小会儿。现在他只觉得头昏脑涨、腰酸背涩，连眼皮都是水肿的。面对这等粗糙腥膻之物，哪有什么胃口，他只勉强喝了几口稀粥，吃了半块胡饼，别的东西便再也难以下咽。

倒是康王赵构，精神状态比张邦昌轻松得多，气色也比较正常，看来夜里睡得还可以。他对餐桌上摆着的那些食物的味道也不习惯，但却颇有新鲜好奇感，就每样东西都品尝了一点，居然觉得尚可接受，且别有风味。

赵构确实没像张邦昌那样，把这次出使金营当成一件多么凶险的大事。其中的一个主要原因，是此前他基本上没有认真关注过政事，对于当前局势和自身处境的危险，远不如张邦昌体会得真切深刻。而之所以如此，则与他的出身、地位和生活状态有关。

赵构是宋徽宗赵佶的第九子，系才人韦氏所生，御赐表字德基，时年 20 岁。在宋朝的嫔妃等级中，妃为正一品，而才人仅为正五品。韦氏生了赵构后，逐渐升至婉容，也只不过才进入了嫔的等级。生母在后宫中的品级以及赵构在皇子中的序列，决定了他不可能成为继承大统的候选人，所以他也就从来没产生过那种想法。

他的秉性很有些类似其父赵佶，生来在政治方面的兴趣不大，而对声色犬马之类却情有独钟。尤其是享用女色的爱好，与赵佶相比，堪称是青出于蓝。既然命里注定了他是无望继承大统，他便懒得去关注枯燥乏味的国事政局，而终日里只顾沉溺在富贵乡中逍遥风流。金军入侵、汴京被围、赵桓即位、上皇逃跑这些消息，他都得知得很及时，但并未引起他太大的恐慌。不在其位不谋其政，他认为国家大事自有朝廷把握，天塌下来自有皇上和大臣们顶着，是无须他这个闲散亲王瞎操心的。

而且在他看来，世人把金军的威风渲染得也过于邪乎了。他不大相信大宋这个堂堂中原大国，当真会沦丧于区区化外金邦之手。他想当然地断定，宋朝面临的危机只是一时之事，嗣后必将峰回路转否极泰来。正月初九一战金军攻城遭受重挫，不就是对此估计很好的验证吗？这不，金军由于攻战不利，不得不主动罢兵求和了。主动求和不就是示弱的表示吗？前来已经向大宋示弱的对手营中充当几天人质，有何凶险可言？

基于这种认识，赵构自然没拿此番出使当回事。相反地，他还怀揣了一种猎奇心理，想见识见识在传说中被妖魔化了的金人究竟是怎样一种奇怪模样。因此他对张邦昌那种掩饰不住的怯惧神色很不以为然，甚至觉得有些好笑。

用过早餐不多一会儿工夫，金军大将宗弼便带领着一班合扎，来请赵构和张邦昌去检阅大金的军容。张邦昌不知金人葫芦里卖的什么药，心里七上八下。赵构却觉得正中下怀，兴致勃勃地在宗弼侍卫亲军簇拥下跨鞍上马欣然而往。

所谓检阅军容，就是炫耀武力。金人的招数与上次威吓宋使所使用的基本相同，唯其摆出的阵势规模，比上次更加雄壮庞大。赵构他们到演兵场时，成千上万身披重甲的金军铁骑已按建制列队就绪。放眼望去，但见是漫山遍野黑旗飘扬刀甲闪亮。

宗弼驻马高坡，一声令下，各队骑兵即同时脱兔般迅疾地跃出。霎时间演兵场上烟尘腾空杀声动地，千军万马纵横其间，进退无常阵图百变，令人看得眼花缭乱目不暇接，而其师却始终开合自如队形井然。

张邦昌不懂军事，却也能看出这金军铁骑绝对是训练有素久经沙场之虎狼劲旅，感到欲与这等凶悍军队抗衡，孱弱的宋朝禁军必定是十不当一远非对手，因而越发认定，当前的保国之计唯有和谈。赵构也看得不禁暗自点头，心想怪不得国朝之中说起金军人皆色变，这女真军队果然厉害，诚不可等闲视之。从此，他对金军的战斗力之强大，留下了相当深刻的印象。

阅兵结束，没有再安排阅炮和阅杀。金军南下远征，所携火药有限，宗望指示不必再徒加浪费，以骁勇铁骑展现出金朝天兵神威足矣。至于残忍的杀人场面，拿出来给赵构和张邦昌观看不太合适，毕竟这两个人一个是亲王一个是少宰，在他们面前显示那种野蛮手段，有失大金体面。但是对于这两个身居高位的宋朝使者的尊严，还是有必要打击一下，为此宗望授意宗弼安排了另外一个项目。

宗弼待演习各部收兵归阵，拨马来到赵构和张邦昌面前，笑问二人观感如何。赵构客观地称赞，果然是将士英豪，儿郎虎豹，兵强马壮，名不虚传。张邦昌在旁连声附和说正是正是。宗弼就问你们宋朝的禁军，比我大金的铁骑如何呢？赵构想了想道，可谓棋逢对手吧。

宗弼哈哈大笑道，棋逢对手？我南征大军一路摧枯拉朽直捣你宋朝的京城，对手安在？赵构的反应倒也快，随口顶上一句，那汴京城池，如今不是仍然在我朝的掌握之中吗？

宗弼被他顶得一愣，随即冷笑道，好，说得好。我这个人就是喜欢有对手，没有对手干什么都没意思。今天就趁着这阅兵的余兴，咱们比试一下如何？说罢，也不待赵构回答，他就回头大喝一声："哪一个愿与宋朝来使比试箭术？"

一名金将应声而出："末将愿与宋使一较高低。"

宗弼抬手向前一指，那金将便拨马回身站定。对面早遥遥树起了一个草靶。金将安坐马上，气定神闲地搭箭引弓，连发三箭，皆中靶心。金军队列里便响起一片喝彩声。

那金将傲然回头喝道："不知哪位宋使要出马，我谷里甲在此领教。"

张邦昌在心里暗自抱怨赵构出言不逊惹出了麻烦，正要悄悄地往后躲，宗弼却偏偏将一张弓送到了他的面前："就请张少宰献技。"张邦昌措手不及，接也不敢，不接也不敢，窘迫地两手乱晃着道："启禀将军，邦昌乃是文官，不曾习武。"

"不曾习武？不曾习武你当的什么少宰？怪不得你们的那些禁军上得阵去犹如朽木粪土，原来朝中俱是无用的废物。"宗弼说着，放声大笑。旁边的金将金兵亦皆鄙夷地大笑不止。张邦昌被奚落得火冒三丈，却只能忍气吞声地向宗弼连连揖手，口称惭愧。

宗弼笑了一阵，将弓递向赵构："既然张少宰那么客气，只好请康王一试身手喽？"在他的想象中，这个养尊处优的赵氏亲王，莫看生得身高七尺仪表堂堂，无非是个绣花枕头，内囊里恐怕是比张邦昌还要草包。张邦昌不敢接弓，赵构必定更不敢接。用这个方法来长大金志气灭宋朝威风，确实是比使用那种赤裸裸的血腥恫吓方法更为高明，更富有外交色彩。

然而出乎宗弼的意料，赵构竟面无难色地伸手把弓接了过去。

原来这赵构不但天资聪颖，而且兴趣广泛，兼之自幼享有优越的教养条件，便在文武各方面都打下了良好的技能基础。文者，他堪称琴棋书画无一不晓，博学强记熟诵百家；武者，他亦是十八般武艺皆得名师亲传，虽不能说武功盖世身怀绝技，起码可以算是个行家里手。而在十八般武艺之中，他最喜爱且演练得最多的，便是射箭。所以他见宗弼要求他出马比箭，不仅毫不尴尬难堪，反而升起了跃跃欲试的冲动。

他接过弓去，稍稍拉弦一试，知其乃是一张一石五斗的硬弓。按宋朝军制标准，能开这种强度的硬弓者，已具备入选宫廷侍卫的条件。赵构明白，宗弼是欺他和张邦昌臂力不足，故意用此弓让他们出丑。他在心中暗笑，你这北夷这回却想错了。原来，赵构天生臂力过人，素日练习骑射所用之弓，就是一石五斗。有时兴致高涨，他还故意选用二百石的弓来玩。

赵构心里有了底，遂向宗弼要过箭壶佩于身侧，说了声那么本王献丑了，便放马而出。

面对远方的箭靶立马站定，赵构向前望了一眼，却不引弓，而是拨马向相反的方向奔去。奔至中途，他突然回马。就在纵马回奔的同时，他飞快地取箭在手，张弓疾射，刹那间接连三箭"嗖嗖"飞出。然后他骤然勒缰，那匹战马前蹄高扬，长嘶一声戛然止步。

对面报靶：三箭俱中靶心。

金军将士都很惊异，他们呆了一刻，轰然爆发出了一阵极为热烈的喝彩声。赵构颇为自得地环顾四周，觉得这些女真人倒也真是直率得可爱。

宗弼没想到赵构竟有如此娴熟的骑射技术，禁不住也扯着嗓子高叫了一声好，随之却又觉得有点下不来台。于是他一抖缰绳，拍马来至赵构面前，似笑非笑地道，康王果然身手不凡，让我宗弼眼界大开。如蒙不弃，康王再屈尊与我比试一下刀法如何？

赵构一怔，马上知趣地答道，班门弄斧而已，让将军见笑了。若论上阵厮杀，本王岂是将军的对手。宗弼此时对这个举止洒脱谈吐得体的宋朝亲王倒是产生了些敬重，遂爽快地哈哈一笑道，也罢，匹夫之勇非上将所为。来日方长，日后你我再另作较量。赵构亦笑道，倘有机缘，一定领教将军虎威。

说这番话时两人都未想到，若干年后，宗弼果然成了与赵构之南宋王朝对垒的头号劲敌。

午后，宗弼向宗望禀报了他们对赵构、张邦昌的"接待"情况，他对赵构镇定自若的表现及其精湛的骑射技艺，直言不讳地大加赞赏。宗望听了，也不免啧啧称奇，说道难得他赵氏宗室还有如此子嗣，看来这宋朝中却也不是一个像样的人物也无。

可是当宗弼退去后，宗望回味起来，心中却生了狐疑。

根据宗望多次与宋朝君臣打交道的经验，除去那个李纲，在他的印象里，宋朝的上上下下皆是软弱无能贪生怕死之辈。上一回李棁等人前来出使被吓得屁滚尿流的丑态，现在在金营里还被传为笑谈。此番陪同康王出使的张邦昌，虽然身居少宰高位，也照样是一副魂不守舍之状。而那赵构，不过是个在宫墙玉殿中锦衣玉食娇生惯养出来的风流王子，论年纪不过二十，又不曾经受过什么大阵势大风浪的历练，如何会具有这份与众不同的自在从容？

在宗望看来，李棁、张邦昌等进入金营的那种表现是正常的，宋朝人就应当是那个德行。而赵构的表现则不太正常。赵构居然还熟习弓马，就更有点不可思议。以宗望的思维逻辑推论，假如宋朝王室里真有这么一位文武双全胆识过人的英才，承接大统者即当非其莫属，哪里还容得赵桓那个窝囊废上台。

宗望越想越觉得这事不大对头，怀疑其中有诈。他正要派人将张邦昌唤来，亲自讯问一下这个康王是真是假，却见副都统完颜阇母步履匆匆地走进大帐："大帅，宋朝的勤王兵马，已经到了汴河南岸。"

第十章

　　安顿赵佶的下榻场所，以及陪伴赵佶就寝的丽人，童贯早已准备妥当。那奉命侍寝的丽人年岁不大，却有着相当纯熟的风月功夫。她小心翼翼地将醉眼惺忪的赵佶扶上床后，便用纤纤细指为其宽衣解带。之后，也不用赵佶动手，就轻车熟路地操作起来，一丝不苟地伺候得赵佶大畅其欲。

形势开始向着有利于宋朝的方向迅速转化。

自正月十五日下午起，宋朝的各路勤王兵马陆续抵近，日达数万人。李纲闻讯，立即派人前往联络，并于京城四壁设置统制官，专门负责召集来京部伍，为其补充粮草兵器，帮助其扎寨安营。

正月十八日，统制马忠率部由西京洛阳开至汴京，在郑州门外与金军遭遇。马忠果断地命令部队展开突袭，斩敌数百，使金军的游骑从此不敢再轻涉城南。正月二十日，勤王部队中兵力最强的泾原、秦凤路大军，在静难军节度使种师道、承宣使姚平仲的率领下，亦相继赶到了汴京。

种师道字彝叔，统军镇守边关多年，曾在抵御西夏入侵的战斗中大破敌军，为徽钦两朝之名将。他以荫补三班奉职，从推官知县等基层官员做起，凭着卓著的战功一直累迁至禁军都统制、保静军节度使，却因得罪了童贯，横遭诬陷被迫致仕。金军南寇，国势濒危，良将难求，他才又被朝廷想起，起用为检校少保、静难军节度使。而当这位老将重披戎装再执帅印时，已是七十五岁高龄。

种师道久经沙场，深谙用兵之道。当他提兵行至洛阳时，宗望已经屯兵汴京城下。部将探知贼势甚锐，建议是否且不事先声张地将部队驻扎于汜水一带，静观其变再做图谋。种师道却认为目前贼焰越猖宋军越宜大张军威，应当首先在气势上压住强敌。因此他非但没有低声敛息地驻足观望，反而公开亮出了旗号，向着汴京大踏步地挺进，一路上还大肆宣扬，此乃"大宋名将种少保统领甘陕雄兵百万东进勤王"。兵抵京西汴水南岸，他即下令前锋部队马不停蹄立刻渡河，咄咄逼人地迫近敌营扎下了营寨。

宋军这种旁若无人的进军架势，果然唬住了宗望。他一时弄不清这位赫赫有名的种少保到底带来了多少兵马，为慎重起见，他只好下令收缩阵线，将两翼的营寨悉数北迁，以便集中守卫中军驻地牟驼冈，并且禁止各部再出动游骑进行劫掠，以防被宋军各个击破。

金军这一收缩，便给宋军让出了通道。种师道、姚平仲即率兵长驱而入开进京城。马忠等其他各路勤王兵马亦乘机向前移师，靠拢了京城四壁。密切关注着战场动向的李纲则及时地派兵策应，以亲征行营司的名义为各路兵马一一安排下了屯兵之地。在京城内外颇为默契的配合行动下，连日来在汴京城下便逐渐形成了声势浩大的宋朝禁军大会师。

汇计到京的勤王兵马总数，已达二十余万人。这个数目是金西路军兵力的三倍有余。这还不包括汴京城里原有的守军和正在北上途中的江南勤王部队。如此一来，宋金的实力对比便完全颠倒了过来。现在不是汴京将被宗望、宗翰的两路征伐大军合围，而是宗望那深入宋朝腹地的六万孤军即将陷入宋军重围的问题。

数日之间，局势发生了如此巨变，汴京军民无不欢欣鼓舞。

赵桓亦一扫心头阴霾，精神振奋地临朝崇政殿，接见了种师道等各路勤王兵马将帅。

在金殿面圣时，众将一致认为，女真人目光短浅，孤军深入，粮草后援难以接济，是犯了兵家之大忌。而汴京城池方圆近百里，城高数十丈，城中的粮草可支数年。金军对我围不胜围，攻难速克，只要我们严加防守，坚持数月，俟四方勤王之师云集，必可令金军陷入灭顶之灾。这些见解其实李纲不止一次地对赵桓说过，但处于惶恐中的赵桓总以为这不过是水中望月。而在如今的形势下，听众将这样说，就觉得是这么回事了。

赵桓似乎忘记了他曾数度欲弃城逃跑，而且目前还在为难以凑足金银讨好金人而焦虑不已，面对众将，他很自然地做出了一副大义凛然之状，堂皇称曰，朕身为大宋天子，岂有畏惧金虏之理。纵然贼势万分猖獗，朕自稳如泰山岿然不动，盖因众卿所议，俱在朕意料之中。

然后，他语气铿锵地传谕，从即日起停止向金营输送金银宝器及任何物资，各部兵马速加整顿，准备与金军决一死战。他在新形势鼓舞下陡然产生的这个一百八十度的态度大转弯，使连日来饱受压抑的主战派大臣尽皆扬眉吐气。

面对此况，李邦彦却深感不安。

一方面，李邦彦认为，赵桓是过于轻率冲动，考虑问题太不周全了。勤王兵马虽众，但其战斗力如何却很难说。他担心朝廷既已应允议和，却又中途变卦，将来万一出现不测，金人必将变本加厉，局面就会更难收拾。另一方面，即使宋军战之能胜，于他亦无益处。到那时，他的这个太宰之位，很可能会被身居首功的李纲取而代之。总之，他所希望的结果，只能是以和退敌，而不是以战退敌。

可是如今张邦昌不在朝中，他缺少了这个得力的盟友。其他主和派大臣虽是人数不少，却没人敢在这时出面扫皇上的兴。他李邦彦现在是孤掌难鸣。所以他在心里掂量了半天，到底未敢将还是应当坚持既定国策、继续与金军议和的主张公然说出口。他知道就是说了，也不会得到头脑正在发热的赵桓的认可。

但是他不甘心眼睁睁地看着李纲又春风得意起来。毕竟他在玩弄权术上是有点经验的，稍加思索后，他便想出了一个办法。

　　自从就任亲征行营使、担负起守城总指挥这一重任以来，困扰着李纲的一个首要问题，就是兵力不足。开战以后，这个问题变得更为突出。经过正月初九一整天的激战，李纲对此有了越加深切的认识。他在内心里不能不承认，如果没有数倍于敌的兵力优势，长期相持下去，宋军绝对不是金军的对手。尽管招募了大量的厢兵义勇作为后备兵员，但那些人多半没打过仗，有的人甚至没习过武。像索天雄父女组织起来的那种拉上去便能顶用的民间武装没有几支。在这种情况下，如要长期坚守城池，仗必然会越打越艰难。

　　勤王兵马的陆续到达，使这个难题迎刃而解。所以这几天李纲情绪亢奋如释重负，大有如虎添翼之感。他认为，各路兵马理所当然地应当悉归亲征行营司节制，纳入统一的京城防务体系，从而形成强大完整的军事阵营。果能如此，若金军再敢挑衅，则无异于蚍蜉撼树了。

　　而李邦彦欲阻挠李纲建功，恰恰就是要在这个地方使绊子。他决心要打乱李纲统掌兵权这个想法。

　　这个绊子下得准确。

　　接见过勤王部队的将领后，赵桓将宰执大臣们留下议事，议的就是部队的指挥方式问题。这是个亟待明确的问题。从各地抵京的部队番号杂乱，归属不一，如不理顺指挥系统，便无法有效地进行协同作战。李纲已经就此具折，指出"勤王之师集者渐众，兵家忌分，节制归一，乃克有济"，并坦率地提出了"愿令师道、平仲等听臣节制"。

　　许翰曾劝李纲，此议慎提，以免令皇上心生猜忌。而李纲自恃是出以公心，还是直言不讳地提了。赵桓阅过李纲的奏折，起初是意欲以种师道接替曹蒙为亲征行营副使，但执笔拟旨时却产生了一丝犹豫。他想到，如此一来，就等于将朝廷禁军的指挥权几乎全部集中到了李纲手里，这样做是否妥当呢？李纲这个人本来便固执得令人头疼，一旦集天下兵权于其一身，会不会更难驾驭？于是他便暂未下诏，打算听听宰执们的看法再做定夺。

　　李邦彦一见皇上要议此事，心里马上有了底：皇上对李纲并不放心。如果皇上意属李纲，在金殿上当场诏令各部将帅悉听李纲节制就是了，何须召集宰执另议？

　　这对李邦彦太有利了，他立即做出襟怀坦荡状，毫无顾忌地首先表态道，太祖废除前朝军制，盖因太祖深谙其弊。依太祖治兵之法，枢密有发兵之权而无握兵之重，三帅有握兵之重而无发兵之权。如今李纲之权，已超于枢密及三帅之上，若再将勤王之师悉交其手，即不合乎祖制，且又隐患无穷，窃思断不可为也。

赵桓本无定见，此时若有人针锋相对地提出，在非常时期可以打破常规，一切应以有利于指挥作战为准，对他的决断亦会产生影响。可惜没人这么提。几个宰执倒并非皆似李邦彦那样居心叵测，但对李邦彦冠冕堂皇地提出的祖制，却都是不敢不认同的。其中怀有善意者，还认为不让李纲拥兵过重，乃为令其免祸之道。

由于这些人都不懂军事，对于分散指挥权将在作战中带来的麻烦和弊病均无切实考虑，更谈不上给予高度重视，因此商议下来，经赵桓首肯，便做出了这样一个决定：于亲征行营司外另置宣抚司，以种师道为签枢密院事，兼河北、河东、京畿宣抚使，以姚平仲为宣抚司都统制。各路勤王之师，以及原来驻扎在城外的前后两军，均属宣抚司统辖，驻扎在城内的左右中三军，仍归行营司统辖。

而且，在李邦彦所谓宜职责分明的建议下，赵桓特地在诏令中明确申敕，行营宣抚两司节制既分，行事独立，相互之间不得侵紊。

这样一划分，李纲非但没有得到统一指挥权，反而连原来辖下的兵马也被划走了半数，可节制者只剩了两万余人。也就是说他这个城防总指挥实际上已是变得徒有其名。不动声色地将李纲挤对到如此地步，李邦彦感到相当满意。

李纲接到诏令，像被兜头浇了一盆冷水。他感到非常意外、非常失望、非常寒心。这种安排，使他的雄心勃勃的宏伟抱负基本上泡了汤。

他本想再上奏折力陈己见，但是思忖再三，还是压下了内心的冲动。皇上不肯将兵权悉付行营司，显然说明了对他是心存顾忌。在这种情况下再明目张胆地去上书争权，岂不是更会加深皇上的误解吗？

再说，从年龄上讲，种师道是他的长辈，论资历功绩，德高望重的种师道更非他李纲所能企及，硬是坚持要将其置于他的治下，确也有点难以服众。李纲对种师道甚为敬重，实在不愿与之产生龃龉。何况目下大敌当前，团结问题尤为重要。

虑及如此种种，李纲只能强忍不快，默然接受了这个决定，并且于接到诏令的当日，便主动前去拜会了种师道，表明了希望与之精诚合作通力破敌之意。

指挥权分割完毕，下面要解决的，就是如何用兵的问题了。

前些日子，为了尽可能地满足金人的欲望，力求达成和议，宋廷不得不竭尽全力天天向金营输送金银珠宝玉器古玩，凡此种种已尽倾所有，而金人犹嫌不足，进而又索取妓乐、珍禽、驯象之类。这还不算，与此同时，金军竟悍然将位于城外的后妃王子帝姬之墓发掘一空。赵桓被欺侮得怒火中烧，却始终鼓不起与金军拼杀个鱼死网破的勇气。如今京城内外援军会集，眼看着手里兵多将广，赵桓的底气充足起来，便赫然有了用兵之意。

李纲抓住时机上奏赵桓，请求朝廷罢议和整兵事，恢复以战退敌的国策，狠狠打击金军，重创其有生力量，令其不敢再生觊觎我中原之心。赵桓准奏，即命他会同宣抚司草拟作战方略。

作战方略李纲早有考虑，他的设想是这样的：金东路军经过历次战斗减员，其中真正的女真精兵目前已不足三万，加上契丹渤海等杂种兵将，宗望部充其量还有五万人马。这个兵力与会集于城下的宋朝勤王大军相比，可谓众寡悬殊。况其孤军深入，正如虎豹自投陷阱，败象已然毕露。然金军凶悍，困兽疯狂，却又不可小觑。因此宋军破敌，当以智胜计取，不能蛮干硬拼。

为今之计，宜先出兵扼守河津，断敌粮道，禁绝抄掠。同时分兵出击，恢复畿北诸邑。而对城外的金营，可暂以重兵围之，坚壁不战。如其有游骑出营，则坚决予以痛击。当困至其兵疲粮匮时，可以将帅名义发出檄书，迫其承认三镇为宋朝固有疆土，而后可网开一面，纵其回师。却又于黄河岸边埋伏奇兵，待其渡河时拦腰杀出，一鼓将其主力歼灭于黄河两岸。

对于这个作战方略，李纲经过深思熟虑，已筹划得比较完整。如果大权在手，只需呈请皇上允准，行营司号令一下，各部遵命行动就是了。但是现在李纲无权统一调动兵马，便只能先将此提交宣抚司会商。

因宣抚司初建，房屋正在清扫，会商仍在行营司进行。会商时，隶属于宣抚司的重要将领如姚平仲、马忠、折彦质等都要到会，都有发言权。由于众将对敌情的了解和判断不一，意见分歧也就在所难免，于是便又另外提出了若干种打法，各执己见争论不休。其中尤以姚平仲与李纲的分歧最大。他认为，以目前宋军之兵力，完全可以立即对金军发起总攻，不必等到其北归渡河时再打。

好在种师道老成持重，谋虑沉稳，对全局的把握比较准确。他经过慎重思考，以为还是李纲的方略最为切实可行。只是有一点稍有不同。他提出仅对宗望围而不战，不足以促其速退，而如拖延日久，万一宗翰的西路军打过来，战局将另生变异。所以，在围困敌军的同时，还是应当有主动的出击，要连围带打，搞得宗望站不住脚，让他坚持不到宗翰到来，便不得不拔寨撤退。而宗翰若闻宗望撤军，则亦将不战自退，不可能再孤军冒进，由是大局可定。

李纲觉得有理，欣从其言。其他将领见李纲与种师道已达成共识，也就不便再持异议。于是作战方略便这样敲定下来。

关于出兵日期，为求稳操胜券，两司会商结束后，特请了一个颇有声望的阴阳师卜卦，卜得宜于出师的吉日是二月六日。这个日期恰好与李纲、种师道之意不谋而合。因为那时又将有勤王劲旅姚古、种师中等部抵达汴京，可为宋军再添制胜筹码。

正月二十七日，李纲、种师道及各勤王部队主要将领入对福宁殿，向赵桓禀报了这个作战方略。赵桓听过，全盘照准。他用其即位以来从未有过的踌躇满志意气风发的口吻，充满激情地勉励众将帅，要一往无前奋勇杀敌，要打出军威国威，要横扫千军如卷席，要打得金人从此再也不敢越过雷池半步！他的豪迈口气，令在场的禁军将帅们受到了莫大的鼓舞。

这一天，赵桓的精神的确是出奇地抖擞。莫道浮云能蔽日，严冬过尽绽春蕾，最艰难的日子终于熬了过去，胜利的曙光就要喷薄而出，这使得赵桓不由得不神采飞扬，周身充满蓬勃活力。

召见罢众将帅，回转寝宫见到朱后，赵桓突然间有了冲动。他也不顾其时尚是青天白昼，便拥了朱后要行那事。这种情形在对于性事比较冷漠的赵桓身上是很少发生的。朱后见赵桓兴致高涨，料是朝廷时来运转，心怀亦畅，遂由着赵桓宽衣解带，仰卧榻上任其摆布。赵桓在朱后的身上坚挺进击，感到自己俨然如同一个叱咤疆场的勇士，锐不可当所向披靡。当赵桓那雄性能量在酣战的顶点轰然爆发之时，两个人皆全身战栗地深深感到，今日大约是自从赵桓即位以来最为舒心快意的一天了。

李纲的心情却不似赵桓那么悠扬。作战方略是确立了，但能不能保证顺利地付诸实施呢？他不大放心。

这么多原本互不统属的部队协同作战，没有一个高度统一的指挥中枢，在相互配合上必定会出现很多问题。李纲很担心，由于行营司与宣抚司之间的沟通不及时，彼此对对方的行动不摸底，而贻误了军机。根据赵桓两司各自独立行事不得互有侵紊的旨意，出现这种情况的可能性很大。更何况，在匆忙设立的宣抚司内部，指挥关系亦十分松散。各路兵马虽然在名义上隶属于宣抚司，实际兵权其实仍掌握在各部将领的手中。种师道目前能够有效节制的，也只是他从甘陕带来的本部兵马。对于其余各部，他也做不到调度自如令行禁止。

以种师道之老谋深算，绝对不会看不出这一点。但他却似乎无意去着手建立号令三军的严密指挥系统。这是为什么？

李纲将自己的疑虑悄悄地说与许翰，许翰摇着头道，伯纪兄这就是当局者迷了，其实此中的缘由再简单不过。昔日太祖改兵制设三衙，其意即在不再使兵权归一。如今乃非常时期，按说当有非常举措，然李邦彦动辄以祖制为诫，皇上又焉肯将兵权尽付一帅？兵权不专之弊，老种比谁都清楚。但于行营司外再设宣抚司，皇上之意不言而喻。此意既明，老种又何苦去做那等徒招猜忌之事呢？

李纲听了苦苦一笑，无复他言。

自此，李纲只能将全副精力放在行营司所辖两万余禁军的战备督导上，对其他部队的状况和动向不再过问。但在心里，他却总有一种莫名的牵挂和不安挥之不去。毕竟，守卫汴京的主要责任，还是压在他的肩头上的。

几天后突然发生的一场意外变故，证明了李纲的顾虑不是杞人忧天。

二

太上皇赵佶的心情，这时比赵桓还要轻松舒畅。他全然不知宋金两军决战在即，已是到了决定国家命运的关键时刻。他甚至忘记了朝廷和京城所处的存亡莫测的危境。此时此刻，他正悠然自得地沉浸在江南小城镇江府那春意盎然的温柔乡里尽享风流。

赵佶到达镇江的日期是正月十五日，也就是各路勤王兵马开始陆续抵达汴京的那一天。身后有长江天堑作为屏障，赵佶觉得是比较安全了，便决定在此地驻扎下来。

童贯得旨，渡江后先护送赵佶暂且住进驿馆，然后便马上召集地方官员开会，布置为太上皇整建行宫。地方官员哪敢怠慢，连忙闻风而动。好在城中原本就有现成的专门用于接待朝廷大员之所，经过昼夜施工，只数日便修缮得金碧辉煌焕然一新。虽说其规模无法望皇城宫苑项背，但前殿后阁左廊右舍的也是设计得面面俱到五脏俱全。赵佶住进去后，感到相当舒适。的确，相对于一路上饥寒交迫提心吊胆的逃难生活，安卧在这座宁静雅致高枕无忧的行宫里，无异于住进了天堂。

结束了担惊受怕，恢复了锦衣玉食，赵佶天性中的那份闲情逸致自然而然地不请自回。

搬进行宫的第二天，以江南转运使代行镇江府事的官员曾空青由外地赶回，前来觐见。赵佶素闻此人诗名，顿时来了雅兴，便命置办宴席，与曾空青把酒赋对，邀杯联诗，交谈得不亦乐乎。席间有跟随着赵佶渡江的乔贵妃作陪，赵佶命乔贵妃取出一只价值连城的七宝杯与曾空青斟酒。酒酣之际，赵佶头脑发热，龙口大开，竟慷慨地将那七宝杯赐给了曾空青，倒把曾空青惊得慌忙离座，连连叩首谢恩。

当时童贯亦在席上，他见此情形，知道太上皇身上那颗放荡不羁的风流种子又发芽了，就转动着小眼珠，琢磨着怎样投其所好地将赵佶伺候舒坦。目前他只有得到太上皇的有力庇护，才能避免被赵桓除掉的下场，而要得到太上皇的力保，就必须使太上皇感到是事无巨细皆须臾离他不得。

欲做到这一点，在童贯看来倒不是很难。拍马溜须谄颜媚上是他与生俱来的本事，他那太傅、太尉、开府仪同三司、广阳郡王等一系列显赫爵位，就是靠着这个专长——混到手的。而且积多年之经验，他对赵佶的习性嗜好早已了如指掌熟烂于胸了。以他的体会，伺候好赵佶的关键无非三条，就是要让赵佶吃好、玩好、睡好，而其中尤以"睡好"为最。因为这个所谓"睡好"，最令赵佶感兴趣，也最能使之达到人生快感巅峰。但赵佶是个有艺术品位的人，随便找个二八娇娃来简单地陪他一睡，并不能使他得到多大的满足。童贯很懂这一点，因此颇善于将事情安排得丝丝入扣。

他采取的方式是，以玩为先导，以玩带吃，玩而后睡，形成玩、吃、睡一条龙，要让赵佶玩出意趣，吃出惊喜，睡出花样。这样才能符合赵佶的享乐境界，同时也才能体现出童贯高超的侍君水平。

说到玩，镇江这个地方倒是确有若干去处可堪一游。

镇江府地界不大，却是历史悠久。它是初建于公元二〇九年三国时期，当时其地隶属东吴，吴主孙权出于军事防御需要，于江边的北固山前锋建立了一座城池，号曰"京城"。这里的这个"京"字非为京师京都之意，而是山峰上的高平之地的意思。又因北固山位于江口，此城亦被称为"京口"。王安石诗句"京口瓜洲一水间"中的"京口"，即指其地。隋唐时期，京口改称润州，至宋时被名为镇江。而作为一座府治，其辖区除三面临江的北固山外，还包括了屹立于江中的金山和焦山。

漫长的岁月给镇江留下了许多典故传说，也留下了不少历史遗迹，比如北固山后峰的甘露寺，金山上的金山寺、法海洞、芙蓉楼，焦山中的三诏洞、定慧寺，等等。

赵佶性喜风雅，对于此类的遗迹及其传说都很感兴趣，于是童贯便有计划地逐一安排，日有所游，至名胜处则备专人详尽介绍其来龙去脉和相关趣闻。游得尽兴时，便有风格独具的江淮美宴伺候，席间必伴以管弦丝竹秾歌艳舞。酒酣人醉，自有红粉佳丽偎从赵佶步入逍遥津，共赴云雨情。如此这般日复一日地玩乐下来，果然调理得赵佶飘飘欲仙心花怒放。

最使赵佶惬意的是游金山那一天。

那一天天气晴好，江天一色水波不兴，春风轻柔拂面欲醉。早膳后，赵佶在童贯的陪同下，带着随员侍卫由北固山下登舟，渡过距离不长的江面，即达金山滩头。

弃舟上岸，赵佶没有乘轿，而是兴致勃勃地信步而行。童贯便寸步不离地伴随在侧，引导着游览路径。路径是日前派人探好了的，先游某处后游某处已筹划得井井有条。对于有关金山的一些掌故，童贯亦预先做了温习，这时他一面陪赵佶漫步登高，一面便殷勤地向赵佶做着导游解说。

他说，由于金山的建筑皆是傍山而造，群寺环抱山峦，与焦山上的寺庙皆建于山内的格局截然不同，因而有所谓"金山寺里山，焦山山里寺"之说。他告诉赵佶，流传甚广的白娘子水漫金山的传说，即源于此山，山上至今尚存有法海洞、白龙洞，举世闻名，大可一观。他还提到，当年名士苏东坡自海南遇赦北归，曾于这金山上的妙高台饮酒赏月，竟使此台从此声名大噪。

在童贯有鼻有眼的讲解下，看上去原本也无甚出奇的一石一洞一字一寺，便都变得来历不凡妙趣横生起来。赵佶津津有味地边行边听，不知不觉间便毫无倦意地来到了半山腰。

忽见面前又出现了一座雕梁飞檐的亭阁，正中的匾额上书写着"芙蓉楼"三个金粉大字。赵佶停住脚步，回头笑问童贯，爱卿可知此楼有何典故？

童贯当然知道，他正要照直回答，话到唇边却舌尖一转，故作尴尬地言称，臣下孤陋寡闻，一时想不起这芙蓉楼有何说道。赵佶就拖着长腔道，你还是诗书读得少了，若是熟读唐诗，焉得不知其典。其实此楼无甚出奇，不过是以诗传名罢了。这首诗，就是王昌龄的名篇《芙蓉楼送辛渐》。说着，赵佶便抑扬顿挫地吟道："寒雨连江夜入吴，平明送客楚山孤。洛阳亲友如相问，一片冰心在玉壶。"

童贯马上做出恍然大悟五体投地之态，向赵佶躬身揖道，太上皇学富五车，天下学问尽括腹中，臣下得随太上皇左右，日有所得受益匪浅，实乃三生有幸。于是赵佶洒脱地一笑，继续漫步前行。看得出，他对自己于不经意间流露而出的才学甚为得意。童贯心里也很舒坦，这一把马屁，他又恰如其分地拍到了该拍的地方。

当日的午膳地点安排在金山寺明月亭。金山是镇江名胜的一个重点去处，与之相配套，这顿午膳亦操办得相当讲究。

菜谱是童贯亲自审定的，当地的名吃诸如巴鱼盅、芽笋鲴鱼、瓜翅狮子头、蟹黄汤包等尽列其中。镇江菜原就以精致细腻著称，被童贯征集来操刀掌勺的又俱是城里的顶尖名厨，这一席正宗的淮扬宴自然是制作得十分精美妙不可言。菜肴的味道绝顶鲜美自不必说，单看金玉盘盏中那别出心裁巧夺天工的一款款造型，便令见惯了宫廷盛宴的赵佶亦不禁叹为观止。

低吟浅唱轻歌曼舞于樽前的娇娃们也是经过了筛选的，一个个皆是二八妙龄蛾眉粉黛、削肩细腰柔若无骨、顾盼流波秀色可餐。

天高水远，清风徐荡，笙歌悠扬，春意满怀。沉浸在这由美景、美食、美色共同营造出来的醉人情境里，直教赵佶几乎搞不清此身是在何处，而今夕又是何年。

酒足饭饱曲终宴罢，赵佶也乏了，就在山上休息。

安顿赵佶的下榻场所，以及陪伴赵佶就寝的丽人，童贯早已准备妥当。那奉命侍寝的丽人年岁不大，却有着相当纯熟的风月功夫。她小心翼翼地将醉眼惺忪的赵佶扶上床后，便用纤纤细指为其宽衣解带。之后，也不用赵佶动手，就轻车熟路地操作起来，一丝不苟地伺候得赵佶大畅其欲。

一觉醒来，日已偏西。赵佶精力复原，心满意足，饮过清茶，乘轿下山。可以说这一天的玩、吃、睡诸项内容，在童贯的精心导演下，皆使赵佶得到了绝佳享受。

令人陶醉的赏心乐事还不止于此，当日赵佶回到行宫后，童贯居然出其不意地又给他送去了一份惊喜。

当时时辰已近夜半，赵佶正在灯下鉴赏当地官员奉献上来的名家字画，张迪报曰童贯求见。赵佶心里还咯噔了一下：这么晚了，有何急事禀报？难道是金军逼近长江了吗？及至童贯进来一说，方知其实是妙事一桩。赵佶不禁在心中连连赞叹，这个童爱卿端的是善解人意用心良苦。

童贯夜半三更求见赵佶，乃是专门前来为他奉献一个歌伎。

原来今日午间在金山寺明月亭用膳时，赵佶的目光曾多次停留在一个弹琵琶的姑娘身上。童贯注意到了这个细节。他稍加观察琢磨，马上明白了缘由：这姑娘的容貌气度，颇似深受赵佶宠爱的京师名妓李师师。

此次出逃避难，赵佶本想带上已经入观为道的李师师同行，却因李师师坚决拒绝而未能如愿。赵佶来到镇江后，曾于无意中对童贯提起过这事。说者无心，听者有意，将有关君王的点滴信息收集起来以备不时之需，已经成了童贯的本能。此时他察觉到了这个情况，立即心中一动：将这个貌似李师师又较李师师年轻得多的江南女子奉送到赵佶怀里，一来可解其未得李师师陪伴之憾，二来可给其带来别有风味的新鲜刺激，岂不是可大讨太上皇之欢心吗？

只是这姑娘事先没有思想准备，临时将其换上去侍寝未必妥当。若是由于紧张而对赵佶服侍得不周，反为不美。因此童贯当时没有变动计划，仍是让那个预定的佳丽进入寝室伴驾，而在下山时，却命人安排一乘小轿，将弹琵琶的姑娘带回了行宫。此刻童贯估摸着赵佶到了将睡未睡之时，便将这个唤作水奴儿的姑娘送了过来。自然，在此之前，他把该交代的话，已向水奴儿交代得一清二楚。

童贯这一手，正中赵佶下怀。

赵佶返回行宫后，果然对那个貌似李师师的江南少女有些魂牵意扯。他正打算次日吩咐童贯再将其招来弹曲消遣，却不料当夜童贯便主动送货上了门，这岂能不让他大喜过望。

更可喜者，水奴儿这姑娘乃是秀外慧中，伶俐得很，琴棋书画歌舞吹弹样样都拿得起放得下，举止谈吐亦甚对赵佶的胃口。童贯退去后，赵佶让水奴儿弹奏了两首古曲，听过之后赵佶欣赞其技艺直逼李师师。接着赵佶又让水奴儿品评那几幅名家字画，水奴儿亦落落大方且比较中肯地说了个一二三四。这就更非一般的俗艳粉头所能做到的了。似这等尤物赵佶哪里舍得放过，是夜他即命其留宿于行宫。

次日，赵佶吩咐童贯去告知水奴儿所在行院的老鸨，水奴儿被太上皇钦点留用了。那老鸨得了百十两银子的补偿，却失去了一个精心培养近十年的当家花旦，心疼得直欲抽风吐血，却还不得不竭力努出笑容，叩谢上皇龙恩。

镇江府虽不乏名胜古迹，然终是弹丸之地，不消几日，该游的地方也便游尽了。但是有了水奴儿，其后的日子，赵佶过得并不单调枯燥。水奴儿自幼在风月场中泡大，是个有心计的女孩儿，她揣度如能跟定太上皇，将来的归宿当胜似孤苦伶仃地终老行院十倍百倍，于是便抓住机遇，使尽了全身的解数承欢赵佶。

她凭着自身的多才多艺，陪着赵佶今日江上泛舟抚琴，明日岭前登高作画，后日煮酒吟诗，再一日临溪斗茶，乃至于踢毽蹴鞠、弈棋放鸢、赏花观鱼、调鸽戏鹦等，花样迭出不一而足，将赵佶的散淡岁月装点得有滋有味丰富多彩。到了夜间，她便百般柔顺地由着赵佶随心所欲任意癫狂，令其极享春宫秘事之乐。凡此种种，不仅使赵佶的万种忧烦皆休，甚至让他感到幸得有此江南一行，方得到了这一段美妙艳遇销魂时光。

当然，得此极乐享受，童贯功不可没。赵佶对此心里有数，对童贯明显地表现出了比往日更大的信赖和倚重。

尽管如此，童贯却仍难高枕无忧。经营好了赵佶，他放下了一半心，可另一半心却依然在半空里悬着。

现在是在镇江，一切可以由赵佶说了算，但将来回到汴京又当如何？童贯清楚得很，赵桓和朝中的新贵肯定不会见容于他。倘必欲将他置之死地，赵佶能够保他无虞吗？非常难说。毕竟刀柄印把都已不在赵佶的手中。若要确保赵佶一言九鼎，除非使他永远不回汴京，或者让他重新登上皇位。

有这种可能性吗？

当这个念头电光石火般地在童贯的脑海里闪过时，童贯敏锐地抓住了它。他意识到这个问题非常重要，有必要认真地去想一想。

三

正如李纲所虑，由于号令不专，宋军预定于二月六日协同出击的作战计划，未及实施即付"流产"。

闯下这场大祸的，是宣抚司都统制姚平仲。

这个与汴京守将姚友仲的名字仅有一字之差的姚平仲，乃西陲老将姚古的养子。他年少投军从戎，曾先后在征西夏平方腊的战斗中建功，在当朝也算得上是一员赫赫有名的战将。他这个人胆大性刚、作战骁勇，驰骋沙场冲锋陷阵的确是一把好手，但却有个致命的毛病，就是过于刚愎自用，且好大喜功。当年在童贯麾下，他即因居功傲上备受压制，甚至被童贯暗使绊子剥夺过面君受赏的机会。然而性格使然，虽然屡受教训，他却依然故我。

不肯趋炎附势固然不错，但盲目逞强确实是为将者之大忌。这一回，姚平仲终因其骨子里这股摆脱不掉的自以为是的习性，给宋朝造成了致命损失。

此番与种师道一起率西部劲旅勤王，姚平仲是怀着一颗建勋立功的勃勃雄心的。部队一路上未曾遭到金军的强劲阻击，他也没怎么把金军放在眼里。抵达汴京后，看到各路兵马相继而来汇聚城下的浩大声势，更使他产生了横扫金军如探囊取物的豪迈气概。因此，他对由李纲、种师道主持制订的那个作战方案颇不以为然，甚至对李纲、种师道这两个统帅亦有轻蔑不屑之意。

在他看来，李纲无非是个冠带儒生，哪里懂得什么用兵打仗；而种师道则垂垂老矣，已失去了昔日的胆魄雄风。所以他认为若论雄才大略能征善战，这两个人实在是皆在他姚平仲之下。然李纲身为亲征行营使，在名义上是京城防卫系统的总指挥；种师道被钦点为两河及京畿宣抚使，是他姚平仲的顶头上司。而且这两个人在众将心目中的威望都很高。既然众将都同意了他们的作战方案，他也不便再坚决表示异议。但在内心里，他却并不心悦诚服，而是对自己提出的速战速决建议未被采纳甚感憋气。

开过会回到军营中，他郁郁不乐地坐了半晌，忽然生出一个想法：就以我本部兵马，亦足堪与金军一战。你们现在不打，我何妨自己先打上他一场呢？如能出奇制胜大破金军，此番援京救驾之首功，岂不就非我姚某莫属了吗？

姚平仲周身的热血顿时被这个极富吸引力的念头激荡起来，他起身在大帐里来回踱着，越想越觉得这个主意可行，于是便急具奏折呈递入宫，言称金虏骄甚，防备疏松，为今之计，尤宜速战。请求圣上允许他起本部精兵，于二月一日夜间出击，奇袭金营，生擒宗望，救还康王。

赵桓并不确切了解敌情，胸中更无半点韬略，他阅过姚平仲的奏折，见其豪情洋溢志在必得，以为姚平仲对此战必定是成竹在胸胜券在握，乃大笔一挥批谕照准。这件随意改变作战计划的事，不仅李纲不知道，就连种师道在事发前也是一无所知。而当他们得知姚平仲擅自出兵的消息时，已经是大错铸成覆水难收。

二月初一夜袭金营这一战，是姚平仲戎马生涯中抱以大获全胜期望值最高的一战，也是他一生中失败得最惨的一战。这一战，使得他输光了其后半生的全部事业前程。

这天晚饭后，姚平仲经直接请示赵桓，得到了赵桓准予即时出兵的手诏，便率本部万余兵马悄然进发，直取宗望大营。出兵前他先期派出密探侦察过金军的扎营情况和兵力部署，并认真设计了战术方案，因此对于夜袭的成功，他自谓有十足的把握。

可惜的是他太低估了金将宗望。盲目的自信轻敌和急切的邀功心理，大大地降低了他的智商，使得他丝毫没考虑到，作为一名身经百战的老资格军事统帅，宗望处于数倍于己的敌军虎视眈眈的威胁中，能不百倍警惕地采取一切措施防范偷袭，能够漫不经心地留下明显的破绽吗？如果出现了某种破绽，这个破绽是真是假？以姚平仲的军事经验，原本是不难想到这个问题，但是由于求胜心切，这却被他完全忽略掉了。

部队接近金营时，姚平仲下令止步，派出哨马再探，反馈回来的情报是金军俱已进入梦乡，各营帐外只设有少数游动哨在往来走动，一个个亦皆哈欠连天，无精打采，防备状态非常松懈。

姚平仲以手加额，暗道真是天助我也，遂传令各部按预定计划迅猛出击。他本人亦亲率一支人马，直插金营腹地。他的意图，是力求以迅雷不及掩耳的猛冲，突破金营的中军，捣毁其指挥中枢，并生擒敌帅宗望。

但是还没等他冲到目的地，左右两翼的宋军便先自乱了套。

原来，两翼的宋军冲进金营后，竟发现那些营帐俱为虚设，里面并无一兵一卒。宋军将士正惊疑间，身前马后突然就响起了震耳的火药爆炸声。紧接着四面八方便火光腾起，有无数金兵从黑暗中跃起，高声呐喊着向宋军掩杀过去。

姚平仲情知中了埋伏，连忙拨马回身，指挥部队撤退，却已陷入重围。

马到功成的美梦瞬时间被击得粉碎，姚平仲叫苦不迭，只得挥舞大刀奋力杀开一条血路，带领着已被冲击得七零八落的队伍且战且退。其部虽然拼命杀出了金营，却无法摆脱金军的死缠烂打。如果没有李纲、种师道的中途接应，这万余宋朝兵马即使不被金军斩尽杀绝，折损大半无复成军的下场，也是铁定无疑。

传旨让李纲、种师道去接应姚平仲，还多亏是朱后给赵桓提的醒。

当日用过晚膳，赵桓允准了姚平仲夜间出击的行动后，心情很爽快，与朱后及诸妃在后苑清心殿点茶消遣时，他便愉悦地告诉她们，今夜当有佳音，宣抚司都统制姚平仲即将出其不意大破金营，或可绑了金将宗望回来见朕也未可知。嫔妃们听了自是欢喜，纷纷举杯向赵桓庆贺。

唯有朱后有些纳罕，她问赵桓，皇上原不是说二月初六出兵吗？如何改在今夜了？赵桓道："原定初六出兵不假，但姚平仲意欲速战，念其报国心切忠勇可嘉，朕已允准。"朱后听得这话里有点问题，不免又问，今夜是各路兵马联合出击，还是独有姚平仲一支人马出击？赵桓道："朕又不曾让姚平仲节制各路兵马，自然是其部单独出击。"

朱后便明白了，这是赵桓自作主张改变了既定的作战方略。她觉得这事不大牢靠。虽知自己在军政大事上不宜多嘴，但她思忖片刻，还是提醒赵桓，姚平仲虽勇，凭其一军之力终究势单力薄，此举事关重大，不可不谨防意外。

赵桓乍闻朱后之言颇觉逆耳，但是稍稍一想，却感到她说得在理，而且他越想越觉得，姚平仲此去能否劫营成功，确实不敢断言，就后悔这事又做得孟浪了。于是他连忙派人分头去行营司和宣抚司传旨，命令李纲、种师道紧急提兵出城去接应姚平仲。

当时李纲因患伤风，服了一剂药正在卧床发汗。闻有圣旨到，他急忙穿衣起床接旨。听过内侍宣谕，他很诧异，心想皇上是不是搞错了日子，今夜无战事，出的哪门子兵？乃修书一封请内侍带回，向皇上说明今日非为出兵日期。

然而时间不长，内侍复来，传旨内容仍是命其急速提兵去接应姚平仲。俄而，又有内侍持着第三道圣旨到来，措辞严厉地再次宣谕李纲"疾速尽数发人马前去策应，如敢违滞，当行军令"。

李纲这才意识到确实是情况有变，事已万急。一股无名火登时呼地蹿上了他的脑门。这么重大的军事行动，宣抚司为何擅自为之，事先密不关报我行营司？但是时间紧迫，容不得他纠缠这里面的是非。他唤来甘云，命他火速派人传令驻守城中的左右中三军紧急集结。幸得李纲素日治兵甚严，督导三军常备不懈，使兵员军械马匹等时时皆处于临战状态。号令一下，须臾间便全副武装集结完毕。紧接着，队伍便以急行军的速度拉出了封邱门。

部队前进至幕天坡一带，与乘胜追杀姚平仲部的金军遭遇。

李纲一看战场已经打到了这个地方，不问可知劫营已然失利，姚平仲已然大败亏输。他禁不住在心里狠狠地骂了一声。

几名统制官聚集过来，请示李纲如何打法。李纲驻马高坡观察了一下战况，判断出追击过来的金军虽然杀势凶猛，但其人马至多只有四五千，以宋军的增援兵力挡住他们是没有问题的，遂命部队蛰伏于暗处，俟放过宋军的溃兵后，先以神臂弓大量杀伤金军兵员，然后全军皆从正面杀出，集中优势兵力，迎头痛击金军。

这个打法果然有力，金军遭受到突如其来的沉重打击，伤亡惨重建制大乱，马上从凶狠的追杀变成了被动的招架。与此同时，种师道带来的增援部队亦在李纲的侧翼与金军激烈接战。

坐镇帅帐指挥的金帅宗望得到从前方飞马报来的追击部队在幕天坡遭到宋军

大批增援兵马强硬阻击的战报，心知全歼袭营宋军的打算已不可能实现，再硬拼下去只会徒增伤亡，而如果再有宋军闻风而动前来驰援，今夜的这场胜仗恐怕就要变成败仗了。本着适可而止见好就收的原则，他很明智地下令金军立即撤出战斗，返回驻地坚守营盘。

宋军见金军主动后撤，唯恐其中有诈，黑灯瞎火的也不敢再作反追击，一场混战就此结束。

这时已近黎明时分，李纲、种师道两部在战场上会合。

李纲对这个变故的发生恼火透顶，一见种师道，就毫不客气地质问："种老将军，用兵作战你是行家，不会不懂得号令专一的重要性吧？非是我李纲想争权，似这般各行其是互不关报，是要误大事的！"

种师道的火气却也不小："说得是！莫说用兵打仗，就是操办一桌酒席，也得有个主厨，家有千口主事一人嘛。若朝廷下令各路兵马悉归李右丞节制，老夫甘听调遣绝无二话。可朝廷偏要另设宣抚司，我老种能抗旨不干吗？再者说——"他察觉到自己的嗓门太高，忙控制住情绪，放低声调对李纲苦笑道，"再者说，划归宣抚司的兵马，其实亦非老夫真正节制得了。比如今夜这一战，姚平仲何尝得我宣抚司将令？他凭着皇上的手诏就可独自发兵，老夫又奈得其何？"

听了这话，李纲方知种师道也是无辜，乃忙拱手致歉，请种师道原谅他的误解。种师道并不介意，他说，李右丞言之不谬，何歉之有？只是朝制如此，大家俱属无奈罢了。胸中的芥蒂一说开，两人感到彼此的关系倒是更贴近了一层。

他们进一步交换了一下意见，一致认为，为确保今后军事行动的统一性，应当对今夜擅自出兵导致宋军大败的肇事者严肃追究责任。

肇事者是谁？是皇上赵桓和都统制姚平仲。皇上的责任是没人能追究的，那么便只能追究姚平仲了。

姚平仲是这场祸事的始作俑者，拿他是问也不冤枉。就算是没打败仗，种师道对其故意绕过宣抚司、径自向皇上奏请改变作战计划的做法也非常不满。他就命亲兵立即将姚平仲传来问话。谁知几名亲兵到姚平仲部溃兵的集结处来来回回找了个遍，也没找到姚平仲的踪影。

原来姚平仲自知此败非同小可，回去必受严惩，而到那时，皇上是不可能出面为他开脱的，相反倒有可能老羞成怒，将所有的责任一股脑儿全扣在他的脑袋上。他不想自投罗网，于是便在混战中趁乱杀出敌阵，扔下部队单骑遁去。据说他后来由陕入蜀，隐居深山终生未出。曾有采药者于山林中偶遇，与其有过接触，言其紫髯数尺，寡言少语，行动敏捷。其身背着一个斗笠，斗笠上书写着一个很大的"恨"字。

寻找不到姚平仲，造成这场败仗的责任便无从追究了，这使李纲和种师道都甚为憋气。然而后来这个罪责居然被扣到了他们两个人的头上，这却是他们无论如何也想不到的。

当时李纲和种师道的心思其实并没在追究责任上多花功夫，而是很快地转移到了如何挽回由于盲目出击而造成的被动局面上。在率部回城途中，李纲与种师道踏着蒙蒙晨雾并辔而行，就边走边商讨了这个问题。

李纲设想，既然劫营已然铸成大错，索性将错就错，今夜再出精兵奇袭敌营，料金军定然无备。种师道同意，认为此甚合兵法中虚实相间之道，是为可行之计。并且进而延伸了这个设想：倘今夜劫营不胜，此夜仍去劫营。而每次劫营用兵不等，或数千，或数万，让金军搞不清楚宋军哪一次是虚扰，哪一次是实攻，令其防不胜防昼夜难安。这样无休止地袭扰下去，不出十次，金军必然坚持不住，不得不拔寨后撤。到那时宋军各部通力出击，全线掩杀，可望大获全胜。

李纲点头道此计大妙，以宋军现有的雄厚兵力，完全有条件完成对金军的轮番骚扰。

对策商定，两人的情绪好转过来。回城上朝时，他们即将这个新拟的作战方案向赵桓做了奏报。在他们看来，赵桓对这个因势利导的作战方案予以允准，应是顺理成章的事。

可是事情远非他们想象得那么简单。赵桓听了他们的设想，沉默片刻，既没拍板首肯，也未现出一丝转忧为喜之色，只是怏怏地挥了挥袍袖，让殿下众卿议之。

宋军出击失利，是个明摆着的事实，处于这样一个背景下，这场朝议对主战派显然就很不利。原先主战的大臣中，除了许翰、孙傅、何栗等少数人认为将错就错再袭金营不失为制胜奇谋，公开表示了对李纲、种师道的支持，余者多持了暂不表态的审慎态度。

而主和一方的大臣们，却大都大模大样地站将出来，旗帜鲜明地表示绝不可一误再误，坚决反对再战。太宰李邦彦更是一马当先身先士卒。

当日一大早，李邦彦得到昨夜宋军偷袭金营大败而归的消息后，立时便有一种幸灾乐祸之感贯通肺腑。这一仗真是败得太及时了，它充分证明了企图以战退敌纯粹是痴人说梦,这条路根本行不通。这是重拳打击政敌李纲的一个绝好机会,对此天赐良机,不可轻易放过。

当然,在众目睽睽下,他是不会把内心的得意挂在脸上的,他在朝殿上表现出来的,是一副沉重的痛心疾首之色。他用十分痛切的语气向赵桓启奏,由于好战者不自量力轻举妄动,昨夜一战使宋军主力丧失殆尽,更使业已形成的和谈局面受到了严重的破坏。倘再姑息养奸,纵其一味玩火,则我大宋无异于自绝生路,到那时大祸临头后悔已晚,船到江心补漏难矣。说至激昂处,他甚至还当真迸出了几滴泪。

李纲见李邦彦的信口雌黄居然博得了许多朝臣的共鸣,心中非常愤慨。他当即出班严肃质问,我军的损失目前正在清点中,尚无确切数字报来,况且昨夜损失较大的也只是姚平仲一部,其余勤王兵马及行营司三军皆无大创,李太宰所谓宋军主力丧失殆尽之说来自何方?李太宰捕风捉影危言耸听惑乱人心之居心又何在?

眼看着李邦彦被问得张口结舌语无伦次,赵桓却不耐烦地挥手打断了李纲的雄辩。之后,赵桓又听了一阵群臣七嘴八舌的奏言——其中多为对李邦彦主张的附议,便在无所仲裁的情况下结束了朝会。

表面上赵桓没有表态,其实他的态度已经摆在了那里:他并未批准李纲、种师道的作战方案,再袭金营之计不得施行。那么此后的一系列军事行动,亦将因此而统统搁浅。

下面的仗还怎么打?还打不打?

李纲这时才发现,姚平仲劫营失利所带来的后果的严重性,远远地超过了这场败仗的本身。赵桓和许多大臣心中那原本就十分脆弱的决战决胜信念,经此一击,在顷刻间几乎变得荡然无存。

与金军的决战计划难道就此便泡汤了吗?目前宋军天时地利俱在,此时不战更待何时?占据着难得一现的绝对战略优势而不利用,坐失良机放虎归山,那才真正是要遗患无穷追悔莫及。如此显见的道理,为什么偏偏就难以取得大家的公认和共识!李纲面对此状备感愤懑。退朝之后,他本想即约种师道去行营司,商讨下一步的行动策略,不料种师道却毫无与其交谈之意,甚至连看都没看他一眼,便神色漠然地径自出殿而去。

李纲始觉不解,但很快便揣测出了种师道的意思:两个手握重兵的军事统帅过从甚密,难免会横遭猜忌授人以柄。领悟到这一层,李纲自己也不由自主地谨慎起来，他不仅放弃了与种师道会商的打算，连前去造访他的许翰等人，他也以伤风头疼为由，暂时一概谢绝会见，以免在这个敏感时期给某些别有用心的人留下攻讦口实。

经过一夜的征战，现在他也确实是头痛得厉害。他准备先服了药将息一晌，处理一下军机要务，然后再抽空独自进宫，去对皇上进行劝谏。

岂料风云变幻令人猝不及防，他还没来得及再去求见赵桓，竟极其意外地突然丧失了参政的权力。

第十一章

　　赵桓怒视着眼前这帮令他颜面扫尽的浑蛋，当时连亲手操刀宰了他们的心都有。这时又有奏报传来，说外面闹腾得越来越厉害，宣德门前的侍卫在与民众的冲突中已被打死十几个，弄不好，再过一时半刻，乱民们就要如洪水猛兽一般冲进大内了。

一

二月二日早晨，张邦昌还没起床，金军的一个百夫长便带兵破门而入，粗声恶气地将他叱起，押往中军大帐。张邦昌心跳如鼓遍体筛糠，一路上寒战不断。他料想，今天必定是要大难临头性命难保了。

实际上，自打半夜里察觉出金军动静异常，从看管他的金兵口中得知了宋军前来袭营的消息后，张邦昌便知大事不好了。

他姥姥的，老子是为显示议和诚意而入金营为质的，如今正栖身于狼巢虎穴中朝不保夕度日如年，朝廷在这个时候悍然兴兵，岂不明摆着是将老子往死路上推嘛！何况，这里还有个康王赵构，那可是正宗的皇亲国戚、你大宋皇帝的九弟。你赵桓居然连同胞骨肉的性命也视同草芥，这可是太不仗义太没人味了！在这样一个浑蛋皇帝的殿前为臣，真正是倒了八辈子的血霉！这种由愤怒、恐惧、冤屈与无奈交织而成的绝望情绪，整整煎熬了张邦昌一宿。他四肢无力万念俱灰地躺在硬邦邦的破木床上，感觉自己就是一个已被宣判了死刑的囚犯，就等着刀斧手天亮来送他归西了。

所以，此刻被金兵推推搡搡地押解着去往宗望的中军大帐，在张邦昌的意识里就如同被押赴刑场无异，每走一步都令他不寒而栗。

到了帅帐门前，经守卫那里的合扎通报，张邦昌被押进帐内。随后，康王赵构也被带了进来。

宗望在皮帐里居中而坐，完颜阇母、挞懒、斜也、宗弼等金军大将皆列座于侧。这些人刚刚吃过早餐，空气中弥漫着一股腥膻酸辣混杂在一起的混浊气味。

赵构禁不住皱起眉头，抬手在鼻孔前使劲扇动了两下。张邦昌却是木然而立，对那种极难接受的恶劣气息已变得毫无知觉。现在他身上所有的神经细胞，已全都紧张地集中到了宗望的发落上。

这时忽听"啪"的一声响，是宗望喝完羊奶将木碗丢在条案上的声音。紧张过度的张邦昌身上剧烈地一抖，以为这就是宗望要下处斩令了。求生的本能驱使着他扑通跪倒，涕泪俱下地放声大呼请大帅恕罪、请大帅饶命、请大帅开恩、请大帅手下留情！

张邦昌这么跪倒尘埃呼天抢地地一折腾，倒搞得宗望和众金将一愣。金将们先是愕然相觑，接着便都禁不住地发出了一阵轻蔑的笑声。

原来，昨夜战斗结束，金军的追击部队先后从幕天坡撤回营地后，宗望即马上召集万夫长以上的将领开会，就下一步的行动策略进行了商讨。宗望不是个只知横刀立马厮杀拼打的莽夫，对他这支远征军当前所面临的处境具有比较客观的认识。他认为，虽然由于金军防范在先，成功地挫败了宋军的偷袭，但从实质上看，这件事并不值得庆幸，相反地倒是一个很危险的征兆。它标志着宋军已经具备了战略反击能力，战争的主动权已经向宋军方面转移。

当夜前来袭营的宋军仅是其之一部，不过万余兵力。假如以此为始，宋朝的二十万勤王大军尽皆动作起来，无论是轮番进击还是同时发难，都将是他们这支已遭受严重战斗减员的远征军很难招架的。宗望在会上一针见血地指出这一点，使众将的头脑从得胜而归的狂热中很快地冷静了下来。

在宗望的引导下，众金将经过一番讨论，达成如下共识：金军必须立即采取有效措施，重新将主动权握到自己手中。而这个措施，须以武力为后盾，以外交为手段。具体地说，就是要充分利用当夜反偷袭战斗胜利所造成的军事威慑力，及时向宋朝施压，以强大的精神攻势摧毁宋朝的再战信念。擒贼先擒王，只要能使宋朝的决策者怯于再战，那么聚集在汴京城下的宋军虽多，亦不过是废物一堆了。

近水楼台先得月，作为计议使被扣押在金营里的赵构和张邦昌，很自然地便成了这个所谓不战而屈人之兵策略的首先承受者。宗望一大早传唤他们，意在先声夺人地从"道义"上对宋朝背盟毁约的行为提出责难，根本不可能不问青红皂白便一刀宰了他们，而令事情失去回旋余地。所以当看到张邦昌误以为自己大限将至、顷刻间就要命赴黄泉的那副恐惧模样，众金将不能不觉得实在是可笑之至。

身为少宰的张邦昌如此德行，宋朝其他大臣的胆识又能高到哪里去？方才所议定的精神战法，看来是十拿九稳胜券在握。宗望对自己所具备的军事家兼政治家的才能十分满意，在神态上便自然而然地更加不怒自威。见到张邦昌仓皇下跪，他就下意识地用手掌猛拍了一下条案，喝令其先自将罪状供来。张邦昌早已魂不附体，只知一个劲地磕头求饶，哪里还支吾得出其他言语。

宗望烦了，便转而一指赵构，命令他来回答问话。

赵构则比张邦昌镇定得多。他认为金人生气很正常，因为他在听说了宋军袭营的消息后，他本人就非常恼火。现在双方正在进行和谈，朝廷却偷偷摸摸地在背后下手，这不简直太岂有此理了嘛！

但他觉得金人把火发在他和张邦昌身上没有道理。这事又不是我们两个干的，你吹胡子瞪眼地呵斥我们干什么。对于张邦昌那副丑态百出之状，他亦觉鄙夷和好笑，以为实在是很不至于。堂堂大宋亲王的身份，使得赵构从未担心过金人会胆敢要他的脑袋，他自然也就不会产生出似张邦昌那样严重的恐惧心理。因此，听了宗望的喝问，他相当坦然地回答，本王奉旨出使议和，一切行为均按部就班循规蹈矩，不知有何罪状。

"你这厮倒会装蒜。"宗望冷笑道，"既云休战议和，却又出兵偷袭，这是不是违约毁盟，背信弃义？"

"大帅所言不谬，违背誓约错在我朝，但此事与我和张少宰无干。"

"与你们无干？嘿嘿，怎么会与你们无干？你们是什么人？你们是代表宋朝来议和的全权特使。本帅与你们说话，就等于是在与你们的朝廷说话。这个责任，你二人推卸得掉吗？"

"这个责任本王没想推卸。不过我与张少宰到底是身在贵营，对朝中的兴兵缘由一无所知，大帅只管责问我等，于事何补？"

"你真能狡辩。"宗望面孔一板，又猛拍了一下桌面，"那你们两个来我大营有何用？你们宋朝妄生事端，本帅不问你们问谁？"

"问朝廷，问我宋朝的朝廷！"赵构非但没有现出怯意，反而也提高了嗓门，"出了这样的事，本王也窝火得紧。就算大帅不问，本王也要问，问他们为什么要出尔反尔破坏和谈！"

张邦昌见状，心脏骤然缩紧，暗忖这康王真个是不知进退，现在你我命悬一线，是与金人硬顶的时候吗？他正叫苦不迭地准备着迎接宗望的雷霆震怒，宗望的面色反而在稍稍一怔，又意味深长地端详了赵构片刻后，渐渐地缓和下来："唔，你这话说得却也在理。只要讲理便好，万事无理不立，有理走遍天下无理寸步难行嘛。张少宰还跪在那里做什么，站起来说话吧。"

张邦昌听了这话，偷偷举目瞅了宗望一眼，意识到暂时是不至于有性命之虞了，赶紧口称"遵命"，努力支撑着几乎虚脱的身子，从地上爬了起来。

"本帅也不是不讲道理的人，"宗望将上身往椅背上一仰，慢条斯理地说，"既然袭营之事与你二人无涉，本帅不怪你们。但你二人既为和谈计议使，总不能对此事袖手于侧作壁上观吧？"

"那是那是，"张邦昌连忙附和，"大帅需要我等做什么，尽管吩咐。"

"本帅要你们设法挽回此事的影响，使我们重归和谈之路。解铃还须系铃人嘛，宋朝做下的事，得宋朝自己兜着。二位在这件事上，应当是责无旁贷吧？"

"当然，此乃我等的分内之事。"赵构点头道。

张邦昌亦连声应承："是是是，责无旁贷，责无旁贷！"

"那好，你们就说说看，此事应当如何了断？"

如何了断？张邦昌的思维立时高速运转起来。他希望能拿出一个令宗望满意的答复，以加重自身的安全砝码。怎样才能使宗望满意？毫无疑问，那得要朝廷做到对金军俯首帖耳唯命是从，最起码，也得保证宋军今后不再采取军事行动。如何能使朝廷做到这一点？张邦昌脑筋一转，马上想到了解决问题的关键所在。

他正要将他的主意和盘托出，却忽然顾虑到赵构在场，话到嘴边略一迟疑，又咽了回去。

想到的那话不便说，总得另外有点言语搪塞宗望才是。可是说什么好呢？张邦昌正抓耳挠腮，身旁的赵构开了腔："既然此事是我朝理亏，本王以为，大帅可遣使进城，质问昨夜兴兵之责。如蒙大帅允准，本王和张少宰可与使者一同进城，向我朝皇上面陈贵军议和诚意，敦请朝廷向贵军赔礼道歉，并赔偿一应损失。大帅看可使得吗？"

"你这厮恁的奸猾！"性暴的宗弼忍不住叫道，"放你二人回去，倘你朝再生事，我们拿谁是问？"

"不放我们回去，我们又如何能为解决此事效力？"赵构的反应十分敏捷，"如果贵军必得有我朝人员留驻军营，让我朝另派使者来此替补，亦无不可。"

张邦昌听了赵构这话心里一亮：绝！借机找人替补，而自家抽身回城，这条金蝉脱壳之计，亏他想得出来！此前张邦昌从未将这个只知声色犬马的九皇子放在眼里，对于其进入金营后的无畏举止，认为那不过是一种不知好歹不识时务的表现。而这时他才觉出，这个貌似头脑简单的康王，其实并非是个毫无心机的绣花枕头，不免对他油然生出了三分敬服之意。

如果赵构的建议被采纳，那么他们不日之内便可从金营全身而退了。可是宗望能上这个钩吗？张邦昌的心又暗暗地打起鼓来。

事情的结果是，宗望既没表示采纳赵构的建议，却也未断然驳回，而是在眯着眼睛盯着赵构稍事沉吟后，便吩咐且将他们二人带下，莫名其妙地中止了这场问话。

张邦昌被押回宿处，兀自躺在床上，正心神不定地胡思乱想，一个金军百夫长却又气势汹汹地破门而入，将其带出，说是大帅还要问话。

这一回没传赵构，只传去了他一个人。帅帐里也只剩下了宗望和阇母两个人，冷着面孔坐在那里。张邦昌不知这是何意，少不得又被吓得心惊肉跳小便失禁。及至听过宗望的问话，他方知此番被传仍然是有惊无险，通身的冷汗才渐渐消落。

原来这是宗望方才看出张邦昌似乎有话欲说，但碍于赵构在场没说出口，故而又命人将其带来单独讯问。

这次宗望主要讯问了张邦昌两个问题。第一个问题是，与其同来出使的所谓康王赵构到底是真是假。这个问题，宗望在听宗弼禀报过赵构在阅兵场上的表现后，已问过张邦昌一次，得到的答复是肯定的。但宗望仍觉其中的疑点甚多。今天赵构的表现，又加深了他的怀疑。身为少宰的张邦昌都吓成那副德行了，一个乳臭未干的赵构如何倒能一如既往镇定如常呢？赵姓皇族那一窝熊包软蛋里，果真能生出这样一个不同凡响的龙种吗？这简直是不可思议。因此在宗望的内心里，基本上已认定，这个所谓赵构系某个将门之子冒名顶替，现在他不过是想从张邦昌那里再证实一下。

张邦昌听宗望又问起这个问题，不禁一愣，接着忙诚惶诚恐地回答，在下不敢欺瞒大帅，康王确实就是康王。

宗望将张邦昌的那一愣看在眼里，偏偏又产生了误解。他以为那是张邦昌欲盖弥彰的一种本能反应。由此断定，张邦昌未吐实言，康王之真伪已昭然若揭。宗望认为张邦昌不敢吐露真相亦属合情合理，也就不再就此继续逼问，乃将话题一转，开始问第二个问题。

这个问题是问张邦昌方才有何未尽之言，对促成议和有何见解。这才是宗望再度传讯张邦昌的重点问题。

这个问题问到了张邦昌的心坎上。即使宗望不传他，他也是准备伺机向宗望进言的。一听宗望发问，他便以极其诚恳的态度，向宗望奉献出了他的建策。

他郑重其事地对宗望说，要解决议和问题不难，关键是得排除其间的障碍。而排除障碍的关键，则在于必须要排除一个人，这个人就是现任亲征行营使的李纲。宋朝中主战者虽不乏其人，但真正的领军人物唯有李纲。昨夜的袭营之事，始作俑者必为李纲无疑。可以肯定地说，有李纲在朝，非但宋金誓约难成，纵使一时达成和约，恐也转瞬便成废纸。而若李纲下野，则不仅双方缔约可速成其事，且可保证宋朝严格遵守誓约，自此绝不妄动刀兵。所以为今之计，只需拿掉一个李纲，便万事皆无虑也。他强调道："这个要求，只要大帅能明确提出，料得我朝皇帝是无有不允。去一人而免杀戮，这等利国利民之事，皇上何乐而不为之？此乃邦昌披肝沥胆之言，恳望大帅熟思。"

张邦昌提出的这个建议，的确是一针见血切中要害。而他之所以如此尽心地为宗望出谋划策，乃是出于两个不可告人的目的。

其一，是意欲借此取悦宗望，结好金邦。这样做，从眼前说，可图性命自保；从长远计，可为自己留条后路。他这番良苦用心倒是没有白费，这使得他在汴京城破北宋灭亡后不仅身家无恙，还在金人的扶植下登上了所谓"大楚"皇位。此乃后话，下文再说。

其二，便是想借机搞掉李纲。虽然李纲位列宰执的时间很短，但张邦昌已看出，此人实乃他在政坛上的头号劲敌，将来必定是有我无他冰炭难容。在这一点上，他与李邦彦心照不宣，感受完全一致。昨夜发生的袭营事件，更使他对李纲的仇恨雪上加霜。在这件事上，他起初是怨恨赵桓，但想来想去最终却是将罪魁祸首定到了李纲身上。

他是这样想的：依照大宋的律制兵权悉归皇上不假，但是若无人撺掇，已经决意与金人休战言和的赵桓，焉得会突然间头脑发热出兵挑衅自找麻烦？难道皇上吃饱了没事闲得发腻了吗？而眼下朝廷中除了李纲，又有何人胆敢撺掇皇上、并且能撺掇得动皇上向金人动武呢？这一动武不要紧，就险些要了老子的命。来而不往非礼也，老子吃了你李纲一拳，还你一脚不算过分罢。如今恰好有此一箭双雕的良机，这一脚便让金人替老子踢出去好了。只要能利用金人之手将你从宰执的位置上拿下，日后如何收拾你，就且看老夫的手段了。

宗望自然不会知道张邦昌的这层背后用意，但他听出了其策的价值及可行性，他感到很受启发，收获不小。命令合扎将张邦昌带出后，他与阇母经过简短商议，很快便定下了迫使宋朝必须接受的和解条件。条件中最重要的两点便是：第一，罢免应对出兵挑衅破坏议和负首要责任的宋军主帅李纲的官职；第二，另遣其他亲王至金营，替换康王赵构及张邦昌。

随后，宗望即派王㧑为使，入城向宋朝递交通牒，以十分强硬的姿态，向宋朝发起了咄咄逼人的外交攻势。无论在任何情况下，保持强硬姿态，便先占据了七成的上风，这是金人从屡次与宋朝打交道的经历中，取得的一条可靠经验。

张邦昌再被带回宿处时，心里稍稍踏实了一些。虽然宗望和阇母没有当场对他的建策做出什么表示，但他从两个金人的面色和口吻上，还是明显地感觉出了他们态度上的缓和，甚至于还带有某种赞许。这个感觉，终于使他那紧张得差点绷断的神经放松下来。

上苍保佑，这条命总算是捡回来了。

精神上一舒缓，他顿时感到全身就像散了架。昨夜无眠，今天又来来回回惊魂不定地被折腾了两个时辰，他已是耗得筋疲力尽困乏至极。半死不活地往床上一倒，他什么也懒得再想，便迷迷糊糊地睡去。

要命的是刚刚神游南柯，却又做起了噩梦。他先是梦见遭到了手持钢刀的金将的追杀，后来金将不知怎的变成了康王赵构，钢刀也变成了一条吐着红芯子的花蛇。忽然李纲又出现在赵构身侧，向赵构说着什么。赵构边听边点头，然后将手一挥，那条可怕的长蛇便蠕动着丑陋的身躯迅速游移上来，呼地一蹿缠住了他的颈项。

他惊恐万状地大叫一声惊醒，回想梦境心悸不已，不知其兆是凶是吉。

二

二月三日上朝伊始，赵桓就颁旨，罢免李纲尚书右丞及亲征行营使职务，撤销亲征行营司，委任左丞蔡懋代行李纲职责，以守御使身份总领兵事。种师道的两河及京畿宣抚使职务亦同时罢免。

这个决定犹如晴天霹雳，击得李纲晕头转向，目瞪口呆。因为对他来说，这件事发生得实在是太突然，事先几乎没有一点征兆。

征兆其实是有的，只不过是李纲没有留意、没有及时察觉罢了。初二午后，他服过药睡了一个多时辰，感到头疼有所减轻，便抱病起身处理公务。为防金军夜间采取报复行动，晚饭后他又亲临城防前沿巡查，一直忙至深夜，未得片刻闲暇，亦无丝毫心思去顾及朝廷方面的动静。他又不像以前的蔡京童贯和现在的李邦彦张邦昌等人，在宫墙内外广布耳目，可随时刺探各种消息，自然是无从得知在这段时间里，发生了哪些值得注意的事情。

金使王汭二日下午进城，径赴中书省部堂递交了牒文，厉色要求宋朝速予答复。一来是由于事关重大，二来是由于金军所提的条件正中李邦彦下怀，李邦彦便雷厉风行，以最快的速度向赵桓做了奏报，并且特别强调，倘不允诺金人的条件，金军即要以排山倒海之势再度全线强攻汴京。

赵桓心下惶然，让他去速查御敌兵马尚余几何。

俄尔李邦彦串通台谏官一起来报，谎称业已查清城下勤王之师以及亲征行营司兵马已悉数被歼，京城内外再无可战之旅。

赵桓大为恐慌，只得依着李邦彦的主张，亲自接见王汭于崇政殿，降尊纡贵地再三解释，昨夜出兵乃李纲与姚平仲私下计议所为，绝非朝廷本意，请王汭务必向宗望元帅转达宋朝的歉意，并信誓旦旦地保证，今后绝对不会再发生类似事件。对于金军在通牒中所提的条件，他亦依着李邦彦之言，表示一概予以接受，一定从速施行。

当时李邦彦甚至居心险恶地当着王汭的面主动提出，为表示宋朝的谢罪诚意，可将肇事首犯李纲缚送金营，交由金军处置。倒是金使王汭，对宋朝内部这种钩心斗角借刀杀人的做法甚为反感十分鄙夷，回答说李纲是你们宋朝的人，如何处置是你们的事，我家大帅无意越俎代庖。赵桓也觉得李邦彦此举未免过分，置之未理，方使李纲避免了遭受更大的厄运。

形成罢免李纲、种师道决定的过程大致就是如此。内侍黄金国对其中的情形有所知晓，曾欲秘密通报李纲，提醒他注意防范身后的风云变化。但苦于其当晚正在当值，不得片刻脱身，而这等密事委托他人去传信又很不稳妥，所以就未能将消息提前告知李纲。

圣旨宣毕，深感震惊的不仅李纲一人。有吴敏、许翰、何栗、孙傅、吕好问、宇文虚中、徐处仁等多位大臣，立即接连出班奏谏。奏言的大意皆是：李纲奉命守城夙夜辛苦身先士卒功绩卓著殊无大错，而目下强寇未退狼烟未熄危情未解，万不可因小过而施大惩尽削其职，遗金人以可乘之机。老将种师道智勇双全德高望重，其令金人闻风丧胆之威名无人可代，值此帅才奇缺良将难求之际，对他免职夺印实于我朝有百弊而无一利。若是李、种二人犯有过错，圣上不妨严加训谕，责令他们检讨失误匡正前非，戴罪效力将功补过。料他二人必能深感龙恩谨遵圣意，尽心竭力奉职保国。唯有如此，方可安我军心固我长城，令金军不敢轻越雷池一步。否则，后果将不堪预料。

罢免李纲、种师道必定会遭到一部分大臣的激烈反对，这是李邦彦的意料中事，他早已为赵桓设计好了应对之策。对策很简单，叫作"不争论"。赵桓对动辄翻来覆去地进行朝辩已是备感厌恶，因此在此事的处理上对李邦彦言听计从。这时他面对着大臣们的接连进谏，并无一句回应，只是耷拉着眼皮耐心听着。待到这些大臣一个个聒噪完毕，他只开口说了一句话："朕意已定，毋庸复言。"接着便宣布退朝。

这个办法果然效果不错，不用废话，便使那些喋喋不休的雄辩，统统变成了打在烂棉花包上的空炮。

赵桓瞥了一眼丹墀下面那些言犹未尽的大臣，径自离开御座走向后殿。他边走边为自己又掌握了一种对付臣属的招数感到满意。家有千口主事一人，焉能事事都此亦一是非彼亦一是非地争论个不休？该朕说了算的事，就得朕一锤定音，这才是为君者应有的魄力。朕显然开始具有这种魄力了，赵桓自我评价道，这说明朕已然变得成熟起来。

圣意坚决，群臣只得遵旨。退朝后，蔡懋即至亲征行营司接管了印鉴。

依照宋制，被一撸到底的重臣须先禁闭于一个唤作浴室院的去处悔罪思过，然后再听候进一步的发落。李纲将各项卷宗向蔡懋交代清楚后，便被殿帅王宗楚手下的士兵押往浴室院。不过，李纲只在那里待了不到半天，即被赵桓恩准回家居住。这是由于朱后念及李纲守城有功，向赵桓恳言力劝的结果。

种师道除了两河及京畿宣抚使之职外，尚有若干职衔未遭罢免，在处罚程度上较李纲为轻，因此他封交了宣抚司印鉴后，被允许仍居于宣抚司衙中。但种师道是个明白人，深知在这种情况下当如何进退。他不但没继续留居宣抚司，还主动地退出了城去，而且也不回其本部军营，只带了三五个随从，找了一处民宅暂居。

作为一名饱经风霜的老将，他对官场上这种白云苍狗般的起伏升降，虽不说是已修炼得绝对荣辱不惊，也早已是习以为常见怪不怪了。赵桓的朝云暮雨，在他看来不足为奇。当皇上的都是这个德行，为臣属的较不得真儿。根据当前的形势，种师道预料，用不了多久，朝廷很可能又会重新委其以重任。但关键是现在他不能流露出一丝不满，不能发半句牢骚，只能比平日更加倍地表现出对君命的百依百顺心悦诚服。否则，在前边等候着他的，恐怕便不会是重新起用，而是更严厉的制裁甚至于杀身之祸了。

李纲在表面上亦未表露出对突遭罢职的任何一点抵触情绪，但是在内心里，他却做不到像种师道那样的从容淡定。他动用了有生以来最大的克制力，才将聚集在心头的极度愤懑、委屈和失望压抑下来，没有向外喷发。

这个变故对他的打击太大，可以说，是已经超过了他所能承受或者说容忍程度的极限。之所以如此，较之种师道，他阅历尚浅历练不足固然是一个原因，而更重要的是，在这场关乎整个大宋江山生死存亡的汴京保卫战中，他所承担的责任、压力、风险，和他所付出的心血、辛劳、热忱以及牺牲，都远比种师道为巨。

满腔赤诚的报国丹心，艰苦卓绝的浴血奋战，鞠躬尽瘁的力撑危局，到头来落得的竟然是误国魁首的罪名和撤职查办的下场，宁不令人寒彻肌骨，焉不使人长歌当哭！是可忍，孰不可忍？

然而，此刻的李纲，却只能选择忍。不忍，你想怎么样？你敢怎么样？你又能怎么样？

回到一个月未曾归宿过的住处，李纲一言不发地走进卧室和衣卧下，一动也懒得动。老仆胡长庚让厨子精心做了他平日最爱吃的南味食物豆团和七宝素粥，为他端到了床边，他也没起身去用。他心如枯井万念俱灰，大脑里全然是一片空白。他现在是什么也不想干，甚至是什么也不想去想，只想就这么静静地躺着，最好是变成一片虚无缥缈的闲云。

他知道在这种时候是不会有人来打扰他的。一个刚刚被皇上亲自罢黜的罪臣，有谁会不避嫌疑地来登门造访呢？李纲觉得如此甚好，他当下所需要的，正是这种门前冷落车马稀的孤寂。经过一个多月夜以继日的高强度操劳，他的精力体力均已严重透支，仅从生理状态上讲，他也觉得真该卧榻静养个十天半月了。天下事了犹未了，何妨以不了了之。大宋兴亡非我李纲一力可支，我李纲干脆从此就退隐田舍，做个结伴泉林的隐者罢了。

然则他到底并未从此变成隐士闲人，因为他的门前其实并未多么冷落。出其所料，在他被罢职的这两天里，前来探望慰问者，虽不算络绎不绝，却也是接二连三。仅在他回到住处的当晚，来访者便非止一人。

首先来登门看望他的，是已迁任御史中丞的许翰。依李纲当时的心情，是想一概杜门谢客。但一旦闻报有客来访，却又颇觉其情可贵却之不恭。尤其是许翰，乃力主抗金的中坚分子，对他的支持很大，断无拒之门外之理。所以李纲便连忙起身整衣，吩咐胡长庚将其让进了客厅。

许翰给李纲带来了一箱名贵的鹿血酒和一些参茸类高级滋补品。他告诉李纲，吴敏、孙傅、何栗等诸位同僚原本都是要来的，只是顾忌着弄得动静大了，于双方都不便，因而便委托他权代大家向李纲致以慰问。李纲听了周身生暖，连声表示感谢。

寒暄几句后，许翰的话头切入正题。许翰说，大家都看得很清楚，伯纪兄被突然罢职这件事，纯系李邦彦一手遮天蒙蔽皇上所致。许多同僚均有不平之意，正准备以种种方式进谏，劝说皇上收回成命，复以伯纪兄主政。目下我宋朝是国难未已百废待兴，朝廷中缺不得栋梁之材。希伯纪兄勿因此消沉气馁，勿要计较个人得失，还是要以社稷为重，坚定报国信念，做好复出的准备，无负众望，再展宏图。

李纲毫不怀疑许翰之言的真实性和真诚性，对友人和同侪的推崇、信任、期待及鼓励甚为感动。然而毕竟这次他受到的打击太大，伤害太深，低落的情绪一时很难扭转。同时他感到，许翰等人终是书生意气太重，看问题过于一厢情愿，过于简单化理想化了。但是现在他不想多说也不便多说内心的种种苦闷和感慨，只能以诚恳的口吻，拜托许翰向各位大人转达衷心的谢意。

许翰懂得，李纲身处目前的境遇中，言辞谨慎乃是必然。他将该说的话说过后，亦不多做逗留，向李纲道声"珍重"，即适时告辞离去。

许翰走后不久，索飞春来了。她用马匹驮来了一大麻袋稻米和两大箩筐青菜。这些东西平日里价值没有几何，但在这已被封锁多日生活物资业已奇缺的时候，却是十分难得。尤其是对李纲这样只顾操持公务，而根本没顾上进行自家柴米储备的人来说，更可谓是雪中送炭。

李纲闻讯，步出房门亲自将索飞春迎进宅院。当然，他所看重的绝不仅是这区区几十斤稻米、青菜，而是包含其中的那份深情厚意。而且，在李纲的心里，对索天雄索飞春父女是隐含有一种特殊的敬重感的。而这种敬重感的产生，除了来自这父女俩在汴京保卫战中的杰出表现，还来自在他们身上时隐时现地闪烁着某种神秘感。为什么会有这种感觉？这父女俩神秘在何处？他却一时捉摸不透。关于这个问题，他是在汴京保卫战结束了两个多月后所发生的一场意外事件中，才得到了一个秘不可宣的答案。

索飞春没有进屋，她在胡长庚的帮助下卸下米袋、菜筐后，就在院中与李纲做了简短的交谈。

她对李纲说，父亲因有急事要办，暂时无暇来看望李大人，但对李大人非常挂念。民心所向，是绝不会容许奸佞之徒为所欲为的。请李大人保重身体振作精神，养精蓄锐拭目以待。试看将来之域中，竟是谁家之天下。

索飞春说的话不多，语调也很平和，但其中却充溢着一股掷地有声的豪气，并且似乎还有点意味深长。李纲当时不曾细品其意，却因其言而引起了固有的责任感，不由自主地想到了最令他挂心的城防问题。于是，除了对索氏父女的关怀表示感谢外，他着重叮嘱索飞春，目前敌我对峙的局势依然很严重，金军破釜沉舟全力强攻汴京的可能性依然存在。他要索飞春转告索天雄，当此时，民间义勇应当一如既往常备不懈，协助官军保家卫国，尽责到底。

其实，就在当天上午，李纲前脚刚刚离开亲征行营司，蔡懋后脚便下达了解散全城民间抗金武装的命令。但索飞春没将这个只能令人徒增担忧的情况告诉李纲。

随后索飞春便向李纲告别，拉马而去。李纲将她送到院门口，看着她十分干练地跃马扬鞭，驰入夜幕，心中在啧啧称奇之余，不由得生出一丝羡慕，暗叹道：似我等终日挣扎消磨在官场上者，真个是比不上民间布衣活得无拘无束洒脱自在。

这时已近亥时，饥乏交加的李纲回到房中，胡乱喝了几口早已放凉了的七宝素粥，便洗漱更衣，意欲就寝了。

可是他正要熄灯卧下，却又听得外面有动静。他想不出这么晚了还会有什么人来，迟疑了一下，觉得不便怠慢来访者，便重又穿衣蹬履，出房去看。到了院中，却见胡长庚已经闩好门转回身来。

李纲问是又有来客吗？胡长庚回答说是的，但是来者没进门，只在门口送下这几只鸡便走了。李纲这才注意到，胡长庚一只手提着灯笼，另一只手里提着的是三只已被宰杀煺毛的母鸡。

他诧异地问那送鸡的是什么人，胡长庚答道是个五十来岁的老婆婆，身量不高，穿戴甚是破旧。他又问，那老婆婆可曾留得姓名？胡长庚说老婆婆未曾留名，只道是她曾受李大人恩典，知道李大人是京城里少有的好官，是抗金杀敌的大英雄，平民百姓的主心骨，愿菩萨保佑李大人平安康泰、逢凶化吉、灾消运转。

李纲边听边在脑海里搜寻着，很快便想到了开战前曾被危国祥借募兵之机敲诈欺凌过的何卫氏。

他断定那来送母鸡的老婆婆十有八九就是她，禁不住眼眶湿润，从心底涌起一阵热辣辣的感动。自己当时秉公执法，出面制止危国祥的胡作非为，不过是职守所在分内之举，却居然被老百姓念念不忘，当成了大恩大德，实在是受之有愧。论价值这几只母鸡微不足道，甚至还不够充当大户人家一顿菜肴的配料，但对何卫氏来说，这却是那个贫寒之家赖以补贴衣食的生计来源。那天危国祥那样穷凶极恶，老婆婆都不肯让步，可见这些母鸡在何卫氏心中的宝贵程度。可是现在，她却亲自将它们送到了自己的家门上，而且一宰就是三只，此中包含的情意，岂是金银可以衡量！

李纲忽然想到，天黑路远，何卫氏颠着一双小脚，如何走得这许多路？他忙

— 219 —

问那老婆婆是怎么来的。胡长庚说是一个黑瘦汉子用手推车推着老婆婆来的，那汉子亦曾说道，小民家徒四壁，无物可表寸心，唯祈李大人早复官职，造福万民，这也是他们左邻右舍穷弟兄的共同心愿。李纲听了，心窝里又是一个热浪翻上来。他从来不曾想到过，那些与他素无瓜葛、素不相识的陌路百姓、下层黎民，竟会对他怀有如此殷切的关注和如此诚挚的惦念。

心潮起伏地默然片刻，他吩咐胡长庚将母鸡拿去灶间收好，同时思忖着，来日应当以适当的方式给予何卫氏一点回报，尽量帮助她解决一点生活困难。

这一夜许翰、索飞春、何卫氏的相继探访，虽不能尽扫李纲的灰暗心境，却已给了他很大的慰藉，使他的胸襟开朗畅快了许多。回到房中，他一时没了睡意，感怀万千思绪纷纭，禁不住文思涌动，产生了遣词抒怀之欲。

心有所思不吐不快，然而落笔直抒胸臆，是会招惹是非的。这个道理李纲省得，所以他纵有千般感触万种愁怀，亦只能曲笔传述借题发挥。他踱步房中，吟哦有顷，词句渐成，遂挑灯研墨，铺纸运毫，书下了《水龙吟》一首，题曰"太宗临渭上"：

古来夷狄难驯，射飞择肉天骄子。唐家建国，北边雄盛，无如颉利。万马崩腾，皂旗毡帐，远临清渭。向郊原驰突，凭陵仓卒，知战守、难为计。须信君王神武。觇房营，只从七骑。长弓大箭，据鞍诘问，单于非义。戈甲鲜明，旌麾光彩，六军随至。怅敌情震骇，鱼循鼠伏，请坚盟誓。

此词说的是唐初平夷定边降伏颉利故事，极颂唐太宗李世民之神武胆略英雄气概，表面看去纯属咏史之作，无涉本朝时事。然熟知李纲者阅之，则不难领会，其抚今追昔感慨生不逢时渴望英主知遇之意，尽在不言中矣。

次日，又有一些人不避嫌疑前来看望李纲，来访者官庶不一身份各异，所表达的意思却都是一个：劝慰李纲莫生退隐之心，希望李纲早日官复原职。这种不约而同的意愿带给李纲的，除了一次次温暖的宽慰和滚烫的激励，还有一个隐约的预感：关于他被罢职这件事，未必会就此了结，朝廷中很可能还会发生什么变故，而且为时不会太久。

他的预感没错。但是他没料到，这场变故的规模竟是那样的波澜壮阔，这场变故的来势竟会那样的排山倒海。

三

二月五日，也就是宋军原定的出兵反击金军之日的前一天，汴京城里爆发了堪称是北宋历史上规模最大的一次民众请愿运动。参加请愿的各界军民高达数十万人，其声势之浩大汹涌，几欲掀翻皇宫。

史载，这场大规模的请愿运动乃民众的自发行为，其导火索是以陈东为首的太学生们的伏阙上书。这大致是不错的。但是一个运动能够形成如此轰轰烈烈的势态，纯属自发不太可能。表面上的民众自发参与，必定有其幕后的策动者。这场"二五请愿"运动的幕后人物，就是那个颇具神秘色彩的民间义士索天雄。

索天雄是平民百姓中知道李纲被罢职最早的一个人。消息是甘云传给他的。

李纲的继任者蔡懋带着自己的亲兵队趾高气扬地接管了亲征行营司后，即将李纲的亲兵统统调充杂役。甘云气愤不过，意欲解甲归田。李纲规劝他，目前国家极缺人才，以他甘云的武艺和胆略，留在禁军里，早晚会有大显身手之机。大丈夫能屈能伸，切不可意气用事。听了李纲的劝告，甘云总算是没有负气一走了之。

李纲被带往浴室院后，甘云对朝廷的是非不分黑白不辨越想越感不平，思量着不能就这么束手无策忍气吞声，必须要为李大人做点什么。可是应当做什么，又应当如何做？他一时却无主意，便想找个人商议一下。

禁军中靠得住的弟兄，甘云倒是有几个，但他们皆是血性壮士，有需要两肋插刀动武玩命的事，找他们来帮忙绝对没问题，而要在扶助李纲这样的大事上动脑筋，他们的见识还不如甘云。于是甘云只好放开思路，往禁军弟兄以外的人选上去想。这一想，便想到了索天雄。

甘云与索天雄并无交往，只是跟随着李纲与其有过几次短暂的接触。但就凭这几次短暂的接触，便给了他一个很明显的直觉：这个索天雄非但古道热肠侠肝义胆，而且胸有韬略处事稳健，俨然具有成大事者的气象，是条值得信赖的好汉。所以尽管索天雄只是个无官无职的平民百姓，但甘云在内心里对他的敬重程度，却与对待李纲相差无几。

索天雄果然不负其望。

听了甘云通报的消息，他虽然亦深感震惊愤慨，却表现得十分冷静，思路也非常清晰。他稍作沉吟后，沉缓地对甘云说："根据你说的这个情况，那个蔡懋十有八九会下令宋军放弃备战，停止抵抗，各厢区的厢兵义勇也很可能会被勒令解散，总之他们会千方百计地示好金人。而这样做无异于开门揖盗投身饲虎，其想法极其愚蠢，后果极为凶险。李纲大人能否从速复职，关乎京城存亡，干系非常重大，我等绝不可袖手旁观。计将安出，容我再思。你且少安毋躁，回去候我回音。"

甘云知道，让索天雄立时就拿出一个能够扭转乾坤的锦囊妙计来也不现实。但听了索天雄那坚定果决的话语，却使他找到了主心骨。他相信自己没有找错人，索天雄对此事肯定不会一筹莫展无所作为。

事实果然如此，就在与甘云谈话的同时，索天雄已有主意在头脑里迅速萌生，否则他的话也不会说得那么有底气。只是事情尚需熟虑，未便率尔出口。

罢免李纲的人是皇上，欲迫使皇上收回成命，所面临的挑战对象是至高无上的皇权。皇权如山，坚不可摧，不过也不是绝对无法撼动。而普天之下，真正可以撼动皇权的，唯有一个"众"字。对于这个朴素的道理，索天雄早有领悟。"众"是由一个一个的个体组成的，而单独的个体数量再多，如果不能凝聚起来形成一股统一的力量，亦不足以为"众"。因此，能否将一盘散沙似的无数个个体凝聚成一股力可拔山的洪流，是草民能否与皇权相抗衡的关键。

那么，现在有没有条件发动全城民众同心同德地发出共同的吼声呢？索天雄认为答案是肯定的，其根据，就是他了解得非常透彻的京城百姓的人心向背。

不过索天雄同时也深知，多数百姓都有怕事心理，都不愿做出头的椽子，所以要做这件事，必须先进行串联鼓动，必须先造成广泛而强烈的舆论声势。而一旦这个声势形成，他料定，就必然会有更多的人加入其间添柴烧火推波助澜。到那时只要有人振臂一呼，必将应者云集，水到渠成地掀起声援李纲的惊涛骇浪。

这个办法有几成胜算？朝廷能在民意的重压下改弦更张吗？

索天雄不敢说有十拿九稳的把握，但目前舍此别无他途。为了使汴京保卫战不致功亏一篑，为了使百万生灵免遭荼毒，索天雄考虑，只能这样铤而走险背水一战。

下定了这个决心，索天雄又对行动中可能出现的问题及其对策进行了认真考虑。午后，他即让索飞春召集义勇队中的骨干人员到药王庙，也就是他这支义勇队的临时指挥所来议事。

此时大家都已听说了李纲被无端罢官的事，众人皆大为愤懑不平，对索天雄提出的紧急动员民众全力声援李纲之议无不赞同。蔡懋强行解散义勇军令恰在这时传到，就更是激起了这些草莽英雄的义愤。简短的秘密会议一结束，众人便马上分头行动起来，深入到各厢区的街头巷尾去四处煽风八方点火。

甘云于当天下午得到了索天雄派人传送的口信，口信只有十六个字："众怒难犯，众口铄金。扶我栋梁，军民同心。"

见索天雄在如此短暂的时间里便果断地拟定了斗争方略，甘云感到由衷的钦佩。他的悟性很强，听了口信即会其意。于是他便找来了若干铁杆弟兄，示意他们各自在军营里暗中进行鼓动。这些弟兄都很敬仰李纲，本来便对朝廷的倒行逆施牢骚满腹，与甘云的想法一拍即合，得了甘云的秘密嘱托，回去就积极地开始了动作。

事情一做起来大家才发现，原来这事并不难做。无论是在哪个兵营，基本上人人心同此理，个个都有斗志。只要是有一个人挑了头，众人的一腔怒火怨恨便如开闸之水一泻千里，各种各样对朝廷大不敬的粗话脏话，都跳着脚地大骂了出来。于是乎，这股强烈的逆反情绪，便像燎原烈火一般，迅速地在禁军中蔓延开来。

索天雄本人则在布置过上述行动后，抓紧时间去拜会了禁军统制何庆言。因为他很清楚，能否取得驻扎城中的禁军将领的支持配合，是这次请愿能否获得成功的重要一环。民众的人数再多，毕竟是不具备严密组织的乌合之众；民众的声势再大，其主要构成者也毕竟只是些手无寸铁的平民。在缺乏有力的武装后盾支撑的情况下，如果遭遇到国家机器坚决严厉毫不手软的武力镇压，即使起初闹腾得再厉害，也难免由于参与者的畏惧动摇，而终致崩溃瓦解。所以索天雄不能不未雨绸缪。

鼓动禁军出马支持请愿，无异于策划逼宫谋反，这显然是目前做不到的，况且目前也不是做这种事的时候，索天雄并无此奢望。但是争取禁军对民众给予道义上的支持，不对请愿的百姓挥起屠刀动真格的，不在请愿现场制造流血事件，这一点却有可能做到。只要能使他们做到这一点，那便事成有望了。

何庆言部此前驻守卫州门，现在换防下来休整，驻地距宣德门不远。请愿事发后，朝廷若要调兵弹压，使用起来最便利的就是他这支部队。索天雄去找何庆言，便是欲预先与其沟通，达成一个攻守同盟的默契。

何庆言曾与索天雄并肩浴血卫州门，双方可谓生死之交。出于对索天雄超人的胆魄和武艺的敬服，何庆言虽身为禁军统制，见了索天雄却有着像见了兄长般的尊重和亲热感。索天雄对何庆言的印象也很好，认为他是禁军中难得的一员忠勇骁将，不但作战勇敢，在人品上也靠得住。所以在厅房坐下后，他也没绕弯子，开门见山便道出了来意。

当然，索天雄不可能将自己的意图和盘托出。他只是含蓄地讲，李纲大人被罢职后，街头巷尾议论纷纷，说不定还会发生什么过激行为，但凡此种种皆为忧国之故。倘朝廷针对百姓有所指令，还望何将军手下留情。

何庆言对李纲被罢职后各界的强烈反应已有所闻，在心里已有山雨欲来风满楼之感，并且在暗中很希望果真能掀起一场推翻朝廷荒唐决定的风暴。他一听便知索天雄话里有话。但索天雄既然只是点到为止，他也很明智地不做深究。他同样用含蓄的语言表示，兄弟虽是一介武夫，却还粗通事理，是非黑白总能分清。皇上登基后曾明令天下广开言路，百姓关心国事乃是忠君之举，激浊扬清，言者无罪。倘有个别逾格行为，当以善言劝止为宜。总之何某身为禁军将领，杀敌报国是为本分，而令亲者痛仇者快之事，是断不敢为的。

索天雄微笑着向何庆言揖道："何将军深明大义，实乃国幸民福。"

何庆言忙摇手道索大哥过誉了。何某无做大事之才，唯求不愧天地良心而已。不过，我何庆言职权有限，只能节制本部兵马。至于其他将领是何想法，却是难料。

索天雄就问，现在城中禁军各部都是归谁掌控？何庆言说兵权自然是都集中在皇上手上，但具体行使职权的，目前主要是殿帅王宗楚和京城守御使蔡懋。索天雄点点头，将这两个名字记在了脑中。

告辞时，索天雄叮嘱何庆言，记住，你我之间没有发生过这次谈话，这对你我都有好处。何庆言心照不宣地回答，兄弟可以让亲兵做证，今天我没会见过任何人。这件事使何庆言感到索天雄其人确实有些深不可测，但出于对索天雄正直品格的信任，他严守了这个秘密，此后未将此事对任何人提及。

会见何庆言的效果很理想，令索天雄对即将发动的请愿行动信心倍增。当晚他原想去看望一下李纲，然而他还有事要做，便只好让索飞春代劳了。他在当晚需要完成的事情主要有两项：一项是派人联络城中的各路民间武装，告诫他们务必做到明散暗不散，百倍警觉紧握刀枪，谨防金军突然袭击；另一项就是向王宗楚和蔡懋发出必要的警告。后一件事属于绝密行动，只能由他亲自出马单独完成。待到他将事情一一办妥，已是二月四日黎明时分。

二月四日这一天，索天雄亦是相当忙碌。他从外面返回义勇队的临时指挥所，只睡了不到两个时辰便起了床。他要抓紧了解舆论造势的情况，同时还要进一步考虑请愿发起后可能出现的问题，以及当以何种措施应对。

舆论造势的情况令人振奋，汇总从各处反馈回来的消息，无论士农工商兵丁徭役，拥戴李纲者均占绝对上风。经过串联策动，四区八厢业已群情沸腾。可以说眼下的汴京城里，抗议朝廷罢战乞和之势已如遍地干柴堆积，只待丢下一个火种，便可燃起烈焰。根据这个形势看，发动请愿的条件已经成熟。至于朝廷可能采取的对抗手段，索天雄想，归纳起来无非是软硬两手，或者是软硬兼施。他经过反复思考，亦皆想好了应变方案。

万事俱备，只欠东风。现在只剩下一个问题：由谁来向朝廷发出第一声呐喊。

面对这个问题，索天雄一时有点难以决断。挺身而出充当请愿运动的始作俑者，是要冒很大风险的。假如朝廷要制裁，首当其冲的就是这个人。即便是朝廷慑于民众的声势不敢当即予以抓捕，也难保它不搞秋后算账。所以，要充当这个角色，必须得有一股舍得一身剐敢把皇帝拉下马的大无畏精神。

请愿的总策划者是索天雄，索天雄作为城里民间抗金武装的头领之一，在百姓中又有较高的号召力，按说这个领头羊由他本人来担当是最合适不过。但索天雄不打算这么做。这倒不是因为他怕事，而是基于某种另外的原因，基于埋藏在他心中的某种长远大计。为了那个长远大计，目前他不想跳到前台，成为官府的注意目标。充当请愿运动的幕后策划人，对他来说已属不得已而为之的举动了。

然而这么大的事，自己不出头，又怎么好动员他人去冒这个风险？

索天雄正为难间，索飞春从外面带回来一个消息，恰好解决了这个难题：以陈东为首的太学生千余人，要在二月五日早朝时刻齐聚宣德门前伏阙上书。

所谓太学生，即中央官学中的生员。宋朝对学校教育相当重视，在宋朝初建就设立了全国的最高学府国子监，仁宗庆历四年建立太学，国子监则成为掌管教育的行政管理机构。神宗时，经过王安石变法，太学建设得到长足发展，各项制度趋于完善。至徽宗时，复于汴京城南扩建太学，将外、内、上三舍生员定额由初时的数百人扩增到三千余人，使太学的规模达到极盛。太学生类似当代的大学生，他们多以精英自诩，极易热血沸腾，所以历来的大规模民众运动，都是以青年学生为先锋队和中坚力量者居多。

首倡伏阙上书的太学生陈东，字少阳，是镇江丹阳人，时年已逾四十岁。由于性格耿直，不肯随波逐流，他一生不曾入仕，没有得到过施展才华建功立业的机会。但他做过三件大事，即他向朝廷的三次上书。除了这次，其余的两次，一次是此前的请诛六贼，另一次是此后的建炎元年的反对朝廷将李纲罢相。陈东由此青史留名，却也因此而招致了杀身之祸。

陈东上书之事与索天雄无涉，却正与索天雄的行动计划不谋而合。索天雄闻讯当即拍板，就以陈东上书为契机，以支持太学生的爱国行为为理由，发动市民掀起大规模的请愿运动。根据事先的策动和摸底情况，索天雄估计，事发之后参与请愿的民众达到数万人应当不成问题。而后来的事实是，这个人数高达十万以上。

靖康元年二月五日早朝时分，随着宣德门前被太学生们敲响的登闻鼓声，这场著名的请愿运动的序幕拉开了。

登闻鼓为向朝廷紧急奏事之用，平素不得擅击。赵桓闻报有人击鼓，还以为又出现了金军攻城的险情。派遣太监出宫探问，方知乃是太学生在伏阙上书。

陈东的奏牍洋洋千言，限于篇幅，这里不予全文引述。其大意是，李纲、种师道皆是社稷之臣，而李邦彦之辈庸谬不才嫉贤妒能不恤国计，实为国贼。罢免李纲等人的职务，非但堕邦彦计，亦堕金虏计，无异自毁长城，乃至全城骚动，咸谓不日将尽为金虏所擒矣。因此，乞朝廷复用李纲等忠良，而去邦彦等奸佞。事关国运刻不容缓，宗社存亡在此一举。

赵桓起初并没拿陈东之流的上书当回事，他看过奏牍随手向御案上一丢叱道，真乃狗拿耗子多管闲事，朝政大事自有三省六部议处，与他们太学生何干。就命太监传令宫门值卫，速将聚集在宣德门前的太学生们轰走。

然而传旨太监旋即回奏，宣德门前聚众逾万，而且是各色人等杂陈，不仅仅是一帮太学生，区区几个卫兵根本驱赶不动。

李邦彦奏称，这显见得就是刁民闹事了，朝廷切不可纵容姑息。吴敏则已感觉出上书者的来头不小，奏请皇上慎重处之。

赵桓尚且以为传旨太监是夸大其词，便依着李邦彦之言，传令殿前都指挥使王宗楚亲率皇城禁军去驱赶闹事者。

王宗楚昨夜曾收到一封警告信，信笺是用一支飞镖钉在其私邸前厅的门框上的。信中宣称，如果王宗楚胆敢附比奸朋，为虎作伥，不日之内定然取其首级。当时王宗楚莫名其妙，想不出自己什么时候与什么人结下了梁子。此时他忽然恍然大悟，明白了那镖信中的警告是何意思。

王宗楚对赵桓轻率地罢免李纲，原也有些不以为然。及至登上宣德楼，目睹了声势浩大的请愿场面，他思忖今日这场乱子如何收场殊难预料，自己犯不着去犯众怒打头阵当炮灰，便不当真卖力驱赶，只命士兵们虚张声势地出去做了做样子，便将部队又撤了回来。然后他就返回垂拱殿奏称，请愿者人多势众，且已包围宫禁，非是殿前司这千余兵力可以弹压得住的。

赵桓这时才开始意识到事情的严重性。众大臣也在班列中交头接耳，纷纷议

— 226 —

论起来。

在这种情况下，正常的朝会议程是难以进行下去了。赵桓只好指派李邦彦、吴敏、聂昌、王时雍等大臣分赴大内的宣德、拱宸、东华、西华四门，代表朝廷出面，对请愿者去予以安抚劝退。

此时请愿的民众已经层层叠叠围遍大内，站在城楼上望去，是密密匝匝的一片人山人海。由于陈东的奏牒递进宫去迟迟未见回复，人们的情绪日趋激昂，口号声此起彼伏，一浪高过一浪。原先摆在宣德门前的那面硕大的登闻鼓早已被敲破，而且被人扔来扔去，不知怎的给弄到东华门那边去了，鼓架子也被人们拆成了木条。几个大臣在城门楼子上一露面，所招致的均是一片愤怒的叫骂声。特别是李邦彦，他在宣德门上刚一露头，被人认出，马上就有大量的石块、木板、菜帮子、烂果子等各类杂物向他飞掷过去，吓得他赶紧抱头鼠窜，没敢再在门楼上多待片刻。

面对这个阵势，赵桓不知所措了。

李邦彦心下明白，这场闹事，主要就是冲着他来的。如果朝廷屈服让步，他必定要倒大霉。因此他竭力怂恿赵桓，对待无状刁民绝不可心慈手软，否则无以立国威军威。吏部尚书王时雍等若干大臣积极附赞其议。

赵桓作为皇帝，本应是至高无上不可冒犯，当然是不愿屈从于民众的要挟。最起码，那样做在脸面上下不来。但欲制伏请愿者，以目前势态看，仅靠殿前司那点人马确实不够用。怎么办？他考虑了一下，下令让京城守御使蔡懋速调马步军司的禁军前来平息骚乱。

岂知蔡懋与王宗楚一样，昨夜在其府宅也接到了镖信警告。王宗楚要滑头，蔡懋审时度势同样也不愿充当这个后患无穷的打手。听了赵桓的指派，他嗫嚅了一下，躬身解释道，现城内禁军驻扎于大内附近者为何庆言部，因圣上有旨，撤销亲征行营司，解除备战状态，何庆言报请放假两日，微臣已予许可。其部将士多已外出，急切之间难以集结。而其他兵马均不在手头，恐是远水解不了近渴。况且现在大内已被市民围得如铁桶一般，军令也是根本传不出去的。

方才王宗楚在外面假模假式地虚晃一枪便拨马回城，李邦彦瞅着就很不满意，见蔡懋又借故推诿，他不禁勃然大怒，也不顾其与自己本是一个阵营里的盟友，抬手便戟指着对方的鼻子尖声斥道："养兵千日用兵一时，你姓蔡的身居京城守御使要职，当为朝廷效命时竟无一策可出，这等尸位素餐的废物留之何用？"

蔡懋见李邦彦翻脸不认人，也火了上来，心里说你姓李的既然不仁就莫怪老子不义了。他冷笑一声反唇回击："李太宰此言差矣！解铃还须系铃人嘛，诸位都听得清楚，今日千夫之所指，俱在李太宰一身。窃以为欲解今日之困也不难，只需李太宰亲自出宣德门，向民众负荆请罪，则一切即可烟消云散。李太宰看此计可否？如果李太宰有这份胆量，我姓蔡的愿意舍命奉陪。"李邦彦被这几句话噎得面皮青紫浑身乱颤，却是半句反诘也说不出来。

许翰、何栗、孙傅、梅执礼、李若水等主战派大臣感到是到了他们该说话的时候了，便纷纷出班启奏，指出这件事解决起来其实很简单，民众的要求，无非是李纲、种师道二人复职。这个要求是合理的，是有利于大宋社稷的。既然如此，皇上即颁发一道复用他二人的圣旨，不就马上风平浪静了吗？

赵桓迟疑道，事情似乎不是那么简单，李种二人是力主对金人用兵的，恢复二人的职务，亦即等于恢复了其对金用兵之策。但本月初一夜间一战，我朝兵马已被金军歼灭殆尽，欲与金军硬拼，不是自寻死路吗？

吴敏出来奏道，据臣下所闻，我朝兵马悉数被歼之说不确，请皇上询问蔡守御使实情。

赵桓就问蔡懋，清点城内城外兵马损失情况如何？

蔡懋不敢隐瞒，只得当堂据实奏报，初一夜间一战，宋军实际伤亡统共不到两千，主要是发生在姚平仲部。而其余勤王兵马，以及亲征行营司所属部队，仅损失数百人，并未伤筋动骨。

赵桓听罢面色一沉，转脸质问李邦彦，你等所奏再无可战之旅是实是虚？

李邦彦汗流浃背地低首支吾道，当时由于时间仓促，或许是查验有误。

赵桓这才知道是上了李邦彦的当，怒不可遏地狠拍了一下御案。李邦彦吓得通身酥软，扑通跪倒。当初在李邦彦指使下参与过谎报军情的那些官员，亦吓得一齐跪了下去。同时跪下的还有蔡懋，他没主动上报兵马统计实情，同样犯有欺君之罪。

赵桓怒视着眼前这帮令他颜面扫尽的浑蛋，当时连亲手操刀宰了他们的心都有。这时又有奏报传来，说外面闹腾得越来越厉害，宣德门前的侍卫在与民众的冲突中已被打死十几个，弄不好，再过一时半刻，乱民们就要如洪水猛兽一般冲进大内了。

众大臣听到这个消息，全都沉不住气了，无论是主和派还是主战派，众口一词敦请皇上速作定夺。

事到这个地步，赵桓别无选择。他极其沮丧地叹了一声，就命吴敏拟旨，宣布罢李邦彦太宰职，罢蔡懋左丞及守御使职，王孝迪等参与谎报军情者一并罢职。复李纲尚书右丞，充京城四壁守御使。复种师道所兼诸职。关于蔡懋数日后另有诏令，除资政殿学士、知大名府。对于李邦彦，赵桓原欲一撸到底，后经其煞费苦心活动关节，改为遣其出知邓州。对这个品性低下无德无能的浪子宰相来说，能有如此下场，已算相当幸运。

圣旨拟定，赵桓即遣使召李纲、种师道进宫入对。谁知在传旨的过程中又出了事。

奉命传旨的那个太监唤作朱拱之，这厮颇不识相。他平日里仗势欺人作威作福惯了，自觉着高人一等，现在又是皇上的代言人，臭架子便端得十足。骑马出了宣德门，看到眼前是一片嘈杂混乱，他也不掂量一下此时此刻他算老几，就摆着惯常的做派用马鞭四下指点着骂骂咧咧。却不知请愿民众火头正盛，岂容得一个无毛阉竖在这里指手画脚。立时便有无数人从四面八方围上去，揪住他就拳脚齐下。

那朱拱之见势不妙，拨马欲回，却是晚了。他被愤怒的人们七手八脚从马背上拖下，顷刻间便在乱拳之下变成了肉饼。

后边那个奉命去向种师道传旨的太监见状哪里还敢再往外走，他趁人不备便赶紧掉转马头，屁滚尿流地一溜烟逃回了崇政殿。这个太监大约心脏有点毛病，在大殿上尚未将这段惊险遭遇的首尾说完，就突然口吐白沫昏迷过去。

若在平日，老百姓莫说是殴打了钦差，就是无意间招惹了从宫里溜达出去的一条狗，恐怕也得被扔进刑部大狱。但是今天，两个传旨太监一个毙命于乱拳之下，一个被吓了个半死不活，赵桓却只能牙齿打掉了往肚子里咽，心里那滋味可想而知。

赵桓强压下内心难以忍受的屈辱感，垂问众大臣如此当奈何之？吴敏奏曰，此皆因传旨者未向民众申明上意之故。赵桓就命吴敏及聂昌、耿南仲等人速赴宣德门对众宣谕，并再遣中使出宫传旨。

吴敏等人登上宣德楼，扯开嗓子反反复复将圣谕宣告了数遍，下面的涌动人潮才渐趋平息，往两边后退着让出了一条通道。眼看着召唤李纲、种师道的两骑中使从大内奔出疾驰而去，人潮中爆出了惊天动地的欢呼声。

围困大内其他三门的人们闻得圣谕稍迟，直到半个多时辰后才先后停止了骚动。至此，这场请愿已算是大获全胜。但是人们没有散去，而是不约而同地都涌向了宣德门前，等待着迎接李纲、种师道的复归。

索天雄自始至终没有出现在请愿的人群中。不仅如此，他还让索飞春关照那些义勇队中的骨干，一俟鼓动起请愿者闻风而动云集而来，自己即务必销声匿迹于人海中，不要引起旁人的注意。他交代给甘云的任务，则是令其弟兄们密切关注各兵营的动向，如有风吹草动迅速通报，以便他及时策动民众进行堵截，使之不得靠近大内。而当天他与索飞春所处的位置，是宣德门前一家临街茶楼的二层上。待在这个地方，既不引人注目，又可俯瞰全局。当他看到在敲响登闻鼓后不到半个时辰的时间里，蜂拥而至的请愿者即已大大超过预期人数，便已料定此役必胜。那么他和索飞春剩下的事，就只是稳坐在茶楼上临窗品茗了。

索天雄在这场请愿运动幕后所做的手脚，由于十分注意保密，未为外人所知，所以关于此事的发起者，史册所载，只有太学生陈东。

第十二章

　　凭经验一望可知，那女孩绝对是个未谙人事的原装货。玩弄十四五岁的娇嫩处女，是赵构的一大嗜好，康王府里的妙龄侍婢基本上没人能躲过这一劫。昨日已恩泽过一妻三妾，今天他本打算选几个可心的侍婢取乐，现在赵桓送来了这个新鲜尤物，其他人就得往后排一排了。

一

靖康元年二月五日汴京城里爆发的大规模民众请愿运动，是北宋史上的一次重大政治事件，也是李纲人生旅途中的一个重要篇章。这一天的经历，给李纲留下了终生难以磨灭的记忆和影响。

当李纲奉旨而来时，在宣德门前受到了广大民众极为热烈的迎接。不仅是市民百姓，就连许多禁军将士也自发地加入到了这个洪流中。当时御街之前人声鼎沸欢呼震天，据史籍中云是"军民雍积几不可进"。这种空前盛大壮观的场面，使李纲受到了难以言表的感动和振动。

普天之下，除了皇上，大约没有几个人能够享受到这种万众欢呼的殊荣。但是，皇帝享受这种殊荣，所凭仗的主要是他的权势地位，而李纲得享此殊荣，凭借的却完全是汴京军民发自内心的尊崇和拥戴，其内心的感受，自然是与前者不可同日而语。

人生有此刻，夫复何求哉！

正是在这一刻，盘桓在李纲胸中的那些消极颓唐情绪统统一扫而光。正是在这一刻，李纲的心里重新燃起并牢固地确立了鞠躬尽瘁精忠报国的壮志豪情与坚定信念。而由此也就决定了，他将要一生艰难地跋涉在一条崎岖坎坷荆棘丛生的政治旅途上。这是历朝历代大多数矢志报国的仁人志士的共同宿命，他亦无从幸免。

当时，摆在李纲面前的道路就并不平坦。

从罢免李邦彦、蔡懋，复用李纲、种师道这件事的表面上看，似乎是主战派又在政坛上占了上风，全城军民因此而欢欣鼓舞情绪高涨，朝野上下亦再度形成了同仇敌忾抗敌保国的大好局面。但在骨子里，宋朝朝廷畏敌如虎的奴性和忍辱偷生的方针，并无实质性的改变，它依然从四面八方对主战派大掣其肘，这就使得李纲徒然面对大好局面，而无法有所作为。

宋朝朝廷依然故我地实行丧权辱国国策，其表现之一，就是还是要继续满足金人所提出的无理条件。罢免李纲的事是做不成了，但金人的其他要求，赵桓还是打算尽量满足。为此，赵桓于二月五日下午即遣签书枢密院事宇文虚中前往金营解释，请求金人体谅苦衷。

宗望这个人处事还是比较持重的，能够较好地把握火候。听了宇文虚中的情况通报，他考虑到，如果毫不通融地坚决坚持罢免李纲，而宋朝又难以做到，到头来若逼得宋朝走投无路，唯有横下心来背水一战，反而对金军十分不利。于是他便做出宽宏大量状，表示既然宋朝有难处，此款可以缓议，但另遣亲王前去更换人质的事必须速办。而且提出，这个人质，以越王赵偲为宜。另外，宋朝须速将太原、中山、河间三镇割与金邦。宗望神色威严地强调，这已是他给予宋朝的最大限度的优惠条件，如果再做不到，便只有用金戈铁马说话了。

赵桓得到宇文虚中的回奏，也未同李纲等大臣商议，就许诺一定谨遵金人之意，传令中书省再拟割地诏书。更换人质的事，亦在当晚予以落实，虽然他很不明白，更换那个人质有什么必要。只是由于虑及越王赵偲乃太上皇赵佶之弟，是个长辈，将其质押金营颇为不妥，他思之再三，决定派遣自己的弟弟肃王赵枢出使。因恐宗望嫌肃王的分量不够，又搭上了一个驸马曹晟。

金使王汭连夜将这个人质名单报回，得到了宗望的认可。于是肃王赵枢与驸马都尉曹晟便于二月六日上午奉旨启程，到金营去替换赵构和张邦昌。

如同赵构和张邦昌出使时的情形一样，此时刚刚复职的李纲正忙于整顿恢复城防，事前对这番折冲樽俎一无所知。他既不知情，自然也就不可能做出策应赵构返城的安排，因而险些导致赵构被宗弼重新劫回金营。这使赵构后来回想起此事，未免在心里留下了芥蒂。

二月六日午后，赵枢与曹晟抵达金营。金军在接收到新人质后，放出了赵构和张邦昌。那场几令赵构重陷囹圄的险情，就发生在赵构和张邦昌返回汴京的途中。

有件事情须在此插叙一笔：在赵枢与曹晟到达金营之前，宗望召张邦昌进行了一次单独谈话。这次谈话不仅远在城里的李纲无从知晓，就连被羁于金营的赵构也不知道。谈话的时间很短，但其内容，对于宗望、张邦昌双方却均可谓意味深长。

宗望在放张邦昌回朝之前与之进行这次密谈，其用意具有一定的战略性。通过此次南下伐宋，宗望有个切身体会：虽然宋朝的军政官员中不乏脓包软蛋，但它毕竟是个经营百年疆土广袤的泱泱大国，其间文武精英治国才俊显然不能说是一无所有。比如在汴京保卫战中突然冒出来的那个李纲，就是个宋朝藏龙卧虎的典型例子。倘其执掌朝纲者皆为李纲之辈，大金欲征服宋朝就相当困难。

进一步想，就算是大金使用赫赫武力拿下了宋朝，以其自身的行政能力，去管理这偌大的一片汉族疆域，也是力不从心。这便不能没有一些可供驱用的代理人。也就是说，无论是从夺取中原还是统治中原的角度考虑，大金国都需要在宋朝中培养扶植亲金分子。而经过他的观察衡量，张邦昌便可以成为这样一个储备人选。

自然，对于张邦昌的卑贱品质，宗望是一目了然且深为鄙夷。但他明白，这正是张邦昌可资利用的重要因素。如果张邦昌是个气节挺拔刚直不阿的忠臣义士，焉得能吃里爬外奴侍大金？只要对大金的宏图大业有利，管他是什么鱼鳖虾蟹牛鬼蛇神，当用则用，到将来失去利用价值时，再一脚踢开便是了。就是基于这种想法，宗望把张邦昌单独召去，进行了这次密谈。

意思是这个意思，话当然要说得含蓄。宗望之言的大意是，张大人作为计议使，在这里辛苦了二十来天，与我们合作得基本上不错。今天你朝新派的使者到达后，你和那个什么康王便可以回去了。宋金交往，来日方长，希望张大人回去以后，多为促进两国的友好关系出力。这个力应当如何出，张大人是个明白人，毋庸本帅指点。如果你能在此方面发挥作用，我们自然心中有数，一定会给予相应的回报。

张邦昌唯求速归，对宗望所说满口应承，连声称喏。其实当时他所关注的，只是他今天便可以被放归汴京了，对于余者，则皆如过耳秋风。而事后静心反思，他才渐渐咀嚼出此番谈话的意义所在，才领悟到宗望通过那貌似寻常的话语，实际上既是给他交代了一项秘不示人的政治任务，亦算给他指出了一条自保其身的后路。

需要不需要保留这条后路？张邦昌以其大半生之处世经验，毫不犹豫地认为当然需要。天际风云孰起孰消，苍茫大地谁主沉浮，真的是倏尔万变很难逆料。人无远虑必有近忧，生存于动荡不定狼烟不息的乱世，多一条后路总比少一条强。

但是这条后路没人会白白奉送，那是要付出相应的代价去换取的。那个代价是什么，张邦昌心里很清楚。从理智上讲，他不是不懂，以此作为全身之计很不光彩很不道德。然而适者生存的本能和人不为己天诛地灭的信条，驱使着他在今后的行为上，始终没舍得放弃那张走向深渊的通行证。

话头扯回，且说赵构和张邦昌的返城经过。

赵构在归途中有惊无险，最终得以安然回京，在很大程度上倒是得益于张邦昌那高度的危机意识。

由于赵构并不知道宗望提出更换人质出于什么原因，不曾顾虑到其间会发生什么变故，所以离开金营后，他只是信马由缰地悠然徐行，在思想上毫无迅速脱离虎口的紧迫感。而张邦昌则不同，他对宗望要求更换人质的缘由一清二楚，非常担心万一情况有变，重新遭到扣留。以其心情而论，他现在是恨不能一步便跨进汴京城，但他却不能撇下赵构独自开溜，所以，自从踏上归途时起，他便屡次催促赵构，说金人狡诈多变反复无常，亲王殿下既得脱身樊笼，就宜快马加鞭从速返京，以免枝节横生发生不测。

赵构在张邦昌的再三聒噪下加快了行速，但在心里颇不以其言为然，哂笑张邦昌实乃杞人忧天。更换人质是金人自己提出来的，有什么可变化的？即便发生变化，也不会在此时。难道说他们刚刚放出我们来，脑袋一热又想再把我们抓回去？从常理上讲这种可能性基本为零，我们用得着如丧考妣地往回奔命吗？

然而事情就是那么出人意料，使赵构的哂笑很快变成了惊愕——行程方及一半，他们就发现身后的土路上烟尘腾起，有一小队金骑远远地奔来。

这队金骑火速追来的目的，果如张邦昌所虑，正是要将其二人重新劫回金营。带队追击者，乃是金军大将宗弼。

金人突然变卦，是因为赵构的身份在这段短短的时间里得到了确认。

赵枢与曹晟到达金营，由宗弼亲自带人押解，穿过刀斧手林立的"欢迎"队列进入帅帐，向宗望呈交了宋朝的割地誓书。宗望接阅后心情舒畅，因见眼前这两个人均紧张得身体僵直面如灰土，乃笑指着他们道："此番你们这俩皇亲国戚像是真的了。上一回你们竟敢弄个假亲王来欺瞒本帅，岂知本帅是那么好愚弄的吗？"

赵曹二人听得奇怪，赵枢便小心地回话道："大帅恐有误会，我朝何曾欺瞒过大帅，何曾派遣过假亲王？"宗望哈哈大笑道："你等现在还不说实话，前番那个什么康王，不就是个冒名顶替的假货吗？那是本帅一眼就辨得出来的。"赵枢认真地辩解道："大帅差矣，那分明就是在下的九弟，如何会是假的？"曹晟也道："我朝皇上断不会行此偷梁换柱之事，大帅幸勿多疑。"

听两人异口同声这么一说，宗望心里不由得又犯了嘀咕。他收起笑容正色问道，你们说那厮真是康王赵构？他既身为皇子，如何能如军中将士一般，骑得烈马开得硬弓？赵枢连忙解释，难怪大帅存疑，我朝诸皇子的确皆重文轻武，无有此能，却唯独康王是个例外。曹晟亦在旁帮腔证实，肃王所说确是实情，康王自幼善习骑射，弓马娴熟乃为情理中事。

宗望沉下面孔逼视着二人，加重了语气道，倘若你等胆敢胡言乱语戏弄本帅，可莫怪本帅手下无情。赵曹二人慌忙屈膝跪倒指天发誓，方才所说绝无半句谎言，否则任凭大帅发落。

至此宗望方信，这事确实是他判断失误了。这个失误很严重，将那样一个文武兼备胆略过人的青年皇子放归宋朝，岂不是给大金留下了一个极大的隐患！

幸亏错误发现得早，急起直追或许还能挽回。于是宗望即命宗弼火速出马，务必将赵构拘拿回营。至于对张邦昌是拿是放，他在急切间没交代明确，因此在宗弼的概念上，就是将两人一起拿回。

由于动身紧迫，且料截回手无寸铁的赵构和张邦昌也费不了多大手脚，宗弼没去张罗大队人马，只带上了十数名护卫合扎，便沿着赵构的去路追了出来。

回首望见远远驰来的金骑，张邦昌凭直觉断定，那帮生番肯定就是冲着他们来的。他心下非同小可地一惊，仓皇中也顾不得什么礼节次序了，扯开嗓子叫了一声："康王快跑，那厮来了！"便径自加鞭催马，拼命地向前逃去。

赵构起初还认为后面的金骑未必是来追他们的，及至隐约听到随风飘来的"请康王留步"的喊话，方信张邦昌所虑不谬。临此意外之变，他虽不似张邦昌那般闻风丧胆，却也是冷汗骤发。留滞金营为质的日子毕竟很不好受，若是出不来，自然只能硬着头皮撑持下去，但既已获开释，回头草他就绝对不愿再吃了。况且，从这风云陡变的情况看来，金人此举居心不善，如果再陷其手，未知吉凶若何。于是赵构也双腿用力一夹马腹，紧随着张邦昌向前狂奔起来。

金人送给赵构、张邦昌代步的是两匹从战场上淘汰下来的老马，奔跑速度焉能比得上宗弼那些人的优良坐骑，前后距离眼看迅速拉近。照此情形追下去，不消多时，赵构、张邦昌必然成为宗弼的囊中之物。

所幸由于张邦昌的频频催促，他与赵构此前的行进速度不慢，现在又经过一阵玩命的狂奔，他们已进入宋军的防区。

掌管城外诸部兵马的种师道官复原职后，重新下达了严整防务的军令，恰逢这时有一支数百人的宋军在这一带巡防。这支宋军遥望到有人马从金营方向奔突而来，马上高度戒备地形成战斗队形，拉开了拦截的架势。赵构、张邦昌见前方有宋军出现，精神大振，催马更急。宋军渐渐看出了被追赶者身穿宋朝官服，便从侧翼接应上去。

宗弼一看煮熟的鸭子要飞，忙命部下放箭。由于宗望吩咐必须活着拿回赵构，宗弼下令只许射马不许射人。女真骑兵长于箭术，百步穿杨乃寻常功夫。但闻嗖嗖几声飞镝鸣响，赵构、张邦昌的坐骑便被先后射翻。两个人从猝然倾倒的

— 236 —

马背上栽下，都摔了个鼻青脸肿，半晌爬不起来。

此刻宗弼只要再来一个猛冲，赵构、张邦昌就可手到擒来。

然而不行了。这时那支宋军骑兵已绕过赵构、张邦昌，跃马横亘在了金骑面前。金军如果硬冲上去夺人，就是短兵相接一场血战。宗弼纵是熊心豹胆，也知在这种众寡悬殊的情况下，厮杀起来自己绝对占不到便宜。明摆着追回赵构已属无望，他只得满怀遗憾地下令部属勒马后撤。赵构和张邦昌由是乃得以绝境逢生。

赵构虎口脱险的这段经历，后来经过说书人的加工，就变得神乎其神起来。说是赵构在被金兵追赶中，与张邦昌失散，徒步避入一座什么"崔府君庙"，困乏不堪，倚阶而寐。梦中忽闻呼唤："追兵至矣，请君速逃，马已备好。"赵构惊醒，急步出庙，见果有一匹马立于门侧，遂飞身上马，奋鞭疾驰去。不料又为滔滔大河所阻。赵构纵马涉水，终于摆脱追兵，而其马上岸后不能复行。赵构视之，认出那马竟是庙里的一个泥胎，方悟他能化险为夷，全赖神灵庇护。这就是流传于民间的所谓"泥马渡康王"的版本之一。

那日脱险后，赵构曾问起张邦昌缘何可预料金人竟会倏尔变卦。张邦昌告诉他，宗望之所以要更换人质，其原因在于他认为康王的身份有假，而他一旦从肃王和驸马口中得知康王非假，势必悔而追之，此即其当时之所虑。

张邦昌所说的这个原因当然是真实的，但对于宗望为什么误将康王以真作假，他却狡猾地颠倒了事实。他编造说是他为了使康王早日脱身，在宗望质询赵构身份时故意语焉不详，乃使宗望造成了错误判断，反正这时他与赵构已无重陷金营之虞，这番谎话也无从揭穿了。

赵构对其言信以为真，他觉得他得以脱离苦海回归京城，张邦昌在其中确实是起了一定的作用，在内心里对张邦昌减了些鄙夷，添了点谢意。因此他回京之后，对其在金营中表现出来的种种丧节丑态，便未向赵桓和大臣们提及。这样一来，张邦昌的这次出使金营，便完全成了他可以引以为荣的舍身报国经历，有了升官晋阶的资本。

二

康王未能追回，宗望懊悔莫及，连连跌足自责，不该自作聪明舍珠求砾，纵虎归山留下大患。

其实他这是高抬了赵构，放走赵构的后果实际上并没那么严重。

因为，赵构其人，无论从品性上还是才能上，皆根本不似他估计得那么出类拔萃，都远不足以构成如他想象的那样的强劲对手。日后北宋王朝覆灭，徽钦二帝北狩，宋朝的新政权虽由赵构领衔组建，不过是因其宗室身份使然。真正在风雨飘摇中作为中流砥柱的，奋力支撑起南宋半壁河山的，其实是李纲、宗泽、韩世忠、岳飞等这样一批坚决抗金的爱国志士。而赵构身为新朝君主，不仅没有对这些文武栋梁艰苦卓绝的抗金救国斗争给予应有的支持，反而曲意迎合金邦的需要，对抗金将士屡屡掣肘，甚至残酷迫害，致使宋朝军民经浴血奋战极有可能实现的恢复中原的热望，最终化为了泡影。

历史轨迹发展成如此模样，其间的因素固然复杂，但源于赵构本身的问题无疑是占了相当的比重。而发生于赵构身上的问题，在很大程度上，是始自他的这次出使。他怯于金人淫威，与金邦对抗的底气不足，唯求偏安江南自保，是他无法立志恢复中原的重要原因之一。他后来所表现出来的恐金意识，丝毫不亚于其父兄赵佶和赵桓。

身在金营中时，赵构之所以尚能泰然自若，实乃因其对自身处境认识不足之故。而回归京城的安乐窝后，当他静心品味了事情的前因后果，便产生了深深的后怕。人的胆子，有越练越大的，也有越练越小的，赵构就属于后者，这一点在他日后的一系列行为中暴露无遗。

作为一个自幼锦衣玉食的皇室亲王，这些日子在金营里的确煎熬得够呛。所幸他的适应性还算可以，加之体格健壮，当时尚能勉强撑持得住。但一旦回到富丽堂皇软玉温香的康王府，一种不堪回首之感便油然而生。甚至连他自己都觉得不可思议，以他极为贪恋享乐的生活习性，如何竟能在那囚徒般的环境中起居如常。

回到阔别了二十多天的府邸，他迫不及待地要舒坦一下了。

他要做的第一件事是洗澡。金营里没有给他提供洗澡的条件，他也没提出这个要求，似乎这澡洗不洗无所谓。可是一回到自家府上，就觉着这洗澡是件头等大事了。若不先里里外外彻底涤荡一下，带着这身污垢简直是连厅堂都进不得。于是乎家仆们便赶紧去烧水伺候，以最快的速度备好了温度适宜的香草浴汤。

在清香怡人的浴汤里浸泡半个时辰，涤去了浑身的污垢腥膻，也缓解了体内的疲乏困顿，赵构犹如枯木逢春旱苗得雨，经络贯通血脉贲张，便兴致勃勃地要做下一件事了。

下一件事乃赵构兴趣之最，必得大做特做一番，那便是在女人身上泄欲。风流皇帝赵佶在这一方面的生理基因，主要是遗传给了这个九皇子赵构，在赵佶的三十多个皇子中，就属赵构对性事的兴趣最浓。赵佶喜欢尝鲜，在位时后宫有佳丽数以万计，他每五七日必"御"一个处女。赵构即位后的情形亦大致相似。但他身为康王时，尚不具备其父这种极乐条件。

　　当时他的泄欲对象主要是他的一妻三妾，外加一部分容貌姣好的侍婢。赵构之妻唤作邢秉懿，封嘉国夫人。其妾分别唤作田春罗、姜醉媚和潘莺莺。田、姜二妾皆封郡君，潘莺莺没有封号，却因其艳丽过人且又年岁最小，在诸妻妾中最为得宠。赵构出浴后，换了宽大柔软的锦缎睡袍，容光焕发地来至前厅，由众妻妾陪坐着喝了一盏茶，便搂着千娇百媚的潘莺莺去了卧房。邢、田、姜三人心知事属必然，虽皆心里醋波翻滚，却也只能隐忍回房虚席以待。

　　小别胜新婚，赵构首战鸣金后，尚大有余勇可贾，晚饭后就要乘胜进军。但是他没再进潘莺莺的绣房，而是先后光顾了田春罗、姜醉媚房中。他这样做一来是怀有普降甘霖挨个慰问之意，二来也是由于分别了这些日子，对几个美妾都产生了不同程度的新鲜感，引起了逐一体验的欲望。女人在生理构造体态韵味行为习性上是各具其妙各有千秋的，兰桂菊梅芳菲各异，博采众芳各个击破的快感，自然比独赏一支更为过瘾。这就是许多男人纵使拥有绝色佳人如花美眷，仍难免去鸡鸣狗盗拈花惹草的一个客观原因。

　　与小妾潘莺莺相比，在风流袅娜上田姜二妾虽逊一筹，但田春罗的丰腴柔润和姜醉媚的清丽轻盈，却也另有一番风味。赵构饕餮下来，颇感大快朵颐。

　　最后赵构去了正妻邢秉懿房中。

　　其时已近午夜，邢氏房中的烛灯未熄，显然是还在等他。邢氏虽为康王正妻，但在房中事上却往往是被排在了末位，这对于她来说早已习以为常。这邢氏虽较那几个侧室年纪稍长，也不过只有二十出头，同样是春波荡漾生机盎然之躯。然而她知道，在这种事情上是奈何不得这个花花太岁的，越想强争恐怕越是适得其反，所以对此从未吐露过怨言。今夜倒是赵构觉得有些歉疚，入其卧房后，他煞是温存地搂抱着邢氏，将她放倒在床上，亲手为她褪去了罗衣。

　　但因刚刚连陷三阵，赵构已是强弩之末，虽经百般努力，终是难以振作。赵构无奈，只得做些徒手功夫，对邢氏聊作慰藉。邢氏对此早有预料，虽然渴求得紧，也只能忍耐将就，随着赵构的抚弄，断断续续地呻吟着扭来扭去，总算暂时缓解了炽烈的欲波。之后，邢氏唤侍婢端水来为赵构净了手，便裹了锦被依偎在赵构身边陪他说话。

邢氏是个循规蹈矩恪守妇道的人，一向是两耳不闻窗外事的。但自从赵构被质于金营，她便不由自主地对朝政和时局变得关注起来。她不仅时时留意收集市井传闻，还特地委派了家仆去随时打听官方的消息。所以对赵构出使后朝廷的种种行状，她都大致有个了解。当下，她就呢呢喃喃地将这段时间里的所见所闻，和她对赵构的担忧思念，都一一畅诉了一番。说到伤心动情处，不禁梨花带雨哽咽不已。

赵构听过邢氏的诉说，前前后后仔细一想，才真正意识到了自己身处金营时的凶险。

无怪乎张邦昌自始至终都是那么疑惧重重惊恐万状，他们此次出使的确是九死一生。从朝廷那朝令夕改忽战忽和的种种轻率做法来看，是根本没人以他和张邦昌的生死为念的。他赵构不过是皇上赵桓用以保命的一颗棋子，如果赵桓认为有必要，随时都可能毫不吝惜地丢掉他这个九弟。倘非他被疑心过甚的宗望误认为是假冒的康王，极有可能就此便沦为囚徒一去不返。而那个倒霉的肃王赵枢，能否再回京城，看来是玄之又玄了。

联想起宋军劫营后宗望那凶相毕露的诘问，以及他和张邦昌差点被再度追回金营的惊险一幕，赵构不由得脊梁骨一阵阵发凉。而这一阵阵的后怕，很自然地就引起了早已滋生在赵构心头的愤慨。他愤慨赵桓，也愤慨赵佶。大难当头之际，这两个万乘之尊，一个龟缩于深宫，一个鼠窜于江南，都千方百计地要苟且保命，却把他赵构当作替死鬼扔给了金人，这算是什么父兄、什么皇帝！这种无才无德之辈有什么资格令人尊重、令人臣服、令人效忠！

梗在胸中的这股深重的怨气，赵构从不曾向任何人有所表露，却一直没有抛却化解。后来北宋沦亡，赵构立国江南，虽在表面上将恢复中原迎还二圣的口号嘶叫得震天响，在实际行动上却全然不是那么回事。除去政治军事条件的制约，赵构这种不可告人的隐秘心态，当是其不肯拼老命动老本与金人杀个鱼死网破的一个重要原因。

赵构认为邢氏打探的情况对他看穿他那个皇帝大哥赵桓的丑陋嘴脸很有帮助，也为邢氏对他的一腔深情非常感动，遂滋生了投桃报李的柔情蜜意。本来他已与潘莺莺说好，是夜他轮番抚慰过各房后，还是回去与其共眠。现在他决定不走了，就留在这里陪伴邢氏过夜。邢氏摊上如此机会的次数不多，自然不胜欣慰，就娇柔万种地缠绵于赵构怀中，不一会儿便甜甜睡去。赵构在这一天里黄泉碧落地狱天堂地一番折腾，早已困得要命，不大会儿工夫亦沉沉睡熟。

平明时分，赵构一觉醒来，躺在床上回味着昨日回来睡遍一妻三妾的情景，仿佛犹在梦中，深感自己能够脱身返京实属万幸。若是久滞金营，天长日久煎熬于那种人生乐趣尽失的囚徒岁月里，纵使金人留他一命，又与行尸走肉何异！因此，对几乎将其陷于生不如死境地的皇帝大哥赵桓，他不免越是怨恨叠加。

怨恨归怨恨，表面上的君臣之道却是忽视不得，该做的事还得按部就班地去做，这点理智他还是有的。用过早饭，略作休息，他思忖着是应当进宫去向赵桓奏报出使情况的时候了，便吩咐家仆备轿。

谁知他刚刚换好朝服冠带，赵桓竟御驾莅临了他的康王府。他闻报皇上驾到，连忙三步并作两步抢出房门，小跑到前院接驾，恭恭敬敬且显得非常亲热地将赵桓迎进了轩敞华丽的中院正厅。

在这时赵构的脸上，绝对读不出一丝怨恨的影子。这倒并非意味着赵构是特别擅长虚情拍马，而是他的一种正常和本能的表现。多数人到了皇帝面前，甚至多数官员到了上级面前，这一套逢场作戏的功夫基本上是如同神灵附体无师自通。否则这个人多半就是个愚不可及的白痴，一辈子难交好运，不可能飞黄腾达。即使侥幸升上去，很快也会摔下来。此理古今皆然，不信你就试试。

赵桓给赵构带来了一些十分贵重的御用补品，和一个看样子顶多十四五岁的唤作翠珠儿的俏丽宫女。看来他对这位风流九弟的习性和需求，还是相当地了解。

赐礼之后，杂人退下，一对皇家兄弟依尊卑之序落座。赵桓便用兄长口吻很亲切地对赵构说，九弟为国辛劳，出使多日，朕作为大哥，无时无刻不萦挂于怀。朕与九弟是骨肉相连血浓于水、手足情重甚于泰山的，是以朕今日停了早朝，特地来看九弟。赵构诚惶诚恐，赶紧离座谢恩。赵桓起身揽住他道，你我兄弟叙叙家常，不必拘泥君臣之礼。二人遂相视而笑，重新落座。

品着名贵的武夷山石乳茶，杨花柳絮清风白云地扯了几句闲篇，赵桓便向赵构询问起其在金营中的见闻。赵构心想，这才是你皇帝大哥真正关心的问题了。他略作思忖，就严肃了表情，郑重其事地对赵桓进行了公务奏报。他知道赵桓最为关心的，是金军的兵员、士气、装备和战斗力，乃着重奏报了这些方面的情况。

赵构的奏报基本上是言之有据，非为信口开河凭空杜撰，但所反映出来的情况却并不客观、更不全面。因为他所看到的金军，只是其有意地展示出来的最精良最强悍的那个侧面，而在这精良强悍背后存在的种种困窘匮乏和萎靡残缺，金人不会暴露给他，他也没去留心观察和着意思考。不仅如此，他在字里行间还有意识地对金军的兵强马壮威猛骁勇做了许多渲染，无形中对金军的实力进行了很大程度上的夸大。这样一来，留给赵桓的总体印象，就是金军确实难以战胜，宋军肯定不是对手。

之所以刻意渲染金军之威，在赵构那里有两个原因。一方面，是基于他的切身感受。他认为他所目睹的金军，势如洪峰强吞虎豹，的确是他有生以来见到过的最为能征善战的军队，对其军威是无论怎样形容都不为过分。另一方面，则是他那个愤愤不平的隐秘心理在作怪，他想借此报复一下赵桓。

赵构看得出来，他这位皇帝大哥的心理承受力有限，往往是屁大点事便能弄得他心事重重愁眉苦脸。而大肆渲染金军的厉害，必可给其增加很重的精神压力。哼哼，你不是将我赵构的生命视同儿戏吗，你不是让我无端地吃了许多苦头吗，来而不往非礼也，现在兄弟我也得让你略略受点煎熬才是。至于这样将会怎样影响到赵桓对军国大计的决策，而赵桓的决策方向又怎样与国家命运息息相关，赵构则压根就没去想。

果然，听着赵构的奏报，赵桓的神色便一点点地黯淡下来。尽管他还是尽量做出一副高深莫测之状，但由其茫然若失的眼神和长时间的沉默神态中，仍难以掩饰他内心的烦忧和沉重。

询问金军军力的虚实，是赵桓今日驾临康王府的主要目的。张邦昌由于连惊带吓，一回到府邸便虚脱在床，高烧不起，暂时无法面君奏事。赵桓欲了解金军的情况，只能先问赵构。当然他可以坐等赵构入宫觐见，但一来他了解金军情况的心情比较迫切；二来亦有对这个经受了二十来天人质之苦的康王做做安抚姿态之意，就先到赵构这里来了。数日后张邦昌烧退，入对于崇政殿，对金军淫威的夸大其词更甚于赵构。两个人的言辞互为佐证，致使赵桓深信其然，由是对赵桓今后的战略抉择，产生了相当恶劣的误导作用。

赵桓听罢赵构的奏报，心重如铅，也没了再与赵构多扯闲篇的兴致。他默然有顷，心不在焉地之乎者也了几句，便吩咐起驾回宫。赵构郑重其事地再谢龙恩，将赵桓恭送到前院。上轿之前，赵桓执手勉励赵构，九弟文武全才，堪为朕之臂膀，今后朕倚仗九弟分忧之处尚多，希九弟毋负朕望。赵构肃然点头，并颇为铿锵地回答，为国尽忠乃臣下本分，更是每一个宗室成员的天职，但凡皇上有需用赵构处，臣弟虽肝脑涂地，亦在所不辞。而在心里却想，吃一堑长一智，今后如何应付你这位皇兄的差遣，本王可是要多留个心眼的了。

送走赵桓，踱回厅房，赵构回想着与赵桓的一番对话，感到双方都似在敷粉做戏。他不禁自嘲地一哂，心想皇兄和我赵德基怎的都学会玩这一手啦？看来皇兄这两天的龙椅还真没白坐，本王经过这番出使，亦是长进不小。皇兄的言语中，分明是隐含着玄机，不知他将来还要如何利用本王。我们哥俩之间的这一套太极拳，日后恐怕是有的打了。

此时尚且未到午饭时辰，赵构闲坐了一刻，思量着该寻点事情消遣，就想到了赵桓送来的礼物。猴脑燕窝虎鞭熊胆之类的名贵补品，在赵构的眼里无甚稀罕，那些东西康王府里也有的是，就算一日三餐拿它当饭吃，十年八年也吃不完。他感兴趣的，是那个宫女翠珠儿。

凭经验一望可知，那女孩绝对是个未谙人事的原装货。玩弄十四五岁的娇嫩处女是赵构的一大嗜好，康王府里的妙龄侍婢基本上没人能躲过这一劫。昨日已恩泽过一妻三妾，今天他本打算选几个可心的侍婢取乐，现在赵桓送来了这个新鲜尤物，其他人就得往后排一排了。优先使用御赐之物，也是对皇上尊重的体现嘛。

想象到青春少女初次行事时的不胜娇羞和芳蕊乍损时的负痛哀吟，赵构顿感腹下涌胀，便唤人马上安排御赐宫女洗浴，他本人则径自先踅往落红轩。落红轩是康王府侧院中的一间构造精致的厢房，乃赵构受用侍婢使女的惯常之所，许多女孩子就是在那里洒下了她们无可复得的处女红。"落红轩"三个字，即是赵构因此而杜撰。他觉得这三个字既富有诗意，又包含特殊隐喻，用于此房是再贴切不过。

这一天的天气不错，虽然满园的枝头尚未挂绿，但迎面而来的微风，却已柔和地带来了早春的气息。赵构沿着曲径回廊，朝着他的逍遥津怡然自得地边走边想，似这等潇洒闲逸，我那尊贵的皇兄恐是无福消受了。这也难怪，谁让你是皇上呢。既然身为天子，天塌下来自然就得由你来扛着。本王不在其位不谋其政，虽无权，亦无忧，这就叫各得其所。

如此看来，那个皇帝也没什么当头，真不如就这样做个闲散亲王，可免却多少宵衣旰食之苦，又不曾缺得半点开销用度，日日得与琴棋书剑名士娇娃为伴，座上客常满，樽中酒不空，鸳鸯枕上翻云雨，桃花扇底戏婵娟，浪荡形骸随心所欲，倒有一辈子的快活日子好打发。

当然这只是赵构目下的心境。而当他一旦看到金銮殿上那把至尊无上的龙椅有可能挪到自己的屁股底下时，那想法可就大不相同了。

三

没有赵构宿花眠柳的闲暇，也没有赵桓长吁短叹的工夫，这几天李纲内外调度八方督察，马不停蹄不分昼夜，忙碌得真是不可开交。哪一夜若能睡上两个来时辰，就算是很奢侈的享受了。

李纲没法不忙。虽然自他二月三日被罢职至二月五日获复职，前后满打满算不过三天时间，积攒下来的军务政务却已堆积如山。幸亏他自从就任亲征行营使以来就事必躬亲，对各方面的情况都了然于胸，加之经过前一段时间的磨炼，军政指挥能力都得到了长足的长进，方使他此时能够做到纲目分明缓急有序，紧而不急忙而不乱。由此，便进一步地显示出了李纲所具备的高屋建瓴统揽全局的政治才华。

一个具有某种才华的人，得到了展示其才的机会和舞台，必然百倍振奋，政治家尤其如此。所以李纲连日来尽管忙碌得晨昏颠倒人仰马翻，却一直是精力充沛意气风发，日理万机而毫无倦意。

李纲复职后着手督办的重中之重，不消说就是迅速恢复京城内外的军事防务。

二月三日蔡懋接替李纲执掌师印，下达了一系列极其荒谬的军令。除了解散掉城中大大小小的民间抗金武装，他还命令禁军各部一律取消巡防，不得轻举妄动。即便金军攻城，未经批准亦不得擅自抵抗。对守城部队的军需装备补给，伤亡缺额补充，以及城头阵地残缺处的修补，也勒令一律暂停。凡此种种的目的，无非是企图做出一种诚心讲和的姿态，向金人表示宋朝是千真万确地下决心不打了，因此你们也别打了，有什么问题双方可以平心静气地坐下来协商。有话好好说，无须动刀戈。

李纲觉得这种想法简直是愚蠢透顶。战争不是买卖，不存在和气生财这一说。欲在战争中维护住自身的利益，靠的是拼实力，而不是讲道理。即便是要讲道理，也必须是在具有一定的对抗能力的情况下，才有资格去讲。如果对方不费吹灰之力就能将你扫灭荡平，还有什么必要与你啰唆。再者，在敌对双方之间是没有什么诚信可言的。针对敌人的任何承诺，都只能作为一种策略使用，背后必须留一手。否则一旦对方失信，你就毫无招架之力。这些都是再浅显不过的对敌斗争常识，李纲真不理解，为什么有些人就是百般地弄不明白，就是一味地对敌人抱有不切实际的幻想，就是一再地做出自毁长城自掘坟墓的蠢事。

按照蔡懋下达的那一系列军令，实际上是将汴京变成了一座不设防的城市。倘金军反应敏锐，抓住战机发动突袭，一夜之间拿下汴京绝非痴人说梦。想到这个可怕的后果险些成为现实，李纲全身的汗毛都不禁倒竖起来。所幸蔡懋主政时间甚短，金军的情报工作效率没那么高，战略战术的调整也没那么快，在这三日之内才没酿成致命的灾变。

因此，李纲甫一复职，听取了各衙官员对这三日内要事的综合禀报后，即行使先斩后奏权，断然下令从即日起废除蔡懋颁发的所有条令。同时颁布新令，命城防各部一如既往严阵以待，对敢于来犯之敌坚决给予痛击。杀敌不择手段，唯以退敌为要，火炮弩床尽可发射。无论禁军、厢兵、民间义勇，凡作战英勇重创敌军者，皆予重赏。并命有司各尽其责，务必为一线部队提供充分的后勤保障，为前沿将士提供稳定的后方依托；对混入城里的奸细要严加排查；对趁火打劫的歹徒要严厉打击；各衙主官不管品级高低，一律要昼夜值岗随叫随到；消极怠工者就地免职，贻误军机者立斩不贷。

命令颁发后，李纲没有安坐于大堂之上，而是带上甘云等贴身护卫奔赴了城防前沿。他要亲自督察各项命令的执行情况，并亲自去解决其中可能出现的种种困难和矛盾。他知道，有些问题是坐在衙门里料想不到的，仅靠公文来了解情况，一来不够准确直接，二来也太烦琐费时。亲临现场办公，效率则可大大提高。这自然要比坐在衙门里发号施令辛苦多了，但值此非常时期，却是惜不得力，只有这样做了，他的心里才踏实。唯因头绪太多分身无术，他只能择要去督察。

李纲新令的下达及其席不暇暖便亲赴前沿的行动，不仅使守城部队的军需装备等物质条件很快地得到了显著改善，更重要的是于此一扫笼罩在人们心头的迷茫阴霾，重新振作起了汴京军民因遭受严重挫伤而已经陷入低谷的抗敌士气，从而使汴京城防由几乎濒于涣散，迅速恢复到了壁垒森严的临战状态。

汴京城防面貌的这一变化发生得非常及时、非常关键。

二月七日夜，金军视所谓和谈协议如弃履，出动数千人突然进攻封邱门，遭到了宋军的顽强抵抗，激战约一个时辰败北。二月八日凌晨，距封邱门之战不过两个时辰，金军又突然向新酸枣门发起强攻。拂晓之前一般来说部队的警戒最为疏松之时，封邱门那边又刚刚打完，照理说宋军应当比较麻痹。金军在此时再度用兵，甚合兵法之道，居心相当阴险。这次金军投入兵力近万，攻势极为凌厉，大有志在必得之意。看来这是金帅宗望运筹帷幄的得意之笔。然而事与愿违，战事的结果偏偏没让宗望得意起来。新酸枣门之战金军不仅同样以失败告终，而且失败得更为惨重。造成这个结果的主要原因，就在于宋军的戒备状态，完全超出了金军的想象。

当战斗在黎明前的黑暗中突如其来地打响时，宋军的阵脚不但没有因遭受猝然打击而产生丝毫紊乱，反而以超乎寻常的反应速度，立即展开了章法严密的强硬还击。仿佛是宋军早知道金军要来，就等着此时百炮齐鸣万箭齐发地去收拾他们似的。突袭战讲究的就是打对手一个措手不及，一旦这个效果没有达到，下面的仗往往就会变得非常难打。所以尽管金军攻势凶猛，但在具有充分准备并在兵力地形上均占绝对优势的宋军的坚决抵抗下，终是未能跨越雷池一步。

这就不能不归功于李纲的严厉督导。当夜封邱门守军以旺盛的斗志力挫金军，消息传开，全线鼓舞，而麻痹轻敌思想亦不免有些冒头。李纲深知金军素有不怕疲劳连续作战的虎狼作风，马上传令训诫前沿各部，金人狡诈异常，战事随时可生，务必戒骄戒躁，不得片刻疏忽。所有城防部队必须通宵值守作战岗位，所有的预备队亦必须人不离甲马不卸鞍，全体官兵都必须做到招之即来来之能战。此时李纲的权力和威望正如日中天，令出如山倒，没人敢于以身试法打半点折扣，因之成功地粉碎了金军趁拂晓再度突袭的险恶阴谋。

新酸枣门一战延续至平明时分结束，金军弃尸千余，而宋军的伤亡则微乎其微。汴京城防岿然不动，金军不可战胜的神话被事实再次击破。

捷报于早朝前传递进福宁殿。由于忧虑过甚彻夜失眠被弄得面皮水肿神色委顿的赵桓郁气长出以手加额，庆幸总算是皇天赐福，保佑大宋王朝又挺过了一劫。他却不曾去想，倘若汴京防务仍是由蔡懋掌印，此时的情形当是如何。

二月七日夜和二月八日凌晨的战事，是奠定这次宋金交手胜负格局的终结篇。

从宗望的作战意图上讲，这两次突袭，是他为摆脱金军所处的困境而进行的最后努力。对于这个努力的成效，他是抱有一定的侥幸心理的。据他揣测，宋朝君臣这两日着重忙于议和，城防状态必然疏松。加上官员迁贬频繁，亦会造成军政管理上的混乱。纵使李纲复职，意欲重整旗鼓，一时也不可能做得面面俱到，这里面便大有空隙可钻。如能趁此机会搞个突然袭击，将汴京打开一个缺口，那么整盘棋子便可走活。

到那时，他可以用一部分杂牌兵力纠缠住宋朝的外围部队，同时派出一支精锐铁骑，以迅雷不及掩耳之势甩开两翼直插皇宫。只要这支突击队能够生擒赵桓，任凭宋朝的增援兵马再多，任凭李纲、种师道再多谋善战，也统统无济于事了。逼迫着赵桓写下一纸归降诏书，一切便可全部搞定。

倘若当真能够打出这种结果，那绝对可算是奇勋一件。甚至在后世的兵书上，也将永远记载下这个以少胜多的杰出战例。

这个大胆的设想可行与否，宗望召集众将计议。

金将们多为好战之徒，一听商议开战，情绪便十分亢奋，一致认为天赐战机与我，不用是个浪费。于是趁夜突袭汴京的作战方案，没费三言两语便敲定下来。至于这样做是不是有悖和约，是不是背信弃义，则没人拿它当个事。

可惜的是这一剂奇方猛药并未如期产生妙手回春之效。莫说飞兵直捣大内生擒赵桓了，上万人马忙忙活活地前后折腾了几乎整整一宿，损失精兵千余，结果连汴京外城的城墙垛子都没爬上去一兵一卒。

面对这个令人沮丧的结果，宗望不得不认账，瘦死的骆驼比马大，自己还是低估了对手，而且动手也迟了。宗望心知，宋军能将城防守卫得如此无懈可击，肯定与李纲重掌师印有关，他后悔自己错过了出奇制胜的最佳时机。如果是抢在李纲复职之前、在大唱议和高调的同时就突然动手，也许成败便当另论。一介儒生与之对垒，竟令他这个百战沙场所向披靡的铁血元帅屡遭重创，这使宗望在火冒三丈之余，又由衷地生出一种惺惺相惜的敬意。他甚至曾闪现过这样的念头：如果有朝一日能与李纲同坐一席煮酒论兵促膝长谈，那将是此生的一大快事。

偷鸡不成蚀把米，众金将输红了眼也杀红了眼，都嗷嗷地叫嚣着要整顿人马再战，要与宋军拼个鱼死网破，不成功便成仁，大不了马革裹尸还。

宗望自然也是输得很不甘心，也不是没有涌起过破釜沉舟死拼一场的冲动。但他的全局观念到底高于众将一筹，还是以理智控制住了情绪。作为南下伐宋的东路军的最高统帅，他要为手下这数万名将士的生命负责，更要为派遣他出征的大金国朝廷负责。这种责任感提醒告诫着他：他没有权力任性而为意气用事，没有权力明知不可为而强为之，以致将大金国这支宝贵的野战主力带进全军覆没的深渊。

当夜两场突袭战大败亏输的事实表明，目前仅凭他手中这支业已严重减员的部队，一时半会儿欲作拿下汴京之想，可能性微乎其微。而如果继续僵持下去，情况则更不乐观。据探报说，宗翰的西路军由于在进军途中连连受阻，何时可抵汴京还很难说。而宋朝的勤王兵马，却还在接二连三地逼近，使汴京城下宋金军力的众寡对比日甚一日，眼看着其合围之势日臻成熟。一旦退路被切断，各路宋军来个关门打狗瓮中捉鳖，大金国东路军这数万将士纵有三头六臂，恐怕也难轻易挣脱落网。到那时金军纵使不被宋军斩尽杀绝，幸存下来的人马得不到军需给养接济，困死中原也是迟早的事。

孤军入敌腹地，利在速战速决，否则便犯了兵家大忌。如今既然不能速决，那么明智之举便唯有速撤了。

现在撤军合适吗？应当说时机还是比较适宜的。

因为，尽管这支东路军征战拼杀至此，已属师老兵疲，但其强弩之末的势态尚未显著暴露。在多数宋人的眼里，金军的形象依然是凶悍异常威猛不减的。你要去攻打他吃掉他，他当然不能不接招；但如果你主动后撤，料想宋人出于趋利避害的心理，就多半未必愿意再节外生枝。而若是拖到金军的劣势暴露殆尽，那情形可就不好说了。

撤军是否意味着失败呢？不是。这事不能就事论事，得从全面上看，从根本上看。此次南下伐宋，这支号称数十万大军的东路军，其实仅以六万人马，便耀武扬威地深入宋境，攻城陷镇斩关夺隘，直杀到宋朝的京城脚下，将中原大地搅了个天翻地覆鸡犬不宁，逼迫着大宋王朝屈膝服软俯首告饶，割让了三镇，赔偿了巨款，这就基本上是圆满完成了既定的战略意图，堪称功绩卓著战果辉煌，总体视之何败之有？所以现在主动撤军不是颓然败北，而是胜利班师。

当然，宋朝那边可能不会是这个说法。他们是要自吹自擂的，那就悉随其便好了。反正谁亏谁盈，哑巴吃饺子各人心里有数。至于在强攻汴京中的损兵折将之仇，权且记下这笔账，到来日一并清算不迟。君子报仇十年不晚，只要我们拥有足够的实力，总有一天所有的债务都会让对方加倍偿还。或许到那时，我们的进军口号就不止是饮马黄河横扫中原，而是投鞭长江一统华夏了！

宗望将道理一一摆出，让众将好生考虑。金将们在充斥于心头的激愤渐次落下后，多数人还是能比较现实地看待问题的，皆认同主师之言不谬。

只有宗弼不大服气。宗弼认为宗望这个人持重有余胆魄不足，凡事过于瞻前顾后，缺乏军事统帅应有的大无畏冒险精神。只是因见诸将对撤军皆无异议，料知纵有个把人反对也是徒劳，便隐忍着未将内心的不满说出。但他暗想，假如有朝一日他完颜宗弼得掌师印，必将挥师扫荡六合，杀出个八面威风，让那些锐气已然消退了的元老们见识见识，什么叫作军事天才。直到他真正担任了金国最高军事首领，不可一世地统兵南犯，却被南宋名将韩世忠、岳飞屡次痛打得一败涂地后，回想当年宗望的做法，才不得不承认，天下事难得一厢情愿，识时务者为俊杰，这个道理是不能不服的。

既然要撤军，最好就趁早，省得夜长梦多。这时金军向宋朝索要的犒师财物尚远未足数，宗望也不想再等了。其实那个数目他当时也就是狮子大开口那么一说，根本没打算宋朝当真能够纳足。就目前之所得来看，他估计汴京城里大概也搜刮得差不多了。比起还在西线途中拼打的宗翰的西路军，他此行之收获可谓是盆满钵满，应当知足了。现在要紧的是必须将这些以数千名将士的鲜血和生命为代价换取来的财物安全运走，莫因形势变化而落个鸡飞蛋打。因此宗望命令各部紧急动员，连夜大量征集车辆、清点物资、装运辎重，同时调集女真精兵组成战利品押运队。其他各项善后事宜，亦立即着手进行。

经过一天一夜的紧张准备，金东路军于二月十日晨全线拔寨，由大将挞懒押解辎重先行，主帅宗望亲自率宗弼部殿后，井然有序，依次北撤。宋肃王赵枢和驸马曹晟作为人质，被随军押往北国。

金军撤离的消息如春风拂过不胫而走，顷刻间传遍了汴京城里的每一个角落。

整个汴京城顿时沸腾起来。无论士庶工商男女老幼，尽皆开门出户涌上街头奔走相贺。条条街巷鼓乐喧天，家家门前张灯结彩，欢腾的声浪铺天盖地，直冲云霄。许多人家都将此日视为劫后逢生的隆重纪念日，那些著名的酒楼饭庄的庆典宴席，都被预订到了十日开外。

作为汴京保卫战的统兵主帅，李纲收到的贺宴请柬不下数百份。其中自然少不了一些趋炎附势之徒的阿谀巴结之请，但大多数是对其心存崇敬之情者的真诚相邀。然而无论何人的盛情邀请，李纲一概无暇出席。甚至对那些请柬他都无暇一一过目，只好让手下的文员代为拆阅，并以他的名义复函致歉。他当前集中精力要做的事，是部署下一步的军事行动。

眼下的形势对宋军极为有利，是千载难逢的重创金军野战主力的良机。李纲打算集中优势兵力数道并进，监视金军北撤，并伺机予以痛击。这样，纵使不能将金东路军彻底歼灭，起码可令其元气大伤，从而使金邦在相当长的时期内无复南侵之力。

英雄所见略同，李纲的想法不仅与老将种师道不谋而合，而且与姚友仲、马忠、种师中、折彦质等众多禁军将领的主张完全一致。就在李纲与种师道商榷行动方略的同时，各路将领的献策书请战书已接二连三地呈递上来。良机难得，士气可用，天时地利人和，宋军无一不占上风。李纲、种师道综合分析了各方面的因素和条件，得出的结论是追歼金军之战不但可以打，而且必须打。于是两人乃联名具折呈奏赵桓，请求效仿真宗澶渊故事，以重兵"护送"金军出境。

不日之内，御批"照准"。

李纲、种师道马上联合升帐，遣兵数十万分道并进追击金军，命各部将领相互配合相机行事，力求将金军聚歼于黄河南岸。众将得令，个个意气风发斗志昂扬，回到营盘对部属做了简单的战斗动员，便各自拉起队伍雄赳赳地踏上了征途。种师道作为一名征战成瘾的老军人，在这种时候是不甘坐镇后方的，亦点起本部兵马，由中路进发。

百姓们闻讯宋军要挥师北上将万恶的胡虏斩尽杀绝，箪食壶浆扶老携幼，自发地前去相送出征队伍者数以万计。宋军将士深感其情备受激励，皆誓言铮铮地表示，我等绝不辜负中原父老嘱托，此一去不杀金贼个片甲不留誓不还乡。李纲在送别种师道的点兵场上目睹此情此景，深受感动并充满自豪。他成竹在胸地预料，虽然金军尚不至于如丧家之犬般不堪一击，但这场追击战的胜券掌握在宋军手里是不成问题的。此战的作用非小，从某种意义上说，它对于大宋江山的长治久安，可谓是毕其功于一役之战。因此，夺取这个胜利，即便是要付出一定的代价，也是非常划得来的。

遥望着猎猎招展的大宋军旗在滚滚征尘的裹挟下渐渐远去，李纲觉得可以稍稍松一口气了。此时占据他身心的，是一种前所未有的快慰。只待追歼金军的捷报驰来，由他全面指挥的这场汴京保卫战便可画上一个圆满的并且意义深远的句号。有道是时势造英雄，这话一点不假，人生能成就如此伟业的机会毕竟不可多得。想到这一点，李纲心里生出几许感慨，也泛起几分自得。而此前曾经受的所有委屈苦闷辛劳艰难，相形之下似乎全都变得微不足道了。

然则就在这距最后的胜利只有一步之遥的时候，事情居然又起了一百八十度的剧变——数路并进的宋朝追击大军相继出发不久，皇帝赵桓朝令夕改出尔反尔的毛病再次发作，突然严词下达了禁止追击金军的诏令。

原来，赵桓谕准了李纲、种师道的追击计划后，大臣中多有奏称不可再引火烧身自找麻烦者。赵桓受其影响心生惶惑，便问计于张邦昌。此时李邦彦已去职，张邦昌虽尚未晋位太宰，但以其资格权势视之，已颇具首席之态了。

张邦昌见问，表态十分明朗：坚决反对出兵追击。

抱定如此主张，一者，乃因张邦昌的私念一如既往：追击金军若打不赢，会惹怒金军疯狂反扑，弄不好又要危及他的身家性命；追击金军若打赢了，则益增李纲之功勋威望，会大大地威胁他在朝廷中的地位。二者，还有一个更为隐秘的原因：他公开反对追击金军这事，肯定会传到金人的耳朵里，这应当算是为金邦办了件好事。万一将来乾坤翻转中原易主，有这件事搁在那里，可以当作护身符一用。

这种阴暗心理自然不可昭示于人，张邦昌摆出的理由是这样的：金军的战斗力海内无敌有目共睹，金人主动撤军，并不是打不过我们，而是在信守和约，在给我大宋朝留面子。在这种情况下，我们再挑战端，显见得便是理亏。况且现在宗翰大军已经近在咫尺，我们面对西线犹自防备不及，倘宗望一怒之下回师反扑，与宗翰合力夹攻汴京，其险岂不更甚于前者百倍乎？若至彼时再思言和，恐金人就无复允信矣。

对于李纲积极部署追歼金军之举，张邦昌的论断是：李纲其人目光短浅好大喜功，行事孟浪私欲极强，只顾贪图一己之功名，却全然未将社稷利益萦系于心，诚可谓成事不足败事有余。若放任其恣意妄为，必使我朝招致四面树敌祸事丛生。

张邦昌的口才和狡辩能力都还可以，而且还颇有几分表演天资，他将这番话说得既理直气壮，又甚是坦诚，令赵桓听来犹如醍醐灌顶。于是乎赵桓当即便下诏，以御前金牌追回诸路兵马，并命张邦昌全权督办止兵之事。

张邦昌圣旨在手，立时气粗胆壮一览众山小。他也不理会李纲，便径自派人分数路兼程北驰，抢在宋军人马到达之前，在各个要冲树起了书写着"有擅自出兵者并依军法"字样的杏黄色令旗。

此事传开，翌日在朝殿上引起了轩然大波。李纲、许翰、孙傅、李若水等相继启奏，恳辞力谏赵桓不可止兵。却因大臣中多有附和张邦昌主张者，未能说动赵桓。退朝后，李纲具折再谏，亦未得到赵桓的理睬。

此时一刻千金，李纲深恐贻误战机铸成大错，不顾触怒龙颜之险，连夜入宫请求召对，却被赵桓拒绝。

李纲拜请再三，执意不退。

赵桓闻之，知道李纲那股不屈不挠的劲头又上来了，料是敷衍不过去，方无可奈何地深更半夜在延和殿召见了他。

行过面君大礼，李纲便滔滔不绝地从追歼金东路军的重大战略意义，到打赢这场战役的种种有利因素，再到纵虎归山的严重后果，对赵桓做了详尽的阐述。

对于赵桓最为担心的宗望回师反扑、与宗翰合力夹击汴京的问题，李纲着重作了分析。他说，宗望部现在的北还之旅，与其来犯时的轻骑锐进状况大不相同。他现在是携带着无数的战利品行军，而且那些战利品不光是金银锦帛，还有数以千计的妇女，其师摇头摆尾闪转腾挪都极不灵活，很不利于驰骋厮杀。以宗望之老谋深算，是不会以此臃肿迟钝之躯去而复返画蛇添足的。而宗翰闻宗望已退，则必然进意徘徊，止步于黄河北岸。即便彼仍欲孤军挺进，臣已遣重兵控扼河阳险道，宗翰以疲惫之师要想突破关隘，绝非轻而易举。所以说金东西两路大军合围汴京之险，照目前的形势来看并不存在，根本无足为虑。

就这样，李纲掰开揉碎反反复复地苦谏了将近一个时辰，几乎磨得舌尖起泡口角生疮，总算磨得赵桓回心转意，哈欠连天地同意了收回禁止追击的成命。

但是经过这一通折腾，事情已经变得无可挽回。

北上出击的所有宋军，在接到朝廷的严禁追击令后均已折返，此时俱在归途之中。尽管李纲以最快的速度重新下达了追击令，由于众将看出大臣意见不一，皇上摇摆不定，唯恐圣意再生反复，搞得自己徒劳无功，皆对新令采取了消极敷衍态度。各路人马虽然重又掉头北上，却皆已无复疾起直追奋勇歼敌之势。他们不约而同，都只是遥遥地尾随着金军的撤退路线缓缓跟进，使所谓的追击，不折不扣地变成了对北还的金军的"护送"。就连前敌主将种师道，由于搞不清皇上的葫芦里到底卖的什么药，亦未敢再贸然出击。因之，宗望不仅得以安然无恙地全师而退，还顺手牵羊劫掠了若干沿途州县，又狠狠地扩大了战果。

宗望曾十分担心宋军乘其撤军挥师掩杀，一路上始终高度警惕防备很紧催行甚速。结果到头来居然一点事儿也没出，倒让他很替李纲惋惜：如果李纲效仿孔明来一个华容设伏，这局棋他将会赢得多么漂亮！但宗望揣度这恐怕未必是李纲的失策，其根源八成是在赵桓身上。他暗哂，皇宫里坐着那么个窝囊废，就算是当年的诸葛再世，也成不了什么气候。过河后，宗望驻马桥头回眸南岸笑留一语："本帅暂辞，来年再会。"

事已至此，李纲唯有扼腕长叹。特别是当他得知宗翰闻宗望已经北还，果然没有再渡河南进，更是深以为憾。

他心里非常清楚，此机失却，甚难复得。此役功亏一篑，绝对后患无穷。汴京之围虽解，实则险境犹存。数十万勤王大军不可能长期云集京师，而金军经过短暂休整，即可复原如初，随时能够以猛虎出山之势卷土重来。

但是这番话能向谁说？赵桓正在兴高采烈地举行宫廷庆典，哪有那闲工夫听他聒噪这种不祥之语。满朝文武亦皆在弹冠相庆，在朝会上发表这种大煞风景的议论显然也是不合时宜，只会招人侧目。能够与之推心置腹的友人倒是有几个，但是私下里空发牢骚于事何补？况且私议皇上之误，万一传将出去便祸端非小。病从口入祸从口出，此类教训比比皆是。过去李纲对此不太在意，经过这一段时间的历练，敏感性已有所增强。

满腹心事无言处，唯有寂寞对孤灯。所以，虽然京城解严后李纲的军政事务不再那么繁杂，相对地有了一些闲暇时间，但因心情不佳，他除去应许翰、孙傅等几位友人之邀去喝了一场酒，对其他的各种宴请仍然全都托辞未去。

那唯一的一场酒喝得也挺压抑。李纲恐那几位书生气甚重的仁兄贤弟席间失言招致不测，在开宴前特地提醒各位："我等今日只是饮酒，不谈国事。"许翰等人会其意，都苦笑着应承："伯纪兄说得是，不谈，不谈。"胸中块垒既不能一吐为快，便只好不断地用酒去往下压。宴众人言语不多，却都醉得东倒西歪昏昏沉沉。

酒楼的掌柜和伙计们都看得纳罕：如今狼烟散尽天下太平，人人忧虑尽扫笑逐颜开，这几位官员来此饮酒聚会，显见得亦是庆贺之意，却为何一个个喝出这般愁绪满怀的模样？他们是在愁什么呢？

第十三章

果然，嗣后赵佶是越想越气，冲动之下接连下诏给江南各州府，命令他们今后须一切行动听命于行在。并具体指示，凡淮南、两浙等地驿递京师的文书，一律不得放行；江东路及各州之将兵弓手未经申奏行在，不得随意调动；东南勤王之师自即日起罢止，而纲运则须于行在卸纳。赵佶到底是当过皇帝的人，这几道诏令一下，便从军政经济等各方面全方位地切断了江南与朝廷的联系。

金军北撤，汴京解严，京城四壁守御使的使命到此完成。靖康元年二月十四日赵桓颁旨，李纲改任知枢密院事。

枢密院乃宋代总理国家军务之最高机构，位于阙门西南，与全国行政最高机构中书门下相对应，并称"东西二府"。举凡军机、兵防、边备、戎马之属，全国的禁军厢兵，乃至皇宫里的侍卫班直等武装力量，俱在其管辖权限之内。知枢密院事又称枢密使，品级为从一品。这个官职，处于与宰相对掌文武大政的地位，相互间没有隶属关系，而其任职者的资历须与宰相相近，由此可见该位权柄之重。

同日，吴敏迁少宰。隔数日，中丞许翰迁同知枢密院事，何栗迁右丞御史。这几个人都是与李纲关系不错的。太宰一职并未落到张邦昌头上，而是擢拔了一个各派人物都对其非议较少的大臣徐处仁。朝廷中与李纲政见不合者，除了已被罢黜出京的李邦彦、蔡懋，又有王孝迪、李棁等大臣相继落职。

如此一番人事变动，自然使李纲的行情见涨。趋炎附势乃官场常态，位高轿夫众，权重马屁多。如果李纲有意结帮拉派培植亲信，这是一个广交善缘的很好机会。然而李纲生性不善此道，脑子里根本没这意识。对于曲意附比者，他一笑置之；对于求官谋职者，亦从不徇情许诺。这就不免时常开罪于人，在不知不觉中结下了许多莫名其妙的怨恨。张邦昌旁观此状暗自冷笑：你姓李的莫要牛皮哄哄得意得太早，如此不通世故不近人情，早晚有你摔得头破血流的那一天。

其实，李纲此时倒并不似人们想象的那样春风得意。

几天来，眼睁睁放走金东路军的深切遗憾，似一块浓重的阴云积郁其怀，始终不得释然。官迁知枢密院事，看上去位高权重，实际上却并不尽然。因为，依照宋制，枢密院虽有发兵之权，却无统兵之重。也就是说，他虽然有权调兵遣将，但实际上手里却无兵。统兵权是归所谓"三衙"，即殿前都指挥使、侍卫马军都指挥使和侍卫步军都指挥使的。而这三衙之间亦互不统属，因此禁军没有最高统帅。遇有军事行动，将领们须分别听令于皇上本人。经过这么分权制约，无论是枢密使还是三衙中的任何一个都指挥使，其能够单独行使的职权，便被束缚得相当有限了。

此制始自太祖赵匡胤，其目的就是要将兵权牢牢地掌握在皇帝手里。它在立朝之初，对巩固新生政权，防止产生内乱，曾经起到过一定的正面作用。然而其弊是与生俱来的，而且时间越久，其弊越重。多年来宋军屡次败绩沙场，军事指挥系统混乱、将帅无随机应变之权，这是重要原因之一。位居知枢密院事，若要以权谋私，空间可谓不小；但若欲决策军国大计，却远无自主之便。

这种相互掣肘的制度让李纲感到很不舒服，它不仅使他虽居其位而难尽其才，还往往会因政出多门而来回扯皮贻误大事。然而此制乃钢浇铁铸的镇国之宝，是赵宋王朝的祖传法典，纵有天大的弊病也说不得。你想动摇它，就是欲从皇上手中夺权。难道你想谋反不成？你有几个脑袋？李纲屡遭良策流产之痛，深知戴着镣铐跳舞之难，自然不会那从一品的乌纱一戴，便忘乎所以飘飘然乎。

况且，宦海沉浮不定，圣意反复无常，在过去的数月中，他对此感受很深。六月的天皇上的脸，知枢密院事这顶七梁乌纱他能戴多久，那是说不准的。既然如此，则升之何足喜，贬之何足悲？官场中人能持此心境者不多，这就是所谓荣辱不惊了。其实李纲也尚未真正修炼到那个境界，他之所以能以较为坦然的态度去面对潮涨潮落，不过是面对现实不得不努力去适应而已。

不管现实中有多少桎梏，在其位就要谋其政。该干的事还是得干，这一点李纲绝不含糊。有的人当官是为了发财，有的人当官则是为了成就功名。李纲的功名心是很强的，他的愿望，就是趁着手里有权，多做成一点事。能做多少算多少，总比一事无成强。所以在履行职责上，他是从不会消极应付的。

朝廷刚刚经过一场大劫，国计民生问题成堆，要想做事，那有的是事情需要做。由于战时是由他全面主政，战后的许多恢复整顿工作仍需他去参与完成，光这些事情就耗去了他的大量精力。不过他现在既然担任军事长官，其思考重点必然要落在军事方面。尤其是在外患未除的情况下，他认为军事工作理应成为重中之重。

军事方面亟待解决的问题也不少，其中之一，就是人才匮乏问题。

兵熊熊一个，将熊熊一窝。千军易得，一将难求。欲带出精兵劲旅，主将的人选是个关键。纵观汴京保卫战的全过程，李纲感到在禁军中智勇兼备可堪大任的将领为数不多。为了提高部队的作战指挥水平，亟须擢拔一批优秀将领。一个杰出的将才不是随时随地可以发现的，而一旦发现了，就不容错过。因此，当不少人托人说情希望他帮忙安排个一官半职，他一概不予理睬时，他却想主动为一个人安排一个适当的军职。这个人便是索天雄。

李纲与索天雄纯属萍水相逢，相识的时间只有两个来月，其间接触的次数屈

— 257 —

指可数。以李纲日理万机之繁忙，应对人员之众多，对于一个与其仅有数面之交而且社会地位悬殊的平头百姓，一般来说应当不会留下什么特别印象。但是这个索天雄却不同。他不仅给李纲留下了鲜明的印象，那印象还很不寻常。

那种不寻常，并非出于索天雄的刻意为之，而是从他的言谈举止气质风骨中自然透露出来的。通过与索天雄打过的有限的几次交道，李纲明显地感到，这个人不仅豪爽仗义武艺超群，思维缜密行事稳健，胸有韬略胆识过人，而且还富有一种特殊的感召力，是属于那种登高一呼应者云集式的人物。以李纲的目光判断，此人恐不止是个将才，经过一定的历练，委其执掌一方帅印，估计亦可游刃有余。

草履布衣中竟会有这等奇才吗？这个评价是否过于夸张啦？那可未必。古时的韩信、孔明，出身皆微不足道，被不拘一格委以重任后，均大显身手创建了伟业。中华大地藏龙卧虎不计其数，只不过是多半无缘出山而不为人知罢了。目下国难未已，正是用人之际，京城解严后所有的市民武装俱已遣散，徒令这样一条蛟龙潜卧民间实在可惜，应当让他继续发挥才能为国效力才是。

当然，依照朝廷的授官制度，没有直接对一介平民委以军职的道理。但是乱世不可循常规，英雄何须论出身。这就需要动用一下手中的这点职权了。李纲思量他虽不直接掌兵，但在这事上说句话还是管用的。既然一些州府级别的官职都能用钱买到，我为朝廷选择良将，采用一点非常手段又有何不可。

主意打定，李纲便差甘云去请索天雄到西府来一叙。

按李纲的估计，他将此想法对索天雄一提，索天雄肯定会欣然诺之。因为，首先，索天雄显然是个深明民族大义之人，以往他是怀才不遇报国无门，现在给他提供了用武之地，他当然应是求之不得。其次，李纲准备将他直接委任为禁军统制，统制属于中级军职，位在统领之上，可以独领一军，其俸禄也比较可观。而且此职距都统只有一步之遥，一俟立有军功，即可步入高级武将行列，前程可谓远大。可以说无论于公于私，此事对索天雄来说，都是件显而易见的好事。

然而让李纲意外的是，索天雄听他表明意思，稍作沉吟，很诚恳地谢过他的器重之后，即十分明朗地谢绝了这事。

索天雄据以推托的理由有二：其一，索某生性散漫，自在已久，难习军中戒律约束；其二，小女飞春自幼与索某相依为命，未曾须臾分离，不便留其独守家门。

这两条理由，尤其是后一条，听起来确实在理。但李纲总觉得这似乎都是索天雄的托词。因为据他观察，索天雄这人的习性并不散漫，相反地倒颇有令行禁止的军人气质，遵守军队戒律对他来说似乎不是问题。父女不忍离别倒是事实，但索飞春毕竟不是三岁的孩子，以她的处世能力看，并不至于离不得父亲膝下。如果索天雄立志为国建功，这个问题是可以妥善解决的，他李纲也可以帮助解决。可是索天雄并没在这上面留什么商量的余地。

那么索天雄为何不愿进入禁军？是畏惧征战贪生怕死吗？否，索天雄在战场上一马当先的表现，李纲是亲眼见过的。要说他怕死，天底下就没有不怕死的汉子了。

不是这个原因，又是什么原因呢？索天雄不多说，李纲也不便多问。他只好很惋惜地表示："既然索义士有难处，本官也就不强人所难了。"

索天雄相当过意不去地向李纲致以歉意，表示如蒙李大人不弃，今后他或许另有与之合作的机会。李纲当时随口应道："但愿。"而事后回想，他才品味出，索天雄那话虽是说得谦和随意，实则口气不小。他说的不是"效力"而是"合作"。"合作"？一介平民有什么资格与朝廷的一品大员谈什么"合作"？李纲没有因此而动气，但这更使他觉得索天雄这个人难以捉摸。

谈话结束时，索天雄取出一个小布包交给李纲。他说："李大人为了百姓夙夜操劳，很少有时间照料自己，我们也帮不上什么忙。飞春缝了两双袜子让我带给李大人，算是聊表寸心吧。"

李纲忙双手接过连声致谢。两双袜子不值什么，却是一种浓重情谊的体现，这里面，是包含着索天雄对李纲的由衷尊重的。李纲很看重这一点，因为在他的意识里，已不知不觉地将索天雄当作了民心民意的一个代表。特别是听说这两双袜子是索飞春亲手缝制的，更使他感到温馨，而同时在心头亦不免升起了一种不可名状的失落。

留用索天雄未能如愿的失落感尚未消除，又发生了一件让李纲颇感郁闷的事：种师道被迫放弃追歼金军的行动率部返回汴京后，竟被赵桓以其年迈体衰为由解除了一切实职。

李纲认为这个决定十分不妥。他上奏说，种师道固老矣，但是体魄尚健，还没老到不能做事的地步。论布阵用兵指挥作战，他仍是当前朝中首屈一指的大将，弃之不用甚为可惜。却不知此事的根由，盖因张邦昌在暗中进言，说李种二人气味相投行为默契，现在李纲掌枢密于内，种师道握重兵于外，如果两个人结成一党，势力太大，不可不防。所以，李纲越是上奏，赵桓就越是不准。

在这件事上李纲又是只能束手而叹。旧的罢去，新的不来，将来战阵之上，良将可有几何？

实际上，担心李种结党，纯属杞人忧天。诚然，物以类聚人以群分，李纲与种师道志趣相近秉性相和，相互间的关系容易处得融洽，这是事实。但是若说勾结朋党，他们却俱非那等人物，而且他们也并非事事都默契得天衣无缝。

这一日，李纲至种师道寓所去看望老种，论及军国大计，两个人的看法就产生了重大分歧。

李种皆为忧国忧民之士，三句话不离本行，礼节性的寒暄后，话题便自然而然地转到了时局上面。这次坐失重创金军的良机，实是遗留大患，金邦贪心不足扩张成性，亡宋之心不死，必将卷土重来，而且为时不会太久。对于时局发展的这个趋势，两个人的看法完全一致。但是谈到对策，他们的见解便大相径庭了。

以李纲之见，兵来将挡水来土屯，对付金邦的侵略，除了努力提高宋军的作战能力和加强边陲的防备措施，更无他途可言。如今金军新退，料其在三五个月内没有再度大举南犯之力。那么朝廷就应当抓紧这段时间调整兵力部署，构筑防御体系，改善兵器装备，积蓄军需粮草，总之是要以坚决御强敌于国门之外的态度，下大力气全面地整顿好军备。敌强不足畏，可畏者是我们自身的散乱松垮漏洞百出。只要我们发愤图强励精图治，从精神到物质上都准备得坚实充分无懈可击，以我大宋国力之雄厚，如何便敌不过北漠一个游牧之邦？

李纲本以为，作为一名抗金态度十分坚决的老将，种师道的想法定然会与其不谋而合。他前来看望落职的老种，一来是有慰问之意，二来也是想就整顿军备事宜向他做些讨教。毕竟老种是身经百战戎马一生的宿将，在这方面的经验比他丰富得多。

然而大出李纲意料，种师道非但没有赞附他的话，反而提出了一个截然相反的主张：为长远之安全计，朝廷应趁此战事暂息之际迁都长安。

提出这个主张，种师道显然也是经过了深思熟虑。他徐徐地呷着清茶，用低沉苍老但相当肯定的口吻对李纲指出，汴京外无形胜之固，河北乃一马平川，极利金军的骑兵驰骋，实属易攻难守之地。边寨烽火一起，顷刻便可燃及城下。太祖当年建都于此，主要是出于经济财政方面的原因。然以战略目光视之，以此地作为京城很不适宜。此番汴京险遭倾覆，给我们敲了一记响亮的警钟。此险可一而不可再，京城西迁势在必行。

迁都之议是当金军兵临城下时，白时中、李邦彦等人早就提出过的。这个建

— 260 —

议当时就被李纲坚决地否决掉了。虽然李纲明白，现在种师道提出迁都，其动机性质与李邦彦之辈完全不是一回事，但他仍然很难接受这个主张。

他辩解道，汴京乃大宋经营百年之都，基业庞大人口众多，一旦动迁损失甚巨。汴京外围无险可守不假，但拒敌未必非赖天然屏障。只要防御力量部署得当，完全可以弥补这个不足。

种师道承认，迁都是利弊并存，但认为目前只能是两弊相衡取其轻。防御力量部署得当是足以御敌，地形条件不是唯一的胜负因素，问题是宋军历来兵无常帅将无常师，互不统属令出多门，何以能形成统一部署，又何以能做到相互配合？

李纲说这个问题只要引起皇上的重视，一道圣旨便可解决。

种师道反问："如果皇上不下这个旨呢？皇上心里今天想的是什么，明天想的又是什么，你能猜得准吗？你能保证皇上对你时时刻刻事事处处都言听计从吗？"李纲说："那就事在人为了，京城巍然不动，起码是抗金胆气可壮，军民之心可安。"种师道苦笑道："我看那也未必，前者大兵压境时，京师何曾迁动，君不见有多少军队不战自溃，又有多少官员挂印而逃？"

李纲说："这恰恰说明京师是动不得的。京师未动尚且如此，动辄必然造成恐慌混乱。若是金军闻风起兵乘虚而入，局面如何收拾？"种师道说："所以说迁都须择机而动。前者兵临城下时，非死战无以求生，坚守汴京是唯一正确的选择。而眼下金军全线北撤，元气未复喘息未定，暂时是无力大举进军的。况且金人也不会料到我们会在此时迁都，正好利我从容行动。倘若此机错过，一旦风云变幻，那可就欲动也难了。"

两个人各执己见争论多时，最后是李纲暂且在口头上退让一步，表示将认真考虑种老将军的建议，才算结束了这场争执。李纲这么说倒不是敷衍老种，对于种师道的意见，他向来比较看重，何况种师道力主迁都的态度如此坚决，不容他不认真对待。

回去以后，李纲确实对迁都之议进行了反复考虑。但考虑的结果，依然是京城为国之魂，京动则国摇，京城不可迁，亦不必迁。他心想，种师道到底已是年迈老者，顾虑多一些不足为奇。其所虑者虽然不无道理，但并不是根本不能解决的死结。汴京能否坚守，这次保卫战的胜利就是答案。有这次大战的经验教训垫底，痛定思痛亡羊补牢，岂有输与金虏之理。特别是当连日来巡视城防时，看到大街小巷中已经迅速恢复起来的生机勃勃欣欣向荣的繁华景象，就更加坚定了他绝不能让这座百年名城陷于敌手的决心。他相信他李纲和朝廷的几十万军队是有这个能力的。他的这个决心，得到了新任枢密副使许翰的全力支持。

既然决心坚守，就必须未雨绸缪。于是李纲即刻与许翰着手策划整顿军备诸事。

可是这一着手方知，朝廷对军备弛怠日久，积弊甚多，殊难善其事于朝夕之间。李纲和许翰只好先命属下梳理头绪，分出巨细远近轻重缓急，择其要者先奏先办。

种师道虽然主张迁都，但亦知在此议未获皇上首肯之前，抓紧边备乃是头等大事，主动地为李纲提供了一些很有参考价值的建议。这使李纲在感激之余，越发感到朝廷在此亟须用人之际，让这样一个德高望重胸襟坦荡而且忠心耿耿足智多谋的老将军赋闲在家，实在是一个极大的浪费。他想，种师道之所以对坚守汴京持不乐观态度，大约与其眼下的处境和心境有关。因此他与许翰商议，一定要选择一个适当的时机，举荐老种再度出山。

却是越忙越有事。就在李纲为整顿军备殚精竭虑忙碌得不亦乐乎的时候，有一件重要的皇差又落到了他的头上，迫使他不得不丢下堆积如山的事务，离开汴京赶赴南都。

这件重要的皇差，就是前去"迎劝"太上皇赵佶回銮返京。

二

这件皇差有点棘手。棘手就棘手在李纲的使命不是单纯地去"迎接"太上皇赵佶，而是要去"迎劝"，这便是颇费周章的事了。

赵佶返京为何还要去"迎劝"，内中缘由说来话长。

赵佶是数日前从镇江回到南都的。自从正月十五日由维扬渡江，赵佶在镇江府滞留了将近两个月。在这近两个月的时光里，他的日子过得相当舒适自在。

圣驾抵达镇江之初，其行宫就在童贯的指派下，由当地政府斥巨资做了整修。此后童贯又命人召集工匠加以扩建，在短短的月余中，便将一个本来毫不起眼的院落，修建得殿阁楼台亭榭园苑俱备，俨然粗具了一座袖珍皇宫的规模。赵佶对于营造园林兴趣极浓，非常赞赏童贯进行这种劳民伤财的穷折腾，隔三岔五就要到正在大兴土木之处走走看看，还时仿昔日视察艮岳之例，信笔题写些诸如"跨云亭""飞岑台""玉秀馆""凝碧苑"之类的匾额，自我欣赏自得其乐。

除此之外，他的每日功课，便是在那个貌似李师师的歌伎水奴儿的侍陪下游山玩水、访古览胜、击球蹴鞠、挥毫泼墨、听琴观舞以及品尝东西南北天上地下的各种美食。有时候他也不要水奴儿奉陪在侧，那便是他打算"御幸"一个新的处女。

总之，这些天来赵佶是所到之处前呼后拥，所做之事随心所欲，梦里不知身是客，乐不思蜀尽逍遥。不仅一扫落魄逃难之凄惶，重拾太上皇帝之尊贵，甚至在恍惚间，觉得自己又变成了天下万物唯我独尊的当今圣上。

赵佶的这种自我感觉，在很大程度上是童贯刻意培植起来的。

童贯久浸宦海，非常清楚一朝天子一朝臣是不可抗拒的政坛规律，更何况赵桓在位居东宫时就对他无甚好感。赵佶正当年富力强时居然会主动禅位，这是童贯万没料到的。而且禅位还禅得那么突然，一夜之间木已成舟，让童贯及其党羽想劝阻都动作不及，完全失去了回旋余地。甫一闻得此讯，童贯便马上意识到，他的好日子已然就此终结。

他当时的第一反应，便是禁不住在心中大骂赵佶。你见势不妙一推六二五自己躲清静去了，扔下我们这些死心塌地为你效命多年的奴才怎么办？你缩头乌龟一般往后一退能退进养尊处优的龙德宫，我们的退路安在？人常说戏子无义婊子无情，你赵某人之自私自利寡义薄情又与其类何异！

可是怨恨归怨恨，童贯却还不能不牢牢地抱住赵佶这棵大树。因为他明白，他今后的厄运，恐怕不仅是在朝廷中失势，而更可能是身家性命难保。像他这样权柄极重党羽众多树敌也众多的前朝臣子，不要说是赵桓，就是那些新贵们也见容不得，肯定是必欲除之而后快的。墙倒众人推，其他大小官员，无论与他有无过节儿，亦自然会见风使舵，落井下石，从而使他陷入国人皆可杀的境地。

事实也确是如此，赵桓屁股底下的龙椅还没坐热，随着太学生陈东的上书，朝野上下就掀起了一片铲除六贼的惊涛骇浪。只因当时战事紧急，朝廷暂未采取行动。然则金军一退，赵桓便在群臣的怂恿下动了手。不日之内，朱勔即被贬窜出京，而王黼、梁师成、李彦则已先后被斩杀于流放地，其家产亦悉数被抄没。稍后，名列六贼之首的老太师蔡京又被夺官削爵异地安置，往后尚可苟活几日也很难说了。黑名单中唯有他童贯，由于抢先一步离京，追随太上皇赵佶在外，方暂得幸免于难。但赵桓亦已勒令他致仕，其杀机不言自明。这些凶讯丧帖，皆已接二连三地传至镇江。童贯知道，一旦自己回到汴京，必会落得与难兄难弟同样的下场。或许更悲惨一点，就在午门下被赵桓当众宰了也未可知。

权力之争就是如此残酷，既然进了旋涡中心，那便只能你死我活。

童贯不是那种甘心束手就擒坐以待毙的稀泥软蛋，即便是个稀泥软蛋，到了钢刀架在脖子上的时候，也不可能不拼死一搏。当此生死攸关之际，他必然要竭尽全力保全自身。而得到保全的办法只有一个，就是获得赵佶的庇护。

获得赵佶的庇护倒并不难。经过多年的苦心经营，童贯早已成为赵佶得心应手的心腹干将，能留在赵佶身边使唤，赵佶当然乐意，这一点童贯心里有数。问题在于赵佶是不是能庇护得了他。

"太上皇"这个头衔，虽然也顶着个"皇"字，手中的权力却差得远了。接掌了玉玺的赵桓，对其父之言是愿听则听，不愿听便可完全置之不理。处于这种状态下的赵佶是罩不住他的。要让赵佶说话管用，必须使他握有实权。而要使赵佶握有实权，最根本的办法，只能是让他复辟。这个大胆的思路，是童贯追随赵佶逃到镇江后逐渐清晰起来的。此计虽险，尚存一线生机，否则便只有等死。

经过谨慎考虑，他将这个想法与同病相怜的蔡攸做了秘密商议。蔡攸作为蔡京之子，早已兔死狐悲，与童贯一拍即合。于是两个人便进一步密谋了实施计划的具体措施。

措施之一，是努力培植赵佶重新登基的欲望，使复辟在不知不觉中成为赵佶的自觉行为。措施之二，是想方设法挑拨赵佶与赵桓父子之间的关系，激发赵佶对赵桓的不满，唆使赵佶与赵桓分庭抗礼，形成双峰对峙局面，而后再鼓动赵佶步步推进，直至逼迫赵桓退位。

两人揣度，这两条措施均能投赵佶所好，可行性很大，成功的可能性也很大。最终即使做不到立马逼废赵桓，亦可令赵佶愤而自立于江南或川蜀。只要能形成这种局面，下面的戏便好唱多了。

他们的谋略果然推行得十分顺利。赵佶原是做惯了皇帝的人，在童贯大力经营的至尊氛围中恢复皇帝的感觉极其自然。而那皇帝的感觉一经恢复，就免不了要目空一切指手画脚，动辄下诏于江南各府，所行之事皆不通报与朝廷，浑然忘却了当初禅位时他自己亲口向三省及枢密院许下的"除教门事外余并不管"之诺。童贯见状窃喜，暗忖事成有望，在心里恶狠狠地叫嚣：欲同老夫叫板，你草包赵桓那两把刷子还嫩了点。你既对老夫不仁，就莫怪老夫对你不义了。

头儿开得不错，童贯就要伺机推波助澜进一步把水搅浑。大凡世上之事，就怕无所用心，只要时时留意，总会有机可乘。童贯用心良苦，机会很快便不期而至。

这一日，赵佶用过早膳，闲极无聊，忽然想了解一下汴京近况，便问老内侍张迪，朝廷可有文函送达。张迪回奏自圣驾抵达镇江，一应诸事皆由童太尉经办，尚未见有任何函件从童太尉处呈来。赵佶便让张迪唤童贯来回话。

童贯见问，马上意识到这是个就缝下蛆的良机，便做出一副心焦的模样说，与京师沟通消息十分重要，臣下亦在日日等天天盼。但是一直等到今日，却并无只言片语传来。想必是皇上太忙，日理万机须先择其要，故而对太上皇这里便暂时顾不上了。

没有及时与出逃在外的赵佶沟通音信，这是个事实，也可以说是处于焦头烂额中的赵桓的一个疏忽。但这事要看怎么解释，如果解释得当，是可以使赵佶谅解的。然而听童贯这么一挑拨，涌上赵佶心头的就不是谅解而是相当的不满了："日理万机先择其要，何为其要？是不是在他的眼里，我这个教主道君不过是朽物一枚，无关紧要啦？"

这正是童贯所需要的情绪。童贯一见火星点燃，先假惺惺地替赵桓辩解一句："皇上倒未见得是这个意思。"旋即话锋一转，"只是如此一来，此地的事就确乎有些难办。"

"竟有何事难办？"

"不瞒上皇，几乎是事事难办。行在已驻跸镇江多日，皇上尚未传谕当如何接待，州府官员皆无所适从。目下行在之日常用度开销，都是臣下四处化缘勉力筹措而来。然若无皇上的旨意，终非名正言顺。时日久之，窃恐上皇在此诸事不便，难以为安。"

"这话从何说起？没有他发话，这镇江府难道我便住不得了吗？"童贯这几句话可把赵佶的火气彻底勾了起来。一路上风餐露宿担惊受怕，好不容易跑到这里，刚过上几天舒心日子，却又生出这些麻烦，如何不让他着恼！再说他赵佶此生何曾受制于人，又何曾肯受制于人！一股热血顿时直冲赵佶的脑门，他气哼哼地一拍案几，"他不下旨又有何碍，什么叫名正言顺？难道我说话便算不得数吗？"

童贯见赵佶愤出此言，心中大喜，表面上却连忙做出诚惶诚恐之状："是是，臣下愚钝，不该眼睛里只有皇上没有上皇。现在臣下明白了，上皇的诏谕，原是与皇上无异的。"言毕他即喏喏而退。这个老奸巨猾的家伙是深谙言多有失过犹不及的道理的，既然火已经点起来，便不宜再画蛇添足，下面的文章留给赵佶自己去做就是了。

果然，嗣后赵佶是越想越气，冲动之下接连下诏给江南各州府，命令他们今后须一切行动听命于行在。并具体指示，凡淮南、两浙等地驿递京师的文书，一律不得放行；江东路及各州之将兵弓手未经申奏行在，不得随意调动；东南勤王之师自即日起罢止，而纲运则须于行在卸纳。赵佶到底是当过皇帝的人，这几道诏令一下，便从军政经济等各方面全方位地切断了江南与朝廷的联系。

童贯和蔡攸窥得此况暗暗称快，认为赵佶与赵桓分庭抗礼的局面这就算是业已初步形成，他们化险为夷乃至东山再起的前景看好，于是心下稍安，弹冠相庆，悄悄地把酒祝贺了一番。他们乐观地估计，到了这一步，赵佶与赵桓公开翻脸，无非就是个时间问题了。

老太监张迪瞅着这种状况不对，深恐因此酿成大变，曾小心翼翼地劝谏赵佶慎行诏令，却受到了对赵桓窝火甚剧的赵佶的严斥。他不敢再多加置喙，只能在私下里暗暗担忧。

赵佶在江南的所作所为反馈到汴京，理所当然地引起了赵桓的极大不满。

赵桓觉得他这个太上皇父亲的行为真是太霸道、太过分、太不成体统、太没有道理了。当初是谁铁了心不想再当这个操心受累的大宋皇帝，痛哭流涕要死要活地非将那块玉玺像甩鼻涕一样甩到我手上不可的？如何转眼之间你又要重操权柄，凌驾在我头顶上颐指气使发号施令啦？你这样自行其是地瞎折腾，让我这个皇帝怎么当？这大宋的天下究竟是我说了算还是你这个太上皇说了算？

想到这里，赵桓就不仅是不满，而且是不安起来。他如惊兔般警觉地意识到，这似乎是赵佶打算夺回皇权的一个先兆。

假如赵佶果真有此企图，事情的性质就严重了。

不错，当初赵桓是百般推脱，不想那么仓促地接手皇位的，被迫答应即位后，还曾一度十分后悔。但此一时彼一时也，这顶皇冠既已戴上，再让他摘下来他可就不会心甘情愿了。数月以来，赵桓虽然饱尝了作为一国之君所要承受的种种沉重压力，却也充分领略了由于手握极权而得到的无与伦比的至尊感受。权力这东西就是这样，未曾拥有它时也便罢了，一旦尝到了它的甜头，便没人再舍得将它抛开，更何况是这至高无上的皇权。如今的大宋疆土上已是兵息戈止海晏河清，抵抗强虏挽救危亡的压力已经解除，这太平皇帝的宝座何其乐哉，谁不愿坐？凭什么要把它再拱手还给你赵佶？

在赵桓的思想上，这座汴京城是他豁出性命来保住的，他赵桓对于宗庙社稷百姓万民功莫大焉。就凭这一点，这个大宋皇帝他便当之无愧。临阵脱逃的赵佶如今若生夺权之念，实乃是厚颜无耻天理难容。

朝廷内外的大小官员，对赵佶的做法也都相当不满。江南各州府的地方官们既不敢违抗太上皇的诏令，又怕皇上怪罪，被挤对得进退维谷左右为难。而且赵佶在镇江骄奢淫逸大兴土木苛敛百端挥霍无度，平均一日之花费即达六千缗，月费高达二十万缗之巨，早已搞得他们苦不堪言难以招架。日耗六千缗是个什么概念？当时宰相的月俸为每月三百缗。赵佶一天的花费竟比一个一品大臣一年的薪金还多出了几乎一倍，岂能不搞得怨声载道。于是便有胆大者不顾赵佶的禁令，私下里上书朝廷，请求皇上颁旨统一政令，免得造成混乱。还有人干脆直书请求制止太上皇干政。

朝中的大臣同样认为不可放任这种现象继续存在下去。否则必致内乱丛生祸起萧墙。徐处仁、吴敏、李纲皆有奏折呈递，敦促赵桓从速解决。张邦昌自忖倘若赵佶复辟，必是童贯、蔡攸、高俅等人重霸朝纲，对他并无益处，亦积极向赵桓进言，天无二日国无二主，绝不可坐视朝廷政令不能畅行于江南。

由于面对的是自己的父亲，赵桓应付起来原是心里有点发虚的。见到各地各派的官员如此一致地支持他巩固皇权，他的底气充足起来，便下定了解决这个问题的决心。

如何解决？意见不一。

某些性急的大臣奏请赵桓直接降旨拨乱反正，理直气壮地废止太上皇私自发布的一切政令，使南北军政调度速归统一。张邦昌却担心这样做未免过激，一点脸面都不给太上皇留，太上皇岂有不雷霆震怒之理？况有童贯等阴险狡诈之徒追随其侧，倘若唆使太上皇南迁江浙或西走剑南据险自立，岂不是麻烦大啦？对此，李纲之见倒是与张邦昌合拍。李纲认为现在应当做的事情，是尽力去消除而不是去扩大皇上与太上皇之间的裂痕。可是要限制太上皇弄权，这件事的本身就是在同太上皇叫板，如何才能既解决问题，又不激化矛盾呢？

正在这时，传来了赵佶已由镇江动身北还的消息。但是到了南都赵佶便止步不前了，据说其下一步是要去亳州太清宫进香。再下一步意欲何往，不得而知。大臣汪藻便献计，可乘此时机，遣使去迎接太上皇返阙。

赵桓聚众议之，皆以为此计可行。南都距汴京不过三日路程，遣使前往迎驾合情合理。"皇上切盼上皇銮舆早归宫苑，以尽孝礼于晨昏"，这个理由也很正当。太上皇既返，必当复居龙德宫。龙德宫是个养老的去处，居于其内焉能干预得了朝政？问题不就声色不动地迎刃而解了吗？

此计不错，但还有个问题：万一太上皇不肯就此返阙怎么办？

赵桓面对层出不穷的难题不胜其烦，焦躁地发话，不肯返也得返，否则太上皇万一取道西去，又不知将生何变。

　　根据这个宗旨，所谓的"迎接"太上皇返阙，实际上即是迫使其返阙。对太上皇自然不能使用武力相胁，只可以言语相劝，故而此行之"迎接"，就变成了"迎劝"，而且重点是落在了"劝"字上面。能否劝得太上皇归，便要看承当此任的奉迎使的能耐了。

　　奉迎使这个差事，初拟让门下侍郎赵野承当。但诸宰执议之，皆以为其人不足以消释皇上与太上皇之间的龃龉，在官阶品级上亦不足称。复于重臣中遴选，众人认为比较能够为上皇接受者有二，一个是吴敏，再一个是李纲。这时张邦昌忽然显得对李纲特别看重起来，力荐由李纲出使去奉迎太上皇。

　　李纲当然不会看不出在张邦昌这种反常举动的背后必有用意。傻瓜都能掂量出来，这是一桩事倍功半的苦差。赵氏父子龃龉既生，根源又在权柄之争，不是那么好消除的。这奉迎使若能劝得赵佶回心转意，不过是完成了应尽之责；而如果劝解失败，对其后果则难逃其咎。那后果当然会很严重，那么他回朝后将受到的处分也就可想而知。

　　然而正由于此，反倒激起了李纲跃跃欲试的劲头。

　　因为，首先，他考虑到，此事势在必行，总需有人去做。众人推举他或吴敏担此重任，除个别别有用心者外，多半还是出于对他们的信任。如果他知难而退硬将其事推诿给吴敏，无论于公于私都很不妥。其次，据他判断，目前赵佶与赵桓断然决裂另立朝廷的可能性并不是很大，赵佶那样做的条件并不成熟，他也不是有那种胆魄的君主。目前赵佶之所为，更多的还是出于意气用事。只要对他晓之以理动之以情明之以利害，他应当不会不计后果地一意孤行。再者，李纲对自己折冲樽俎的能力还比较自信，而且希望这种能力得到施展。沧海横流方显英雄本色，越是难办的事，越是众人视为畏途的事，办成了，才越有成就感。

　　基于此，李纲乃向赵桓主动请缨："臣愿前去奉迎道君，陈述自围城以来之事，解释两宫之疑。"同时，他也提出了促成太上皇回銮所需的若干条件，请求赵桓配合。

　　赵桓经过斟酌，对李纲所提的条件均予允准。现在他要的就是保证赵佶不从他的手里夺权，余者皆无足轻重。有了赵桓的这个态度，李纲对事成又添了三分把握。

　　于是李纲稍事准备，便于三月十七日带着甘云及少许随员离开京门奔赴南都。临行时，吴敏、许翰奉皇命将李纲送至南熏门外，祈祝他不辱使命凯旋归朝。基于对李纲能力的了解，他们对他此行的成功，抱有很大的信心。

然而这几个人毕竟都是君子，搞阳谋可以，搞阴谋不行，对阴谋的警惕性也不够。包括李纲在内，他们都只将注意力放在了如何说服赵佶上，却是忽略了赵佶身边的那个极为阴险的人物——童贯。

三

济世堂掌柜吕忠全万没想到，他勤勉经营半生赖以维系生计的这家祖传药铺，战乱时期安然无恙，却在战后横遭大劫，竟致一家人被逼得走投无路背井离乡。这事发生在李纲出使南都的次日，制造这场祸事的，就是那个原开封府提举保甲危国祥。

祸事的源头实际上产生于两个月前。户部尚书李棁出使金营，带回了金帅宗望的所谓议和条款。赵桓为满足宗望的勒索条件，下诏在汴京城里强征民财。危国祥借机巧取豪夺中饱私囊，所到之处畅行无阻，却在济世堂受到了抵制。继之又有索飞春挺身而出打抱不平，双方都动了拳脚，便把动静给闹大了。幸得李纲亲临现场处置，才避免了事态恶化。危国祥在这场冲突中不仅淫威扫地大败亏输，而且连提举保甲的差事也丢了。虽然事后他依仗与张邦昌的亲戚关系，多方托人疏通，又谋得了一个颇有甜头的捕头职差，但这番败走麦城的耻辱，却是深深地刻进了他的肺腑。他就暗自咬牙发誓，此仇不报，非为人也。

仇人之首自然是李纲，胆敢与他作对的索氏父女以及济世堂掌柜吕忠全，也都是他的报复对象。李纲位高权重，以他危某人的地位能量，报复起来难度较大。欲报复桀骜不驯的索氏父女，亦需寻找适当的茬口。硬柿子一时啃不动，只好先找软的捏，相形之下报复吕忠全最容易，所以危国祥便决定先去收拾这厮，以略解心头之恨。这样，吕忠全便注定要人在家中坐、祸从天上来了。

事发之时，吕忠全正在账房里气定神闲地算账。

两月前遭到危国祥的勒索后，为防再有人趁乱打劫，吕忠全索性关了药铺，直至京城解严，才又重新开张。停业将近两个月，生意上的损失在所难免。但药铺重张以来，其进项却恢复得很快。经过一场空前的浩劫，京城百姓的购买力大幅度下降，许多商家的经营状况都比较惨淡。然而人们别的物件可以暂时不买，患了病该用的药还是不得不用。战乱之后伤病患者较之平日必然是有增无减，因而唯独这药铺的生意，倒比往常更为红火兴隆。这也是危国祥必得先收拾了吕忠全的一个原因。你害得老子为重新谋得一个饭碗银两散尽，老子又岂容得你乐呵呵地坐在那里日进斗金呢？

损益相抵，收益居然还略高于往年。一笔笔账目算下来，吕忠全的心情甚是愉悦。就在他春风得意地放下算盘理好账簿，起身舒展双臂伸了个懒腰，准备踅往库房筹划该去采购补充些什么货物的时候，听到了从前柜传来的吵嚷声。

本分的生意人都讲究和气生财，吕忠全时常教导店铺里的伙计，上门来的主顾乃我等的衣食父母，不得稍有怠慢开罪。所以在济世堂的柜台前，基本上没发生过买卖双方的口角。即便遇上胡搅蛮缠的主顾，伙计们遵照吕忠全的训导，也是始终面带微笑善言待之，宁可赔上些利润忍气吞声息事宁人，也绝不与买主争词夺理。久而久之，伙计们皆练就了一套对付各色人等的太极手段水磨功夫，无论面对多么怪僻难缠的角色，他们都能对症下药、心平气和地打发得你云开雾散气泄火消。

可是今天这吵嚷声不对。但闻来者气势汹汹声色俱厉，伙计们根本劝解不住。而且伙计们的声音也不似素日那么柔和恭顺，仿佛是按捺不住地与来者顶了牛。这可是有点反常，到底是发生了什么严重纠纷？

吕忠全连忙快步走向前柜，要去了解究竟。谁知他刚一挑帘露面，便见有两个身穿皂衣的人已经趾高气扬地闯进了柜台。一望可知这两个人乃是官署里的衙役，吕忠全顾不上询问情由，先忙着抱拳打拱："在下吕忠全，是小店的掌柜。伙计们有何伺候不周处，祈望海涵，在下先赔礼了。"

不料那两个衙役冷冷地瞅了瞅他，也不打话，抖出一条铁链便给他的双手上了铐。

吕忠全这下子急了，他奋力挣扎着大叫道："你们何故抓我？我犯什么法啦？"

话音未落，他的后脑上便受到了重重的一击："你叫唤什么？你这药铺贩卖假药，吃死人了。"

吕忠全被打得眼前直冒金星，还没待缓过劲来，便被两个衙役揪着铁链，连推带搡地拽出了药铺。接着又有若干衙役如狼似虎地闯进店里，吆五喝六地将伙计们统统轰赶出去，并在店门上横七竖八地贴上了封条。

横祸飞降，吕家的天空骤然塌陷。

吕妻一向只在房中相夫教子，操持家务，从不抛头露面，现在不得不勉为其难出来主事。幸得几个伙计都还厚道，念着东家待其不薄，皆主动尽力为营救吕忠全奔波。

要救吕忠全，得先弄清他被官府抓去的原因。伙计们很快打听出来，据说有一黄姓老者，日前患病，服用了从济世堂买的药后突然暴亡。经验查，其药之配伍成分中有假，黄家遂一纸诉状告到了官府。官府中具体承办此案的，乃是新任左右厢捕头危国祥。

吕妻一听"危国祥"这三个字，心下明白了大半。两个月前吕忠全与危国祥发生了那场严重冲突，她当时便甚为不安，担心此后的日子难得过得安稳。自古有训，民不斗官，别看危国祥这等胥吏不入品流，却是平头百姓的现管。他若想整治你，那将花样百出，让你防不胜防。后来听说危国祥被革除了职差，吕妻连呼阿弥陀佛，才不再提心吊胆。如今闻听危国祥又当上了捕头，而且这所谓的致死人命案乃其一手经办，不用问她也明白，祸事是所为何来了。

此事纯属危国祥挟私报复栽赃陷害无疑。可是你这么说，必须有证据，否则倒更要加上一层诬陷官吏的罪名。吕妻打算先找到那个黄家，问清他们是何时因何病服用的何种药物，如何能证明其药出自济世堂。以便从中抓住破绽，然后进行反诉。但当药铺伙计千方百计打听到黄家的住处时，那黄家却已迁走，去向不明。

这就显然是做贼心虚。虽然对质不成，吕妻心里却更加有底，乃据理书写了一纸申辩状，击鼓鸣冤呈进官府。

宋朝的司法制度，是由各级行政长官兼理刑事，以其副职及幕职官员如通判、判官、推官等佐之。开封府作为京师，又另设一个叫军巡院的机构司检刑案。开封府尹乃朝廷重臣，职事万千，名义上负有掌管司法之责，实际上不可能天天坐在大堂上审案，类似吕忠全这种级别的案件他根本无暇过问。所以吕妻申辩状的最终落脚点，就是军巡院。

军巡院的主官谓之军巡使判官，其下的职官唤作公事干当。负责审理此案的军巡使判官及公事干当，早接到了危国祥递上来的招呼：吕忠全其人一向不守本分对抗官府，如今又兜售假药致死人命，实属不法奸商，应予从严惩办。危国祥虽然职位卑微，却与当朝张少宰有着枝蔓，且在市井中亦有一定的势力，这些官员对此都有所了解，也都不愿平白无故地与这种有背景有能量的混世魔王结怨。他们心里有数，肯定是危国祥与吕忠全有过节儿，是危国祥成心要整治这个人。反正那姓吕的无权无势无靠山，整了也就整了。做个顺水人情，何乐而不为？所以虽明知此案大有蹊跷，却也没人着意理会。

吕妻的申辩状于呈递入衙的当日即被驳回，而且批语甚是理直气壮：经搜查，在济世堂库房发现假药若干种，其中数味与死者所服用之药物相同。吕忠全利欲熏心贪财害命，铁证如山毋庸狡辩。

见到官府的态度如此冷若冰霜不可理喻，吕妻方知危国祥已上下其手将圈套做死，使用正常的方法是拆解不开了。

起先吕妻担心危国祥施加报复，也不过是怕他骚扰柜台生意，破坏药铺财路，却压根没想到他能使出如此卑鄙歹毒的阴招。吕妻恨透了这个杀人不见血的恶棍，也恨透了不论是非曲直与其沆瀣一气的官府。然而胳膊扭不过大腿，鸡蛋碰不过石头，现实就是这样，你认也得认，不认也得认。面对这样一种现实，欲想救人出狱，不能不改弦更张。

如何改弦更张？有理没人听，那就不能再讲理；有冤无处诉，那便不可再申冤。胳膊断了袖子里藏，门牙掉了肚子里咽，经与伙计们合计，吕妻只得含悲忍泪，饮恨吞仇，委派一个伙计携了厚礼，卑躬屈膝地登门叩见危国祥，拜求他手下留情多行方便。

此乃危国祥意料中事，也是他收拾吕忠全通盘计划中的一个重要环节。眼见得事情一步步走向既定目标，危国祥不由心花怒放。他乜斜着眼睛，对来者一本正经地放话，吕忠全违法经商草菅人命，其罪非轻按律当斩。如欲减轻罪责留得性命，只有一个办法，那便是令苦主递状改口，称经过再度验查，发现导致死者亡故之因非止饮用假药一端。这事的难度很大，不过看在大家都是乡里乡亲的份儿上，他可以尽量从中斡旋。但苦主那边的补偿，是断然少不得的。毕竟那是一条人命，没有个几千两银子的抚恤，难得私了下来。

吕妻明知这是敲诈，却不得不咬着牙依言去办。

仅靠家中的积蓄远不能满足危国祥的胃口，危国祥催得又紧，威胁她说若不能及时将事办妥，一俟军巡院终审定案，便无挽回的余地了。万般无奈下，吕妻忍痛决定出卖药铺。

可是事情又怪，尽管价码一降再降，这几大间位处京师黄金地段的铺面房居然无人问津。直到吕妻狠着心肠将价码降到了药铺实际价值的五成以下，才算等来了一个买主。与买主签过买卖契约，她的满头乌发一夜之间皆成灰白。

被拷打得遍体鳞伤的吕忠全好歹算是回到了家中，可他那原本富足殷实的家业却荡然无存。现在的这个家，属于他的，除了一个因突受惊吓卧病在床的幼子和一个看上去似乎苍老了二十多岁的妻子，就只剩下了一间仅可勉强栖身的厢房。

夫妻相见，悲泪滂沱。但吕忠全却还不知祸从何来 。直到听了妻子呜呜咽咽地诉说，他才知道原来是遭了危国祥狗贼的暗算。

吕忠全悲愤填膺怒不可遏。他的怒火所向，不只针对危国祥，也针对着办案的官府衙门。事情是明摆着的，如果没有官府的撑持帮衬，危国祥再阴损蛮横，也没有那种能耐，能整得他家业颓败一贫如洗。在堂堂首善之区天子脚下，遭遇如此冤案竟然投诉无门，这也太岂有此理了！吕忠全这口气实难咽下，便不顾伤体支离，妄到开封府前拦轿喊冤，连危国祥带军巡院一块儿告。

吕妻拦住他道："若是这状能告得下来，为妻也就用不着卖药铺赎你了。为妻早已看得分明，他们上下都有串通。此事这么忍了，我们尚可有条活路，如果再想申冤讲理，就难免被人整得家破人亡啊。"

吕忠全须发倒竖拍案吼道："照你这么说，这大宋朝就没个讲理的去处了吗？"吕妻凄然摇头道："除非当年的包拯包大人再世。"

这句话提醒了吕忠全。他说："虽然包大人不能再世，但当朝的李纲李大人体恤民情办事公道，却是有口皆碑。我们何不具状于李大人，请他为我们做主。"吕妻一听，原已僵冷的心也活动起来，觉得这不失为一条柳暗花明之路。于是吕忠全一面动笔写下诉状，一面便让伙计们去悄悄寻找可以呈状给李纲的门路。

可惜这条路并没走通。经伙计们打听得知，李大人奉旨办差，已于数日前离京。外出办差总有归来时，吕忠全可以等，但危国祥却容不得他等。一个伙计在为吕忠全冤之事奔走时，光天化日之下在大街上遭到了一伙泼皮的痛殴，并被迫带回口信：姓吕的要想活命，就速卷铺盖滚出汴京，如其不然，死牢的大门随时伺候。众泼皮施暴时，有若干衙役捕快之类的人在侧，却皆袖手旁观无人干涉。

吕忠全品咂此事的味道，不能不承认自己把事情想简单了。妻子之言不谬，他们是斗不过这股恶势力的。即便是等到李纲回来，为他做主翻了案，这仇却是结得更深，今后他仍是难逃毒手。既往的事实证明，危国祥对他的警告不是虚言，而是句句都能做到。对于危国祥一类恶势力的存在，莫说他吕忠全无计可施，就是李大人恐亦莫奈其何。危国祥胆敢如此肆无忌惮，其背后自有靠山。而且靠山之后还有靠山。山山相依，坚硬如磐，又岂是一两个不肯与之同流合污者撼摇得动。

滴水映海，一叶知秋，由此可以想见，这大宋朝廷究竟黑暗到了何等地步。吕忠全在幡然彻悟的同时，整个身心充满了难以言喻的悲凉和绝望。

汴京是待不下去了，三十六计走为上吧。

去往何方安身，吕忠全尚无主意。不过他自忖，凭着自己的诊病技术，尤其是得益于祖传的一套推拿手艺，无论漂泊到什么地方，养活一家老小还是不成问题的。纵有家财万贯，不如薄技在身，人到身无长物时，就体会到了这句老生常谈的中肯。吕忠全后来得以苟活于乱世，果然就是凭借了他的这点医术。

就这样，吕忠全变卖了他在汴京的最后栖身之所，分出一部分银两酬谢了连日来为他担忧分愁辛苦奔波的伙计们。在一个月昏星暗的清冷之夜，带着泪眼迷离的妻儿，带着血迹未干的伤痛，更带着刻骨铭心的哀伤和仇恨，一步三回头地离开了这座他世代居住于斯的城市。

数月后吕忠全在河阳见到了李纲，但那时他的身份，却已不再是大宋子民。

第十四章

　　裴有才相对喝得少一点，是最后一个倒下的。在倒下去的一瞬间，他脑子里如电光石火般闪过了一系列的问号：素来心狠手辣的童贯这一回为什么这么宽宏大量？明摆着是让他火冒三丈的事他为什么竟然若无其事？这两个杀手坏了大事童贯怎么会还有要事相托？所有的酒楼饭铺都已打了烊为什么这家生意冷清的小酒肆反而时至夜半还不关门？

一

危国祥近日有点时来运转，顺心遂意的事接踵而至。

整垮吕忠全，他不仅狠狠地出了一口恶气，还大大地发了一笔横财。原来那个出面与吕妻签约、以极低价格购得济世堂全部资产者，不过是受人雇用，其背后的真正买主，就是危国祥。当时有意收购济世堂的商家其实不少，却皆因受到了危国祥的暗中恫吓，无人敢碰那烫手的山芋。因此吕妻才不得不将售价一降再降，乖乖地走进陷阱，使危国祥以合理合法的形式，夺去了那块寸土寸金的宝地。

气出财进，一石双鸟，这一手活儿玩得漂亮。危国祥颇为自得地对手下的喽啰夸口，此番不过是小试牛刀，待我今后将一身的手段施展开去，方叫世人知道危某人是何等人物。喽啰们便危哥长危爷短地一通乱捧，也都得了不少赏钱。

危国祥对经营药材一窍不通，也无甚兴趣，他感兴趣的事是吃喝嫖赌。所以拿下济世堂后，他随即便动工将其改建成了酒楼。且以自己的名为号，冠之为"国祥楼"。张邦昌瞅着他这个远房外甥招摇得有点过甚，恐怕他忘乎所以之下又折腾出一屁股屎来还得替他擦，把他唤去耳提面命了一番树大招风水满则溢的道理，危国祥才有所收敛，将楼名改换成了"瑞祥楼"。

不管酒楼的名号如何，这件事的内幕终究是藏不住的。人们明着不说，心里有数，虽对其强盗行径敢怒不敢言，却自有表达内心不满的方式，这个方式就是众人皆心照不宣地不去光顾这座酒楼。因此这座所谓的"瑞祥楼"虽居商衢要地，生意却没真正红火起来，而且是越来越惨淡，不但未能给危国祥招财进宝，反倒成了堵在他心口上的一块鸡肋。不过这是后话。当其开张之初，还是很热闹的。一些狐朋狗党都来送礼献花鸣鞭响炮地捧场，闹腾得动静不小，颇有宾客盈门高朋满座之势，很是令危国祥心满意足了一阵。

他的福运尚不止于此。就在他巧设圈套拿下济世堂的同时，还有一桩好事自动送上了门。这件事的意义，可是远远超过了拿下一个济世堂。这件福星高照的事，就是他意外地得到了一个有关谋反的情报。

此事的发生，缘起于一个唤作成千的人。

成千是个鱼贩子，同时是一个民间秘密组织的成员。那个民间秘密组织发起于淮南舒州，名曰"光明道"，取摩尼教教义中光明终究会战胜黑暗之意。

所谓摩尼教，乃公元三世纪中叶的一个波斯人摩尼所创，曾广泛流行于欧亚，唐时传入中国，虽遭官方禁止，却仍在民间秘密传播。由于海外商船往来的关系，尤其盛行于江南沿海一带。至南宋后期，在官府不断地严厉取缔下，渐渐趋于衰落，到如今已失传。北宋末年，摩尼教正值风行于中国民间之盛时。古今中外，任何一个政治组织，要想创建和壮大，总是少不得借助某种信仰的号召力。当时著名的方腊起义，在凝聚人心煽动情绪方面，就充分发挥了摩尼教的作用。鉴于摩尼教在民众中的深广影响，"光明道"亦将其奉为了精神支柱。

　　"光明道"的宗旨，也是要起义造反，建立大同社会。盖因其力尚小，其势尚弱，加之看到声噪一时的宋江、方腊等大股起义武装皆被镇压覆灭，感到公开起事的时机远未成熟，因之，它自从组建以来只活动于地下。它当前的活动主要是广泛联络四方豪杰，暗中积蓄骨干力量，等待天时到来，再图揭竿而起。

　　"光明道"的首领叫计洪奎，是个不满三十岁的年轻人，以开办武馆教习武术为生。其父计鹏程，曾在禁军里担任过步军教头，十八般武艺无所不精，却因不善奉迎上司，不但不得重用，反而屡遭排挤，后来又被莫名其妙地解职，一生难展其才，乃至郁郁而终，去世时还不到五十岁。其母丧夫后哀伤成疾，不久亦撒手人寰。

　　计洪奎有个妹妹唤作计玉珠，小他六七岁，生得浓眉大眼秀丽可人，却是一副男孩儿性格，自幼便淘气得要命，上房爬树惹猫逗狗所无不为。兼之家庭环境的熏陶，不喜针线喜刀枪，不爱红装爱武装。计洪奎见她横竖坐不稳闺房做不得女工，索性便拿她当个弟弟调教。这计玉珠便与哥哥一起日夜玩枪弄棍，一招一式地继承了父亲的衣钵。女大当嫁，看上计玉珠的人家很多，她却左右都不中意，便将婚事拖延下来。她对此倒也不急，一派听天由命的态度。现在她既是计洪奎操持武馆的得力助手，也是"光明道"中的重要成员。

　　计玉珠很佩服她的父兄，但对二者的佩服又有所不同。她佩服父亲的地方，除了清廉正直，主要是其精到全面的武功技艺和武学修养。而对父亲逆来顺受的处世态度，她却不予认同。她觉得父亲这一辈子犹如龙困浅滩，过得比较窝囊。而对于哥哥，她所佩服的则主要是其志向高远。计洪奎很早便发出过"帝王将相宁有种乎"的感叹，对世道的不公表示不满，后来又秘密地组织起了"光明道"，计玉珠对此都由衷地赞同。她认为，人生一世草木一秋，是得弄出点轰轰烈烈的动静才有意义，因此很乐意佐助哥哥成就一番伟业。而且她觉得参与这种富有神圣感的秘密行动实在是件很新鲜很刺激的事情，置身其中的生活，比终日里只忙碌在柴米油盐酱醋茶上的岁月有意思多了。至于"光明道"的宏图大业究竟能成就到何种程度，或者说它折腾成功的可能性究竟有多大，在她单纯的头脑里则从来没去想过。

"光明道"网罗麾下弟兄，重点是看其人对官府的态度。一个人对官府深怀不满，且有胆量进行反抗，便具备了被接纳入道的基本条件。而对这个人其他方面如品德、素质的考察，则不甚严格，这就未免使得道中成员鱼龙混杂。成千就是混迹其中的一个渣滓。

成千原籍山东齐州，因与人斗殴险些酿成命案，逃到淮南舒州做起了贩鱼生意。他有几下拳脚功夫，亦有几分横竖不论的野胆，曾因抗拒州衙巧立名目强收税负，挑头与衙役发生过冲突。计洪奎为此人是条敢作敢当的好汉，托关系把他从班房里保出来后，便吸收他加入了"光明道"，还将其视为一员干将，商量一些重要的事情时，都招呼他来参加。

岂料这成千本性顽劣，毫无拯民济世之志，从根本上与计洪奎并不志同道合。他是把"光明道"当成了一个江湖黑帮，以此为恃，便到处逞蛮称霸惹是生非。计洪奎逐渐察觉出他身上的劣习后，几番对他严正告诫，他却屡教不改。

更有甚者，这个人还极为贪淫好色。当年在齐州发生的斗殴事件，就是由于他对一个姑娘图谋不轨引发的。加入"光明道"后，他对道里"戒淫邪"之教义置若罔闻，不仅依旧时时出入花街柳巷，还在一天夜里拦路强奸了一个外出探亲的少妇。这件事一度闹得沸沸扬扬。虽然官府未能查出案犯，但"光明道"却搞清了作案者是成千。计洪奎一怒之下，声称要亲手处置这个辱败道门的人面禽兽。其实这是计洪奎的一时激愤之言，从其本意上，还是打算给成千留个痛改前非的机会的。

可是成千却先自慌了手脚。江湖帮会清理门户的恐怖手段他听说过不少，他可不想束手就擒坐以待毙于是他便故技重演再度开溜。但这帮会可不是街头的茅厕，想进便能进想出便能出。为了避免计洪奎的追杀，开溜前他制造了自己酒醉失足溺水身亡的假象。

由于没找到尸体，计洪奎对成千死亡的真伪曾有过怀疑，后来听说确有人目击成千坠入深潭再未浮起，他便信以为真没再深究。却不想那所谓的目击者，是成千事先花钱买通的。更没想到那金蝉脱壳的成千日后会在汴京城里制造出那样一场悲剧。

离开舒州到何处落脚，成千做了一番盘算。他知道计洪奎在淮南结交较广，在江南的其他地区亦有眼线，他栖身于南方恐不大安全。再者他到底是生在北方，对南国的水土总是不十分适应。又想到有个唤作牛昌的汴京商贩前些时候到舒州贩鱼时，他曾帮过忙，还请其去妓院品尝过一回淮南妹子的细皮嫩肉，双方气味相投，算是一个朋友了。商号的地址牛昌也给他留了，酒酣之际牛昌还慷慨出言，成老弟今后若去汴京，吃喝拉撒由他包了。冲着这句话，成千便索性奔了汴京。

一路风尘来到京城，又费尽周折找到牛昌，却是令成千大失所望。此时的牛昌不但不能为他提供饭碗，连自身的饭碗都快裂成八瓣了。原因是这牛昌欠下了大量的赌债，几乎全部家当都被充当了抵押。

见有朋自远方来，看在共同嫖过娟的分儿上，牛昌留成千在家里吃住了两天，之后即有送客之意。成千受到冷落，有意负气一走了之，却苦于一时既无安身之所，更乏谋生之道。夜间辗转难眠，便对计洪奎怨恨倍增。老子无非是干了个不相干的女人，又不曾干你妹子，值得你如此大惊小怪翻脸无情吗？早知如此，老子何苦入你那个道！

谁知这一怨恨，竟怨恨出了灵感：若是向官府告发"光明道"谋反，料可邀得一笔赏金，甚至能因此而谋上个一官半职也未可知，岂不强似风吹雨打地去倒腾臭鱼烂虾？

这样做合适吗？似乎没什么不合适的。量小非君子无毒不丈夫，你计洪奎既然不仁于前，我成千何妨不义于后？不错，这样一来，便与"光明道"结下了死结。但我就是不告发，冲我掌握着道中许多秘密这一条，一旦发现我是诈死，他们能够放过我吗？明摆着如今我伸头是一刀，缩头也是一刀。而告发了他们，官府必然要将其党羽斩尽杀绝。彼时这厮们自顾尚且不暇，又焉有闲心再来找我的麻烦？

这样算计下来，成千觉得此举是有百利而无一弊，非常可行。但他在汴京人生地不熟，两眼一抹黑，这告发应当如何告，向谁告，他心里没谱，还是得请教牛昌。

牛昌一听有这事，觉得是个生财之道，立马来了精神，复对成千热情起来，拍着胸脯说办这种事哥哥我有路子，待我为你引见一个专事拿贼的朋友吧。他说的那个所谓的朋友，便是危国祥。其实他与危国祥的关系，无非是很稀松的酒肉关系。近日因他债台高筑，危国祥已经对他嗤之以鼻。有了这道厚礼奉送，他正好请求危国祥出面帮忙，把他的赌债之事摆平。

密谈是在一处幽静的茶楼里进行的。危国祥对于成千的告密，起初并不太热衷。当时无论城乡，大大小小的各类帮会俯拾皆是，危国祥早就见怪不怪，连他本人还入着个什么帮呢。他猜想这个臭鱼贩子八成是在帮派内讧中吃了亏，就编造了这么个子虚乌有的谋反罪名进行报复。成千见状，便郑重其事地发誓赌咒，说小可绝非危言耸听，这"光明道"确与一般道门不同，该道反意昭彰，野心甚巨，若不及时剪除，实为朝廷大患。危捕头若不相信，将其成员抓来一审便知。

危国祥笑道你真是越说越不靠谱，本捕头职在汴京，又不曾捧得皇上的尚方宝剑，跑到淮南地面上去抓人，那不纯粹是狗拿耗子吗？成千说，用不着劳动危捕头远奔淮南，小可预料，只需在汴京守株待兔，便可拿得贼党入瓮。

成千放出此言，却是有些根据。原来早在年关之前，计洪奎便有与一个绰号"中州虎"的重要人物在汴京会晤的安排，后因金军围城，事情便拖延了下来。如今战事已息，计洪奎就准备近期派人赴京联络。虽然由于逐渐失去了对成千的信任，具体的联络时间以及那"中州虎"是何人，计洪奎都没再让成千知道，但这个大致的情况，成千是了解的。而且，由于成千是北方人，计洪奎曾有意让他联系北线，还对他提起过"光明道"设在汴京的联络点，就在州桥西南的顺发客栈，只是尚未将联络人员的姓名交代给他。

成千提供的这些情况，引起了危国祥的重视。

有关神秘大侠"中州虎"的传闻，在汴京流传甚广。某些为富不仁者于夜黑风高时曾受到过"中州虎"的秘密惩处，乃至于谈虎变色。这种人不是反贼也是匪寇，拿住就是一功。倘由此入手破获一桩惊天大案，其功更是非小。这种机会可遇而不可求，现在居然从天而降，真是一个大幸运！

既然案情重大，要不要向上司禀报？危国祥眼珠一转，认为暂且不忙。因为，一方面，他对成千之言的可信度，还有几分保留；而另一方面，如果案情属实，一经上司插手，将来的大功也便轮不到他来领受了。因此危国祥考虑，这事还是暂不声张，以自己私下里动手侦破为佳。于是他就严肃起来，叮嘱成千和牛昌，不可再将此事泄与他人。并且指使他们，自即日起，就去顺发客栈附近蹲守，留意淮南方面的来客，发现可疑者马上向他报告。许诺二人事成之后论功行赏。

成千说他去蹲守不成问题，而且只有他亲自去蹲守，方能认出谁是"光明道"的党徒。问题是他目下囊中羞涩，衣食无着，总须接济他点银两，他才好用心做活。危国祥嘿嘿笑道，你不是牛昌的朋友嘛，你的花销可暂由牛昌提供。

牛昌赶紧表示，他愿意为朋友两肋插刀，但因近日赌债压身，实在力不从心，不知危哥能否帮衬兄弟解决掉这点难处。危国祥问明其债主无非是一伙市井泼皮，很无所谓地晃晃脑袋说，这事你就毋庸发愁了，谁再向你讨债，你让他来找我便是。牛昌得言，顿时笑逐颜开连连称谢。

三个人各得其所，这桩交易便算圆满达成。危国祥觉得有点滑稽，他在交易中其实一毛没拔，怎的就打发得那两个家伙唯命是从屁颠屁颠的了呢？

成千与牛昌离去后，危国祥在茶楼里独斟独饮，就着五香蚕豆将方才的谈话又细细咀嚼了一遍。他越琢磨越感到，成千不像是在捕风捉影信口雌黄，否则那厮不可能那么言之凿凿，不可能把事情说得那么有板有眼。如此看来，果然是天将降大任于是人，他危国祥一鸣惊人飞黄腾达之日是屈指可数了。

联想到即将莅临的奇勋重赏荣华富贵，他心里禁不住地荡漾起了一股奇妙的热流。

二

在危国祥双喜临门的这段时间里，李纲南北奔走，成功地完成了"迎劝"太上皇赵佶回京的重大使命。

由于准备工作做得比较充分，劝谏赵佶的过程，比李纲预计得要顺利一些。而此行中所遭遇的凶险，却是李纲全然未曾料到的。

李纲一行三月十七日辞京，行程三日，于二十日下午抵达南都。中途经过陈留县时，恰逢郑太后的船队。京城解严后，寓居京外州县的皇子帝姬陆陆续续已多有归者。郑太后不愿久羁客旅，亦从扬州启程。但赵佶与赵桓龃龉横生的事情，她是有所闻知的。赵佶如今如何打算，回京之后境遇如何，她都心里没底。因此船至陈留，她又犯了踌躇。遇到来自京城的李纲，正好询问一下有关情况。

李纲奉旨登舟入帷，乘机于帘前备述皇上殷切盼望太上皇和太上皇后早日回宫之意，善言劝解郑太后，勿为流言所间，疑虑骨肉亲情。郑太后性本宽厚，听李纲说得诚恳，况见其奉旨出京就是专程去迎太上皇圣驾，料想赵佶与赵桓的矛盾并非外界传说得那么邪乎，遂无复多虑，欣然决定先行返京。这是个很好的前奏曲，它使得李纲对于劝归赵佶，又添一层信心。

在地方官员的迎接下步入南都驿馆，未及洗漱休息，李纲便遣随员将赵桓亲笔写的迎驾御书呈进了行宫。但当时赵佶没说何时可以接见李纲，只传旨命其在驿馆暂候。原因是赵佶自接到朝廷要派李纲前去迎驾的通报后，对于是否就此回京便一直犹疑不定。

以常人目光视之，赵桓派御前重臣专程前去迎接銮舆，是显示了赵桓对他这位父皇的尊重和孝敬，也是给他送去了一个体面的回京台阶。这是这对父子冰释前嫌的一个很好的契机。但是童贯不这么认为。他深含忧色地提醒赵佶，皇上之意高深莫测，人无远虑必有近忧，太上皇务须三思后行。话虽含蓄，弦外之音却很明显：赵桓所做的这一套不过是表面文章，太上皇一旦回京，前景不容乐观。

作为曾经执政多年的一代君主，赵佶对权术游戏并不陌生，深知口蜜腹剑笑里藏刀欲擒故纵欲放先收等表里不一的丑陋伎俩，在政界中实乃家常便饭。赵佶是性情中人，不热衷也不擅长玩弄这些东西，可是身处其位不由自主，欲不染指也难，所以他觉得那个皇帝他当得挺累。现在他贪恋的，其实并不是那个皇位，而是继续拥有以往那种可以天马行空为所欲为的自由。至于这种要求是否合理，那就不在他的考虑之列了。但赵桓对他的这个要求非常不满，这一点是明摆着的。既然心存芥蒂，那么赵桓对他表示出来的这份高度热情，有几分是发自内心的？而赵桓如此热衷于接他回京，其真正的目的又是什么？

细细思之，其中确实不无可疑之处。从这一点出发，他以为童贯的提醒不为多余，那是一个从政经验丰富的老臣的真知灼见，而且是发自对他的一片忠心。

可是，既然赵桓主动做出了和解姿态，他总得有所呼应才是。拒绝回京便是拒绝和解，那样做，从情理上讲不通，在舆论上对他也不利。再说，不回汴京又该去哪里呢？现在不回，将来回不回？难道就从此永远漂泊在外吗？那他这个所谓的太上皇，岂不沦落成无家可归的丧家犬了吗？

这些问题没梳理清楚，赵佶尚且拿不准该以何言相对，故此不能马上召见李纲。

李纲对此早有思想准备。他揣度赵佶此刻必有矛盾心理，暂不接见他非常正常。但他不会坐等，夜长梦多，他要采取措施，使事情尽快地向积极方面转化。草草用过晚饭，他便派甘云带上银两，设法悄悄地约见了张迪。

甘云遵照李纲的吩咐，只说这是李枢密奉送公公的一点薄礼，余者概不多言。响鼓不用重槌，张迪自明其意。从张迪本心讲，原就希望赵佶尽快返京，与皇上重归于好。因为以其多年的宦海经验，他看得相当明白，如果赵佶不回京，迟早要变成童贯的提线傀儡，被其玩弄于股掌之中。而且赵桓绝不会容忍天生二日，一旦矛盾加剧，倒霉的肯定是已经丧失了实权的赵佶。他作为赵佶的心腹内侍，亦必在株连之列。朝廷派员来迎驾，正中张迪的下怀。现在又得了李纲的银子，他自然是要尽力帮助李纲。

于是，在夜间为赵佶送虎鞭龟尾之类滋补药膳时，张迪便乘机进言，李枢密乃皇上特遣之奉迎使，太上皇应给予其相应的礼遇，以示太上皇胸怀大度。何况太上皇与朝廷音信不通日久，正需通过李枢密了解有关情况。总之李枢密终归是要接见的，那么晚见便不如早见。

赵佶想张迪说得也是，便让他通知李纲，次日一早先扈从乘舆去鸿庆宫烧香。

张迪又顺势进言，如今朝中对童太尉非议颇众，且闻皇上已有旨令其致仕池州，明日李枢密随太上皇去烧香，童太尉在侧恐不甚方便。

赵佶听了亦觉有理，乃命张迪传谕，明日的所有活动，皆无须童贯等扈从，一应事务由地方官署负责料理可也。张迪得旨，便连夜派人分头向李纲及童贯做了传达。这就扫除了劝谏赵佶的外围障碍。

这一夜李纲睡得很香，那边却是苦了童贯。

童贯一接到赵佶的口谕，便敏感地意识到不是个好兆头。这一夜他左思右想，基本没睡。对赵佶这个人的性格弱点，他摸得非常透彻。他知道在目前的情况下，如果没有特殊原因，是很难使得赵佶下决心与赵桓公开翻脸断然决裂的。看来欲阻止其就范于赵桓，不能不有所动作。可是，动作小了不起作用，动作大了就有风险。怎么办？

掂量多时，童贯决定，必要的准备应立即着手去做，然后视情况变化相机而动。倘事至万不得已，则坚决背水一战。次日不用陪伴赵佶，正好利用这个时间去做准备。

二十一日早上，李纲遵旨先到行宫拜见了赵佶，之后即随同车驾趋赴鸿庆宫。南都城小，这些地点都相距不远，途中费时不多。

乘舆莅临宫门，早有众多的官员和道士在此恭候。赵佶一身道家装束，在众人的簇拥下，飘然下车入殿，依照既定的程序去捐资求符拈香诵经，举手投足一丝不苟像煞有介事。众追随者则神色肃穆万分小心，无论行走站立，皆是大气不出阵容不乱，因而那气氛便显得神圣无比，神秘非常。

一套仪式走完，赵佶被恭请到侧室饮茶休息。然后是墨宝伺候，请赵佶题字留书。再然后，是道长向赵佶赠送经卷。

待到整个活动结束，已是正午时分。赵佶起驾时，传旨赐膳李纲及其随员于行宫客房，让李纲就在那里等候面对。赵佶自己则于午膳后要先去梦乡一游。他一直睡到申时，方传出话来，命李纲觐见于幄殿。

这大半天的时间耗下来，已耗得李纲颇为疲惫，但是他并不焦躁。他知道这是赵佶必然要摆足的架子。求见上级时要具有足够的耐心，这项为官者的基本功李纲是早已磨炼出来了的，何况这是求见太上皇。肩负着非常使命，只要事情能谈成，再等上几个时辰也无所谓。他本有一直等到天黑的思想准备，赵佶在申时即传他入见，他还有点喜出望外，觉得候之不算太久，同时预感到，赵佶怀有很大程度的纳谏倾向。因此一旦见召，他顿时精神抖擞起来，周身的乏倦不翼而飞。

双方的谈话果然进行得比较顺利。这首先与赵佶对李纲的印象有关。

赵佶当政时，李纲曾在朝中担任过比部员外郎及起居郎等职。这些职位都不高，不会引起皇上的注意。引起赵佶注意的，是宣和元年李纲接连上书论列都城积水之害，并因此得罪宰执而被谪监南剑州沙县税务的事。当时李纲被谪之由，主要是"出言狂妄"。后来赵佶偶阅其疏，却感到那所谓狂妄无非是言辞直率了些而已，并无逾越规矩之处。而且其文章的字里行间，充满忧国忧民之思。因此他对李纲的印象不坏，数年后又将其召回京城，委任为太常少卿。此人秉性刚正耿直，与这样的人谈话，用不着拐弯抹角斟酌词句，防三备四步步为营。基于这种印象，赵佶对待李纲的态度，自然比较平和随意。

行过叩拜大礼，李纲遵命就座。他先向赵佶奏明自己此行的使命，而后便恳辞具奏了赵桓圣孝思慕乞太上皇早归为安之意。

赵佶听了，似有若无地点点头道，皇上仁孝天下所知，但本道君尚有几事存疑，不知当做如何解释。随后，他直截了当地提出了三个问题。

其一，朝廷为什么擅改"绍述"国策，追赠旧党人物司马光，并且自作主张拆毁汴京夹城。其二，朝廷为什么大肆打击贬谪宣和老臣，甚至于将其一个个没产抄家扫地出门，此举之真正的意图何在。其三，本道君出行在外，为什么朝廷始终未有一信相通，不曾有一语问候，朝廷眼睛里还有没有我这个太上皇。这三个问题，是多日来郁结在赵佶心头的最大不满，现在他毫不掩饰地冲着李纲一股脑儿地全抖落了出来。他所质问的"朝廷"，当然就是赵桓的代称。这番质问赵佶虽然说得声调不高语气平缓，却是有板有眼一气呵成，显然是事先打过腹稿的。这几个问题与其父子关系能否缓和，关系很大，如果得不到他所认可的解释，他想他目前回京是不是合适，还真是要打上个大问号。

李纲正襟危坐，洗耳恭听，一字不落地将赵佶振振有词的质问听完，心里有了底。他不怕赵佶心怀怨气，就怕赵佶有话不说。赵佶若是与之虚与委蛇，他劝也白劝。现在赵佶不仅开口直率，而且一泄无遗，这一来说明赵佶并无更复杂的心机隐藏其间，二来也说明赵佶还是抱有与赵桓沟通的意愿的。这就好办多了。

赵佶所诘之事俱在李纲的意料之中，给予合理的解释并不困难。待赵佶居高临下地言毕，李纲略略梳理了一下思路，从容不迫地拱手向赵佶揖了一礼，便口气婉转地开始回话。

他说，上皇所言皆属实情，产生疑问亦在情理之中。问题在于其中有些误会，请容臣下为太上皇释疑。

自熙宁变法以来，朝中党争日剧，余波延续至今，其害有目共睹。值我大宋王朝敌寇重兵压境危难当头之际，我们若不精诚团结，焉能力敌强虏？当今皇上不提"绍述"，追赠司马光，无非是为了稳定朝政，消弭党争，平衡关系，争取民心，使臣工百姓同心同德一致对外，并无否定前朝作为之意。况且此一时彼一时也，时事变更而政事有异，乃为必然之理。皇上用心之良苦，望太上皇明鉴之。

至于拆除夹城等凡三十余事，则皆为便于守城退敌之举措。其中若干举措或许以先奏明太上皇为宜，然事迫在眉睫，实不容缓。皇上相机处之，窃思亦属必然。正如一家尊长外出，以家事付之子弟，家中突遇强盗劫掠，其子弟须当权宜措置为是。倘因无尊长之嘱便无措于盗前，其家莫不为盗贼所尽毁耶？此时此刻，能否保住家园是头等大事，为此千方百计无不可施。只要此责尽到，余者何须细究？

说到这里，李纲悄悄观察了一下赵佶的脸色，见他双目微合神态平静，是愿意倾听下去的样子，便继续陈述道，容臣再释太上皇关于贬谪宣和老臣之疑。太上皇平心静气地想一下，便会明白，这个问题其实并不存在，或者说并非是那样一种性质。

宣和老臣何止千百，而所被贬谪者，实是百不足一。那些被贬者如蔡京、王黼辈，无一不是骄奢淫逸祸国殃民罪行昭彰民愤极大之徒，朝野上下呼声如潮皆曰可杀。对于这些奸佞，莫说是当今皇上，就是太上皇，恐也不会任其继续为非作歹逍遥法外吧？退一步说，即便是皇上宽宏大量网开一面，天下万民也不会宽恕他们。太学生陈东及诸大臣慷慨上书之事，太上皇定已闻知。多年来这些人专横跋扈以权谋私贪污受贿巧取豪夺，据天下财富为己有，刮民脂民膏入己囊，已至无所不用其极的地步。对彼等抄没家产，正是其罪有应得。凡此种种举措，都是为了整顿朝纲安定民心，除此之外更无他意，太上皇无须多虑。再说，皇上所贬者，绝非只是宣和旧臣。白时中、李邦彦、蔡懋、李梲等皆为新朝之股肱，然因他们不堪其职贻误朝政，亦相继被罢黜，甚至被逐出京城。这便足以说明，皇上任用臣属，殊无新旧之分。望太上皇万勿为流言所间。

一口气说完这些话，李纲又做了片刻停顿，留给赵佶一个消化的时间。

赵佶若有所思地静了一会儿，抬眼道："唔，说，接着说。卿可畅所欲言。"

李纲察言观色，揣度自己的解释虽未必可全然为赵佶接受，但起码其中一部分尚可使其觉得言之成理。期望赵佶心悦诚服是不现实的，能达到这个效果就相当不错了。上述两个问题都是朝政大事，既然赵佶在这两个问题上对他的解释没表示明显的抵触，第三个问题就容易回答了。

李纲接着说，自从太上皇离京，皇上是日夜萦心，食不甘味。皇上是太上皇自幼亲自教导出来的，礼义仁孝乃为天下楷模，心里岂会不时刻惦念着太上皇？之所以始终音信未通，起初是因为圣驾行踪多变难以联络，后来则是恐金人探知行在去向，危及太上皇的安全。说到这里，他顺口反问了一句："太上皇不是亦曾宣谕淮南两浙等处止递京师文书吗？"

赵佶愣了一下，尴尬地笑笑："这个，这也是恐为人得知行宫所在之故，非有他也。"

李纲连忙起立躬身："李纲口无遮拦，望太上皇恕罪。"

赵佶做出豁然大度之状，摆摆手道："无妨无妨，如此直言甚好，李卿不必拘束。看来此事予与皇上之意竟是暗合，这便不是问题了。"

嗣后，赵佶又另外提出了若干问题，诸如金军退师时为何不乘其半渡而击之，郑太后现在是否已经回宫，京城里的秩序恢复得如何了等。这些问题都已不在矛盾的焦点上，李纲只需据实回奏，不需要多做解释，谈吐便轻松多了。当然，必要的分寸还是得把握住。比如对于为何不抓住战机邀击金军这个问题，他就只能回答是碍于肃王被金军扣为人质之故，而不能流露出对赵桓决策失误的不满。

谈话在不知不觉中进行了一个多时辰。赵佶想问的问题已大致问完，他也觉得有些累了，便对李纲道："予尝闻知，都城守御，宗社再安，李卿出力为多，是为社稷功臣。今日与李卿促膝长谈，果见李卿才干非凡。朝廷有此栋梁，乃我大宋之幸。李卿奉旨远足迎驾，予心颇感欣慰。李卿今日所论，待予细思之后再做道理吧。"

李纲知道，这就是今天谈话的结束语了。虽然赵佶对是否应允回京只字未提，但直觉告诉他，赵佶就梯下楼的意思已经透露了出来。他认为今日有此结果足矣。有些问题或许在道理上赵佶可以认可李纲的解释，而在情绪上却尚有别扭之处，用理智扭转情绪，总要有个过程。再者，君王都是极要体面的，就算是赵佶归意已决，也不可能在与臣子一席谈话后便马上表态，那岂不是显得太浅薄了吗？这些心理李纲俱已揣摩透，他知道应当留给赵佶一段摆谱的时间。

于是他便适可而止，起身告退。在告退之前，他奏明有皇上敬奉太上皇的礼物一件，方才已交与张迪公公收验。侍立一旁的张迪就当着李纲的面请示赵佶说，此物甚为罕见，太上皇要不要一睹为快？

赵佶料来无非是金银珠宝玛瑙翡翠之类，漫不经心地说皇上孝心可嘉，就取过来让予过一下目吧。岂知那礼物一呈上来，便立刻让他的两眼发了直。

原来那礼物不是别的，乃是赵佶令仰慕已久的南唐大画家周文矩所作的《重屏会棋图》。

这幅画画的是南唐君主李璟与其弟景遂、景达和景逖对弈的情景。画中绘有屏风，而屏风里又绘有一道屏风，故曰"重屏"。此画构思巧妙，笔墨精致，设色古朴，乃工笔人物画作中不可多得的上品。南唐覆亡后，此画流失民间。酷爱书画艺术的赵佶曾令人多方查访而不可得，每每思及，深以无缘目睹为憾。现在的这幅画，是在抄检蔡京府邸时缴获的。

蔡京博取赵佶的欢心，屡屡进献古玩字画是其主要手段之一。这幅《重屏会棋图》乃其卖官鬻爵所得，原本也是准备在必要时向赵佶进献的，却不料还未择机献出，朝代即已更迭。李纲出使南都前，赵桓问他携带何礼为宜，李纲根据赵佶的爱好，提出最好是珍稀字画，赵桓便拿出了这幅《重屏会棋图》。赵桓与其父的秉性不同，对琴棋书画无甚雅兴，没觉得这是件多么宝贝的东西。而李纲见了这幅画，却估计到了它在赵佶心中的价值远非金玉玛瑙之类可比，便有心好好地利用它一下。

李纲之所以不在与赵佶谈话之前，而是在之后亮出此画，就是要使它发挥出充分的功效。先期亮出，喜则喜矣，但万一话不投机，其作用将被减弱甚至抵消。而对话之后再亮出，如果前面的谈话不顺，可利用其调节气氛，创造再行劝谏的条件；如果谈得通畅，则可顺水推舟锦上添花。这个程序，是李纲经过认真考虑，并预先向张迪交代好了的。

果然就锦上添花了。画卷在李纲和张迪的手里刚一展开，赵佶的瞳孔立刻敏感地焕发出了异彩。待到他迫不及待地俯身近案逐寸细观，以其丰富的绘画知识和鉴赏经验，断定那画确凿无疑是周文矩的手迹真品后，竟激动得毫不掩饰地手舞足蹈起来，口中连呼："难得，难得！妙哉，妙哉！难为皇上有心为予觅得此画。知父莫若子，皇儿真是知予心愿！予心甚慰之，甚慰之也！"

他一面欣喜若狂语无伦次地大呼小叫，一面又爱不释手地对着画卷远观近赏数遍，然后突然抬手一指李纲，说出了一句李纲尚且未敢奢望的话："我明日修书一封让你带回，你可先行回奏皇上，本道君不去亳州了。待我在此稍事歇息，即直接起驾回京。"

顺便交代一句，这幅令赵佶如获至宝的艺术精品，后来随着汴京的陷落再度迷失。如今人们在北京故宫博物院所能见到的，只是赵佶指派翰林画师临绘的摹本。而就是这件摹本，有幸历尽波劫留存至今，亦已成为世所罕见的无价之宝。

三

赵佶与李纲的谈话结果，当夜便有耳目传报给了童贯。童贯得悉犹如挨了当头一棒。

赵佶有回归汴京的意向，这很正常。如果赵桓能容得下他童贯，他又何尝不想回去？但是想回去与真正要回去是两码事，无论如何，现在绝对不是回去的时候。赵佶当场对李纲表示取消预定的亳州及洛阳之行，大出他的意料，给了他一个措手不及。这样一来留给他活动手脚的时间和余地便很少了。此时若不主动出击，以后便再无机会。

反正扯了龙袍也是死，打死太子也是死，干吧！他想他不能不动手了。

他决定马上制造一个大事端。这个大事端，就是指使刺客干掉李纲。

他的算盘是这样打的：作为朝廷奉迎使的李纲殒命南都，必将引起赵桓的震怒。这震怒反馈到南都，则必会引起赵佶的顾虑。而赵佶一顾虑，回京之举便必然会延迟。其间他再做些手脚，便不愁不把一潭清水搅浑，令赵佶、赵桓父子的矛盾激化。一旦这矛盾激化到两个人公开翻脸的地步，他童某人便可游刃有余了。

谋刺钦差是件很冒险的事，不过童贯认为，这事得手的概率很大。因为无论是赵佶还是李纲，都不会料想到他童贯会丧心病狂到如此程度，这从他们毫无防范的行事态度中是看得出来的。童贯与李纲素无仇怨，他也觉得李纲这替死鬼当得冤枉，"但是事关老夫的身家性命，老夫只好借你李伯纪项上人头一用了"。

应当说童贯算计得不错。李纲一蹴而就大功告成，从头到脚一身轻松，哪里会想到暗地里会隐藏着杀身之祸。纵使他身边带着武艺高强的卫士甘云，在思想上却并未绷紧严防不测之弦，如果有人蓄意加害，有的是出其不意之机。在这种情况下，李纲原应是死定了。然而他偏偏得以有惊无险毫发未损，不能不说是赖于天意。

老谋深算的童贯在这件事上可谓百密一疏，他没想到，问题就出在了他雇佣的那两个刺客身上。

使用什么人去行刺，其实童贯是慎重斟酌了的。他手下能行此勾当者不乏其人，但是为防后患，他考虑再三，决定不用自己的爪牙，而要从外面另雇杀手。帐下有个唤作裴有才的幕僚，是南都人氏，在本地人头较熟，童贯便将这桩密差交给了裴有才。

裴有才一听让他去干这种事，吓得心惊肉跳。但他深知童贯的为人，这事童贯一旦向他和盘托出，干与不干便由不得他了。恰巧他知道当地有个陈员外是个黑道中人，惯做暗中替人了仇之类的营生，他便以五百两银子为酬，委托那陈员外迅速物色两个杀手。

陈员外颇懂道内规矩，接了银子找来杀手，让裴有才看过杀手的功夫，即扬长而去。至于裴有才是要替何人了仇，欲去干掉哪个，他是一概没问。

那两个杀手一唤郭信，一唤祖平，两人一高一矮，却皆是飞檐走壁如履平地，长刀短剑无所不精。三五个招数一亮，裴有才就看出，这两人简直天生就是吃暗杀这碗饭的材料。他按照童贯的吩咐，请两个杀手喝了一顿酒，预付了办事的定金，暂未交代具体差事，只让他们随时待命。

这是二十一日的事。如果当日赵佶没有明确表态要直接回京，童贯本是打算备而不动。然而事态急转直下，就容不得他再有迟疑了。

次日中午，裴有才奉命约见郭信、祖平，又支付了两人一笔酬金，并承诺事成之后还有重赏，然后下达了当夜动手的指令。到底要让他们去行刺何人，也是此时才交的底。两个杀手听了，面色冷漠如故，只淡淡地回了他一句"夜里等信"，便收了银子走人。裴有才将此情形回禀童贯，童贯一听即知这两个杀手相当老道，确信事在必成，便放心地只待夜半佳音了。

两个杀手的专业技能毫无问题，到时候由一个人去引开侍卫，另一个人去直取李纲性命，李纲注定在劫难逃。从这方面说，童贯估计得一点不错。他的错误在于他太低估了李纲的声望和刺客的人品。他过于自信重赏之下必有勇夫，却没想到杀手也不全是只认银子的人。

作为首屈一指的抗金名将，李纲这时已是英名远扬。南都距汴京不远，百姓们对李纲守卫京城的英雄事迹闻之甚详，聆其名皆如雷贯耳肃然起敬。郭信、祖平虽为职业杀手，却非流氓恶棍，从根本上讲，他们也是由于世事所逼，才走上这条黑暗道路的。他们常以好汉自诩，却又明白自己算不得真正的好汉，因此他们对英雄豪杰的仰慕，更在一般人之上。得知刺杀目标居然是李纲，两人俱吃惊不小。当时他们表面上声色未动，乃是长期练就的职业素质使然。而一俟离开裴有才，两个人便开诚布公地进行了合计。合计的结果是：谋杀李纲断不可为，为之将犯众怒，迟早要遭报应。

然而既已接活在手，按照道中的规矩那便反悔不得。再者看来此事的幕后指使者来头不小，亦是不便公然得罪的。谎称行刺未果而实际上无所动作也不行，不排除有人暗中监视他们的可能。所以，他们还是得前去虚晃一枪，然后只推说因其戒备森严，行动不曾得手，将酬金悉数归还便了。而且前去虚晃一枪，还能起到提醒李纲注意防身的作用，也算是做了件好事。

依此计议，当晚两人在潜入南都驿馆时，便故意地弄出了异常声响。甘云闻声出寻，两人与之稍作交手，即抽身越墙而遁。在与甘云对打时，面蒙黑纱的郭信低声留下一言："有人欲害李相公，务请留意。"

甘云将此况禀报给被打斗惊醒的李纲后，李纲颇感诧异，搞不懂那两个蒙面人到底是来行刺的，还是来报信的。这个谜团的答案是当他回到汴京后，才以一种神秘的方式浮出水面的。

此事一出，令甘云的警惕性大增，当时他便要求驿丞在李纲的房前屋后加设了警卫。从这一夜起一直到李纲回到汴京，甘云衣不解带剑不离手，始终保持了一级戒备状态。这样，即便有人再欲图谋不轨，也难得有缝隙可钻了。

李纲没死，而郭信、祖平以及裴有才，却都没活过当夜。

郭信、祖平的行动过程果然是受到了裴有才的秘密监视。裴有才目睹事败，心头发毛，急忙撒丫子回去禀报了童贯。童贯听裴有才叙述过现场情况，断定是两个杀手有意捣鬼。至于杀手为什么要捣鬼，他一时顾不上分析。反正用这两个人肯定是用错了，早知如此，还不如就用自己的心腹。童贯恼恨得咬牙切齿七窍生烟，恨不能把个成事不足败事有余的裴有才一脚踹到粪坑里去。但他还是强忍着，没把气急败坏的情绪挂上面皮。现在再暴跳如雷也没用，要紧的是赶紧灭口。

灭口不用现张罗，即便是事成，照样要灭口，这个步骤早在他的计划之中。关键是得先稳住裴有才。

于是童贯舒胸展腹运气丹田，尽量做出宽宏状，用和缓的口气对裴有才说，人有失手马有失蹄，无足怪也。好在那两个人还算机灵，事虽未成，却也没留把柄，这就不错。这件事不便再用他们了，我想用他们做点别的事。你现在可仍按前约，在预定地点为他们摆酒洗尘。告诉他们，雇主另有要事相托，酬金如旧。但若他们不愿承接的话，亦不必强求。

裴有才原是准备承受童贯的痛骂严惩的，闻其言暗出长气如蒙大赦，不及多想其他，连忙喏喏而去。

到了与郭信、祖平约定的交差地点——一家地处偏僻的小酒肆，郭信、祖平已携他们收取的所有酬金等候其间。见到裴有才，二人即道惭愧。裴有才遵照童贯的指示，一面吩咐酒保拿酒上菜，一面对二人善言勉慰。他说："任何人办任何事都难保万无一失，偶有失手不足为奇，雇主对此深表理解，二位大侠不必过于自责。这桩营生就不再烦劳二位了，雇主另有请二位相助之处，如果二位能够尽力，已付的定金也就无须退还。事成之后，仍旧还要再加酬谢。不知二位意下如何？"

郭祖二人颇重义气，听裴有才这么一说，当真都有些惭愧起来。他们觉得别的不说，起码这家雇主的肚量还可以。只要不是再去行刺李纲，为其另做点其他活计是可以的。身为职业杀手，还是得靠干这种事来混饭吃。二人便异口同声地表示，如蒙雇主不弃，愿效犬马之劳。

双方谈得融洽，就开始把盏举杯。来回折腾了半宿，几个人都已是饥肠辘辘，不消一刻时光，酒菜下去大半。

喝着喝着，他们一个个突然四肢痉挛东倒西歪地顺着椅子瘫滑下去，口角不由自主地溢出白沫。裴有才相对喝得少一点，是最后一个倒下的。在倒下去的一瞬间，他脑子里如电光石火般闪过了一系列的问号：素来心狠手辣的童贯这一回为什么这么宽宏大量？明摆着是让他火冒三丈的事他为什么竟然若无其事？这两个杀手坏了大事，童贯怎么会还有要事相托？所有的酒楼饭铺都已打了烊为什么这家生意冷清的小酒肆反而时至夜半还不关门？

答案伴随着这些问号同时在他的脑子里闪过，在这一瞬间他心如明镜，他非常后悔自己没多留个心眼。他想歇斯底里地狂呼大喊，但这时他身上的每一块肌肉每一寸神经都已不再听他使唤。

次日清晨，有人发现了郭信、祖平和裴有才的尸体，不是在小酒肆，而是在城南某个角落的一条臭水沟里。南都的捕役们接到报案后前往现场进行验查，除了断定死者是中毒身亡后被人移尸至此，没有掌握其他线索。后来此案一直未破。不过，这并不等于这个案子除了谋划者和作案者外，就只有天知地知。

二十三日上午，李纲遵旨再赴行宫拜见赵佶。赵佶爽快地拿出一篇青词，也就是道士斋醮时上奏天神的表章，交付给李纲，让李纲回朝后宣示于宰执和百官，声称自己从此将安居龙德宫内颐养天年，绝不再过问朝政。并言李纲"若能调和父子之间，使无疑阻，当书青史，垂名万世"。他的这个表态完全达到了赵桓的期望，令李纲非常欣慰。李纲拜辞赵佶，回到驿馆打点行装，是日中午便踏上了归途。

在离开南都前，李纲风闻当地发生了命案。当时他只说南都这地方的社会治安真是有点问题，还没意识到那案子与他有关联。是回到汴京的数日之后，一封密信向他揭示了此案的内情。

密信是被一个陌生人直接送到李纲的住处，由老仆胡长庚接收的。信中只有寥寥数语，意思却写得非常明白："童贯雇凶谋害李公，刺客不忍下手，竟为童贯所害。拜托李公为义士报仇，为社稷除奸。草民顿首，恕不具名。"

这封密信的作者不是别人，正是为裴有才提供杀手的那个陈员外。

原来那陈员外虽是除了将郭信、祖平引见给了裴有才，余者概未过问，但是如果他想过问，渠道却是比官府广泛得多。方圆数百里，三教九流中，都有他的人。没有这点能量，黑道上的营生他也经营不动。因为裴有才出的价码高，他是特意为其介绍了两个身手不凡的杀手——杀手所得的酬金里还有他的提成。这个提成是要在事成之后由杀手主动缴纳，这是道上的规矩。违规者不但很难再在当地混下去，还会受到行帮内部的制裁，所以基本上不会有人违规。谁知介绍出去郭信、祖平后，坐等两日，提成没有等来，却等来了这两个人连同裴有才统统暴尸渠沟的消息，这让陈员外着实吃惊不小。

为了解开其中的蹊跷，陈员外迅速派出耳目四处收集情报。南都驿馆前夜曾遭刺客袭击，行刺目标似为钦差大臣李纲，裴有才的真实身份乃童贯幕僚，某小酒肆于命案发现之日突然关张，所有从业者一概去向不明等情况，很快便汇集到了陈员外手上。捕役们对郭信、祖平的黑道身份以及裴有才雇佣杀手的情节一无所知，因而面对此案无踪可寻。而陈员外原本便知悉一部分隐情，综合上述线索稍加推理，就不难对事情的前因后果梳理出一条脉络。

得出童贯乃为幕后主凶的结论后，陈员外怒火中烧，恨不得立刻就把童贯宰了。他断定，这是郭、祖二人没向李纲下手，而即便是下了手，下场也是一样。他是专门做暗算别人的勾当的，他的杀手倒吃了别人的暗算，这口气哪里咽得下去。然而要想收拾童贯，却是比较棘手。报官不行，这事不能拿到光天化日下去抖落。派人去干掉童贯，风险太大。童贯的阴险狡诈人所共知，防卫措施至为严密，行刺童贯的事件过去曾发生过多起，无一例外均未成功，这个情况陈员外早就听说过。况且现在童贯日夜不离太上皇左右，搞不好被安上一个谋刺太上皇的罪名，后果不是一般地严重。

那么用个什么办法收拾那个阉货呢？后来他就想到，既然童贯的矛头所向是李纲，那就索性将此事的内幕捅给李纲，借李纲之手回报这一箭之仇罢了。于是便有了那封告发童贯的密信。

虽然密信是匿名的，告密者是何人无从查访，但李纲根据在驿馆中发生的事推测，其言属实。这时他才知道，他此去南都竟无异于到鬼门关上走了一遭。正如陈员外所料，李纲阅信后禁不住义愤填膺。我李纲与你童贯有何仇何恨，竟致你对我下如此毒手！我之一命固不足惜，但倘因此两宫嫌隙再生，朝廷祸起萧墙，天下岂不就要大乱了吗——不错，童贯他要的就是天下大乱，只有天下大乱，他才能浑水摸鱼。为了苟且自保而不惜以国家安危为筹码，这等卑劣行径是可忍孰不可忍！

李纲平素很少对某人怀恨在心，即使是与不同政见者争执得脸红脖子粗，一般也是对事不对人。然而这一回，他却是对童贯恨之入骨了。一个人的心肠黑暗歹毒到这步田地，已经是无可救药。他攥着密信拍案发誓，一定要彻底铲除掉这个对社稷危害极大的毒瘤。

状告童贯谋害钦差，仅凭这封来历不明的匿名信是不足为据的。不过这不要紧，以李纲目前的官职地位，收拾童贯不一定非借助这个罪名，而且李纲也没打算用它。因为若以此为由，就需要进行一系列很烦琐很困难的调查取证工作，反而把事情搞得麻烦起来。而且以此为由收拾童贯，在外人看来，亦未免显得其中掺杂着个人恩怨。李纲很注重个人的名声，不愿意造成这种误会。童贯作恶多端，罪名俯拾皆是，信手拈来几条，就能整他个一佛出世二佛升天。靖康新朝建立后，他的罪行已被大臣们大量揭露，他早已是铁定的黑名单上的人物。所以只要想治他，罪名不是问题。

在惩治罪臣的尺度把握上，像李纲这样的重臣的态度是举足轻重的。此前李纲对罪臣的处理态度，倾向于能从宽还是尽量从宽。而这一回，他却是不再心慈手软。陈员外所期待的，正是他这种斩草除根的决心。

当时的政治气候对严惩童贯非常有利。金军撤围后，惩办祸国奸臣的呼声再次风起云涌。侍御史孙觌、御史中丞陈过庭、右正言程禹等诸多大臣接连上书，强烈要求朝廷继续惩治六贼及其党羽。处于如此一种氛围下，对童贯的罪行无须多列。李纲只是实事求是地向赵桓补充具奏了一条："据臣所知，皇上与太上皇相疑者，皆因童贯从中挑拨所致。"

就凭这一条，童贯就死定了。一个当权者，能容忍千条万条，但绝不能容忍有人想动摇他的权位。怀有如此狼子野心的人，自然是十恶不赦可杀而不可留。因此后来，名列六贼之首民愤滔天的巨奸蔡京虽被一贬再贬，乃至客死潭州，却非绝命刀下。那个与六贼关系密切的高俅也被放过了一马。而对于童贯，赵桓却在将其由池州而郴州而吉阳军数加贬窜后，仍未罢手，终是下诏予以诛杀。

可笑的是直至死到临头，童贯还抱着东山再起的幻想。

谋刺李纲事败后，为怕露出马脚，童贯未敢再有任何不轨活动，也没再试图劝说赵佶西行。面对大局已定的现实，他不得不大幅度地调整行事策略。

他想，赵佶那个昏聩不堪的糊涂蛋是指望不得了，一旦返回龙德宫，他便成了个彻头彻尾的废物。胳膊扭不过大腿，欲求摆脱逆境，还得依傍新朝。新朝容不得他，这只是目前的状况，时过境迁则不见得没有变故。政坛风云变幻莫测，谁也说不准明天是哪一块云彩能下雨。只要能留得这条命在，他童某人将来未必不能重起炉灶。

问题是如何能留住这条命。现在别的途径都走不通了，除了潜逃隐匿，唯一的办法是对新朝表现得顺从顺从再顺从，表现得像一条再不会对任何人构成威胁的可怜虫落水狗，使人觉得他简直已是不堪一击不值一打。这一着棋很险，但不排除有走活的可能。而若潜逃隐匿，纵使不被捕获，亦将永无出头之日。

经过反复考虑，童贯决定硬着头皮押上一宝。于是，他乖乖地随同赵佶回到了汴京，乖乖地向朝廷交出了兵权，又乖乖地踏上了流放之途。当然，在背后他是备有周密安排的，如有风吹草动，他将立即隐身。直到这时，甘心为他效力者仍不乏其人。童贯树大根深之状，于此可见一斑。

数月的时间过去，除了一再迁移贬谪地，并未听到朝廷欲向其开刀的动静。

童贯那颗紧缩的心一点点地舒展开来，他认为自己毕竟是见识过人目光远大，采取这种忍辱负重以屈求伸的策略是相当正确的。所以当索命钦差在广东南雄州追上他时，他还以为自己是否极泰来了。

那是靖康元年的七月间，精明强干的监察御史张明达奉诏带人前去诛杀童贯。为防行动有失，张明达先遣亲事官携礼拜见童贯，诈称因边事所需，朝廷已委其为河北宣抚使，特招其从速赴阙受命。童贯得讯喜出望外，全然未生疑心，主动提出要设宴款待钦差。就在次日的宴会上，他被张明达出其不意地一刀枭首。其实他在流放途中一直雇有秘密保镖，宴请张明达时，负责斟酒的一个伙计便是由秘密保镖充任。然而当时酒桌上喜气洋洋，使得童贯及其保镖都放松了警惕。而且张明达的出手速度实在太快，就在他笑眯眯地起身向童贯敬酒的一瞬间，突然寒光一闪，谁也没看清是怎么回事，童贯的脑袋便噗的一声滚了出去。童贯既已授首，杀他的人又是钦差，那保镖也就未敢稍有动作。

之所以拖延数月才动手诛杀童贯，是考虑到童贯不同于六贼中的其他人。他长期执掌兵权，在禁军里培植的亲信很多，其中颇有些利害相连死心塌地的追随者。如不先期妥善地解决掉这些人，处死童贯有可能引起不小的麻烦。童贯也正是估计赵桓不敢贸然要他的命，才有那个胆子回京。逐步清除童贯的亲信需要有个过程，这一拖便拖到了七月份。

诛杀方案是李纲提出来的，由于他任职枢密使，具体实施亦是由他主持。李纲对童贯的阴狠深有领教，因而向张明达提供了那个以毒攻毒的计策，果然一举成功。童贯的首级被用水银生油浸泡，储以黑漆木匣，由张明达带回汴京，经验查无误后，曾在开封府衙门前出榜悬标多日，受到千万百姓的争相唾骂。陈员外闻讯专程从南都来到汴京，亲自欣赏了这个场面。

此后不久，朱勔、蔡攸亦相继受戮，喧嚣一时的六贼势力彻底覆灭。

第十五章

赵桓一干人终日所津津乐道的，还是什么立东宫、开讲筵、肃异党、详礼仪之类。李纲认为这些事都不是眼下应当做的，其中有些事还非常无聊，因此态度消极很少参与，这就显得与人格格不入，比较不合时宜，无形中便变成了一个孤立的另类。他与皇上赵桓的关系，亦在不知不觉中渐次疏远。

一

太上皇赵佶的返京之日是四月三日。时值春深，万象欣荣，山青水碧，柳翠桃红，正是一年里最令人神清气爽的时候。

这一天风和日暖，赵佶的心情也不错。上午巳时左右，他头戴玉并桃冠，身穿销金道袍，俨然道家打扮，乘辇缓驰入城。其态悠然自得，全无逃难痕迹，倒似畅游而归。

当日的迎驾仪式安排得颇为妥帖。銮舆抵达新宋门时，早有李纲奉旨以守御使身份率部在此迎候。在威武整齐的禁军卫队扈从下进得城来，驾临皇城时，赵桓亲率百官隆重迎拜于东华门前。

此情此景着实让赵佶的心头激动了一把。他赶紧走下车辇扶起赵桓，当场向赵桓及众臣表明了自己从此将绝不再过问朝政，天下事悉凭皇上定夺之意。并且不吝溢美之词，对赵桓"坐镇汴京带领军民奋起抗金并取得重大胜利的壮举"大大褒扬一番，给予了高度评价。赵桓则做出孝子贤孙状，表现得对赵佶恭敬有加，声称守卫宗庙社稷原是自己的应尽之责，能够击退金军全赖列祖列宗在天之灵以及太上皇洪福保佑云云。

虽然两人都觉得对方的言行夸张做作，甚至有点肉麻，但总的来说是一种前嫌尽释的味道，这便使得双方都很舒畅。尤其是赵佶，他确实是抱着诚心与赵桓和解的意图返回汴京的。

经过李纲的劝导，这些天赵佶也慢慢地想开了。他本来就是为了图个清闲洒脱，才甩掉那身压得他心力交瘁的龙袍的，如果又要回过头来与赵桓争长论短，当初一把鼻涕一把泪地非要禅位又所为何来？说到底，他对政务并无真正的兴趣，只要是皇上对待他谨敬仁孝，供奉他养尊处优，他从此百事不问百烦不扰，岂不是更活得逍遥自在，这有什么不好，有什么必要节外生枝自找麻烦呢？所以面对赵桓的满面春风满腔热情，他就禁不住暗暗自责自己在江南的率性之举，真是闹腾得有些过分了。同时他欣慰地想，到底是疏不间亲血浓于水，过去的那点不愉快，弹指一挥也便去也，父子终归是父子，些许龃龉无足挂齿。

于是乎赵佶胸中芥蒂一扫而光，在回銮龙德宫的途中，与扈从官员们信口开河谈笑风生，神采飞扬兴致极浓。

可惜他这种愉悦心情以及他与赵桓的所谓和谐关系仅如昙花一现。确切地说，是仅仅延续至他进入龙德宫前。一进龙德宫，事情的味道就变了。

踏入宫门后，赵佶的一个显著感觉，是对其中的环境既熟悉又陌生。在外面游荡了三个多月，对这座熟识的宫院产生某种陌生感是很自然的，可是赵佶觉得，这似乎还不是使他感到生疏隔膜的主要原因。稍稍一寻思，原因找到了：原来这座宫院里的所有人员，包括侍卫、内侍、宫女、杂役、工匠、厨师等，无一例外全都换成了生面孔。

赵佶觉着别扭，询问这是怎么回事。一个太监奏称，宫内所有人员，皆系殿师王宗楚下令更换而来。赵佶就让张迪召来了王宗楚，诘问他为何不经请示擅自撤换龙德宫原有人员。

王宗楚回话说，这是皇上悉心体恤太上皇冷暖之意。皆因龙德宫中原有诸人慵懒弛怠，多有不称职者，故而皇上命他特地挑选了一批精干人员来此服侍太上皇。

赵佶不以为然地说，我倒没觉得原来那些人有什么不好，那些人我使用惯了，用着顺手，你还是给我换回来吧。王宗楚说这个卑职可做不了主，没有皇上的旨意，这些人一个也动不得。赵佶说这点小事何须皇上发话，我让你换，你就换了便是。王宗楚说这恐怕不行，卑职不敢违旨擅动。他说这话时口气虽然谦卑，但意思明显是软中带硬。

赵佶的心里就开始冒火，他皱起眉头问王宗楚，这么说，我的话你就可以不听啦？王宗楚说卑职不是这个意思，但请太上皇勿使卑职左右为难。赵佶怒道，若是我非换不可呢？王宗楚仍是不卑不亢地回答，那也要看皇上是否允准。

说了半天还是这话，这不明摆着是告诉赵佶，他这个太上皇的话屁用不顶吗？赵佶顿时气得七窍生烟，一把抓起了面前条案上的一个茶盅。若不是张迪急忙使眼色示意他止怒，他当时便会连盅带茶劈头掼到王宗楚面门上。

待到王宗楚面无表情地躬身退下，赵佶忍了又忍，终是忍耐不住，扬手狠狠地将茶盅向地上摔得粉碎。他初返汴京时的舒畅心情，至此完全被破坏殆尽。这时距其踏入龙德宫，满打满算还不到两个时辰。

弄出这事的始作俑者，乃是少宰张邦昌。

原来，李纲出使南都大获成功，举重若轻地完成了本似十分棘手的要差，让张邦昌甚是忌妒，也给了他一个不小的刺激。通过这个差事，再次展示了李纲出类拔萃的办事能力，无疑会使赵桓对其的信任又有增益，这对他张邦昌的前程可是大大地不利。他知道，自己与李纲无论从秉性、志趣到政见，全然是两股道上跑的车，永远尿不到一个壶里去。将来的大宋朝堂上肯定是有彼无此有此无彼。官场如战场，他是不可能在这场较量中甘拜下风的。而且，他也不认为自己会在官场博弈中斗不过李纲。

李纲的行政能力和才学胆识都比他强，这一点张邦昌无可否认。但李纲并不是处处皆胜于他，李纲也有弱点，其弱点就在于他的城府不够深，防人意识比较差，为人处世亦欠圆滑。至于邀取圣悦和笼络朋党的技巧，就更是一窍不通。进行宦海搏击，这些弱点都很要命。从长远看，这种人的失宠是必然的。所以对于运用权术排挤掉李纲，张邦昌还是有信心的。不过，心急吃不得热豆腐，办这事须得待机而动就缝下蛆。

朝堂争锋，获取皇上的宠信是必不可少的基础条件。李纲把太上皇劝回汴京，博得龙心大悦，算是让他占了个先机。张邦昌就琢磨，自己也得做点与之相匹配的事，以加重在皇上心目中的砝码。这事自然须投皇上之所好，在这个方面的能耐，他就远较李纲为强了。

他看出赵桓目前最大的心病就是担心皇位不稳，即使赵佶回归了汴京，赵桓亦未必真正放心得下。那么适时地向赵桓进献巩固皇位之策，想必会很受赏识。由此出发他考虑了两条建议，一条是提请皇上早立太子，以确保大统牢固稳定；再一条就是更换龙德宫侍从，以便皇上对宫里的动静进行掌控。

在向赵桓进言时，张邦昌联合了门下侍郎耿南仲。耿南仲原为东宫辅臣，本以为凭着与赵桓的渊源关系，新朝建立后能够扶摇直上。岂料吴敏、李纲等越次升迁，职位反列其上，这让他很不舒服。特别是对于原属无名之辈的李纲的平步青云，他内心的不平更甚，因而在感情上他自然便靠拢了平素与李纲意见相左的大臣一方。张邦昌认为他在东宫服侍储君十年的历史不可忽视，有意拉他做个同党，耿南仲亦正想方设法去拍赵桓的马屁，因此两个人就一拍即合了。

正如张邦昌所料，这两条建议很受赵桓赞赏。

对于赵佶是否能如其所云，从此老老实实安居后宫不涉朝政，赵桓果然存在疑虑。这样的保证，早在赵佶禅位时便亲口做过，事实证明他没有信守诺言。有此例在先，这一次的保证又有多大可信度？万一哪天赵佶不甘寂寞故态复萌，或者某些心怀不轨的旧臣蓄意唆使其向朝廷发难，将以何策处之？他正为这个问题挠头，张邦昌的点子不期而至，这便正中下怀。

听了张邦昌、耿南仲的奏言，赵桓非常高兴，认为其议既目光长远又切实可行，未雨绸缪防患未然，可算是保障社稷长治久安的善策良谋，当即全盘接纳。

考虑到册立太子事关重大，总得有点舆论准备，他觉得这事以缓些时日再动为妥。而更换龙德宫侍从，则纯属皇宫内务，在赵桓看来不过是一句话的事，可说办就办。

于是赵桓便指派殿前都指挥使王宗楚会同内府有关司监，赶在赵佶返京之前速办了这件事。他甚至举一反三，索性将郑太后所居宁德宫的侍从也统统做了更换。此事动静不大，且与朝臣无干，所以李纲毫不知情。

郑太后对身边的侍从突然被更换虽然亦觉不解和不快，但她这个人心宽性温，适应性也较强，见新换来的宫婢太监等一个个都中规中矩有模有样，手脚利落做事勤谨，方方面面皆服侍得体贴周到，只道是皇上此举完全是出于一片善意，也便未出什么异议。

赵桓以为赵佶的态度亦大抵会如此。他知道他这位父皇喜好女色，还特地吩咐王宗楚多为龙德宫选派了一批秀丽可人的妙龄娇娃，以备其不时之需。"朕处心积虑地将父皇你侍奉得无微不至到这步田地，你还能有什么不满什么怨言？"赵桓也估计到赵佶可能会有暂时的不适应，但他想那点不适应应当会很快地被安逸的生活所消融。赵佶对此事居然产生如此强烈的抵触情绪，是他压根不曾料到的。

赵佶怒掼了茶盅，愤犹未释，他连骂几声"真正岂有此理简直欺人太甚"，便脸红脖子粗地呼人备轿，欲前往福宁殿找赵桓质问。张迪连忙张开双手将他拦下，劝他万勿冲动，务必三思后行。张迪说，就凭王宗楚那狗才，便是借给他一百个胆儿，他也不敢如此顶撞太上皇，其所恃者乃圣意也。而皇上既有此举，必是事出有因。往好里想，这是皇上对太上皇的刻意关怀；往多心处想，则是皇上对太上皇有提防之心。无论皇上是出于何意，这样挟怒而往，只会把关系搞僵。太上皇与皇上嫌隙初解，当以和睦为重。倘若两宫龃龉再起，实于太上皇百无一利。

赵佶愤愤地说，我何尝不想和睦，我什么条件都不提就回来，就是为了和睦。但和睦不是我一人之事，我也不能为了和睦，凡事便忍气吞声逆来顺受。如果我连这点小事都说不得，那所谓和睦从何谈起！

张迪款言谏道，此事虽小，处置失当亦可造成大误会。京师不比扬州，言行尤须慎重。太上皇有话要说，也得讲究个时机和方式。太上皇胸阔如川，何妨忍耐几日，待皇上过来探视时，再婉言提及此事，似乎较为妥当。

在张迪循循善诱的劝说下，赵佶渐渐冷静了一些，他狠狠地吐出一口气，慢慢地坐了下去。他在宫里的心腹旧属，如今就只剩下这一个老内侍了，除此之外现在再无一人能对他这样忠心耿耿直言不讳。这个老内侍平时言语不多，却深谙宫中三昧，每每在要事上给予赵佶中肯的提醒。方才那番话，张迪虽未将意思说白，但那弦外之音赵佶是听懂了：太上皇只不过是太上皇，不再是皇上，并且应当顺从于皇上。所谓的和睦，所谓的仁孝，都必须是以此为前提的。

这个意思让赵佶感到非常憋闷，但他不能不承认张迪说得对。动辄与皇上较劲是不明智的，王宗楚那厮的嘴脸便很能说明问题。他这个太上皇，与皇上相处融洽，臣僚们尚可敬他三分，若是与皇上失和，那帮狗仗人势的东西甚至就敢骑在你的脖子上拉屎！逝水东流去，无奈其何矣。另外，或许也不能完全排除赵桓此举亦有关切之意，那么如果孟浪地闹起来，反而把事情搞糟了。

赵佶这样想着，沉默了半晌，只得闷闷地叹了口气道，那就等等再说吧。

可是过了若干天，并未见赵桓的大驾光临。不过隔三岔五便有宦官奉旨前来嘘寒问暖，礼数倒也周全，让赵佶不好挑剔。

张迪恐赵佶不悦，便时常对他宽慰劝解，说皇上政务繁忙日理万机，自然难以尽孝于晨昏，并非有意轻慢太上皇，请太上皇幸勿多心。赵佶希望事实确是如此，也尽量往乐观处设想。但他总觉得更换侍从这件事于心不顺，想早一点协商解决。再者出于增进父子感情的意愿，他觉得亦有必要与赵桓多做些沟通。张迪颇能理解赵佶的心思，也盼望其父子及时消除隔阂，便出主意说，皇上为国操劳不暇稍歇，太上皇何不择时邀请皇上来龙德宫小坐，以示关爱体贴之情？这话说白了，意思就是皇上不主动来，那就干脆请他来一趟得了。

赵佶闻言称善。再过几天便是五月初一，宋时习俗，自五月初一至端午节前，有个供花辟邪的民间活动。当其时，家家插柳布花于门前，人们往来走动相互拜会，探亲访友开宴聚饮，要一直热闹四五天。此时邀请赵桓，正好是个由头。于是赵佶便让张迪传命下去做好准备，五月初一请赵桓到龙德宫来饮酒赏花。他打算借此机会，推心置腹地与赵桓畅谈一番。只要父子之间坦诚相见彼此交心，有什么大不了的矛盾不能化解呢？

为了营造温馨祥和的气氛，赵佶特命花匠选用鲜花百种，在宴殿前排列出各种吉祥图案，一应酒具亦选用了上等玛瑙琉璃制品。他认为，既然他这个做父亲的做出了这种情深意笃的高姿态，身为儿子的赵桓理应是感激涕零积极响应。岂料事与愿违，他煞费这番苦心换来的结果，竟与他的美好初衷全然是南辕北辙。

原来这时的赵桓，对赵佶的猜忌已相当深。其原因一方面是来自张邦昌、耿南仲的奏言，另一方面就是来自赵佶回宫后的表现。两者相辅相成，而后者是对前者的有力佐证。

太上皇对更换侍从人员的极度不满之状，王宗楚回去便一五一十向赵桓做了详细奏报，而后又有龙德宫内的眼线呈上了同样内容的密奏。这个情况便不免让赵桓疑窦顿生。赵桓想，你赵佶假如心中没鬼，朕给你调换几个侍从值得你这么大动肝火吗？你越是反应激烈拒绝接受，越是证明这件事朕做对了。你居然还胁迫王宗楚再将旧有人员调回去，这真是天大的笑话，王宗楚是听你的还是听我的？你是不是还想动不动就凌驾在朕的头顶上发号施令？那纯粹是白日做梦。莫说这更换侍从朕确是别有用意，就是无甚用意，单冲你这个恶劣态度，朕就偏不遂你之愿。朕就是要让你看清楚你现在究竟是谁，让你搞明白你现在应当和必须服从于朕。

那边赵佶心里有气，这边赵桓的气比赵佶还大，所以龙德宫那里他便懒得再涉足。这些日子经常去向赵佶请安的那些太监，其实都是朱后为了替赵桓圆场，私下里以皇上的名义派去的。

接到赵佶五月初一的宴会请帖，赵桓原本也想推托，后来经朱后力劝，他才勉强同意前去做个敷衍。然而他却又疑神疑鬼，生怕赵佶的宴请是别有用心，赴宴时除带上了一队全副武装的大内侍卫，还专门叫上了王宗楚和耿南仲随同护驾。看那防护森严的架势，恰似去赴一场杀机四伏的鸿门宴。

那天赵佶一看赵桓带着那么多挎刀侍卫，先自有三分不快，心里说不过是到你父皇这里来吃一顿寻常家宴，用得着如此耀武扬威大摆其谱吗？后来见王宗楚和耿南仲这一文一武亦与赵桓同入宴殿，并分坐于赵桓两侧，赵佶的不快又添了几分。他原本是想在席间敞开襟怀与赵桓好好聊聊，赵桓安排这两个臣属不伦不类地坐在这里，有些话说起来就不太方便。

但是这些不快赵佶都忍下了，他不想因为计较这些枝节问题而破坏了双方的兴致。既然赵桓乐意这样，那就给他个面子罢了。可是接下来的情形，却使得他再也无法容忍。

那情形是酒过三巡后赵佶才注意到的。宴席选用的酒名为仙醪，此乃京师名酒，是赵佶根据赵桓的喜好刻意指定的一个品种。然而在饮酒时赵佶发现，虽然做了几次举杯的动作，赵桓的杯中之物其实一滴未动。他感到这个现象有点不对劲，便开始留意观察。这一留意观察，便有了进一步的发现。他看出来赵桓吃菜也有名堂。餐桌上的珍奇馔馐种类繁多琳琅满目，而赵桓却不轻易下箸，必是王宗楚或耿南仲先品尝过某道菜，并以目示意之后，赵桓才去动那道菜。王、耿二人没尝过的菜，赵桓绝对不去碰它。

这个门道一经窥破，赵佶的心像是被钢针猛刺了一下。

锥心的剧痛令赵佶的目光敏锐起来，他紧接着又看出，赵桓今天的着装显得呆板臃肿，细观其形，可知那龙袍里面是套了铠甲。赵佶恍然大悟，赵桓今天带着侍卫入宫，命臣属陪饮等一切安排，都是为了防备他赵佶的暗算！

真是愚不可及！赵佶不禁在心里苦笑，龙德宫里全都换上了你的人，我的一举一动都处在了你的监视之下，我还能对你做什么手脚？况且我又何尝对你动过一丝邪念？你把你的父皇想成什么人了？赵佶思一千想一万，也绝没想到赵桓对他的猜忌已经到了如此阴暗卑劣的程度。我竟然还幻想与他搞什么坦诚相待以心换心，可笑复可恨，无过此甚哉！彼既绝情若此，还有何话可谈！

一时间赵佶心寒齿冷悲愤填膺，全身像打摆子似的抖个不停。这宴殿里他是一刻也坐不得了，再延续片刻，他极有可能怒不可遏地一脚将面前的餐桌踹个仰面朝天。

为了不致因控制不住而过度失态，他强忍住泪水，将酒杯往桌面上重重地一撤，铁青着脸说了一句"本道君身体不适，不能奉陪，诸卿请自便"，就忽地噙怒起身，拂袖而去。

众人不知底里，骤见太上皇愤然离席，皆面面相觑惊愕不已。

赵桓被赵佶突然扔在那里，陡然一怔之后，不禁大为光火。他沉着脸冷笑道："看来太上皇确实病得不轻，那就不叨扰了。"说罢一摔筷子也霍地立起，怒声喝道，"都愣着做什么，还不快与朕起驾回宫！"

一场精心筹划的合欢宴，就这样在剑拔弩张的气氛中宣告结束。

张迪见状叫苦不迭，不知该劝谁好，只好谁也不劝了。他从今天的状况中已窥看分明，太上皇与皇上的公开翻脸根本无法避免，即便今天不翻，总有一天得翻，这是任何人也奈何不了的事。除非赵佶心甘情愿地认可，他就是赵桓的三孙子。而且这三孙子还必得是愚蠢如猪，除了吃喝屙撒发情配种外，概无所思所求。

既已撕破脸皮，赵桓也就不再顾忌许多，索性马上就议立太子。李纲认为眼下国事纷杂，百废待兴，议立太子非当其时，奏请缓议。但在以张邦昌为首的众多大臣的一片拥护声中，他的建议被置如弃履。时隔不久，赵桓便如愿以偿地让他年仅九岁的儿子赵谌入居了东宫。

办成了这件事，赵桓很满意，张邦昌也很得意，他自谓促成此事者当以他居首功，而这个功劳的分量，应当是不在李纲坚守汴京以及劝归太上皇之下的。

二

上边皇上与太上皇翻了脸，下面臣子之间钩心斗角的活动也开始抬头。

自神宗朝熙宁变法开始，宋朝朝廷中的党争就一直未断。党争的性质起初还比较堂皇，主要是以王安石为代表的变法派与以司马光为代表的反变法派的政见之争。但到后来，事情就变了味，所谓政见分歧逐渐成了排除异己的借口，而其实质，则变成了官员们为争权夺利而进行的相互倾轧。这种政坛拉锯战曾经激烈到你死我活的白热化程度，各派力量此起彼伏，大量官员卷入其中。许多人得势时趾高气扬不可一世，失势时则遭到严酷的报复和迫害。徽宗时期的蔡京等人，就是借助这个手段，打着所谓"绍述新法"的旗号，炮制出骇人听闻的"元祐奸党案"，清除掉了大量的异己分子。

靖康朝建立于危难之际，当时强虏压境国门欲摧，命悬一线人人自危，官员们一时顾不上操作这种窝里斗。现在敌军已退危境已解，一些大臣便有了相互攻讦的精力和谋算。大约这也算是走仕途者的一项日常作业，身在官场，若不处心积虑地将同僚们挤对出局，自己又如何能捷足先登更上一层楼？

有些官员虽未必热衷于党争，却亦喜无事生非，终日里以高谈阔论务虚议空来显示自己的高瞻远瞩雄才伟略，其实也是为了博得皇上的注意和赏识。连日来这些人今天一个主张，明天一道奏章，所提者皆大抵是整修祖庙、检详祖制、倡习《春秋》、改革科举等无关紧要之类，却危言耸听振振有词地声称此皆为迫在眉睫的当务之急。

还有些在前一段时间遭受压抑者，认为现在到了秋后算账的时候，便居心叵测地提出要强化太学管理，收拾带头闹事的陈东，并揪出其幕后指使者，以期公报私仇渔利其中。

总之，在赵桓与赵佶摊牌的这段时间里，众多朝臣的注意力亦集中在了这些蝇营狗苟各怀鬼胎的烂事上。这使百姓们对新朝新皇皆大失所望。当时在汴京的市井间就流传出一首叫作"九不管"的民谣，讥讽朝廷是"不管太原，却管太学；不管防秋，却管《春秋》；不管炮石，却管安石；不管肃王，却管舒王；不管燕山，却管聂山；不管东京，却管蔡京；不管河北地界，却管举人免解；不管河东，却管陈东；不管二太子，却管立太子"。民谣中的"舒王"是王安石的封号。"聂山"乃聂昌原名，"昌"字为赵桓某日一时兴起御笔所赐，寄寓勉励其效仿汉高祖刘邦麾下的汾阳侯周昌忠心报国之意。"二太子"指金东路军统帅宗望。

无论是赵桓还是那些臣子，能够如此放心放手地进行萧墙之内的拳打脚踢，都是基于一个共同的意识基础，那就是认为当前外患已消，边事已宁。既然外部威胁已不存在，当然要回过头来抓紧解决内部问题。

然而，且不说他们解决问题的动机方向是否对头，单就"天下太平"这个认识而言，便是大错特错。金军业已北还不假，但这并不意味着大宋王朝从此便可高枕无忧。目下战略要地燕京地区仍在金东路军手中，西线重镇太原之围始终未解，威胜军德隆府等地又被金西路军于回师途中相继拿下，整个北部防线依旧是千疮百孔捉襟见肘，而金军则秣马厉兵磨刀霍霍随时可能卷土重来。敌情严重若此，哪里是宋朝君臣想要太平便能太平得了的。

如果说赵桓及其臣属一个个全是毫无头脑的白痴，那肯定是冤枉了他们。假如真是那样，他们屁股底下那把交椅也坐不住。那么他们为什么会对这种杀机四伏的局面视而不见置若罔闻？解释只有一个，就是他们的关注焦点，只是落在了维护自身的眼前利益上，而丝毫没顾及国家的长远利益。

有国才有家，国强才能家安，这个大道理人人会说，但落实到行动上，却未必人人都会按照先国后家的原则去做。因为国家利益与某个人某个集团或某个局部的利益，在许多时候并不一致，有时甚至是严重地背道而驰。牺牲个人利益去成全国家利益，舍己为公碧血丹心一场，到头来受益的是别人，而自己却落得个倒霉透顶的下场，这样的事例不在少数。赵桓和他的那些臣属们天生不是做这种非常不划算的傻事的人，所以说，他们并不白痴，他们很会算账。相对而言国家利益总是显得比较虚，而个人利益则很实在，国家利益受损，要倒霉人人有份，而个人利益受损，倒霉的该是谁就是谁。这笔账这样来算，应当先顾哪头，自是一目了然。

至于国家利益与个人利益不可分割的关联，那不是仅仅通过哪一个人去体现的，因此哪一个人也犯不上单独去操这份心。赵桓他们为了维护自身的眼前利益忙碌得不可开交，哪有工夫去务那个国家利益的虚。

有句名言叫榜样的力量是无穷的，皇上和朝廷大员的境界尚且如此，广大黎民百姓中又能有多少人会真正想到国家兴亡匹夫有责？于是一事当前先为自己打算，豺狼入室只求苟且自保，能忍则忍得过且过，各扫自家门前雪，不管他人瓦上霜，只要屠刀还没压颈，尽量不去引火烧身，便成了普遍的处世之道。千百年来，泱泱华夏不能坚凝如铁挺立如山，却似一座松软的沙丘，只须小小外夷随意戳上一拳，便能捣他个稀里哗啦，其中的原因固然错综复杂，但这种自上而下普遍信奉的将个体利益局部利益凌驾于国家利益全局利益之上的处世之道，无疑是尤为严重的一条。因为这样一来，当面对凶猛残忍的强敌时，首先便自我消解了自身的最大优势。

李纲在这种内耗方面不随大溜，他不耐烦而且很厌恶去纠缠那些钩心斗角的烂事。他要抓紧做的是他认为有意义的大事，他所关注的是对当前局势的了解和研究，因此这时他的头脑就比较清醒。为了防患于未然，从南都返京后，他便将大部分的精力，都投放在了思考下一步的御敌之策上面。他认为这才是当前首当其冲的当务之急。

经过一番深思熟虑，李纲向赵桓条具了备边御敌八策。这八策，包括了建太原真定中山河间为藩镇、遣使团结训练河北河东保甲、复祖宗监牧之制括养天下马匹以充军用、在安肃广信西山一带开壕设沟限隔胡骑、在近京四辅郡诸畿邑筑城置橹、优免河北河东州县租税、赈恤三镇民众、储峙籴买充足的粮草以备战事、恢复陕西解盐旧制以慰关陕兵民之心等内容。它虽不能说已是面面俱到尽善尽美，但从国防到民生，从军事到政治，从目前到长远都考虑到了。而且其中没有脱离实际的空话，基本上皆切实可行。

李纲对这八策的实效是颇为自信的，他希望能够以此为基础，在皇上的主持下，经过集思广益补充修改，形成一套系统而完备的御敌方略，并且尽快地付诸实施。他相信，如果上下齐心，全民协力，将这些措施一一迅速地贯彻落实下去，朝廷的国防力量必定会在较短时间内有大幅度的增强，从而令敌国暂时不敢轻举妄动。这样稳住阵脚后，再进一步全面地健全和推行富国强兵之策，汲取历史教训，革除前朝积弊，则不出数年，敌强我弱被动挨打的态势便会发生本质性的改观。

联想到这个令人振奋的前景，李纲的心情很有些激动。能够亲手引导大宋从孱弱重新走向强盛，那种彪炳千秋的成就感，是获得怎样丰厚的物质利益都不可替代的。

然而李纲的想法却不免幼稚了。众人皆醉其独醒，众人皆浊其独清，有史以来这样的人就很容易碰壁。建策呈奏上去，赵桓看了兴趣不大。他认为如今天下方安，依李纲之言这么折腾反而添乱。他很无所谓地将李纲的奏折交付宰执们传阅，宰执们看出皇上对此并不热衷，附和李纲之建策者也不多。于是李纲苦心设计出来的这备边御敌八策，便被当成一沓废纸束之高阁，没了下文。

赵桓一干人终日所津津乐道的，还是什么立东宫、开讲筵、肃异党、详礼仪之类。李纲认为这些事都不是眼下应当做的，其中有些事还非常无聊，因此态度消极很少参与，这就显得与人格格不入，比较不合时宜，无形中便变成了一个孤立的另类。他与皇上赵桓的关系，亦在不知不觉中渐次疏远。呕心沥血捧出满腔热忱，却毫无道理地受到这般冷遇，这令李纲感到甚是失落和苦闷。

让李纲苦闷的还有一件事，就是赵桓与赵佶翻脸的事。李纲得知这事比较晚，待他闻知时，已是覆水难收无可补救。

赵佶回京后的状况竟然如此糟糕，使李纲深感意外且极为不安。太上皇是由他出面劝说回京的，对于皇上恭请太上皇回京的诚意，他是信誓旦旦地做了保证的。虽然那些保证皆为传达圣意，但毕竟是出自他的口中。而太上皇刚一回京，席不暇暖，言犹在耳的承诺就统统变成了屁话，这岂不等于是他李纲红口白牙哄骗了太上皇吗？有朝一日再见到太上皇，他将以何颜面相对？

其实在这件事上赵佶倒还真没迁怒于他。言而无信的责任在赵桓，李纲不过是竭诚为君王效力而已，这点主次关系赵佶还是分辨得出的。但赵佶现在是怎么想的，李纲无从知晓。而李纲即使知道赵佶不怪罪他，亦仍觉心中有愧。事情弄成这个结果，仿佛就是他帮着赵桓做了个套，花言巧语别有用心地把太上皇诓回了汴京，这个黑锅背得实在冤枉！

李纲一向注重名声，如果陷其于不义者是另外的什么人，他肯定要拍案而起当堂对质，丁是丁卯是卯地说个明白，然而这事是皇上办的，却是让他如何发作？不仅不能发作，就连私下里说两句怨言他也不敢。至于外人的误解，他亦只好听之任之。

既是有苦难言，唯有自我排解。汴京城里灯红酒绿纸醉金迷，青楼教坊连巷塞陌，要想消愁破闷，有的是发泄的去处。可是李纲偏偏不擅风流，于酒色上兴趣不大，因而他的排解方式无非就是读书。

他所读之书侧重于史籍，思古抚今最易使人浩然兴叹感慨丛生。一日他翻阅汉史，心有所动浮想联翩，乃临案吟哦，书写下了《水龙吟》一首，题曰"光武战昆阳"：

汉家炎运中微，坐令闰位余分据。南阳自有、真人膺力，龙翔虎步。初起昆

城，旋驱乌合，块然当路。想莽军百万，旌旗千里，应道是、探囊取。谿达刘郎大度。对勍敌、安恬无惧。提兵夹击，声喧天壤，雷风借助。虎豹哀嗥，戈铤委地，一时休去。早复收旧物，扫清氛祲，作中兴主。

此词所述乃汉光武刘秀以三千之众大破王莽数十万大军的昆阳之战。它在赞颂前朝英主丰功伟绩的背后，实是隐含了对现实状况的深切失望。李纲之咏史词多有此意，但这一层饱含苦涩的弦外之音唯其本人知道，断难语之于人。

苦闷归苦闷，肩负的职责他却是一刻也不曾忘怀。强烈的责任感和危机感，驱使他不敢人云亦云，将军国大事视同儿戏。别的事他管不了，枢密院职权范围之内的事，他想他总还应当是可以左右的。本着这个想法，他且放开其他政务不提，专门谋议兵事。所幸枢密院副使许翰与其志同道合，对他的主张给予了坚定的支持。

在许翰的佐助下，他悉心制订了防秋兵的具体计划，下令尽起河北河东之将兵、民兵、保甲、弓箭社、刀弩手等武装力量，及早控制战略要地；乞降旨许京官监察御史以上及外官监司、郡守、帅臣等职不拘一格荐举文武人才，由枢密院籍记姓名量才录用；又乞圣允自枢密院选派使臣，对驻扎京师隶属于三衙而骄惰成性的马步军十万之众严加整肃教阅，以备缓急之用。

这些举措与此前的备边御敌八策相比，涉及范围已大为缩小，亦难兼顾长远，只是为了防备金军秋季进犯而采取的权宜之计。然而由于朝廷的兵权实际上是总控在皇帝手里，就是这些纯属军事范畴的措施，枢密院做起来亦须事事请示，不能自行决断。再加上殿帅王宗楚等人恐分其权，以李纲所为侵紊三衙不合祖制为由，动辄告状，处处掣肘，这就使得这些措施推行起来也是步履维艰，很不顺利。甚至就连李纲量才补授了两个进武副尉，也有人随即上告他专横独断滥用职权。赵桓也不问青红皂白，提笔便批下"唯辟作福，唯辟作威，大臣专权，浸不可长"之语，弄得李纲不得不诚惶诚恐专请面对，奏清事实辨明原委，方得赵桓缓颊。

这些莫名其妙的阻力已搞得李纲头疼不已，可是更令他气愤的事，还在后面。

三

原来，在李纲费尽心机运筹防秋兵计划的同时，张邦昌的脑筋也没闲着，而他所处心积虑的要事之一，便是如何搬开李纲这块仕途上的绊脚石。他认为现在是抓紧去做这事的适宜时机，因为现在李纲虽表面上是众望所归名噪一时，但他在朝廷中毕竟根基尚浅，与皇上的关系亦不够稳定。倘若假以时日，待到其站稳了脚跟，丰满了羽翼，在皇上眼里真正成了不可或缺的角色，再想排挤掉他，可就不容易了。

说起来张邦昌与李纲其实并无宿怨，甚至在内心里，张邦昌也承认李纲是个不可多得的人才。之所以要这么处心积虑地拿下李纲，皆因他深知不同者不相为谋这条定律，在官场中的体现是极其残酷的。几个月来的事实证明，他绝不可能在朝廷里与李纲和平共处并驾齐驱，倘若他不拿下李纲，早晚有一天会被李纲拿下。此乃势所必然，没有妥协余地。既然终有一拼，那就不如先下手为强了。

与李纲进行权力角逐，张邦昌自谓是有一定的优势的。李纲处事刚直不善变通，极易得罪同侪而浑然不觉，笼络朋党的心计远不及他张邦昌，他只要稍加经营，便不难在大臣中形成排挤李纲的强大阵容。

不过单凭这一点还不够。因为他看得明白，李纲那人倔强生硬，并不怕被孤立，也不会真正被孤立到形单影只的地步。无论李纲如何特立独行，总还是有一部分人愿意充当他的追随者。再说，就算是能把李纲整成个孤家寡人，如果皇上还想用他，他也仍可独树一帜屹立不倒。大臣们都是会看风使舵的，若见其势不衰，有些人肯定便又会转而去比附于他。夜长梦多，其间来来往往的变数很难把握。

有没有个可以速战速决的方法呢？一日，张邦昌在与中书侍郎唐恪、户部尚书领开封府尹聂昌饮酒时，忽然灵感闪现，想到了一个很有杀伤力的突破口。

唐恪此前曾攀附于李邦彦，李邦彦倒台后，他便靠拢了张邦昌。聂昌与张邦昌素有交往，在政见上亦多有相近处。更重要的是，对于李纲，这两个人也都瞅着极不顺眼，都与张邦昌一样怀有欲将其除之而后快的念头，因此他们的共同语言比较多，这一段时间走动得也比较热乎。这一日是位处大相国寺附近的一家酒楼战后整修重张，酒楼的大掌柜特请府尹聂昌赏光。聂昌平日得过那大掌柜的不少好处，乃欣然应允拨冗去帮他壮壮门面，便邀请了张邦昌、唐恪一并前去消遣。

酒楼大掌柜一见这几位贵客登门，大喜过望，心说有此一宴垫底，今后是无人敢到我这酒楼来寻衅滋事了，就亲自前厅后厨地忙碌张罗，殷勤备至地将几位朝廷大员侍奉得无比熨帖。

张邦昌与唐恪、聂昌在花天酒地中且饮且聊，颇有浮生又得半日闲之乐。他们先是天南海北地扯了些诸如某人以不可思议的低价购置了一处黄金地段的豪宅、某人年逾花甲竟又纳了一个年方十五的小妾之类的闲篇，而后话题便渐渐转移到了与朝政有关的内容上来。

论及政事，便自然而然地牵涉到了对李纲的不满。

在座的都不是外人，话语就比较随意。唐恪说："据说近日李纲因以空名文告补授官职，被人奏了一本，受到御笔严斥，唬得他屁滚尿流，惶然上表请求辞职，真正是越发可笑。"

张邦昌说："确有其事，不过皇上甚为宽宏，只是对其稍加训诫，辞职之说并未允准。"

聂昌说："我看那李纲所恃，无非是守卫汴京之功。胜者王公败者贼，这件事算是让他露足了脸。但此人过于争雄好战，不知通权达变，枢密院交由此人掌管，必行穷兵黩武之略，是福是祸殊难料也。"

唐恪说："聂公此言极是。那厮急功近利目光短浅，一举一动皆欲哗众取宠，真正可恶之至。且又不晓世故，旁人说东他非道西，似乎指点江山非他莫属，余者皆是尸位素餐。有此一人在朝，大家难得安宁。"

张邦昌说："是啊是啊，与钦叟老弟有同感者非止一人。然其颇能弹唱高调巧言惑主，目下圣眷正深，却又可奈其何？"

聂昌点头道："正是这般说，此人蛊惑人心确有一套。君不见前者皇上将他罢免，有多少民众呼天抢地为他喊冤？二月五日那一闹，竟是生生地将个李太宰闹出了汴京城，真是匪夷所思。我就弄不懂，李纲那厮竟有何德何能，可令愚民对其如此顶礼膜拜？"

唐恪撇嘴冷笑道："什么顶礼膜拜，他李纲又不是太上老君。二月五日那场大请愿，指不定背后有什么名堂，不过是没人用心追查罢了。"

张邦昌听了这话，心里忽地打了一个闪，似觉天窍骤开。

但他没露声色，也没再顺着唐恪的话往下说，而是打着哈哈岔开了话题，说："大路朝天各走半边，他李纲愿意怎么折腾就随他折腾去好了，皇上天纵英明，孰是孰非天长日久自会明察。莫让他姓李的扫了咱们的兴，不提那厮了，咱们喝酒、喝酒。"然而在他的心里，一个向李纲背后插刀的主意已暗暗滋生。但这个主意不足与外人道，即使是唐恪、聂昌这样的朋党，亦是不便与之共谋。

他的主意，就是要抓住二月五日的大请愿做文章。

二月五日张邦昌尚在金营，没有目睹请愿实况，但当时数万之众围困皇城的激烈场面，他回京之后却是听人作了绘声绘色的描述。那场震撼京师的大请愿将朝廷整治得狼狈透顶颜面扫尽，赵桓不可能不对此奇耻大辱耿耿于怀。如果能坐实请愿运动系李纲蓄意挑动，那么李纲的官运也就走到了尽头。唐恪在酒席上不过是心怀不满地随口一说，张邦昌却是听者有心大受启发。他暗道：这真乃是一语点醒梦中人，有现成的突破口摆在那里，我如何早没想到呢？

那场大请愿会是李纲挑动起来的吗？张邦昌几乎不用查访便可断定，绝对不会。他心里清楚，李纲根本就不是那种人，也绝不会有那种心机和胆子。不过这没关系，那事不是他干的，可以硬说是他干的，只要有人出面指证就行。没有真证人，设法弄个假证人便是了。到时候将言之凿凿签字画押的证词往皇上那里一送，是真是假谁能辨得清？皇上即便不全信，起码要生三分疑。皇上一生疑，事情就好办了。彼时自有唐恪、聂昌之辈闻风而动借题发挥，口诛笔伐群起攻讦。有道是三人成虎，如此四面夹击，何愁罪名不立！

应当承认，这是个下作的损招，上不得台面泄不得天机，所以不能与人共谋，只可独自操作。

那么，这说明他张子能是个无耻的小人吗？非也非也，大非其然！有史以来成大事者，有几个没玩过卑鄙把戏？远的不讲，就说这赵宋王朝吧，太祖皇帝炮制了个陈桥兵变，太宗皇帝留下了个烛影斧声，鬼才晓得在那背后隐藏了多少见不得人的勾当。可是这又怎么了？这对太祖太宗成为雄霸九州的千古一帝有妨碍吗？一点没有。与这些伟岸的人物相比，他张子能略动这点手脚，实在是小意思。

宴罢回府，张邦昌顺着这条思路，在书房里踱来踱去又慎重考虑了一番，便下定了动手的决心。

接下来的问题是选择帮手。

事情须由他独自操作，并不是说他要亲自出马。制造伪证这步棋他不能染指，是需要一个心腹替他去走的。委派何人为妥呢？他想到了他那个远房外甥危国祥。危国祥能在汴京城里混事，全仗着有他张邦昌，巴不得有机会为他这个位高权重的表舅效犬马之劳。这厮身上五毒俱全恶习不少，张邦昌对此颇看不上眼，认定他不会有什么大出息，然而他亦有人所不及之处，他脑筋活络胆大心狠结交广泛，在下层圈子里颇有势力。而且，这厮还与李纲结下过梁子。综合这些条件想来，这危国祥便无疑是最适宜最可靠的人选了。于是张邦昌次日便差人将危国祥唤到府里，关起门来向其面授了机宜。

张邦昌当然不会把话说白，他只是含蓄地说，二月五日那场请愿，有传闻说是被李纲挑唆起来的。此事含糊不得，倘若果如其然，便有谋反之嫌。我作为朝廷大臣，理当澄清此事。你可留心查访有关情况，为我提供些确凿线索。

危国祥果然是乖巧无比一点就透，马上便心领神会了张邦昌的意图。承办此事一来可取悦表舅，二来可报复李纲，一箭双雕何乐不为？他当即拍着胸脯让表舅放心，说："这件事我一定要查他个水落石出，请愿系受何人挑唆，到时候咱拿证据说话。"张邦昌满意地点点头，又严肃地叮嘱他，兹事体大，务必保密。危国祥会意道："国祥省得，自会谨慎行事妥善料理。"

危国祥原以为物色几个人出面指证李纲是手到擒来的事，谁知着手一做还真没那么容易。他先是找了几个比较可靠的狐朋狗党，后又找了几个家境困苦的百姓，结果却一个也不曾落实。前者是因为担心假如扳不倒李纲，到头来反而成了诬陷李纲的替罪羊，都支支吾吾推诿说，我等皆未参加请愿，难说背后有何人指使，捕风捉影不足为据，危哥还是从请愿者中查找证人为宜。出于种种利害关系，危国祥是不便因此便与这些人翻脸的。而后者，在听懂了危国祥的用意后，不管他如何威逼利诱，都坚决表示从未受过什么人挑唆，他们不过是到宣德门前看了看热闹，其余一概不知，不能胡说八道。危国祥南墙碰壁，虽然恼火，却怕逼急了他们，将事情张扬出去，坏了张邦昌的大事，也不敢随意地收拾这些百姓。

危国祥一时有点一筹莫展，只好回过头来再找他那帮所谓的弟兄。他吹胡子瞪眼地说，挑唆请愿这桩大案本捕头必须侦破，出面指证李纲的人必须得有。你等既是做不了证，那便给我寻一个能做证的人出来。

狐朋狗党们平日仰仗危国祥处甚多，见大哥为此发了怒，不能不积极地替他想办法。这么群策群力挖空心思地一想，还真让他们想出来了一个人。这个人，便是在汴京保卫战中被误斩的禁军副军马使冷铁心的妹妹冷铁云。他们说，冷铁心虽是按战死将士的待遇予以安葬的，但其是在李纲督战卫州门时被诛，这个实情不可能被完全封锁。抓住这一条，便足可发挥利用了。

危国祥听弟兄们讲述了那事的头尾，觉得冷铁云不失为一个有缝的蛋。于是他命人打探清楚了冷铁云的住处后，便亲自去了冷家。

步入冷家的寒门陋舍，危国祥先自吃了一惊，这一惊是惊在冷家不堪目睹的贫困状况。见到正在为老母煎药的冷铁云后，危国祥又吃一惊，此一惊则是惊在冷铁云的容貌上。冷铁云虽是衣着破旧得无以复加，却无损她清俊娟秀的天然丽质。尤其是她那一双微微上翘的凤目，波光闪闪风韵无穷，而那秀目中又深含愁郁，更是招人怜惜不已。这使得危国祥禁不住地便有些心旌摇曳。为了套近乎，他竟鬼使神差地掏出了一锭纹银放到桌面上，而原本他只是想先奉送几串铜钱为礼的。

危国祥自我介绍说他是冷铁心的朋友，在开封府里混事，今日得暇，特来探望。接着他说闻知冷兄家境窘迫，不忍坐视，一直想为之做点什么。继而扯到冷铁心之死，他表示对其遭遇甚感不平，大发一通一将功成万骨枯之叹，说李纲不惜以将士的鲜血染红其乌纱，其手段冷酷残忍实在令人发指。然后便将话头一转，引向了正题，说李纲其人心地险恶野心勃勃，二月五日聚众闹事的幕后指使人就是他。此事意在谋反，朝廷正在追查，且已掌握了不少证据。如果铁云姑娘亦能出面旁证此事，当属立功之举，非但杀兄之仇可以借此得报，还可获得优厚赏金，那么从今往后便可安居乐业衣食无忧了。出于手足之情，这是他为冷家想到的一条出路，希望冷铁云不要错过良机。

为了免除冷铁云的顾虑，他还特地说明，官府会对她的指证行为严格保密，并对她采取必要的保护措施，保证不使她受到任何打击报复。

据危国祥估计，单凭冷家母女对李纲的怨恨，她们也是巴不得扳倒李纲。再说还有巨赏诱惑，她们何乐而不为？今天只要冷铁云不把口封死，就说明她是动了心。他可以再来两次、三次，直到说服她就范。与这样一个俊美的姑娘对话，也是浮生的一大享受，他很乐意再来，不怕辛苦不嫌麻烦。

但他的美梦转眼便化作了泡影。冷铁云听他花言巧语聒噪毕，横眸扫了他两眼，沉默有顷，即表情冷淡地说，民女只知居家度日，不懂官府大事，没参加过什么请愿，更不知什么幕后指使人。谢谢你的美意，这份赏金，民女无福领受。

危国祥摇头晃脑地说，铁云姑娘不必急于回答，此事可为与否，不妨思之再三。

冷铁云断然地回答，思之再三也是这话，如果你没有别的事，就请回吧。说着，将那锭银子向危国祥的面前一推，便起身做出了送客姿态。

危国祥尴尬地愣了一瞬，沉下脸道，姑娘如此任性，日后可别后悔。冷铁云道，民女又不曾做什么亏心事，有何可后悔的？危国祥狠狠地盯着她道，那么姑娘的杀兄之仇，也不想报了吗？冷铁云顿了顿，冷冷地答道，那事已经过去，我们不想再提。

危国祥再也无话可说，只得悻悻地收回银子，窝着一肚子火从冷家铩羽而归。他根本未曾料到冷铁云竟会是这样一种决绝态度，很是想不通将一个现成的报仇领赏的机会给她送上门去她为什么竟毫无所动，甚至连一点回旋的余地都不肯留。难道兄长之死对她来说就那么心安理得？他娘的，这小婊子不愧是姓冷，真个是心冷如冰。危国祥边走边咬牙发狠，敬酒不吃吃罚酒，狗坐轿子不识抬，待哪天腾出工夫，看我如何收拾你个死去活来！

更让危国祥失算的是冷铁云非但拒绝做伪证，还很快地将这件事透露给了李纲。这是因为，他完全把错了冷铁云的脉，估错了冷铁云的品行。

哥哥冷铁心的死给冷铁云留下了刻骨铭心之痛，每念及此，她都会产生深切的哀伤。然而，这却并未使之与李纲结仇。战后李纲亲自到她家中抚慰，冷铁云冷漠对之，当时她的心里确实怨气甚重。可是百姓们口口相传的事实，却使她很明白这一点：如果没有李纲强硬果敢的作战指挥，汴京的百万之众必将俱遭涂炭。对于这样一位亲冒矢石舍生忘死保卫了千家万户的英雄统帅，她纵是想恨，也恨不起来。这种欲恨不能的矛盾心理，在那段日子里对她曾是一个很大的折磨。

二月五日的请愿运动轰动全城，她也闻风到了现场旁观。数万军民那种发自内心的对李纲的热烈拥戴，给予了她强烈的感染和震撼，使得她在不知不觉中淡化了心头的哀怨，甚至不由自主地亦对李纲产生了崇拜景仰。所以此后李纲派甘云去给她家送米面接济生活，为她母亲请郎中医病，她都没再拒绝。只是哥哥之死这道心灵创伤，尚需时光逐渐磨平。这是她们自家的事，与旁人没有关系。

不料现在居然有人居心叵测地欲拿这事做文章，欲借她的手去整李纲，这着实让她吃惊，也非常令她愤慨。莫说她从没想过要报复李纲，就是她想报复，也绝不会采取那种下作的诬陷手段。因此危国祥的冷家之行，不但没有产生预期的效果，反而让冷铁云看出了李纲的正直清白。倘非如此，有人欲打击他，大可抓住他的劣迹进行弹劾，何必子虚乌有地去捏造伪证呢？

危国祥走后，冷铁云马上与卧病在床的母亲做了商议。冷母虽然重病缠身，头脑却不糊涂。她不仅认为不能因一己之私怨被别有用心的人当枪使，还想到应当主动将此事告知李大人，以防有人假借冷家之名搞鬼。冷铁云觉得母亲之言有理，正琢磨如何悄悄地去向李纲传信，恰逢李纲委派甘云请的郎中上门来为冷母复诊，她便托那郎中转告李纲，请李大人谨防小人陷害。

那郎中亦对李纲敬重有加，旋即便找甘云带他去见李纲，向李纲面禀了此事。李纲听了，十分感动地让郎中向冷家母女转达他的谢意，并嘱郎中务必尽心将冷母的身体调理好，一切费用皆由他承担。郎中走后，甘云便愤愤地请求李纲下令追查此事。

李纲当时也很气愤，但那追查令涌到嘴边，又被他咽了回去。逢怒缓三分，是他时常自诫的一句话。他让甘云暂且退下，待他想想再说。

经过一番冷静考虑，李纲决定，且将此事压下不查。因为，其一，欲查此事首先就要从冷家入手，这必然会给冷家带来麻烦，而他不希望冷家再受到任何伤害；其二，此事源起于何人，其实不用查他也能料到大概，而查出来他也难奈其何；其三，一旦展开追查，势必牵枝扯蔓，使他身陷官场争斗之中，而目前他根本无此精力；其四，公道自在人心，连冷家都不屑为此不齿之事，更有何人肯信口雌黄？不做亏心事不怕鬼敲门，对此阴暗伎俩，我自岿然不动便是最佳对策。如若急于招架，反倒有心虚之嫌。只要我心中有数，任你在背后折腾，再折腾下去，无须我查，很可能你自己便会露了马脚。所以，李纲认为这事还是以忍耐克制、不将事态闹开为妥。

当然，这样忍耐，他是很憋气的。心无旁骛地为国操劳，却终难避免官场倾轧的明枪暗箭，这是最让李纲头疼的事。因此自京城解严后，他曾不止一次地萌生过急流勇退之念。他越来越感到，像他这种人，大约原本就不适合做官。可是不出来做官，不力求登上高位，此生的鸿鹄志向宏伟抱负又将如何实现？

为官难，弃官亦难。人这一辈子，要想做成点正经事，怎么就这么难呢？

第十六章

　　"放肆！"李纲忍无可忍勃然作色，"你这厮张口便曲解本官之意，是何居心？本官何时阻挠你捉拿要犯啦？我要的是你的证据。你与我听好，今日你若拿得出证据，我保你人犯归案，若是拿不出证据，欲在本官面前抓人，除非是先拿下我李纲。"

一

有道是东方不亮西方亮，正当危国祥在制造伪证陷害李纲这事上连连碰壁的时候，从牛昌那边传来了好消息：牛昌和成千苦苦蹲守多日的猎物出现了。而且这猎物还不是一般人，乃是"光明道"大头领计洪奎的妹妹计玉珠。虽然计玉珠改扮成了男装，但从那面容身形上，隔街守望的成千还是及时而准确地窥破了究竟。不过为防危国祥独霸全功，成千对来者的身份姓名暂未和盘托出，只称其为"淮南来客"。

这次进京联络"中州虎"，计洪奎原欲派遣的是道里的一个弟兄。却逢那弟兄之母患重病，他须晨昏照料，一时脱身不得。其实这事也非急事，早去几天晚去几天没什么关系。偏偏那计玉珠是个快性之人，她说不就是去给"中州虎"带两句话嘛，我正闲着没事，我去溜达一趟便了。计洪奎想此行除了与"中州虎"进行一下联络，也没什么危险差事，而且以计玉珠的机警干练和搏击功夫，防身自卫绰绰有余，便答应了她的要求。

计玉珠临行之前，计洪奎忽然莫名其妙地产生了一种很不放心的感觉，就打算再派一个弟兄随行，以便缓急之间有个照应。计玉珠却满不在乎地说无此必要，再说弄个男人跟在身边也不方便。计洪奎想想也是，便未坚持己见。岂知皆因这一念之差，竟铸成了他的终身恨事。

计洪奎结识"中州虎"是去年夏天的事。说起那位号称"中州虎"的江湖大侠，此君不是别人，正是在汴京保卫战中组织和带领义勇，有力地配合了官军作战的索天雄。这个索天雄，虽然蛰身蒿莱间，却实非等闲之辈。

索天雄本名秦刚，原居京东濮州，其父曾任京东路兵器都作院下级职官，因不配合上司舞弊贪污，被革职裁撤，回归乡里后，以打铁为生。由于其父生性刚烈，敢于仗义执言，逐渐成了当地的江湖头领。绍圣三年，因不满官府重税压榨，其父与一干弟兄试图举义，却因机泄事败，遭到满门抄斩。事起时，秦刚被父亲派出去为濒临危境的起义弟兄报信，才侥幸成为秦家唯一的漏网之鱼。一名索姓武师带着秦刚逃离濮州，几经辗转摆脱追杀，并将其收为义子，张罗成家，秦刚由此易名索天雄，随着义父以给商家押镖走货为生。后来义父去世，妻子早夭，索天雄这段非同寻常的家史，除了其女索飞春，便再无他人知晓。

独特的血统和悲壮的身世，在索天雄心里深深地埋下了一颗反抗朝廷的种子。为此他在押镖糊口之余，不仅刻苦向义父学习武艺，还发奋钻研兵书军志，乃至历代史典，以期为日后所用。

索天雄的品性，在侠义豪爽上酷似其父，却比其父多了一份深沉和定力。对父亲起事失败惨痛后果的反思，以及对史述之历史教训的感悟，使得他逐渐形成了一个明确的认识：反抗朝廷这件事，不做则已，做则必求改朝换代。否则纵能逞一时之快，终将是徒劳无功，而且下场会极为可悲。在这个思想认识中，无疑是包含了一种宏伟志向，但他并无自我称霸之心。他的夙愿，是希望做个韩信式的人物，能够辅佐一个英主开创一代霸业。胸怀这样一种理想，便使得他的目光气度，大大地有别于一般的草莽英杰。

他深知欲得实现此愿，非为朝夕之功，尤须假以天时。时势造英雄，自古而然之。因此多年来他始终抱定一个宗旨：没有适当的起事时机，宁可只进行秘密的地下活动。但在目睹不平不堪忍受时，他也会暗中出手惩恶。惩恶后为不殃及无辜，每留"中州虎"三字于壁上。百姓们闻之口口相传，遂使神秘隐侠"中州虎"的威名在京畿一带不胫而走。

时光荏苒，与之相依为命的女儿索飞春在索天雄的悉心教导下，渐渐成长为他的得力助手。而在这漫长的岁月里，索氏父女借外出押镖之机，在太行南北黄河上下亦结识了不少江湖好汉。众好汉多有因深服其德，而尊索天雄为义兄者。时至宣和年间，如果索天雄意欲起事，大旗一竖拉起一支盘踞一方的绿林队伍，已绝对不成问题。

在此期间，索天雄曾有三次动过揭竿而起之念。前两次是当梁山宋江和睦州方腊先后造反时，他曾打算在关键时刻举旗响应。然而这两次起义皆持续时间不长便显颓势，结果是一受招安，一被镇压，未待星火燎原，便已灰飞烟灭。这使索天雄在大失所望之余，更加清醒地看到了摧毁朝廷统治机器之难，从而促使他开始考虑另外一种斗争策略。

后一次萌动起事之念，是在去年金军大举南侵朝廷风雨飘摇之际。但此念仅似电光石火一闪，便被他自我否决。乘隙国危，无异于助纣为虐，既有悖于民族大义，也难以得到广泛的支持。此中的大是大非一目了然。所以索天雄非但没有乘机发难，亦未出城避险，反而是带着女儿索飞春留在城中，挺身而出发动民众，义无反顾地投入了抗击外敌的卫国战争。

后来策动请愿，索天雄亦是旨在扶危救国，而非图谋叛乱。尽管朝廷对发生那场情愿运动异常恼火，事实上它却是大受其益的。请愿的结果是李纲复职，金军北撤，大宋王朝得以转危为安。也就是说，在朝廷大厦摇摇欲倾之时，志在反抗朝廷的索天雄却是有违初衷地为其出了大力。在这种民族危亡关头他没法不这样做，至于他与朝廷间的较量，只能来日另说。

去年初夏时节，索氏父女为一家商号到淮南押运一批山货至汴京，途经舒州时，在暮色中遇一身负刀伤的汉子疾奔而来，至近前时已是筋疲力尽。远处则有一群人大呼小叫骂骂咧咧地持戈追来。索天雄见状二话没说，速让那汉子扮作押镖的伙计。俄尔，一伙穷凶极恶的乡兵追至。索天雄沉着地将他们支走，方回头问起那汉子的身份来历。那汉子感激不尽，坦诚地自报家门，说他乃"光明道"成员，适才遭受追捕，是因奉命取了一个逼死人命的知县之父的狗头，并执意要恩公留下姓名。索天雄道出名号，那汉子喜出望外，便力邀他去与其大哥一晤。

那汉子所说的"大哥"，就是"光明道"首领计洪奎。原来索天雄走南闯北多年，所到之处扶危济困仗义行侠的事不知做过多少，在江湖上美誉广布。天下英雄惺惺相惜，计洪奎尝闻其人其事，每与弟兄们提起，乃嘱谁若遇到索公，务必与他引见。今日这汉子与索天雄不期而遇，自是不肯辜负头领嘱托。索天雄对淮南"光明道"亦有耳闻，正有对其进行了解之意，当下便欣应其邀。

一行人进城落脚客栈，那汉子不顾伤痛劳累，即兴冲冲地去向计洪奎禀报。索氏父女安顿下货物，刚刚盥洗毕，计洪奎计玉珠兄妹已随着那汉子策马而至。是夜计氏兄妹设宴答谢索氏父女，双方意气相投一见如故，畅饮畅谈中，均有相见恨晚之感。

次日午后，计玉珠陪伴索飞春在城里游览购物，计洪奎则将索天雄请到武馆，两人一面浅斟慢酌，一面又做了长达四个时辰的交谈。两人可谓心有灵犀一点通，对许多事情的看法皆不谋而合，因而他们越谈越投机，越谈越深入，终至全然敞开心扉，相互吐露了气吞山河之志。两人乃当场盟誓，相许将来要携手同行共图大业。

为使分散于各地的帮会组织逐渐形成有力的合作关系，两人曾打算，在当年年底约请部分江湖头领到汴京进行一次秘密聚会。后因时局骤变汴京被围，这个计划落了空。此次计洪奎派人进京，就是想旧事重提，并与索天雄商量把召集群雄聚会的地点改在南方。如索天雄能先期南下，与其就团结各地帮会的某些重要问题先做些磋商则最好不过。因为通过上次的交谈，索天雄在计洪奎心里留下的分量很重。计洪奎一向是比较自负的，但见到了索天雄之后，他不得不承认确实是天外有天。

由于索氏父女行踪不定，为了便于联系，当时他们就约定了今后的联络方法，计洪奎也将其在京城所设的联络点告诉了索天雄。另外，索天雄告诉计洪奎，他除了在押镖这个公开的职业活动中使用真实姓名，从事其他一切秘密活动，均以"中州虎"为代号。计洪奎谨遵其意，后来在道中议事言及北方盟友，即只提"中州虎"名号。所以就是在"光明道"内部，知道"中州虎"就是索天雄的人也不多。那时成千已失去计洪奎的信任，就连结识索天雄这件事计洪奎都没对他讲，"中州虎"是何方神圣，他当然无从得知。

但是现在，成千距离揭开这个谜底，却只有一步之遥了。

那日计玉珠抵京，下榻顺发客栈后，稍事休息，便出了店门，去寻索天雄的住处。她这是头一回来汴京，道路不熟，转悠了很长时间，才依据计洪奎告诉她的方位及房屋特征，找到了索家宅院。那院门上却是铁将军站岗。

人不在家乃意料中事，索氏父女不是闲人，不可能无所事事地猫在家中。于是计玉珠便在其门框上刻下了联络暗号。根据约定，索氏父女见到暗号，便会去顺发客栈与淮南来客接头。但索氏父女如今是在汴京还是出了远门，却是很难估计，计玉珠只能坐等回音。

留过暗号，计玉珠又顺路在城厢热闹处玩耍了一会儿，才返回客栈睡下。成千对计玉珠的行迹进行了全程跟踪。因其不敢靠之过近，计玉珠刻留暗号的动作，幸未被他察觉。

第二天，计玉珠出外观景览胜，成千依旧鬼祟尾随。如果此时计玉珠带有一个弟兄隔开距离监护其后，不难发现这个尾巴，也就不难避免和化解后来的凶险。可是她和计洪奎哪里会想到，她在远离舒州人海茫茫的汴京城里，竟会受到如此居心险恶的盯梢。

索氏父女没出远门。他们在京畿一带押了一趟短镖，于计玉珠来过的第二天下午回到家中。发现刻在门框上的暗语，索天雄当夜便让索飞春前去顺发客栈，用飞镖向来者下榻房间的后窗投射了一封密笺，约定次日上午辰巳之间，在锁春苑蕴秀亭会面。计玉珠原是做了等候十天半月的思想准备的，没想到只候一日便得了回音，令她比较兴奋。

次日晨起，计玉珠洗漱停当，在客栈里用了早餐，即早早地出门而去。对锁春苑这地方她只知道个大体方向，具体如何走，还需在途中打听。自打淮南来客住进顺发，危国祥便增加了监视力量，夜间是派便衣捕快值岗，交给成千、牛昌的任务主要是盯白天。计玉珠出门时，正逢成千、牛昌来接岗。成千、牛昌看出计玉珠今日的状态与昨日之悠闲散淡不同，似乎是目的性明确地要去一个既定的去处。两人预感与其接头的大鱼就要浮出水面，他们多日的辛劳就要修成正果，乃精神抖擞地紧跟上去。

锁春苑坐落于城区西南部，与位处城东南的宜春苑遥相呼应，同为当时汴京城里的著名园林。该园乔木茂密，亭阁精巧，廊桥曲回，泉池清澈，是人们怡神养性遣兴抒怀的绝佳去处。更兼时值春末夏初佳季，满园的芍药正在盛开，金紫红白各种花色参差成阵，越发装点得那景致百媚千娇，绚丽如画。

类似的园苑台池幽雅胜境，在当年的汴京城里不下百处，可惜后来均遭战火焚毁，复又被风沙河泥层层覆盖。千载之后的人们故地寻踪，只能通过沉睡于十数米地下的零星残迹，去依稀认取其往昔的绝代风华了。

话头扯回。待计玉珠一路打听着来到锁春苑，索天雄和索飞春早已等候在蕴秀亭中。计玉珠在舒州是与索氏父女见过面的，他们便无须再以暗语相认。双方异地重逢，均觉十分亲切。上次约定的聚会活动未遂，计洪奎竟遣其妹不远千里前来联系，这使索天雄甚为欣喜而且感动。

双方亲热地略述了别后状况后，计玉珠便将哥哥的意思向索天雄做了转告。索天雄对计洪奎积极推进各地反官府力量联盟的想法表示赞同，亦认为在召集群雄聚会之前他与计洪奎先就某些问题达成共识很有必要。与计洪奎对他的尊崇相仿，索天雄对计洪奎也颇为器重，一些重要想法愿意与之沟通。于是他便让计玉珠回复计洪奎，他近期一定抽空南下舒州与其面谈，但其他的活动不必操之过急，可待他们谈过之后再定。

索天雄让计玉珠提醒计洪奎，谋成于密，败于泄。江湖中人鱼龙混杂，选择盟友务须慎重。同时他还希望计洪奎多关注天下大势，并多思考历次起事者的成败教训，以为日后行动之考鉴。计玉珠认为索天雄所言相当重要，乃一一悉心记下，准备回去原原本本地向哥哥传达。

正事谈完，索天雄关切地询问计玉珠还欲在汴京逗留几天，要不要让索飞春陪她四处走走。计玉珠原也有意借机饱览一下京师风光，但这时却蓦地产生了归心似箭的心情。她觉得有昨日在城里的一番走马观花，也可算是不虚此行了，乃对索天雄谢辞道，事情既已谈妥，她就不再多耽搁时日了，免得哥哥挂念。索天雄说这样也好，那就舒州再会吧。说罢，双方拱手作别。计玉珠先行离去，索天雄和索飞春稍作停留，亦信步蹀出了蕴秀亭。

眼见得索氏父女与计玉珠交谈过后即分头而去，隐藏在一座奇石假山后面盯梢的成千着了急。他与牛昌跟踪至此，窥视到计玉珠与索氏父女相见的状况后，一致断定那个身材魁梧的中年汉子必是巨贼"中州虎"。当时成千便与牛昌做了分工，由成千留在这里继续监视，牛昌则速去报告危国祥带捕快前来拿人。现在目标要走，而危国祥还没赶到，这便使成千有点抓瞎。计玉珠走了尚不要紧，谅她一时半会儿还不会离京，待会儿返回顺发客栈去拿就是。但那"中州虎"走了怎么办？他若跟踪而去，危国祥来了去哪里找他？他和牛昌都不认识那"中州虎"是何许人也，万一不慎跟丢，岂不前功尽弃了吗？

独自冲上去将其拿下？成千掂量，就凭他这两下子拳脚，恐远非那赫赫有名的"中州虎"的对手。而"中州虎"身边那个姑娘，看样子也是个练家。不行不行，此乃下策，断不可为。深感孤掌难鸣之苦的成千这时一面紧盯着索氏父女的动向悄悄地挪动脚步，一面就在心里大骂危国祥绝对是乌龟转世，不然焉能如此动作迟缓。

却是事有凑巧，顷刻之间，情况竟又发生了转机。

索氏父女刚刚走出蕴秀亭，迎面恰与漫步而来的李纲不期而遇。索天雄与李纲有日未见，偶遇于此少不得要聊上几句，自然便滞住了脚步。成千见状额手暗叫天助我也！他估摸着危国祥应该已是离此地不远，只要那"中州虎"再耽搁上个一时半刻，他便铁定是煮熟的鸭子，飞不了了！

二

今天李纲是特地出来散心的。

朝廷中政要无人议，良策无人睬，营私各有术，是非无休止。你想为匡扶社稷尽职尽责，偏有人看着不舒服不顺眼，时时给你下绊处处给你掣肘。更有甚者，还居心险恶地在你背后放箭插刀。这种乌烟瘴气的局面，搞得李纲异常烦闷。近日因王宗楚等三衙将帅来回扯皮，致使许多军政部署难以落实，直接影响了备边大计。李纲奏请赵桓出面协调，却如石沉大海杳无回音，这越发使得他心气不畅。所以他今天给自己放了半天假，想独自出来放松放松，排解一下灰暗的心情。

虽然前后居京为官时间也不算短，但京城里的著名景园，李纲多半还没光顾过。听人说眼下锁春苑的芍药正开得好，他想不妨前去领略一下它名噪天下的艳丽风采，出门后便叫了一辆厢车奔此而来，不期正与刚同计玉珠会过面的索氏父

— 323 —

女相遇。

意外邂逅芳园，三人都很高兴。李纲本与索天雄投缘，对索飞春也不陌生，双方寒暄起来，自是亲热随意，一如故知旧友，全无身份之拘。李纲问起索氏父女近况，索天雄说还不错，京城解严后内外货物亟须流通，雇其押镖的商号接连不断，生计是不愁的。索天雄亦问李纲近来诸事可好，李纲不便将朝中的糟乱情形及其内心愁烦诉之于外，乃轻描淡写地道，无非是终日碌碌于文牍中，尽力履行职守罢了。

索天雄微微笑道，其间恐是多有不顺吧。李纲反问何以见得？索天雄说，如其不然，李大人此刻怕是绝无闲情来此游园赏花。

李纲暗暗佩服索天雄的洞察力，不禁又萌起动员他出山之意。乃坦诚说道，情状果如索义士所言，如今朝廷积弊重重百废待兴，内需谋臣外需良将，切盼能有索义士这般有识之士挺身而出造福社稷。索天雄仍是不卑不亢地回答，此亦索某之愿，但容从长计议。然后，他似是漫不经心地随口向李纲问道："不知李大人是否想过，假如李大人为朝廷忠心耿耿肝脑涂地，到头来却终是事业成空壮志难酬，将做何打算？"

李纲被问得一愣，他稍想了想，方喟然叹道："出现这种结果，并非没有可能。然人生运数，殊非一厢情愿可定，只可尽人事听天命。目前国事维艰，金虏猖獗，我李纲唯可追效古贤，鞠躬尽瘁死而后已。至于成败功名，得之不求，求之不得，顺其自然便了。"

索天雄听得出，李纲这番包含着若许苍凉的话，绝非虚吟高调故作姿态，不免在心里感叹，如此刚正忠贞德才兼备之士得不到真正的重用，无数庸官墨吏却能如鱼得水跋扈其间，这大宋王朝岂不是正在自掘坟墓自取绝路吗？他陪着李纲在花径中缓步前行，若有所思地沉默了一会儿，正要开口再说什么，突然被索飞春轻轻扯了一下衣襟："爹爹，你看。"

索天雄警觉地举目一扫，立时察觉四周的情况有异。原来这时危国祥已带领一拨便衣捕快赶到，根据成千的指点，正散开队形向这边围拢过来。

危国祥远远看出，那所谓的"中州虎"原来就是索天雄，又见那正与索天雄密切交谈的人竟是李纲，不禁大喜过望。这真是福无双至今日至了，此一举不但可报他与索氏父女的宿仇，而且收拾李纲也有了由头。管他与"中州虎"是不是一伙，先狠狠地咬上他一口再说。秘密沟通反贼，哈哈，这个罪名可是相当地有分量！

索天雄一望便知来者不善，但他并不着慌。因为一来他思忖自己一向行为谨慎，并无要害把柄落入官府之手；二来他选择这锁春苑与淮南来客会面，原本便有未雨绸缪之备。无论有无危险，都要预作防范，这是他多年来从事秘密活动的一条必循原则。锁春苑的园景布局，乃依八卦门户设计，极尽迂回之妙。他和索飞春对此中地形了如指掌，凭他父女的武功，不会被那十来个捕快困住，这一点他心里有数。不过，不到万不得已，他还是要尽量避免动手。他想弄明白是事出何因，于是他镇定地拍了拍索飞春的肩膀，示意她沉住气，然后做出茫然大惑状，回头对李纲道："李大人，你看这些人这般行状，却是何意？"

李纲见此场面亦甚诧异，乃举步上前大声喝问："你等是何人，想干什么？"

众捕快是认得李纲的，在他的面前不敢造次，闻声都颇含畏怯地止住了脚步。这时危国祥大步赶将上来，面带一丝冷笑向李纲作揖道："在下开封府捕头危国祥，参见李大人。"

李纲抬眼一看，认出他是那个在数月前曾因敲诈百姓而被免职的提举保甲，厌恶地皱了皱眉："哦，你倒又摇身一变成了捕头了，能耐不小哇。你来此有何公干？"

"特来缉拿反贼。"危国祥伸手一指索天雄，"这个人就是那大名鼎鼎的'中州虎'，李枢密与其过从甚密，难道竟无所察吗？"

李纲闻言一怔，回头看看索天雄。索天雄泰然自若地呵呵一笑："什么？小民是'中州虎'？这话新鲜，你是听谁说的？"

"当然是听知情者说的，到了衙门里自会有人指证。怎么着，你是乖乖地跟着我去衙门呢，还是非得烦劳我的弟兄费点事呢？"

"不劳弟兄们费事。但是说我是什么'中州虎'，你必须就在此地给我拿出证据来。"索天雄从容地回答，"否则不但你休想让我跟你走，我还要状告你挟私报复诬陷良民。"

这后一句话索天雄是有意说给李纲听的，果然就起了作用。李纲闻言不但想到索天雄父女曾因打抱不平两番得罪过危国祥，还想到了有人在背后制造伪证，企图给他戴上蓄意煽动民众请愿罪名的事。这帮人连他堂堂的朝廷从一品大员都敢诬陷，何况欲报复一个无权无势的平头百姓。想到这些，李纲不禁怒从中来，面色一沉冲着危国祥道："本官以为他说得不错。你说他是'中州虎'，证据安在？总不能只凭你这么一说，便可抓人下狱吧？"

危国祥自恃铁证在握，趾高气扬："李枢密，在下奉劝您想清楚点为好，蓄意阻挠在下捉拿要犯，恐是干系非轻也。"

"放肆！"李纲忍无可忍勃然作色，"你这厮张口便曲解本官之意，是何居心？本官何时阻挠你捉拿要犯啦？我要的是你的证据。你与我听好，今日你若拿得出证据，我保你人犯归案，若是拿不出证据，欲在本官面前抓人，除非是先拿下我李纲。"

毕竟李纲的地位摆在那里，危国祥再狂，也还不敢无视李纲的存在蛮干硬来。但他亦无退缩之态。方才他听成千禀报过情况，便让成千、牛昌带上三名捕快，飞马直扑顺发客栈捉拿淮南来客去了。假如那淮南来客是由此直接返回客栈去的话，大约此刻已被拿下。那么命人将其先解来锁春苑让李纲看看不就是了嘛。因此他胸有成竹地点头阴笑道，既如此说，只好委屈李枢密暂候片刻。然后他便回头差一个捕快去传令，速将人证押到这边来。

以危国祥的估计，三个人高马大的捕快加上成千、牛昌，迅雷不及掩耳地去捉拿一个毫无防备之徒，应是手到擒来之事。彼时当着李纲的面，让成千、淮南来客与索天雄在此三头对质，那场面绝对精彩。

可是这一回他又高兴得太早了。半个时辰不到，被派去传令的捕快慌里慌张单骑奔回，气喘吁吁地向他禀报了一个丧音：成千和淮南来客都来不了了。

原来计玉珠从锁春苑返回客栈后，休息了一会儿，让店里的伙计送来一碗汤饼吃了，便收拾起包裹上了路。却不料刚迈出客栈大门没几步，正与前来捉拿她的成千等人狭路相逢。

陡然看到成千，计玉珠惊愕之下急忙转道躲避。成千知其身手不凡，预先就指使牛昌与一个捕快分别阻于两翼，这时趁计玉珠与拦截者交手夺路之际，他便先发制人地连连甩出了暗镖。

截住计玉珠去路的是牛昌，牛昌那两下子拳脚稀松，只比画了一个回合便被打翻。但他是个滚刀肉，况因邀赏心切，倒地后就拼命抱住了计玉珠的一条腿。计玉珠奋力将他踢开，大腿上却冷不防中了一镖，不由得踉跄一下跌倒。

成千要抢头功，乘机猛扑上去，却忘记了计玉珠更是使用暗器的高手。计玉珠情知事情就是坏在这个叛徒手上了，心中对他恨之入骨，一扬手将藏于衣袖中的一把梅花针全数抛出。在那一瞬间，成千猛醒到自己太大意了，然而却已躲闪不及，面门上登时被扎成了刺猬状。那针锋上带有剧毒，顷刻间成千便七窍流血一命归西。

此时计玉珠身边若有人相助一臂之力，摆脱抓捕尚且不成问题。只是在那顺发客栈里，真正与"光明道"有关系的其实只有店主一人，而他此时恰巧外出未归。余者皆为普通雇员，根本不知道计玉珠是何人，那些捕快来抓她是怎么回事，自然不会干预其事。计玉珠跃起身来且打且退，却因道路不熟，误入了一条死巷。

这时候追捕她的动静已经闹得很大，审视面临的处境，计玉珠感到纵使自己可以干掉眼前这几个捕快，由于金创在身行动不便，也很难逃过官府兵丁的围追堵截。为免被捕受辱，这个刚烈的姑娘竟在搏斗中毅然夺刀自刎。

危国祥听过禀报，如遭当头一棒，呆呆地倚着身后的假山，半晌没吭出声。他压根没料到事情会弄成这样，淮南来客没生擒到手不说，居然连成千这个原有的人证也报销了，两个关键的角色出不了场，这台戏让他如何再往下唱？

可是既然已经大张旗鼓地开了锣，不敷衍个收场怎么下台？真是人算不如天算，这个笑话算是让李纲、索天雄看定了！危国祥咬牙切齿，在肚子里乱骂一通之后，不得不强打精神走进前面的听雨轩，忍气吞声地向安坐其间喝茶的李纲和索氏父女赔罪，说适才乃是在下所得的探报有误，弄出了一场误会，还望李大人与索公看在小的是恪守职责的分儿上多加谅解。

方才索天雄从危国祥说话的口气上，已经意识到可能是计玉珠那边出了纰漏，并在思想上做好了应对准备。他不想使此事涉及李纲，便请李纲先离开这里，说这事索某自会理论明白，就不劳李大人挂心了。但李纲却偏不走，他要看看危国祥到底能拿出什么证据。索天雄不便勉强李纲，只好请他就近到听雨轩茶室一坐。危国祥则命属下亦步亦趋地严密监控了听雨轩。

这时索天雄虽然对即将出现什么状况心里没底，但仍是言行自如若无其事。索飞春自幼受其父熏陶，亦自有一份处变不惊的胆量。这便越发使李纲相信，这父女俩没什么问题。于是他们要了一壶茶，就在听雨轩里面边饮边聊。

话头从危国祥这等败类如何竟又当上了开封府的捕头说起，扯到吏治中的种种弊端，又延伸到官场的极度腐败。索天雄随口举了几个徇私枉法卖官鬻爵的例子，令在这一方面比较孤陋寡闻的李纲听得惊讶不已感慨万端。

就在李纲对索天雄所揭露的黑暗社会现状大发感叹之际，危国祥灰头土脸地踅进听雨轩赔罪来了。李纲原以为危国祥既然那么嚣张，大约多少是能拿出点捕风捉影的东西来让人看看。谁知等了半天，这厮却连响屁都不曾放出来一个。他觉得对这种惯于无事生非的无赖，再多吐一个字都是多余，因此他瞅都懒得再瞅危国祥一眼，唤店家过来付了茶钱，对索氏父女道了别，便霍然起身扬长而去。

索天雄在与索飞春离去时，倒是撂给了危国祥两句话："让危捕头辛辛苦苦空忙一场，真是过意不去。何时危捕头果真拿住了'中州虎'，别忘了也让咱去开开眼。"当时气得危国祥五官全挪了位。

危国祥不甘就此罢休，回去之后他便苦苦寻思如何挽回败局。索天雄即"中州虎"那是没跑的事了，问题是如何能够证实。这一琢磨他才发现，他有一个致命的疏忽：由于他的兴奋点全在"中州虎"身上，当时他未曾向成千问明那淮南来客的身份姓名。现在他除了知道那淮南来客系女扮男装之外，对她的其他情况概无所知。对于顺发客栈，亦未捏得把柄在手。这就不好办了。

让牛昌出面做证吗？可这厮根本不是"光明道"的人，他的证词并不具备说服力。况且此人素质甚低，他一开口定然破绽百出，成事不足败事有余。再者，闻知谋反案情却不即刻上报，以致线索中断案犯漏网，这件事若是严肃追究起来责任非轻，弄不好又得丢了差事。

经过这么一番考虑，危国祥觉得这事暂时还真不宜据实上报。对于发生在顺发客栈的抓捕行动，只能先编个诸如缉拿私盐贩子遭到拒捕之类的说法遮掩过去，一切真相则须待他拿下"中州虎"后方可披露。

那么如何去拿"中州虎"？细想一下，办法还是有的。虽然成千和淮南来客死了，但并非所有的线索都断了。他现在可以直接盯住索天雄。如果索天雄确实是"中州虎"，迟早会露出马脚。另外，顺发客栈那条线索也还有用，不妨派人打入其间做个卧底。如此双管齐下，说不定又可柳暗花明。这样想来，危国祥不免又自得起来，自谓我危某人到底是每临大事有静气，大智大勇非等闲。

说起来，危国祥的脑瓜是不算笨，只是他过于目中无人。他一点都没意识到，在锁春苑和顺发客栈失手的根本原因，就在于他大大地低估了对手的胆魄智慧。现在他又犯了同样的错误，乃至事态的发展与他的如意算盘，全然是背道而驰了。

江湖经验丰富的索氏父女，不但很快察觉并制伏了监视其行动的捕快，而且顺藤摸瓜找到了牛昌，在逼迫牛昌供出事情的前因后果后，将其秘密处决，随之索氏父女便销声匿迹去向不明了。而那顺发客栈，在危国祥差人以雇工身份打入其内部之前，业已悄然易主，变成了一个不存在卧底价值的普通客栈。

数日之间一切线索皆化为乌有，危国祥煞费苦心策划的侦破谋反大案行动，不得不就此悄悄地画上了句号。他期望由此而达到的目的和捞到的好处，也全都泡了汤。这个结果令危国祥异常光火，却又无处发泄，于是他便将这笔账又记在了李纲的头上。他认为如果没有李纲横加干涉，他绝不可能落个鸡飞蛋打，就在心里恶狠狠地发誓，将来但凡有机可乘，不弄死你姓李的老子就是婊子养的！

— 328 —

此事的结果也让李纲吃惊不小。虽然当时在锁春苑他认定危国祥的行径是恶意栽赃挟私报复，但事后回想，却觉得其中有些蹊跷。后来发生在顺发客栈附近的拒捕事件传到他的耳中，他不由得便将其事与危国祥的举动联系了起来。

莫非那天危国祥要等的证据，就是那个拒捕者？是不是皆因拒捕者自尽，危国祥才不得不权且放过了索天雄？那个拒捕者是什么人？那人为什么要自杀？索天雄与其有无关联？如果有，又会是什么性质的关联呢？这些问号的涌现，使李纲感到事情似乎不是如他原本想象的那么简单。

他正琢磨着怎样弄清这些疑窦，问题的答案却不请自来了。

一日清晨，老仆胡长庚将在院中拾得的一封薄缄交与李纲。李纲启封阅之，笺上有诗四句："同甘共苦守东京，剑影刀光见俊雄。后会有期重聚日，翻天覆地画图宏。"其后没有落款，但李纲不问可知此系何人留言。联想到以往的种种迹象，索天雄乃何等人物，已是不言自明。

回头再品诗句的含义，李纲被唬得脊背生风。

三

时隔月余，即靖康元年五月下旬，李纲莫名其妙地被委任为河北河东路宣抚使，并被指派督统两路之人马，去解太原之围。

此前，赵桓因见金军东西两路皆退，有点胆肥起来，对割让三镇之诺滋生悔意，便欲遣师出援中山河间诸郡，收复失地，解救太原。因此在任命姚古、种师中为正副制置使的同时，已复用种师道为两河宣抚使。这才没多久，却忽然又以种师道老病不堪为由，改命李纲取而代之。如此来回任免，实是匪夷所思。究其缘由，又是张邦昌等人作祟其间之故。

指证李纲蓄意挑动请愿的事，危国祥鼓捣了半天一无所获。李纲沟通反贼之说，由于人证俱失，危国祥压根就没敢对张邦昌提。总之在暗中收拾李纲这事上危国祥是颗粒无收寸功未建，这让张邦昌大失所望。看来想一举扳倒李纲，难有多大指望。张邦昌只好退而求其次，将念头从一蹴而就调整为步步为营。

有道是退一步海阔天空，思路放开去，主意便来了。既然往下扳不动，何不索性朝上抬？先找一顶轿子将其抬出京师，下一步不就好办得多了吗？

抬李纲的轿子不难找，那个宣抚使的职衔就很合适。把这顶乌纱往他脑袋上一扣，他就得顶着个被朝廷重用的虚名，乖乖地离开汴京，去承办那绝对是费力不讨好的苦差。办得好，就让他长期在外边"镇守"着去，而办砸了，那可就得该治什么罪就治什么罪了。欲抑先扬欲擒故纵，这不失为一条可行之策。

当然，这步棋并非万无一失。万一李纲挥师出征旗开得胜，或许会反令其威望越高权势越重。如果搞成那样，可就弄巧成拙了。不过综合各方面因素去看，出现这种情况的可能性，应当说是微乎其微。

张邦昌瞻前顾后斟酌再三，终觉此举利多弊少，于是他便择机向赵桓堂皇建言，三镇既不可割，则需全力救援，尤以速解太原之围为要。种师道年迈多病，暮气沉沉，业已难胜其任。为早日平定西线战事计，不如改用李纲宣抚两路，命其督师前去解围。

耿南仲、唐恪、聂昌等一听便知张邦昌的用意，马上心照不宣地予以附议。有些大臣不明就里，出于对李纲统帅能力的信任，亦很赞成这一主张。其议遂为赵桓纳之。唯许翰及谏官余应求、陈公辅品出这事不大对头，先后具折称不应让李纲离开朝廷，却没得到赵桓的理睬。嗣后，赵桓在睿思殿召见李纲，向他宣谕了这个决定。

李纲认为这一任命很不妥当，毫不含糊地当场力辞。他之所以果决地推辞其任，内中确有担心自己远离京师后，更易受人恶意中伤之虑，然而他更大的担心，是唯恐他一旦离朝，赵桓在张邦昌、耿南仲一伙的摆布下，又回到不惜以丧权辱国为代价，毫无原则地向金人屈膝乞和的歧路上去。

这个担心李纲自然不敢明言，但另外一个推辞的理由他可以直说：他自认不是承当两河宣抚使之职的材料。这既是一个借口，也的确是他对自己的客观评价。对于自身的长短，李纲是比较有自知之明的。他知道，从根本上讲，他是一个文人，料理兵事非所擅长，在战略层面上做些宏观的谋划尚可，具体到布阵用兵战术战法，则基本上还属于门外汉。至于实战经验，更是严重欠缺。在金军围城之际他临危受命执掌师印，实是出于万不得已。获得汴京保卫战的胜利，实事求是地说，决定性的因素是全城军民的同仇敌忾和勤王兵马的及时抵达。他在其中所起到的作用，主要在于从精神上坚定了朝野的抗敌意志，而并不在于发挥了多么出众的军事才能。领兵收复失地解救太原，那可是需要扎扎实实的作战指挥能力，在这一点上他远不如将门出身且又身经百战的种师道。所以以他取代种师道，乃是舍其所长用其所短，不仅毫无必要，而且有百弊无一利。

李纲直率地陈述了上述道理，却引起了赵桓极大的不快。赵桓觉得这个李纲真是有点不识抬举不知好歹，朕决定了的事，到了他那里，就很少有不遇到别扭的时候，这个毛病不可纵容。因此他当时就以不容置疑的口气表示："朕意已决，李卿毋庸谦辞，可待择日受敕。"

李纲快快退去后，怎么想怎么觉得这个任命难以接受，在数日内接连上书十余道请辞。而张邦昌等亦在同时进言，说李纲公然违逆圣命殊非为臣之道，倘此风为群臣所效仿，则从此君威将安在。

赵桓被那些七嘴八舌挑拨得心头火起，便成心与李纲较上了劲。他对李纲的理由一概不听，对李纲的辞呈悉批不允，且对持不可令李纲离朝之议者严加驳斥。许翰见此情形，感到事情严重了，只得暗暗提醒李纲，不要再生顶硬抗，以免招致"杜邮"之赐。

那"杜邮"是个古时地名，位于今之陕西咸阳。当年秦国名将白起因遭猜忌，被秦昭王赐死于该地。听许翰提到这个典故，李纲也不能不顾及后果，只好放弃争辩，接旨受命。但是经此一番碰撞，李纲在赵桓心目中的斤两，已然是大打折扣。张邦昌从旁察言观色，窃喜这盘棋的走势看好。

重任既已接下，就得尽力做好。但是要完成这项使命，却是困难重重谈何容易。

二月间宗翰用锁城战术困住太原，绕道南下，途中得知宗望撤军，他虽未继续挺进汴京，却转而拿下了隆德府等河东路的诸多城池。赵桓改弦更张下诏固守三镇后，由种师道坐镇滑州，姚古、种师中两路出击，曾一度顺利得手，接连收复了隆德府、威胜军、寿阳、榆次等地。但姚古、种师中在相约夹攻围困太原之敌时，却因姚古没有按时赶到预定地点，而被金军各个击破。种师中阵亡于杀熊岭，姚古大败于盘陀驿。宋军损失惨重，慌忙退缩回隆德府及平定军，致使金军在这一地区重获控制权，太原之危则因此雪上加霜。在这种严峻状况下，没有充足的兵力，欲打破太原之围，无异于痴人说梦。否则等不到赵桓临阵易帅，种师道早就对宗翰动手了。

宋军的战斗力远不及金军，要想战胜金军，首先要依靠兵力上的绝对优势，这是老将种师道早就明了于胸的事。通过汴京保卫战，李纲对此亦深有感触。然而李纲却根本不可能拥有这个优势。宣抚司麾下的人马不过两万之数，以这区区两万人马去挑战宗翰大军，显然不是对手。而就是这两万人马，亦不能全归李纲节制。这两万人马分为五军，由于河北发生胜捷军叛乱事件，宣抚司左军已被赵桓调去平叛；而其右军，又被划归由唐恪所推荐的宣抚副使刘韐统辖。五军去其二，留在李纲手里的兵员，便大约只剩了一万两千人。

更要命的是，这一万两千兵员大部分都没有战马。李纲刚一就任便发现了这个不容忽视的问题。出征野战比不得就地守城，战马的作用至关重要。更何况，金军铁骑之彪悍凶猛，本来便令宋军难以望其项背。以现有的三五百骑与之交锋，还不够填金军的牙缝。

情势紧迫，别无他策，李纲只好启奏赵桓，请求张榜速括都城之马，给价偿之，以为军用。他估计在全城征购下来，凑出几千匹马还是办得到的。征来的虽不是战马，总比没有强。

赵桓起初点头应允，倏尔却变了卦。因为张邦昌伙同聂昌等进言，目下京师初定，尤以祥和为重。宣抚司遍城括马，骚扰得人心慌乱，不利于靖国安民。赵桓现在最怕的就是乱，一听乱字便头疼，张邦昌等的这番奏言，又点中了他的穴门。于是开封府前刚刚张贴出去的动员括马告示墨迹未干，便又被禁止括马的文榜覆盖。李纲了解赵桓的秉性，不想与其再起争执，唯发一叹而已。

除了马匹问题外，其他出征之所需亦是缺口甚大。赵桓给李纲指定的率部离京日期是六月二十二日，但是直到二十日，李纲列请朝廷筹措的军费，才拿到了不足预算的五分之一。其他诸如粮草兵器及各类军用物资，亦全都没有办齐。李纲对各部司办事效率之低下态度之敷衍恼火透顶，他不得不一面加紧督催，一面奏请赵桓宽展行期。

已有成见在胸的赵桓，以为李纲是故意找借口拖延时间，提笔便怒责他"迁延不行，岂非抗命"，对李纲的不满溢于言表。李纲实在是被挤对急了，他脑袋一热，在具折详陈不可仓促起兵理由的同时，将尚书右丞、知枢密院事及宣抚使告敕一股脑儿全交了上去，自称不堪大任有负圣恩，请求皇上罢职治罪。在旁观者看来，这就是明目张胆地以撂挑子要挟皇上的意思了。张邦昌等人幸灾乐祸，暗忖这下子必定有好戏看。

然而面对李纲如此强硬的冒犯，赵桓这一回反倒表现出了异乎寻常的克制。内中之缘由，盖因朱后的善言规劝。朱后在得知赵桓恼怒李纲的原因后，和风细雨地提醒了他两点：第一，如果李纲所奏情况属实，那么他不肯草率出兵，是不是应当视为对朝廷高度负责、对皇上忠心耿耿的表现？第二，倘若弃置李纲不用，其职拟以何人替代？

赵桓冷静下来考虑，不能不承认朱后提醒得有理。小不忍则乱大谋，起码在目前，李纲还是个用得着的人，解围太原若不以其为帅，暂时确无其他合适的人选。至于他乞展行期，看来亦非托词；否则他的态度绝不敢那么强硬。这个人凡事过于较真儿，这臭毛病固然讨厌，但是应当承认其出发点一般来说还是好的。

想通了这一点，赵桓不但没发雷霆之怒，反而以相当宽宏大度之态，将李纲上交的告敕悉予封还，同意他展缓行期三日，允诺诏调天下兵马以为后援，还两次赐宴李纲于紫宸殿和琼林苑，并赐其以玉束带、牙简等物。这样一弄，倒弄得李纲诚惶诚恐、不胜惭愧起来。展期三日其实解决不了多少问题，但他不便再请推延，只能提出，希望在出征之后，朝廷能保证他的背后"无沮难，无谤谗，无钱粮不足之患"。赵桓满口答应，说这一切都不是问题。于是乃定援晋大军于六月二十五日开拔。

时间有限，但除了勉为其难地尽可能多做些征战准备，李纲在出征前还是特意做了两件事。

一件事是请旨处斩了原姚古帐下的裨将焦安节。

此前姚古、种师中聚集十万大军进援太原竟惨遭重创，焦安节负有首要责任。当时种师中部如约逼近太原，只待姚古兵至，协同进击。岂料在会合地点等了一天多，姚古没等来，却等来了大批的金军。这时传来哨报，方知姚古在进军途中偶遇小股金军截击，有人不知虚实即杯弓蛇影地妄传前面的宋军业已大败，宗翰即将断我后路。姚古信以为真，生怕陷入包围，急令部队速撤。另一路约定参战的宋军张景颢部闻听姚古回师，亦惊恐退走。种师中待援无望，只能孤军对敌，且战且退。退至杀熊岭，所部已不足百人。种师中身被四枪，力竭阵亡。金军乘胜掩杀，在盘陀驿追上姚古。姚古部已是惊弓之鸟，将无战心兵无斗志一触即溃，仓皇缩回隆德府后，再也不敢轻言出战。原拟由滑州相机出击的种师道，亦被迫放弃了预定的作战计划。宗翰因之得以腾出手脚，集中兵力猛攻太原。

事后查明，妄传军情的始作俑者，就是贪生怕死的焦安节。有诏召姚古还阙领罪，焦安节被同时押解回京。

李纲在这个时候升帐处斩焦安节，目的就是明军令肃军纪，树军威壮军魂，表明此去有进无退的决心，激发将士们视死如归的战斗意志。此举效果显著，不仅使部队的士气为之一振，就连各有司的后勤配合，也较以前主动了许多。负责办差的大小官员皆兢兢业业起来，生怕被李纲抓住辫子，拉了去开刀祭旗。但也正由于此，李纲又招致了不少人的反感甚至憎恨。

另一件事是拜托许翰、孙傅、何㮚等友人，在朝中努力坚持抗战主张，避免国策发生动摇。正好许翰等人相约要为李纲饯行，他们便择一处静雅的酒楼，举行了一场话别宴会。

在席间，李纲郑重寄语诸友，朝廷的对敌策略始终摇摆不定，目下虽然言战，态度并不坚决。金虏亡我之心不死，非战不能保全社稷。而在朝廷政要中，多有苟且偷安者，屈膝乞和之议从未断绝。万一皇上为其左右，大宋江山危在旦夕。我李纲远离京师，无法参与朝议，皆仰诸位鼎力为之了。另外，李纲性直口快，为政唯秉法度不知通融，有意无意间颇有开罪人之处，得罪了君子，还可解释，得罪了小人，便种下了祸根。李纲走后，若有在背后挟私中伤者，还望诸位多为周全，以释李纲后顾之忧。

见李纲如此肝胆相照诚挚相托，许翰等人都很感动，皆爽快地应承，朝中有他们在，诸事尽管放心，纵有小人兴风作浪，绝不令其阴谋得逞。之后，他们慨然举杯，预祝李纲征战顺利，早日凯旋。

李纲欣然致谢，掷地有声地表示："有诸位作为后盾，我李纲夫复何忧。李纲此去定当全力以赴奋勇杀敌，不惜肝脑涂地，报效吾土吾民。"

话虽这么说，其实大家的心头还是各有忧思。许翰等人的主战态度始终如一，绝不会向主和派妥协退让，在这一点上李纲是放心的。他不放心的是他们的政治经验和政治能量。虽然在座的诸位，论品阶都在从三品以上，论职务均居军政中枢职，但他们身上的书生气，却皆较李纲更甚，与张邦昌之类的宦海油条周旋，显然是心有余而力不足。拜托他们顶住乞和逆流，委实是难为了他们，也很可能会影响到他们的仕途。然而除了这有限的几个知音，李纲还能靠谁帮衬？

许翰等人的忧虑，则在于李纲的前途莫测。所谓马到功成得胜返阙云云，不过是大家的良好愿望。实则众人心里有数，解围太原绝非易事。连能征善战的宿将种师道尚难奏功，李纲焉得便能稳操胜券？倘若征战失利，李纲该当何罪？即便往好处想，天佑李纲大功告成，他能否再回朝廷也是个问题。此番突然逼迫李纲挂帅，显见得就是有人捣鬼。而李纲再三推辞不就，又严重地得罪了皇上。后来虽以李纲的低头就范结束了争执，但皇上对其心存芥蒂已在所难免。这便难保皇上不借此派他出征之机，索性将其置于边陲。李纲是主战派的核心人物，这是为大家所公认的。特别是李纲为了坚持原则敢于直言犯上的铮铮铁骨，令许翰等皆自愧不如。如果李纲从此被排挤于外，朝廷中的政治力量对比必会严重倾斜，由此而导致的后果显然将很不乐观。

这些忧虑说也无益，何况在出征前夕，唉声叹气很不吉利，所以大家都将它闷在腹中只字未提。但是众人的心情却不免笼罩着些许苍凉，这便使得彼此间那些相互勉励的赠言，涂上了一层颇有风萧萧兮易水寒意味的悲壮色彩。

第十七章

此言一出，欧小凤身后两名女兵的右手立即移上剑柄。撒在侧堂的护卫们亦屏住了呼吸，紧握钢刀准备随时冲进。甘云不用看也知道对方的人在做什么，他表面上没动声色，实则已瞅准空当，只要对方稍有所动，他便会在刹那间猛扑上去挟持住欧小凤。

一

宋朝征师进至河阳，发生了一件令人着恼的事：一支押运粮草的部队遭到了武装打劫，被抢去军粮百余车。

打劫粮草的不是金军，而是当地的绿林人马。这一地区由于连年战祸不断，屡受金军掠扰，民众们纷纷拉起了杆子。这些杆子大小不等，宗旨各异，有的纯粹是为图自保，有的自诩是抗金义军，也有的就是专事打家劫舍杀人越货勾当的土匪强盗。三五个人也扯旗号，占个土丘即为寨主。正所谓乱世英雄起四方，遍地皆是草头王。

打劫宋军粮草的这股绿林，是其中势力较大的一支民间武装。他们盘踞在附近的卧狼岭上，拥有数千之众，打的是聚义抗金旗号，也确实曾与金军交过手。其首领是个三十岁上下的女人，名唤欧小凤，据说是江湖艺人出身，善于吞刀吐火，足智多谋心狠胆大。方圆百里，不但一般的杆子不敢惹她，就连驻守该地的官军，闻其名也要退让三分。因此她在这一带的活动，颇有愈演愈烈之势。

对欧小凤的行为置之不理是不行的，那会被对方认为官军软弱可欺，肆意挑衅打劫军需的事将会一再发生。宋军诸将提出要以牙还牙，兵围卧狼岭灭了这股无法无天的匪帮。但李纲没有点头。

诚然，以李纲握有的兵力，荡平卧狼岭是做得到的，问题是这一仗值不值得打。他的任务是去解围太原，而不是来河阳剿匪荡寇。常言道杀人一千自损八百，何况那欧小凤不是个软柿子。她的队伍具有一定的战斗力，又占据着优势地形，周边的许多杆子与之都有联系，到时候亦很可能对她施以援手。可以想见，在这种条件下硬碰硬地去打，纵使拿下了卧狼岭，宋军自身也将付出相当的代价。以宣抚司这点人马去救太原，本来就捉襟见肘，再于中途损兵折将，岂不更是杯水车薪了吗？所以从大局着眼，不到万不得已，不宜与欧小凤动武。

示弱纵容不行，兴兵围剿也不妥，解决问题的路径，便唯剩招抚一途。这条路走得通吗？李纲细细想来，认为具有一定的希望。

凡属呼啸山林者，无论是旨在替天行道的绿林好汉，还是一味抢劫奸淫的恶棍匪徒，皆视官军为天然的对头，这是毋庸置疑的。但是在一定的情况下，这两者又均不排除与官军合作的可能。前者与官军合作，往往是为了表明自己的正义宗旨，不计前嫌地支持官军某种利国利民的军事行动；而后者与官军合作，则多是出于某种共同的利益需要，与官军沆瀣一气狼狈为奸。这两种现象，在历史上都大有先例。

欧小凤是属于哪种性质的人呢？李纲分析她应当是属于前者。因为，第一，据了解她由于在这一带颇得民心，所以前往比附者甚众。如果她是个劣迹斑斑无恶不作的匪魁，纵然可横行霸道以势欺人，却很难在百姓中树起这种使人望风投奔的声望。第二，目前河北河东的许多杆子皆自称抗金武装，实则在行为上是有真有假。而欧小凤却是不止一次地拉出队伍，与金军真刀实枪地拼杀过，先后毙敌不下百人，这是连当地官府都为之赞佩的事实，也是当地的杆子们和官军将士不敢小视于她的一个重要原因。

如此看来，欧小凤的抗金旗号乃货真价实，不是幌子，这就有合作基础。最起码，据此有可能争取她不扯援晋大军的后腿。倘欧小凤深明大义，行事以拯救国难为先，甚至可望争取其相助一臂之力。这是个两全其美的解决办法，应当力争把它做成。

李纲思定，即修书一封，差人送上卧狼岭，邀请欧小凤下山会谈，共商守土御敌大计。他还特意命人延请了一位与山寨有来往的绅士，拜托其从中说和疏通。

信使很快带来了回音。欧小凤没有拒绝会谈。这说明她在处理与官军的关系上，愿意留有一定的余地。但是她提出了四个前提条件。

其一，官军不得玩弄明谈暗打伎俩；其二，会谈的地点只能是在山寨里；其三，前往会谈者必须是两河宣抚使李纲；其四，李纲至多可带随员两名。

李纲帐下的诸将和幕僚皆以为，上述条件中，除第一条算是正当要求，余者全无道理，而且内含杀机，不可照单接受。至少会谈的地点，应当设在中间地带。

李纲考虑，欧小凤的要求虽然苛刻，却也情有可原。相对于官军，山寨终是处于弱势，他们怀有强烈的戒备心是可以理解的。另外，此中恐怕也包含着对会谈诚意的测试。如果他不敢上山，欧小凤可能会疑窦丛生，再欲与之沟通就会更加困难。

当然，全部依其条件单刀赴会，肯定要冒风险。风险将有多大？李纲估计，对方加害于他的可能性不能说一点没有，但是很小。那样做的后果是什么，谅她欧小凤也清楚。只要官军不动武，一般来说他不致有性命之虞，至多是话不投机被暂扣为人质。为了团结抗金力量，这点风险微不足道。再者，李纲对自己的谈判能力还是很有把握的，他自信只要对方肯谈，应当不至于谈出剑拔弩张的局面。

于是，他不顾众人的劝阻，再次亲笔致书欧小凤，表示尊重山寨所提要求，商约次日一早上山会谈。

虽对谈判抱有较为乐观的态度，必要的应变措施仍不可或缺。所以待信使派出后，李纲即指定了在军中暂署帅印的将领，并命各营人马外松内紧随时待命。倘日暮仍不见其归，可由两翼出动包围卧狼岭，营造重兵压境之威。但暂且还是只围不打，只要能达到迫使欧小凤放人下山的目的即可，其后的行动待他下山后再作定夺。

众将担心地问，万一李大人发生不测，我等将如何是好？李纲稳健地笑道，诸位虑我安危，山寨中人岂不虑其亲属之安危？

众将闻之恍然：聚义卧狼岭者既然大半为当地百姓，乡间必多有其眷属居之。如果朝廷的一品大员在山寨里遇难，官军疯狂报复起来，就不单纯是荡平一个卧狼岭的事了。以欧小凤之精明，何苦由于杀害一个与其无冤无仇的李纲，而使自己陷入四面楚歌的绝境呢？

用无辜百姓的性命做筹码，实非李纲所愿，但如果届时欧小凤翻脸不认人，他也只能抛出这个撒手锏。众将感到这个筹码有些分量，心下稍安。

然而李纲随后收起笑容严肃叮嘱，凡事都可能有意外，若欧小凤一伙愚顽不化肆无忌惮，敢冒天下之大不韪，做出令亲者痛仇者快之事，那便是朝廷的心腹之患。你等便须不惜一切代价，铲除这个祸害。假如到了非打不可的地步，宜取正面佯攻侧后偷袭之策，同时须速将此间情况上奏朝廷，请求支援。

听了这话，众将一方面佩服李纲虑事周密，一方面不免又有些心神忐忑。但料知李纲赴会意决，无可再劝，他们唯能在心里祈祷，千万别出这种意外。

欧小凤复函同意次日会谈。次日早饭后，李纲便带着亲随甘云策马离营，在那位充当中间人的绅士的引导下，头顶炎炎赤日，踏上了蜿蜒山路。

欧小凤只许李纲带随员两名，而甘云提出，既然如此，由他一人充当护卫足矣。李纲稍稍一想即纳之。因为，如果双方谈得拢，他就并无什么危险可言，而若欧小凤蓄意加害于他，再多带十个八个护卫亦无济于事，那便不如索性只带甘云一人，反而显得气量阔大。这一点李纲想对了，少带一名随员无关宏旨，却在无意中抬高了他在欧小凤心目中的形象。

大凡绿林中人，最尚"义""胆"二字。李纲以其一品之尊，欣允上山会谈，首先在"义"字上无可挑剔。赴会时又自减随员，则于"胆"字上亦可圈可点。相形之下，欧小凤倒觉自己显得有些色厉内荏颜面无光。所以闻报李纲进山的状况后，她改变了只在山寨坐候的打算，带一队女兵上马，在第二道隘口处以不卑不亢之态亲自迎接了李纲。她的这一顾全礼节之举，使李纲感到其尚非那种坐井观天妄自尊大之辈，是可堪以理喻之的。

令李纲惊讶的是，这绿林女头领看上去竟是十分地年轻俊俏。若将一身束腰佩剑的短打衣裤换作丝缎罗裙，其无异于一位贤淑秀雅的闺阁少妇。他不由得暗想，真是人不可貌相海水不可斗量，似此端秀女流竟能称霸一方，其过人之处可想而知。他眼前忽然浮现出索飞春那飒爽身影，莫非索飞春的未来生涯亦复如是？她与其父索天雄现今漂泊何处？又在做些什么？念及此，他的心头不禁涌起一阵痛惜，深叹民间不知有多少人杰，竟自空怀壮志流落江湖，而不能为朝廷所用。

过了第三道隘口，李纲抵达寨中。盛夏时节，山外早已暑热难耐，山中却仍清凉宜人。加之幽泉古木相映，使李纲顿生身入桃源之感。

山寨的议事堂位于浓荫深处，营建得高檐阔壁气势飞扬。正堂内有数十名健卒荷刀环立，欧小凤一进门便命其全部撤去，只留下了两名女兵侍立左右。李纲揣度，这是欧小凤本欲彰示其威先声夺人，而现在又羞于如此张牙舞爪虚张声势了。可见欧小凤是个很重脸面的人，李纲心想，此亦是个争取她协力抗金的有利因素。

所以，当主客就位会谈开始后，李纲首先便出言肯定其部为抗金义军，开宗明义地表示，今日上山会晤欧头领，就是为了与其商讨军民协力共御外虏之策。综合对欧小凤其人的种种认知，李纲预想，以这个态度和话题入手进行谈判，气氛应当是比较融洽。

谁知欧小凤听了他的开场白，表情却相当冷淡。她略略摆了摆手说，这些冠冕堂皇的话就免了，如果李宣抚当真想谈，就请打开天窗说亮话，咱们实打实地谈条件，否则我欧某无暇奉陪。

这就让李纲有点丈二和尚摸不着头脑，他说，我方才所言就是开门见山，欧头领还想听什么亮话，不妨提示一二。

欧小凤说好吧，那我就请问李宣抚，你兵屯河阳意欲何为？

李纲说，我乃是奉朝廷之命，前去解救太原。

欧小凤轻轻哼了一声，还未再开口，有个女兵匆匆走进，向她附耳说了几句话。欧小凤的神色顿时变得冷峻。她挥退报信的女兵，转回头来，目光如剑直视着李纲道，原来李宣抚也是这般口蜜腹剑，那么我们便无甚好谈的了。

此言一出，欧小凤身后两名女兵的右手立即移上剑柄。撒在侧堂的护卫们亦屏住了呼吸，紧握钢刀准备随时冲进。甘云不用看也知道对方的人在做什么，他表面上没动声色，实则已瞅准空当，只要对方稍有所动，他便会在刹那间猛扑上去挟持住欧小凤。

会谈刚拉开序幕，形势便急转直下，这个情况大出李纲意料。他也有点急了，忍不住提高嗓音喝道，欧头领的话着实令本宣抚莫名其妙！请欧头领不要打哑谜，本宣抚如何口蜜腹剑，但请直言赐教。

欧小凤没想到李纲会这么气昂昂地高声大喝，她愣了一下，然后定睛盯着李纲，冷笑一声道，李宣抚非要我来捅破这层窗户纸吗？在下可以从命。你带兵到河阳来，名为解围太原，实为剿我义军。你莫道我是诈你，我自有探报为据。另外我刚刚又接到一份探报，你欲以会谈为幌子麻痹我军，暗中却秣马厉兵，企图于天黑之后袭我山寨。敢问我欧某摸到的这两张底牌，是真是假？

李纲这才明白，症结原来在此。他心中暗暗叫苦，今日怕是要坏醋！欧小凤消息灵通，可见她能量不小。但是这两条探报都搞得很不准确，对她的判断产生了严重的误导。绿林对官军的戒心与生俱来，风吹必然草动。欲将此中误会释清，那是相当困难。一时间李纲前胸后背的衣衫，全被冷汗浸透。

欧小凤见李纲无语，冷笑着逼上一句，明人不说暗话，好汉做事好汉当嘛。李宣抚尚有何言，我愿意洗耳恭听。

李纲努力镇定着自己，点头应道，我当然有话要说。他想，事既如此，只能兵来将挡水来土掩，死马当作活马医了。于是他略微清理一下思路，即用从容不迫的语速和理直气壮的语气，对欧小凤进行了言简意赅的解释。

李纲说："所谓假借解围太原之名前来剿灭义军之说，纯属无稽之谈。这必是朝廷中某些居心险恶之徒蓄意散布出来的谣言。这个谣言不值一驳。说句不客气的大实话，剿灭你一个小小的卧狼岭，还用不着我这个枢密使来挂帅。散布此谣者，无非是欲为我进援太原设置障碍。这种为达一己之不可告人的目的，竟置国家安危于脑后的行径，简直是无耻之极令人发指！我泱泱大国屡败于夷蛮之手，与这种热衷于自戕的痼疾关系极大。这等官场丑态本不宜于示之于民，但此事关乎大局，我不得不对你明说。至于入夜攻山一说，你的探报亦不确切。本宣抚之命，是我若日暮不归，可兵围山寨迫你放人，但有明令只围不攻。只要你不把事做绝，一切都有商量的余地。难道这有什么不对吗？衡情酌理换位思之，假如是你轻骑简从单刀赴会，你会头脑简单到毫无防备吗？这就是你千方百计想要摸到的所谓底牌，现在全亮给你了。我李纲以自己的信誉担保，以上所说无一虚诈。信与不信，悉听尊便。"

这一番话李纲说得自然是铿锵有力，但其效果如何，他却不敢乐观。毕竟口说无凭，单靠几句雄辩，何以教人采信？

果然，欧小凤听过，沉默了一会儿，又抛出了一个让他尴尬的问题："李宣抚这万余人马，剿我山寨或堪一战。若说去解围太原，恐怕差得远吧！"

这个破绽抓得不错。李纲只能长叹一声："朝廷只给这点兵马，本帅亦感力不从心。成败自难料就，但求无愧国民罢了。"

欧小凤眉头微蹙，静了一下，再度发问："如果你们兵围山寨我仍不放人，你们又当如何？"

"万不得已，只有攻山，坚决剿灭你们。本宣抚已然有令在先。"李纲斩钉截铁地回答。反正图穷匕见，他也豁出去了，"你等若误我抗金大事，就是金虏的帮凶，我们只好用刀枪来说话了。"

欧小凤淡淡一笑："你不怕我先杀了你？"

李纲摇头叹道："你真要杀我，我怕也没用，我只是后悔我看错了人。"

两人一问一答，都是语气和缓，却是将对峙的气氛推到了顶点。

接下来两个人都没再开口，厅堂内外骤然变得静可闻针。双方的护卫不知他们各自在考虑什么，皆是神经绷紧，一触即发。

此刻李纲确实是后悔了。他后悔自己行事匆忙疏忽，掌握情况不全，未曾提防朝廷里竟有小人以散布流言的方式，在他的背后插刀。如今他被困在山寨中，已不可能去设法消除这个要命的误会，看来一场血腥厮杀在所难免。而一旦双方开战，谣言便成了事实，你承认是它，不承认也是它了。他急切地转动着脑筋，却实在想不出更有何术回天。

"传我的命令，马上把劫来的粮草全数送还官军大营，谁劫的谁去送。顺便告诉官军，本头领今日要设宴招待李宣抚，宴会后即恭送李宣抚下山，让他们少安毋躁。"

正深陷于痛苦懊悔中的李纲，忽然听得欧小凤发出了这样一道指令，以为是自己神志恍惚产生了幻觉。他忙凝神环顾，但见欧小凤的那两个女护卫以及甘云亦在发蒙。

"听见没有，快去传令！"随着欧小凤再次吐出的话音，一个女兵忙欠身称是而去。

李纲这才相信自己没有听错。他颇为不解地看看欧小凤，欧小凤微笑着冲他拱手一揖："百闻不如一见，李宣抚果然是肝胆照人，名不虚传。"

李纲见事态与其方才所料大相径庭，身心放松下来，但是困惑犹存："深谢欧头领厚意。但容冒昧一问，仅凭李纲一面之词，如何便能取信于欧头领？"

"虽无他凭，但李宣抚之声誉遐迩皆闻，足资为信。李宣抚并未看错我欧小凤，我欧小凤也相信不会看错李宣抚。小凤虽愚，大义尚明，解围太原如有所需，小凤愿尽绵薄之力。"

欧小凤这豪爽直率的寥寥数语，在李纲心里蓦地掀起了一股巨浪，几令他的热泪夺眶而出。

二

解决了与欧小凤的冲突，基本上便等于解决了当地所有杆子的问题。周边的大小杆子得知欧小凤已与李纲达成合作协议，无人再敢骚扰官军。甚至有的杆子还主动去找李纲，表示只要是打金虏，任凭李宣抚调遣。这便使李纲得以安驻河阳，训练部伍，修整器甲，打造战车，全力地投入了战前准备。

热火朝天地整训十余日后，部队的装备大有改善，将士的战斗力明显提高。李纲乃意气风发地率部进至怀州，继续练兵演阵，只待各路兵马集结，就合力打响解围战役。遵照御批，他将协同进兵的时间，确定为七月二十七日。

然而眼看大战在即，较团结欧小凤更为棘手的问题却接踵凸显。李纲刚刚舒朗了几天的心境，复又蒙上了沉重的阴霾。

要害问题有两个。

其一，是朝廷突然降旨，将此前诏书所起川、广、闽、湖乃至京西州郡的防秋之兵，罢去大半。有些远道兵马已在进军途中，亦被诏命返回原地。根据赵桓督促李纲出征时所做的信誓旦旦的保证，这种釜底抽薪之事绝对不应当发生，然而现在它就是发生了。这样一来，不仅大大地加重了解围太原宋军部队的压力，而且使整个的防秋备边战略部署，沦为了一纸空谈。

其二，是李纲虽然名为战役总指挥，实则除了本部兵马，谁也指挥不动。领兵协同作战的宣抚副使刘韐、制置副使解潜、察访使张灏、勾当公事折彦质以及都统制王渊、折可求等诸将，名义上统归宣抚使司节制，实际上皆直承御批事可专达，有权自行进退，根本不受李纲的约束。出征前李纲便怀此虑，有心奏明其中的弊害，又怕赵桓疑心他揽权，便忍下未提。他心想到了临阵开战之际，总是该有旨一统号令的吧。谁知直到眼下，仍是这般情状。诸将各行其是，就是一盘散沙，如此挑战宗翰，岂非飞蛾投火吗？

李纲真是百思不解，防秋备边和解围太原都关乎卫国安邦大计，朝廷如此自设障碍，意欲何如？

在这种情况下，这个仗没法打。可是赵桓并未下旨收回作战成命，李纲亦不甘心徒劳无功。再说太原乃战略重镇，也绝对不容放弃。所以说这一仗还是非打不可。

既然要打，上述问题便不能不解决。但上述问题源自朝廷，李纲自身无法解决。因此他只能急切地具折上奏，据理陈述罢减防秋之兵及征师节制不专之弊，希望赵桓迅速做出明断，为其打赢解围太原之战提供切实可靠的支持。

由于对那些别有用心地作祟朝廷、扰乱视听者痛恨至极，也出于动辄遭到掣肘的恼火，他在奏折里写下了一些措辞相当激烈的字句："是前日诏书所团结之兵，罢去大半，不知金人聚兵，两路入寇，将何以支吾！""强敌临境，非战非和，朝夕恐栗，惧其复来，天下果无事乎？""若必以谓不须天下之兵，而自可无事，则臣诚不足以任此责。陛下胡不遣建议之人代臣，坐镇康平，而重为此扰扰也。"这种一针见血之语肯定不会见悦于皇上，但李纲实在是内心焦灼不可自抑。何况情势逼人，责任如山，如不秉笔直言，事先把话说透，将来征战失利，吃不了兜着走的还是他李纲。

奏折加急驰送京城后，李纲一面照常抓紧督察战训，一面便掐时计日地盼望着朝廷的回音。解围太原原是皇上促命李纲出师的，现在却反过来倒是李纲要敦请皇上给予支持了，这个变化真是让李纲哭笑不得。这无疑是某些大臣又对皇上施加了负面影响。李纲但愿许翰等人能够发挥出作用，劝得皇上摆脱谬论蛊惑，还是坚持既定方针。

但是等了若干天，朝廷方面音信杳然，却从另一方面来了一位不速之客。

那是在一日的晚间，刚入掌灯时分，李纲因等待圣谕不至，心中焦躁难耐，欲再上书敦促。他正拈毫措辞间，甘云进帐禀报，说有百姓求见。李纲起初以为是关于军民纠纷一类的事情，让甘云去告知副将酌情处理。甘云说那人声称他有要事，必须亲见李大人。李纲猜想或许是有人前来提供关于金军的情报，便让甘云把那人带了进来。

甫一见面，李纲觉得来者面熟。待到那人来至灯下自报家门时，李纲也想了起来，这个人原来是他曾有过一面之识的汴京济世堂药店掌柜吕忠全。

在此地见到吕忠全，李纲觉得比较意外。因惦着书写奏折的事，他礼让吕忠全落座后，便直接问其找自己有何事，是不是来此地采购药材，遇到了什么麻烦。吕忠全苦笑道，连我那药铺都让人家一锅端了，我还采购什么药材！

李纲一听，就关切地问他，此话怎讲？

吕忠全便将危国祥如何勾结官府，将他整得倾家荡产，他又如何寻求李纲做主未果，迫于危国祥的淫威，不得不举家逃离汴京的经过，大致诉说了一遍。

李纲听了这事，十分气愤，同时却又有点纳闷，难道吕忠全长途跋涉来到怀州，为的就是告此一状吗？吕忠全说当然不是，小民是另有事情要同李大人讲，但请李大人屏退左右。

李纲观其颜色，似是怀有重要机密，遂命甘云及其他侍从全都退出，离大帐十步警戒。

这时吕忠全方趋近李纲，低声道出了来意："小民乃奉大金国西路军元帅宗翰之命，前来传话与李大人。"

此言微若耳语，却如平地惊雷，炸得李纲登时面色骤变："你说什么？"

吕忠全却很沉得住气："李大人莫急，请容小民把话说完，然后要杀要剐，悉听尊便。"

李纲见状，倒不免啧啧称奇，暗忖这里面定有缘由，应当弄它个明白。于是他平息了一下呼吸，稳住心神，冷着面孔对吕忠全道，想不到你一介商贾，竟敢做如此勾当，可算是胆大包天了。也罢，既然你有这份狗胆，本帅且听你聒噪几句。

吕忠全垂首称谢，沉沉低语道，个中原委说来话长，小民尽量简而言之，请李大人耐心听过。

原来，由于吕忠全夫妇俱为晋北人氏，吕家祖上在汾州乡间尚略有薄产，被迫离开汴京后，他们就打算先回那里落脚。当时汴京城里正洋溢着一片天下太平之声，他们以为那一带的金军亦已退去，回乡谋生应当没有什么问题。

谁知河北西路境内压根就没太平下来，宗翰的西路军在该地区恣意横行，猖獗如故。行至汾河边时，他们遇上了一股丢盔卸甲狼狈奔逃的宋军溃伍。这些败兵被金军打得屁滚尿流，见了百姓却如狼似虎。吕妻为保住随身携带的一点盘缠，竟被一个宋军押队一剑洞穿了腹腔。其子亦在混乱中被宋军的马蹄踏破头颅身亡。金军的铁骑随后追杀过来，吕忠全与部分宋军溃兵以及若干逃难的百姓俱遭擒掳。

吕忠全早闻金军之残暴举世无双，自忖此番必死于金人之手无疑。岂知他后来的遭遇，却全然出其所料。金军俘获了这些宋人，并未肆意屠杀，而是经过筛选，逐去妇孺，余者则分别发至各部伍充作了杂役。对于其中的伤病者，还派人给予了简单的治疗。

因见金人的医疗水平实在有限，吕忠全出于职业本能，主动出来协助医治患者，引起了金人的注意。后来因其医术高明，名声不胫而走，竟被荐之于宗翰，留在元帅帐前差用，而且被给予了较优厚的待遇。再后来，他又逐渐得知，似此被金军留用的汉人还有不少，亦皆受到了相当的礼遇和重视。由此他感到原来金人并非只有杀人不眨眼的一面，汉人未必不能与之谋求共存。

基于吕忠全的切身遭际，从感情上讲，这时他对宋军乃至整个大宋朝廷的仇恨，已经是较之金军更甚。

金军对俘获在手的宋虏不予妄杀，且对其中怀有一技之长者还可格外优待量才使用，乃是出于两个原因。一者是由于他们在连续的征战中减员颇众，亟须补充为其正军提供后勤服务的各类劳役。二者则是有意地对汉人采取一定程度的怀柔政策。武将出身的主帅宗翰主要着眼于劳役之需，对怀柔不怀柔的不大重视，但在金军的高级将领中，却有一个人对此十分重视，这个人就是时任宗翰部元帅右监军的完颜希尹。

完颜希尹这个人，在骁勇善战上比宗望和宗翰都略逊一筹，因此未曾执掌过帅印，但他的政治头脑，却远远高于金军诸帅。此人精通周易，洞晓阴阳，熟悉中原文化，腹中韬略很深，是金朝中一位不可多得的饱学多才之士。金朝最早使用的文字，就是由其模仿汉人的楷书首创的，史称女真大字。

完颜希尹懂得，欲从根本上征服一个异族，特别是像汉族这样人口众多源远流长传承深厚的华夏大民族，仅凭武力是做不到的。如果不能争取到民心的拥顺，这个江山他们就是能打下来，也要付出极其巨大的代价，并且也坐不稳坐不长。因此他在征战的过程中，经常提醒性格暴烈的宗翰，一定要恩威并重，切不可滥杀无辜，要尽量避免激起汉人的不共戴天之仇和誓不两立之志，要尽量让汉人产生这种意识：只要乖乖地服从大金国的统治，他们的生命便会很安全，生活便会很安定，因此完全没有必要豁出性命非与金人拼个你死我活。

同时他认为，必须要在宋朝的重臣中积极争取合作者。如果这种人愿意为大金服务，其能量将超过战场上的千军万马。这个争取宋朝大臣为内应的主张为金太宗所采纳，后来在破坏南宋的抗金斗争中起到了很大的作用。让吕忠全以受宗翰委派之名前来游说李纲，就是出于完颜希尹的建议。

这个念头是他在与吕忠全的某次闲聊中，得知其曾与李纲有过一面之识后产生的。他当然不会幼稚地幻想吕忠全能够说动李纲归降，但认为有必要让他前去一谈。对于李纲的情况，完颜希尹掌握有两个基本点：第一，李纲是坚决的抗金派；第二，李纲在朝廷里并不得志。此中便有文章可做。

派说客向李纲表明大金国对他的看重之意，不管李纲暂时接受不接受，总不会在其心理上毫无影响，总是给他送去了一条后路。而说客之事如果传扬出去，则可能引起宋朝朝廷的猜忌，将来再辅之以其他手段，便有可能或是使李纲的抗金立场发生动摇，或是使李纲失去朝廷信任，无复把握兵权。无论出现哪种情况，都是对大金国大有裨益的。所以他对吕忠全说，大帅与本监军的要求很简单，只要你把我们的意思传到即可。当然如能劝得李纲开窍，那就是大功一件了。

吕忠全对劝降李纲并不抱任何希望，但他很想去见李纲一面，将铭刻心中的奇冤大恨诉诸于李纲。他要告诉李纲，他为什么会从一个安分守己的善良百姓，沦落成为异邦的奴仆。他要沉痛申明，对不起宗庙先人的不是他吕忠全，而是朝廷中那些无恶不作的文臣武将贪官污吏，甚至是那个昏聩至极的皇上。这种话从来没人敢讲，但他如今可以随心所欲地宣泄个不亦快哉。至于李纲会不会杀他，他没有多想也无须多想。反正现在无论是金军还是宋军，要想杀他都比捏死只蚂蚁还容易。屡经大难九死一生的吕忠全，已将生死看得很淡。杀了一了百了，不杀算捡了条命。

吕忠全先将其离京后的遭遇和他欲倾诉于李纲的悲愤之辞说完，然后转达了宗翰和希尹所谓良禽择木而栖英雄择主而事的劝降之意。最后，他告诉李纲，假如他此行一去不返，宗翰将"洼勃辣骇"五十名宋俘作为报复。

"少拿这一套来威胁本帅，"李纲横眉冷对嗤之以鼻，"你以为这样本帅便不敢杀你了吗？"

"小民没有这个意思，小民不过是转述宗翰的原话而已。但小民自己尚有一言，也是逆耳，可以说吗？"

"讲。"

"以小民在金营的亲历亲闻，深感宋军确非金军对手，除非倍而又倍之，莫可敌也。况且此地不是汴京。因此小民奉劝李大人量力而行，好自为之。"这话是吕忠全的肺腑之言，他的确是很不忍心眼看着李纲一败涂地，"小民要说的就是这些了，现在听凭李大人发落。"

李纲铁青着脸，端坐良久，才抬手戟指着吕忠全，低哑而威严地开腔道，你回去告诉宗翰和希尹，我李纲生为大宋人，死为大宋鬼，除非金军彻底撤出我大宋的疆域，我李纲与他们无话可谈。你姓吕的不要再为金人充当说客，我也不想再见到你。你纵有千条理由，认贼作父亦罪不容宽。你胆敢再踏进宋营一步，我一定立斩不贷。说罢，他仰面闭目，冲着吕忠全挥了挥袍袖。

吕忠全默然片刻，动作迟滞地起身离座。在退出大帐前，他肃然躬身，对李纲深深地施了一礼。

李纲听着吕忠全的脚步声渐次消失，仍端坐在交椅上纹丝没动。他的心里如烈火烹油沸滚得紧，而遍体却又似堕入极度深寒。吕忠全此行带来的信息，让李纲更加清醒地认识到，事态是非常可怕的。

金人的劝降不值一哂，但其志在亡宋的狼子野心于此中却昭然若揭。可是朝廷政要们偏偏掩耳盗铃，还在那里一厢情愿地做着与狼共舞的美梦，此可怕之一也。官府黑暗无道，官军祸国殃民，致使宋民甘为金奴，立国根基严重动摇，此可怕之二也。连吕忠全这样毫无军事常识的平民，都能看出对垒的双方敌强我弱，宋朝军队非倍莫敌，他李纲身负重任，除了这万余兵马，竟再无可靠的后援，此可怕之三也。

这样一盘危机重重的烂棋，教我如何走得下去！李纲越思越恼，他愤然睁目，"嘭"的一拳捶在桌面上。

然而这一捶，却捶得他猛醒过来：金人派吕忠全来此是何意？他们要的不就是我手足无措斗志瓦解吗？我如此心灰气馁，岂不是正中了彼之奸计？再说，除了背水一战，我还有什么退路？解围太原这一仗，不打不行，打不赢也不行，这个信念必须坚定，再难再险也不能彷徨动摇。不管对于朝廷还是对于个人，打得赢一切都好办，打不赢一切全扯淡。

李纲想到这里，一种置之死地而后生的壮烈感充满胸腔，笔走龙蛇将奏章一挥而就。这道奏章简明扼要，主要就是理直气壮地重申了速起天下援兵和统一指挥权这两个要求。

此外，他也做了另一种准备。假如朝廷仍对他的要求置若罔闻，他将在尽力协调各部行动的同时，请欧小凤邀集各路杆子多头出击奇袭敌后，扰乱金军阵脚，牵制金军兵力。总之他是横下了一条心，无论如何，坚决要在这里与金军决一雌雄。

三

圣旨在延迟多日后终于降达军营。但那圣旨却如当头一棒，将李纲的决战梦想击得粉碎。

李纲上书提出的请求，圣旨中只字未复，亦已无须作复，因为其事已与李纲无关。圣旨的大意是：两河宣抚使之职仍由种师道就任，命李纲交割职事后，着即离营赴阙。

言辞冰冷的圣旨宣毕，不仅李纲如雷轰顶，三军将领亦面面相觑。他们搞不清李纲何罪之有，竟被倏尔免职，心中都有些不平，但无人敢置一喙。

为时尚不足两个月，宣抚使来回撤换，已属咄咄怪事，临阵易帅，更属反常。李纲料想，必是自己又遭到了恶毒中伤。但他自思行端影正，并没有什么实在的把柄可抓，又有许翰等人为之周旋，何至于皇上的态度发生如此的剧变呢？后来他才知道，此间变故的缘由非止一端，殊非许翰之辈可阻。先后被罢职者亦非止一人，其中就包括了许翰、吴敏乃至太宰徐处仁。

原来当宗望回师兵抵中山、河间时，因该地的兵民固守不降，两镇俱未沦于敌手。后来赵桓萌生悔割三镇之意，但又忌惮触怒金人，便遣王云、曹蒙为使，向宗望请求以贡奉租赋的方式代替割地条约。李纲率征师离京不久，王云、曹蒙从金营返回，奏称宗望表示宋朝的建议可以考虑。这其实是宗望的缓兵之计，耿南仲和唐恪却把它当作了金人欲与大宋和解的良兆。他们劝说赵桓赶快做出相应姿态，以求两国修好。赵桓当然巴不得就此息事宁人，避免兴师动武。毕竟用兵作战也要劳民伤财，耗资之巨未必在贡奉租赋之下。他便接连派人赴金，去谈具体条件。

张邦昌见状，马上顺水推舟，提出根据这个新情况，解围太原之举应当缓行，且宜即罢天下援军，以示言和的诚意。许翰等人针锋相对，坚称必须是以战求和，却被张邦昌等斥之为迂腐空谈。恰逢此时由于宋军节制不专，刘韐、解潜、张灏诸军各行其是连遭惨败，更使主和派抓住了不可动辄言战的口实，极力撺掇赵桓做出了釜底抽薪的决定。但是太原怎么办，赵桓一时无主张，这便将李纲置于了骑虎难下的境地，也为张邦昌对李纲落井下石提供了机会。

虽然李纲当初挂帅是勉为其难，但他一旦出师，必不甘半途而废，这是张邦昌根据李纲的秉性料定了的。如何利用这一点做文章，运筹之妙便存乎一心了。李纲迫于进退两难的困境，急切上书请求增兵并且一统兵权，这就是一个足资利用的突破口。

张邦昌知道赵桓不可能轻易应允李纲，所以虽有许翰等人支持李纲的奏请，他却没有急于表态，而是抓紧时间先暗地里去做了另外一件事。他把危国祥召到府中，旧话重提，说二五请愿的主谋，朝廷是决意要追查到底的。此前无人肯出来做证，依老夫看不是没有证人，而是他们心怀顾忌，这也可以理解。现在的情况有所不同了，朝廷的决心很大，只要他们据实出证，本相可保其一切无虞。这是为朝廷立功的良机，机不可失，切须把握。

危国祥深会其意：如今李纲远离汴京鞭长莫及，正好做手脚将其一举扳倒。为了挽回因上次事败而在张邦昌面前留下的无能印象，他决意此番将事做成。回去之后，他选择了几个比较贪财而又囊中羞涩的朋党，忍痛出血贿以重金，声称李纲业已失势，搜罗证据为其定罪的行动已在朝野秘密展开，墙倒众人推，你等若不肯做，自有肯做的人，将来那巨额的赏金可就要旁落他人之手了。将唾手可得的钱财拱手让人，岂不惜哉？至于种种顾虑，其实大可不必，李纲权势既失，连汴京都回不得了，还有什么能耐报复你等？这样连哄带诈好说歹说，终于诱得那几个人动心，相互串通好证词，编造下了一份诉状。

当李纲的奏折再次呈达朝廷时，成竹在胸的张邦昌在朝殿上说话了。他做出忧心忡忡之状启奏，李纲屡次欲将天下兵权俱揽其手，用心十分可疑，皇上不可不慎察。许翰、孙傅、何栗见他危言耸听，相继出班反驳，皆言李纲之请盖为守疆保国，非欲拥兵自重。疑其别有用心，更是无稽之谈。

这时张邦昌便提出了二五请愿之事，说业已查明其幕后之主谋确为李纲。两者联系起来，岂不发人深思吗？耿南仲、唐恪看出张邦昌是有备而发，马上连声附和，说据此看来，李纲还真是野心不小，不可不防。

许翰被他们的信口雌黄激怒，厉声驳斥其言纯属无中生有血口喷人。徐处仁和吴敏认为指称李纲心怀不轨未免荒唐，兼之对张邦昌多有看不惯处，也出班斥其不宜捕风捉影猜疑大臣。张邦昌面对质诘并不多说，径将那份实名实姓签字画押的诉状呈于御前，奏称人证可以随传随到。

赵桓接阅后，脸色变得十分难看，沉默有顷，宣布退朝。许翰见势不好，连忙高呼臣还有言启奏，赵桓却不予理睬，拂袖而去。

其后徐处仁、吴敏及许翰、孙傅、何㮚、李若水、陈公辅等许多大臣皆有奏折呈上，请求召对。赵桓一概未召，只于延和殿单独召见了张邦昌。召见的时间长达一个多时辰。其中所谈内容，外人不得而知。但张邦昌必定会充分利用这次召见，这是不言而喻的。

结果很快便见了分晓：徐处仁罢相致仕；吴敏免少宰，除观文殿学士；许翰免同知枢密院事，除延康殿学士。张邦昌进太宰兼门下侍郎；唐恪进少宰兼中书侍郎；耿南仲进尚书左丞；聂昌进同知枢密院事；徐秉哲接替聂昌就任开封府尹。

圣谕颁下，主和派大喜过望，主战派一片寂然。

孙傅、何㮚心下不服，意欲提出查证所谓二五请愿证人的真伪，被许翰劝止。许翰说，彼既蓄谋，必有防备，以我等之力是查不出名堂的。大势已定，徒劳无益，皇上对你们网开一面，已算是手下留情，你们切莫再自招祸端。张邦昌之流甚是阴险，若我们于此事上纠缠不休，恐是对伯纪兄更为不利。目下我们只宜韬光养晦，静待其变，再作道理。孙傅、何㮚想想也是，便不得不忍气吞声，权且缄口。

后来聂昌私下里请教张邦昌，如何能在参倒李纲的同时，顺手牵羊将徐处仁和吴敏一并拉下马来。张邦昌一本正经地回答，徐吴二人落职，却与本相何干？皇上天纵英明，难道看不出他们与李纲狼狈为奸居心不正吗？聂昌会意道，呵呵，不错不错，彼等与李纲结党营私蒙蔽圣听，端的是罪有应得咎由自取。

此番变故的内情，李纲当时难知其详，但它的结果已明确地告诉李纲，由于某种莫须有的罪名，他已经严重地或者说彻底地失去了赵桓的信任。他知道，在这种情况下，是越申辩越糟糕，申辩得再有道理，皇上也不会推翻定论，反而会加重处罚。

事无可为矣！仰天长叹之余，李纲被迫上书，自请罢免知枢密院事，以示知罪之意，尽管他委实不知道自己到底做错了什么事。

数日之后，老将种师道抱病抵达怀州，接手帅印。对于种师道，目前大权在握的那些宰执们也并不待见。之所以再度起用，盖因别无人选。但究其根本原因，实因是朝廷不能知人善任，执政有意排除异己，否则放眼泱泱大宋，何致匮乏栋梁。再者现在接任两河宣抚使，也不是什么美差，李纲解决不了的难题，种师道同样解决不了。或许李纲的今日，就是种师道的明天。

李纲与种师道对这些事都心知肚明，都为对方的处境深怀忧虑。但值此敏感时期，除公事交割外，两人唯心照不宣地互嘱保重，余者不便多言。

　　作为李纲的贴身卫士，甘云本是要护送李纲回京的。但在临行前，李纲郑重其事地委派他将一封密信送往磁州。甘云虽对李纲放心不下，却不能不遵命前往。

　　其实那封"密信"，乃是一封推荐信。这是李纲为甘云谋划的一个前程。李纲是个惜才的人，通过将近一年的朝夕相处，他对甘云了解得比较透彻。这个年轻人正直质朴，干练稳重，头脑清醒，武功超群，倘着重加以磨炼雕琢，完全可以培养成为一名优秀将领。此次出征作战，李纲就打算择机委其以适当的军职，锻炼一下他的指挥能力，为他未来的发展做个铺垫，也为朝廷储备一个将才。

　　现在这件事做不成了。李纲自知此番落职，定与政敌陷害有关，而政敌一旦得手，岂能容他轻易翻身。时过境迁后他被重新起用的可能性不是没有，但那是听天由命的事，这段时间会有多长，无从估计。那么在这段时间里，甘云不知要被打发到何处差用。倘若不得赏识，便会长期埋没，这就太可惜了。李纲曾想将甘云就留于种师道麾下效命，但料甘云这人重情重义，必不肯在这个时候舍他而去，便考虑为其另觅一条出路。想来想去，便想到了时任知磁州事的老将宗泽。

　　李纲与宗泽并不熟识，但是久闻其名，知道这个人刚正豪爽，疾恶如仇，不畏强权恶势，抗金立场坚定。更重要的是，宗泽素有爱才之名，颇有古之名将风度。虽然目前宗泽的官品不高，但据李纲估计，除种师道外，将来能够力敌金军者，宗泽当属首屈一指。甘云效力于宗泽军前，是不愁偿其驰骋疆场杀敌建功夙愿的。此事若明说与甘云，甘云势必取舍两难，所以李纲便以传送"密信"为借口，将甘云荐往磁州。他则另带两名随员，登上了赴阙之旅。

　　李纲行事不喜张扬，况乃赴阙领罪，更是行色悄然。然而即便是这样，仍是有人事先得知了他的行踪。

　　那日酉时，进入河阳城镇，正欲径奔驿馆安息，忽有两个汉子骑马迎上，揖礼道有李大人的故交正在前面的酒楼里等候为李大人接风。

　　李纲甚是惊奇，他自忖他在河阳似乎没有什么故交，再说连当地的官府尚未知会，如何便有人知道他到了河阳了呢？他问来人，这"故交"是谁？来人恭答，在下奉命暂不奉告，李大人去了便知。李纲心想或许是当地的某位官员欲会他一会，因碍于他目前境遇，故而采取了这种隐晦方式，便一笑允之。

　　跟随两条汉子来到酒楼，里面有人专事接待，殷勤安排李纲的随员在楼下饮酒，却请李纲单独上楼会晤"故交"。

那两名随员是甘云为李纲用心选定的，甘云切嘱他们须确保李大人在途中的安全。见这些陌生人只请李纲一人上楼，他们心里便有点犹豫。两人正以目作商间，却见有一个人下楼来相迎。李纲一看，那人乃是曾协助官军与卧狼岭义军斡旋的那位乡绅，他稍稍一怔，即热情地与其寒暄起来。两名随员见李纲果然是与故人相逢，方打消顾虑在楼下安心就了座。而此时李纲对那神秘的"故交"竟为何人，心里已经度知。

果如其然，带着两名便装女亲随笑迎李纲于楼上雅间门口的，正是卧狼岭义军头领欧小凤。

相互致礼间，李纲真个是产生了一种他乡遇故知的亲切感。同时他感到，欧小凤以这样的方式相请，想的确实比较周到。否则，某些人得知他李纲落职之后仍与草寇过从甚密，最起码会奉送他一顶"居心叵测"的帽子。

岂知欧小凤还真就是"居心叵测"。

原来李纲挺进怀州后，欧小凤对相关消息便非常关注。朝廷方面的动静和李纲所面临的困境，她通过种种途径皆有掌握。她已联络杆子们做好了出兵的准备，一俟李纲向宗翰动手，便将尽其所能协助李纲一战。

不料就在这时，却忽然得悉李纲竟莫名其妙地被免了职。欧小凤那样的江湖豪杰本来对朝廷之昏聩无道就深怀不满，眼见这位众望所归的抗金名将不但得不到支持，反而被临阵拿下，更是异常愤怒。朝廷这是什么意思？为什么容得下那么多只知骑在百姓头上作威作福的浑蛋，独容不下一个忠心保国的李纲？据说李纲的罪名之一是蓄意谋反，这真是欲加之罪何患无辞。担着这个罪名，李纲回京后是要被打入大狱的，甚至不排除有杀头之险。既然如此，何不索性就将李大人留下，劝他痛痛快快地反了算了。欧小凤专程下山，就是这个意图。

但这只是一厢情愿，不能勉强李纲。为慎重起见，欧小凤便选择了这样一种掩人耳目的会见方式。

双方入座，欧小凤即直言不讳地道明了上述意图，并进而劝之曰："以李大人之盖世声望，若是登高一呼，莫不应者云集，割据于河北河东，足以创一番伟业，岂不比受那朝廷的气强过百倍，更何苦去白白送死！"

李纲闻言暗惊。欧小凤古道热肠义薄云天，令他十分感动，但是反叛朝廷，是他在任何境遇下都不曾想也不敢想的事。兹事体大，含糊不得，他当下便坚决地表示："欧头领的关爱，李纲深铭肺腑，然李纲断无不臣之心，请欧头领勿存此念。"

欧小凤亦知劝动李纲很难，但该说的道理她还是要说。她说："朝廷有眼无珠忠奸不辨，李大人却逆来顺受任人宰割，岂非很不明智？"李纲道："自古以来君要臣死臣不得不死，三纲五常天经地义，李纲岂敢悖之。"欧小凤道："李大人所持者，无非是一个忠字。而以小凤之见，忠于朝廷与忠于天下，却有很大不同。忠于朝廷是忠于一姓，忠于天下乃忠于万民，是以忠于天下方为大忠。如今天下百姓之存亡，俱系于李大人一身。小凤挽留李大人，正是欲为天下留一忠臣，为百姓留一希望，还请李大人细为斟酌。"

李纲听得此话肃然动容，连忙向欧小凤拱手道："欧头领言重了，李纲何德何能，岂敢承此盛誉。天下兴亡，匹夫有责，这份责任李纲当仁不让。然而正是为了报效天下百姓，李纲必须去赴阙领罪。"

欧小凤问："此话怎讲？李大人陷于囹圄，又焉得能尽责尽忠？"李纲反问："怎见得我便要身陷囹圄？"欧小凤说："据我所得探报，李大人回京后即要交刑部从严议处，只怕下狱还是轻的。所以我才紧急下山，奉劝李大人莫去自投罗网。"

李纲感激地道："欧头领拳拳之心，李纲深领；欧头领消息之灵通，李纲亦甚佩服。只是依我揣度，这消息里可能有讹传的成分，事情未必会如此糟糕。"

欧小凤问："何以见得？"

李纲解释道，如果皇上真欲重治其罪，便不会让他这样自行赴阙，而是要戴镣上枷囚车押送的。从这个迹象看，他的种种罪名，在皇上那里充其量是个莫须有，尚待进一步勘查。皇上可能会将他削职为民，但不见得会下狱，更不至于问斩，本朝历来是有不可擅杀大臣的条律的。只要他谨言慎行，来日澄清事实，大可东山再起，重新参与朝政。而唯其如此，方可论天下，因为人微言轻，所谓报效国家造福社稷云云，实则只有大权在握才能做得到。小不忍则乱大谋，欧头领是通晓兵法之人，以退为进的道理，应当是懂得的吧。

李纲说的这些，是他在接旨卸任后，经过冷静分析，对自己的处境、前程以及应对策略得出的一个基本认识。这些想法本不可言之于外，但为打消欧小凤的担忧，更为避免欧小凤强行挟其上山，他不能不这样把话说透。从欧小凤的表情上可以看出，这个有理有据的解释，她是听进去了。

"假如欧头领诚心想帮我李纲，我倒另有相求之处。"

"好，"欧小凤沉吟着点点头，"李大人但讲无妨。"

"解围太原一仗，无论谁为统帅，皆希欧头领相助一臂之力。"

"这不消说，责无旁贷。"欧小凤爽快地应诺，但随后却提出疑问，"只是这一仗，不知宋军是否还能打?"

这也是李纲所担心的问题。他顿了一下，坦言相告，他对此亦很不乐观。宋军兵力不足，很难与金军对垒，倘无得力的救援，太原必陷无疑。太原一旦失陷，两河的局面即会变得十分严峻。而假如他被重新起用，首要的任务，必然仍是奔赴前线抗击金军。

"所以说，欧头领若能在抗金战场上有所作为，就是对我李纲最大的帮助。"

"小凤明白了。"欧小凤深深地点了一下头，端起酒碗，"我听李大人的，愿苍天保佑李大人早归帅位。"

"愧领欧头领的厚望。"李纲也慨然端酒，"但愿来日能与欧头领精诚合作，尽驱金虏，复我河山!"

话虽如此，李纲心里却清楚，皇上一时半会儿是不会再付与他兵权的了。如其不然，只有一种可能，那就是国朝的局势，又沦落到了不可收拾的地步。

然而面对着欧小凤殷切的目光，他真是不忍心将这一点说破。

第十八章

这时张孝纯的思维和知觉已呈麻木状态，他自料必死无疑，也就不怕激怒金人。激得金人一刀砍了他，还省得活受罪了。因此，进门之后他面如冰霜傲然而立，不仅不向面前的金人下跪，甚至不以正眼视之。这个态度表明，此人敌意甚深，依照既定原则，应予"洼勃辣骇"。

李纲奉诏离营不久，有旨调种师道去河北路巡边，怀州军务暂付折彦质署理。解围太原之役，至此终告流产。而在此期间，金国雄心勃勃举国动员，已全面完成了再度南征的军事准备。

靖康元年八月，金太宗完颜晟认为时机成熟，仍以完颜杲为都元帅，以宗翰、宗望为左右副元帅，军分东西两路，兵出大同保州，再启伐宋序幕。

西线首当其冲者，就是被围困已达九个月之久的重镇太原。上一回伐宋时，宗翰在太原被绊住马腿，吃了大亏，这次他是非拔掉这根钉子不可了。八月底，西路军主力与一直在围困着太原的银术可部会合。宗翰先向城里传书招降，遭到拒绝后，即从四壁同时展开了强攻。

太原初名晋阳，是座历史悠久的古城。它发轫于春秋，扩建于秦汉，至隋唐时，已发展成横跨于汾河之上、东西中三城相连的重镇要津，号称大唐王朝之"北都"。可惜的是，北宋初年宋太宗赵炅征讨北汉，因怒太原守军抵抗甚剧，竟在以重兵克城后，下令将其片瓦不留地焚为平地。后来太原城虽在汾河东岸阳曲县的基础上又逐渐恢复，却再难达到当年的雄伟规模。其城防设施及物资储备，皆与北汉抵抗赵炅时大不可同日而语。

当年赵炅围攻作为北汉都城的太原耗时五个月乃下，而现在，太原军民在各方面条件都远不如北汉守军的情况下，已经坚守了二百五十多个日夜。如今城里早已弹尽粮绝，官兵皆以树皮草料甚至弓弩筋甲充饥，其斗志唯靠着精神力量在支撑。

除了精忠报国的民族大义，支撑广大军民坚持苦斗的精神力量，主要来自统帅者知府张孝纯和副都总管王禀等人的誓死固守决心。而张孝纯、王禀等人的这种决心，在很大程度上则是由于他们相信援军必至。由于一切通道全被切断，他们无从得知外界消息。但他们料想，以太原战略位置之重，朝廷绝不可能将其弃之于敌。疾风知劲草，烈火炼真金，他们只要能坚持到底，必可建不世之奇功。近九个月来，他们是一直怀抱着这个信念，也是始终以此去激励守城将士的。

但是眼下，这个信念发生了动摇。他们终于意识到，那望眼欲穿的援军是没有指望的，所谓固守待援不过是画饼充饥，再硬撑下去只能是死路一条。迫在眉睫的危情，使得他们不能不正视现实抛却幻想另图生路了。

张孝纯知道，这个主张如果他不先提，谁也不敢开口。而若由他提出，那么弃城逃跑之责，便将百分之百地落在他这个军政主官的头上。为不致全城军民玉石俱焚，顾不了那么多了。九月三日凌晨，张孝纯将通宵在城墙上督战的副都总管王禀、通判王逸义等文武官员召至府衙，紧急磋商突围事宜。

大家一致赞同其议，并当场商定了突围方案：由王禀率一支兵马先期杀出北门，吸引金军主力。由王逸义负责转移官员家眷。张孝纯则负责组织指挥百姓突围。百姓们与官军生死与共浴血守城二百多天，在这个时候置之不顾是说不过去的。可以想见，突围中的伤亡会极惨重，但这总比困守绝境被金军杀个片甲不留要强。

全城兵民突围，事关千头万绪，却没有更多的时间去进行准备了。行动时间就定为次日午夜，不能再往后拖。

议定了这个方案，众人心头都涌起一层难言的悲凉。早知如此，何必当初。我们苦撑至今，究竟价值何在？而这太原失守之责，又该由谁来承担？

张孝纯理解大家的心情，但现在不是发泄的时候。他稍事沉默，便以少有的严厉口吻断然吩咐，其他的话以后再说，事不宜迟，诸位就请从速行事吧，否则便来不及了。

其实已经来不及了。

众人尚未离座，就见一名副将浑身血污地飞马闯进知府大院，滚鞍落地上前禀报，南城城墙被炮石击塌，开远门失守。王禀眉心一拧，对张孝纯说了声我去看看，就带上亲兵急赴南城。

王禀刚走，北城又飞报告急。张孝纯命王逸义坐镇府衙，其余官员分赴东西两厢督战，他自己则亲率唯一一支由老弱兵士及轻伤员组成的预备队赶往北城。

南城被炮石撕开的缺口很大，金兵似怒潮般汹涌而入。王禀驰马赶到前沿时，宋军的防线已全面崩溃。王禀欲组织人马反击，在一片混乱中却抓不到一支成建制的部队。他只好将就近的一些散兵聚拢起来，指挥他们节节抵抗，转入巷战。

这时金军铁骑狂飙突进，王禀很快陷入重围。刚刚聚拢的散兵们，立刻又溃不成军，只能各自为战。王禀身边的亲兵瞬时间亦被冲击得七零八落。城里的马匹十之八九已被宰杀充饥，宋军将士除少数主官外基本无马，面对凶悍的骑兵，失去了城防屏障，他们哪里能招架得住。

王禀明白大势已去，现在只能是多杀一个是一个，别的不用去想了。于是他彻底放弃了重整旗鼓的念头，只身提剑跃马，专向金兵稠密处杀去。不移时王禀即手刃金兵十余人，而他也身被数创血染战袍，却是浑然不觉。

激战中他忽见一名宋将徒步迎战金骑，已是力疲难支，急拍马由斜刺里冲去，剑锋一闪直插金兵肋下。在金兵斜栽下马去的时候，他才看出那员宋将原来是他的儿子王荀。一股怜子之情蓦然而生，王禀脑子里飞速一转，伸手扯住金兵坐骑的缰绳，急切地对王荀道，快，你快趁乱杀出城去，去附近州县去搬援兵。

王荀说："我与爹爹一起走。"王禀道："不行，这里得有人顶着。"王荀说："那我留下顶着，爹爹杀一条血路去搬援兵吧。"王禀怒吼道："你留下有个屁用，你有本事指挥巷战吗？本总管命令你走，再不快走军法从事！"王荀只得含泪道一声爹爹保重，便翻身上马向城门方向冲去。

王禀拨马回身再战，又斩杀金军兵将十数名，终因伤重力竭落马，被金兵的马蹄踏成了肉泥。

王荀于混战中巧妙地寻找空隙，夺路杀出城门，却在城外被金军的后续部队堵住，坐骑中箭仆倒。当金兵蜂拥而上欲将其生擒时，王荀毅然跃入汾河就义。

南城失守的同时，北城防线亦告瓦解。张孝纯一行尚未赶到北门，即与一股突入城内的金军遭遇。经过一场急促的短兵相接，除张孝纯及少数亲兵被生擒，那一小队宋兵全部战死。张孝纯在四面楚歌中欲割颈自刎，被一个金军的百夫长手疾眼快地夺下了佩剑。

那百夫长从张孝纯的衣着、气度以及在拼杀中亲兵不离左右的护卫状况上，判断出此人的身份不同寻常。元帅右监军完颜希尹曾有明令，生擒太原守军主将者重赏。百夫长拿下张孝纯后，当即问其姓名职务。张孝纯的亲兵们俱不开口。张孝纯恐他们横遭杀戮，主动承认自己就是太原知府，令那百夫长大喜过望。

攻击北城的金军属宗翰直接指挥，这厮作战经验相当丰富，他一面分兵与宋军展开巷战，一面命一支精锐摆脱一切纠缠迅速挺进，直取太原府衙。

由于宋军的防卫力量捉襟见肘，全都压上了四壁，城里空虚得很。金军劲旅一路穿插向前，如入无人之境。知府衙门里亦无兵将驻守，所余者唯少量文员和杂役。王逸义没料到金军竟能如此神速地插入城腹，仓促率留守吏员操戈迎敌，却无异于螳臂当车。金军不费吹灰之力便占领了知府衙门，衙中的吏员死俘各半。

王逸义被俘后，瞅冷子突然扑向一员金将，狠狠地咬住了他的脖子。待到金兵一阵乱刀将王逸义剁成肉块，其齿方松。而那员金将的喉管，已经被王逸义生生咬断。

宗翰接连接到生擒张孝纯和攻占知府衙门的捷报，精神大振，下令置指挥部于衙门中，在衙门的门前高竖起大金国西路军的帅旗。对于张孝纯以及其他被俘官员，愿降者暂予拘押，不愿降者就地处决。这个区别对待的政策是由完颜希尹力主而定的，依着宗翰的本意，恨不能将这些汉人统统"洼勃辣骇"，因为太原这块弹丸之地，使他付出的代价实在太大。

张孝纯被押进府衙的议事堂时，这里已是经过了简单的打扫。但那桌案座椅上刀砍斧剁的伤痕和墙壁地面上横抛竖溅的血迹，依然历历在目。令人不难想象，刚刚在这里发生过何等惨烈的拼杀。两个时辰前张孝纯还是这间厅堂的主宰，半日光景不到，竟已乾坤颠倒物是人非。张孝纯置身其间，恍若隔世。

这时张孝纯的思维和知觉已呈麻木状态，他自料必死无疑，也就不怕激怒金人。激得金人一刀砍了他，还省得活受罪了。因此，进门之后他面如冰霜傲然而立，不仅不向面前的金人下跪，甚至不以正眼视之。这个态度表明，此人敌意甚深，依照既定原则，应予"洼勃辣骇"。

但那金将并未大开杀戒，甚至没用厉言呵斥，反倒是平心静气地命人给"张大人"看座。这个意外之举令张孝纯瞥了对方一眼，他才发现这个金人虽然也是一身铁甲戎装，却不似一般金将那种凶神恶煞模样，而是有些温文儒雅气质。

这个与众不同的金将，正是金西路军的元帅右监军完颜希尹。

宗翰要指挥部队与散布于街头巷尾顽强抵抗的太原军民继续拼杀，便将作战之外的一切事务都交给了希尹料理。当此性命攸关之际碰上了希尹，算是侥幸还是不幸，这个问题，张孝纯在其残生中始终难以得出确切的答案。

希尹打定主意要劝降张孝纯。

张孝纯在抗金前线具有榜样作用，此人一旦归降，将会对许多州县的守军产生重大影响，从而大大地加快金军的推进速度。这个意义众皆认可，但包括宗翰在内的多数金军将领，都认为张孝纯归降的可能性不大。理由是此人居然能艰苦卓绝坚守太原达九个月之久，足见其顽固透顶。而希尹却认为张孝纯旷日持久苦守孤城，内心必有不平，这恰恰是其软肋所在。

希尹的这个脉号得很准，因此他没费多大力气，便撼动了张孝纯那貌似坚定的立场。他说的劝降词不多，但是字字吃重，弹无虚发。张孝纯才听过几句，便不由得不对他的头脑和口才刮目相看，惊异北漠夷邦竟然也有这等人才。

希尹所言，大致包括如下几层意思。

第一，张大人能以绝境孤军，对抗我大金雄师近乎一年，非常了不起。在我们眼里，张大人是位铁骨铮铮的英雄好汉。第二，张大人对赵宋朝廷堪称忠心耿耿，而反观赵宋朝廷，对张大人却全无情义。重镇被困，日久无援，实在匪夷所思。连我们坐视此状，都不禁为之齿寒。这样一个昏庸朝廷，迟早要众叛亲离。第三，出于对张大人的敬意，我们愿意捐弃前嫌，与张大人携手合作。张大人归顺我大金，目下或有人鄙之为叛臣，然来日我大金一统中原，可就是开国元勋了。其实你们那个太祖赵匡胤，就是后周朝的叛臣。然而霸业既成，夫复何谓？第四，我们知道张大人不怕死，如果张大人决意舍生取义杀身成仁，我们可以成全。但如今太原城里血火一片，杀戮不休。欲免全城涂炭，还需张大人配合。据称张大人爱民如子，此刻万民之性命正系于张大人一身。为博一己之忠烈虚名，而弃百姓存亡于脑后，岂为仁义之举乎？

张孝纯冷冷地听着希尹和颜悦色地说完这番话，没有任何表示。

希尹却懂得，这没有表示，其实就是一种表示。这说明张孝纯对他的话没有断然排斥，说明张孝纯的脑袋还不是撬不开的铁块顽石。于是他趁热打铁，推出了下一个环节，以促使张孝纯茅塞洞开。

下一个环节是让张孝纯夫妻相见。张夫人被押上来后，希尹命在场的金兵全都退下，自己也暂时退出。

张夫人一见夫君，顿时泪如雨下。张孝纯急问家人情况，张夫人回答现在俱被羁押于后院，除少数家丁因奋起反抗遇害，余者尚无所损伤。接着她便泪眼婆娑地劝说张孝纯快向金军顺降，否则不但自家将被满门尽斩，整个太原亦将罹屠城之灾。

面对悲恸不已的夫人，张孝纯默然良久，长叹一声，将她揽过去，用颤抖的双手抚摸着她的肩背，两行热泪缓缓地溢出眼眶。希尹隔窗窥视其状，乃知大功告成。

过了一刻，张夫人被金兵押走。希尹复入堂中，像老朋友似的凑近张孝纯，问他意下如何。张孝纯咬着牙顿了顿，说，让我归降可以，但你们必须保证，不滥杀无辜。希尹表示可以保证，但前提是你们马上停止抵抗。说着，他便命亲兵将沓拟好的告示放到了张孝纯面前。张孝纯无奈地按其吩咐在告示上签名用印毕，希尹即让他在铁骑护卫下亲临衙前及市区要冲张榜，以示这道让太原军民放弃抵抗的命令确实出自知府之手，非为金军捏造。既已俯首就降，张孝纯只能唯命是从。

官府投降的消息传开，军民的斗志迅速瓦解。是日黄昏时分，巷战基本停止。

然而金军的烧杀奸掠，却并未随着抵抗行动的停止而停止，反而更加肆无忌惮。希尹倒是遵守诺言，提请宗翰下达了禁止滥杀滥抢军令的，但宗翰不过是做做样子而已，并不认真约束将士。一场血战下来，让那些为大金赴汤蹈火的弟兄们尽情地宣泄一下，有什么不可以的？这历来就是一种犒军的方式嘛。

希尹很难改变这种野蛮惯例，只能睁一只眼闭一只眼。但对于张孝纯及其下属官员的家眷财产，他是动用其职权尽力采取了保护措施的，这使张孝纯觉得此人还算是说话算数。至于百姓们所遭受的劫难，张孝纯在沉痛负疚之余，悲愤填膺地认为，至少有一半的账应当算在赵宋朝廷的头上。归根结底，是赵宋朝廷无视他们的死活，把他们推入了万劫不复的深渊。

然则纵使有千万条理由，却亦难摆脱心灵的重负。转瞬之间，在世人的心目中，他张孝纯已从顶天立地的抗金英雄，蜕变成了声名狼藉的无耻败类。

二

张孝纯降金产生的影响果然不小，宗翰剑锋指处，平遥、灵石、孝义、介休等城镇相继倒戈。各地接连失守的消息频达朝殿，搅得赵桓烦乱不堪。

最让赵桓撮火的是，金军的这次进犯，自谓是师出有名。而授人以柄者，恰恰是他赵桓自己。

原来，当二月间宗望撤军时，由于肃王赵枢被扣为人质，宋廷也相应地扣留了金使萧仲恭及其副使赵伦。萧赵二人为求脱身，鼓捣出一个金蝉脱壳之计。这二人都是辽朝旧臣，就诈称他们乃不得已而降金，实际上内心里深恨金人，日夜思复故土，因此愿意秘密联络原辽朝大将耶律余睹策划兵变，干掉宗翰、宗望，与宋朝里应外合推翻虎狼女真，各建安乐家邦。

这二人当时是瞅机会先将此事神乎其神地说给了吴敏，吴敏则单独密奏与赵桓。这事听来根本就极不靠谱，别的因素姑且不论，单看那耶律余睹，兵败叛辽后他被金朝封为左金吾上将军，此刻又在宗翰麾下担任着元帅右都监，地位显赫春风得意岂是可被轻易策反的人物？以其品性之狡猾善变，又岂是可资信赖的内应？可是赵桓闻言头脑发热，居然异想天开地视为奇计，乃命吴敏付蜡书与萧赵，让他们速去沟通耶律余睹，共图灭金大事。

为恐泄露天机，赵桓未再与他人商议。吴敏对这事的可行性将信将疑，但见皇上兴致勃勃，也只得遵旨照办。

萧赵二人返回金营，马上将蜡书交给了宗望。宗望即具折连同蜡书一起驰呈上京。金太祖完颜晟阅后，笑谓左右曰，宋皇何其可爱乎？六年之后的金天会十年，耶律余睹因与金人矛盾加剧，以谋反罪被诛，但那与赵桓的所谓策反，是八竿子打不着的事。

萧赵二人被放走之后，如泥牛入海再无回音。后来局势缓和，赵桓又忙于与其父赵佶钩心斗角，这事便几乎被淡忘得无影无踪。岂料现在金人忽然朝花夕拾，将此作为了兴师问罪的口实，焉得不令赵桓着恼！

幸好知晓其事真相者不多，赵桓便把那丢人现眼的屎盆子，一股脑儿地扣在了已被贬谪在外的吴敏头上。众臣暗忖这种事情如无皇上首肯，谁敢私下定夺？当然都是心里嘀咕，没人敢于点破。尽管如此，赵桓仍是自艾不已，心说朕真是吃饱了撑得难受，闲来无事去捋的什么虎须！

许多大臣倒比赵桓明白得多。金人之狼子野心方兴未艾，他既蓄意挑衅，即便没有这件事，也会另外寻找或者制造一个别的借口。因此大家更为关心的，是朝廷何以对之。这个制定对策的责任，就不是赵桓能一推了之的了。

所谓对策，无非是或战或和。确定了大前提，才好制定具体措施。赵桓自从即位伊始，便反复不休地在战和问题上绞尽脑汁，以至于弄得他现在一听这两个字便欲作呕。朝臣中战和两派各执其理旗帜鲜明，而他却忽左忽右摇摆不定，就是因为他永远吃不准，朝着哪个方向迈步，才能走上平安大道。

作为一国之君，从本意上讲，如果战之能胜，没人愿意媾和。但若胜算无几，败而后和，则将损失益巨。反之亦然，若是先欲求和，求和不成再被迫应战，便会更加被动。在这个问题上大臣们尽可以高谈阔论，而他却必须谨慎定夺。国势兴衰全在他一锤定音，这可儿戏不得。

他知道颇有一些大臣暗哂他每临大事无主见，甚至能猜想到某些人背地里鄙夷他缺乏君主才略，这很令他羞愤。哼，站着说话不腰疼的混账东西，真让你们坐到这个位置上来试试，恐怕还不及朕能拿捏出个盐咸醋酸！

日前狼烟再起，就有孙傅、何栗、梅执礼、李若水等一干大臣，奏请朝廷迅速调兵应战。朱后亦曾劝他尽快诏令天下军马勤王，莫使兵临城下之险重演。赵桓对金人的一再挑衅甚为震怒，起初也不乏与之决一雌雄之意，但随着边陲噩耗的纷至沓来，他的想法很快便起了变化。各州县接踵失守的事实，不啻向他发出了严厉的警告：面对金军的强劲攻势，宋军确实难以招架，不自量力地与金军硬碰硬，只能是碰个头破血流。

好汉不吃眼前亏，既然来硬的不行，还不如索性装孙子，哄着金军息事宁人，好歹先挨过这一关。待来日我大宋卧薪尝胆养足精神，再奋起神威扫灭你女真生番也不迟。但是这一回是不是可以靠俯首帖耳地装孙子解决问题，却又吃不准。为慎重起见，他于景福殿单独召见了张邦昌。

张邦昌一向主和，这是人所共知的。赵桓召张邦昌前来面对的意图，主要是想听听他对议和后果的估测。张邦昌现在位居太宰，自身之命运与朝廷息息相关，说出话来应当是负责任的。而且他曾出使金营，具有与宗望面对面打交道的经验，因此他的判断亦应比较靠谱。

张邦昌料知以赵桓优柔寡断的性格，不会在战和抉择上轻易拍板，所以在此前的朝议上便只静听别人的七嘴八舌，没发表什么意见。他就是在等待赵桓的单独召见，他的话就是要留至此时再说。因为在这种场合进言，不会被反面意见干扰，更容易让皇上听得进去。单独召见的机会果然如期而降，此事的本身，就含有赵桓欲纳其言之意，这便使得张邦昌对劝说赵桓打消顾虑确定媾和，有了十足的把握。

张邦昌在边事争端上向来主张以求和保平安，而这一次，尤其容不得赵桓另作他图。个中缘由，除了基于其所持的军力财力皆不足以支持对金作战这个一贯的基本判断外，还有一条不足与外人道的隐衷：防止李纲东山再起。

李纲返回汴京，即罢知枢密院事。不过正如李纲所料，赵桓没将他交与司议处。嗣后的处理，是委其出知扬州。这说明赵桓对李纲的所谓谋反罪名，并非深信不疑，意欲留观后效。李纲得旨后对出知扬州谢恩力辞，这是臣子领受圣责后的惯常做法，以示心悦诚服省身思过之意。目前赵桓尚未对李纲另作发落，李纲还滞留在京师待旨，皇上可以随传随到。

这就很不妙哉。倘使赵桓思战，在其心目中，可堪挂帅者大约还是首推种师道与李纲。据闻种师道已病卧虎帐咯血不止来日无多了，那么执掌三军帅印者，便非李纲莫属。而李纲一旦重获宠信再度崛起，他张邦昌的太宰宝座不说立即岌岌可危，起码也会摇晃不已，说不定哪一天便将颠而覆之。这个一人之下万人之上的高位，他是耗费了多少心血才攀爬上去，对于这种显而易见的危险，他当然不能听之任之。

此外更有一层原因，致使张邦昌必须阻止李纲大权重握。这个原因就越发不可告人了。

数日前的一个傍晚，有个衣冠楚楚的汉子，自称胡彪，受江南某丝绸商贾之托，前来拜谒张太宰。官商勾结互惠互利乃司空见惯之事，张邦昌以为又是一笔巨贿上门了，便降尊纡贵允予一见。

见面后胡彪请张邦昌屏退左右，张邦昌心领神会。之后胡彪果然先奉上了金锭若干。但他随之说出的话，却让张邦昌吃惊不小。

原来这个自称胡彪的人，并非来自江南，而是金军密使。那些金锭自然也不是什么丝绸庄家的孝敬，而是金帅宗望支付给他的"薄酬"。

张邦昌不免诧异，我张某人又不曾为你们金邦做事，酬劳之说从何谈起？

胡彪笑道张太宰过谦了，前番在我大营，张太宰不是曾向我宗望大帅献策，欲得宋金和睦，必先拿下李纲吗？当时宗望大帅未遂此愿，而今张太宰竟使事成，岂非大功一件？赏罚分明恩仇必报，此乃我大金国之信条。宗望大帅很高兴与张太宰有了这样一个良好的合作开端，并希望将合作继续下去。想必这也符合张太宰的意愿吧？

张邦昌听了心里发毛，却只得强作镇定，问道那么宗望大帅意欲何为？

胡彪道，说来却也简单，无非是请张太宰一如既往多为宋金友善出力，勿使宋皇受好战分子蛊惑。特别是那个执意与大金为敌的李纲，断不可令其去而复归。

张邦昌若有所思地闭了闭眼睛，摇头晃脑道，好战这顶帽子，似乎戴不到我大宋头上。宋金之间的战事，明明是每由你们金国挑起。

胡彪趾高气扬地道，那也是事出有因，一个巴掌拍不响。

张邦昌在心里暗骂，什么事出有因，无非是恃强凌弱罢了。然而就是这种浸透骨髓的虚弱感，使得他竟不敢对这个金军密使的强词夺理面露愠色。他努力维持着矜持之态，拐弯抹角地向胡彪摸底道，本相一向不主张宋金刀兵相见，其奈你们金国一向是得寸进尺。凡事总须适可而止，否则，兔子急了也会咬人的。

胡彪哈哈大笑道，假如你主张刀兵相见，难道就阻挡得了我大金的铁骑吗？兔子咬人能咬多大的牙印？此乃愚人之见，奉劝张太宰千万勿作此想。流血杀戮总归不是好事，如果能以另外的方式解决问题，我大金何乐而不为？只要宋朝诚心与我大金交好，一切皆可商量。张太宰若能于此有所建树，我们绝不会视而不见。总之，宗望大帅对张太宰期望匪浅哪，张太宰是个聪明人，别的话还须在下多言吗？

打发走姓胡的这尊瘟神后，张邦昌独处书房中，像个瘪茄子似的歪在太师椅上，静思了良久。

真是没想到，宗望居然玩出来这一手！宗望所提的要求，其实倒正与张邦昌的本意合拍，只是此事加上这层缘由，其性质便截然不同，并且还让他欲罢不能了。他呼吁和谈也罢，打击李纲也罢，本来皆属朝廷内部争端，而宗望却不由分说地将他装进了里通外国的套子里，这分明是牛鼻子套环要牵着他走，这让他感到十分恼火。

可恶的是这事还压根声张不得。他的所作所为与金人灵犀相通不谋而合，声张出去百口莫辩，因此他只能乖乖就范。宗望，你这一手玩得可真够损的。

不过转念想来，金人有意借助于他，也未必全然是坏事。如果今后宋金邦交悉赖他来斡旋，那么他在朝廷中的地位还有何人可以替代？再者，狡兔三窟有备无患，难保他将来没有欲借助金人之处。当初主动为宗望建策，不就是存的这个念头吗？人无远虑必有近忧，由这个角度思量，张邦昌觉得与金人建立起这层隐秘关系，应当是利大于弊。

金人既欲用他，自然不会泄露其事。关键是他如何能灵活地周旋其间，达到宋金双方的满意，使双方都感到此人不可或缺。这种纵横捭阖的能力，张邦昌自信他还是绰绰有余的。

当然，在赵桓面前，他的种种个人意图，都必须严加隐藏；他所说出的每一句话，都必须体现为出自为国解难为君分忧的赤子之心。在奉召入对前他为此颇做了一番准备。因而当赵桓将几句简短的开场白说过，命他就对金策略直抒己见时，他的那套说辞，听起来便显得头头是道很是中肯。

根据对赵桓心理的揣摩，张邦昌先从战况谈起："眼下金西路军泰山压顶攻破太原，东路军势如破竹越过真定，战况不妙是个明摆着的事实，而且发展下去肯定会愈加不妙。宋军的战斗力远不如金军，这是由诸多的历史原因造成的，责任不在当朝，亦非一朝一夕所能解决的事。主战者的心情可以理解，泥人还有个土性。但若不自量力，只凭意气用事，却非智者所为。"

见赵桓边听边略略颔首，张邦昌接着说："既然战无胜算，便不能不以屈求伸。历来的主和者颇遭天下诟病，盖因世人多不谙以退为进之道。其实示弱者到头来未必弱，逞强者到头来未必强，一时长短不足论，出水才看两腿泥。昔之刘邦面对项羽一退再退一让再让，终于垓下一战成功，铸就千秋霸业，就足以说明这个问题。以陛下之盖世英明，胸中韬略岂逊于古之汉王乎？"

这句信手拈来的马屁拍得比较到位，赵桓不禁莞尔一笑道："朕岂敢自比古代圣贤，唯求不负天下苍生罢了。只是不知若是我朝欲和，金人能否罢兵。"

张邦昌明白这是个要害问题，如果和谈没戏，确实不如早打。但他自谓对此比较有底。一来那个宗望的密使胡彪表示得很清楚，"只要诚心交好，一切皆可商量"；二来根据张邦昌对金朝国力的判断，认为其尚不具备鲸吞中原的胃口，澶渊之盟先例可援。因此他很有把握地答曰，金人所欲者，无非割地赔款。只要能遂其欲，罢兵不是问题。唯我朝在议和条款上，须适当地多做点让步而已。舍不得孩子套不得狼，为争取休养生息的时间，牺牲一些眼前利益是划得来的。言战者只看到议和之失，而看不到议和之得，实乃目光狭隘，夏虫不足以语冰。

话至此间，张邦昌偷瞥了一下赵桓的神态，便不失时机地提出了关于李纲的问题。

他说："李纲虽已罢知枢密院事，然仍悠然居住于京师之内，似乎甚为不妥。这个人素喜哗众取宠，极富煽动性。他是否怀有不臣之心姑且待查，但不顾大局之稳定，煽动朝野的反金情绪，则是其板上钉钉的一贯行径。事实上，即使其赋闲在家，他也没停止过此类言行。若是放任其无事生非狂言惑众，不仅会扰乱视听，而且会极大地激发金人对我们的敌意，将原本可以收拾的局面，搅和得不好收拾了。此事端的堪忧，微臣不敢不具。"

赵桓淡淡地点头道："朕知道了。"

奏对完毕，张邦昌一身轻松地退出景福殿。虽然赵桓当场是听而不述，故做一副高深莫测状，但张邦昌能看出，皇上对他的话是完全听了进去。毕竟皇上首先要力求安定，国家需要的也是安定。既然和可得安，何必战而履险？

以媾和换平安，对国家而言，可使社稷免遭战火荼毒，这是不消说的。而对他张邦昌个人而言，好处就更多。这既使他在朝廷中尽显羽扇退兵之能，又令金人感到他是奇货可居，还不动声色地肃清了政坛隐患，一箭三雕事半功倍，想来汉之萧何亦不过如此吧？于此动荡不定的乱世中，能够做到这般左右逢源者可有几人？

张邦昌缓步向宫外走着，一层自负的微笑不禁浮上面皮。却不知正是这个"左右逢源"，日后给他带来的麻烦，可是大了去了。

三

促成了赵桓的媾和决心，也便决定了李纲遭受贬窜的命运。张邦昌谙熟这种政治游戏，回去后便使人以"专主战议，丧师费财"的罪名具折弹劾李纲，指斥其大肆鼓吹防秋备边，乃为导致金军再犯的根源。唐恪、耿南仲乘机摇唇鼓舌，林林总总地拼凑出了李纲"十罪"。以此种种弹劾为据，赵桓乃责授李纲为保静军节度副使，建昌军安置。

宋朝典制，一般不杀大臣，对获罪大臣及谏官的严重处罚为"编管"，即将其押送至穷山恶水处，交由地方官衙予以管制。"安置"较"编管"为轻，但亦属流放性质，唯其人身自由程度稍稍强似"编管"。而所谓节度副使，则是个毫无意义的虚名。赵桓认为，这个处置，已是看在往日功劳的分儿上，对李纲格外开恩了。

何栗、孙傅启奏李纲所受弹劾之罪名不实，被赵桓当堂驳回。又有中书舍人刘珏、胡安国力谏不可远谪李纲，惹得赵桓性起，将他二人一并贬出京师，遂无人再敢稍加置喙。

李纲得旨，忧叹交加。

在政坛上屡经风吹雨打，对于罢官落职，他已看得比较寻常。所忧叹者，是这事的缘由和后果。"用舍进退，士之常，此不足道。但国家艰难，宗社危急，扶持天下之势，转危为安几成，而为慵懦谗慝者坏之，为可惜也。"在后来书写于长沙漕厅翠蔼堂的手记中，他曾以无限沉痛之笔，追录下了当时那种难以言说的心境。

当时既已罢知枢密院事，李纲自是不如当政时那么政闻通畅，然身居京畿，消息来源及传播途径甚多，天下大事总还是及时可闻。关于金军倾巢出动卷土重来，东西战线均告吃紧，太原及一系列州县接踵沦陷等情况，他从友人口中都能知其大概。虽然事变的趋势早在意料中，而形势恶化程度之快之重，还是使他感到了极大的震动。

金军此番的攻势较前者有过之无不及，而且由于太原失守，西线门户洞开，朝廷所面临之艰危更甚。看来一场须倾全国之力与金人进行的殊死较量，又是在所难免了。

李纲知道，当此时，总会有人急于高念求和法咒，但他断定那管不了大用。非战莫能言和，这是他确信不移的御敌之道。而要论作战，张邦昌那帮人是指望不得的。别看他们在萧墙之内能翻云覆雨，抗击外虏却是连童贯那点能耐都不如。因此李纲揣测，他很可能会再度临危受命支撑危局。

在这种时刻担此重任，风险无疑极大。以他对朝廷以及宋军现状的了解，深知这仗打起来必定是多方掣肘困难重重。而且无论战事的结果如何，都将使他陷入危机四伏的境地。打赢了，他功高盖主遭人忌恨；打输了，一切罪责悉归其身，说不定还会被朝廷抛出去充当向金人谢罪的替罪羊。

尽管如此，李纲还是做好了当仁不让的思想准备，而且盼望朝命速颁。因为他实在看不出与金人存在什么有话好好说的可能性。而如果迎战金军这件事迟早要落到他头上，那便宜早不宜迟，早一天动作，就多一份胜算。事虽难为，但并非绝对不可为。金军固强，亦有其短。他们毕竟兵力有限，而且长途征战终将后继乏力。只要大宋军民上下同心，扬长避短，应当是足以赢得最后胜利的。人生难得几回搏，能为大宋江山作此关键一搏，也不枉来人世一遭了。到那时欲想全身自保，坚决急流勇退便是。

基于这种打算，甚至不待赵桓下旨，李纲已跃跃欲试地在私下里思考起用兵方略。

然而圣旨颁下，与他的期待整个南辕北辙。休道什么临危受命了，朝廷这回压根就没想打。圣旨中对他"好战误国"的指斥，明确无误地表明了这个意思。

这才真正是要误国！愕然之余，李纲按捺不住地秉笔上书，切陈他一人之去留无足挂齿，然和议未可恃，战策不可废。金人狡狯，谋虑不浅，若任其铁甲深入而竟自无所作为，则天下之势去矣！

如此犯颜抗辩，犯了为臣之大忌。庶几赵桓的批谕传下，谓其"退有后言，淆惑众听"，将其改谪潭州。一盆冷水从头浇到底，李纲这才幡然醒悟，自己又犯了官场幼稚病。目前君侧俱是张邦昌的朋党，这些人既已千方百计将他排挤出了朝廷，岂能容得皇上复纳其言。

何栗和孙傅唯恐李纲一意孤行再罹大祸，悄悄地前去探视，规劝他切莫再辩，一切等待事实说话。他们说，莫看张邦昌之辈一时得势，然料其难得长久。对金人只知退让示弱，必致其野心一再膨胀。待到朝廷退无可退，彼等黔驴技穷时，是非曲直便不言自明。李纲承认他们说得不错，可是只怕到了那时候，局面不知将会糟糕到何等不堪的地步。这个前景谁也说不准，只好拭目以待，或者说只好听凭天意了。

动身迁徙贬谪地之前，李纲抽时间独自去了一趟冷铁云家。

自从政和二年授承务郎算起，前后为官十五载，李纲自谓行事磊落无愧于心，唯独误斩冷铁心那件事，是其夙夜之憾。虽然他已尽力对冷家做了补偿，虽然冷家母女已有谅解的表示，他却依然是于心难安。由于冷家的家境极度贫寒，他便将关照其母女的生活视为了自己今后应尽的义务。他在汴京为官，随时可予体恤，而流徙千里之外，那就鞭长莫及了。因此他想给冷家多送去点银两，以使她母女在此后相当一段时间里温饱无虞。不过，在他自觉承担这份义务的时候，潜意识里还是不自觉地掺杂了一种悲天悯人的施舍感的，尽管这一点并非他的本意。

冷母在郎中的悉心医治下身体大有起色，已能下床料理家务，这就使得冷铁云能够腾出手来操持点维持生计的营生。从小院里添置的挑担笼屉等物什上可以看出，她正准备做个叫卖汤饼火烧之类的小本生意。虽有李纲诚心相助，这姑娘却从未乘机提出过任何索求，而是坚持以自己的辛苦劳作养家糊口，这种品格和志气令李纲深为赞赏，但同时亦使李纲总有点如鲠在喉。他思量，这也许说明冷家对他的怨恨终难彻底化解，这层苦涩他恐怕是要永滞肺腑的。想来也难怪，若是这等冤屈落身自家，感情上能做到风过无痕吗？前者冷铁云托人提醒他谨防暗算，已算是非常难得非常仗义了。

李纲跨进冷家小院时，那母女俩正在灶前忙碌。忽见李纲不期而至，母女俩显然颇感意外。略显拘谨地向李纲施过礼后，冷铁云便返身踅进了灶间。冷母则边用抹布擦着手，边客气地将李纲让进屋中，取大碗为他沏了茶汤。

而接下来的情形，便轮到李纲意外了。

李纲落座后请冷母也坐。冷母一直在用抹布擦手，面对李纲这样的大人物，她有点紧张在所难免。稍作寒暄后，冷母问，李大人果真是要离开汴京了吗？李纲说是的，我奉旨谪徙潭州，不日即要启程，今天是特地来告个别。

冷母说真是有劳李大人惦念了，其实小女本是打算到李大人府上去一趟，不曾想李大人先来了。

李纲说那就正好，家里有什么困难尽管说，我能帮上手的，一定尽力而为。

这时就见冷铁云端着一笸冒着腾腾热气的蒸饼迈步进屋，走到李纲面前道，听说李大人要走，我娘亲手做了些蒸饼，正想给李大人送去。邻里乡亲都知道，我娘的蒸饼手艺可是一绝呢，请李大人带着路上吃吧。

李纲见状一怔，连忙起身，双手接过，却见每只蒸饼的正中，都印制着两个大字："平安。"他的心头不禁一震，正不知如何言谢，就听冷母说，什么手艺不手艺，不过是为李大人祈个吉祥吧。咱汴京百姓可是少不得李大人的。

冷铁云接着说，我爹在世时，每逢出远门，我娘总要做这种蒸饼给他带上。李大人是什么人，朝廷不明白，百姓明白。大家都盼着李大人早日回京。

犹如惊雷贯耳，母女俩这寥寥数语，霎时间在李纲的胸中荡起了一片惊涛骇浪。李纲这才知道，那条横亘在他与这对母女之间的似乎无可消弭的恩怨鸿沟，其实早已被她们自己用民族大义填平。之所以然，显然与百姓们对他的拥戴大有关系。而眼下她们对他的热望，则无疑是代表着千万颗滚烫的心灵。一句"百姓明白"，岂是千金可买！此情此景，将隐藏于他潜意识里的那种高高在上的施舍感顿时蒸发得无影无踪。他深切地感到，此刻与其说是他在体恤冷家母女，倒不如说是他从她们那里获得了莫大的抚慰。

李纲满含热泪收下蒸饼，而将随身带来的几锭大银，于告辞前悄悄地扣在了桌角处的一只大碗下面。他唯恐将银子明着留下会被冷家母女拒绝，亦觉那样出手留赠对她们那份淳朴的情感似有亵渎之嫌。

冷家之行既令李纲感动非常、心结舒解，更使他体会到了一种生命不能承受之重。万众归心是一种难得的人生境界，同时却也意味着非比寻常的人生责任。他眷恋这个境界，也愿意承担这等重托。然欲铁肩担道义，竟又何其难。纵肯捐肝胆，不见纳奈何。深怀着这种苦闷，在一首题为"病牛"的七绝中，他作过如此抒怀："耕犁千亩实千箱，力尽筋疲谁复伤？但得众生皆得饱，不辞羸病卧残阳。"这首诗写得不算精彩，却是道出了一个心系苍生的为官者的追求和艰难，因而被后世视之为其诗词的代表作之一。

靖康元年九月下旬，一个凉风飒飒黄叶飘零的清晨，李纲启程踏上了流放之旅。他在汴京未置家产，一辆马车尽括行装。为数不多的几个用人俱已辞退，随行者除了所雇的车夫，只有老仆胡长庚一人。

"安置"不似"编管"，不用解差押送，只需被"安置"者在限定时间内自行赶到贬谪地即可。这使得李纲此旅尚不似押解囚犯那般窘迫模样。所以赵桓自谓他待李纲不薄，皇恩比较浩荡。

迎风踏露驰出城门，方见天色微微放亮。李纲是特意选择这样一个时刻悄然出城的。他怕万一百姓们闻讯箪食壶浆前来相送，又要招致政敌的忌恨，致使流言丛生攻讦叠起。对于何栗、孙傅等同侪，为免其受所谓结党营私之累，他则预先打了招呼，一律谢绝送行。

虽是特意如此，伫立在凄清孤寂的旷野上，回望雾气朦胧中的汴京城楼，一股难言的悲凉失落感，依然强烈地袭上了他的心头。

几百个日日夜夜的风云变幻，恍若南柯一梦。几许壮丽辉煌，几多壮志雄心，倏忽化为泡影。这一切是如何发生的？又是为何发生的？不知今后此身之命数，汴京乃至整个大宋王朝之命数，又将如何演化？抚前思后皆是茫然，宁不教人黯然神伤。

似乎是在呼应李纲的心绪，天色渐又转暗。已趋消散的晨雾不知怎的竟又变得浓重起来。不是个好兆头！李纲心中不由自主地掠过这个不祥之念，不禁身子一抖兀自打了个冷战。

第十九章

　　约莫等了半个时辰，还不见那所谓的"主人"露面，百无聊赖的冷铁云起身徘徊，才注意到这房间里，除了餐桌餐椅花架盆景之外，在屏风后面还放置着一张雕花卧榻。这使得她警觉起来，蓦地意识到了一个大姑娘孤身处于陌生之地的危险性。

一

一桩倒霉透顶的差事，又落到了康王赵构头上。他的皇兄赵桓竟让他与刑部尚书王云一道，作为什么"割地请和使"再度出使金营。而之所以走出这步不顾手足之情的臭棋，对赵桓而言，亦是出于无奈。

这段时间里，金军节节挺进，宋朝危机日深。

李纲被贬离京，大遂宗望心意。他抓住对方浑浑噩噩之机挥师疾进，大败宋军于井陉，长驱直入天威军，继而拿下了河朔要镇真定府。真定守将都铃辖刘翊力战身亡，知府李邈被俘就义。宗翰的西路军自攻克太原后亦所向披靡，一路上平阳、威胜、德隆等郡府相继告破。十月中，宗望、宗翰胜利会师于山西平定军。平定军当然不会是金军征战的终结地，他们的下一个会师目标，不用说便是汴京城。

这种险峻形势不能不引起宋朝朝野震动。由何栗带头，若干大臣奏请赵桓宜速做应急准备。何栗建议将天下二十三路划分为东西南北四道，建三京及邓州为都总管府，分总四道之兵，缓急间以羽檄召各道兵马入卫京师。赵桓眼见金军攻无不克步步进逼，心里亦不由得发慌，为有备无患计，采纳了何栗之请，下旨分别委任知大名府赵野总北道，知河南府王襄总西道，知邓州府张叔夜总南道，知应天府胡直孺总东道。

南道总管张叔夜字嵇仲，当年知海州时，曾建招降宋江义军之功，为四道总管中最忠勇善战者。他深谙汴京之危，甫一接旨，即请立即统兵入卫。陕西置制使钱盖亦欲及时出师勤王。然张邦昌等执政生怕此举有碍议和，且虑京城粮草有限，大军集顿城下，给养难以解决，乃以朝廷名义驰檄张叔夜、钱盖，严令他们各自安守其地，不得妄自移师。此令一出，不但使得建四道之策流于一纸空文，而且冷了天下将士之心，于是此后再无人对入援京师抱积极态度。

房破偏逢连夜雨，老将种师道这时病入膏肓，已完全无法省视军务。赵桓闻之将其召还，遣范讷接任两河宣抚使。时年七十六岁的种师道自河阳返京数日后病故，大宋王朝失却一根栋梁。而那位继任者范讷，却是个根本不堪大用的庸才。

种师道对宋金两军实力之悬殊洞若观火，又见朝廷在战略上布防疏松反应迟钝，料想朝廷一是无心去对打，二是打也难打赢。因此在临终前，他曾上书赵

— 374 —

桓，敦请圣驾暂移长安或西幸洛阳。

关于迁都问题，种师道与李纲曾有过面对面的争论。他知道提出此议，很可能会被人认为是怯懦畏敌。但是这个主张确实是他深思熟虑的结果。李纲的忠贞和胆魄都令种师道敬服，然观其思维行止，他则认为李纲终究难免书生意气。博弈天下棋局，意气用事不得，一盘散沙的大宋禁军，也不是单纯用李纲的一腔热血便能凝聚得起来的。战无胜算，和不可恃，那么朝廷除了退避三舍徐图恢复，还有什么更为妥当的出路呢？

应当说种师道的这个见解是立足于朝廷的客观现状且具有一定的可行性的。如果照此行事，历史轨迹未尝不会呈现另外一种面貌。可是赵桓经过彷徨犹豫，最终未纳其言。

在垂问大臣之见时，只有唐恪认为此议可资考虑，余者皆不赞同。不赞成者的动机不一。何栗等主战派反对圣驾西迁，是出自对怯敌逃跑行为的鄙夷和誓死保卫国土的热忱；而更多的人则是担心由于朝廷的大迁移带来的动荡，可能会造成方方面面的个人利益的巨大损失。当然后者的思想是以相信能够以议和退敌为基础的。

作为后者代表人物的张邦昌，尤其担心因赵桓出逃而造成朝政格局的变化。恰恰在这个问题上，赵桓的顾忌与其异曲同工，因此他只略陈数语，便对否定西迁起到了关键作用。

他是这样提醒赵桓的：汴京乃先皇开国都城，国人皆以此为大宋基业之本。陛下移驾他处，汴京必设留守。若留守者竟擅以朝廷名义号令天下，则天下将何所适从？苏学士尝论，周朝失计，莫若东迁。前车之鉴，不可忽之也。

他说的苏学士即苏轼，所谓"周朝失计，莫若东迁"，是苏轼对一段历史掌故的论析。公元前七七〇年，周王朝之都城镐京遭到犬戎侵袭，周平王宜臼为躲避其锋，迁都至洛邑，乃至天子威望扫地，王室亦从此失去了对诸侯的控制权。这段历史赵桓是熟知的，联想到上一次太上皇赵佶在江南坐大，公然与他分庭抗礼的可恶情形，赵桓不禁频频颔首，认为张邦昌考虑得周全。

赵桓暗忖，要说畏惧金人，太上皇比朕更甚。现在连太上皇都没张罗着开溜，朕何须如此沉不住气？圣驾西迁，若是太上皇不肯与朕同行，反而乘机在汴京树起正统旗号，蛊惑天下服膺，朕岂不便沦为丧家之犬了吗？立足这个角度来看，朝廷西迁显然是馊主意一个。

这个否定西迁的理由当然不宜明说，赵桓在朝殿上对臣属们的公开说法是：

汴京百年基业，开封百万黎民，朕岂忍弃之身后独求自安。当此危难之时，朕当死守社稷，与臣工们同甘苦，与汴京城共存亡。

当时朝臣们听了赵桓的这番慷慨表白，似乎是深受鼓舞和感动。众人内心里实际是什么想法不好说，反正从表面上看，冠带诸君涕泪交流，一个个都激动得不成样子。这个景象反过来又刺激得赵桓心热，遂决意要做个任凭风浪起稳坐钓鱼台的英主仁君，令千秋万代肃然起敬。

既然否决了迁都，抓紧议和便成为朝廷当前的头等大事。金军为麻痹对手，对宋朝的议和态度佯作欣赏。东路军元帅宗望收到求和的书函后，即装模作样地遣使杨天吉、王汭赴汴京洽谈。这颇使赵桓高兴了几日，自谓这步棋走得对头，乃特派吏部尚书王时雍作为馆伴殷勤接待。

然而一俟谈判起来，方知这个和不是那么好议。

王时雍遵旨提出的请求罢兵条件是，将太原等三镇所入岁币并朝廷内府珍藏奉交金邦，另以厚礼分犒宗望、宗翰两军。金使笑容可掬地表示同意。宋朝马上拨付了犒师绢缎十万匹请金使带回。但金使回去后，金军的攻势有增无减。赵桓揣摩八成是金人嫌宋朝给予的补偿不够优惠，只好再派王云去真定协商。经过反复折冲樽俎，金军坚持的价码如下：索要宋廷辂车冠冕，为金主太上皇叔尊号，割让太原等三镇，康王赵构作为议和使前往金营。

如何回应金军？朝臣分歧严重。

何㮚、孙傅、梅执礼、吕好问等三十六人义正词严地指出，先祖身经百战历尽艰辛方得两河之地，况三镇俱属北疆要冲，其作用犹如人之四肢，绝对不可拱手让出。其他种种要求，亦纯粹是骑在人脖子上屙屎。如果答应了这些强盗要求，非但国威扫地，而且后患无穷。

而唐恪、耿南仲、聂昌等七十余人则认为，割让三镇这事原本就答应过金人，朝廷后来反悔属于失信，现在金人要求重履前约是有据可依的。所谓尊号云云，不过是个虚名，金人想要这份虚荣，满足他一下无何不可。要求康王出使，亦是他们欲验证我朝讲和的诚意，说起来还有对康王高看一眼的意思。所以细想一下，这些条件似乎算不得特别过分。和谈嘛，总是要双方都退一步才能谈成。如果我朝在利益上不作相应的舍弃，金人又焉能在战场上止戈息兵？

赵桓一时举棋不定，退朝后又单独召对了张邦昌。

张邦昌说，他乍一听亦觉金人的要求比较苛刻，然而冷静思之，乃觉唯其如此，倒正说明金人没把议和当作儿戏。看来这就是金人的底牌了。因此如能遂其所愿，料其会见好就收。而若有所忤逆，惹得他们老羞成怒，倒有可能使其要求更甚。赵桓听了觉得比较在理。

值此期间前方再传丧音。宗翰拿下泽潞，宗望轻取庆源。许多朝臣惶如灶蚁，纷纷奏请赵桓速做决断。有个名唤范宗尹者，甚至在朝议时如丧考妣地出班伏地，垂涕泣请皇上尽依金款，以纾祸端。

于是赵桓不敢再稍事迟疑，乃拍板允准金人所求，命康王赵构为正使，刑部尚书王云为副使，即赴金营签署和约。何栗情急之下挺身出班连呼"不可"，赵桓勃然大怒，当堂革除何栗尚书右丞及中书侍郎官职。

嗣后，赵桓召赵构入见于景福殿，对其勉励有加。为了笼络其心，赵桓当场解下自身所佩玉带赐予赵构，并册封其生母韦氏为贤妃。韦氏原来的品级是婉容，直接晋为贤妃，一步跨越了太仪、贵仪、淑仪、淑容、顺仪、顺容和婉仪七个等级，是较为罕见的殊荣了。沐此天恩龙泽，赵构毅然表示，为了大宋江山，何惧赴汤蹈火，此行纵有千难，绝对不负圣望。

根据赵构上次出使的不俗表现，赵桓相信他这话是说得到做得到的。他很满意赵构的铿锵表态，同时也庆幸这位九弟到底是头脑简单容易驾驭。若是换作城府叵测的恽王赵楷，岂是区区一条玉带和一个贤妃封号，便能赚得他这般感激涕零义无反顾的。

然而赵桓对赵构的估计实乃大错特错，他太小瞧了他的这个九弟——赵构在他面前的一举一动，其实全都是在做戏。

眼下的赵构与半年多前的赵构，早已不可同日而语。人是不会一成不变的，由于环境、处境、阅历、地位等因素的影响，许多人会逐渐地甚至突然地变化得前后判若两人。所以有言云士别三日当刮目相看。如果说半年多前的赵构确实有点头脑简单，那么通过上次出使金营，他已经十倍百倍地复杂起来。

那次九死一生的履险经历，使得赵构不仅清醒地认识了金军的凶狠强大，而且深刻地领教了皇兄的自私无情。世事险恶，人心诡谲，不得不防。因而自此他表面上虽一如既往地沉溺于声色犬马，内里间却多了一份对时局朝政及其与自身利益关系的关注。

鼓鼙声声狼烟再起，赵桓决定坐守汴京，在赵构看来很不明智。假如让他决策，肯定是三十六计走为上。明摆着另有避风港，何苦偏驶顶风船。但是这话他懒得与赵桓说，他知道说了赵桓也不会听。不知出于何种心理，赵桓在朝政大事上从来不征求亲王们的意见。不在其位不谋其政，他犯不着去多嘴多舌，让皇兄怀疑他别有用心。不过，出于对赵桓品德和能力的不信任，他却不得不私下里给自己做点打算。

谁知他的独善其身之策尚未捉摸出来，出使金营的要命差事便从天而降了。甫一听说金人点名要他前往，他就预感大事不妙。但起初他对赵桓总还抱有一丝幻想，幻想着他这位皇兄能有起码的恻隐之心。上一次他是侥幸死里逃生，这个经过赵桓知道，这一回他铁定是有去无还，这个结果赵桓也不会心中无数。如果赵桓顾惜手足之情，断不会将他送入虎口。然而事到临头，赵桓到底是薄情寡义地把他抛了出去。可见这个人是何等的没有心肝，何等的不是东西！

做出这个决定的，但凡是换成另外任何一个人，赵构绝对不会乖乖地就范。他一定要指着鼻子质问对方，金人是何居心你这厮知否？我与你有何怨何仇，你竟欲借刀杀人？但这个人是皇上，他就发作不得。发作出来不但屁用不顶，反而有可能真正激起赵桓的借刀杀人之意。

既然伸头是一刀缩头也是一刀，那便不如索性表现得主动一些，先哄得对方犯晕，再想办法解套。从这份心计上，便足见赵构之通权达变，远在赵桓之上。

赵构的演技不错，他的从容受命不但让赵桓吃了一颗定心丸，还博得了朝廷内外的交口赞誉，众皆称道康王这人真叫有种。可他们哪里知道，在赵构那敢上九天揽月敢下五洋捉鳖的豪壮姿态背后，其实已是打定了对赵桓阳奉阴违的念头。只是如何个阴违法，尚须相机行事。

更令人不曾想到的是，这个看上去是再倒霉不过的差事，到头来竟成了上苍赐予赵构的一桩最大的幸事。当然，这个对其命运具有关键性意义的玄机，赵构本人当时亦不可能参透。所以尽管是心中另有打算，当他于十一月十六日带着副使王云，参议官耿延禧、高世则以及宦官蓝珪、康履等一行人马辞京出城时，其心情还是相当忐忑的。

二

远在千里之外的黄州城中，有一介布衣正在默默地审视着中原危机的发展，从中他似乎嗅到了一种天将降大任于是人的气息。

他就是半年前突然从汴京销声匿迹的索天雄。

索天雄与计洪奎再会于江南，颇费了一番周折。由于计玉珠遭遇不测，他不得不格外小心。他与索飞春离开汴京后，先向东行，而后突然又回程向西，兜了一个大圈子，确信身前背后俱无鹰犬伺候，方放心地改道南下。而在此间，顺发客栈的掌柜已先行潜回舒州，向计洪奎禀报了那场京城悲剧。

计洪奎闻知噩耗如雷击顶痛不欲生，但未因此忽略肩负的责任。为防官府顺藤摸瓜，他强压悲愤迅速做出布置，让"光明道"各骨干成员以适当方式分赴他乡隐蔽，他本人亦以身体患病为由，悄悄地关闭武馆撤出了舒州。考虑到索天雄父女可能仍会依约而来，计洪奎对受雇看守武馆的一个老者交代，如有来自北方的"表叔"找他，可告知来人，他的去向是黄州望江亭。

这个紧急转移措施采取得正是时候，恰巧使"光明道"躲过了一劫。原来，虽然危国祥由于种种不便而放弃了对"光明道"谋反线索的追查，淮南这边却出了问题。有个诨号"张魔头"的摩尼教组织者，因"传习魔教对抗朝廷"的罪名被捕，在官府的威逼利诱下"洗心革面弃暗投明"，招供出了他所知道的淮南一带最大的"魔头"计洪奎。如果不是恰逢汴京噩耗传来，唤起了计洪奎的警觉，他和他的亲信在不知不觉中被一网打尽是毫无疑问的。计玉珠于无意间以自己的捐躯挽救了计洪奎和"光明道"众多弟兄的生命，这一巧合使得她的牺牲价值倍增。后来众弟兄知此情由，皆尊供其为"圣女"。

不知是没听清还是记性差，看守武馆的老者阴差阳错将"黄州"误说成了"洪州"。捕快们据其所言去洪州搜寻计洪奎，自然是徒劳无功。待他们回头想到应当在武馆设伏蹲守所谓"表叔"时，却已错过了时机。

索氏父女亦是根据老者所云去了洪州。父女俩将洪州城里里外外转了个遍，也没找到什么"望江亭"。后来索飞春灵机一动，想到往昔押镖路过黄州时，曾闻当地有此一亭，似乎是个小有名气的景观。索氏父女遂又调头向北赶往黄州，果然在那座临江而建的亭榭栏杆上找到了计洪奎刻下的暗记。索天雄亦留痕作为回应，双方于是才得聚首。这时已是夏末秋初。

"中州虎"这个名头的主要影响力是在中原，索天雄的江湖朋友多散布于两河一带，所以索天雄原本打算，与以计洪奎为首的"光明道"弟兄密商过有关问题后，即返北方活动。但是出于某种原因，他在黄州做了较长时间的滞留。

客栈不是久居之所，父女俩便租了一处民居暂住，偶尔做些往来于周边地区的短途押镖营生。这样的营生赚不了几两银子，但于他们的生计无碍。因为索氏父女虽然是生活简朴，实际上并不缺钱。他们在南下途中收拾了一家恶霸，所得资财足够坐吃三年。而他们历年来所劫获的不义之财，早已不可胜数。不过这些钱他们从不乱花，而是每积累到一定数目，便悄悄地转移至一处人迹罕至的深山古刹掩藏，以备有朝一日作大用途。这个秘密除索氏父女及那神秘古刹里的"贫道"，再无旁人知晓。

在日常生活中，父女俩则一贯是布袍芒履粗茶淡饭。索飞春自幼跟随父亲过着这种生活，不仅十分适应，而且拥有着一种自谓不凡的英侠感。

既然做不做押镖营生都不影响他们的温饱，为什么还一直要做？那是因为，一则这是个职业掩护；二则由此可扩大交际面；三则他们对这个行当有与生俱来的兴趣，觉得隔三岔五出去走一趟镖，比一天到晚无所事事快活得多。

索天雄滞留黄州，首先是因等候江南诸江湖首领之故。

计洪奎有意搞个有点规模的群英会，广邀远近义士前来一聚。根据形势的需要，索天雄表示赞同。各方人等到达时间不一，这便需要等待。待到人头聚齐，时已入冬。此刻汴京已陷入宗翰、宗望两路大军的合围，但因道路阻隔消息不畅，这里的人们对此尚无所知。

聚会地点设在江边一个不起眼的渔村。应邀而来的，除了江淮一带的豪杰，还有荆湖方面的好汉。其中就有包括后来雄踞洞庭自号楚王的义军头领钟相，以及廖小姑、夏诚、刘衡等在内的南宋初期著名"匪首"。就荆淮两路范围而言，这些人物基本上就是主要的江湖精英了。

有缘结识这么多江南俊杰，索天雄认为可算是不虚此行。群雄亦多是为广结金兰而来。人在江湖，朋友总是多多益善。然而除此之外，这次聚会却没显示出更多的意义。

计洪奎的本意是想策动群雄协同举事，但这个愿望最终未能落实。造反的意愿这些人当然是人人都有，然而具体想法却是千差万别莫衷一是。不要说完全统一，欲基本统一都难。比如仅在一个起事的时间上，想法就大为不同。有的人打算明春动作，有的人想再待些时日，有的人则认为应相机而动，不好定死。至于行事的目的、宗旨、口号、方式等，就更是五花八门各执己见。众人于酒酣兴浓间议论得甚是热闹，各种高见层出不穷，可是直到分手之日，也没定下个子丑寅卯。各回各家后，仍是自拉自唱。

这是让索天雄很伤脑筋的一种状态。他宁可长期蛰伏，而不轻易树帜，重要原因之一，就是苦于江湖力量不能五指成拳。不过尽管如此，他还是认为召集这样一次聚会不为多余。这起码是对当地江湖力量的一次摸底，再说不经过一定的铺垫，相互间也不可能一下子便形成有效的合作关系。

但计洪奎对聚会的结果很不满足。他先前是赞同索天雄不到火候不揭锅的稳健主张的，现在却有些急不可耐。计玉珠的遇害，激发起了他急欲报仇雪恨的冲动情绪。就是暂时得不到其他人的呼应，他也打算亮出旗号明刀明枪地与官府叫板了。聚会之后，他把他的想法和盘托出与索天雄，希望索天雄给予支持。

索天雄一向忌讳感情用事，但对计洪奎急于举事的意图并未全然否定。因为计洪奎提出的另一条举事理由，正与他的心思相符。

计洪奎说，现在朝廷穷于对付金军，兵力捉襟见肘，乘机从背后捅他一刀，谅他绝无还手之力。这种良机千载难逢，不予利用，追悔莫及。

这话不错。索天雄多年来一直在等待一个适宜举事的天时，如今朝廷风雨飘摇朝不保夕，可谓天时已到。中原乱则天下乱，此时不动，更待何时？然而，这随之却也带来了一个回避不开的矛盾：在这种时刻对朝廷背后插刀，客观上就是助纣为虐。而对于如何解决这个矛盾，自从参加汴京保卫战起，索天雄之所思已不是一天两天。

依照计洪奎的意思，只要能拱倒朝廷，其余的不必管那么许多。索天雄则严肃地指出，你不管朝廷可以，但不能不管百姓，也不能不管随你起事的弟兄们的前途。权且假设你我联手能够乘乱拱倒朝廷，但我敢说我们绝对抵挡不住金军。到那时我们如何收拾局面？

计洪奎对答不出，便有点急了。他竖起眉毛质问索天雄，那么索公是什么意思？让我老老实实地憋在这里什么都别干？

索天雄摇头道，非也，该干的事一定要干。目前天下面临大变，无论从何而论，我等都不可作壁上观。问题是这步棋怎么走才可以走得顺。

计洪奎说，照我看事难两全，只能走一步说一步。索公有何高招，洪奎愿意领教。

索天雄顿了顿，轻轻吐出一言："瞒天过海，暗度陈仓；因利制权，反客为主。"

此言虽寥寥数语，却是蕴含了一个大谋略：先以抗金之名合法地拉起武装，并使之通过抗金斗争不断发展壮大丰满羽翼。一俟外寇荡平，即出其不意地反戈一击，形成强有力的武装割据。彼时距离夺取天下，便只有一步之遥了。这个连环计早在群雄聚会之前即已产生，由于感觉聚会成员鱼龙混杂，索天雄没有当众亮出。

计洪奎脑瓜不笨，稍一咀嚼便基本上领悟了索天雄的意思。冷静思之，他不能不承认，如此运筹虽然道路迂回漫长，却是构想巧妙气魄宏大，较之直接起事的做法，前景要广阔得多。于是他心悦诚服地接受了索天雄的建议，暂且不提造反，而先以抗金名义去组建民间武装。

适逢中原险象环生，有枢密院的文告传至江南，命各地帅府郡守不拘常制招募义勇，鼓励乡里豪杰团结队伍为国效命。计洪奎大张旗鼓招兵买马的行为不仅名正言顺，还颇得各界赞助。官府对他的前科也既往不咎了。计洪奎由此愈加体会到了索天雄手笔之妙。他笑忖，待到老子的队伍壮大到一定的程度，你官府可就请神容易送神难了。

但索天雄心里清楚，把握乾坤旋转，仅此还很不够。各地的民间武装倘仍一如既往各行其是，到头来终难酿成大气候不说，还难免发生内部争斗。数年后的事实验证了索天雄的判断，计洪奎、钟相等江湖英雄没有死于金人或官府之手，却先后倒在了民间武装自相残杀的刀斧下。这是后话。

欲使群雄归于统一，必须有个领军人物。索天雄结识的南北枭雄不少，但其中可称霸一域者有，可威服四方者无。诸侯各有山头，皆非等闲之辈。欲使他们一致敬服，没有超人的品德、才能、地位和声望，是根本做不到的。索天雄自知他本人不具备这种资格，因此从未动过领衔群雄之念。但欲使星火燎原，领袖不可或缺，所以多年来索天雄一直都在留意寻找。

现在他看中了一个人选，就是通过汴京保卫战脱颖而出的李纲。

李纲其人德才兼备自不必说，就凭他赫然海内的抗金名将声望和曾任朝廷一品大员的堂皇资历，便无人可与争锋。黎民百姓对李纲的倾心仰慕有目共睹，就连禁军兵将，提起李纲亦莫不肃然起敬。拥有了这等人脉，岂能不一呼百应？所以早在离开汴京前，索天雄便已看好了李纲。但此念当时对李纲无从谈起。当时李纲正圣眷优渥，权倾朝野，策动他背反朝廷，无异于痴人说梦。

而眼下的情况则大不相同了。李纲横遭贬窜的消息经打探已得到了证实，希望之光于是在索天雄面前熠熠闪现。舍生忘死为国纾难，忠心耿耿建立奇功，得到的回报却是冷酷流放弃如废履，这事放到谁身上，都免不了心寒齿冷。在这种情况下与之沟通，显然便有了更多的共同语言。

固然，多年作为朝廷命官，李纲的忠君思想必定十分深厚，他未必会因一时受挫而生异心。但起码可以肯定，这种极不公平的境遇，将使其产生严重的苦闷、彷徨和愤懑情绪。这便使得对李纲的说服争取，从几乎毫无可能变得具备了某种希望。

既然存在可能，那便不妨一试。这是促使索天雄滞留江南的另一个原因。

策反李纲事关重大，无论成与不成，皆万万不可泄底。所以除了索飞春，这个计划索天雄不曾向任何人吐露。

索天雄还有一个更隐秘的构想，这连索飞春也不知道：如果策反不成，在必要时，拟对李纲予以劫持软禁，对外则假李纲之名号令天下。这个做法很不义气，很不道德，很不够朋友，很不光明正大。但若万不得已，只能舍小义而全大义。

另外，赴潭州见过李纲后，索天雄打算托朋友将索飞春安置于稳妥处，隐姓埋名，择婿出嫁，从此不再让索飞春参与他的活动。因为在未来的行动中，他将由地下转入地上，从幕后走向前台。而一旦公开活动起来，什么意外都可能发生。欲做惊天事，必冒弥天险，他不想让唯一的骨肉介入这场性命攸关的破釜沉舟之战。

总之，为了启动蓄谋已久的猛虎出山大计，索天雄在这段时间里做了方方面面的缜密考虑。可是有一个很要命的问题却没引起他的重视：他的身体已经出现了大毛病。

三

回头再说汴京。汴京城里早就乱了套。

上一次金军压境，李纲作为集军政大权于一身的抗敌总指挥，虽属仓促受命，却是虑事颇周。他深知稳定社会秩序的重要性，尽管战事倥偬，对城里的治安却始终抓得很紧。当时他指示守御使司会同开封府，调动专人组成了若干支城厢执法队，分片包干昼夜巡逻。并颁布了严厉的战时治安条例，明令凡有盗窃衲袄一领者，有强取妇人绢布一匹者，有妄以平民为奸细进行敲诈者等，一经抓获当场斩决。在这样的严密管理下，虽被重兵围困月余，京城里却基本上秩序井然鲜有案事。汴京素来多火，其时又是冬季，而由于防范严谨，却一反往例未曾出现一处火情。良好的治安状况不仅使市民幸免了许多乱世之祸，对于夺取汴京保卫战的胜利，更是起到了巨大的保障作用。

这次不行了。张邦昌等宰执的注意力全放在议和这件"要事"上，哪有精力顾及其他"琐事"。

朝廷不重视，下面也就没人管。随着敌情的日趋严重，城里的治安状况便是日甚一日的糟糕起来。鸡鸣狗盗、拦路抢劫、斗殴行凶、奸污妇女等恶劣事件相继涌现层出不穷。城区中好不容易才渐次恢复的繁荣景象，很快又凋零衰败得荡然无存。

更有甚者，有些贪官恶吏还趁机纵欲谋私，浑水摸鱼操作些太平岁月中不便操作的勾当，越是将这座百年帝都作践得乌烟瘴气日月无光。于是乎金军尚未杀到，百姓先遭了殃。

冷铁云家的大祸便是在此时从天而降的。

肇事者是那个劣迹斑斑的混世魔王危国祥。危国祥这类人不怕乱，他是越乱越有用武之地，不乱反倒没处下蛆。所以当城里渐渐乱将起来的时候，他不但不似一般人那么忧惧，反而是比较亢奋。他感到一个无法无天为所欲为的时期又到了，这个机会荒废不得。去年想趁乱整点油水，偏偏有个李纲作梗。今年那厮被打发到南方向隅枯坐去了，在朝廷里坐大的是他的表舅张邦昌，这还有什么好客气的！

尺有所短寸有所长，危国祥的长处就是擅长趁火打劫，在这方面他的点子极多。没屁眼也能整出屎来。别的不说，仅"查处不法奸商"和"清查金人细作"这两件事，便让他获益匪浅。凡是被他列入黑名单者，是不是"奸商"或者"细作"，就看其舍不舍得破财免灾了。有那不识相的，拒不服软行贿，俱被他抓进班房私下用刑屈打成招。案卷呈报上去，上司还有嘉奖，又有一笔赏钱落入腰包。这等两头进账的美事，太平年间哪里去找？

除了贪财，危国祥还好色，烟花柳巷是他的常顾之所。但是青楼女子千篇一律都是那个操行，玩多了无非那么回事，他便渴望另外寻求点新鲜刺激。那回为了制造伪证登门冷家，甫一照面，他便被冷铁云的花容月貌惊得酥了半边。那一双秋波流慧的明眸秀目，诚可谓虽怒时犹似笑，既嗔视尚含娇。那虽是遮掩于粗衣布衫之下，却依然显得妙曼有致的窈窕身段，更是山高水低风光旖旎，引逗得人心痒难挠。

当时冷铁云对待危国祥的态度极其冷淡，却非但没有使其意兴阑珊，反倒越发激起了他采撷这株野生玫瑰的欲念。危国祥心想，越是难采的花才越香呢，若得享用这个顶花带刺的尤物，那番快活滋味必定是无与伦比妙不可言。

自此后，冷铁云那楚楚动人的冷俏面孔和秀丽身姿，就像梦魇一般盘旋在他的脑海间挥之不去了。甚至在梦中还发生过与之激情交欢之事，整得危国祥一枕黄粱醒来好不失落沮丧。他就咬牙发狠，非遂此愿不可。可惜的是暂无下手之机。毕竟是在天子脚下，要想胡作非为也得瞅个时候，这一点他还明白。

眼下秩序混乱，时候算是到了。

由于风声吃紧，贸易渐次萧条。汴京居民对上次被金军围困后的生活窘境记忆犹新，这次不知又要被围多久，不能不预先做些储备。商家借机屯货居奇，市场供应便骤然紧张起来，物价开始不断走高。特别是柴米油盐蔬果禽蛋等生活必需品的价格，旬日之间便暴涨数倍，搞得百姓心慌意乱，抢购风潮此起彼伏。

冷家因有李纲留下的银子，还不至于无力支应，但是该买的东西也得趁早买，否则一旦供应渠道中断，很可能揣着银子也换不来吃喝了。

这一日，冷铁云去街市上买了些米面腌菜，回到家时发现屋里兀自多了一袋白米。冷铁云惊奇地问这米是哪里来的，冷母说是个陌生汉子送来的，来人只道是奉命行事，别的话一概没说。

莫非是官府在免费为百姓分发粮食？冷铁云不相信有这等好事。问了左邻右舍，皆道闻所未闻。冷铁云甚觉蹊跷，遂将那袋来历不明的白米放置一边原封未动。

不数日，那人又送来些面筋豆腐山药之类，恰逢冷铁云外出为母亲抓药，冷母对来者的底细仍未问出究竟。母女俩便越发纳罕，不知是何方施主大慈大悲，竟如此惦念她们这对寡母孤女。冷母就猜测会不会是李纲大人离京前做下的安排，抑或是冷铁心生前战友的关照。冷铁云觉得都有可能，却又都不太像。

正狐疑不已间，那人再度登门来送干果。这回冷铁云在家，她坚决地对那人道，我们无故受赠，于心不安，若不说明原委，断难领受。那人笑答道，小可只是为主人跑腿，却并不知道什么原委不原委。冷铁云就问他家主人是谁。那人道主人不许透露姓名，小可不敢擅言。冷铁云说，若是这样，便有劳大哥将前后所送之物一并拉回。那人忙道，这可使不得，主人要骂小可不会办事了。这样吧，待小可回去禀过主人，一定给姑娘一个交代。姑娘候我回音便是。

次日傍晚，那人果然又至，说既是姑娘执意刨根问底，他家主人答应与其一见，双方一见面，一切便将释然了。冷铁云因急于揭开谜团，心下疏于设防，也没详问是要到何处去见那神秘"主人"，便随着那人出了门。

一辆独牛厢车拉着冷铁云穿街走巷七弯八拐，最后停在一座装潢俗气的酒楼前。这时天已擦黑，借着匾额前的灯笼光亮，冷铁云看到此楼名唤"瑞祥"。

下车进楼，穿过气氛冷清的前厅，那人将冷铁云引至楼上一个很宽敞的单间，招呼伙计送来热茶细点，说请姑娘先喝口热茶暖暖身子，我家主人片刻即到。然后他便退出房间，再未露面。

冷铁云原是有点渴了，又闻着那茶水散发着一种少有的异香，便好奇地自己动手斟来喝了一碗，随后便坐在桌边等候。

约莫等了半个时辰，还不见那所谓的"主人"露面，百无聊赖的冷铁云起身徘徊，才注意到这房间里，除了餐桌餐椅花架盆景之外，在屏风后面还放置着一张雕花卧榻。这使得她警觉起来，蓦地意识到了一个大姑娘孤身处于陌生之地的危险性。

这个意识令她不敢再在这个房间里多作停留。她正要开门出去，有个人影却先其一步闪身而入，随手反扣了房门。随着危国祥那副令人厌恶的油头粉面映入眼帘，冷铁云倏地猛醒，她是自投罗网了。

由于突受惊吓，冷铁云骇然地双手抱胸后退数步，一时说不出话。

危国祥边用赏玩的目光看着她，边悠然走到桌边坐下，嬉皮笑脸地说道："哎哟，灯下看美人，果然是别有一番光景。冷姑娘不是想见一见再三关照于你的那个人吗？哈哈，在下来了，那个人就是在下。至于其中的原委，也无须遮着盖着的了，一言以蔽之，我危某以为冷姑娘天分不俗，想将你做个红颜知己。你若顺了我意，我可以对你一直关照下去。从此后你冷家的一切吃喝用度，全包在我危某身上就是了。怎么样，料想冷姑娘对在下这一片痴情苦心，不可能忍心拒绝吧？"

惊魂未定的冷铁云听得这话，气得浑身发抖，她狠狠地骂了一声"无耻"，就想夺路而逃。危国祥轻轻地一把将她扯回，顺势便搂进了怀抱。冷铁云欲待反抗，身上却似被抽去了大筋一般，手脚都软塌塌地不听使唤。

"这就对了，唔，这就对了，"危国祥得意地瞟了瞟餐桌上的茶具，"听话才是好妹子。既来之则安之嘛，待哥哥来教你享用快活。尝到那快活的滋味，你便离不得哥哥喽。"他边说边把冷铁云抱到榻上，一层层褪尽衣衫，先是花样迭出地猥亵许久，继而饿虎扑食大泄其欲。冷铁云浑身无力动弹不得，只能咬住牙关紧闭双目，任其翻来覆去地恣意蹂躏。

贪心不足必得其反，危国祥便是吃了这亏。

在冷铁云身上尽情受用一番后，这个畜生身心俱畅。若是就此鸣金，可算舒心惬意。然而他四仰八叉地坐在一旁的紫檀木靠背椅上休息过一阵后，面对冷铁云那玉润冰洁之躯，兽欲复又膨胀，便要再创辉煌。

为了曲尽兴致，还是先玩再战。他的霉头就触在这个下流嗜好上了。当他正要再次扑上榻去肆意取乐时，稍稍恢复过体力来的冷铁云忽然恨恨地出手抓了过去。危国祥见苗头不对，连忙躲闪，却被冷铁云攥住了下面的烟袋荷包。冷铁云也不知从哪里来了力气，只一攥便攥得危国祥闷声一哼滚下榻去。直到她匆匆穿上衣服逃出酒楼，危国祥还蜷曲在地上龇牙咧嘴地呻吟不休。

这一攥使冷铁云免遭再次被荼毒，也使她知晓了那一兜零碎乃是男人的七寸所在。这个由遭受奇耻大辱中获得的知识，后来启发她做出了一桩惊人的大事。然而这一攥，却也攥出了危国祥丧心病狂的报复行动。

冷铁云逃出酒楼后神志恍惚南北不辨，幸得一位乐善好施的行客悯其失魂落魄之状，问清住址后用马车将她送回了家。

心焦已久的冷母总算等得女儿夜半归来，却被女儿一副披头散发的模样吓了一跳。冷母惊问缘由，冷铁云一头栽倒在床上一言不发只是流泪，当夜便迷迷糊糊地发起了高烧。冷母守在床前束手无策，好不容易挨到天明，心急火燎地正准备去请郎中，房门竟突然被一帮衙役撞开。

那些衙役声称要搜捕一个金人奸细，进得屋来二话不说非摔即砸，顷刻间便把冷家捣了个稀烂。冷母抖抖颤颤地上前哀告他们手下留情，被人蛮横地一脚踹翻，后脑磕在一个硬物上，当场昏厥过去。待到冷铁云强撑着身子挪下床去将母亲抱起，老人已经溢血身亡。

冷铁云欲哭无泪，肝肠寸断，结绳梁间也想一死了之。是古道热肠的街邻们及时赶到将她救下，并对她悉心看护百般劝慰，方使她渐渐地挺过了那一段痛不欲生的残酷日子。而经过了这番炼狱煎熬，从此后无论再遭遇到什么事，冷铁云都已能够处之泰然。

被危国祥奸污的事，冷铁云是无论如何说不出口的，对街邻们她只能说祸事是因对危国祥的调戏不从而起。饶是这样，已足以激起公愤。街邻们帮她料理完老人的后事，又帮她写了诉状递进衙门，强烈要求惩办元凶。然而这时的官员们岂有心思去认真审理那多如牛毛的民案，危国祥又私下里做了打点，接手诉状的判官只敷衍了个"情由待查"，便将案卷束之高阁不再理会。

当时的大小案件堆积如山，多被这般敷衍搁置。怨民们呈书呼吁官府主持公道为民做主，官府俱以"战乱时期事分缓急，吾民当以大局为重"之类的托词挡回。老百姓面对这种似是而非的论调无计可施，但内心里对官府的失望不满乃至痛恨情绪却与日俱增。有人干脆用以恶制恶的法子私自解决问题，于是便越发闹得大案频发，乱上加乱。

冷铁云没有力量收拾危国祥，但她对此并未绝望。她的希望所在是李纲。她相信，李大人总有一天是会复职回京的，更相信清明正直的李大人一定会为她平冤雪恨。可惜的是腐朽至极的赵宋王朝，竟没能支撑到李纲勤王大军的到来。

深居皇宫的赵桓对城中之混乱和吏治之败坏状况，不能说是一无所闻，但是知之甚浅。报喜不报忧是官场的通则，莫说是远离人间烟火的皇上，就连张邦昌、唐恪那样的高官，若无切实的爱民之心，亦不可能做到真正地体察民情。

置百姓于水深火热中尚不自知，使民众与朝廷同心同德又从何谈起。孙子云，用兵之要有五事，曰道、天、地、将、法。宋朝对金军反击与防御的天时都没抓住，汴京原本就无险可守，统兵良帅非去即亡，禁军的编制装备情况又是一塌糊涂，加之民心严重丧失，朝廷可谓五事全失。所以，当求和梦幻彻底破灭，赵桓不得不硬着头皮号召臣民与金军背水一战时，他其实早已失去了可堪一搏的所有资本。

第二十章

　　这个法子看来还行，金军对这批黑衣人的行动似乎毫无察觉。信使们滑下城墙后，很快便越过了冰冻如磐的护城河，疾行至金营前沿分散隐蔽起来。过一会儿将有一队佯作护送信使突围的人马从城门中虚张声势地杀出，待到金军的注意力被吸引过去，他们便可见缝插针穿越金营。

一

心乱如麻的赵桓恹恹地靠在紫宸殿的暖炕上，啜着御医为他特制的祛寒饮子，身上仍是一阵阵地发冷。

紫宸殿位于垂拱殿东侧，是皇上视朝前后的休息之所。赵桓连续失眠已有二十多天，导致体质急剧下降。昨日冒着寒风去巡城，回宫后就喷嚏连天涕下不止。因御医及时诊治，幸未酿成大疾。然而鼻塞喉燥骨节酸痛等伤风症状，却非可药到病除。他很想免了今天的早朝，缩在寝宫里足足地睡上大半天，却有燃眉大事容不得他懈怠偷闲。雄阔高深的宏宇大殿，此刻传输给他的，不是唯我独尊的赫赫威仪，而是苦不堪言的沉重压力。对于一年前其父赵佶被迫决定禅位时的凄苦心境，赵桓现在算是有了不折不扣的切身体会。

现在是靖康元年闰十一月初。在这个朔风凛冽滴水成冰的日子里，汴京再次陷入了金军的重围。与上次不同的是，这次汴京所面对的不只是宗望，而是宗翰与宗望两路征伐大军的合围。

这一次，宗翰与宗望遥相呼应，齐头并进，配合得相当默契。进军情况之顺利，连他们自己都感到惊讶。

十一月上旬，宗翰的西路军已进至河阳一带的黄河北岸。隔岸有宋朝两河宣抚副使折彦质所辖十二万人马沿河布防，另有宋将李回率骑兵万余驻守津渡。以兵员数量论，宋军比金军多出一倍。而且一旦宋军与金军开战，欧小凤等大小杆子绝不会袖手旁观。如果宋军决意抗击，宗翰欲过黄河，没有那么便当。

为避免硬拼硬打损兵折将，熟知宋军心理的完颜希尹向宗翰献了一道敲山震虎计。宗翰依计调集战鼓数百面，沿岸排开，于日暮后同时敲响。宋军被山崩地裂般的战鼓声唬得肝胆俱裂，只道金军已开始以排山倒海之势强行渡河，阵脚马上大乱。先是李回部闻风而溃，接着折彦质所辖各部相继动摇。众将不待号令便纷纷率部后撤，在相互影响下很快便酿成了逃跑大潮。那屁滚尿流狼狈奔命之状，活生生就是一年前梁方平弃守河防的翻版。

金军持续击鼓一宿，至天明鼓息时，驻守南岸的宋军已逃得一个不剩。宗翰挥师渡河后纵情大笑，环顾众将曰，看来我等今后与宋军对阵无须带兵了，只带上战鼓百面足矣！

本已做好策应宋军作战准备的欧小凤，得讯后几乎气个半死。她不甘心眼睁睁地看着金军畅行无阻，率部袭击了金将娄室部，以机动灵活的战术杀进杀出，毙敌近百名。然因兵力悬殊，她的局部袭扰对于阻滞金军的挺进速度终究是杯水车薪。

宗望的东路军取道恩州，这时亦已冲破防守薄弱的古榆渡渡口，顺利地渡过了黄河。

黄河防线既失，汴京以北再无屏障可据。十一月二十五日，宗望部率先一步杀到汴京城下，屯兵城北刘家寺。宗翰部随后于闰十一月二日浩荡抵达，屯兵城南青城。金军对汴京的合围由此全面形成。

狼烟再起不过数月，去冬危情又现眼前。厄运降临速度之快，令赵桓恍若置身梦中，觉得这一切都很不真实。

可惜这不是梦。

赵桓倒是一直在做着一个议和之梦，而如今也到了梦醒时分。自打十月间，他就为圆这个梦殚精竭虑费尽苦心，甚至不惜低三下四奴颜婢膝，图的就是个精诚所至金石为开。金人夺去了太原真定，他一个响屁没放；金人要求割让三镇，他二话不说拱手奉送；金人渡河之后突然变卦，得寸进尺地提出要尽得两河之地，两国须划河为界，他硬顶着一些大臣强烈的反对声，依然是毕恭毕敬地表示"专听从命，不敢有违"。让步让到这一步，总该是可以的了吧？

岂料这一切的一切，全都是肉包子打狗！金军这只贪得无厌的疯狗，吃饱了喝足了照样向前猛扑滥咬，现在终于咬到他的鼻子底下来了！他赵桓就是再愚钝再白痴，也知道已不可能指望那个自欺欺人的议和梦能够成真。

以和求安行不通，这话李纲讲过，何㮚、孙傅等大臣讲过，就连朱后也在后宫中不止一次地对他提醒规劝过，可他统统没听进去，执意要押这一注。现在不用别人说，他自己就明白，这一注是彻头彻尾地押错了。

只是为何是错，他还没有想通。这一注赵桓并不是轻率投下的，这是他综合权衡多方面之利弊后才做出的慎重选择。兵法上不是讲究"非得不用，非危不战"吗？太原、真定的失守，说明了与金军硬碰硬碰不过。既然战无胜算走之不能，不去求和又待怎的？古来以和谈解决争端令汉夷相安无事者不乏其例，为什么到了他这里，这一招就不灵光了呢？真是青天白日见鬼了。

内侍黄金国轻步走到近前，小心翼翼地提醒赵桓，上朝时辰已到。赵桓收住那些令人懊丧的胡思乱想，努力定了定神，沙哑着嗓子吩咐起驾垂拱殿。

想得通也罢，想不通也罢，执意在议和这一棵树上吊死显然是不行了。事已至此，他只能孤注一掷背水一战了。赵桓对此大感力不从心，真想如其父一样悬崖撒手，将这个烂摊子一推了之。可他没那个福分，太子赵谌才九岁，他能将皇位禅给谁？

宋朝朝制，大臣上朝有"常参""六参""朔参"及"望参"之分，依官位部门之别分班轮流奏对，不是每朝百官俱到。但是今日一早，有谕传下，命各部司主官须一律来朝。众官不敢迟延，慌忙更衣前往，许多人连早饭也没顾上吃。此时除了唐恪，各部司要员均已在墀阶下面肃然列齐。

唐恪肯定是来不了的，这事赵桓知道。昨日唐恪陪同赵桓巡城，遭到军民愤怒围堵。人们不敢对皇上过分造次，便将一腔怒火倾泻到了唐恪头上。众人一拥而上把他扯下马来，狂呼着要砸死这个误国奸贼。若不是御前侍卫拼命拦阻，唐恪当场就得呜呼。这会儿别说来上朝，他能自个儿从床上爬起来解手就算不错了。这事对赵桓的刺激很大，他完全明白，人们真正的矛头所向是谁。他这个皇帝已经落得里外不是人了，若还迟迟不做决断，一旦激发内乱，就要彻底玩儿完。

人的面目会随着身份地位的变化而变化，官有官腔，奴有奴相，时间长了自然而然便会形成某种嘴脸。赵桓原本长相平和，甚至带有几分忠厚状，然而即位方一年，虽多半时间处于焦头烂额中，却也俨然具有了九五之尊那种惯有的不怒自威之相。今天他是挟怒临朝，那气色自是愈加令人望而生畏。

群臣一看皇上那迈步的架势，就知来头不善，都在心里七上八下地嘀咕，不知今天哪位"爱卿"要倒血霉。张邦昌更是做贼心虚，惴惴然揣度着皇上是否要拿他开刀。最近赵桓连续召见了四五拨大臣进宫去奏对，却没有召见过他一次。这种明显的反常之举，是个很危险的预兆。

果然，当赵桓阴沉着面孔在龙椅上坐定，开宗明义说过今日召集众卿，就是要议定应急之策这个主旨后，旋即便将目光向张邦昌斜瞟过去，说张太宰见多识广足智多谋，于国政大略一向多有赞划，此刻有何高论，朕愿洗耳恭听。

这话夹带着讥讽尚在其次，实质是将议和之责一股脑儿地推到了张邦昌身上。张邦昌岂能听不出这个弦外之音，他连忙躬身回道，陛下过誉，微臣愧领。微臣小有建议，无非尽职而已。一应方针大计，总赖皇上圣裁。

赵桓见张邦昌三言两语把一锅馊饭又给他端了回去，心中甚为光火，懒得再与其之乎者也，索性直接质问，自从金虏犯边，一力主张议和的是不是你张太宰？

— 392 —

张邦昌心想，是我又怎么啦？主张议和者又不是我姓张的一个人，那里黑压压地站着一大帮呢。况且我再力主，你不同意还不是白费唾沫？可他哪敢这么分辩，只得喏喏称是。

"那么你说，这和议得对头还是不对头呢？"赵桓的问话紧逼上来。

在这个问题上，张邦昌却是没有让步的余地。承认议和为错，就等于承认了他是引狼入室的罪魁祸首，甚至接下去便要有人追究他是否别有用心，其后果要多严重有多严重。

再者，从内心里讲，他也并不认为议和就全然为错。金人压根没有和意，而是将议和当作了麻痹宋朝的战略手段，这个意图随着金军的步步推进已然暴露无遗。张邦昌对此也是不胜恼火，在心里不止一次地大骂金狗狡诈无比不是东西，拿着他姓张的当猴耍。但尽管这样，他依然以为安邦却敌非和莫属。因为事情是明摆着的，大敌当前，可选之路无非战、降、和、走四途。走，已经被否定，降是不可能的，余者乃非和即战。而在他看来，战亦难阻敌锋，到头来仍难逃脱兵临城下的局面，最终解决问题还得依靠和谈。他甚至认为，上次金人撤军，从表面上看似赖抗战之功，实则和谈于其中所起的作用更大。只不过或因见识鄙浅，或因妄自尊大，众皆不能正视其实罢了。

所以虽然赵桓语气森然，他也只能壮着胆子顶住："这个，这个，以微臣浅见，这和还是当议的。"

"当议？哼哼，当在何处？议来议去结果如何？"

"这个，结果目前当然不甚理想。不过微臣揣度，只要我大宋示之以诚，彼之态度终可改观。"

"放屁！"赵桓按捺不住地放了粗话，"示之以诚？朕示的诚还少吗？金人要金银给金银，要尊号给尊号，要三镇给三镇，要两河给两河，朕可谓是有求必应。这个诚意还不够吗？你说说，朕还要怎么样，难道把汴京送给他？"

面对赵桓少有的疾言厉色，张邦昌吓得腿肚子直抖。在这种时候以缄口为妙，然因事关紧要，他却不能不竭力寻找理由为自己开脱："可是金人并未得到两河，两河抗旨之状况，微臣业已奏明皇上。"

张邦昌这话不假。金军渡河之后，遣使来索取两河。赵桓唯命是从，特派重臣耿南仲、聂昌分赴河北河东向金东西两路大军交割领地，却遭到了两河军民的坚决抵制。聂昌不知天高地厚，倚仗钦差身份强行进入绛州宣诏，被守将赵子清挥剑怒斩。士兵们犹不解恨，剜其双目后，又将其尸剐为肉酱。耿南仲则较为滑头，他行至卫州遭到乡勇追杀，乃东躲西藏地逃往相州，未敢提起割地之事，反称奉旨搬兵勤王，这才得以保住脑袋。张邦昌得悉异常恼火，曾奏请赵桓依律惩治抗旨作乱者，却因局势混乱，政令已难施行。现在话头逼到这里，张邦昌急中生智，便以此当作了盾牌。

岂知此言一出，却犹如火上浇油，越发激怒了赵桓。看到赵桓面孔扭曲颜色骤变，张邦昌方幡然醒悟，自己今天是昏了头。传旨钦差被人碎尸万段，实乃皇上的奇耻大辱，公然在众臣面前抖搂此事，这不是哪把壶不开单提哪把壶吗？他懊悔得直想抽自己俩大嘴巴，可是已经覆水难收。

眼见得赵桓怒不可遏地拍案而起，张邦昌的脑子里嗡的一声，顿时变成一片空白。赵桓戟指着他声色俱厉地训斥了些什么，他一个字也没听清。听清不听清也无所谓，反正总的意思无非是指责他愚不可及贻误军机深负朕望云云。

直到赵桓发泄完毕回归御座，张邦昌方渐渐魂魄附体。但他旋即却又被赵桓宣布的一系列任免决定震惊得目瞪口呆。

这几句话他可是听得一清二楚：罢张邦昌太宰兼门下侍郎职，除观文殿大学士、中太一宫使。罢唐恪少宰兼中书侍郎职，除中太一宫使兼侍读。起何栗为尚书右仆射兼中书侍郎。迁孙傅为同知枢密院事兼京城守御使。除李纲为资政殿大学士，领开封府事，统领湖南之师勤王。任命康王赵构为河北兵马大元帅，陈遘为元帅，宗泽、汪伯彦为副元帅，速起两河兵马入卫。

附带说一句，何栗所任之尚书右仆射，系元丰改制时仿唐制所用之职名。政和年间改尚书左右仆射为太宰少宰。现在赵桓又将职名改了回去，曰之"除旧布新"，实则正是复旧。

对于张邦昌，赵桓其实原有网开一面之意。因为从总的感觉上讲，这个人用起来还算比较顺手。虽然现在不得不言战，议和之念实际上并未从赵桓心中全然根除。将来若需和谈，尚须他去努力。另外，驭臣之道讲究个维持派系平衡，要使群臣互相有所制约方好。但是今天张邦昌表现得实在太差劲太不识相，赵桓在盛怒之下，就干脆将他一撸到底了。

主和诸臣见状，一个个噤若寒蝉。多日来备受压抑的主战诸臣则大受鼓舞扬眉吐气，于是大殿中登时澎湃起一片"吾皇圣明"之声。这久违于耳的赞颂声如春风般一扫赵桓周身的寒气，使得他恍然觉得，自己似乎又成了一个足以把握乾坤旋转的明君英主。

张邦昌犹如一脚踩空跌进了冰窖，瞬时头晕目眩寒彻心肺。议和未能奏效，皇上对他的态度日渐冷淡，那倒不足为怪。然而赵桓突然间如此决绝地弃和言战，却是大出其料。

就算是要开战，也犯不上拿他张邦昌来祭旗吧？这些天来他昼夜忙碌绞尽脑汁，整个人都累得瘦了一圈，为的就是为皇上分忧，一片忠心苍天可鉴哪！金军冒天下之大不韪一再撕毁既定和约，殊非常情可测。众人包括赵桓，不也始终都是抱着议和这个热茄子的吗？否则为什么要走马灯似的遣使去谈判？要说决策失误，那也是大伙儿一块误的，事到临头，凭什么这责任便全姓了张啦？

张邦昌跪倒尘埃，满腹委屈地暗暗溜动着眼珠，希望能有人站出来为他说句公道话。他寻思虽然唐恪、聂昌、耿南仲这几个重量级的盟友都不在，但他的附庸颇众，出面为之说情者，应当是大有人在的。

但是错了，那些素日见了他极尽拍马溜须之能事的人，此刻皆道貌岸然目不斜视，连一丝同情的眼神都不肯施舍。更有甚者，昨日还在同他商议当遣何人出城与金人交涉的吏部尚书王时雍和开封府尹徐秉哲，现在却正热火朝天地随着主战大臣们，向赵桓表达着誓与金军血战到底的决心。视其像煞有介事之态，仿佛他们就从来不曾主张过议和似的。

张邦昌失望而愤怒地垂下眼皮，他的脑海里忽然浮现出一年前白时中被罢官时，他与李邦彦见风使舵釜底抽薪的情景。一股难言的苦涩滋味，从他的心底蔓延上来。

二

丑寅之间，正是夜色最浓时。天地间一片沉寂，仿佛万物俱被这冬夜的严寒所凝固。就在这万籁俱寂中，一条绳索从城头悄然垂放下来。而后，有十来个人影抓着绳索，顺着城墙无声地滑下。

这是朝廷派出去向康王赵构和李纲以及四道总管传送蜡书的信使。他们已是被派出的第三拨人。前两拨信使采取以部队掩护强行突围的方法出城，结果皆未冲破金军的拦截。这一次，赵桓采纳宣赞舍人吴革之计，命王宗楚精选身手敏捷的军士，让他们悄悄地翻越城墙，先徒步潜过金军封锁线，然后再自行解决坐骑问题，分赴各地传檄。

这个法子看来还行，金军对这批黑衣人的行动似乎毫无察觉。信使们滑下城墙后，很快便越过了冰冻如磐的护城河，疾行至金营前沿分散隐蔽起来。过一会儿将有一队佯作护送信使突围的人马从城门中虚张声势地杀出，待到金军的注意力被吸引过去，他们便可见缝插针穿越金营。

危国祥是这批信使的成员之一，并且还是赵桓钦点的人选。至于获得这份"荣幸"的缘由，还得从他强暴冷铁云并派人打死冷母那事说起。

做下了那件缺德事，虽因局势混乱使危国祥得以逍遥法外，但由此激起的民愤极大。张邦昌恐他胡闹下去迟早要闯大祸，决定给他换个差事。正好王宗楚那里需要武功教习，张邦昌便将他荐了过去。

在禁军里做教习自然不如在府衙里做捕头为非作歹方便，况且俸禄也不高，危国祥起先是一百个不愿意。张邦昌板着面孔谆谆教导，说你也老大不小了，应当为自己的前程好生想想，总不能一辈子就在街面上当个混世魔王吧。你在衙门里当差，虽然自在，却无甚升迁指望。而去殿前司做教习，一旦有机会，即可补个武职。到时候我再帮你说说话，授你个仁勇校尉御侮校尉之类的品阶不成问题。以此为基础，往后自可步步高升。那番锦绣光景，岂不强似你这无品无阶的捕头百倍？

一番话说得危国祥憧憬无限茅塞顿开，于是他欣然就命。

事有凑巧，危国祥做禁军教头没几天，便赶上赵桓亲临校场视察部队训练。危国祥心想表舅说得一点不错，这种在皇上面前露脸的机会，岂是当捕头能遇得上的。为了给赵桓留下印象，那天危国祥格外卖力，使出了浑身的解数拔刀舞棒跟头把式地大作示范。

这厮自幼喜欢斗殴逞强，在武术上的确下过一番苦功，虽不说十八般武艺样样精湛，却也是件件拿得起来。他在校场上的那番炫耀，果然留给赵桓的印象颇深，以致赵桓在闻得传檄信使一再突围失败时想起他来，对王宗楚说朕记得有个姓危的教头武功颇佳，可堪一用。于是乎危国祥马上便被列入了第三拨信使的名单，并被分派到了路途最远的奔赴湖南的一组。

危国祥没想到引起皇上重视的结果竟是这个，懊悔不该逞能，却已晚了三秋。

然则这事却让张邦昌借上了光。张邦昌正有块心病欲除，危国祥受命传檄，恰能为他所用。在张邦昌的暗示下，危国祥此去湖南，便怀了鬼胎。所以虽然同为身负皇命的信使，危国祥突围后要做的勾当，却与其他人完全是背道而驰。

张邦昌授意于危国祥的那件勾当，乃是秘密地除掉李纲。

张邦昌素以温文尔雅自诩，讲究君子动口不动手。可现在因情势所迫，也只好出此下策了。

历尽周折辛劳半生才坐上去的太宰交椅，还没被屁股焐热说丢便丢，他无论如何也不甘心。落职宫观后，他曾去看望过唐恪，希望与其共做翻盘之谋，但结果令他十分沮丧。饱尝了汴京军民老拳的唐恪心情极为消沉低落，对参与国政已了无兴趣，对仕途功名亦已心灰意懒，完全没有东山再起的想法和劲头，只想就此闲云野鹤终老泉林罢了。唐恪的一蹶不振使得他愁怀倍增，无精打采地打道回府后，他曾一度绝望，连续数日足不出户呆坐书房。

往日里一天到晚高朋满座的相府，这时变得门庭冷落死气沉沉。这种巨大的炎凉反差，更是令张邦昌失落无比，大有走投无路万事皆休之感。

然而张邦昌到底不是个一捅就瘪的脓包，当因猝临沉重打击而激起的极度恶劣情绪逐渐沉淀下去，理智便在其头脑中慢慢地复苏过来。冷静地把情况加以梳理后，他感到事情其实远不似最初想象得那么糟糕。

赵桓倏尔弃和言战，不足为奇。他这个人素无主见，说变就变，眼见得金军兵临城下，他不可能不怒不急。议和不成的责任总须有人承担，作为太宰他张邦昌首当其冲亦属必然。从人臣之巅一屁股跌落平川，固然是摔得不轻，但此亦宦海常事。当年那蔡京老儿根基何其深，门徒何其众，不也曾有过"玉殿五回命相，彤庭几度宣麻"的经历吗？所以用不着将罢官落职看得过于严重。将来时过境迁，会有出头之日。由于已具有担任太宰的资历，复居高位肯定不会像昔日那样步步攀缘了，这也是官场的惯例。

想通了这一点，他的心情舒缓了大半，进而便开始琢磨影响他复出的因素。凡事预则立不预则废，若有重大障碍，应当尽早排除。

这事却是不想不知道，一想吓一跳。

影响他复出的主要因素，当然是围绕在皇上身边的大臣。那些持不同政见者不会欢迎他，那是不消说的。不过张邦昌对那些人倒不太放在眼里。因为在那些人中，位居要职者并不多。而且他们也并不是铁板一块，其中多有朝三暮四摇摆不定之徒。其现在的代表人物何栗和孙傅，成不了什么气候。这两个人是志大才疏徒有其表，无论执政能力还是权术手腕，根本不是对手。莫看他们目前得意，无非是昙花一现而已。若其拒敌不利，马上便会失势。至于李若水、梅执礼等人，素不见宠于赵桓，估计也掀不起大浪。总之，在朝廷中绊脚石是有的，但并不足以对他构成致命的威胁。

经过这番过滤，老对手李纲浮出水面。

李纲获罪远谪潭州，本已不足为虑，但赵桓在情急之下急欲召其回京护驾，麻烦可就来了。虽然赵桓现在给他的头衔不过是个开封府尹，但对此人的能力和能量，张邦昌深有领教。这个人什么都不缺，缺的就是用武之地。给他一座山，他能变成虎；给他一片海，他能变成龙。一旦他在战场上打出点名堂，官复原职不是问题。加上他素有的功勋威望，甚至有可能直接就任太宰。道不同不相为谋，李纲若果真坐大，他张邦昌莫说复位宰执，就连做个普通朝臣，恐怕都难指望了。

更堪虑者，是他为扳倒李纲曾做过种种见不得人的手脚。到那时，那些阴暗勾当不用李纲去查，自会有许多趋炎附势者主动上门揭发。甚至于有人也会像他整治李纲那样，捏造出些莫须有的事，将他描述得罪大恶极罄竹难书。换位思之，吃过他暗算的李纲在得知底细后，还会再给他留下还手的机会吗？

那么，他张邦昌所面临的，便不仅仅是仕途断绝，而且是命悬一线的问题了。这个前景非常可怕，但极有可能成为现实。

这就显而易见了，他的致命克星就是李纲。

如果不想坐以待毙，只有阻止李纲回京。可是皇上的旨意已下，李纲率部勤王乃众望所归，莫说他张邦昌已经狗屁不是，就是还在台上，恐怕也抗不住。那么怎么办，怎么办？张邦昌搜肠刮肚无计可施，直急得他像热锅上的蚂蚁，惶惶然不可终日。

可巧就在这时，危国祥被钦点为赴湖南传檄的信使。

张邦昌一听此讯，马上意识到这个机会绝无仅有。这真是上苍有眼天不灭我啊。性命攸关，手软不得，当断不断，必受其乱，这个念头电光石火般从张邦昌脑际划过。于是他牙关一咬，毫不迟疑地抓住了这根唯一可以利用的救命稻草。

奉命突围传檄的消息是危国祥自己给张邦昌送上门去的。危国祥去找张邦昌，为的是卖酒楼。他的那个瑞祥酒楼，开张后红火了没多久，便开始走下坡路。危国祥原本就不是个经商材料，开酒楼纯属门外汉。再说他也没那工夫沉下心来正经去抓什么经营管理、成本核算、服务质量等事宜，几个月下来进项甚微。金军兵临城下后，京师戒严市面萧条，成本一再上涨，生意更趋惨淡，已然入不敷出。因此危国祥对那酒楼兴致尽失，便想着赶紧将它盘出去落个省心。

他正着手操作这事，却被皇上点为信使。远去湖南可不是三五日能够溜达得到的，如果途中再遇上点麻烦，不知要耽搁多少时间。时间就是银子，危国祥不愿将这段时间空耗过去，他想到张邦昌曾说可以帮他物色买主，于是索性便拜托表舅费心为他代理了这宗买卖。

张邦昌正有利用这厮之意，对此岂有不允之理。他听过危国祥开出的价位，一面在心里暗骂这厮心肠忒黑，一面却大包大揽地满口应承，说这件事老夫会专门指派一个晓事的管家去办，别的你不用管，到时候只管来取白花花的银子便是。危国祥原是料着张邦昌要乘机揩一把油的，不承想对方一点折扣没打，答应得极其爽快，倒让他颇有些诚惶诚恐了。他连忙纳头拜谢，说表舅的恩典国祥心里有数，日后国祥一定有好心献上。

张邦昌笑道，你说这话就见外了，些许小事何足挂齿。胳膊肘总是要往里拐的，若老夫将来有幸归朝，还可对你多做关照。

危国祥奉承道，那是，那是。国祥不才，全赖表舅提携。表舅满腹经纶德高望重，重掌朝纲当是指日可待之事。

张邦昌就点头叹息，说老夫也是希望能早日回到皇上身边，为国出力为主分忧啊。只是如果那李纲率师回京，也便无须老夫再操那份闲心，至于你，恐怕就更不用说了。

危国祥原对召还李纲就相当反感，听了张邦昌这话，马上愤愤地脱口而出："我知道那厮回来不是好事，可就邪了门儿了，朝廷有多少人不能用，却偏要召回这人！"

张邦昌瞅着他隐隐一笑，拖着长腔道："圣命难违，让你召你就去召嘛，哪里来这许多废话。况且，他李纲到底能不能回京，依老夫看，也还说不准。"

"说不准？难道皇上还会改变主意？"危国祥听张邦昌似乎话里有话，有些不解地看看张邦昌。

"皇上改不改主意，那是皇上的事，咱们只说李纲。千里回京，山高水险，他难保不会出点什么岔子吧。"

"岔子？什么岔子？"危国祥与张邦昌目光相对，忽觉他眼中闪出一丝杀机，"您的意思是——"

"天有不测风云嘛，你这信使责任重大，务必要好自为之呀。"

"噢——"危国祥心中一凛，领会了张邦昌的意思，同时明白了这老东西如此热心地帮他卖酒楼，原来是有这件事在后边等着。

"事关生死存亡，你能不能将这桩皇差办好？"张邦昌声音不大，却变得异常阴沉。

由于事出突然，当时危国祥的心情有点慌，头脑有点乱。但只经过短暂的停顿，他便咬牙切齿地吐出了一个字："能！"

危国祥事后思忖，他确实舍此别无选择。张邦昌这老东西显然是号准了他的脉。凭他做下的那些恶事，李纲返京之后随时可能为他敲响丧钟。危国祥对此原本便有忧惧，经张邦昌一撩拨，便更觉事态严重。跋山涉水去请回来一个索命阎罗，老子这不是脑子有病嘛！姜到底是老的辣，老东西这个决心下得好，下得有魄力！凭老子的身手能耐，在外地神不知鬼不觉地弄死一个手无缚鸡之力的李纲，想来应当不是一件多么难办的事。无毒不丈夫，就这么干了！

不过这事不能白干。老子两肋插刀替张邦昌除掉东山再起的障碍，报酬太轻了那是说不过去的。用帮忙卖酒楼那点事搪塞不行，得让他动点真格的，在某个富庶州府给弄个肥缺干干。这话危国祥以前不敢对张邦昌提，等干完这件事，那就没什么可客气的了。

按制度，谋取官职须经科举。危国祥不具备这个资历，但是这不要紧，三千索直秘阁，五百贯擢通判，这是公开的秘密，通过五花八门的手段戴上各种乌纱的人，天底下多了去了。一俟张邦昌复居高位，自有法子为他疏通。有授意暗杀李纲这个把柄在手，他敢不对老子有求必应吗？

潜伏在冰冷梆硬的土坎后面的危国祥正胡思乱想地挨着时光，忽闻耳边杀声骤起，紧接着就见眼前人影晃动，一队队金军打着火把向侧翼奔去。他知道这是佯装突围的宋军已从城门杀出，遂赶紧活动一下被冻得麻木的筋骨，趁金军巡逻队纷纷向开战处驰援之机，与其他信使不约而同地从隐身处跃出，各寻途径迅速冲入了前方漆黑一团的夜幕。

三

宋军采用金蝉脱壳计，总算将信使送了出去。

可这并不等于万事大吉。信使们能不能顺利抵达目的地，各地勤王兵马能不能及时集结入卫，汴京城防能不能支撑到援军到来，都还很成问题。所以虽然迫于兵临城下的严峻形势和朝野上下的舆论压力，赵桓做出了坚决抗战的姿态，但其骨子里还是心虚得很。

金军实在是太能打，没有足够的优势兵力根本碰不得，这是连李纲、种师道都不能不承认的事实。去年宗望罢战撤围，赵桓认为主要就是二十万勤王大军云集城下的结果。现在他把化解危机的大半希望，亦是寄托在了勤王大军身上。但勤王大军不是神兵天将，不可能倏忽之间腾云飞来，于是赵桓便寝食难安，度日如年。

朱后曾想就势指出他前者下诏尽罢天下勤王兵马之误，劝其今后引以为鉴，但见他终日愁苦不堪的样子，未忍开口。然而，朱后知道，若待局势缓和后再劝，肯定又是耳旁风了。

这段翘首待援的日子委实难熬，幸而其间发生了两件事，给赵桓带来了些许慰藉。

第一件事，是在殿前司所隶部伍中发现了一个神通广大的奇人。此人虽非神兵天将，据说也差不多。

此事的始作俑者是何栗和孙傅。赵桓弃和言战，他们两个受到了空前的重用，自是备感振奋。但扬眉吐气之余，两人马上便感到了异常沉重的职责压力。临危受命非同儿戏，领受了这份权力和光荣，若不能切切实实地为皇上排忧解难，是要反遭其祸的。可现在面临的难题，还真是不大好解。

金东西两路大军虽经沿途作战损耗，抵达城下者仍有不下十万之众。而目前守卫汴京的宋军，包括朝廷禁军及地方弓手在内，满打满算不过七万左右。以这点兵力与金军对敌，肯定支撑不了多久。何栗效仿李纲张榜招募义勇，百姓的响应程度远不如去年踊跃。而勤王兵马驰达京师的日期和数量，亦皆没个准谱。在这种情况下，要拍胸脯说一定能够守住汴京，谁也没那底气。

事非经过不知难，过去只是凭着一腔热忱指点江山的何栗、孙傅，一朝具体责任在肩，方知与金军决一死战这话说说简单，真正做起来，难处可大了去了。这时他们便不免有点慌神，对那些热衷于和谈的大臣也就有了某种程度的理解。

但他们并未因此而动摇抗敌信念，仍在苦寻对策。那个据说具有巨大神通的奇人，便是在这样一个背景下应运而生的。

那日，何栗与孙傅在守御司筹划四壁的兵力部署，筹划来筹划去终是顾此失彼捉襟见肘。何栗疲倦地揉着脑门叹道，听说当年反贼宋江麾下有个奇人公孙胜，曾用妖术挥退童贯十万精兵。汴京城里若有这等人物，你我便没的可愁了。

这本是何栗随口而出的一句无奈之言，却触动了孙傅的某根神经，他如醍醐灌顶般地拍案叫道，文缜兄不说我倒忘了，尝有汴京感事诗云，"郭京杨适刘无忌，尽在东南卧白云"。这诗里提到的几位人物，是否可算得奇人？

何栗一听也来了兴趣，思忖即便是那几个传言中的隐士比不上公孙胜，若果有异能，亦大可一用，便对孙傅的突发异想予以充分肯定，说不妨将他们找来见

— 401 —

识见识。于是孙傅即以守御司的名义下令，在城里察访郭京等三人。

杨适和刘无忌踪迹杳然，而郭京很快便水落石出。未及数日，殿前都指挥使兼京城守御副使王宗楚兴冲冲地前来告诉孙傅，真是得来全不费工夫，那位大名鼎鼎的郭隐士，远在天边近在眼前，原来就是本帅麾下的一个龙卫兵副都头。

孙傅听了将信将疑，乃会同何栗，将那个唤作郭京的副都头传来进行了一番考察。而这一考察，即令何栗、孙傅对此人肃然起敬。

首先这厮那鹭腿猿臂凸颧凹目的古怪长相，便非常与众不同。这厮的年龄从外貌上观测不出，说他五十岁也像，说他三十岁也行。其身份虽只不过是个统领百卒的兵头，但是见了何栗、孙傅这等高官，却毫无紧张拘谨之态，举手投足洒脱自如且又相当得体。这些不同凡响的表面形状，已先自让何孙二人啧啧称奇。

进而论及其学，更是令人眼界大开。这厮似乎天玄地黄无所不晓，张口便是滔滔不绝，从太极到三界，从六壬到八卦，从占卜到祈禳，僧道鬼神一锅煮，说到哪家都在行。何孙二人也算是饱学之士了，对其所云却大半是闻所未闻似懂非懂，不大会儿工夫，便被这厮说了个晕头转向目瞪口呆，不由得不暗叹人外有人天外有天。

最后谈到御敌之策。这厮风轻云淡地说，这事说难也不难，若采用六丁六甲法，只需七千七百七十七名六甲神兵，破敌便如探囊取物。

何孙二人请教，何为六丁六甲法？这厮道，简单说来，就是按阴阳之数布下的生死阵门。详细说来，其理甚深，便非常人可以领会的了。何孙二人点头称是，又请教那神兵从何而来？这厮回答，郭某用符箓召之可得。

这时何栗、孙傅已完全被这个郭京唬住，对此人就是传说中的那位神秘隐士郭京深信不疑，遂一面如获至宝地对其以上宾礼遇予以安顿，一面速将此事奏达赵桓。

正饱受焦虑煎熬的赵桓闻听觅得了破敌奇人，犹如旱苗逢雨，不顾神疲体乏，马上传谕召见。

郭京进了宝仪殿如法炮制，将他的奇能异术，宣讲得比前者更玄。赵桓当然更听不懂他那满口的文王伏羲，但是他听懂了一条，就是这个郭京有足够的本事打败金军。这便足矣！这颗定心丸使得龙怀大慰，赵桓当场加封郭京为正七品武略大夫、兖州刺史，准其自即日起在天清寺设坛招募神兵。并命何栗指示有司，务必充分保障六甲神兵之钱粮绢帛供给。原本不见经传的龙卫兵副都头郭京，由此便骤然成了显赫一时的名人，而那些由其招来的身穿奇装异服、面涂七色斑彩的所谓六甲神兵，亦成了汴京城里的一景。

朝野间见状议论纷纷褒贬不一，哂笑其事荒唐者为数不少。

面临着许多的质疑声，何栗与孙傅做了商讨，得出的共识是，以神机玄术破敌之说自古有之，譬如诸葛亮的八阵图即为一例。虽说那话失传已久，焉知不会秘藏民间？郭京的神通谁也没见过，未可不信未可全信。但是无论如何，拥有这样一支六甲神兵总比没有强，起码它可以给我们壮胆。君不见自从六甲神兵出现，尽管非议丛生，但城中的恐慌情绪却显然大有缓和吗？反之对于金军，它岂不亦可具有一种强大的威慑作用？

这个见解不是全无道理。如果把组建六甲神兵作为一种精神战术来使用，应当说有其可取之处。可惜何栗、孙傅说是那么说，在内心里却是将其当真视作了一件可资依赖的制胜法宝，这就不免愚蠢到家，到头来终于弄出了天大的悲剧和笑话。

第二件事，是赵桓与太上皇赵佶的僵持关系得到了改善。

由于持续焦忧劳累，赵桓的身体早有不适，召见郭京时又有点亢奋过头，过后他便支撑不住卧倒龙床。继而他全身发烫呕吐不休，唬得后宫乱成一团。朱后急召太医院之杏林高手入宫会诊，有一名资深御医正在龙德宫侍候赵佶，也被十万火急地传去福宁殿救驾。

经过慎重诊视，太医们断定皇上之疾主要是由于劳累过度，兼之外寒侵袭所致，症状虽凶，却非大患，然亦须着意调理，以防转成恶症。朱后、众嫔妃和太监们这才松了一口气，命太医妥善下药治疗。

服药静养了几日，赵桓的病情果然见轻，已能下床走动。这一日天气不错，午膳后，他在朱后的陪伴下，到御花园里晒了一会儿太阳。刚刚返回殿中，便有内侍黄金国入奏，说是太上皇看望皇上来了。

原来那天赵佶见正在向其宣讲养生之道的太医被火急火燎地召赴福宁殿，不知赵桓出了何事，也是吓了一跳。经遣人探询，方知其乃积劳成疾。后来虽闻其病情很快得到控制，依然宽心不下。赵佶是个过来人，深知此刻赵桓所承受的压力有多大。这个压力不缓解，赵桓舒坦不了。他与赵桓到底是血脉相承的父子，往日的嫌隙再深，这时也不由得心生恻隐。

再者，明知皇儿患病，却表现得无动于衷，必使他与赵桓的关系雪上加霜。天下毕竟是赵桓的天下，如此冷冰冰地与赵桓对峙下去，对他这个太上皇并没什么好处。既是这样，何不假探病之由，消弭彼此芥蒂呢？

碍于自尊和脸面，赵佶虽有此念，自己却不好提。偏那老太监张迪最是善解人意，主动进言劝他去看望皇上，于是这事便顺理成章。

赵桓一听父皇纡尊而来，不免大受感动。

自五月初一在龙德宫之宴上与赵佶剑拔弩张不欢而散，尽管每逢节令他照例打发太监送去一份礼品，但他本人在这半年多的时间里，一次也未曾再登过龙德宫门。这一来是因为他心里有气，二来也是由于在面子上不肯认输。但他毕竟深受礼教熏陶，置父皇如同陌路，内心里并不安然。在朱后的屡次良言相劝下，他亦有破冰之意，只是尚未找到合适的台阶。赵佶能够放下架子先来看他，非常出乎他的意料。况且当此黑云压城城欲摧、他正备受孤寡无援痛苦煎熬之际，父皇不计前嫌主动送来的这份关爱，就更显得温暖珍贵。

赵桓与赵佶的矛盾根源在于皇权之争，目前大宋朝廷这个烂摊子，赵佶避之犹恐不及，哪里还会与他争夺。利害冲突既已不在话下，父子之间马上便又血浓于水了。因此赵桓便顾不得病体孱弱，万分真诚地赶紧带着朱后等人出殿迎驾。赵佶待落轿后则连忙趋步向前，亲手将纳头叩拜的赵桓从冰凉的玉石地面上扶起。

半年未谋面，两人都已见老。父子执手相视，未语珠泪先流。那番不胜伤感心酸之状，感染得朱后及在场的嫔妃、太监和宫娥们尽皆悲从中来潜然泪下。

由于眼下的危情与去年酷似，进殿落座后一交谈，赵桓即深感父皇才是最为理解他的患难知音，满腹的苦水总算找着了个倾诉之地。

千言万语一时也说不尽，赵佶恐赵桓体力不济语多伤神，在福宁殿里坐了半个时辰，便要告辞回宫。赵桓却执意挽留父皇用过晚膳再走，便请赵佶暂在宣和殿歇息，同时命黄金国传谕尚食局备宴集英殿。赵佶心知这是赵桓有意向他赔礼，也便欣然诺之。

是夜，集英殿如逢大庆。无数只灌了龙涎沉香的河阳花烛，将这座沉寂多日的宴殿映照得胜似白昼。赵桓的嫔妃以及诸亲王皆被招来作陪，郑太后亦由内侍专程从宁德宫请至。宴桌上御膳百品佳酿千觥，尽管市场上粮油禽蛋等生活物品已极度匮乏，在这里却是海陆奇珍四时蔬果应有尽有。甚至连产自南方的田鸡湖鱼水虾河蟹，也是一样不缺且皆新鲜生猛。可见大内储物数量之丰、储物方法之妙，殊非百姓可以想见。宴会上的食具酒器，则一律采用成套的金玉象犀制品。伴宴的舞娘皆为二八姝丽，在悠扬的管弦声中腰肢摇曳娇媚无穷。放眼望去，整座大殿一派辉煌绚丽，宛如往日盛世光景。

赵佶对赵桓的这番良苦用心非常领情，在席间多次与其彼此敬酒互寄珍重，其言也善，其情也真。在不知底里的人看来，这一对皇家父子俨然就是人伦楷模慈孝表率，亲密无间得无以复加。众皇眷见状自是惊喜，一时间不知今夕何夕，都忘却了宫墙外血雨腥风正浓，不断地举杯祝福太上皇和皇上福如东海，万寿无疆。唯朱后与郑太后心中别有滋味，各自感慨为什么非要到了这种朝廷危若累卵朝不保夕的时候，这父子俩方能冰释前嫌言归于好。

侍于君侧的黄金国和张迪则暗忖，皇上与太上皇的握手言欢恐怕不过是一时之事，其实他俩仍是貌合神离。一俟局势安定天下无贼，很难说他们不会再起龃龉。

这两个内侍都是摸透了主子习性的人，他们的担心很有预见性，不过却是多余了。因为，在人生的舞台上，这对皇家父子从此后除了于凄风苦雨中同病相怜之外，已经永远不可能再有别的戏唱。

第二十一章

　　道教有所谓红铅黑汞之说，认为真铅藏于少女体内。这些日子，郭京以调精聚气以利作法为由，已经名正言顺地享用了官府负责提供的几十名花季少女。这是连太上皇赵佶如今都未必能享有的极品待遇。就冲这一点，再不显示出点法力神功，也真是不好交代。

自十一月末宗望兵抵汴京，攻城战便已次第打响。宗翰大军到达后，战斗更加频繁。尤其是善利、通津、宣化三门，几乎每天都会遭到金军的凌厉攻击，京师之危一日紧似一日。

阁门宣赞舍人吴革曾提出过趁金军初来乍到立足未稳，宋军以攻为守主动出击，将战场推离城下，打破敌人合围阵势的打法，得到部分大臣和将领的支持呼应。缺乏军事经验的何㮚、孙傅不敢擅冒此险，奏请赵桓定夺。赵桓更无此胆，认为城中区区七万人马，防守四壁尚不敷用，遑论出城扎营，却没考虑到此策同样可以分散金军的兵力，遂弃之不纳，错过了与敌周旋于京畿外围的战机。待到后来，宋军为缓解城防压力而不得不出城作战时，却因金军阵脚已固，而再也难越雷池一步。

不敢以攻为守争取主动，便只有龟缩城中等待增援。然而增援的情况却很不理想。

虽然朝廷再三遣使突围向诸路告急，但积极起兵响应者却寥寥无几。盖因此前赵桓及张邦昌等宰执为了避免刺激金人，数次诏止勤王兵马，搞得大家不是心灰意懒，便是寒彻肺腑，皆不愿再被人朝三暮四地作猴耍。

此间动作较快的只有两路兵马。一路是由邓州发兵的南道总管张叔夜部，一路是由应天府发兵的东道总管胡直孺部。胡直孺部在拱州遭遇金军完颜昌部阻击，全军覆灭，连胡直孺本人也被生俘。所以真正赶到汴京的，仅有张叔夜一支孤旅。

当赵桓闻知年已六十开外的张叔夜及其长子伯奋、次子仲雄，率部冲破敌阵，由南熏门进入京城的消息时，那是相当激动。为了表彰其忠，他马上玉殿召对，擢张叔夜为签书枢密院事。但张叔夜筹集的兵马不过三万，在战斗中又有不少折损，仅此而已无补大局。往后谁还能来，只有听天由命。

疾风知劲草啊，那些枉食君禄的狗东西，良心的没有，忠臣的不是，统统地靠不住！赵桓扳着手指头数来数去，从直觉上认为，比较可靠而又能顶用的援军，大概就是还有两路，一路是李纲，一路是赵构。

李纲抗金态度之坚决是毋庸置疑的，而赵构则是宗室亲王，断不会坐视宗庙沦陷。此二人均有振臂一呼应者云集的号召力，若得其一，便足可解决燃眉之急。只是李纲远在人地两生的潭州，集结荆湖一带的兵马入卫，再快也得数月时间。赵构就在河北，又有兵马大元帅的身份，号令诸军驰援京师的条件较之李纲优越得多，如果进军顺利，可望在一个月内迫近汴京，令围城的金军腹背受敌。据此考虑，赵桓将转危为安的希望，便主要寄托在了康王赵构身上。此前他得悉赵构离京后并未径赴金营，对其阳奉阴违自行其是的做法曾十分恼火。现在看来，倒是幸亏这个脑筋活络的九弟没去自投罗网，方给摇摇欲坠的大宋王朝留下了一线生机。

若赵构果能急赵桓之所急，想赵桓之所想，汴京不仅是存在一线生机，而且是大可指望化险为夷。可惜赵构不是那种人，他与赵桓也不是那种关系。赵构这次出使，本是衔怨而去。赵桓既对他不仁于先，他又何尝不会对赵桓不义于后。他未遵旨去往金营，不肯唯命是从之状已露端倪。作为一朝君主，赵桓连这点内里都参不透，也真是天真得可以。

当时赵构出了汴京，一路上寻思的就是如何全身自保。金营绝对不能再去，去了便是羊入虎口，这个认识在赵构的心中坚定不移。所以他的行走路线，不但不是追寻宗望大营，反而是有意躲着金军。王云、耿延禧之辈当然也不愿去金营送死，见状自明其意，却都不说破，只管唯赵构马首是瞻。反正将来朝廷若怪罪，自有康王顶着。

赵构知道宗望见他迟迟不至必会向朝廷索要，他的违旨行为必会受到赵桓的追究，因此他必须为此寻找个借口。妥当的借口一时想不出来，于是赵构在离京之初的这段时间里，一直是少言寡语心事重重。

行至相州，赵构受到知州兼主管真定府路安抚司公事汪伯彦的殷勤接待。汪伯彦有心攀附赵构，即以关心其安全为由，请求他暂留相州。赵构故作姿态，像煞有介事地表示，他肩负着皇上的重托，不敢止于中途。汪伯彦却由其行为上窥破了他这话乃言不由衷。因为汪伯彦明明禀告过赵构，金军已从隶属于大名府的魏县李固渡渡河南进，而赵构的前程之所向，却是北边的磁州。如此背道而驰，他去找谁出使？

赵构前去磁州，没有其他用意，无非是为了避开金军。不想此去却使他得到了不赴金营的充足理由，是为一个意外的收获。

首先是磁州知州宗泽，援引肃王前车之鉴，旗帜鲜明地劝阻他入质金营。紧接着又发生了民众打死副使王云事件。这便完全可以佐证，金营不是他不去，而是根本去不成。

副使王云被民众打死，起因属于偶然，后果则是这个不知深浅的家伙自找的。原来当赵构一行到达磁州时，宗泽率部出迎，百姓夹道围观者甚众。在行走中王云的包裹不慎掉在地上，散落出两条金式"皂裘"。人们见他携有金人物品，不免引起一些猜疑。

次日，宗泽陪同赵构一行前往当地的崔君府祠祝祷。其间王云去茅厕出恭，又见有人对他指指点点，议论这厮十有八九是个金人的细作。王云自恃身为尚书钦差，哪里将那些凡夫走卒放在眼里，不假思索便冲着众人破口大骂"尔等刁民莫不是想找死"。却不料磁州军民对朝廷的丧权辱国行径早就积怨如山，这一骂正好点燃了引爆地火岩浆的导火索。也不知是谁怒吼了一声"打死这个卖国贼"，人们便呼地围将上去，群情激愤地拳脚齐下。王云这才想起好汉不吃眼前亏这句金玉良言，急忙作揖告饶，却哪还有人理会。待到宗泽闻讯亲往制止，王云早已筋崩骨断，一命呜呼。

宗泽情知这是王云自作自受，表面上还得故做个要追查带头闹事者的姿态。其实压根也查不出，不过是给赵构补个面子而已。

此事使赵构对河北民风之彪悍深有领教，但同时也为他提供了将来对付赵桓诘问的挡箭牌。因此，"刁民"竟敢公然殴死钦差，虽不免让赵构着恼，他心里的一块石头却从此安然落地。

宗泽堂堂正正地劝赵构不可去金营送死，正中赵构下怀。但赵构并未因此对宗泽产生多少好感，也未打算应宗泽之邀驻留磁州。因为他很快便明晓，宗泽的意图不是想将他养尊处优地供奉于此，而是欲以其名义集结大名真定诸州兵马进击金军。这是与他不在其位不谋其政的明哲保身想法格格不入的。再说宗泽这里的食宿待遇，也太差劲。

相州知州汪伯彦接待他赵构，是动用了四司六局，摆出了豪宴规格的，每餐仅风味各异的雕花密煎便有十数种之多。在宗泽这里却顿顿皆是一成不变的炊饼包子之类，外加几碟口味相当一般的煎肉和青菜，比他在金营里的伙食好不到哪里去。而他又没法表示不满，因为耿延禧、高世则等人亲眼所见，宗泽与将士们每日之所食，不过是稀粥腌菜而已。看来有蔬菜与肉类佐餐，在此已属格外优待，再谈改善也就这个水平了。

最可恨的是宗泽这老朽忒不谙风情，毫无安排女人为他消乏解渴之意。

赵构年轻体健，于性事上兴趣极浓。上次出使金营的那段日子，他最难熬的就是这事。这回接受教训，他在离京之前，抓紧时间将娇妻美妾及府中能看得上眼的婢女们收拾了个遍。尤其是赵桓送给他的那个翠珠儿，被他大战百余回合后竟疼痛得下不了床了。饶是如此，上路不过数日，他便又欲火焚身。好在地方官员接待上司，普遍讲究吃喝玩睡一条龙。汪伯彦在他到达相州的当夜，便主动为他送去了四个二八娇娃。

赵构原以为到了磁州，宗泽亦会按官场潜规则如法炮制，岂知这老榆木疙瘩怎地不开窍，也不知是真傻还是装傻。

凡此种种，使初识宗泽的赵构很快便明显地感到，他与宗泽肯定尿不到一把夜壶里去，在磁州这座弹丸小城里待下去，纯粹是自讨苦吃。

依赵构与众随员的计议，原拟继续北上信德府。但据探马报告，有金骑千余自李固渡方向而来，正在寻查康王行踪。承蒙金人惦念，他们再像孤魂野鬼般无所依托地游来荡去，显然就很不稳妥了。

寄身何处为好呢？赵构正犯踌躇，恰有汪伯彦遣部将刘浩来请他再回相州。考虑到相州乃河北大州，城池相对坚固，汪伯彦兼握真定府路五个州的兵马节制权，对他的照顾又较周到，无论从安全角度还是舒适角度来看，权且待在那里，都还说得过去，赵构便应其请，复由磁州折返相州。

汪伯彦是个善于投机之人，他根据种种迹象预感，这个年轻的康王，未来在朝廷上很可能是个举足轻重的人物，意图借机与其建立特殊关系，所以要努力同赵构套近乎。赵构于举目无亲有家难回之际，遇上了这样一个热心效劳的奴才，亦是求之不得，自然而然地将其视作了心腹，于是两人各得其所。

邀请赵构回相州后，汪伯彦为讨赵构欢心，使尽了浑身解数。他早从耿延禧等人处摸清，赵构的第一嗜好是一个"色"字，乃于此处狠下功夫，命人从妓乐司及各行院教坊精心选来了妙龄姝丽上百名，供赵构轮番享用。赵构既已搪塞交差有策，玩乐起来便洒脱得很了。当时汴京城头正在血肉横飞日夜鏖战，赵构在相州寓所的罗纱帐中也是不分昼夜血战不休。这是赵构自离京以来过得最惬意的一段时光。

惜乎好景不长，赵桓任命赵构为河北兵马大元帅的蜡丸，就是在这个当口，由担任信使的武学进士阁门祗候秦仔几经波折送到了相州。

赵桓的任命书像一把生硬的挠钩，把沉浸在温柔乡里的赵构一下子拽回了现实中。这些天来，他几乎将什么皇上朝廷忘得一干二净，而他那位深陷于水深火热之中的皇兄却还记挂着他，这便使他没法再兀自逍遥于极乐世界。

出使金营的使命业已中止，但是赵桓又赋予了他新的使命。应当如何应对此事，赵构一时犹豫不决。遵旨竖起大元帅旗，那便成了众矢之的。素日里没见皇兄你多么高看我老九一眼，这时候我凭什么要为你当这根出头的橼子？可那帅旗不举，将来何以面君？一再违背圣意，后果又当如何？

工于心计的汪伯彦察言观色，主动向其进言，皇上如此倚重九大王，实乃社稷之幸也。卑职正愁相州兵力有限，不足以拱卫殿下。如果大元帅府一开，四方大军自当悉数听命于麾下，则九大王不就可便宜行事，进退裕如了吗？

汪伯彦这般主张，自然是有其用意。他既欲依附康王，当然是希望康王的权势越大越好。而赵构听了他的话，确亦颇受启发。开大元帅府虽说有树大招风之弊，但可名正言顺地令天下兵马为己所驱用。身处战乱岁月，有兵才有平安，这是一个硬道理。究金军锋芒之所向，到底是汴京而不是他赵构，他在外地开设大元帅府，只要善于"便宜行事"，未见得一定会引火烧身。况且一旦天下军权在握，他在朝廷中的地位，便会与往昔大为不同。这个权力过去他从来没想去争，然而现在既然主动送上了门，再坐怀不乱就是有毛病了。

通盘合计下来，这笔买卖不亏。于是赵构聚众升堂慷慨陈词，表示他要谨遵圣命，效死卫上。

经过短暂的筹备，靖康元年十二月一日，大元帅府在相州正式开张。

帅胄一穿，帅印一握，那种八面威风的感觉立马今非昔比。赵构由此开始品咂出，他被再度遣使金营这件事，看似倒霉透顶，实则万分侥幸。其后就更清楚，这其实是他走向辉煌的关键一步。没有出使之差，他便不可能离开汴京险地；不置身京外，他便不可能被任命为兵马大元帅；而不集天下兵马于一身，他也很难在此后短短的数月间，轻而易举地黄袍加身。

这段环环相扣深藏玄机的奇特经历，日后成了赵构最堪回味的往事之一。他从中领悟到一个深刻的道理：龙行大海虎啸深山，人生大势如何，机遇至关重要。六十载后，已自动退位为光尧寿圣太上皇帝的南宋开国君王赵构，在风景如画的临安德寿宫里优哉游哉地回首当年，仍有恍然若梦之感。

二

李纲接到圣旨的时间比赵构要晚得多。这不仅是因为奔赴湖南路途遥远，也是由于危国祥那一拨信使的行动并不顺利。

那一夜，信使们见金军的巡逻队已被佯装突围的宋军吸引过去，便趁机向外奔突穿插，却不料前面数里处，金军还有埋伏。在那拨信使里奉命去湖南传檄的是两个人，其一在混战中丧生。危国祥经过一番狂奔硬闯，总算夺路杀出，腿上却吃了很重的一刀。他借着夜幕遮掩沟坎蔽护躲过了金兵的搜索，却因伤势较重，而无法马上跋涉长途。

天明后，金兵挑着若干信使的首级向城墙上炫耀示威，宋廷乃知这次金蝉脱壳效果非所理想，只得又数次遣使突围。李纲接到的蜡丸，是后来一个假扮金兵越出敌阵的信使送到的，在时间上自是大为延迟。

在接到诏命之前，李纲也是颇为悠闲了一阵。既已不能参与朝政，再虑国策亦是徒劳，李纲索性便自我安慰，且将心怀放开，利用这段无官一身轻的时光，好好地休整一下。

李纲原籍福建邵武，自祖父辈迁居江苏无锡。为官不自由，李纲已有数年未得探亲之暇，现在正好回去看看。离京之后，他顺河南下，先去无锡看望了家眷亲友，宽慰他们道，宦海浮沉寻常事，卷土重来未可知，不必因此为他担心。然后他去邵武凭吊了先祖故庙，再由邵武而建昌，由临川如豫章，经过宜春萍乡等地，绕了一个大弯，方才西抵潭州。

南方的冬季，万木依然葱郁，景致甚为可观。李纲一路行来，逢山览山，遇水阅水，在诸如虎丘剑池、龟峰金溪、翠岩寺洪崖井、万寿宫望仙岩、九峰山岳麓寺等名胜处皆遗履痕，不啻是作了一次丰富多彩的南国游。

在苍柏翠竹古刹残碑的陶冶下，他的身心渐渐进入了一种恬然境界，似乎人世间的一切动乱纷争，已一概与他无所关联。尝有诗云："轩冕岂足恋，田园诚可欢。村村自花柳，物物寄游观。旧事不复忆，吾生良易安。南窗审容膝，归去学鲲鲕。""处世若大梦，吾生感行休。何须缚轩冕？且复傲林丘。云木千岩秀，烟波万壑流。忘机齐物我，鱼鸟与君游。"是为其当时心境之写照。

到了潭州后，日子过得也还可以。

潭州位于洞庭湖以南，湘水东畔，旧称长沙郡，三国时期就很著名，如今是荆湖南路治所，说来亦是个大州。只是因其地理位置距历代京城都相对偏远，四周又水系众多，气候夏蒸冬潮，素有"卑湿"之名，所以自古贬窜罪臣，多有徙其地者。写过《离骚》的大名鼎鼎的楚臣屈原和写过《过秦论》的西汉名士贾谊，获罪后便是俱被流放至此。徽宗朝的老权相蔡京，在流放途中亦是客死潭州。因此对于落职官员来说，潭州不是个吉祥之地。但因潭州的地方官员一来敬佩李纲的忠义，二来也忖着李纲来日仍会腾达，皆对李纲礼遇有加，对其衣食住行都安排得十分妥善，这使得李纲来此之后的心情，仍然是比较恬适。

依例向州衙报过到，安顿了住处后，李纲便成了卧龙冈散淡的人。他每日里除了读读书会会客，也无他事。朝起闲庭信步，月夜临溪听松，棋敲灯花落，诗伴浊酒吟，倒真似置身于不知有汉的桃花源中了。

可李纲毕竟不是陶渊明，这种闲云野鹤的日子一长，不免又生虚掷光阴之叹，他便寻思着还是得做点什么事才好。眼下他无职无权无政可谋，外界的消息又不通，对时事无可建论，但回顾一下以往的阴晴圆缺，总还是力所能及。过去的一年，云谲波诡教训良多，有必要把这段不寻常的经历如实录下，以为后鉴。

主意打定，思路厘清，他便开始动笔撰文。其文题名"靖康传信录"。此后的建炎二年末他又作了一篇"建炎进退总叙"。双文合璧，集以制诰诏命书疏表札，为后世了解和研究两宋交替时期那段发人深省的历史，留下了丰富翔实的文字资料。

李纲是惯写奏章疏表的人，虽其文采不属一流，述论功底还是相当硬的。记叙自身亲历之事，对他来说本也不难。唯因其事多与皇上有关，他既要秉实而录，又要避免谤上之嫌，下笔时便不得不谨慎斟酌，时常是为求一字稳，捻断数根须，这便费神较大，写得很是辛苦。

这一日，李纲写得倦了，正好有荆湖南路招讨使岑良胜邀他去郊外散心，他便欣然而往。

这是一个好天，江面上风轻云淡，水波不兴。李纲与岑良胜先是泛舟湘水多时，而后弃舟登岸，迈上橘子洲头。正当他们极目岳麓遥襟甫畅，欲待赋诗联句大发怀古幽思之时，忽有衙差飞舟而来，请李大人速回衙门接旨。

李纲和岑良胜乍闻都吓了一跳，以为是朝廷再次降罪，要将李纲贬往更为荒蛮的州军了。及至风风火火地赶回州衙，他们方知，圣谕的内容是除李纲为资政殿大学士领开封府事，命其速起湖南兵马勤王。岑良胜当即笑逐颜开，向李纲打拱贺喜道："岑某早知李大人乃栋梁之材，朝廷不忍久弃，否极泰来果然何其速也。"

李纲的心情却不似岑良胜那么松快爽朗。罢官不数月便被重新起用，说他一点不感到兴奋，那是假的。然而正由于此，国势之危可想而知。因此李纲的心头一时间是喜忧交集。

阅过蜡书，李纲急切地向信使询问了有关情况。得知康王赵构有幸脱身京外，且已被委为有权号令诸军的河北兵马大元帅，他的心里方觉踏实了一些。他不曾与赵构打过交道，但听说过这位年轻的康王出使金营时毫无惧色的不俗表现，对其想当然地留下了一个智勇双全的印象。宋军在两河的兵力部署李纲是了解的，他估计，有这样一位杰出的亲王统一指挥各部，就近提兵入卫，足堪与金军一拼。却不知赵构的行为与他的设想，其实是大相径庭。

事实是，在相州开了大元帅府后，赵构即在汪伯彦的建议下，移师金军已然过境的大名府，并紧急传檄河北各府、州、军守将率部向大名府集结。

各路兵马奉命会合于大名府者不下六万之众，其中带去兵将最多的，是河间知府兼高阳关路安抚使黄潜善。黄潜善的拍马奉承功夫不在汪伯彦之下，亦被赵构任命为副元帅。

得此重兵后，赵构只拨付五千与宗泽，命其率本部及这五千兵马统共约万把人西取开德增援汴京，而他本人则与汪伯彦、黄潜善等带领大队人马，以相机而动为名避往东南方向的东平。宗泽及陈淬、刘浩等将领提出异议，赵构的解释是，如此调度乃出于战略需要。而其战略为何物，只有天知道。

这个情况，远在潭州的李纲既无从得知，也意想不到。后来事情的来龙去脉流传开去，李纲感到当时赵构的措置很成问题。更有人怀疑赵构从那时起便已萌生异志。但彼时赵构已经面南称孤，谁敢回头翻旧账，除非吃了豹子胆。

有赵构在河北为帅，虽说让李纲放心了不少，对朝廷赋予的使命，他却依然不敢怠慢。李纲在骨子里就不是个甘隐泉林孤芳自赏的桃源逸士，他的归去来兮之态，纯属无奈下的自慰，一朝权柄在握，壮志未酬誓不休的劲头便顿时恢复如初。他让州官辟置了办公场所，马上就铺开摊子，着手筹备勤王事宜。

但这事办起来却不顺手。地方官员们从上到下都推三阻四，态度漠然。

岑良胜这些日子与李纲处得关系较近，干脆便直率言之，说李大人不必将此事看得太认真，我们曾两次接到过勤王诏令，结果两次均是半途而废，落得个劳民伤财怨声载道。这次恐怕也是那么回事。别看今日催得急，说不定明天就变卦。所以李大人只需做个样子足矣，免得到头来空忙一场。

面对朝廷朝令夕改种下的恶果，李纲只得耐心化解，对众官员承认，前者朝廷确有自相矛盾处，对他们怀有怨气表示理解。但同时亦严肃指出，大家绝不可因噎废食，这回的情况非同以往。如果不是万分危急，朝廷断不会这么快便召我李纲回京。事关社稷存亡，不容作壁上观。如果误了大事，谁也吃罪不起。

经过他软硬兼施地反复说服，荆湖南路帅、漕、宪、仓四大监司以及潭州衙门的各级官员才逐步被动员起来，开始有所动作。但这也主要是为了给李纲一个面子，或者说是不愿与李纲把关系搞僵，所谓抗敌救国的热忱和责任感是谈不上的。

李纲本想力争在一个月内完成起兵前的各项准备工作，而现实状况却远远难以如其所愿。宋朝的军队，风平浪静时看上去，似乎是个威风凛凛的庞然大物，一动真格的，马上便暴露出千疮百孔，颇似一个风烛残年的老者，浑身上下全是毛病。

首先是兵员问题。宋朝实行募兵制，所募之兵轻易不脱离行伍，业已老弱病残尚在军中充数者颇众。一支千人之旅里，真正可上阵拼杀的兵勇能有五百就算不错。

其次是马匹问题。对付纵横驰骋于北方平川的敌寇，没有强大的骑兵，很难掌握战场上的主动权。中国盛产骏马之地，一在蓟北，一在河套，内地养马不易，南方温湿地带养马成本更高。而宋朝自开国以来，就一直未制定出切实可行的鼓励养马的政策。锐意改革的王安石曾想出过一个民间保马法，却因施行起来弊端太多，最终变成了个馊主意。所以每逢战时，战骑告缺便不可避免。

兵器问题也很大。宋朝的冶炼技术和兵器制作水平，原是领先于世的，但因腐败之风甚嚣尘上，各行各业都在作假，兵器行业亦概莫能外。制作司的监造官员只要是得了好处，便装聋作哑一切不问。将士们手里的家什，有不少是粗制滥造的赝品，刀刃一砍即崩、箭镞不出百步之例比比皆是。持着这等武器上阵，纯粹是去送死。

还有粮草问题。兵马未动，粮草先行，带甲十万，日费千金，这是最起码的军事常识。宋朝不似唐朝那样准许州郡自储钱粮物资，而是实行高度的中央集权制，地方上所有的财物所得，必须全部转运朝廷。设在各路的漕使，又称转运使，便是专门监管这件勾当的。这样一来，京师自然是富甲天下了，但地方上一旦有需求，急切间却无可调配。

这些问题，李纲不是第一次遇到，现在它们又一个不少地冒了出来。如不设法解决，勉强起兵亦不顶用。勤王兵马开赴汴京，是要准备打大仗恶仗的，这可糊弄不得。

从根本上革除这些积弊，不是哪个人一朝一夕能做到的事，亦非目下的当务之急。李纲现在只求使部队尽可能具有稍强一些的战斗力，而这也需要多方协力配合，诸事难以一蹴而就。再说潭州不比汴京，天高皇帝远，庙小牌位多，李纲虽有朝廷令箭，毕竟强龙不压地头蛇。他身边又无心腹可用，种种事务都得依赖当地官员去办。若是惹得这些人逆反起来，故意给你找别扭出难题，反而欲速不达。因此李纲尽管心急如火，却不便严词厉色过度催逼，只能以身作则事必躬亲地去尽力督办。

实际上李纲就算是能够即刻起兵，也不济事了。早在他接到蜡书之前，汴京就已陷落。只是由于道路阻隔音信中断，江南得悉甚迟。当李纲闻得凶讯时，徽钦二帝已经颠簸在凄凄惶惶的北狩途中。

三

金军攻破汴京外城的时间，是靖康元年闰十一月二十五日。

在很大程度上，这是由于宋廷又一个严重的决策错误所造成的。

李纲不在，朝廷缺乏一个指挥若定的守城主帅，三省六部的大员们面对金军的一再强攻，恐慌也一再加剧，心照不宣地都产生了一种恐怕是撑不下去了的预感。为扭转被动挨打局面，朝廷曾派殿帅王宗楚及都巡检范琼两度出击，结果都是大败而回，这便更使赵桓和宰执们沉不住气，皆以为若旷日持久地拖延下去，城破乃是早晚的事。

实则并未必然。这次汴京被宗望、宗翰两路大军合围，看起来是四面受敌，其实主要压力只在东南。汴京的城池规模宏大，金军仅有十万兵力，欲全面展开强攻是办不到的。上次宗望从西北攻城，感到不好打，所以金军这次把突破重点放在了东南，由宗望负责攻东壁，宗翰负责攻南壁，而对西北两壁则只围不攻。

饶是这样，他们的兵力也不富裕，并且军中还有隐患。经过长途征战，抵达汴京时，作为金军主力的女真兵，东西两路加起来总共剩三万余人，余者则俱是渤海、契丹、党项乃至汉人等杂牌了。打硬仗不能不动用女真兵，但如果女真兵伤之过甚，致使其在兵员中的比例再度下降，部队内部便有失控或者分裂之险。

而且，金军出征不惯于大量携带辎重，一应军需主要依靠就地解决，并无可靠的后方供给。如果不能速战速决，后勤保障便很成问题。

这些实际困难，决定了金军同样也是打不起持久战的。围困汴京将近一个月，他们已成强弩之末，再拖下去，也是要步履艰难险象环生了。但对金军的这种困境，宋朝的决策者们却俱无洞察之能。

完颜希尹恐金军陷入泥潭难以自拔，提议众金将就下一步的行动策略开了一个碰头会。在会上，金将们经过一番争论，都承认不考虑退路一味蛮干十分危险，最终乃做出决定：再尽最大努力攻城十日，能拿下汴京更好，若再攻城不下，即与宋廷休战议和，索取赔款引军北还。

宋朝之存亡，就看能不能顶过这十天。如果这个底牌被宋廷摸到，就是动员全城老少尽皆上城玩儿命，死活也得把这十天苦撑下来。然而这是金军的最高机密，除了与会者外，旁人概莫可知。但宋朝的决策者若是头脑清醒，善于察辨，即使得不到这个情报，亦应能大致估摸出金军还有多大后劲。

退一步说，即使不敢奢望金军在短期内撤军，如果信心坚定，战术得当，斗志顽强，以汴京的物资储备和壮丁数量，再坚守三五个月亦是大有可能，区区十天就更不消说。八百多年后，中国有一位伟大的军事家说过这样一句名言："有利的情况和主动的恢复，往往产生于再坚持一下的努力之中。"当时宋朝便正是处在这种关头。只要它再稍加坚持，转机便会自动出现。

遗憾的是，值此关键时刻，它没能咬紧牙关挺住。

就在金将业已议定休战日期的稍后几个时辰，情急无智的宋廷也做出了一个决策：动用六甲神兵退敌。正是这个至为荒唐的决策，使大宋王朝迫不及待地为自己打开了覆亡之门。

这一天是闰十一月二十四日。

众金将虽然做了休战的思想准备，内心里却皆不甘功亏一篑。议定十日战期之限，反而更激发了他们的求胜欲望。会后他们便各自急回本部，以只争朝夕的精神督师奋勇攻坚。所以二十四日的攻守大战，便打得是空前地惨烈。

宗翰亲自督战宣化门，严令各部有进无退，畏缩不前者立斩。金军将士全似发了疯的野兽，舍生忘死向前猛冲。他们冒着矢石直逼城根，竖起火梯点燃了城门两侧的敌楼。随后大量的金兵便沿着云梯攀缘而上，曾一度占领了部分城头阵地。与此同时，东壁战场亦出现了前所未有的险情。

宋军在张叔夜、姚友仲、吴革、陈克礼、何庆言等将领的指挥下艰苦鏖战，付出了极大的伤亡代价，方将各处失守的阵地夺回。

面对着金军这穷凶极恶的最后疯狂，作为前敌总指挥的孙傅心里大为发毛，急赴都堂议之于何栗，说看起来金军有发动全线总攻的迹象。

何栗已从各处的军情急报中得知今日金军的攻势非比往常，心下亦万分紧张。他与孙傅紧急交换过意见，便匆匆忙忙地约了其他宰执一同去面圣。

如果这时他们拿出的对策，是迅速调动后备兵员充实城防力量，动员全城军民同心协力固守死战，金军能否一鼓作气攻破汴京，那还大不一定。可惜在此刻，他们心目中赖以起死回生的灵丹妙药，不是蕴蓄于百万汴京军民中的巨大战斗潜力，而是那支并未经过任何实战检验的神乎其神的六甲神兵，由此便大错铸成。

赵桓对六甲神兵的依赖心理，比何㮚、孙傅还重。其他四位宰执，除了张叔夜，亦均对所谓的六甲神兵抱的期望值很高。而张叔夜虽觉郭京的自吹自擂比较可疑，却也不能断言这厮就绝对不行。那个时代的人，都对神鬼甚为敬畏，没人敢公然否定天地间有神秘力量存在。张叔夜自知他刚刚进入枢院，不宜言辞过激。况且坚持不用神兵，一旦城防有失，责任也担不起。所以他只能表示保留个人意见，提出须布列禁军兵马为神兵的后援。这个补充建议大家当然都赞同。

于是乎，在闰十一月二十四日夜，一项次日出动六甲神兵大破金军的重大决策，便于崇政殿隆重出台。

诏令当夜下达至郭京处，郭京也紧张起来。此前孙傅曾数次敦促他出战，都被他以"事非万急神兵不可擅动"挡了回去。这回是皇上亲自下诏，就不好再予搪塞了。

若说这郭京百分之百是个骗子，倒也未必尽然。这厮确实是博习玄典，并学得了若干巫术在身的，否则他不可能将何㮚、孙傅乃至皇上赵桓蒙得瞠目结舌五体投地，也不敢信口雌黄开这种性命交关的玩笑。不过他以往操练过的法术，基本只限于辟邪消灾之类，真正上阵作法，尚属纸上谈兵。拍着胸脯说一咒可抵十万兵，是把海口夸大了。所以事到临头，他心里难免发虚。但当时若不将牛皮吹得震天响，他这个自诩怀才不遇有翅难展的无名鼠辈，如何能在有生之年出人头地？

屙出来的屎是坐不回去了，君王不可欺，军中无戏言，如今他若流露出一丝含糊，项上人头肯定要立马搬家。郭京深知此中利害，因此接旨后只能表现得气宇轩昂："请圣上宽心，翌日微臣登城，必令金虏胆落！"赵桓及宰执们得知其如此表示，颇感宽慰，是夜大都睡得不错。而郭京却是马不停蹄，整整忙活了一宿。

他当夜忙活的事情有三件。第一件，马上通知六甲神兵做好出战准备；第二件，赶紧翻阅他那堆奉若至宝的秘籍宝典，将种种降妖伏魔咒语认真温习一遍；第三件，奋起胯下之物，从两个面容姣好的少女身上采阴补阳。道教有所谓红铅黑汞之说，认为真铅藏于少女体内。这些日子，郭京以调精聚气以利作法为由，已经名正言顺地享用了官府负责提供的几十名花季少女。这是连太上皇赵佶如今都未必能享有的极品待遇。就冲这一点，再不显示出点法力神功，也真是不好交代。

闰十一月二十五日清晨，激动人心的时刻降临。郭京头戴混元巾，身披八卦氅，骑一匹纯白色战马，率领着七千七百七十七名高举神旗面涂五色的六甲神兵，浩浩荡荡开至宣化门。

闻讯前来围观的民众数以万计。人们虽主要是出于好奇，却也很自然地产生了为之鼓气助威的效果。那些由市井游民摇身一变而成的"神兵"，受到万众瞩目的热烈气氛感染，不免便精神抖擞意气风发起来，视其赳赳行进之状，似乎还真有点神灵附体的意思。

夜宿前哨的孙傅、张叔夜两位宰执，毕恭毕敬地亲自迎接郭京登上城楼。郭京上城后即下令清场，要求包括孙傅、张叔夜在内的所有官兵，皆退出城墙三百步开外。这样一来，张叔夜埋伏禁军以防不测的计划便泡了汤。然而郭京根据秘籍所云严肃强调，现场若有杂人，法术便会不灵。

城头阵地全面撤防，张叔夜实在不大放心。但事至其间，不好争执。疑人不用，用人不疑，既然要用神兵，只好悉遵其命。于是城头上除留下郭京及数十名配合作法的神兵，余者皆撤离一空。

陈设好竹席条桌牌位蜡烛朱笔青纸等物，郭京便开始仗剑作法。其间的程序比较烦琐，限于篇幅恕免赘述。癫癫狂狂地作法毕，郭京一声出击令下，城下的神兵们便排着所谓六甲方阵，高执着六面真君彩旗，步伐铿锵地开出了宣化门。

金军在昨日的大战中损失也很惨重，这时正忙碌着调配兵马器具，进行再战的准备。忽闻城里有"神兵"出战，他们颇为惊骇。金将娄室一面部署迎敌，一面遣骑飞报青城大寨。

宗翰闻报，立即与希尹带领增援部队赶赴前沿。这时金军由于恐惧对手形状怪异，不敢接战，已在纷纷后撤。宗翰见状亦有点发蒙，不知宋军搞的是什么名堂，急忙问计于希尹。

精通术数筮爻的完颜希尹登高眺望片刻，不禁哑然失笑，对宗翰曰，此乃伪术，无甚可惧。对方自将门户洞开，分明是天要亡宋。我军只管全力进击，可获大胜。

宗翰知希尹素来行事谨慎，非有十分把握，不会如此断言，遂传令娄室稳住阵脚，对所谓神兵予以迎头痛击。同时急调银术可和耶律余睹各率其部火速从两翼杀出。

这几支部队乃宗翰的主力，均以骑兵为主，现在倾力而上，那些从来没真刀实枪上过阵的徒步神兵岂能招架得住。顷刻之间，那所谓的六甲方阵便被切割得七零八落。金军铁骑在乱阵中纵横奔突，刀起斧落犹如削瓜切菜。神兵们起初尚且有所抵抗，但很快便发现自身并无郭京所说的神灵庇护，刀光一闪照样脑袋搬家，斗志立马崩溃，便没人再作徒劳之搏，尽皆抱头鼠窜起来。

被迫远离城门的孙傅、张叔夜先是得报金军已被轻松杀退，我军正在乘胜追击，正啧啧称奇额手称庆，倏而又闻神兵大败，金军已经掩杀过来。张叔夜急命禁军出援，却已相当被动。

在极富作战经验的老干家宗翰的亲自指挥下，冲到城下的金军这时一面奋力夺取城门，一面架起云梯快速攀向城头。

郭京见反复念咒无甚作用，情知大事不妙，便命身边的神兵在城头留守，自己则推说要亲自下城措置，就此悄悄地溜之乎也。留在城头的神兵琢磨着不大对劲，待他们省过味来，也想脚底抹油时，金兵已经虎虎生风地杀上来。三下五除二，那点可怜的六甲神兵全成了刀下鬼。

仓促顶上去的禁军多方受敌，顾此失彼，章法凌乱，很难组织起有效的反击。虽经浴血苦战，宣化门终告失守。

消息传至东城，金军雄风倍增，宋军一派惶然。宗望当机立断，也压上了他的全部精锐。不移时，东水门、朝阳门相继告破。而后，两路金军迅速扩大战果，实现了城头会师，进而在日落前全面掌控了汴京外城的东南两壁。

战事发展至此，胜负已成定局。

在激战中，宋军将士死伤无数。都统制姚友仲，统制何庆言、陈克礼，南壁提举高振等多名将领阵亡。都统制刘延庆及其子刘光国率部奔逃出城，被金军追上斩杀于郊外。奉旨前往宣化门督战的内侍黄金国目睹兵败城破惨状，面朝大内恸哭跪拜后蹈火自尽。

孙傅自知其误听郭京妖言致此灭顶之灾罪责难逃，在狼狈不堪地退至陈州门内大街时欲横剑自刎，被亲兵们死死抱住，夺下佩剑，又经张叔夜力劝，方泪流满面地暂时抛却了一死了之的绝念。随后他就咬牙切齿地下令捉拿郭京，其实也无非是发泄一下而已，混乱中哪里还能觅到这厮踪影。此刻郭京早已改头换面遁出汴京，这点浑水摸鱼的把戏他还是玩得转的。

不过这厮也没能再活多久。辗转逃至襄阳府后，他以巫术诈钱谋生，身份来历败露，被赵氏宗亲赵叔向擒获斩首。

分别在大内祥曦殿及宣德门城楼上期待着神兵凯旋的赵桓和何栗，得到城池沦陷消息的时间相差无几。乍闻这个惊天噩耗，两人皆似被五雷袭顶。但接下来的反应却有所不同。赵桓在很长一段时间里，除了呆若木鸡，还是呆若木鸡，似乎是魂灵俱失，已经浑然不知孤家身在何处、意欲何为了。而何栗在深感震惊的同时，好歹还没忘记自己是干什么吃的。

作为目前的宰执之首和动用神兵出战的主要倡导者之一，京师失陷难辞其咎，谢罪天下唯有一死，这一点何栗很明白。横竖是个死，也就豁出去了。于是他急与在场的梅执礼、张所等大臣商议，打算除留诸班直护驾外，尽起内城吏胥卫兵抗敌，并动员全城百姓拿起武器，与金军进行巷战。

何栗这种破釜沉舟的表现，赢得了众人的宽谅，也激发了朝野上下与金军死磕到底的勇气。榜文发出，当夜便有上万名丁壮涌至军器库领取了兵器。经过简单整编，第一批义勇队伍在监察御史张所的带领下连夜开至外城，与孙傅、张叔夜的禁军残部会合。孙傅、张叔夜一致赞同何栗的主张，皆横下了一条心，准备利用汴京城里错综复杂的大街小巷，与金军拼个鱼死网破。

但是这场巷战终于没能打起来。原因是宋金双方的首脑都不想打。

宗翰和宗望俱为沙场老将，希尹又是足智多谋，他们皆知，一旦陷入巷战，金军的优势不大，弄不好落个老本蚀尽，那就太划不来了。如今胜局已定，是犯不着逼着全城百姓疯狂而起作困兽斗的。因此金军接下来的军事行动，是扬长避短继续攻占汴京外城的西北两壁，而不是大幅度地向纵深推进。雄踞四壁引而不发，对宋朝的威慑力将更为巨大，龟缩城里的赵桓还能硬撑几天？然后只需以议和的名义遣使迫降，料是懦弱不堪的宋廷不敢抗拒，一切不就迎刃而解了吗？

应当说金军采取的策略是明智的。但如果赵桓就抱定宗旨宁为玉碎不为瓦全，那么金军这个不攻而拔人之城的算盘，恐怕也不见得能拨弄得如意。然而偏偏是赵桓也不想再打了，这便正中了对手的下怀。

赵桓不想再打，是因为他对大局已完全绝望，而且唯恐负隅顽抗到底，他自己乃至整个皇族的下场会更加悲惨。但是面对群臣，他宣称的休战理由，却是"不忍令百姓再罹刀兵之厄"。

这个休战理由，听上去也算是蛮有道理。因为金军大肆扬言，宋军若再抵抗，他们便要屠城。由于殿帅王宗楚、京畿路提典刑狱秦元等将领，在危急时刻先后率大量兵马从城西北诸门亡命而逃，城里的禁军保甲等兵员已所剩无几。仅凭仓促聚集起来的乌合之众，再如何玩儿命也是枉增牺牲，而且还会惹得金军兽性大发报复加剧。这个形势大家都看得很分明，因此既然赵桓甘愿妥协，再战之举也就附者甚微，难以成势了。

放弃了最后的抵抗，人们的希望便只能寄托在与金人签订城下之盟上。大家唯求能保住国号家舍，便是无量天尊阿弥陀佛了。

宋朝的君臣又天真了。到了这一步，金人还容得他们酣睡于榻侧吗？为了辱弄宋朝，金军点名要太上皇赵佶去金营"通盟结约"。几经交涉，才改允赵桓前往。闰十一月三十日，赵桓由何㮚、孙傅、陈过庭、孙觌等大臣陪同出抵青城，却被告知，须先上降表，方可议通盟之事。

赵桓身处刀斧丛中，哪敢言半个不字。次日在斋宫，赵桓与诸随员按照金人的苛刻要求，经三番五次修改，极尽谄媚之词，方草毕了用四六骈体书写的降表。在降表中，赵桓含愤忍辱，被迫自称"臣桓"，尊称金太宗完颜晟为"皇帝陛下"。这就意味着，自太祖赵匡胤起延绵了一百六十八年的宗庙香火，至此正式宣告灰飞烟灭。

有了这张降表，所谓通盟结约云云，也便等于扯淡了。赵宋王朝既已不复存在，不可一世的大金国还用得着与哪个鬼去结盟呢？抖抖瑟瑟地书罢降表，赵桓是欲哭无泪，欲啸无声。何㮚、孙傅等随员面如死灰默然垂首，不敢亦不忍与赵桓的目光稍有对接。

靖康元年十二月一日，这个日期像一把锐利的钢刀，永远地插在了赵桓滴血不止的心头。而康王赵构那八面威风的大元帅府，恰恰就是在这一天，于相州升帐开张。

第二十二章

索天雄马上意识到，这个机遇极其宝贵。统治集团已彻底崩溃，而李纲恰恰重兵在握，龙腾虎跃正当其时。此时如果勤王部队里伏有内线，策动或者胁迫李纲起事的把握极大。

上降表月余后，靖康二年正月初九，金军以面议贡奉金银以及为金主加徽号事为由，勒令赵桓再次出城，就此禁其于青城斋宫。

又过一月，已经议定废立大略的金将们复令太上皇赵佶及所有赵氏宗室成员出城，分别扣押于青城相国寨及刘家寺皇子寨。赵佶、赵桓这一对皇帝父子，从此便永远地沦为了囚徒。

但在当时，甚至直至被押解北徙的途中，他们都还抱有一丝幻想，幻想着赵构或者其他什么人能够切断金军的退路，营救他们虎口脱险。

这个幻想，说是幻想，也不是全无变成现实的可能。因为金军以师老兵疲之旅，押运大批战俘和大量战利品长途行军返回北漠，毕竟非为易事。大宋王朝京城虽陷，军力未竭，两河之地远远未被彻底征服。倘若宋军聚集兵马顽强反击，将另有一番波澜壮阔的大戏好唱，或许竟能演变出一个关门打狗的局面亦未可知。

事实上，在两河地区，已经有两种武装力量为挽救危亡做出了艰苦的努力。

其一是活动在河东路的欧小凤等举旗抗金的大小杆子。这些性质不同实力不一的民间武装，虽然无力抵挡金军的疯狂入侵，却善于在敌寇背后捅刀子下黑手。这些人是神出鬼没无孔不入，逮着机会便咬上金军一口。打得赢时，便将对手收拾个稀里哗啦，打不过时，便仗着地形熟悉溜之大吉。这样的零敲碎打，如果偶尔发生三两次，对金军来说不过是挠皮蹭痒。可它不只是偶尔发生，而是每时每刻都在发生，这便令金军十分头疼了。

而且像欧小凤部那样实力比较强的义军，有时也敢摆开阵势，与金军干一场硬仗。金朝特使完颜宗磐奉金太宗之命，率部前往汴京向宗翰宗望传达关于中原政权的废立旨意，在河阳境内就遭到了欧小凤数千人马的大规模伏击，一场血战折兵过半。此后他又不断遭遇其他杆子的突袭，及至到达汴京，包括伤员在内，三千人马仅余不足一千。身负箭伤的宗磐见到宗翰、宗望，连称河东一带土匪大大地厉害，金军经过此地安全保障的没有。

宗翰是从这一路打过来的，亲自吃过杆子们的苦头，知其所言不虚，深虑假如再有官军部队拉过去，此路便是杀机四伏。由是之故，后来金军分批北返，基本未敢取道西线。

另一种欲力挽狂澜于既倒的武装力量，是新任河北兵马副元帅宗泽的部队。这支队伍的作用更为重要，所取得的战果也更大。这不仅因为他们是朝廷的正规军，而且是由于其主将宗泽的作战意图更为深远。

如果说欧小凤等义军自发地起来抗金，主要是出于对野蛮入侵者的刻骨仇恨，那么宗泽除此之外，还具有更明确的战略目标。这个战略目标，便是不惜一切代价，保住大宋朝廷。保住朝廷就是保住江山，宗泽采取的一切军事行动均是以此为宗旨，立足河北而目观全局，因此他对金军的打击，便能更为准确有力地落在其要害处。

宗泽的秉性志向与李纲相仿，所不同者有二。一是作为一名儒将，亲自带兵的宗泽比李纲更熟知战术兵法；二是他比李纲年长二十余岁，如今已近古稀，龙困浅滩岁月蹉跎之感更为强烈。叹年光过尽，功名未立，英雄老去，机会方来。国朝横遭浩劫，实为大不幸事，却也为埋没一生的宗泽提供了一个奋起一搏的最后机遇。若能以迟暮之躯建不世之功于社稷，足以弥补平生之憾，亦足以向世人证明，他宗汝霖是何等人矣。

去冬金军南寇时，宗泽正遭罢职闲居东阳，未得参与军事。靖康元年九月，经中丞陈过庭等人荐举，他才被朝廷重新起用，受命出知磁州。当时太原真定已俱陷敌手，宗泽上任后，一面紧急修城制械招募义勇，一面密切注视战局发展，构思着解危破敌策略。从那时起，他便产生了歼敌于中原的设想。

既然御敌于国门之外已无可能，那便只有因势利导，设法教其有来无还。但他的职务只是个小小的磁州知州兼河北义军都总管，节制范围极其有限。他力劝康王赵构留在磁州，即是想借助其权威，调集大名府与真定府两路十余州之兵夺回李固渡。

李固渡在相州以东，隶属大名府魏县，是黄河两岸的重要渡口。金东路军由此渡河后，留下了四猛安兵力据守此镇。拿下并扼住这一要津，会对金军之进退构成重大威胁。然而赵构不愿滞留磁州，更无坐镇其间指挥作战的打算，致使宗泽凭风借力的期冀落空。宗泽不甘坐视金军步步得逞，宋军战机丧尽，乃决定尽起本部五千兵马去攻李固渡。

十二月十六日，宗泽向敌寨发起攻击。

金军没想到宋军竟敢主动去捋虎须，应战有点仓促，但一旦反应过来，抵抗得却非常顽强。以宋军的作战能力而论，没有三倍以上的兵力，与金军交手是难操胜券的。宗泽的兵力只比对手略多两成，这仗便打得很艰苦。

幸得宗泽用兵有方，并充分发挥了床子弩、炮石车及神臂弓等远程兵器的杀伤力，才控制了战场上的主动权。在战斗最紧张的时刻，宗泽将身边的五十名亲兵一个不留地全部派上了前沿。

残酷的拼杀从当日下午一直持续至次日平明，守寨金军终于支持不住，弃尸一千五百余具，逃亡汴京大营。宋军的伤亡与金军大致相当，骁将秦光弼在激战中阵亡。点燃焚烧敌寨的大火时，宋军将士们的心情是既悲且壮。在基本上是一比一的情况下，能打出这个战果，已是相当地难能可贵了。

荡平了李固渡的守敌后，宗泽接到大元帅府指令，率部开至大名府集结，方知自己已被委任为河北兵马副元帅，而诸路勤王兵马已悉归大元帅赵构统一指挥。

初得此讯，宗泽甚喜，以为这一下解围汴京有望了。岂知赵构并未拿出什么像样的部署，只是补充了五千人马给他，让他先行挥师南进，而以其他五万多人马作为"后援"。至于如何"后援"，却又语焉不详。

朝廷任命的兵马元帅陈遘，因坚守在中山府，一直未能赴任，帅府的一切军机，均由大元帅赵构与已迅速成为其亲信的黄潜善、汪伯彦两位副元帅策划于密室，行动方案在宗泽到达之前便已谋就。宗泽名义上虽然也是副元帅，事实上却显然被排斥在了决策圈外。饱经风霜的宗泽不难看明这个格局，虽对帅府的做法疑窦丛生，却不得不谨遵军令，仍是自提孤旅去进军开德。

开德旧名澶渊，因古有澶渊湖泊得名。一百二十年前的景德元年，宋真宗赵恒就是在这个地方，与辽圣宗及承天太后缔结了举世闻名的澶渊之盟。当年的澶州城横跨黄河两岸，中有浮桥相连。由于黄河改道，开德府如今坐落于黄河北岸，但南岸的南乐、清丰、卫南等县仍归其属，其连接南北的枢纽作用不言而喻。所以尽管自身势单力薄，宗泽仍决心啃下这块骨头。

靖康二年正月初二，宗泽派出小股部队进行武装侦察，正月初三展开正式攻击。

驻守开德府的金军起初有五猛安，其中包括自李固渡败退下来被补充于此的完颜阿鲁补残部。后因宗泽攻势凌厉，金军大营又派大将宗弼带了四猛安人马前去增援，其总兵力亦已近万。

这又是一次双方兵力相当的硬仗，战役规模比李固渡之战大得多，所耗战时也长得多。在宗泽灵活多变的战术指挥下，宋军经过大小十三个回合的浴血鏖战，终于在正月二十九日彻底击溃金军，收复了开德府境内的所有县镇。这就是使宗泽威名大振的"开德十三战"。

金军很少在野战中吃宋军这么大的亏，因之自此以后，许多金军兵将对宗泽闻风丧胆，甚至在发誓赌咒时每每极其严肃地宣称，"如果本人言而无信，教某上阵碰上宗爷爷"。

在宗泽的着意点拨和大胆使用下，一些堪称栋梁的青年英才在战火洗礼中迅速地成长起来。其中之佼佼者，首推时任正将武职、后来成为南宋抗金名将的岳飞。甘云亦在一连串的战斗中脱颖而出。他由李纲荐至宗泽帐下后，先在亲兵队听差，李固渡一战因力斩金将斜烈荣立战功，被授进义校尉。在开德大战的决战关头，他又机智勇敢地率百骑奇袭敌后，以疑兵计造成宋军大批援军到来的声势，搅得金军军心大乱，为宋军大获全胜创造了有力的契机。惜才如命的宗泽在战后立即破格将其提拔为准备将。为今后长期的抗金斗争造就了坚实的后备中坚，亦是宗泽为宋朝做出的一个很大的贡献。

自元祐六年登进士第，宗泽经历哲宗、徽宗、钦宗三朝，这三朝皇帝都不曾把他放在眼里，历授其衔不过区区七品。即使是在事急时给了他一顶副元帅的乌纱，也无相应的职权可言。至于欧小凤等，在皇帝们的心目中更是蝼蚁一群粪土一堆，若在太平年间，彼等刁民蟊贼还是应予剿灭的对象。然而，却正是这样一些当权者眼睛里的草芥，在国破家亡之际不畏艰险挺身而出，毅然决然地自觉地肩负起了收拾破碎河山的千斤重担。

而那些官运亨通者，倒没有几个真正中用。如两河宣抚使范讷、北道总管赵野、陕西制置使钱盖、知淮宁府赵子崧等部，当时均屯汴京附近，却无人敢于出兵策应宗泽。历代吏治大抵如此，千年痼疾极难根除。中华不敌外夷，此为要因之一。

以宗泽的官军及欧小凤等义军在东西两线的不懈努力为基础，局势确实具有向着有利于宋朝的方向转化的可能。但是这种转化，仅凭他们的努力还实现不了。各自为战的民间义军，到底只能处于分散的游击状态；徒有副元帅之名的宗泽，也毕竟位卑言轻。尽管他们可以取得一些局部胜利，甚至在一定程度上给予金军重创，而欲逆转全局，却远非其力可及。没有各路勤王大军的协同作战，中原军民不仅做不到在战场上反客为主，而且收复过来的城镇仍会得而复失，所得战果仍将付诸东流。巧妇难为无米之炊，宗泽纵有托天大略，兵力不敷，也只能望洋兴叹。

勤王大军不是没有，但它掌握在赵构的手里。而赵构的行动路线，则是由大名而东平，由东平而济州，步步趋向东南，离汴京越来越远。只扔下宗泽一支孤军，在卫南韦城一带苦战。

因而，赵佶、赵桓那绝处逢生之想，终究是化作了南柯一梦。

世间万事，只要想那么做，理由总是有的。赵构一不部署解围汴京，二不运筹断敌后路，一味只向东南转移，自有他的说法。"避敌锋芒，窥敌缝隙，积蓄实力，伺机而发"，这些话说出来也是振振有词、比较高屋建瓴的，而且很符合以黄潜善、汪伯彦为代表的一大批畏战官兵的心愿，因而颇得众将拥顺。相形之下，宗泽舍生忘死坚持奋战于敌后的主张和行为，反倒显得非常不识时务、非常愚钝可笑了。

赵构不肯倾注兵力增援汴京营救二帝，起初的动机主要是躲避风险，顶多再加上个拥兵自重。但是他很快便发现了这一决策的意义非止于此，一种千载难逢的机遇感，在他的脑际中由朦胧逐渐变得清晰。此后，对于徽钦二帝，首先便不是能不能救，而是可不可救的问题了。明朝中叶的苏州名士文徵明，在一首《满江红》词中一语道破天机："岂不惜，中原蹙，岂不念，徽钦辱，但徽钦既返，此身何属。千载休谈南渡误，当时只怕中原复。"

势态演变至此，赵佶、赵桓所日盼夜想的骨肉之亲康王赵构，便非但不是救命菩萨，反而与金军相辅相成地共同充当了他们的掘墓人。

二

当康王赵构的命运即将发生重大转折的关头，被困在汴京城里的宋朝前太宰张邦昌，也遭遇了其一生中最富戏剧性的命运剧变。不知是祖坟上哪根蒿子显灵，张邦昌居然要从废帝赵桓手里接过宝器，龙袍加身君临天下了。

这事是经过金将们的反复研究确定下来的，始作俑者，乃是金东路军统帅宗望。

攻下了宋都汴京，金军即着手进行善后。除了疯狂地掠夺资财，善后工作的主要内容，便是解决中原地区的统治问题。金邦的老巢在塞北，征伐大军不可能久滞他乡。如欲进而夺取江南，亦须暂且回师休整。这就需要有人在此镇守。

金将们起初拟以辽朝降将萧庆或汉将刘彦宗留守汴京，但二人均不敢承当此任。后来诸金将也觉得仅留一将在此不妥，还是应当筹建一个从属于金邦的代理政权。这个方案得到了金太宗的批准，下面便是选择伪帝的问题了。

城破之后，宋朝的吏部尚书王时雍、开封府尹徐秉哲等官员逢迎金军甚笃，奴颜婢膝鞍前马后地为金军献了不少殷勤，但金将们对这类鲜廉寡耻的奴才却看不上眼。宗翰希望的是，找一个类似张孝纯那样有点气节的人，那种人不会轻易就范，但一旦为之所用，也不会轻易反水。可是那种人很难找。汴京不是太原，篡位更不同于一般的倒戈。纵有一千条背叛朝廷的理由，作为忠臣义士，亦断不会在宗庙前行此大逆不道的勾当。

这时宗望便想到了张邦昌。

宗望认为，虽然从本质上讲，张邦昌亦属见风使舵吃里爬外之流，但因其行止做派比王时雍等含蓄内敛，口碑不似他们那么恶劣，把他推出来，尚不致引起宋人的过度反感。而且张邦昌曾任当朝太宰，在资历上高出众臣一头，由其领衔也比较通顺。还有一条理由，宗望不便公开讲。那就是张邦昌乃是他亲自发展的亲金人物，委任张邦昌执政，对他宗望来说，无疑是最为有利可图的。

这个小九九瞒不过完颜希尹，不过希尹立足客观角度衡量，也认为扶立张邦昌较为合适。另外他从面相上观测，似觉宗望隐现不久于人世之兆。倘若此兆应验，也便无所谓谁私自操纵张邦昌的问题了。如此天机希尹自然只能缄默于心，不敢语之与人。

宗翰想来想去提不出更加合适的人选，于是让张邦昌沐猴而冠便成定局。

随后，金将们一面命在押于金营的宋朝翰林学士吴开、莫俦进城，向留守汴京的宋臣孙傅、张叔夜、王时雍、徐秉哲等宣谕金太宗的废立旨意，一面派萧庆前去知会张邦昌，好让他预先有个思想准备。

这些天来，金军在城里大肆搜刮金帛钱粮，京城的权贵宅邸包括皇亲府第尽遭洗劫，唯张府仅受表面骚扰，实际损失甚微。张邦昌明白这是宗望有意关照的结果，十分庆幸自己未雨绸缪，预留了这条后路，觉得金人还算讲点交情。不过他也清楚，金人的这份恩德，不会白白奉送，是需要他用效忠大金国的行动去报答的。大将萧庆登门造访，张邦昌便知，他们是要有所吩咐了。

但是他万没想到，金人令其所做之事，竟然是让他出任伪朝的皇帝。

闻得此言，张邦昌吓了一跳，一时间瞠目结舌不知所措。萧庆也不与他多啰唆，公事公办地转达完两个大帅的意思，撂下一句"请张太宰速做登基准备"，便扬长而去。

脚步趔趄地送走萧庆，张邦昌心里便翻来覆去地烙开了大饼。

张邦昌这个人，权欲是极重的。为了攀上高位，他挖空心思机关算尽，不惜

— 431 —

在人前背后使用任何伎俩。但是，无论他如何权欲熏心，其处心积虑所要达到的目标，也只是位极人臣。至于面南称孤，做梦也没敢想。当然，此前也根本没有这种可能性。

现在金人将龙椅直接塞到他的屁股底下来了，是坐还是不坐呢？

要说张邦昌从心眼里就不想坐，那是假的。虽说是个儿皇帝，对他的诱惑力也并不小。问题是，那把龙椅应不应当归他所有。

张邦昌知道，就算赵佶、赵桓已不能重返金銮殿，赵氏宗族还远未绝根，再怎么轮，也轮不到他姓张的来继承大宝。异姓篡国，从来就不名正言顺，况且他张邦昌并没有举国拥戴的声望。在这一点上，张邦昌尚有自知之明。这一屁股坐下去，金军在时犹可狐假虎威，金军一撤，他算老几？彼时楚歌四起，他去找谁护驾？罢职的官员可以官复原位，倒台的皇帝则基本上是死路一条。龙椅如果不稳，其实就等于是颗炸弹。

想来想去，这事太玄。所以张邦昌觉得，还是以不冒这个天下之大不韪为妙。

然而，不管张邦昌有没有那个贼胆，他端坐龙椅的大运还就是挡不住了。金人主意既定，是不会因为张邦昌的畏缩而更改的。

凭着宗望对张邦昌品性的了解，他断定其对就任伪帝的态度，第一是不敢贸然接受，第二是不敢坚决拒绝，特别是绝不会以死拒之。因此他们无须等待张邦昌的表态，尽可径自按计划往下进行。

下一步便是让宋臣议立异姓。

越是霸道的行径，越是要扯上一块民主的遮羞布，所有的统治者都惯玩此术，金人亦无师自通。他们明明是已经内定了让张邦昌上台，却还要装模作样地走个什么"公推"的程序，以示此乃顺乎民心之举。

何栗、陈过庭、冯澥、曹辅等执政早已随同赵桓被扣押于青城，留守汴京的孙傅、张叔夜因拒不配合金人的废立行动，后来亦被拘往金营，依官序排列，主持议立异姓的事，便落到了吏部尚书王时雍的头上。

王时雍是个卖国求荣的急先锋，城陷之后为金人卖力最甚。他本以为，凭着他不顾千夫所指为金军上蹿下跳竭尽犬马之劳的杰出表现，新朝的尊位理应由他捷足先登。及至得知金将指定的扶立对象是张邦昌，而对他的安排不过是所谓"国相"，不禁大为失落，暗骂这帮金夷真正是不识真人面，狗眼看人低。

但是他不仅不敢将一丝一毫的怨恨挂在脸上，还得不遗余力地积极促成张邦昌登基。他知道，若不这么委曲求全，他恐怕连国相之位都未必能得到。而若能将差事办得圆满，给金人留下一个精明强干合作得力的印象，指不定哪一天金人瞅着张邦昌不顺眼，便会让他取而代之。因此他就努力压下心头的不快，拍着胸脯向萧庆表示，时雍坚决拥护大金皇帝的英明决定，请转告二位大帅放心，筹建新朝事宜，就包在我王某身上了。

二月十一日，王时雍召集朝廷政要赴秘书省举行"公推"。他口头上声称让诸官不拘一格，除了赵氏宗族尽可择贤而举，但在签署议状之前，却命尚书左司员外郎宋齐愈先将写有"张邦昌"字样的纸条逐次传示于众。众官员明白这事纯属做戏，又见大堂四周甲兵环立，皆神色漠然一言不发。不表示反对就是赞成，于是乎张邦昌便获得了众官员的"一致推举"。

王时雍命吴开、莫俦马上将这份"公推"议状呈送金营，他自己则亲自登门，将"喜讯"告知称病在家的张邦昌。毕竟将来要在张邦昌面前俯首称臣，王时雍尽管心里不受用，表面上还不得不套近乎。

次日，吴开、莫俦带回金将的旨意，说仅有这百余朝臣签署议状还不足以体现民意，签名范围必须扩大到京师的大小文武及各界代表，并且限定于十三日前操作完毕。

王时雍立即照办，命御史台连夜通知城内除张邦昌及已签过议状者之外的所有职官，包括业已免职卸任致仕的官员，以及僧道耆老三教九流等众，十三日清晨齐聚宣德楼集议，然后分赴各议所签状。敢有逗留躲藏不赴现场者斩。并命开封府派出大批兵丁捕快进行督察。开封府尹徐秉哲和京城都巡检范琼皆为"识时务"之"俊杰"，城池一破即树降旗，此时这一文一武便成了王时雍的得力臂膀。

在王时雍的威逼胁迫下，有数千名官僧士庶在指定的时间和秘书省、大晟府等指定的地点，具名签署了"强烈要求"推戴张邦昌为君主的"请愿书"。

得到这个结果，金将们表示比较满意。王时雍在如释重负之余，也颇有几分自得。他认为通过成功地操作此事，完全可以证明他是个具有呼风唤雨之能的政坛干才，足以奠定他在新朝中举足轻重的铁腕地位。

可是事情却不似他想象得那么简单。满朝文武虽然迫于淫威暂时任其摆布了一回，但内心里不甘屈服或恐惧报应者大有人在。"公推"过后，各种反抗事件频发。前少宰唐恪在签状回府后，因内心负罪感沉重而仰药自尽。御史中丞秦桧对王时雍那种得志便猖狂之态极为反感，对尊张邦昌为帝一百个不服，签过议状

— 433 —

越想越憋气，回到御史台便另写状书，请求仍立赵氏为帝。这是秦桧在其政治生涯中所留下的唯一一笔亮色。

反抗意志最为坚决的阁门舍人吴革，则与监察御史张所、太学生朱梦说等人密谋了武装起事。他们打算秘密联络军民，以突然袭击的方式夺取汴京四壁，诛杀王时雍，进而挥兵直捣青城及刘家寺，夺回徽钦二帝。可惜由于在准备过程中风声走漏，预定计划未能实现。吴革于紧急间孤注一掷，带领仓促召集起来的三百人马去攻皇城，终因兵力过于单薄，在金水河西被伏兵于此的范琼全数斩杀。

张邦昌可要比王时雍老谋深算得多。他懂得，人心可以被收买，但很难被压服，而且是越压越不服。在那所谓"一致拥戴"的假象背后，指不定隐藏着多少可怕的东西。上述种种反抗行为的发生，都在他的意料之中。所以当王时雍将第一次"公推"的结果告诉他时，他即明确表示，"邦昌不堪此任，还望另择贤能"。王时雍以为张邦昌在故作姿态，未将其言当真，还一个劲地恭维他是"名高今古，学通天人，位冠冢司，身兼众美，匡济社稷，舍公其谁"。弄得张邦昌这个惯受阿谀的人，都起了一身的鸡皮疙瘩。

第二次"公推"后，王时雍偕徐秉哲再登张府"报喜"，得到的回应仍然是"邦昌委实难孚众望"。王时雍这回看出张邦昌的推托非为虚谦了。事情在此卡壳，他感到有点意外，有点棘手，同时又有些窃喜。如果张邦昌坚辞不就，那么新朝的皇位他王时雍岂不就图之有望了吗？

因此王时雍一面仍然假惺惺地恭劝张邦昌"务以社稷为重，勿寒天下之心"，一面马上将张邦昌的不合作态度通过吴开、莫俦禀报金人，并添油加醋地渲染，张邦昌恐是稀泥糊不上墙，怂恿二位大帅"善作谋断"。岂料金将们根本不理睬王时雍的暗送秋波，只是命其速将带头闹事的秦桧解送金营，同时派萧庆带兵把张邦昌"请"到了刘家寺。

在刘家寺皇子寨，宗望亲自出马，与"老朋友"张邦昌进行了一番"亲切友好的会谈"。

宗望以和颜悦色但不容置疑的口吻对张邦昌说，我们与张太宰已有良好的合作开端，希望将这种友好关系继续保持下去。请张太宰在汴京称帝，是我大金皇帝的旨意，绝对没有变更的余地。如果张太宰拒不合作，我们只有纵兵屠城，那将使整个汴京城毁于一旦，张太宰一家老小自然也难以幸免。我们非常不愿意看到这种事情发生，但发生不发生，不取决于我们，而取决于张太宰。本帅相信，张太宰是个明白人，孰利孰害何去何从，应当会做出明智的抉择。

听宗望直截了当地把话说到这个地步，张邦昌心知，除非舍生取义，这一关他是绕不过去了。

此前曾有吏部侍郎李若水为维护赵氏王朝的尊严，在金营里大义凛然怒斥金将，被当场"洼勃辣骇"。张邦昌不要说没有李若水那个胆子，连唐恪那种仰药自尽的勇气也没有。而且他认为那样做来也并不值。君不见连皇上都已低三下四地书写手札，表示了"别立异姓固当如此"，作为臣属，又有什么必要去为那个十足的窝囊废捐躯尽忠呢？只是他现在面临的处境是不忠则逆，这是很让人头疼的。

张邦昌艰难地考虑了两日，终是选择了宁为瓦全不为玉碎。并且为自己的屈服行为找到了一条开脱的理由，曰"为了保全汴京万民性命"。或许，张邦昌的顺从，确实在一定程度上避免了金军的血腥杀戮，但这只能是一种说法，无法用事实去比较和验证。

秦桧在金人的软硬兼施下，敌对立场也很快便发生动摇，从此逐渐走上了与金邦暗通关节之路，这是后话。

张邦昌三月一日被金军骑兵护送回城，根据金将确定的日程，于三月七日在宣德门外举行了"登基大典"。新朝国号"大楚"，定都建康。王时雍出任权知枢密院事兼权领尚书省，吕好问权领门下省，徐秉哲权领中书省，吴开权同知枢密院事，莫俦权签书枢密院事，武将范琼任殿前都指挥使。其中除吕好问外，诸职人选皆由金人敲定，算是让这帮铁杆奴才各得其所。是张邦昌见这个执政班底成员的名声太臭，实难服众，坚持加进去了一个与他私交不错而且各方面人缘尚可的前兵部尚书吕好问。

至此，金军这次南征的战略意图全面宣告完成。他们剩下的事情，就是押解徽钦二帝以及包括被俘人员在内的大量战利品凯旋塞外了。

金人夙愿得偿心满意足，张邦昌的心却上不着天、下不着地地悬在了半空里。

吴革武装起事的时间是三月六日凌晨，亦即他这个伪楚皇帝登基的前一天。虽然那场"叛乱"很快被镇压了下去，但它还是在张邦昌心里留下了相当浓重的阴影。金军还在汴京，便有人敢于揭竿而起，金军撤走后又当如何？进一步想，如果说仅仅是城里的军民作乱，尚且弹压得住，那么赵构或者李纲的勤王大军一到，谁敢与之争锋？

金军拍屁股开拔之日，便是这个危机浮出水面之时，张邦昌对此前景非常清楚。他更清楚的是，别看认贼作父狗仗人势闹腾得最欢的是王时雍、徐秉哲、范琼那几个人，一俟局势翻转，首当其罪者却铁定是他这根出头的椽子。他张邦昌就任这个伪楚皇帝是迫不得已，是大有苦衷，是饱含着我不下地狱谁下地狱的悲壮色彩的，但到了那时，这一切有谁会去理会？那叛逆魁首的屎盆子不往他头上扣，还能往谁头上扣？甚至连王时雍那伙人，到时候也很可能会倒打一耙反咬一口，字字血声声泪地控诉说，他们的所作所为均是受他张邦昌胁迫的结果。

这个前景太可怕，必须尽快找到妥善的化解办法。

计将安出？张邦昌一时一筹莫展。独自踟蹰在雄阔威严的皇宫大殿里，心事重重的张邦昌不由得感慨万端。老天爷给他开的这个玩笑，实在是有点离谱。谁知道这一不留神落到他头上的通天冠，到底能戴得几日呢？

三

四月中旬，索天雄和索飞春来到了潭州。

为保密起见，他们未将此行告诉任何人，也没委托江南帮会的弟兄打探有关消息，所以到了潭州之后，方知李纲已于数日前带领勤王大军启程。本来索天雄是打算早些时候来潭州的，但是天不作美，群雄聚会后，他病倒了。

其实在此之前，索天雄已时感腿酸膝软气短乏力，间或还有胸闷肩麻症状。他起初以为这是乍来江南水土不服，兼之连日奔波劳累所致，调整过来也就好了，仗着自己体格强健，没把这事放在心上。岂料后来诸种不适有增无减，聚会之后他还发起了低烧，这便让索飞春觉得不可掉以轻心了。

索飞春为父亲请来了一个经验丰富的老郎中，经过一番望闻问切，老郎中诊断，索天雄是肾脏出了毛病。心脏似乎也有问题，但是不甚确定。肾病患者最忌一个累字，老郎中嘱咐索天雄服药静养，疗程约需半年。

索天雄笑道，这么长的时间我可耽搁不起，老先生是否能将疗程缩短为一两个月，用药贵一点没有关系。老郎中考虑了一下说，我尽量吧，但这肾病是三分治七分养，无论如何三个月的调理是少不了的。索飞春唯恐治疗不彻底留下病根，坚决要父亲遵照医嘱，把身体养好再走。这样一拖，便拖到了四月间，父女俩迟到潭州一步，正与李纲失之交臂。

李纲率部启程的日期是四月八日。

自从接到起兵勤王的圣谕，李纲便一头扎进了募筹兵马军械粮草的繁忙事务中。经过三个来月的忙碌，部队基本整编就绪，兵器装备亦已大致补足。只是战马的缺口依然不小，骑兵的战斗技能也还较差。南军一向长于水战短于弓马，这不是一时半会儿所能解决的问题。

眼看着时光一天天流逝，李纲内心的焦灼与日俱增。虽然在这段时间里，一直没有得到来自北方的确切情报，但他料知朝廷之危并未稍减，因为这消息不通的本身，便说明了形势未见好转。金军以一当十的作战能量不容小觑，京师中缺乏得力将帅，能够固守多久很不好说。纵使赵构统领的河北兵马已经增援汴京，是否足以控制战局亦难以乐观。宋军欲得形成战略优势，后援部队必不可少。

考虑到这些情况，李纲不能再等。于是他决定，带领部分人马由岳阳先行轻装出发，命胡之益、岑良胜等抓紧整顿好辎重，随后跟进。

部队行进至武昌时，得到了汴京早已失守的凶信。

李纲闻之，极为震惊，却又不愿信其为真，乃派人多方进行打探。这时因金军已分批撤离汴京，南北交通逐渐恢复，不少被困于汴京的旅者陆续南归，有关消息也便传播开来。民间传言与官方驿报相互验证，汴京失陷二帝北狩确凿无疑。

确认了此讯不虚，将士们的心头一片茫然，不知此后出路何在。一时间众说纷纭，军心浮动，大有树倒猢狲散、食尽鸟投林之兆。李纲知道听任此状蔓延下去十分危险，及时召开了统领以上的将官会议。在会上，他从容镇定地宣称，朝廷早有应变预案传达，命令诸将严肃军纪安定部伍守营待命，有胆敢危言惑众闹事哗变者立斩，这才渐渐稳住了濒于涣散的军心。

其实李纲那处变不惊的大将风度是装出来的，当时他的心里比将士们更乱。汴京失守的可能性他不是没想到过，但他觉得此念很晦气，极不愿意去作深想。每每它一冒出来，便自欺欺人地赶紧回避掉，因此也就不可能对此有所预谋。如今事到临头，他也六神无主。只不过作为三军主帅，他不能流露出来罢了。

索天雄欲动员李纲拥兵自立，这是一个最恰当的时机。

此刻皇帝已废，朝廷已亡，臣子已不存在忠于不忠于谁的问题。凭着李纲的抗金声望，不难凝聚四方枭雄。如果李纲不干，效仿赵匡义、赵普再上演一出陈桥兵变亦未尝不可。索天雄前往潭州，正是为启动此事。

可惜的是这个机会持续的时间极短，彼时索天雄未能赶到武昌。即使赶到了，由于缺乏必要的前期准备，也难以推动兵变。历史的这一转机，因之便如电光火石般倏尔而逝。

当然，如果李纲欲霸天下，即便无人策动，他自己也不会放过这个逐鹿中原的机遇。连张邦昌那厮都面南称孤了，手握重兵的李纲还有什么好客气的。但李纲从骨子里就不是那种人，他压根就没往那上面想。

可是朝廷已经瘫痪，不想自树旗帜，又该听命于何人呢？这就不免令人彷徨了。

不过李纲不敢彷徨过久。这支勤王兵马，若无明确的行动目标，日久必将分化生变。他经过紧张思索，果断地决定，仍按预定计划挺进汴京。汴京作为国朝的首都，无论如何不可弃之不顾，而且尽快地夺回汴京，也是重建朝廷的一个必要基础。不管将来何人主政，如此行动不会有错。

然而正当李纲继续北上的进军令将发未发之际，传来了赵构大元帅府的檄文。

以赵构"河北兵马大元帅"之头衔而论，两河以外的兵马并不在其节制之列，而赵构的檄文，却完全是以高高在上的命令口吻，指示李纲率部前往江宁待命。但李纲接到檄文后，不仅没有介意，反而如释重负，甚至颇得游子归家之慰。因为以李纲的观念看来，在当前群龙无首的情况下，作为正统亲王的赵构，能够挺身而出总揽全局，不仅是理所当然，而且是天下大幸。

唯使李纲不解的是，赵构为什么不命他直取汴京，而让他东去江宁。但既然认可了赵构的统帅资格，对其所命便是理解的要执行，暂时不理解的也要执行了。李纲深知步调一致对于稳定动荡局面避免国土分裂的重要性，所以他二话没说，即遵命放弃了北上计划，改令大军沿江东下。

出于对康王赵构的信赖，驻扎江宁的这段时间，李纲在部队的动向问题上比较省心。下一步进军何处，他无须再殚精竭虑地自作谋划，等待执行大元帅府的命令就是了。而山河破碎之痛，这时便空前强烈地向他袭来。

静夜难眠时，他常置酒于中军帐中，独斟独饮，且思且叹。甚或拔剑起舞，仰天悲啸，怆然泪下。他不承认大宋王朝这就算是覆亡，也不相信万里江山能被外夷吞并，但国都沦丧国号被废皇帝被掳，毕竟皆已成为事实。这一奇耻大辱，深深地刺激着李纲，终其一生，念念难忘。

他曾效蔡琰作《胡笳十八拍》遣怀。"铁马长鸣不知数，虏骑凭陵杂风雨。自是君王未备知，一生长恨奈何许！""昏昏阊阖闭氛祲，六龙寒急光徘徊。黄昏胡骑尘满城，百年兴废吁可哀！""千乘万骑出咸阳，百官跣足随天王。翠华摇摇行复止，胡尘暗天道路长。""万里飞蓬映天过，岁月暮矣增离忧。如今正南看北斗，长安不见使人愁。"这些凝血含泪的诗篇，虽系集古人之句而成，却是李纲激愤心境的真切写照。

据理衡情，将心比心，李纲以为康王赵构此时此刻的心情，应当是比他这个普通的臣子沉痛更甚。他压根没想到，在赵构的心里，现在除了兴兵雪耻营救二帝之外，还有什么更重要更迫切的事情要做。就此而论，李纲的政治嗅觉确实太不灵敏，政治态度也太不灵活。因而他虽被赵构借重于一时，却终难为其所长期见容。

心计深沉的索天雄并非没有看到从他眼前倏尔划过的那道电光石火，只是在仓促间他无法对它加以充分利用。这期间，他面临的情况亦可谓一波三折。

索天雄与索飞春来到潭州，得知李纲已被朝廷重新起用，且已起兵北上勤王，起初不禁甚感失望。索天雄对李纲的品性深有感知：当李纲被弃若废履时，他忠于皇上和朝廷的信念可能会有所松动，而一旦重获重用，那一片耿耿忠心必定又会变得坚不可摧。在这种情况下，欲说动李纲联盟起事，绝无一丝指望。

但冷静地加以考虑，事情似乎还没有那么绝望。因为，索天雄进而想到，朝廷这么快便复召李纲，必是事已万急。倘若汴京告破，李纲的复职也就无甚意义了。随之汴京失陷的消息便传到了潭州，并且传说皇帝和太上皇均已成为金人的阶下囚。

索天雄马上意识到，这个机遇极其宝贵。统治集团已彻底崩溃，而李纲恰恰重兵在握，龙腾虎跃正当其时。此时如果勤王部队里伏有内线，策动或者胁迫李纲起事的把握极大。

然而索天雄毕竟不是能够未卜先知的神仙，他不可能预知是哪一支部队要随李纲出征。甚至连争取李纲起事的意图，也是他到了江南之后才思定下来的，事先的伏笔无从谈起。人算不如天算，索天雄对此唯有扼腕而已。

但是这个机会索天雄不想轻易放弃，纵使军中无人策应，仅凭三寸不烂之舌，他也要前去与李纲谈一谈。能说得动李纲最好，即便说不动，他相信李纲也绝对不会加害于他。于是他即与索飞春赶往武昌。

由于索飞春担心父亲劳累过度疾患复发，不肯让索天雄赶路过急，待他们到达武昌时，李纲大军业已开拔。这父女俩便又锲而不舍地转赴江宁。

在索天雄看来，李纲移师江宁，颇为耐人寻味。说不定李纲已生立足于江宁进行武装割据之心，这里面便大有因势利导之隙可乘了。在这瞬息万变的时刻，一切皆有可能。古今多少兴亡，往往不就是铸就于某个瞬间吗？他却不知，那个瞬间早已一闪而过，李纲东进江宁，只不过是在执行赵构的指令而已，舍此并无其他用意。这时的李纲已不是一只无头鸟，赵构利用自己的天然优势，一纸檄文便将李纲收归麾下。在李纲的心目中，已经将那个理直气壮地向他发号施令的康王殿下视为了朝廷的当然代理人。

情况变化之快，使得索天雄无从逆料。而他更没想到，江宁，这座自越王勾践时兴起于雨花台下的千年古城，竟会是他人生旅途的最后一站。

第二十三章

　　当酒气熏天的金将将她一把搂在怀里，开始粗野地撕扯她的衣裙的时候，冷铁云向那金将绽开了一丝意味深长的微笑。那金将被这姹紫嫣红的一笑撩拨得血脉贲张斗志昂扬，全然不知今宵之宴已经注定了是他的最后晚餐。

自从先后被扣押于青城和刘家寺金营，赵佶、赵桓这对皇帝父子的囚徒生活，便算是拉开了序幕。由威加四海的万乘之尊，一步跌落为国破家亡的阶下囚，境遇反差之大，世间无出其右。赵氏父子由此而备尝的痛苦是不可名状的。

从锦衣玉食到酸齑破毡，肉体之苦那是不消说了。然则精神之痛却更甚于肉体。赵佶因恐惧受此双重折磨，在被胁迫出城之际，曾欲服药自尽以求解脱，不期被押解官范琼察觉，劈手夺去药瓶。后经皇后皇子王妃帝姬等众泣泪苦劝，方才丢开了弃世的念头。赵桓倒是没想自尽，但精神创痛对他的折磨之剧，较之其父却是有过之无不及。

后来痛定思痛，赵桓自己归纳，当时造成他巨大精神痛苦的，主要有"冤、辱、悔、恨"四个字。

先说"冤"。

父皇赵佶元符三年登基，在位二十五年，后来又当了太上皇。其间养尊处优骄奢淫逸，享尽天下荣华，阅遍人间春色。如今虽说与其同陷囹圄，好歹有过半生的逍遥。而他赵桓，自从承接大宝，便没过过一天消停日子，紧急时刻的提心吊胆担惊受怕就更甭提了。他春无赏花之闲，冬无踏雪之兴，终日宵衣旰食，勤勉操劳国政，忙碌得甚至连后宫的嫔妃，十成之九都未得暇去御幸。诚可谓为国为民精血耗尽，一心只图大宋中兴。可是到头来，他这个清心寡欲的勤政皇帝，倒成了个罪孽深重的亡国之君！

冰冻三尺非一日之寒，若是求根寻源，亡国之衅绝不在他一身。国朝积弱日久，而他才即位一年出头，连父皇赵佶都对付不下去的烂摊子，能指望他一朝一夕便收拾整齐吗？然而，无论前朝有多少不是，延绵百年的大宋基业，总归是断送在了他的手里。带着这个千古罪名，今后他将生无颜以对中原父老，死愧去见列祖列宗。这岂不是倒霉透顶，冤枉到家了吗？

再说"辱"。这个"辱"字，对赵桓的刺激最大。

凡事就怕对比，同样是沦为囚徒，一个高官与一个乞丐的感受会有天渊之别，何况他曾为天之骄子。自从被迫书下降表，他就知道，这个"辱"字今后便将与他如影随形了。其后，他就无数次地品尝到了从天堂跌入地狱的难言况味。

被扣押在金营后，莫说是作为皇帝的尊严荡然无存，就是作为一个人的最起码的尊严，也立时被剥夺得一干二净。金人将他东指西使地呼来叱去，就如同使唤一头四条腿的畜生。肆意地凌辱、欺辱、羞辱，无时不有无刻不在。他没有人身自由，也谈不上个人意愿，金人让他做什么，他就得做什么。金人在刘家寺举行元宵灯会，在青城斋宫前玩打马球，为了助兴，都把他押去现场，当着宋朝臣虏的面对他百般嘲弄。在赵桓往昔二十八年的生涯中何曾受过这等屈辱，这时候他却不能不门牙掉了肚里咽，胳膊折了袖中藏，面皮上还得假扮笑容强作欢颜。此中的精神折磨，对于一向习惯于万民尊仰的皇帝来说，的确是相当的残酷。

最令赵桓刻骨铭心的，是这么两件事。

一件是"脱龙袍"。靖康二年二月六日，根据金太宗从上京会宁府传来的旨意，众金将齐聚青城，宣布废灭宋朝。金兵将赵桓及何栗、陈过庭等宋臣押入端诚殿，强迫他们面北跪接大金皇帝的圣诏。待金朝兵部尚书高庆裔宣读过诏书后，宗翰命人当场扒掉赵桓的冠服。赵桓在众目睽睽下受此奇辱，气血攻心手脚麻木，差点没有昏厥过去。宋朝的吏部侍郎李若水，就是因为在那时不顾一切地扑上去，坚决阻止金兵强行给赵桓脱衣，而被立时"洼勃辣骇"的。

再一件是朱后当众遭辱，那是在金军举行的一次酒会上。

扶植起了张邦昌的伪楚政权，金人为庆贺他们的大功告成，于某夜在刘家寺皇子寨举行狂欢酒会，赵佶、赵桓及其后妃照例被押去作陪。当时天气已开始转暖，酒会就在寨前的空地上燃着火把开局。许多陷身金营的宋庭宫女，被迫脱得半裸，在席前曼舞承欢。

金军在战场上军纪森严，而在这种场合中，却不大讲究法度，可以任凭众将胡闹，让他们随心所欲地玩个痛快。酒色二字总是紧相联属，有的将领几大碗浊酒下肚，淫性发作，随便拉过一个宫女便去就近的营帐里快活。金将们见了不仅不怪，反而笑逐颜开乐在其中。赵佶、赵桓目睹此状不胜悲愤，却皆装聋作哑忍气吞声，唯求自家无事便好。

谁知越怕啥越来啥。宗翰的长子真珠大王完颜设也马酒至半酣，摇摇晃晃地来到了宋俘女眷座前，指着鼻子要康王之妻邢秉懿与他同饮。邢秉懿及其身边的田春罗、姜醉媚两个郡君都吓得面色苍白，不知所措。朱后知邢氏有孕在身，不能饮酒过量，忙赔着笑脸起身，端起酒碗替邢氏饮了下去。

可是事情并不算完。设也马大笑着将自己海碗里的酒一饮而尽，然后拽着朱后的衣袖便向外拖。谁都明白他这是想做什么，朱后又惊又怕，急欲挣脱，却哪里挣得过人高马大的设也马。赵桓见事不好，慌忙离座上前劝解，被设也马一掌掀翻在地。

朱后坚决挣扎不从，惹得设也马火起，揪住朱后的衣领猛力一扯，随着一道裂帛之声，朱后两个雪白圆润的乳房登时而出。

赵佶这时也慌了手脚，连滚带爬伏于金将们的脚下，叩头如捣蒜地哀告大帅们开恩。若不是完颜希尹觉得这事折腾得的确有失体统，出面制止了野性发作的设也马，朱后当夜的遭遇可想而知。

回到青城囚室，赵桓夫妇抱头痛哭，直哭得筋疲力尽，仍然是珠泪难收。赵桓心里清楚，水深火热的日子这才是刚开了个头，在今后漫长的囚徒岁月中，还将发生些什么可怕的事，他真是连想都不敢想。

次年八月，朱后终因不堪凌辱，在金朝的上京会宁府赴水自尽，时年二十八岁。

最令赵桓不堪回首的，则莫过于那个"悔"字。

那"悔"字使赵桓产生锥心之痛，在很大程度上，是源起于元宵节之夜金将们与他的一番对话。元宵节在宋时是一个举国腾欢的大节，每年此时，皇帝都要驾幸宣德楼与民同乐。金人打下了汴京，自然要借此良宵慰劳一下自己，便在城北搭了灯山，扎了草龙，摆了食案，弄了百戏，仿照着中原习俗，组织了一场热热闹闹的上元灯会。金将们布置好严密的警戒后，皆衣冠一新，兴致勃勃地前来饮酒赏灯。

其时赵佶尚未被勒令出城，已经身陷囹圄的赵桓则是金人必不可少的调笑对象。趾高气扬地摆弄着一个垂头丧气的亡国之君欢度佳节，使得金将们非常有成就感、自豪感。这种成就感、自豪感总得有所抒发，而最惬意的抒发方式，莫过于奚落对手，于是便有了唤起赵桓无限追悔的那番对话。

当时是宗望看完一段杖头傀儡的滑稽表演，哈哈大笑之余，心满意足地先向赵桓发问，你看这个灯会办得如何？赵桓连忙回答，办得很好，很精彩。宗望摇头道，不行不行，你不说我也知道，比起往年你们的灯会差远了。可是你作为一个皇帝，不能只是会办灯会啊，否则一旦皇帝当不成，灯会也就吹了。旁边的金军将领听了哄然大笑。赵桓的面孔顿时憋得像只紫茄子，低着头喏喏称是。

宗望的兴致便更加高涨起来，像煞有介事地说要与赵桓切磋一下胜负之道，探讨一下大宋一朝覆亡，道理竟在何处。赵桓嗫嚅着回答，是皆因寡人无能，治国无方所致。宗望问他，是如何个无能无方呢？赵桓吭吭哧哧，无言以对。宗望便笑道，你自己理会不出，本帅可以奉告，好让你输也输得明白。其实这汴京城，可以说一半是我们打下来的，一半是你送给我们的。

赵桓茫然地问，大帅此话怎讲？

宗望看着赵桓那充满困惑的脸色，春风得意地继续说，回想去年春日，我宗望孤军北返，实际兵力不足三万，其中还有不少伤员。你那二十万勤王大军，若是扼住黄河断我退路，左右包抄前后夹击，我军即使不致被你全歼，起码也要元气大丧，焉得有今日卷土重来之力？再者，你既纵我北返，却又不思固防，今日本帅再度起兵，依然如入无人之境。这岂不是可爱的皇帝陛下你有意关照我大金吗？

宗翰闻之高声插话："右元帅说得不错。我部围困太原，用兵不过万余，你偌大的宋朝，号称军马百万，若是集中兵力，有十个太原也早夺回去了，你倒偏偏留着那座孤城让我去收拾。说实话，太原一线如果扫荡不平，我宗翰纵有天大的胆子，也不敢顾头不顾腚地全师深入挺进汴京。冲着这件事，我还真得谢谢你老人家，你对咱宗翰够意思。"

"要说失策，你赵桓陛下可谓多矣。"一向言行比较内敛的完颜希尹对这个话题也产生了兴趣，忍不住开口议论道，"三十六计云，左次无咎，未失常也。是为走为上计。你宋朝君臣如能在紧急之时避走西南，纵使我大军攻破汴京，亦不致举朝倾覆，起码你本人目前尚不致成为俘虏。所以我就很不明白，你在明显的失却战机的情况下，为什么不做灵活决策，不肯撤出汴京。难道你不懂得留得青山在，不怕没柴烧的道理吗？"

"还有那个神兵——"坐在一旁的挞懒突然扯着嗓子插了这么一句。一言未了，逗得宗翰一大口酒噗的一声全喷了出来。其他的金将也都立时笑了个前仰后合。

这震耳欲聋的狂笑声如同利刃一般，绞得赵桓肝肠寸断。往下金军将帅们又兴高采烈地议论了些什么，沉浸于万箭穿心之痛中的赵桓是一概充耳不闻了。自打城破时起，赵桓心里便被一种东西咬噬得隐隐作痛，起初他还不十分明了那是个什么东西，现在在金人的奚落下，他才彻底明白过来，那其实就是一个"悔"字。

金将们指出的他的种种失误，本来全都可以不失误。许多大臣，尤其是李纲、种师道，事先都曾在战略大策上反复提出过各种中肯建议。回头想来，无论他对哪一条建议有所采纳，如今都大有回旋余地，都未必会落得如此悲惨下场。而且，若不将御敌有方的李纲贬窜出京，那场令人笑掉大牙的六甲神兵笑话，或许压根就不会发生。这些失误完全是他咎由自取，抱怨不得天命菲薄。

　　如今覆水难收，悔也无益了。然而人生在世，恩可忘仇可泯，唯那"悔"字最难消磨。随着时光的推移，赵桓对忍辱含垢渐渐习以为常，但那"悔"字给他带来的心灵创痛，却终其一生不曾稍减。

　　说到"恨"，赵桓之恨非止一端。

　　他恨言而无信的金人，恨不战而降的叛逆，恨一错再错的自己，恨庸碌无能的大臣，恨怯阵畏敌的将领，恨不堪一击的军队。而在这一切的可恨者中，最令他切齿痛恨的，是张邦昌。

　　大敌当前，李纲坚决主战，种师道主张可战则战，不可战则走。而张邦昌，却是振振有词地一意主和。事实证明，正是这个海市蜃楼的"和"，将大宋王朝送上了绝路。但这还不是赵桓切齿痛恨张邦昌的根本原因。因为无论曾有过何人何论，一锤定音的人终究是他赵桓。在这一点上，赵桓还是能比较客观地意识到自己所应当承担的那份责任的，所以他才会有那无穷无尽的悔恨。

　　赵桓对张邦昌恨之入骨，最主要的原因是，他竟敢冒天下之大不韪，公然就任了伪楚皇帝。

　　赵桓认为这件事的性质极其严重。没有他那个伪楚皇帝，大宋尚可谓败而未亡，天下依然算是姓赵，而这张邦昌一朝登基，天下便堂而皇之地改成姓张了。这可就不是一般的卖主求荣了！

　　想当初，朕待你姓张的可不薄。虽然目前把你从太宰的位子上拿下，那不过是权宜之计而已，一切待遇都未剥夺，亦未将你远放边州，这表明不久还是要让你重归相位的。你不思报答朕的知遇之恩不说，还居然做出这等人神共愤之事，是可忍，孰不可忍！合着这金军打下汴京，倒成全了你了，你是不是早就盼着这一天了？你曾在朕面前聒噪什么李纲心怀异志，现在看来，心怀异志的倒是你这个道貌岸然的王八蛋。真是疾风知劲草，烈火识真金哪，不到这一步，朕还真没看出来你竟然是如此一个居心险恶的混账东西！

　　退一步说，那伪楚皇帝是金人逼你干的，这也不是理由。这种事即使是钢刀架在脖子上，也不应当做。大不了就是一死嘛，自古主辱臣死天经地义，连李若水都能舍生取义，你这个曾为宰执之首的一品大员，如何还不如一个吏部侍郎？

想象着张邦昌衮服旒冕君临朝殿的恶心嘴脸，赵桓直恨得牙根发痒。他暗暗地指天发誓，有朝一日乾坤翻转，他要做的第一件事，就是活剥了张邦昌的狗皮，拎着这狗才的首级到先帝的牌位前祭祖雪恨。可惜的是他已不可能再有机会兑现这个誓言，后来张邦昌伏诛，还是赖于李纲的努力。

赵桓在金营里苦苦煎熬了两个多月，到底没有等来他昼盼夜想的勤王大军。三月末，金军押着数以万计的宋俘，分批启程，陆续北返，赵氏父子从此与中原故土永别。煌煌汴京那号称"曾经沧海难为水，除却梁园总是村"的鼎盛繁华，亦从此一去不回。

所谓"梁园"者，乃汉文帝之子梁王刘武在古之大梁城即开封旧地营建的园林，是为汴京的别号。国破山河在，故宫草木深。城上斜阳画角哀，梁园非复旧池台。小楼昨夜又东风，玉殿只在残梦中。北宋遗民孟元老南渡后著述往昔盛况，乃有"梦华"之嗟。

二

包括徽钦二帝及皇室眷属、王公贵戚、大臣秀才、僧道监吏、宫女侍婢等各种人员在内的万余宋俘，是被分作七批，分别由金东西两路军陆续押解上路的。各路人马的北返路线大致相近，约定于燕京会合。

西路军诸部基本上是一路无事。而东路军在归途中，却遭遇了两个较大的意外事件。

事件之一是信王赵榛的逃脱。信王赵榛是赵佶的第十八子，时年只有十七岁。

当时的情况是这样的：金军刚刚拔除掉阻拦他们回师的硬钉子中山府，斩杀了拒不投降的知府陈遘，突然遭到了数千名民间抗金武装来自不同方向的袭击。金将宗隽、萧庆等率部分头迎敌，很快便杀退了义军。但当他们回过头来清点宋俘的人数时，却发现少了赵榛。金将们急忙派人四下搜索，可是俱未觅得其踪。赵榛后来的去向传说不一，遂给这件事蒙上了一层扑朔迷离之色。

另一个事件也很神秘，其中的真相鲜为人知。这个事件的制造者是冷铁云。

冷铁云作为一名普通民女，本来不应在宋俘名单之列。城破之后，为了避祸，她杜门闭户蛰居陋室很少外出，按说原是可以躲过金军荼毒的，可是她终究没能躲过。

造下这桩罪恶的灾星乃是厚颜无耻的王时雍和徐秉哲。原来金人在打下汴京以后，除了要尽括城里的金银锦帛粟米百物外，还要收罗年轻女人供其奴役享用。首先是大内的宫娥侍婢们被指令解往金营，而后达官显贵的家婢以及青楼教坊的妓女亦被造册奉金。仅这些女子还不能满足金人之索求，王时雍和徐秉哲便将魔爪伸向了百姓家宅。

王时雍和徐秉哲将这事上升到了维护汉金亲善的政治高度，不惜在百忙中亲自出马，不辞劳苦地指挥兵丁捕役深入各城厢民宅猎艳。民女中上至二十七八岁、下至十一二岁，但凡模样生得稍为周正者，俱在征集之列。搜罗来的青少年女子都被关押于各教坊内，以供金人采摘。

许多容貌姣好的少女为了免遭蹂躏，故意将自己弄得蓬头垢面污浊不堪。王时雍看了皱着眉说这样不行，这样对友邦很不尊重，便让徐秉哲派人置办膏粉头饰，强令入拘民女一律沐浴梳妆，整扮鲜亮，有胆敢自损容貌者大刑伺候。他大言不惭地宣称，这样令民女盛装以待，是为了维护宋人的体面，"休教金人小觑我中原无有美女"。一时间，偌大的一座汴京城被搞得是里巷为之一空，市面号哭不绝。王时雍因此在民间获得了一个臭不可闻的"金人外公"之称。冷铁云的靓丽姿色出类拔萃，自然是在劫难逃。

女性沦为敌人的战利品，人身侮辱在所难免，何况金军于此历来没有严格的军纪约束。陷入金营的青年女子，便是任人宰割的羔羊，在各种场合被金兵肆意强奸轮奸者难以计数，被摧残致死或含辱自尽者亦为数非寡。

相对而言，"特贡品"的处境稍好一点。所谓"特贡品"，乃是王时雍奉金人之命甄选出来的一些品貌上乘、要用于特殊用途的青春少女。而所谓特殊用途，则一是进献给金太宗，二是奖赏给有功将领。

"特贡品"的年龄一般要求在二十岁以下。以这个标准衡量，冷铁云的年龄有点偏大。但因其秀色出众，所以亦被归入了其中。

"特贡品"送至金营后被单独关押一处，普通金兵及"蒲里偯""牌子头"之类的下级官佐不得染指，境遇相对安全。但这并不意味着她们就是进了保险箱。猛安勃极烈以上的金军中高级将领淫兴发作，强行从中拉去某人进行奸污的事，无论在汴京营地还是在北返途中，都时有发生。反正这些女子将来是要分给那些战功卓著的勇士享用的，金将们对这种事也懒得严加制止。所以除了一部分被精选出来准备敬献给金太宗的、年龄全部在十六岁以下的"一级特贡"，其他"特贡品"仍难避免遭受野蛮的性侵害，只不过厄运临头的概率稍低一点罢了。

赵佶从镇江带回汴京的宠妓水奴儿，就十分不幸地同时被几个金将看中。今夜这个"大王"把她拉去玩一阵，明天那个"忒母"将她弄去搞一番，不消几日，她便被糟蹋得遍体鳞伤。水奴儿当初尽心竭力侍奉赵佶，原是图的日后有个好归宿，岂料跟随赵佶入居龙德宫不足一年，连个贵人的名分尚未混上，竟骤然沦为了生不如死的金奴。她虽系卑贱的歌伎出身，却终是在教坊的琴棋书画氛围中泡大，哪能受得了金人那种禽兽般的辱弄。眼见得苦海无边，脱身无望，她在再次遭受了一个金将的恣意发泄后，于夜深人静时自缢身亡。

被赵桓送入康王府侍奉过赵构的那个宫女翠珠儿的下场更为凄惨。她因右眼眶下有一颗并不显眼的"滴泪痣"，未能入选"一级特贡"，后来便多次被金将弄去奸污。一日，一个"猛安"又将她掳至帐中施暴，年少体嫩的翠珠儿因屡遭摧残下身肿痛，兼之月事来临，乃苦苦哀求对方放她一马。然而那"猛安"目睹血色花蕊，越发欲望勃起。他不仅自己发泄得倍加疯狂，还惨无人道地纵容亲兵依次上阵，对可怜的少女进行了疾风暴雨般的车轮大战。受到残酷轮奸的翠珠儿下身溃烂流血不止，数日后在奄奄一息之际被弃身荒野，尚未咽气便成了恶鹫饿狼的饕餮大餐。

作为受到众多金将觊觎的泄欲对象，冷铁云自然亦不可能幸免于难。经受过一次次的非人折磨，她也曾想干脆一死了之，甚至已经考虑好了自杀的方式。但是后来她改变了主意。

这倒不是因为她怕死。被危国祥迫害得家破人亡时，这姑娘已经在鬼门关上打过一个来回。在多舛的命运的磨砺下，死，对于她来说，已不是什么大不了的事情。何况既身陷狼窝，就已命悬一线，难保哪一天不像翠珠儿那样被金人折腾死。横竖是死，怕也没用。她想到的是，同样是个死，何不死个值呢？

年轻的冷铁云，在这个不公平的世界上只生活了二十几个春秋，而她心中的仇恨，却已堆积得无以复加。恶棍危国祥远在天边，此仇难以得报，只能饮恨终身了。但对金人来它个以牙还牙，她觉得还是不无可能。而且相形之下，金人之兽行超过危国祥百倍，金人所残害的也远不止她冷铁云一家。那么动手向金人施行报复，也就非止是报一己之私仇，而是一种报国行为了。

这件事值得一做。

由于萌生出这个意识，冷铁云便打消了轻生的念头，转而开始琢磨复仇之道。

冷铁云的脑筋很灵活，从其自身的经历、境遇和能力出发，针对金人的淫欲，她很快便想到了一个以其人之道还治其人之身的方法。那个方法比较阴损，但对于祸害了无数无辜兄弟姐妹的衣冠禽兽，还用得着讲什么光明正大道德廉耻吗？再者说，作为一个手无寸铁的弱女子，那也确实是她唯一力所能及的复仇手段了。

产生了这个想法后，冷铁云对李纲误斩她哥哥的行为有了更为深切的理解，使得她充分体会到了在非常情况下采取非常手段的必要性。归根结底，哥哥是死在万恶的金寇手上的，因此她所要做的事情，也包括了替哥哥复仇的意义。

想定了复仇的方法，冷铁云并没有急于行动。她知道，她的机会只有一次，扯了龙袍也是死，打死太子也是死，她必须获得一个重要目标，才舍得发出图穷匕见的致命一击。这就需要等待。

在这个信念的支持下，她顽强地熬过了一百多个无限屈辱的日夜。在此期间，她想方设法维护着自己的体力和容貌，那是她赖以获取行动时机的资本。所以，当众多的女俘都在凄风苦雨的侵蚀下日益变得柳败花残的时候，她依然能够显得珠圆玉润光可鉴人。

功夫不负有心人，动手的时机终于被她等到了。

那是在押解他们这批宋俘的金军分队抵达燕京之后。当时已是春去夏来，宗望将先期到达燕京的各批宋俘暂囚于延寿寺、仙露寺等处，责成大将完颜阇母留候后续部队，他则乘此闲暇与挞懒、斜也宗弼等高级将领带了家眷亲兵，以及部分可资享用的女俘，北上位于现今内蒙古境内的凉陉草原避暑。

事情就发生在那片遍地金莲盛开的大草原上。

那一日，诸金将先是聚集于辽阔的草原上纵马狩猎，然后又举行了热火朝天的马球比赛，活动得很是尽兴。入夜，金将们各回自家营帐用餐。这些肉食者是逢餐必酒，饮酒少不得女人助兴，酒后则更需在女人身上寻欢，于是合扎亲兵们便为各自的主子选取了若干女俘前去侍奉。

以往被选去侍奉金军高级将领的，皆为能歌善舞且性事技巧娴熟的教坊歌伎。冷铁云不属此列，所以一直无缘接近那些重量级人物。但歌伎们由于不断地遭受摧残，不少人已日渐枯槁花容凋谢。而且翻来覆去总是那么几副面孔，任其再妖媚风骚，也难免令人生腻。因此金将们便逐渐扩大了把玩的范围，指示亲兵，但凡容貌姣好姿色动人者，不擅吹拉弹唱亦可选用。冷铁云卧薪尝胆等待已久的复仇机会，便在这个月朗风轻的草原之夜悄然降临。

而且这个机会是出奇地遂人心愿——酒足饭饱之后，被金将点名留下陪宿的，恰恰唯其一人。

当夜被选去侍奉那个中等身材、棕黑面皮金将的一共有十二个姑娘，其中有八个是歌伎出身。入帐之后，那八个歌伎被安排在席前拨奏丝竹轻歌曼舞，冷铁云等四人则被置于金将左右为其添樽把盏。

冷铁云听不懂金语，无法从金兵那稀奇古怪的称呼中弄清她所服侍的金将的职务。但是她能看出，这次来草原避暑的各帐首脑，级别都不会低。以她一个普通民女之身，换取这其中任何一个将领的性命，都可算得上是物有所值了。她打定主意要力求利用上这次机会，因为她的下身已经开始糜烂，她知道那是由于多次地被奸污染上了脏病。如果拖延到病情严重起来，便将万事皆休。所以自打一进大帐，她就表现得格外温柔殷勤，巧笑倩兮地对那金将照料得无微不至。

这番努力没有白费，那金将的目光果然很快便在她的身上流连。冷铁云见状，料想她被留下陪宿应该是问题不大。但她尚有个后顾之忧，就是怕自己的行为连累一同被留下来过夜的姐妹。岂知天遂人愿，席终之际，那金将偏偏只吩咐留下了她，这便让冷铁云彻底地消除了顾忌。

当酒气熏天的金将将她一把搂在怀里，开始粗野地撕扯她的衣裙的时候，冷铁云向那金将绽开了一丝意味深长的微笑。那金将被这姹紫嫣红的一笑撩拨得血脉贲张斗志昂扬，全然不知今宵之宴已经注定了是他的最后晚餐。

接下来在大帐里发生的事情，当夜无人知晓。守卫在帐外的合扎亲兵曾听到从里面传出过一声闷雷般的吼叫，但他们以为那是主子在高潮时刻的欢畅宣泄，习以为常见怪不怪。

直到次日临近午时，大帐里仍是一片沉寂，亲兵们方觉得似乎有点反常。一个护卫十人长在帐外高声呼禀数声未得回应，只得造次擅自拉开帐门进去察看。

这亲兵小头目甫一探头，便被眼前的情形惊得目瞪口呆：那金将与冷铁云俱倒卧在血泊之中，冷铁云衣裙整齐面容安详，而那金将则是五官扭曲一丝不挂裸体横陈。

各帐首脑闻讯急切赶来，因医术高超被东路军借至军前效力的宋人郎中吕忠全亦被火速传到现场。经吕忠全验查推断，事情的经过大致是这样：那金将在欲与冷铁云交合时，被冷铁云突用狠力将其精巢捏碎。那金将猝然痛昏，继之被冷铁云取其佩刀割断颈项。而后，冷铁云穿戴整齐，从容自刎。

那金将所受之内外两伤，均足以致命，况且因耽搁过久，此时已尸身半僵，无可救药。一个花容月貌弱不禁风的年轻女俘，居然能用这种出人意料的手段，舍生忘死地干掉了叱咤疆场无往不胜的一代枭雄，诸金军将领在极度震惊之余，亦不禁皆对冷铁云暗暗产生出了一层由衷的钦叹。可惜冷铁云自己并不确切地知道被她干掉的究竟是何人，否则她在九泉之下，当会得到更大的慰藉。

这桩血案传扬出去将大大地有损大金王朝的体面，而且还有引起其他女俘效仿之患。所以诸将领神色凝重地合计一番后，遂决定传令封锁消息，严禁为数不多的知情者透露关于此事的只言片语。对外只称那被害的金将是罹患疾病，正在诊治。

营地中的各色人等对此中情由不得而知，但能觉察出那日各部头领们的神情举止都比较诡异，且对他们突然做出中止避暑返回燕京的决定颇为纳罕。因而这次的草原之行，便被披上了一层神秘的面纱。

多年后，重又娶妻生子的吕忠全悄悄地将此事泄露给了家人，其后裔再行转述，一代代流传下来，形成了多种版本，事情的真相便莫衷一是、无可确考了。本书所述情状，仅为传说之一。而在官方的史料中，有关彼时金军高级将领生死的记载，却只有如下内容：金东路军主帅宗望因患急病，暴卒于北返途中。时为金天会五年即宋靖康二年六月二十一日。

三

得悉朝廷覆亡二帝北狩，有人立即开始兴风作浪。五月初，李纲兵抵江宁，这座千年古都已为叛军占据。叛军首领周德囚禁了宇文粹中等官府政要，纵兵大肆劫掠杀戮，毁房千万，焚舟无数，扬言要一雪南唐旧恨，复兴秦淮霸业。

李纲探明情由，即命部队出击夺城。

经李纲着力整编起来的这支勤王大军，虽说与金军较量未见得能稳操胜券，收拾这伙叛军，那战斗力却是绰绰有余。开战不到半个时辰，勤王大军便风卷残云般地杀进石头城，解救出了被囚禁的官吏。

然而叛军虽溃，其残部却化整为零出没坊间，仍是恣意烧杀作恶不休。肃清这些三五成帮的残匪乱卒是件很麻烦的事。李纲进驻江宁后，席不暇暖，即会同任职金陵的权安抚使李弥逊、发运判官方孟卿等人，组织兵勇严厉镇压，前后捕杀首恶四十六人，才算彻底平息叛乱，逐渐稳住了城里的秩序。

后来李纲方知，就在他全力以赴指挥平叛的同时，背后还发生了与其性命相关的另一场生死搏杀。

这场生死搏杀的对垒双方，一方是索天雄、索飞春父女，另一方是危国祥及其雇用的帮凶。索天雄壮志未酬猝然辞世，与这场搏杀有着直接的关系。

危国祥是与索氏父女前后脚赶到江宁的。他由潭州而武昌一路追寻过来，行进路线基本与索氏父女相同。

原来，危国祥年前自汴京突围而出，侥幸躲过金军的追杀后，忍着伤痛潜入一处庄院，偷了一匹农马代步，却终因腿上金创较重，难以坚持跋涉。勉强走到蔡州，不得不在一个张姓员外家逗留下来。

那张姓员外是张邦昌的一个本家，汴京有他的几处商行，在张邦昌的关照下经营得财源滚滚，他对张邦昌自然是感荷有加有求必应。危国祥突围时身上不便多携银两，张邦昌便书下密笺，让危国祥途经蔡州时去彼处领取资助。张员外见字对来者不敢怠慢，何况危国祥的身份还是朝廷的信使。当下张员外便安排上房让危国祥住下，延请了当地的名医为其疗伤。

由于危国祥挨刀后只是自己进行了潦草包扎，又在路途上备受颠簸，伤势已见恶化。虽说那名医确实有点妙手回春之能，肌体的恢复也需时日，这样一拖就是两个多月。此间有关京畿情状的传言五花八门真假难辨。危国祥知道遣赴潭州的信使非止他一人，唯恐李纲已经得檄起兵，误了张邦昌托付的大事，待基本上能够行走自如时，便要抓紧动身。

张员外不知就里，以为危国祥安心不下是因为急朝廷之所急，对张邦昌身边竟有这等忠勇之士颇感新奇。在危国祥行前，他谨遵张邦昌的信嘱，为其提供了巨额资助。

岂料那一大包裹金银，又给危国祥招来了灾祸。危国祥于继续南下的途中，被几个意欲劫财的蟊贼盯上。虽然由于危国祥的高度警觉，蟊贼们未能得手，但在搏斗中危国祥扭伤了脚踝。之后他坚持行进了半日，那脚面连同小腿便都肿得似刚出锅的馒头一般。万不得已，他只好又滞留在一家客栈，耐心将养。

经此前后两番耽搁，待他风尘仆仆地赶到潭州时，李纲已从岳阳率部北上。这是张邦昌就任伪楚皇帝的风声已经传至江南，危国祥闻之，更不甘两手空空无功而返，于是就赶紧掉头往回赶，尾随着李纲的行军路线，辗转奔波，一直追到了江宁。

经过千辛万苦，猎物总算是让他追上了。但此时李纲身为三军统帅，左右必定扈从甚多。危国祥凭借信使身份进入帅府固然没有问题，然而以公开亮相的方式孤身去行刺，风险太大。纵使行刺成功，自己这条命恐怕也得搭进去。考虑到这层困难，危国祥颇犯踌躇。

却逢城中叛军残余作乱，给危国祥提供了借力之便。危国祥灵机一动，从打家劫舍的乱卒中物色了两名身手不错的帮手。那两个人一唤巫平，一唤巴夏，皆为市井泼皮出身，是那种只要是报酬丰厚，太岁头上也敢动土的主儿。危国祥长年与地痞无赖厮混，驾驭这等货色手段娴熟，三下五除二便在酒桌上将其搞定，而且还没暴露自己的真实姓名及身份。那两个亡命徒对危国祥究竟是何人也兴趣不大，只见得他出手大方一掷千金，便拍着胸脯欣然表示愿为"王大哥"两肋插刀。

雇得了这两个见钱不要命的羽翼，危国祥的底气充足了不少。可是这厮万没想到，偏偏就在此时，他竟会与索飞春不期而遇。

支付定金雇下了巫平、巴夏，危国祥即让两人去探查李纲的护卫状况及行动规律，他自己也亲自出马，去帅府附近勘察地形，以期将事情做得进退有据神鬼不觉。他就是在这个踩点的过程中，被索飞春偶然认出并且悄悄盯上的。

索氏父女风雨兼程赶到江宁后，索飞春虑着父亲的身体不宜过劳，就请父亲留在客栈歇息，由她先去搞清帅府驻地位置，再择机前往拜会。索天雄正好要根据目前情况静心梳理一下与李纲会谈的思路，便同意了女儿的安排。凑巧索飞春这一去，不早不晚恰与危国祥碰了一个正着。

那日，索飞春一早出门，打听得勤王大军进城后是将原防御使衙门充作了临时师府，便去寻找该地的具体位置。由于道路不熟，当她找到帅府所在地白下街时，已近正午。她信步进入了一座茶楼打尖，落座时她的目光习惯性地向周围一扫，无意间便瞥见了临窗而坐的危国祥。

乍一看到那个似曾相识的面孔，索飞春以为是认错了人。但暗加辨识后，她确认了那就是危国祥。这个恶棍如何会出现在这里？是因为躲避战乱而逃到江南来了吗？索飞春心里有几分诧异，不过并未多想。

为了避免与其照面，索飞春打算草草吃点东西就赶紧离开，可是随即她又改变了主意。因为她接着看到，有两个汉子进得茶楼，径直坐到了危国祥的桌边。他们一面胡乱吃着点心，一面与危国祥交头接耳，言语间几个人的目光不时越过窗扇向外游移，神情颇为诡异。凭直觉，索飞春感到那俩獐头鼠目的汉子非为善类，他们与危国祥所密议的勾当亦是见不得人，这便不由得引起了她的注意。

那三个人匆匆吃喝完毕，两个汉子先走一步，危国祥随后结账起身。索飞春稍作迟疑，便悄悄地跟在了危国祥身后。

危国祥在帅府周边的街巷中来回盘桓了将近一个时辰，才离开那个区域。索飞春曾不止一次地跟随父亲做过踩点之事，一望可知危国祥在这一带转来转去意图何在。

后来危国祥曲里拐弯地踅进贡院街一个破败的院落。看上去这个院落在兵荒马乱之间已失其主，估计就是危国祥目下的栖身之所了。索飞春寻找坐标记清了这院落的方位，便急步如飞地奔返客栈，将这个意外发现告诉了父亲。

说完所见到的情形后，索飞春想了想又补充道，当时她对危国祥与那两个汉子的窃窃低语无法探知，但是在他们分手时，隐约听到一个汉子说了这么一句："请大哥将银子备好，今晚我哥俩去取了银子便做活。"

索天雄久历江湖，一听便觉内中名堂不浅。单冲危国祥将帅府作为觊觎目标这一条看，这厮出现在江宁便颇堪玩味。

因为，通常踩点作案者，无非两个目的，一是窃财，二是夺命。如果危国祥是由于避难江南穷困潦倒而生窃财歹意，他选择一个富贾宅邸动手，应当远比选择帅府要获利得多，也安全得多。据此基本可以断定，其意不在于财。再者，索飞春听到的那句话，也更像是帮凶杀人的口气。假如是这样，那么危国祥从汴京千里迢迢跑到江宁，而且是欲潜入帅府去杀人，便不能不让人感到，这厮的行动目标，不会是寻常人物。

想到这里，索天雄心里咯噔一跳：莫非危国祥此行，就是为了除掉李纲？倘若如此，其动机何在？

危国祥与李纲结怨很深，这索天雄是知道的。但若说这就是他不远千里来此行刺的理由，似乎还不够充分。毕竟他们之间的过节，还没激化到必使危国祥如此大费周章的地步。会不会是有人利用危国祥对李纲的仇恨，在幕后进行指使？这个可能性倒是不能排除。当前天下大乱，各派力量都在重新洗牌，为了维护自身利益而欲不择手段地剪除政敌者，肯定大有人在。李纲树大招风，被某些人视为眼中钉肉中刺不足为奇。

当然，这只是揣测，但不怕一万，就怕万一。李纲是个坦荡君子，现在又公务繁忙，对于背后的冷枪暗箭，必定是疏于设防。因此无论如何，这事都不容索天雄作壁上观。

危国祥当夜就要动手，事情必须马上解决。

如何解决？索飞春提出，即去帅府将此情告知李纲，让李纲派兵将危国祥拿下。索天雄略为思忖，认为不妥。他说，危国祥现在并未形成作案事实，帅府当以何罪拿之？就算是强行拿了他，李大人是执法有度之人，断然不会在毫无证据的情况下动用酷刑逼供。真相审讯不出，到头来还得开释。这样一来，既打草惊蛇于前，又仍留隐患于后，岂不是徒劳无益吗？

索飞春听得有理，问父亲意欲何如。

索天雄看着索飞春笑道，既然这事让你碰上了，看来天意是让我们为李大人代劳了。索飞春顿会其意，亦笑着点头道，螳螂捕蝉，黄雀在后，使得，使得。于是父女俩收拾了匕首、飞镖、绳索在身，出客栈用过晚饭，便疾步赶往贡院街那个破败的院落。

他们的计划是，先自监控住危国祥等人，待其潜入帅府欲行不轨之际再当场动手捉捕。这样既可阻止其阴谋得逞，又可令其罪行昭然无可抵赖。只要拿住了确凿的把柄，尽可使用大刑伺候，那时便不愁不将事情的前因后果审他个水落石出了。

这种跟踪擒贼的行动，在索氏父女看来，没有多大的难度。艺高人胆大，凭着自身的精湛武功，他们就没把制伏那三两个人当作什么大不了的事。多日没做这种活计了，父女俩还真有点手痒。所以在前往贡院街的时候，他们不仅步履轻松，甚至兴致勃勃，那劲头，就像是要去赶一场热闹的庙会。父女俩谁也没想到，索天雄竟会在这次行动中出现致命意外。

赶到目的地时，天色早已黑透。

由于叛军作乱匪盗蜂起，往昔入夜后乃是一派灯红酒绿笙歌悠扬景象的这座秦淮艳市，现在天一擦黑就变得死气沉沉。市民们早早地就缩回了家中，家家户户皆街门紧闭。人人是两耳不闻窗外事，唯求自家无祸灾。这种状况，倒是十分有利于索氏父女的行动。

父女俩神不知鬼不觉地摸进危国祥栖身的院落，见窗纸上人影绰约，知道贼人还没出巢，悬心放下大半。

索天雄透过窗隙向里窥视，看见危国祥正在向巫平、巴夏支付银两。接着，便听到危国祥严厉叮嘱二人，千万不要把动手对象搞错，如果做掉的人不是李纲，后面的酬金一钱也无。那两个人就连连点头称曰，一切俱已了如指掌，此去保证万无一失。

既然危国祥的险恶企图已得确认，索天雄认为就没有必要再等他们潜入帅府，当机立断决定就地擒贼。他向索飞春使了个眼色，索飞春心领神会，立时抖擞精神，随着父亲突然破门而入。

危国祥等三人陡遭突袭，惊骇得魂飞天外，在刚一愣神的刹那间，便被一阵猛烈的拳脚放倒。但这几个歹徒亦有几分能耐，巫平、巴夏马上鹞子翻身一跃而起，张牙舞爪地展开了凶狠的反抗。危国祥则像泥鳅似的哧溜一下逃出了房门。

这个首犯是不容放跑的，索天雄急忙转身去追。

意外之事就是发生在这个时刻。

危国祥逃到院中，旋即腾身上房。索天雄亦随之一跃而起。以索天雄飞檐走壁的功夫，追上危国祥本应如探囊取物。可是这一回，他刚纵身跃起，突感一阵胸闷。内气没提起来，身子便不听使唤，脚尖勉强触及屋檐，就忽地滑落下来。

索天雄暗叫一声不好，急凌空掷出一支飞镖。在闻听得对方在黑暗中发出一声惨叫的同时，他也如同铅块一般重重地跌落在地上。

索飞春听得外面情况有异，急欲出去配合父亲，便对巫平、巴夏痛下了杀手。临行前索天雄曾对她有过交代，对危国祥务必生擒活口，对另外两个人则可见机行事。巫平、巴夏虽是人高马大穷凶极恶，在狭窄的房间里进行搏击，却不如索飞春闪转灵活，不移时即被索飞春觑得破绽，用匕首逐个解决。

脱身冲出房门，索飞春见父亲正斜靠在院墙下喘息，连忙上去搀扶。索天雄就催她快去追赶危国祥。索飞春奔出院落，拐进后街，在街面上发现了一摊血迹，沿街再往前追，却是巷陌纵横，四通八达，已无法断定危国祥窜向何方。

待索飞春折返回来时，索天雄已能行走自如。听索飞春说追击无果，索天雄懊恼不已地顿足道，都怪我这一口气没提足，让煮熟的鸭子飞了。索飞春宽慰父亲道，那厮虽侥幸溜走，料也伤得不轻，估计他十天半月是作祟不得了。咱们破坏了那厮的行刺计划，收获也算不小。现在其意已明，咱们可以前去禀知李大人，公开张榜捉拿那厮。

索天雄深怀遗憾地道，也只好如此罢。但愿能尽快地拿住那厮，审出究竟，否则终究是个祸害。

因此刻已是更深，加之索天雄仍有气力不加之状，父女俩乃商定且回客栈歇息，待次日一早再去帅府拜会李纲。

索飞春担心父亲摔出内伤，回到客栈后，本欲再出去找一个郎中来诊视一下。索天雄阻止道，深更半夜的，你到哪里去找郎中？我无非还是那个老毛病，一时腿脚发软，现在已经缓过来了。这又不是什么急症，明日再找人开药调理也不迟。

索飞春一来见这时父亲果然已行动如常，二来亦考虑到这个时辰确实很难请动郎中出诊，便没有坚持非去连夜寻医。这个疏忽，后来令索飞春追悔莫及——就是在那个深夜，索天雄悄无声息地溘然长逝了。

原来，索天雄罹病的器官，除了肾脏，还有心脏。而且后者之患较之前者更甚。黄州那个郎中为索天雄切诊时，曾感到他的心脉似乎有异，却未给予足够的重视，只把治疗的重点放在了肾病方面。这倒不能怪那郎中医术不精，而是因为这种心疾的症状极为隐蔽，用现代医学术语讲，它叫作恶性心律失常。患有此疾者，体格不见得差，有些人还相当强壮，平日没有任何不适感，使用常规手段检查也很难发现什么异常。但在遇有过度疲劳或情绪波动等情况时，这潜在的恶疾常常会骤然发作。而且一旦发作，猝死率极高。

索天雄在追捕危国祥时，因精神高度绷紧，引发了心律失常，以致他元气不聚马失前蹄。而他从屋檐上滑下来那重重的一跌，无形中起到了类似电击的起搏作用，使其症状得到迅速缓解。他的自我感觉暂时趋于正常，这就导致了他和索飞春的麻痹大意。

由于未能及时对症服药，又因对失手放跑危国祥耿耿于怀心情郁闷，黎明前夕索天雄心疾复发。这次病发，势头凶猛，片刻间索天雄便在一阵剧烈的心区绞痛袭击下失去知觉。待到天明后索飞春入其卧房去唤他起床就餐时，索天雄早已停止了心跳。虽经火速找来的郎中全力抢救，终是为时晚矣。

猝然逝去的索天雄眼皮没有闭合，嘴巴也是半张着，其中不知包含着多少未了之愿、未尽之言。他那无声的遗言，无人能够意会，就连索飞春，亦不能完全读懂。目睹此情此景，索飞春肝肠寸断。

　　在索飞春的心目中，父亲是一棵永不凋零的伟岸劲松，是她永远的坚强倚靠，她从未想到过父亲会有离她而去的那一天。而这一天降临得竟是这么突如其来，猝不及防，对她的打击之沉重之残酷可想而知。

　　幸得那客栈掌柜夫妇古道热肠急公好义，向悲痛欲绝的索飞春主动伸出援手，帮助这个客途丧父举目无亲的可怜姑娘妥善料理了索天雄的丧事。索飞春勉强支撑到父亲下葬于燕雀湖畔，便昏昏沉沉地病倒在客栈中。

第二十四章

　　贤者不得行道，不肖者得行无道，这是个什么道理！一个人想扎扎实实地为国家效点力，为什么就这么难？为什么就要落个自身不保？难道说这就是华夏忠良永恒的宿命吗？在如此状况下，谈何天下和谐四海归心，谈何众志成城固若金汤？似这样的一个朝廷，如何能使国家重新走向昌盛强大，又如何能做到江山永固长治久安？

一

金人以张邦昌为代理人坐镇中原，实在是进吕祖庙拜佛认错了神。张邦昌这种滑头，信奉的是"人不为己，天诛地灭"。他既不能为大宋守节尽忠，又谈何为金邦肝脑涂地。所以金人煞费苦心扶植起来的那个所谓大楚王朝，注定了是个极其短命的东西。

刚当太上皇帝那会儿，张邦昌倒也亢奋过一阵。尽管这个皇位他即的是顾虑重重，尽管他当上的只不过是须俯首帖耳受金人摆弄的伪帝，尽管面南而坐时由于心虚他不敢贸然称"朕"，而只是自称为"予"，但皇帝总归是皇帝。

皇帝这玩意儿，那是不当不知道，一当真奇妙。过去的侪辈同僚，如今俱成臣属，威严的九重大内，如今任其平趋。普天之下，除了金人唯其独尊，就连一般的金军将士，在他的面前也造次不得。这种会当凌绝顶一览众山小的感觉，的确是相当舒服。

更有一桩惬意事：金人为了让他这个皇帝当得像模像样，还特地给他发还了一批宫女。对于皇帝三宫六院嫔妃成群的生活，世人无不充满憧憬，张邦昌亦莫能外。现在机会来了，傻瓜才肯放过。他原本在性事上兴趣一般，这时却欲火焚心起来，这厢进那厢出地夜夜尝鲜采露，那番受用果然妙不可言。殊不知这一时的贪欢放纵，日后乃被界定为一项重罪，罪名谓之"秽乱宫闱"。

张邦昌当然愿意将这种享受永远维持下去，但理智告诉他：无此可能。他很明白，他的安稳日子是以赖有金军的武力保驾为前提的，一旦金军撤走，他屁股下面的这把雕龙宝座，立马便会变成汪洋中一只随时可能沉没的破船。

赵构在相州开大元帅府的消息早就传至汴京，而危国祥却如泥牛入海。危国祥没有回音，就表明那桩事他没做成。这块心病尤令张邦昌坐立不安。张邦昌对李纲疾恶如仇的脾气颇有了解，深知自己的所作所为，即便能求得赵构的宽谅，也绝对过不了李纲那一关。因此他非常希望金军主力能够长驻汴京，起码是能在这里多驻扎数月，帮助他初步稳固住政权，并建立起有效的防御体系。

可是金军的行动计划，却不会以张邦昌的意志为转移。自三月二十七日起，也就是仅在张邦昌登基的二十天之后，金军便抛下了他这个四面受敌的孤家寡人，陆续扬长而去。至于张邦昌的处境如何，没人再替他老人家操心。

长虫做拐杖挂不得，对于金人的这副德行，张邦昌不是无所预料。所以金军前脚开拔，后脚他便赶紧着手张罗起了自己的后路。

就金军撤离后的方针政略问题，他先是计议于王时雍和徐秉哲。但这两个人一开口，张邦昌就听出，他们绝不可能与他同舟共济。这两人打着哈哈，皮笑肉不笑地说，如今我们已是君臣关系，万事自当皆由陛下定夺。我等作为臣子，悉遵圣命便是。

这话听来似甚恭顺，实则十分狡诈阴险。什么叫"皆由陛下定夺"？什么叫"悉遵圣命"？那意思无非是说，到头来无论是哪股力量得势，哪家主子降罪，都得由你张邦昌去顶缸，我们可全都无辜得很。张邦昌这个官场老手，岂能看不透这点鸡零狗碎。于是他便懒得再与那王尚书和徐大尹废话，肚子里揣着冷笑，亦之乎者也地打了几句哈哈，就将他们打发了出去。

之后，张邦昌请来了吕好问。

吕好问这个人心术比较正，对事理也看得比较明白，一听张邦昌的话头，便知其意何在。见张邦昌确是真心求教，他也就直言不讳了。他说，你张相公僭位称帝这事，实乃冒天下之大不韪也。虽然事属金人胁迫，是为权宜之计，但在世人眼里，却难如此视之。

张邦昌连连点头道，正是有这般苦处，才有劳吕公指点迷津。

吕好问道，如今木已成舟，相公百口莫辩。若欲自救，唯有一途，那就是以实际行动来表明心迹。善言莫如善行，十字路口何去何从，相公必须当机立断。若还幻想左右逢源，则相公之命危在旦夕。

响鼓不用重槌。张邦昌思忖片刻，十分感激地对吕好问揖道，与君一席话，胜读十年书。吕公洞若观火，所言极是。邦昌身为宋臣，理当为匡复大宋社稷竭尽绵薄之力。

于是，在吕好问的建议下，张邦昌马上动手做了两件事。

一件事，是想方设法救济市民百姓，恢复经济秩序。

由于戒严封城、战争消耗和金军的疯狂掠夺，汴京的市场已经瘫痪。米面猪羊乃至腌菜的价格，都已暴涨到平日的近百倍。因为缺乏薪炭，大量好端端的房屋的椽梁都被拆去作了劈柴。在饥寒交迫中冻饿致死者日有所增，各种瘟疫也开始流行。连堂堂国子监里的太学生，病死饿死的人数都已高达三成。那时候的馒头是有馅的，相当于后来的包子。当时有一家馒头铺号称"物美价廉"，市民们争相购食，后来却查明，那馒头里的肉馅，竟多半来自倒毙街头的尸身。

王时雍、徐秉哲之流只顾经营私利，对这触目惊心的悲惨世态熟视无睹，正好给张邦昌腾出了一块收买人心的舞台。张邦昌不但及时下达了命各有司清查库存物资、尽力筹措粟帛救济民众的手令，还亲自带领医官深入街巷救难扶危，发放黑豆甘草药剂为市民祛疾防病，并亲临国子监对太学生们进行了慰问。同时，他还命令禁军配合开封府诸衙，大力整顿城区治安，对各种乘机发国难财的行径给予了严厉的打击。

不管张邦昌做这些事的出发点是什么，他推出的这一系列举措，对于身处水深火热之中的苍生，确实起到了雪中送炭的作用，并使这座奄奄一息的京城，开始呈现出了令人欣慰的复苏气象。因而张邦昌的形象，在汴京军民的口碑中渐渐有所改善。

可惜这件实实在在的利国利民功德，后来在赵构那里根本没被看重。在政治家的眼里，一个人的口碑如何，有时并不那么重要。比较为赵构看重的是张邦昌所做的另一件事：主动交出皇权。这才是政治家最关心的大事。

九五至尊的生活尚没得受用几日，天子之威还未及张扬挥洒，后宫里的软玉温香也还没有抱够，总之，枉担了一个首逆的罪名，却还没捞到足够的实惠，打心眼里讲，对那皇权，张邦昌此时还真是颇难割舍。然而正如当初他不想即位由不得他，现在他不想让位也由不得他。没有金军的现场撑腰，所谓大楚国必将很快寿终正寝。赶紧主动让位，或可将功折罪；坐等被人拿下，绝对死路一条。关于这一点吕好问已经给他点得很透。张邦昌纵有天大的不甘，也不能不首先考虑如何保住脑袋。至于自己首鼠两端如何向金人交代，那是以后的事，现在性命攸关，只能先顾眼前了。

可是汴京城里的赵氏宗亲俱已归为金虏，应当把皇权移交给谁呢？

吕好问告诉张邦昌，金人百密一疏，还遗留下了一位皇室成员在京。这位皇室成员，便是已被废黜出宫多年的孟皇后。

这个孟皇后，乃赵佶之兄宋哲宗赵煦的原配，她二八年华入主后宫，甚得高太皇太后的宠爱。后宫里有个心术不正的刘婕妤，觊觎皇后尊位，而权臣章惇等人正欲借助其力打击高太皇太后旧党，两者便相互利用，多次联手设计陷害孟皇后，终于挑拨得赵煦龙颜震怒，于绍圣三年下诏废掉了孟氏。三年后皇后之位由已晋为贤妃的刘氏取而代之。

孟皇后被废以后出居瑶华宫，静心修道，号称华阳教主玉清静妙仙师，法名冲真。

端王赵佶即位后，章惇等人失势，刘皇后众叛亲离，自缢身亡，孟皇后方被迎回大内，加以元祐皇后尊号。后因避其祖孟元名讳，又改称隆祐皇后。惜乎好景不长，嗣后党争再起，孟皇后又无辜受累，二度被废，重贬瑶华宫。不久瑶华宫失火，孟皇后几经搬迁，最后移居至身为庶民的弟弟孟忠厚家。金军破城，遍掳宫眷，孟皇后作为废后不在宫册，又因其隐居日久，早已被人淡忘，于是侥幸漏网，可谓因祸得福。

就是这个孟皇后，在后来的建炎三年三月，处变不慌临危不乱，在临安城里运筹帷幄，沉着机智地联络大将韩世忠、王㳂，一举平息了甚嚣尘上的苗刘叛乱，为稳定风雨飘摇的南宋政局起到了举足轻重的作用。金将得知其人的身份经历后，深悔大意失荆州。建炎三年秋，金军分兵数路进犯江南，其中由完颜拔离速统率的一路兵马，就是专门冲着孟氏去的，可见她在金人心目中的分量之重。这孟皇后的生平充满传奇色彩，铺展开来可成大块文章。本书限于篇幅，只能简述若此。

吕好问这一提醒，张邦昌茅塞顿开。经过一番紧急筹划，张邦昌于四月四日召集全体伪楚宰执会聚都堂，断然宣布了逊位决定，接着便亲带诸宰执前往相国寺后街孟忠厚家，恭迎孟太后入宫。一切相关事宜，此前已由吕好问以及监察御史马伸、宦官邵成章等悄悄铺垫妥当。

王时雍、徐秉哲等逆臣虽对张邦昌胆敢背着金人突然反水极其恼火，私聚密室之中谋商了半天对策，却终因迫于人心向背，而未敢有所异动。

四月十一日，五十二岁的孟皇后以大宋太后名义于祥曦殿垂帘听政，张邦昌则仍以太宰身份退归东府。昙花一现的大楚国至此宣告终结。张邦昌的皇帝生涯，满打满算只延续了三十三天。

但是孟太后亦未久揽权柄。一者，从本性上讲，她并没有类似则天武后那样的野心。再者，经历了哲、徽两朝的荣辱沉浮，她已将宫廷内幕看得很透。她很清楚自己在朝中并无根基可据，现在应运而出，不过是一时之需。当真要做女皇，条件差之远矣。所以，她虽在张邦昌的恳请下应允了登台救场，却是打定主意只扮演一个过渡角色。

这个过渡角色的职责所在，主要就是挑选一个适当的赵氏子嗣正式继承大统。

屈指算来，候选人倒是不缺。赵家的血脉在汴京城里是没的可找了，但在京畿之外却大有人在。太祖后裔淮宁知府赵子崧、太宗宗室敦武郎赵叔向以及赵构的叔辈赵士㒟、赵仲琮等人，目前均在临近汴京的勤王兵马之中，且或多或少地皆有角逐神器之意。其中意图最为明显的，是聚兵七千号称五万的赵叔向。就在孟太后垂帘听政的同时，他的部队已捷足先登进驻青城，并且抢占了南熏门。

虽然如此，孟太后经过全面衡量，最终锁定的人选，却是康王赵构。

因为，以宗系论，赵构的皇属关系最近；以地位论，赵构现居的职位最高；以实力论，赵构掌握的兵马最多。而且在此之前，许多官员和将领因见赵构日渐势众，已经在纷纷向其劝进。各方面的条件一摆，答案不言自明。既然赵构已呈独占鳌头之势，孟太后何不送个顺水人情，以使自己的晚年有个安稳着落呢？

当然，虽说是顺水人情，孟太后的态度对赵构来说也是意义重大。有了孟太后的懿旨，赵构的面南称孤才变得更加名正言顺无可非议，先期占领汴京的赵叔向才得以被赵构扣上谋反的帽子公然剪除。

后来赵构对孟太后在关键时刻为他投下这关键性的一票，倒也很能知恩图报。绍兴三年，孟太后罹患风疾，赵构日夜守候亲奉汤药事若生母。孟太后病逝后，赵构以最高规格厚葬，将其尊谥为"昭慈圣献皇太后"。

对于自家有幸黄袍加身，赵构心里另外还有一个隐秘的感谢对象，那个人便是金太宗。如果没有金军的入侵，徽钦的北狩，大宋天下哪里会轮到他这个一向不为父兄所看重的浪荡九哥来坐。鹬蚌相争，渔翁得利，这个便宜他实在是捡得不小。不过，这种庆幸属于赵构的绝对隐私，不可以稍泄于外。所以无论面对何人，只要一提起靖康之难，赵构永远会做出一副痛心疾首状，热泪会"情不自禁"地涌满眼眶。而他面前的臣子或嫔妃，这时则必定会随之涕泗横流，以示被皇上念念不忘国仇家恨、时刻悬挂骨肉宗亲的崇高情怀，感染和感动得一塌糊涂。

得知孟太后欲推举赵构为帝，张邦昌暗叹这个多年来大隐于市的老婆子果然是老谋深算颇识进退。赵构称帝的优势，张邦昌亦已觑得分明，因此他当即表示，坚决拥护孟太后的英明决定，雷厉风行地马上遣使谢克家与赵构之娘舅韦渊一道前往济州，向赵构奉上"大宋受命之宝"，拜请赵构早日回京正位。

王时雍、徐秉哲、吴开、莫俦、范琼等一帮伪楚干将，见状惧恨得咬牙切齿，在心里暗骂金人真是瞎了狗眼，当初怎么就看中了这么个吃里爬外的混账东西。但在表面上，他们却也不得不效仿张邦昌，一个个做出一副迷途知返的模样，"积极拥戴康王"的调门唱得比谁都高。众官侧目而视，无不嗤之以鼻。

数日后，谢克家、韦渊返京，回禀道康王以天下兴亡为己任，已不辞艰辛慨然接受大宝，拟择日在艺祖兴王之地南京应天府登基，传命张邦昌届时率百官直接去应天府见驾。

张邦昌根据自己在拥立赵构这事中所起的作用，以及曾与赵构共入金营为质的那段患难之交，估计保住这条命应当问题不大，因而得到这个回音，他心里比较踏实。他自信，只要是留得这条命在，一切便大有回旋余地。其实就任伪帝这件事，事是这么个事，单看怎么说了。世上有许多事，特别是政坛大事，从来就没有绝对的是非可言，是黑是白全凭红口白牙两片嘴，这道理张邦昌再明白不过。目下只要能夹着尾巴渡过这一关，倘若时过境迁自己重新得势，此事竟被说成是忍辱负重智斗金虏的大义之举，亦未可知。

浮想及此，张邦昌不禁发出自负的一笑。遍观朝野，有此翻云覆雨纵横捭阖手段者能有几人？王时雍那帮跳梁小丑差得远了。

唯一让人放心不下的，还是那个不通人情的李纲。不过如今赵构称帝已成定局，若是赵构乐意高抬贵手，谅他区区一个李纲也折腾不出多大的风浪。对对对，目前的关键，就是如何在赵构面前把戏做足，促使赵构心甘情愿地充当老夫的保护伞。

带着这个问题，张邦昌又计议于吕好问。吕好问认为，仅仅遣使前往，态度尚欠诚恳。张邦昌深以为然，于是他决定，抓紧安排好汴京的留守事宜，然后偕全体伪宰执，抢在登基大典之前赶到应天府，当面向赵构负荆请罪。

二

张邦昌的努力在赵构那里取得的效果不错，赵构果然有意对他网开一面，甚至一度拟安排其继续任职于新朝。可惜的是尘埃并未就此落定，月余后，李纲赴阙，讨逆波澜顿起，其汹涌澎湃之势，大出张邦昌所料。此后尽管张邦昌使尽解数，到底是未能逃过大劫。

由于忙于平抚江南叛乱，李纲赶到应天府时，已是五月底。

赵构的登基日期是五月一日，宋朝的年号，自此已由靖康二年改称建炎元年。赵构授予李纲的官职，是正议大夫、尚书右仆射兼中书侍郎、陇西郡开国侯，权位之重在新朝臣属中首屈一指。任命诏书当李纲行至宝应时即已送达。

廷除李纲如此显位，朝中颇有大不以为然者。但是赵构考虑到李纲的声望在目前无人匹敌，江南兵马当时又均以李纲之马首是瞻，从迅速巩固新生政权的目的出发，还是坚持让李纲担任了开国宰相。

李纲晓得树大招风，自诫须尽量注意低调行事。所以当他前往应天府见驾时特地将麾下所聚之湖南金陵兵马全部留于泗上，随身仅带了扈从百骑。

但在原则问题上，他却不肯迁就。他的脾气是，无论官职大小，这个官要么不当，要么当好。尸位素餐他做不来，姑息养奸更不能容忍。张邦昌最怵头的，就是他这个凡事死较真儿的要命脾气。

六月一日，李纲入殿面君。他先以自视缺然不胜其任为由请辞相位。此乃官场套路，谁也不能免俗。而在得到赵构"四方安宁，总赖相卿，此志已定，卿其勿辞"的勉励后，便马上进入了状态。

上任伊始，李纲即以只争朝夕的精神，做了三件大事。

首先，他接连具札，对新朝的国策提出了一系列纲领性的建议。这些建议依类分为十项。一曰议国事，二曰议巡幸，三曰议赦令，四曰议僭逆，五曰议伪命，六曰议战，七曰议守，八曰议本政，九曰议责成，十曰议修德。

在这十议中，包含了他对立邦兴国之要旨多方面的反思与前瞻。而且其中有许多事项，如车驾当至京师拜宗庙以慰都人之心，朝廷应以长安襄阳建康为巡幸之备，部队宜沿江淮措置控御以扼其冲等，都提得十分具体，既述其然，又述其所以然，绝非大而化之的泛泛空谈。

赵构阅札之余不禁暗暗诧异，心想这李纲到底是名不虚传，有点真实才干。国朝初立百废待兴，诸多问题朕尚未及理出头绪，竟已被他逐一梳理得一清二楚面面俱到。看来此人胸中丘壑，确非常人所及。殊不知冰冻三尺非一日之寒，关于大宋中兴问题，自靖康朝立时起，便已在李纲的反复考虑之中。而后根据形势的演变，他又不断地补充进去了新的想法。现在提出的各项主张，实为其多日深思熟虑的结果。

李纲认为，既蒙皇上付以重托，自当披肝沥胆言无不尽。却不想这样一来，未免又显得鹤立鸡群锋芒毕露，无意之间便引起了黄潜善、汪伯彦之类腹空无物却又嫉贤妒能者的忌恨。

其次，李纲大力举荐了许翰、张所、傅亮等一批忠心耿耿之士出任军政要职。他主张为官之才应当德才兼备，但金无足赤人无完人，若二者不能兼得，则宁可舍才而取德；否则，就是其人才干越强，祸害越大。

许翰等人，在才干上虽各有其短，但皆品行端正，肝胆赤诚。仅凭这一点，李纲感到使用起来就比较放心。至于他们的文韬武略水平，完全可以在实践历练中逐步提高。而战绩卓著的老将宗泽，在李纲的心目中属于不可多得的栋梁之材，因此他鼎力推荐其执掌枢密。

但是这项提议遭到了黄潜善和汪伯彦的坚决抵制。宰执中有一个李纲就够他们头疼的了，如果再加上宗泽，往后还有他们说话的份吗？鉴于宗泽此前在出兵救援汴京问题上与赵构发生的分歧，赵构也不愿将这个曾目睹他袖手旁观二帝蒙难的知情者留在朝中。当然这些理由都不能直说。黄潜善、汪伯彦的说法是"宗泽语多迂阔，难以共商大略"，赵构的措辞好听一点，道是"宗泽御夷有术，堪宜戍疆镇边"。一贬一褒，意思相同：宗泽不可任为执政。

李纲不得已，退而求其次，改荐宗泽为汴京留守兼开封知府，方得到了赵构的勉强允准。

宗泽也是迟至五月底才到应天府见驾的。他倒不是不能早来，而是因为他在此前接到的帅令是"勒军卫南待命，不必参加大典"。从这道命令上便可看出，赵构当时即已决意将他排斥于朝政中枢之外。基于此，宗泽在思想上甚至已做了被赵构闲挂起来的准备。汴京留守在品阶上虽比不得知枢密院事，但其职责非轻，有志者据此亦大有用武之地。宗泽明白，自己得授此职，李纲在其中是尽了力的。因此新职发表后，他即专程登门拜会了李纲。

这是两位抗金英雄的第一次也是唯一的一次会晤。

李纲与宗泽，彼此慕名已久的两个人一见如故，谋面恨晚，把酒长谈了近两个时辰。在军国大计上，两人所抒之见解出奇地一致，而对于新朝的前途，他们也都同样地深存忧虑。赵构是何等样人，宗泽已由其言行中看得分明。李纲虽被委以宰相重职，然而从诸多迹象中，亦已感到了新朝的政治格局和方针不容乐观。这种感受不便明言，两人只能心照不宣地互嘱珍重。

宗泽此次前来应天府，还特意带上了甘云。李纲得知甘云在开德十三战中大显身手、屡建奇功，异常欣喜，叮嘱甘云好好向宗帅学习战术战法，以期能够成为一名真正堪负重任的大将。宗泽自知其毕竟已是风烛残年，抗金卫国任重道远，这副重担很快就需要由年轻人来承接，对甘云等后起之秀亦多有栽培之意。此后甘云随宗泽驻守汴京，在肃匪御寇的惊险战斗中叠有建树，被不次擢升为统领武职。照此发展下去，他是大有希望成长为像岳飞那样的一代名将的。

令人痛惜的是，一年之后，年届七十的老英雄宗泽壮志未酬抱恨终天，汴京留守一职由心术不端的杜充接任。甘云因不满杜充出于排除异己的目的出兵剿灭已经接受了招安的民间抗金武装的行径，竟被杜充以谋反罪悍然逮捕杀害，遇害时年仅二十四岁。

李纲上任后做出的又一个大动作，便是呼吁惩办逆首张邦昌了。

李纲与张邦昌从来便互相瞅着不顺眼，尤其是在战与和这个大是大非问题上，屡屡针锋相对，早就冰炭不容。事实证明，对于城破国亡之祸，作为一味主张屈膝求和之首要分子的张邦昌，断然难辞其咎。不过单从这一点来讲，李纲认为，尚属政见错误范畴。尽管后果极为严重，也还只能说是误国而非叛国，内中尚有可赦情由。

但是张邦昌公然建号称帝，其性质可就完全不同了。李纲头脑中的节义观念极强，认为天下万罪唯此为大，大宋出此败类，实乃奇耻大辱，对此叛国大逆，必须明正典刑。

这个观点，李纲在其十议之议赦令、议僭逆、议伪命三札中已经申明。因见赵构未置可否，他又专门具札再奏，坚决不同意将此事不了了之。并且声言，谁有不同议论，他愿与之廷辩。百官中多有主张严惩张邦昌者，皆因觑得赵构态度暧昧，未敢贸然出议。既然李纲毫不妥协地挺身擂响了讨逆战鼓，朝野上下的声援浪潮，立时便风起云涌。

这一下子，把张邦昌搞得方寸大乱。

此前，由于张邦昌已围绕着赵构下足了功夫，并且听吕好问透露说，赵构对他的表现还比较满意，正在考虑给他以适当的封属，大约可望位列太傅，他那颗忐忑之心业已安放下了十之八九。所余之一二可虑者，是李纲被赋予的职权太重。这个政坛老对手如今居高临下一语千钧，对他是个不小的威胁。不过话说回来，李纲既蒙如此厚重的皇恩，理当不至于过分地违背圣意。不识这点进退，还当什么宰相。所以张邦昌认为总的来说，麻烦固不可免，但应当也不会太大。

岂料李纲偏偏就像个不食人间烟火的怪物，明明看出赵构有意庇护他张邦昌过关，却依然装疯卖傻，不依不饶，似乎舍此便显不出他姓李的是大宋王朝的第一诤臣。这就麻烦大了。

张邦昌深知，李纲这个人具有极强的煽动性。想当初他罢官在家，尚能引爆一场声势浩大的二五请愿，现在他高居相位，其能量又何止百倍于昔。如果坐视事态进一步扩大，恐怕连赵构亦未必能支吾得住。所以一时间他是惊惧交加，一颗心忽悠一下又提到了嗓子眼儿上。他赶紧左右奔走，去向中书侍郎黄潜善、同知枢密院事汪伯彦和尚书右丞吕好问三位现任执政求援。

吕好问是他的故交，黄潜善、汪伯彦曾得过他的重金贿赂，倒是都还愿意帮他周旋。只是黄、汪二人也要给自己留后路，他们眼见李纲气势甚盛，唯恐上意有变，自家到头来猎狐不成惹身臊，只能察言观色地向赵构模糊进言，不可能跳出来与李纲公开叫板。吕好问由于本身便有就任伪楚宰执这个前科，更不敢公然替张邦昌辩护。因此这三位执政虽都不同程度地做了努力，却是收效甚微。

由于讨逆声浪愈演愈烈，且李纲已出"陛下必欲用邦昌，第罢臣勿以为相"之语，赵构的态度似乎也开始动摇。吕好问反馈给张邦昌的消息是"上意深焉，莫测其衷"。这一来张邦昌可真正是慌了手脚，一种前所未有的绝望感，好像腊月的西北风，搅得他遍体寒彻。

万般无奈，他只好依照吕好问"解铃还须系铃人"的指点，不惜忍受胯下之辱，去向那个令他恨之入骨的李纲当面认罪求恕。好在从目前的迹象看，他交代给危国祥的那件事，虽然没有办成，却也不曾败露，否则连这个登门告饶的法子也使不得了。

李纲没想到张邦昌会做出这个举动，接到求见的手刺，他本欲拒之不纳，随后转念一想，就此把话堂堂正正地当面与其讲清楚也好，省得这厮怀着龌龊心理在那里胡思乱想。便吩咐胡长庚将张邦昌带进了寓所前厅，并按照通常的待客礼节，给张邦昌让了个座。

张邦昌此番前来，两手空空寸礼未携。他知道李纲根本不吃那一套，越弄那一套反而越糟。而其趋庭揖逊之状，却是极为谦卑，坐下时也只半个屁股沾椅，除了没有三叩九拜，姿态几与面君无异。这种甘拜下风的表示，实则是比任何厚礼都意义重大。李纲见了，不禁暗叹，这厮能丢下脸皮做状若此，也真是难为他了。

张邦昌心知李纲不会耐烦与之长谈，落座后即开门见山申明了来意。说辞他早已诵熟，意思共分四层。其一，承认自己僭位附逆罪孽深重；其二，恳述他当时之所为乃情势逼迫，不由自主；其三，历数了自己保全都城宗庙匡扶康王登基等种种的将功折罪之举；其四，指天为誓，如李纲宽宏大量容他洗心革面重新做人，其大恩大德他将铭记终生。

李纲耐心地听过他的表述，回答得也很简明。

他义正词严地对张邦昌说："你既自知罪孽深重，便应老老实实认罪服法，不该强词夺理自我开脱。你身为国朝的大臣，理当做忠义表率，以死守节，情势所迫不能成为叛逆的理由。你对都城有所保全不假，但你保全下来的一切，却全都姓了张。甚至连后宫的嫔妃，都成了你的淫乱对象，你说这是功是罪？而当今陛下之立，盖出于天下臣民之拥戴，岂能说是你张邦昌的什么功劳。我李纲主张对你明正典刑垂戒后世，完全是出以公理大义，与个人的恩怨无关。你所犯者，乃天下共怒之罪，不是我李纲抬抬手便能放过的。我今天想对你当面说明的，主要就是这一点，希望你能想明白这个道理。"

张邦昌说："在下绝不敢以小人之心度君子之腹，不过，李宰相目下一言九鼎，邦昌之命就握在李宰相手里，亦毋庸讳言。常言道，得饶人处且饶人，与人方便自己方便。邦昌恳望李宰相不看僧面看佛面，高抬贵手给在下留一条出路。将来若有用得着我张邦昌之处，邦昌万死不辞。"

李纲说："我再说一遍，这不是我李纲个人要与你过不去。如果你坚持这么想，我也没有办法。看来我是免不得要开罪于你张子能了。但是我若不开罪于你，便要开罪于天下。你不承认这一点，就说明你并没有真正认罪。而你既不认罪，出路又从何谈起？"

张邦昌咬着牙探问："那么敢问李宰相，将欲如何治罪于在下呢？"

李纲回答，如何治罪须由皇上定夺，我想你自己也该心里有数。

软话已经说尽，目睹李纲这种油盐不进的态度，张邦昌心知再说什么也皆属多余了。他忍辱含垢来向李纲讨饶，本来就是死马权作活马医，眼见得哀告无望，反倒镇定下来。他直起腰板说了一句"李宰相既如此说，那就悉听尊便吧"，不待李纲下逐客令，便自动起身告退。

在即将步出房门前，他忍不住回转身，面含冷笑又奉送了李纲一句话："我料得你李宰相如此为官也难长久。人无远虑，必有近忧，请相公好自为之。"李纲听了，付之一哂。

张邦昌回到住所，闭门高卧，心如止水，从此不再枉费任何徒劳之力。

其实张邦昌去李纲那里走这一遭，并非全然徒劳。他那副摇尾乞怜的狼狈状，多少还是让李纲动了一点恻隐之心的。事后，李纲认真考虑了张邦昌的陈述，认为无论其主观意图如何，张邦昌在一定程度上避免了生灵涂炭，的确是个事实。他在战后为恢复汴京秩序所做的一些好事，亦不应一概否认抹杀。因此，当赵构问起对张邦昌的处理意见时，李纲放弃了坚决处其以极刑的初衷，所提之方案是"贷其死而远窜之"。

不久，诏命发表，责授张邦昌昭化军节度副使、潭州安置。这个惩罚不够大快人心，但也不算量刑过轻。张邦昌把持朝纲时，潭州曾是李纲的贬谪地，如今张邦昌自己倒被鼓捣到那里去了，颇使世人大发一笑。张邦昌自是深感其辱。然而此刻能够留得一命，就算千幸万幸，哪里还顾得上计较许多。他知道自己免受一戮，全赖赵构法外开恩，暗忖既然皇上有意放生，他张子能便必有否极泰来之望，心情因之复归坦然。

首犯贷命不诛，其他人便跟着占了便宜。朝廷对王时雍、徐秉哲、吴开、莫俦四人的惩处，亦仅是分别贬窜湖湘及岭南。吕好问审时度势，主动提出辞去尚书右丞职务。念其只是伪楚朝的陪衬，圣命授他出知宣州。嗣后，自范琼以下的附逆者，也一一受到了相应的论处。被处极刑者有之，但是人数不多，官也不大。

众皆以为，这场惩办伪逆的大戏，至此就算幕落曲终了。谁知下面偏又生出故事。

这一回的生事者，却是赵构。

原来，赵构起初有意宽赦张邦昌，除了对其主动奉献大宝的行为比较满意外，更主要的原因，是考虑到留着这个通金分子，有便于今后与金人斡旋。但经李纲挑起的这场讨逆风波一闹，张邦昌已成了人人喊打的过街老鼠，再欲起用已不可能。张邦昌为政多年门生众多，且又狡猾善变里通外国，如果不能为己所用，存之便是祸根。再说，这厮曾做下的穿龙袍卧龙床睡龙妃的那番勾当，赵构每每想起来，心里也觉腻歪。

那么，与其留着这块心病，就不如索性借其项上人头，来树立自己的明君威望了。

于是，张邦昌刚被安置下去没几天，监察御史马伸便持着将其赐死的诏书赶到了潭州。随后，前往高州赐死王时雍的使者亦奉诏出动。

正在天宁寺里空乏其身卧薪尝胆的张邦昌闻诏大惊失色，他没想到过了初一还有十五。他断定这必是李纲穷追猛打的结果，他切齿痛悔没有早下狠心弄死这个可恶的对头。因此当引颈受缢前，张邦昌在满含浊泪面北叩辞君王的同时，内心里充满了对李纲极其恶毒的诅咒。殊不知最终把他送上黄泉路的，并不是他心目中不共戴天的仇人李纲，反倒恰恰是被他视为救命方舟的"恩君"赵构。

而赵构闻得回朝复命的马伸奏明张邦昌已被缢毙于潭州天宁寺平楚楼时，他的表现是，在拍案惊奇之余，不禁放声大笑曰："平楚楼中诛楚王，是事何其巧乎哉！宁非天意使然耶？彼亦死得其所矣！"

三

张邦昌伏诛潭州数日后的一个夜晚，身着皂衣的危国祥越墙而入，似幽灵一般潜进了李纲在应天府的寓所。江宁那一夜的功亏一篑，令他万分恼火，他决心要在这里把事做成。

危国祥原本是恨不能在江宁就再度下手的，可是彼时他失去了这个能力。索天雄于跌落墙头的一瞬间掷出的那支飞镖，虽未击中要害，却带走了他的一大块面皮。剧痛使他的身体失去控制，四仰八叉地横摔到了街面上。挣扎着逃窜过几条街巷后，他感到痛处遍布全身，意识到方才这一跤是扎扎实实地跌惨了。于是他只好先自寻了个僻静的小客栈蛰居下来，托人延请郎中疗伤。

仗着危国祥年轻体健，所请郎中的医术也还行，经过一番内伤外患双管齐下的治疗养护，总算没让他落下残疾。但那道斜贯面颊的深疤，却是消弭无术，乃使他本来相当周正的面孔，变得煞是狰狞起来。

待到危国祥的身体基本复原，时日已过去将近两个月。这时李纲已将江宁善后交付给地方官员，奉诏率部北上。危国祥打探出李纲的去向后，便赶紧追往应天府。

不过，现在危国祥去行其事，动机已与此前大不相同。

关于张邦昌的情况，危国祥已从坊间传言中得其大概，知道这位倒霉的阿舅这回是彻底没戏了，因而他已经不存在向其复命交差的问题。而他之所以依旧锲而不舍地明知山有虎，偏向虎山行，除了要发泄由于出京后遭遇的一连串不顺利而被激起的那股邪火，还有两个很重要的现实原因。

一者是他的生存问题。他行刺李纲的行为已然泄之于索氏父女，索氏父女则定然会将此情况通报与李纲。李纲如今位高权重，如要撒网缉拿他归案，各州府自会不遗余力地积极配合。那么今后他将容身何处？到处东躲西藏的日子是人过的日子吗？

二者是他的出路问题。张邦昌吹灯拔蜡，他危国祥的谋官之道也就算是彻底告终。留在汴京的那些资产，经过金人的洗劫，估计亦已所剩无几了。再说假如那李纲的通缉令一下，汴京城他还敢进吗？要权没权，要钱没钱，即便是得以隐姓埋名苟活于世，这样的日子还有什么奔头呢？此处不留爷，就得另觅留爷处。

由此，危国祥便萌生了投金之念。

但他知道，似他这般无名小卒，根本入不得金人的法眼，欲得金人刮目相看，两手空空绝对不行。可是拿什么去当进见礼呢——李纲的脑袋行不行？

这道灵光一闪，危国祥立马开窍。那不正是金人的梦寐以求之物吗？

于是危国祥不禁便热血沸腾起来。这个一箭双雕的主意，不仅令其刺杀李纲

— 474 —

的劲头陡增十分，而且使得他在自我感觉上，俨然已是一名为大金国深入虎穴铲除祸患的孤胆勇士。

这一回危国祥采取的是单独行动的方式，没有再雇帮手。因为这里不似叛乱中的江宁，物色合适的杀手没有那么便当。另外，根据危国祥观察，在这里行动，要比在江宁容易得多，他单枪匹马便足以成事。

原来，李纲到达应天府后，寓居之所是原钤辖司的府院。这座府院多少也有点规模，但因李纲不喜排场，应天府城区内又秩序井然，他觉得没必要三岗五哨地将一个临时相府搞得那么夸张，所以除老仆胡长庚及几个临时雇用的杂役外，仅留了三五个亲兵在前院听差。其余随行而来的扈从，则俱被安排在府院外的几处铺房驻扎。这些驻扎在府院以外的扈从虽然也可以起到警卫作用，但毕竟是处在外围，不能及时地闻知府里的动静。因之这座临时相府的警戒状态，较之江宁帅府是大为疏松。

危国祥费时两日将这些情况搞清后，心里便有了底。他自信这一回做掉李纲是铁定没跑。为了能把李纲的头颅送交金人验查，他甚至将保存首级所需之水银生油等物，都已事先备妥。

似乎天公也有意帮忙，行动之夜乌云遮月，暴雨欲来，非常便于隐蔽。在干活之前，他先去一家酒楼饱餐一顿，筛酒三大碗自壮了行色，然后便怀揣着必得之志踅往相府。

一切果然如其所料，他未费吹灰之力便潜入了府院，直至摸到李纲的书房窗下，四周仍是万籁俱寂。

当时李纲正在灯下聚精会神地撰写国策论札。任职虽尚不足月余，李纲却已觉察出，在许多的重大问题上，赵构与他的分歧很大。赵构和黄潜善、汪伯彦等人似乎意在放弃中原，而不是恢复中原，这是李纲所绝对不敢苟同的。可是直言相谏，又有触犯龙颜之虞，因此这论札当如何妥善措辞，便令人颇费周章。伏案苦思的李纲沉浸于物我两忘之境，全然不知杀身之祸将至。

危国祥见状大喜，心想这真是功夫不负有心人也。他向左右略作巡视，便果断地撞开房门，挟风而入，手持利刃直取李纲。

李纲猝惊之下一跃而起，急欲回身取剑自卫，咽喉早被刀锋抵住。危国祥狞笑一声，腕下便要发力。

不料就在这紧要当口，一条软索突然横空出世，准确地卷住了刀锋，接着嗖地一甩，那利刃便从危国祥的手中飞脱而出。危国祥回首一瞥，一股寒气顿时从

— 475 —

他的头顶直贯脚心。

原来那个从天而降坏其好事的来者，不是别人，正是曾经屡挫其锋的江湖侠女索飞春。

索飞春自葬父后病倒客栈中，也是卧床月余方得复苏。而精神上的巨大创痛，则被她以顽强的毅力抑制在了心底。病愈后，她经过冷静考虑，决定返回北方隐居。

对于生计问题，她无须多虑，父亲生前虽不曾把在各地建立的秘密关系全部告诉过她，但对历年来所藏金银的详情，却让她掌握得一清二楚。看来父亲对自身随时可能遭遇万一，是早有防备的。索飞春所考虑的，主要是她今后的生活方式。她自知她是无力将父亲的未竟事业继续进行下去的，她不具备父亲的能力、胆略、智谋和威望，更何况还是一介女流。因此她只能权且隐居起来，静观风云变幻。将来是否出山，须视时机再说了。

但在隐遁山林之前，她必须要见李纲一面。之所以然，原因有三。一来她要把父亲辗转千里去会李纲的目的，向李纲言明，算是替父亲完成一桩遗愿。她认为虽然争取李纲举义很难，但劝告李纲对朝廷保持一个清醒的认识，还是大有必要的。二来危国祥下落不明，让她的心里很不踏实。她总觉得还会出事，因此必须前去提醒李纲谨防暗算。三来便比较暧昧了。那是索飞春的绝对隐私，连其父索天雄生前都无所察知。原来不知从何时起，索飞春对李纲这个伟岸如山的父辈人物，由单纯的钦敬景仰，竟悄悄地衍生出了一种男女情愫。她当然明白此事绝无一丝可能，因此只能将这段心事严封深藏，让它随着岁月的销蚀自生自灭。然而在即将匿迹山林之前，与李纲最后见一面的愿望，仍是十分强烈地占据了她的心。

于是，索飞春离开江宁后，便一路打听着李纲的行踪，亦经由泗上来到了应天府。

进城的时间是那日的正午。索飞春先寻下榻处歇息了半晌，傍晚时出来在一家小饭铺吃了晚饭。就在饭后信步街头时，她看到了从酒楼里走出来的危国祥。这事说是巧合，也不能完全归于巧合，因为毕竟索飞春与危国祥前来应天府的目的，都是要去找李纲，这便存在着发生遭遇的可能。其实世上的许多巧合事件背后，都是包含着必然性的。而巧合现象出现与否，只不过是个概率问题。危国祥两次欲行刺李纲，都碰巧撞到了索飞春的枪口上，只能怨他的运气太不济。百分之一的概率，让他百分之百地赶上了。

当时天色已晚，距离又较远，索飞春看得不十分真切。但那已经为索飞春所熟记的身形步态，却还是立刻引起了她的注意。父亲之死与危国祥有着直接的关系，在索飞春心里，危国祥就是她的杀父仇人。她正愁着不知向何处去寻这厮讨还血债呢，现在发现了疑踪，岂能轻易放过。她便悄悄地尾随其后而去。

待到危国祥翻墙跃入李纲府院时，索飞春不但完全确认了其人，同时也豁然醒悟了这厮来此是欲做什么勾当。于是她也连忙越墙进院，循声赶去，恰好在千钧一发之际救下了李纲。

危国祥并不知道索天雄已长眠于江宁，他回头看到索飞春，骇然以为索天雄亦必然在此，这父女俩联手收拾他，还不是小菜一碟嘛。这个错误判断登时唬得危国祥一佛出世二佛升天，他根本无心应战，急忙飞起一脚踢翻条案，趁着烛灭屋黑，就地一滚，逃出房门后，撒丫子便向院外狂窜。

但是这时动静已经闹大，四面八方俱响起了惊心动魄的拿贼之声。

当危国祥魂不守舍地夺路冲到前街时，不仅府里的卫兵皆随着索飞春紧追上来，驻扎在外面铺房里的兵丁亦执戈而出，阻住了去路。危国祥在恐慌中前后招架不迭，顷刻间身上便连中数刀。他咬牙切齿地狂号一声，正欲疯狂地作困兽斗，早有一把利剑从背后刺去，深深地扎进了他的后心。及至李纲匆匆赶到现场，这厮已经呜呼哀哉。

李纲似觉刺客面熟，就着灯笼的光亮细加辨认，甚是惊异地认出，这个人居然是那个曾经与他数度打过交道的作恶多端的汴京捕头。却是遗憾没能拿到活口，没法从他口中问出作案缘由了。

李纲命卫兵将尸首拖至一间柴棚暂存，俟天明唤仵作及地方官员来做过验查后，再拉出城去埋掉。而后他方才得暇转身，去找那救命恩公致谢。这一下李纲的惊异更甚，他万万没有想到，站在他面前的，竟是一年前与其父一起神秘地消失了踪影的索飞春。

她怎么会与危国祥同时出现在这里？李纲立时感到，这意外重逢的背后必有故事。而索飞春那盈盈泪眼和欲言又止的表情，也告诉了李纲，她突然现身此地，是有重大隐情。

当街不是说话处，李纲即请索飞春进府叙谈，并命卫兵加强警戒，不许任何人靠近他的书房。其实不用他吩咐，这时卫兵们也不敢掉以轻心了。他们在府院内外都增加了固定哨和游动哨，还在书房门外专设了一道岗。是夜，除老仆胡长庚进去送过两趟茶水，再无人越雷池一步。

索飞春刚随李纲走进书房，大雨便伴着雷声倾盆而下。霎时间风雨雷电交相逞威，大有涤尽世间万物污浊之势。

就在这雄壮狂烈的天然交响曲中，李纲与索飞春对坐于灯下，迫不及待地开始了他们的密谈。狂风暴雨整整肆虐了一宿，他们的密谈也一直持续到黎明。密谈的内容外人概莫可知，而这个风雨交加的神秘长夜，则成了李纲与索飞春皆终生难忘的一夜。

清晨用过早餐，李纲要去都堂办公，就吩咐胡长庚收拾客房且让索飞春歇下。索飞春在昨夜的谈话中没有言及她今后的去处，李纲忖着这姑娘无依无靠，从此将漂泊无着，不能不为她的生活作些着想。只是索飞春若是男儿，李纲无论做何安排，都是举手之劳。然而她是个姑娘，又是这么一个极为与众不同的姑娘，安排起来便没有那么便当了。这事一时尚未想好，只好回头再做斟酌。

由于一夜未睡，心神困顿，加之与索飞春的竟夜长谈，亦大有沉下心来认真咀嚼一番的必要，所以李纲本想处理半日公务，便提前打道回府。可是他往都堂里面一坐，立马便身不由己了。各类公文目不暇接，各部官吏往来不绝，举凡立朝纲、修军政、御夷寇、销盗贼、裕财源、宽民力、改弊法、省冗官等朝政要务，无论轻重缓急，几乎事事全要他来操心。也不知道黄潜善、汪伯彦那两个所谓执政，一天到晚除了围在赵构身边溜须拍马，还能干点什么正事。幸得许翰经李纲推荐，业已就任尚书右丞，帮他分担了部分政务。但新政初立，体统混乱，许多的麻烦事还是得由他亲自过问排解才行。

这样忙来忙去，一天的光景便在不知不觉中倏忽而过。

黄昏时分，李纲带着一身的疲惫返回住所，方知索飞春已在两个时辰前告辞而去。临行前留有一封书信，托付老仆胡长庚亲手转交于他。

李纲闻讯，先是一怔，转念一想，也便释然。飘忽不定，来去无踪，正是江湖侠客惯有的行事风格。李纲忽然醒悟过来，他是太小觑了索飞春。作为惯于浪迹天涯的江湖豪杰索天雄的女儿，她自会有其独特的立身之本。她的生活，其实是无须旁人帮助谋划，也是旁人所谋划不了的。

然而尽管如此，乍闻索飞春杳然而去，一种浓重的惦念牵挂乃至怅然若失之感，还是不由自主地涌满了李纲的心头。而此情是何来由，一时也难厘清。

对于索飞春的留书，李纲在反复阅过后付之一炬。他不是不想保留它，而是不能保留它。

留书的内容如下：

李大人：昨蒙赐谈通宵，飞春夙愿已足。今日不辞而别，敬乞鉴原为感。飞春以为，李大人与家父，均堪称当世英雄。所憾者，双雄志虽同而道不合，既知心却难携手也。家父事业未竟，后继必定有人。李大人忠心保国，是为中流砥柱。然皎者易污，刚者易折，前车之鉴，不可不察。试问李大人，若是自身不保，则又如何保国？任重途艰，恭望珍重。伏维朗照，不尽缕衷。民女索飞春敬上。

这样的一封书信，若是落到朝廷手上，无疑就是一篇明目张胆的策反书，李纲哪敢留下这个把柄。不过信是烧了，但信里的话，却是一字不差地刻在了李纲的脑海中。时隔多年后，他仍然能够完整地将它背诵出来。

当夜，李纲独自坐在书房里，继而又漫步徘徊于庭院中，沉思了很久。

他不能不承认，索飞春说得有道理，"自身不保，何以保国"。由此，他不禁联想到张邦昌给他下的那句断语："我料你如此为官，断难长久。"他当时对此嗤之以鼻，事后却苦笑着自忖，这话说得或许没错。因为他很明显地感觉到，他与新皇赵构之间，不仅从一开始便存在着裂痕，而且这裂痕正在逐步扩大。而消除这裂痕的唯一方法，只能是他主动放弃自己的政治主张，调整自己的处世态度，学会像黄潜善、汪伯彦那样畏畏缩缩地去揣摩着皇上的意思行事。无论皇上的决策是对是错，一律高举双手捧场拥护。

这是李纲根本做不到的事。可是不这么做，下场当会如何？

像大宋这样一个历史悠久根基雄厚的泱泱大国，如果不是先从内部垮掉，如果不是自己先造成了民心离散软弱可欺的败象，是没人能从外部将它击垮的。所以，从根本上看，与其说是金国颠覆了朝廷，不如说是朝廷首先自己了结了自己。这是李纲从反思靖康之难的教训中得到的一个痛切的体会。他不希望这样的悲剧再度上演。可是现在，新朝建立没几天，前朝的旧病便又现端倪。丹墀之下，显见得又将是阿谀奉承者昌，耿介直言者亡；心怀叵测者昌，光明磊落者亡；苟且营私者昌，以天下兴亡为己任者亡。

贤者不得行道，不肖者得行无道，这是个什么道理！一个人想扎扎实实地为国家效点力，为什么就这么难？为什么就要落个自身不保？难道说这就是华夏忠良永恒的宿命吗？在如此状况下，谈何天下和谐四海归心，谈何众志成城固若金汤？似这样的一个朝廷，如何能使国家重新走向昌盛强大，又如何能做到江山永固长治久安？

李纲一向认为，类似索天雄谋求的那种举义行为，俱属徒劳之事，那既不是匡扶社稷的正道，也不可能轻易取得成功。即便是侥幸成功了，谁又能保证，由另一帮鱼龙混杂的人建立的新朝廷，就一定能胜似以往的旧朝廷？谁又能保证，那只不过是又一番周而复始的政治轮回呢？数千年以来的中华历史，不是已经一再地证明过这一点了吗？

但是面对冷峻的现实，他亦不能不满怀悲凉地扪心自问，他呕心沥血为国为民所做的一切努力，难道不会同样落得徒劳无果吗？既然一切皆是枉然，那么他如此执着努力的意义，到头来竟又何在？

叛臣反贼不可做，尽忠报国难上难，那么天下英贤的出路何在，海晏河清之世何来？

蛩鸣声里，青石阶前，中夜难眠的李纲，面对着这个千古难题，唯有对月长吁。

路漫漫其修远兮，这个难题的破解，看来只好留于后人了。

尾　声

　　史册固然浩瀚，终是冰山一角。迷蒙的历史尘埃，不知湮没了多少意味深长的秘密，混浊的历史长河，不知辜负了多少壮志凌云的雄杰。千古江山，风流总被风吹雨打去。天若有情天亦老，月如无恨月常圆。

李纲在开国宰相的职位上果然未能待长。

由于他坚持主张圣驾留驻中原督师抗金，搞得赵构十分恼火。黄潜善、汪伯彦乘机发难，撺掇赵构撤销了李纲力主设立的位于抗金前沿的重要军政机构河北西路招抚司以及河东路经制司。李纲痛陈利害，赵构置之不理。李纲忍无可忍，愤然提出辞职。赵构装腔作势地略作"挽留"，即行"恩准"，除李纲为观文殿大学士，提举杭州洞霄宫。李纲再次被一撸到底，从任相至罢相，此番他入朝执政的时间，仅有短短的七十五日。

李纲既去，许翰随之亦落职宫观。朝中无人再敢公然阻挠赵构巡幸东南，宋朝固守中原收复失地的战略大计遂成泡影。

次年七月，威震敌胆的老将宗泽病逝，金朝更加肆无忌惮，倾巢出动进取江南。赵构被追打得屁滚尿流无处安身，甚至一度亡命海上。

幸有韩世忠、岳飞两位后起之秀于危难之中崭露头角，先后在黄天荡和建康府摆开战场，重创金军，方使赵构摆脱逃亡窘境，获得喘息时间，在江南逐渐站稳了脚跟。此后，南宋王朝守着半壁河山，又延续香火一百五十二年。然而中原的大片国土终未得归宋朝版图。赵佶、赵桓父子亦终于归国无望，在极其凄惨的境遇中，双双做了异乡之鬼。

比起其父其兄，赵构堪谓有福。皇室宗脉在靖康之难中悉数蒙尘，独其衔命在外，捡了一个大便宜。赵构的前半生曾多次履险，却一次次地皆绝地逢生化险为夷。建炎南渡后，虽然外患未绝，却尚可划江而治。易守难攻的长江天险，以及江南雄厚的国力资源，奠定了南宋与金朝形成长期对峙格局的军事、政治、经济基础，乃使这位高宗皇帝得以偏安于风景如画的西子湖畔，在位三十五年，寿达八十一岁，头戴中兴之主光环，享尽人间荣华尊贵。

因而晚年回首生平，赵构颇以当年南渡决策之英明而自鸣得意。如果依着李纲那个榆木疙瘩，硬要不自量力地与金军鏖战中原，谁知道会打出个什么结果，弄不好可能连老本都得赔光。凡事总得有个取舍，有舍才能有得。不懂这个道理，焉能治理天下。

至于他所谓的念念不忘徽钦父子在虏营中的痛苦煎熬，中原父老在铁蹄下的悲泣呼号云云，无非是逢场作戏罢了。作为一个称职的皇帝，这点演技不可或缺。

上苍给予赵构的唯一惩罚，是让他绝了子嗣。

建炎三年二月某日，赵构正在扬州的行宫里与一个宫女热烈交欢，忽有宦官仓皇入报，金军已杀到附近的天长军。这么一惊之下，龙根骤缩如蛹，从此赵构在寝宫中便雄风尽失一蹶不振。宫廷上下搜尽天下奇方，依然是回春乏术。由是赵构再无得子之望，而前太子赵旉已在苗刘之变后不久惊风夭亡。所以后来承接大宝的宋孝宗赵伯琮（后改名为赵昚），乃为由赵构收养的宋太祖之后裔。这个无可奈何的选择，是赵构一生中的最大憾事。

李纲罢贬杭州后，再遭弹劾，又被远谪海南。其后虽得复出，却未再见大用。驱虏复国雄心，终成难圆之梦。漫忆毕生辉煌处，只在汴京一战中。曾几度，落日楼头，断鸿声里，问苍天无语，把栏杆拍遍。绍兴十年正月十五日，他在备受冷落的寂寥中郁郁而终，时年五十八岁。

有意思的是，在李纲逝世之后，龙恩忽然浩荡起来。赵构像煞有介事地先赠其为太保，复赠其为太傅，并赐谥号忠定。仿佛他从来就没嫌弃过这位贤臣良将，从来就未否定过他是一根社稷栋梁似的。较之古时的比干、屈原，以及后世的岳飞、于谦、袁崇焕等诤臣的悲惨下场，李纲能得到这样一个归宿，已算是十分的幸运了。

"死去元知万事空，但悲不见九州同。王师北定中原日，家祭无忘告乃翁。"这是南宋爱国诗人陆游以八十五岁高龄辞世之前的孤愤绝笔。李纲一生吟诗千首，其中不乏抒怀篇章，但因诗才不逮，鲜有传神力作。陆放翁的这首《示儿》，倒是为李纲临终前的心境做出了淋漓尽致的写照。长眠七十年后，居然还有人与他灵犀相通、感同身受，若李纲九泉有知，不知是当满含欣得知音之慰，还是会越增不得还我河山之悲。或许，李纲与陆放翁心中之"但悲"者，未必仅限于"不见九州同"，但更深一层的悲哀和愤懑，是不宜见之于忠臣笔端的。

虽然南宋朝廷出于复杂的军事和政治原因，鲜廉寡耻地放弃了中原国土，但中原军民自发的抗金斗争，却一直没有止息。有关的故事甚多，可惜鲜为人知。据说，如欧小凤等一些规模较大的义军，在其艰苦卓绝的保家卫国斗争中，曾得到过一位神秘道姑的大力资助。又据说，在抗金先驱李纲的遗体迁葬于福州怀安县桐口大家山之原的次年清明节，曾有一位容貌清丽飘然若仙的道姑专程前往祭扫。然而这两者是否同一个人，那道姑姓甚名谁，她与抗金义军是什么关系，与李纲是什么关系，其之来龙去脉又是如何，时人莫知其详，后世殊无可考。

史册固然浩瀚，终是冰山一角。迷蒙的历史尘埃，不知湮没了多少意味深长的秘密，混浊的历史长河，不知辜负了多少壮志凌云的雄杰。千古江山，风流总被风吹雨打去。天若有情天亦老，月如无恨月常圆。

有诗叹曰：

一曲丝桐奏未休，萧萧茄鼓禁宫秋。湖山有意风云变，江水无情日夜流。供奉自歌南渡曲，拾遗能赋北征愁。仙人一去无消息，沧海桑田空白头。

创 作 后 记

一

　　《中原乱》这部小说的创作意图，是我在创作上一部长篇历史小说《东风破》的过程中逐渐产生的。《东风破》的故事发生在北宋末年，写那部小说时，免不了对那个时代背景去进行一番刻意的温习。正是由此，我感到了那个时代背景本身，其实是更值得一写。

　　曾几何时，北宋王朝是世界上首屈一指的大国、富国、强国，其物质文明与精神文明的发展水平，曾全面地领先于世。中国朝廷高度中央集权制的确立，就是始于北宋。著名的造纸术、火药、活字印刷术及指南针四大发明的开发和应用，主要是发生在这个时期。造船、冶炼、纺织、制瓷等手工业的科技程度与生产规模，在此时期亦得到了长足的发展。当时中国的粮食亩产量及铜、铁、铅、锡等矿产的年产量均居世界之首，国内外贸易盛况空前，人口与耕地面积持续增长。据统计，至北宋中期的哲宗元祐年间，全国的主、客户数即达一千八百多万户，作为其首都的汴京，人口已近百万。而在同一时期的伦敦，人口尚不足两万，充其量相当于北宋治下的一个四等县城。北宋时期在文学、艺术、哲学、史学等思想文化领域所取得的巨大成就，更是举世瞩目、灿烂辉煌。所以有西方学者认为，当时作为中国政治经济文化中心的汴京，同时也就是当之无愧的世界中心。

　　然而，就是这样一个已经在各方面都达到了空前鼎盛的伟岸王朝，在随后的数十年中却出人意料地急剧衰败了下去，乃至孱弱腐朽得竟然经不住北方一个国力资源远逊于它的半农半牧国家的蛮横一击，使得那个本应值得我们每一个中国人都引以自豪的朝代，终于演变成了一篇令人扼腕的痛史。

这是为什么？

靖康之变仅仅是北宋由盛而衰这场悲剧的最后一幕，悲剧的成因在此之前已经大量潜伏。但一件事情的结局，却恰恰就是促使人们对它去进行反思的起点。在北宋覆亡的悲剧中，所包含的值得我们深思的东西非止一端，北宋现象留给我们的兴亡之鉴可谓意味深长。我们当前致力于构建和谐社会，任重道远，从来千秋伟业，总须居安思危，一个国家欲得长治久安，不能没有忧患意识。前事不忘，后事之师，由此视之，重述那段教训复杂而深刻的历史，其现实意义不言而喻。

有句话叫作"位卑未敢忘忧国"，又有言云"百无一用是书生"。然书生纵使百无一用，毕竟尚可纸上谈兵。于是，便有了这部《中原乱》。

二

创作长篇历史小说，如果不是信口开河随心所欲地去"戏说"，那是相当吃力的。《东风破》与《中原乱》这两部书，总共文字上百万，耗去了我这些年来除教学之外的几乎所有时间和精力。在这个浮躁浮夸之风甚嚣尘上，物欲横流得令人窒息的年代，如果没有一点坚韧不拔的毅力和定力，这件事还真是不容易坚持下来。

做这件事所付出的代价还不止于此。如果这百万言写的不是小说，而是所谓"学术专著"，那么我将"学术成就"斐然。但艺术理论当为创作实践之结晶，精华原本不可多得。世人有目共睹，当前那些层出不穷汗牛充栋的"学术专著"，大都是些什么扯淡货色。有更可憎者，则只消端坐在那里动动嘴皮，便可"主编"出动辄数十万乃至上百万字的文字垃圾。我拒绝俯就某些荒谬的明规则和人们皆心照不宣的潜规则，不乐意去制造那种欺世盗名的"科研成果"，也就拒绝和放弃了许多本来理所当然应当属于我的东西。

身为凡夫俗子，若说能对功名利禄视如浮云，那是假话。但是人生苦短，为了使有限的生命存在得更货真价实一点，我不得不做出这样的取舍。至于与此相关的虚荣和利益，只好随它去了。

另外，有个关于本书语言上的细节问题，还想在此饶舌几句。这个问题，过去是有人曾就宋代题材历史小说的创作提出过的，这便是书中的某些人物的称谓问题。

宋代的某些人物称谓是比较特殊的。比如称皇上为"官家"，称皇后为"圣人"，自我谦称时称为"小底"，呼唤某人时惯呼其生序排行等。如果照此去写，的确是符合史实，且更具宋朝之时代特色，然则现代读者读起来，却未免会感到别扭。因此，我斟酌再三，决定对此类称谓不予采用，而是采用了戏曲及评书中的流行称谓。

从史学角度看，这肯定是有着不伦不类、萝卜青菜一锅煮之嫌。但窃以为，小说毕竟是艺术作品，因刻板地追求具体朝代语言特征而影响欣赏快感的做法，似乎并不足取。况且如今是所谓读图时代，文学语言须当力避冷涩，尽量消除读者的阅读障碍，方能更加贴近大众。

当然，一部优秀小说的整体语感及叙事风格，是应当与其叙事内容取得浑然一体的完美和谐效果的。功力所限，我自知拙作距离那种出神入化的文笔境界还相去甚远。

我会继续努力。

最后应着重说明的一点是，《东风破》、《中原乱》、《残阳烈》三部长篇历史小说得以成套出版，悉赖现代出版社和臧社长垂青。而将这三部小说统归于《大宋帝国》总称之下，则寄寓了出版者对笔者或其他作者今后更全面地展开抒写三百年大宋风云的期待。对于现代出版社领导和朋友们的这份抬爱与支持，我在此一并诚挚致谢！

丁牧 于己丑岁余